OS BASTIDORES

MARTIN AMIS

Os bastidores

Como escrever

Tradução
José Rubens Siqueira

COMPANHIA DAS LETRAS

Grafia atualizada segundo o Acordo Ortográfico da Língua Portuguesa de 1990, que entrou em vigor no Brasil em 2009.

Título original
Inside Story: A Novel

Capa
Augusto Lins Soares

Foto de capa
Basso Cannarsa/ Agence Opale/ Alamy/ Fotoarena

Preparação
Gabriele Fernandes

Índice remissivo
Gabriella Russano

Revisão
Clara Diament
Luís Eduardo Gonçalves

Dados Internacionais de Catalogação na Publicação (CIP)
(Câmara Brasileira do Livro, SP, Brasil)

Amis, Martin, 1949-2023
Os bastidores : Como escrever / Martin Amis ; tradução José Rubens Siqueira. — 1a ed. — São Paulo : Companhia das Letras, 2024.

Título original: Inside Story : A Novel.
ISBN 978-85-359-3814-2

1. Ficção autobiográfica inglesa I. Título.

24-204325 CDD-823

Índice para catálogo sistemático:
1. Ficção autobiográfica : Literatura inglesa 823

Cibele Maria Dias – Bibliotecária – CRB-8/9427

EDITORA SCHWARCZ S.A.
Rua Bandeira Paulista, 702, cj. 32
04532-002 — São Paulo — SP
Telefone: (11) 3707-3500
www.companhiadasletras.com.br
www.blogdacompanhia.com.br
facebook.com/companhiadasletras
instagram.com/companhiadasletras
x.com/cialetras

Para Isabel Elena Fonseca

Sumário

Prelúdio

Bem-vindo! Entre, por favor. É um prazer e um privilégio. Deixe-me ajudar com isso. Vou pegar seu casaco e pendurá-lo aqui (ah, se precisar, o banheiro é por ali). Sente-se no sofá, por favor, para poder controlar sua distância do fogo.

Agora que tal um drinque? Uísque? Bem pensado, com este tempo. E me adiantei e adivinhei que fosse precisar... Um blend ou um malte? Macallan's? Doze anos ou dezoito? Como você gosta: com club soda, com gelo? E vou trazer uma bandeja de salgadinhos. Para você aguentar até o jantar... Pronto. Feliz 2016!

Minha esposa, Elena, chega por volta das sete e meia. E a Inez também vem. Isso mesmo, com a tônica na segunda sílaba. Ela vai fazer dezessete anos em junho. Atualmente, estamos reduzidos a apenas um filho. Eliza, a irmã dela, um pouco mais velha, tirou um ano sabático e foi para Londres, que afinal é sua cidade natal (nasceu lá. Assim como Inez). No mais, acontece que Eliza estava pensando em fazer uma visita e acabou de pousar no JFK. Então vamos ser cinco.

Elena e eu ainda não chegamos a este patamar, mas a próxima fase de nossa vida já está bem clara: Ninho Vazio, sabe?... Uma vida de duração mediana tem só meia dúzia de pontos de virada, e o Ninho Vazio me parece um deles. E sabe de uma coisa? Não tenho certeza se devo me preocupar com isso.

Alguns contemporâneos nossos, ao ver o último filhote bater as asas, sucumbiram em minutos a grandes crises nervosas. E minha esposa e eu começaremos, no mínimo, a nos sentir como aquele casal em *Pnin*, sozinhos numa casa grande e velha "que agora parecia pendurada em torno deles como a pele solta e as roupas ondulantes de algum tolo que tivesse resolvido perder um terço do próprio peso"... Como escreveu Nabokov (um de meus heróis), em 1953.

Agora, Vladimir Nabokov: *ele*, sim, tinha todo o direito e toda a razão para tentar um romance autobiográfico. Sua vida não era "mais estranha que a ficção" (essa frase é quase sem sentido), mas foi extremamente movimentada e cheia de glamour geo-histórico. Ele escapa da Rússia bolchevique e busca refúgio na Berlim da República de Weimar; escapa da Alemanha nazista e busca refúgio na França, que Hitler logo invade e ocupa; escapa da Wehrmacht, procura (e encontra) refúgio nos Estados Unidos (naquela época "refúgio" fazia parte da definição do que era americano). Não, Nabokov foi um caso muito raro: um escritor a quem coisas realmente aconteceram.

A propósito, aviso que nestas páginas direi algumas palavras a respeito de Hitler e Stálin. Quando nasci, em 1949, o Bigodinho já tinha morrido havia quatro anos, e o Bigodão (ainda chamado de "Tio Joe" pelo *Daily Mirror* que líamos em casa) viveria ainda outros quatro. Escrevi dois livros sobre Hitler e dois livros sobre Stálin, então já passei cerca de oito anos na companhia deles. No entanto, não há como escapar de nenhum dos dois, eu acho.

Nunca tive o prazer, sem dúvida aterrador, de conhecer VN em pessoa, mas passei um dia memorável com sua viúva, Véra, uma mulher linda, de pele dourada, e judia, vale acrescentar; e conheci seu filho, Dmitri Vladimirovich (um prodígio extravagante e perdulário). Para mim, foi uma dupla tristeza quando Dmitri morreu, três ou quatro anos atrás, sem deixar descendentes. Único filho dos Nabokov, ele nasceu em Berlim, em 1934, e era oficialmente um *mischling*, ou "mestiço"... No almoço em Montreux, Suíça, Véra e Dmitri se trataram de modo muito carinhoso e meigo. Falarei mais sobre eles adiante, na seção "*Oktober*" (que começa na página 247). Enviei a Véra uma foto de meu primeiro filho e recebi uma resposta encantadora que, claro, perdi...

No geral? Ah, sou um pai absurdamente permissivo e indulgente, como meus filhos tiveram oportunidade de me revelar. "Você é um pai muito bom, papai", Eliza me confidenciou aos oito ou nove anos, num dia em que estava sob meus cuidados: "Mamãe também é uma mãe muito boa. Só que às vezes é um pouco *exigente*".

O que ela quis dizer era claro. Sou incapaz de fazer exigências e muito menos de as impor. É preciso sentir raiva genuína para agir assim, e raiva é uma coisa que quase nunca sinto. Tentei ser um pai bravo, mas foi uma vez e por seis ou sete segundos. Não com minhas filhas, e sim com meus filhos, Nat e Gus (que hoje têm quase trinta anos). Um dia, também com seus oito ou nove anos, a mãe deles — minha primeira esposa, Julia — veio a meu escritório desesperada e disse: "Eles estão impossíveis. Tentei de tudo. Agora *você* vai lá!". A sugestão foi agora vá lá e use seu furor masculino.

Então, obediente, eu me encaminhei para o quarto deles e ergui a voz:

"*Certo*. Que *diabos* é isso aqui?"

"Ah", disse Nat, com um lânguido erguer de sobrancelhas. "Uma amostra da ira do papai."

E era isso mesmo, no que diz respeito à ira.

O problema é que simplesmente não gosto disso, da ira. Os Sete Pecados Capitais precisavam ser revistos e atualizados, mas por enquanto temos que lembrar sempre que a Ira pertence ao septeto clássico. Ira: *cui bono*? Lastimo a ira; lastimo os que a irradiam, assim como aqueles a quem ela é dirigida. *Anger*, "ira" em inglês: do nórdico antigo, *angre*, "irritar", *angr*, "dor". Isso mesmo: dor. A Ira é quase tão claramente autopunitiva quanto a Inveja.

Na esfera parental, sou inocente no quesito ira, mas confesso que meu pecado capital é a Preguiça: a preguiça moral. Deixo a ira mais ao encargo da mãe... Alertei Elena a esse respeito, um tanto suplicante (afinal, eu tinha cinquenta anos quando Inez nasceu). Eu disse: "Vou ser um pai emérito" (ou seja, "aposentado, mas com permissão de conservar o título como honraria"). Então, no geral, um pai preguiçoso, embora sempre disposto e grato por aceitar essa honraria.

Três anos atrás dei uma palestra na escola de minha filha do meio, a St. Ann's (onde Inez também estuda), aqui no Brooklyn. Eliza tinha quinze anos.

"Pode ser vergonhoso, pai", disse Gus (filho número dois), enquanto eu me preparava para descrever a ocasião, e seu irmão mais velho, Nat, falou: "Sem dúvida. Grande chance de constrangimento".

"Concordo", eu comentei. "Mas não foi vergonhoso. Eliza não ficou constrangida. E posso provar. Ouçam."

O auditório escolhido pela escola era uma casa de culto anexa ou talvez vizinha, uma igreja de verdade (protestante), com madeira polida e vitrais. Eu estava no púlpito, de frente para uma grande congregação de rostos jovens acalorados (acho que a presença era obrigatória para todos do nono ano); rostos que tinham um ar de "expectativa sensível" (como Lawrence diz sobre Gudrun e Ursula nas primeiras páginas de *Mulheres apaixonadas*) quando bati no microfone, cumprimentei, me apresentei e perguntei: "Então. Quantos de vocês já pensaram em ser escritores?". E nem te conto quantas mãos se levantaram em apenas um minuto. Prossegui.

"Bom, acontece que vocês, mais do que ninguém, sabem quase exatamente o que é ser escritor. Estão no meio da adolescência. Na idade em que se atinge um novo nível de autoconsciência. Ou um novo nível de autocomunhão. É como se você ouvisse uma voz, que é sua, mas que não soa como tal. Não exatamente, não da forma a que você está acostumado, soa mais articulada e perspicaz, mais atenciosa e também mais brincalhona, mais crítica (e autocrítica), além de mais generosa e tolerante. Você gosta dessa voz avançada e, para que ela não vá embora, começa a escrever poemas, talvez mantenha um diário, passa a fazer anotações num caderno. Na solidão bem-vinda, você reflete sobre seus pensamentos e sentimentos e, às vezes, sobre os pensamentos e sentimentos dos outros. Na solidão.

"Essa é a vida do escritor. A aspiração começa agora, por volta dos quinze anos, e se você se tornar um escritor, sua vida nunca vai mudar realmente. É o que ainda faço há meio século, o dia todo. Os escritores são adolescentes estagnados, mas estagnados com satisfação; gostam de sua prisão domiciliar... Para você, o mundo parece estranho: o mundo adulto que você agora contempla, com inevitável ansiedade, porém ainda a uma distância bastante segura. Como as histórias que Otelo conta a Desdêmona, as histórias que conquistaram o coração dela, o mundo adulto parece 'estranho, muito estranho'; também parece 'lamentável, maravilhosamente lamentável'. Um escritor nunca vai além dessa premissa. Não se esqueça de que o adolescente ainda é uma criança; e uma criança vê as coisas sem preconceitos e sem a garantia da experiência."

Para encerrar, sugeri que a literatura, em essência, se preocupa com o amor e a morte. Não disse mais nada. Aos quinze anos, o que você sabe sobre o amor, o amor erótico? Aos quinze anos, o que você sabe sobre a morte? Você sabe que ela acomete hamsters e periquitos; talvez já saiba que acomete parentes mais velhos, inclusive os pais de seus pais. Mas ainda não sabe que ela acometerá você também, e ficará sem saber por mais trinta anos. E, durante mais trinta, não enfrentará esse problema realmente complicado; só depois você será obrigado a assumir a posição mais difícil...

"E por que você tem tanta certeza", Nat acabou perguntando, "que Eliza não ficou envergonhada?"

"É, pai", questionou Gus, "como você pode provar isso?"

Respondi: "Porque quando chegou a hora das perguntas, ainda que Eliza não tenha sido a primeira a falar, também não foi a última. Ela falou, sim, de forma clara e sensata... E não me renegou. Ela me assumiu, me orgulha dizer. Ela me reivindicou, tenho orgulho de dizer, como *propriedade* dela".

Ah, e quando perguntei aos ouvintes quantos deles já pensaram em ser escritores? Qual a proporção dos que levantaram a mão? Pelo menos dois terços. O que me leva a desconfiar, pela primeira vez, que a vontade de escrever é quase universal. Como seria de esperar, vocês não acham? De que outro jeito podemos começar a aceitar nossa existência na Terra?

Ora, você é um leitor atento e ainda muito jovem. Isso por si só quer dizer que também pensou em ser escritor. E talvez você tenha um trabalho em andamento? É um assunto delicado que merece ser delicado. Os romances, em especial, são sensíveis, porque você expõe quem realmente é. Nenhuma outra forma escrita é assim, nem mesmo Poemas Completos, e com certeza nem uma autobiografia ou mesmo um livro de memórias impressionista como

Fala, memória, de Nabokov. Se você leu meus romances, já sabe absolutamente tudo sobre mim. Portanto, esta obra é apenas mais uma parcela, e os detalhes são sempre bem-vindos...

Meu pai, Kingsley, tinha uma bela fórmula introdutória sobre assuntos delicados. Era assim: "Fale sobre algo o quanto quiser ou o mínimo que quiser". Muito civilizado — e sim, muito sensível. Talvez você queira falar sobre suas coisas, talvez não. Mas não precisa ser tímido. Você disse em sua mensagem notavelmente concisa: *Não quero que isto seja a meu respeito*. Bom, também não quero que isto seja a meu respeito; porém essa é a minha tarefa.

De qualquer forma, vou te dar boas dicas sobre técnica; por exemplo, acerca de como compor uma frase que agrade o ouvido do leitor. Mas você deve ouvir qualquer conselho que eu dê sem levar muito a sério. Não leve a sério demais nenhum conselho sobre como escrever. É o que se espera de você. Os escritores precisam encontrar o próprio caminho para a própria voz.

Tentei escrever este livro há mais de uma década. E fracassei. Naquela altura, tinha o título provisório e pretensioso de *Vida* (e o tímido subtítulo de *Um romance*). Em 2005, num fim de semana no Uruguai, me obriguei a ler tudo, da primeira à última palavra: eram cerca de cem mil. E o *Vida* morreu.

O fato de eu ter aparentemente desperdiçado quase trinta meses (trinta meses gastos em um cemitério lamacento) foi o de menos. Achei que estivesse acabado. Realmente achei. Como se buscasse uma confirmação (foi no Uruguai, no povoado José Ignacio, ao norte, perto de Maldonado, não muito longe da fronteira com o Brasil), desci até a praia e me sentei numa pedra com meu caderno, como sempre: as ondas do Atlântico Sul, as rochas com tamanho e forma de dinossauros adormecidos, o farol sólido contra o azul-bebê do céu pálido. E não escrevi nem uma sílaba. A vista não despertou nada em mim. Achei que estivesse acabado.

Uma sensação horrível e desconhecida, uma espécie de anti-inspiração. Quando um romance chega até você, há uma sensação familiar, mas sempre surpreendente, de infusão de calor; você se sente abençoado, fortalecido e maravilhosamente seguro. No entanto, ali a maré ia para o outro lado. Alguma coisa dentro de mim parecia ser subtraída; se afastava, com a mão nos lábios, dando adeus...

Naturalmente, confessei a Elena a morte de *Vida*: *Um romance*. Mas não confessei a ninguém que estava acabado. E eu não estava acabado. Era apenas o *Vida* que eu não conseguia escrever. Ainda. Nunca vou esquecer essa sensação: o fluxo de essência. Escritores morrem duas vezes. E na praia, eu pensei, ah, lá vem. A primeira morte.

A qualquer momento, vou te contar sobre um perverso período mental pelo qual passei no início da meia-idade. E várias vezes me pergunto se teria a ver com aquele nadir ou climatério, na praia, aquele afundar vertiginoso da autoconfiança. Acho que não. Porque a perversidade vinha de antes e foi além dela. É, mas essas coisas demoram muito tempo para chegar e muito tempo para partir.

Só vim a conhecer minha filha mais velha, Bobbie, quando ela tinha dezenove anos e já estava em Oxford (estudando história).

"Sim, é desse jeito mesmo", disse meu amigo Salman (ah, e peço desculpas antecipadas pela citação de nomes. Você vai se acostumar. *Eu* tive que me acostumar. E *não* se trata de *name-dropping*. Você não cita nomes quando, aos cinco anos, diz "Papai"). "Não conheça os filhos", disse Salman, "até que eles já estejam em Oxford."

Uma bela frase, mas *não* é assim, não, como nós dois sabíamos. E com frequência me arrependo, às vezes com um desconforto agudo, de não ter conhecido Bobbie bebê, ou quando aprendeu a andar, ou na infância, na pré-adolescência e na adolescência. Porém já foi. Não haverá muito sobre ela aqui: Bobbie já estrelou o livro que escrevi em 1995, após a morte de meu pai, e agora ela está a um oceano de distância...

Então, ajudei a criar dois meninos e duas meninas. Entendo sobre meninos e meninas; o que não entendo muito bem é como eles se misturam. Nos últimos anos, Bobbie me deu dois "presentes", como dizem, dois netos, um menino perfeito e uma menina perfeita. Assim, talvez eu aprenda algo indiretamente, pelo lado errado do telescópio.

Em contrapartida, cresci como filho do meio: com um irmão mais velho e uma irmã mais nova. Nicolas era e é um ano e dez dias mais velho (meu gêmeo irlandês). Mas Myfanwy (pronuncia-se *Mivanoi*), quatro anos mais nova que eu, morreu em 2000. Esse evento também demorou muito tempo para chegar e muito tempo para partir.

Uma palavrinha sobre o interesse antinatural que comecei a ter por suicídio: meu período prolongado, na verdade, do que chamam de "ideação suicida".

Começou oficialmente em 12 de setembro de 2001. Não foi uma reação aos eventos suicidas do dia anterior (embora eu talvez me sentisse poroso e suscetível). Não foi Osama bin Laden quem me jogou nisso. Foi uma ex-namorada, uma mulher chamada Phoebe Phelps (e Phoebe não vai se permitir ficar fora da página por muito mais tempo).

O poeta Craig Raine disse que Elias Canetti tinha "a cabeça cheia de caraminholas" em se tratando de multidões (o livro mais conhecido de Canetti se chama *Massa e poder*). Ah, e a propósito, eis uma fofoca intrigante: Canetti, o *Dichter* vencedor do Nobel, era amante da jovem Iris Murdoch (e a gente se pergunta sobre a qualidade da conversa de travesseiro dos dois). Phoebe Phelps pôs caraminholas em minha cabeça — porém estava mais para um enxame.

Você não vai acreditar, mas, para os homens, fazer sessenta anos é um grande alívio. Para começar, é um grande alívio de seus cinquenta anos. Das sete décadas: os trinta constituem o príncipe; os cinquenta, o mendigo. Achei que meus sessenta anos fossem ser diferentes dos cinquenta só por serem muito, muito piores, mas estou achando o declínio inesperadamente leve; na verdade, me envergonha dizer que o único momento em que fui mais feliz tenha sido na infância. É verdade que você precisa lidar com um novo pensamento desconfortável, a saber: *sessenta... Humm. Ora, não tem como isso acabar bem.* No entanto, mesmo esse pensamento é melhor que quase todos os de seus cinquenta anos (uma época à qual voltarei com amargura).

Nos últimos tempos, tenho me perguntado: *como exatamente vou sair daqui? Por quais meios, por qual recurso?* Não que esteja ansioso para partir (mesmo no auge de meu período de ideação suicida, nunca desejei partir). Você apenas sente a saída se aproximando, conforme é atraído (como na frase digna de um escritor americano que conheceremos muito em breve) na direção da "conclusão de sua realidade".

E que vem chegando com uma pressa ridícula. Na verdade, você começa a se sentir um pouco tolo toda vez que abre os olhos e sai da cama. O relógio psíquico (já se escreveu sobre isso) sem dúvida acelera... Depois que fiz sessenta anos, meus aniversários passaram a ser bienais, depois trianuais. O *Atlantic Monthly* aos poucos se tornou quinzenal; e agora é o *Atlantic Weekly*. Ultimamente, faço a barba, ou sinto que a faço, todos os dias (e provavelmente *não* a faça todos os dias). No *New York Times*, o colunista independente Thomas L. Friedman aparecia apenas às quartas-feiras, mas agora escreve um artigo a cada vinte e quatro horas (seguindo o exemplo de Gail Collins e Paul Krugman); e, nos maus momentos, parece que a cada quarenta e cinco minutos, durante um café da manhã prolongado (fruta, cereal, ovo cozido), vou me acomodando a esses autores.

Você se sente um idiota, um otário, porque, de alguma forma, é como se estivesse conspirando para a própria morte. Certo poeta, que também aparecerá em breve, disse de forma mais sombria, em "Aubade" (*aubade*: um poema ou peça musical apropriada para o amanhecer):

Em breve a borda da cortina vai clarear
Até lá, vejo o que de fato esteve sempre ali:
A morte incansável, um dia mais perto.

Chegou a hora de se sentir como um trem desgovernado, relampejando estação após estação. Mas, quando eu subia em árvores, jogava rúgbi e às vezes brindava as meninas no pátio pulando amarelinha (e todas essas três atividades agora me parecem terrivelmente perigosas), o trem desgovernado não andava mais devagar. Nabokov até aponta a velocidade: cinco mil batimentos cardíacos por hora. A vida ruma na direção da morte a cinco mil bph.

Você deve estar ciente disto — e deve ter sido tentado por isto: o enorme subgênero agora conhecido como "relato pessoal". Abrange tudo: de Proust aos anúncios pessoais; de *Filhos e amantes* ao livro de viagens; de *Does My Bum Look Big in This?* [Minha bunda fica grande com isto aqui?], de Arabella Weir, 2002, até... eu ia dizer até a coluna de astrologia de Mystic Meg; mas pelo menos Mystic Meg se deu ao trabalho de inventar tudo.

De certa forma, estou entusiasmado com o desafio, no entanto o problema com o relato pessoal, para um romancista, é que a vida tem determinada qualidade ou propriedade bastante hostil à ficção. É informe, não aponta para nada, não se concentra em nada, não é coerente. Artisticamente, é morta. A vida é morta.

Quer dizer, só artisticamente. Em termos práticos, realistas e materiais, é claro, a vida possui olhos brilhantes e cauda espessa, e tem tudo para ser dito a seu respeito. Mas então a vida acaba, enquanto a arte persiste pelo menos um pouco mais.

Você está preocupado com o Grande Fingidor? Falo daquele poderoso chamador de bingo que ocupa a pole position no GOP [*Great Old Party*: o Partido Republicano]. A cada poucos anos, os republicanos sentem necessidade de valorizar um ignorante (você deve se lembrar de Joe, o encanador).[1] Eles *gostam* do fato de que seu novo campeão, traficante de carne e diplomas falsificados, não tenha experiência nem qualificação; caso vença, o primeiro cargo político que ocupará é a liderança do mundo livre. Há pouco, ele não passava de uma piada de mau gosto razoavelmente boa. Porém temo que precisaremos ficar de olho nele por mais algum tempo.

Vi Trump em carne e osso só uma vez, uns quinze anos atrás, e Elena e eu estávamos numa posição privilegiada. Foi num pequeno aeroporto em Long Island. Ele seguiu muito devagar do avião para o carro (não o avião *dele*, apenas um jatinho alugado), seguido à distância respeitosa por duas rainhas da beleza com suas faixas: Miss Estados Unidos e Miss Universo. Trump parecia explorado, resignado; a limusine estava distante; e o vento da planície fazia uma revolução em seu cabelo.

Como disse, não consegui escrever este romance no Uruguai, mas acho que consigo escrevê-lo agora; porque os três protagonistas, os três escritores (um poeta, um romancista e um ensaísta) estão todos mortos. O poeta se foi em 1985, o romancista em 2005 e o ensaísta em 2011. Este era meu amigo mais próximo e mais antigo, meu contemporâneo exato. O que quer que tenha feito comigo e para mim (muita coisa), sua morte me deu o tema, o que significou também que o livro *Vida* poderia encontrar o subtítulo. Havia mais espaço de manobra, mais liberdade; e ficção *é* liberdade. O *Vida* estava morto. A vida *está* morta, artisticamente. A Morte, por sua vez, é muito viva sob esse aspecto.

Vou te mostrar seu quarto. Ou seu andar. Esta casa consistia em apartamentos separados. Em cada patamar há uma porta grossa com fechadura forte e olho-mágico, que separa o espaço privado do público. Nós aqui chamamos seu andar de Thugz Mansion, com Z. Ou, simplesmente, Thugz [Brutamontes]. Ganhou esse nome quando Nat e Gus estavam aqui. Você pode mudar se quiser, mas está escrito embaixo da campainha na porta: Thugz. É só você avisar os visitantes.

Vamos comer daqui meia hora e você vai ter tempo para se lavar, ou se deitar, ou desfazer as malas, ou apenas se orientar. Thugz consiste em um quarto de dormir com um estúdio anexo, uma sala de estar e uma cozinha. E dois banheiros. É, dois. Em Cambridge, Inglaterra, eu morava em uma casa de oito quartos com um banheiro (apertado) logo acima da caldeira do andar térreo. No entanto, estamos nos Estados Unidos, afinal. Haverá muito a dizer sobre como é viver aqui, neste país da América.

A configuração daqui é basicamente feminina: na hora das refeições eu me reúno com Elena, Eliza e Inez; muitas vezes com Betty (sogra) e Isabelita (sobrinha). Meu único camarada e irmão, meu único garoto em casa, é Spats, que é o gato.

E cá está ele. Um rapazinho bem decente, você vai ver. E bonito de um modo excepcional, segundo Elena. Quando a acuso de mimar Spats, ela diz: "Quem é tão bonito acaba mimado". Voltaremos à questão da aparência: uma esfera humana profundamente misteriosa e cansativa.

Aí vem ele... Já notou como os gatos acham que têm *direitos*? Têm direitos e são friamente autossuficientes. Essa é a principal diferença entre cães e gatos. Isso e o fato de que estes são *quietos*.

Ah, muito obrigado, Spats!

Ele cronometrou tudo com muita inteligência, não acha? É, Spats, foi, sim. Ele não vai te incomodar muito. Se você estiver aqui e nós todos em outro lugar, se ele reclamar, é porque quer ser solto ou... Vou mostrar onde guardamos a ração e as latas: os Fancy Feasts. E você vai ficar tão satisfeito quanto eu ao saber que ele sai para cagar no jardim.

Ele vai embora logo, Spats. Vai se aposentar nos Hamptons, onde tem família. Elena também tem família lá: mãe, irmã e (às vezes) um irmão... Agora, espero que não ache sua estada aqui totalmente desestimulante. Você e eu teremos nossas sessões, e você é sempre muito bem-vindo à mesa, mas, tirando isso, tome este lugar pelo que ele é: um prédio de apartamentos. Do qual você tem as próprias chaves.

A propósito, este rascunho final vai exigir um tempo longo, pelo menos dois anos, acho. Sabe, ao contrário dos poemas, os romances são ilimitados, na verdade infinitamente improváveis. Não podem ser *acabados*; tudo o que se pode fazer é deixá-los para trás... Então, por enquanto, na maioria das tardes, haverá uma ou duas horas do que Gore Vidal costumava chamar de "bate-papo sobre livros", até você se mudar para sua própria casa. E aí vai se ausentar por longos períodos, assim como eu. Podemos fazer muita coisa à distância. Vamos ver como avançamos.

O livro é sobre uma vida, a minha, então não vai ser lido como um romance — mais como uma coleção de contos interligados, com desvios ensaísticos. Idealmente, gostaria que *Os bastidores* fosse lido em rajadas intermitentes, com muitos saltos, adiamentos e retomadas; e, claro, pausas e respirações frequentes. Meu coração está com aqueles pobres craques, os profissionais (editores e revisores) que precisarão ler a coisa toda direto e contra o relógio. Em algum momento de 2018 ou talvez 2019 claro que também precisarei fazer isso, minha última inspeção, antes de apertar o ENVIAR.

Enquanto isso, aproveite Nova York. E, mais uma vez, seja bem-vindo ao Strong Place!

Agora, pegue sua bebida e eu levo sua mala.

Sem problema. Tem elevador... Ah, imagine... *de nada*. A honra é toda minha. Você é meu convidado. Você é meu leitor.

PARTE I

1. Ética e moral

PODE ME PASSAR PARA SAUL BELLOW?

A época era o verão de 1983 e o local, o oeste de Londres.

"Hotel Durrants", disse a telefonista.

Pigarreei, demorei um pouco e falei: "Desculpe. Hã… É… Pode me passar para Saul Bellow, por favor?".

"Claro. Quem devo anunciar?" "Martin Amis", respondi. "A, Eme, I, Esse."

Uma longa pausa, um breve retorno à central telefônica e, em seguida, o inconfundível "Alô?".

"Saul, boa tarde, sou eu, Martin. Você tem um minuto?"

"Ah, olá, Marr-tin."

Martin, no comecinho da meia-idade, por algum motivo tentaria a sorte em uma obra polêmica intitulada *A geração de merda*.[1] Seria não ficção e organizada em segmentos curtos, incluindo "Música de merda", "Gíria de merda", "TV de merda", "Ideologia de merda", "Críticos de merda", "Historiadores de merda", "Sociólogos de merda", "Roupas de merda", "Escarificações de merda" (abrangendo piercings de merda e tatuagens de merda) e "Nomes de merda". Bem, Martin achava que "Martin" fosse um nome de merda, sem dúvida.

Não conseguiria nem atravessar o Atlântico intocado. Hoje, é verdade, a maioria dos americanos naturalmente, com toda a tranquilidade, o chama de *Marrtn*. Mas os da idade de Saul, talvez por sentirem necessidade de reconhecer a condição de inglês dele, usavam um hesitante espondeu: *Marr-tin*. No Uruguai (onde "Martin" era *Martín*, um iambo sonoro e viril), Martin tinha uma amiga bonita chamada Cecil (pronuncia-se suavemente *Secíl*). E "Cecil" também não conseguiu atravessar intacta o rio Grande, e virou um ridículo troqueu. "Nos Estados Unidos, cara", disse Cecil, "me chamam de *Cícel*. Porra." Martin, ao telefone, não ia dizer "Marr-tin, porra?" para Saul Bellow. Além do mais, fique registrado que devemos admitir o seguinte: "Martin", em bom e velho inglês, também não era bom. Era apenas um nome de merda.

Eu disse a Saul: "Hã, sabe o jornal de domingo em que escrevi sobre você no ano passado?". Era o *Observer*. "Eles tiveram a gentileza de dizer que posso te levar para jantar aonde eu quiser. Consegue um espaço na agenda?"

"Ah, acho que sim."

A voz de Bellow: ele atribuiu sua voz ao narrador sonhador, próspero, mas um tanto travado e introvertido do espetacular conto de cinquenta páginas, "Primos". *Minha voz ficou mais profunda à medida que envelheci. É. Meu baixo profundo não serviu para nada, a não ser acrescentar profundidade a pequenas galanterias. Quando ofereço uma cadeira a uma senhora em um jantar, a mulher é envolvida por uma sílaba profunda.* Assim envolvido, eu disse:

"Sei que você gosta de um bom peixe."

"É verdade. Não tenho como negar. Gosto de um bom peixe."

"Bom, esse lugar é especializado em peixe. Talvez até mesmo só tenha peixes. E fica perto de você. Tem uma caneta? Rua Devonshire. Odin: como o deus nórdico."

"Odin."

Eu perguntei: "Se importa se eu levar minha namorada séria?".

"Ficaria encantado. Sua namorada séria: você quer dizer que ela é séria ou que você está a levando a sério?"

"Acho que as duas coisas." A questão era esta: nós dois falávamos sério. "Ela é americana, de Boston, embora não pareça."

"Anglicizada."

"Mais europeizada. Pais americanos, mas nasceu em Paris e foi criada na

Itália. Maioridade na Inglaterra. Tem sotaque inglês. É tão 'estrangeirizada' que nem lhe dão um passaporte americano."

"Não?"

"Não. A menos que ela vá e passe seis meses numa base do Exército, sei lá, na Alemanha. Não vão lhe dar, diz ela, enquanto não tiver transado com soldados suficientes."

"Bom, ela não parece séria *demais*."

"E não é. Ela é correta, isso sim. O nome dela é Julia. Você gostaria de levar alguém?"

"Minha querida esposa Alexandra está em Chicago, então, não, vou sozinho."

A ÁGUIA AMERICANA

Foi para Chicago que Martin voou em dezembro de 1982, para entrevistar o homem que até mesmo John Updike (um crítico bastante generoso, mas invulgarmente sovina, invulgarmente *próximo* quando lidava com seus evidentes superiores vivos) aclamava como *nosso mais exuberante e melodioso romancista do pós-guerra*.[2] Muito viria a depender desse encontro.

Fiz o check-in no hotel: grande e barato e, para os padrões do Meio-Oeste, antigo (agora era um Quality Inn, mas os moradores mais antigos ainda o chamavam de Oxford House), no centro da cidade, entre o edifício IBM e o El, em Chicago, "o centro de desprezo" dos Estados Unidos, como disse Bellow. Eu estava em um estado de alegria, um estado de excitação evolutiva, porque minha vida estava prestes a mudar, e de modo tão profundo quanto uma vida jovem pode...[3] Na manhã seguinte, tomei café da manhã cedo, tomei banho, me arrumei para nosso almoço, e então parti, corajoso, para a Cidade dos Ventos. Risivelmente assim chamada, diga-se de passagem, por causa da reputação de empreendedorismo e presunção, e não porque a cidade era e é de fato fantasticamente ventosa, com uma explosão glacial (conhecida como Hawk) que vinha por cima do lago Michigan...

Bellow tinha sessenta e oito anos e eu, trinta e quatro, exatamente a metade de sua idade (uma conjunção que obviamente não se repetiria). Apesar disso, eu já era um veterano em assimilar escritores americanos, tendo passado por

Gore Vidal, Kurt Vonnegut, Truman Capote, Joseph Heller e Norman Mailer. No entanto, com ele foi diferente: quando li meu primeiro Bellow, *A vítima* (1949), em 1975, pensei: este escritor escreve para mim. Então li tudo dele.

O único outro escritor que acabou fazendo isso (compor cada frase pensando em mim) foi Nabokov. (Ele e Bellow tinham mais uma coisa em comum: ambos eram oriundos de São Petersburgo.) Em meu círculo social, não havia nabokovianos convictos com quem eu pudesse me vangloriar. Mas eu tinha um bellowiano convicto por perto; naquele estágio, ele era apenas um jornalista e um "trotskista meteórico", e ainda não o amado ensaísta, memorialista e polemista blasfemo que acabaria se tornando. Refiro-me a Christopher Hitchens. Christopher tinha deixado a Inglaterra em 1981 e agora vivia no que ele chamava com orgulho e carinho de "periferia" em Washington DC...

Então, ao meio-dia e meia, deixei o Oxford House e caminhei até o Chicago Arts Club. Em minha cabeça, já esboçava passagens preliminares para algo que escreveria em breve, uma das quais era a seguinte (e sei que é muito deselegante citar a si mesmo, e não acontecerá novamente):[4]

Esse negócio de escrever sobre escritores é mais ambivalente do que o produto final normalmente admite. Como fã e leitor, você quer que seu herói seja inspirador. Como jornalista, espera loucura, despeito, indiscrições deploráveis, um colapso em grande escala no meio da entrevista. E, como humano, anseia pelo início de uma amizade lisonjeira.

Três desejos, portanto. O primeiro se tornou realidade. E o terceiro também, embora ainda não, ainda não. Isso só foi acontecer em 1987, em Israel, e dependeu da figura intermediadora da quinta e última esposa de Bellow, Rosamund. No fim, foi ela quem me pôs em contato com Saul Bellow.[5]

Alegre, ele me disse ao telefone que seria "identificável por certos sinais de declínio". Mas, na verdade, parecia escandalosamente em forma, parecia a águia americana. E, quando começou a falar, senti uma tontura acrofóbica e pensei na descrição de Calígula, a águia em *As aventuras de Augie March* (1953):

> [Ele] tinha uma tal natureza que sentia o triunfo de abrir caminho até o mais alto a que a carne e o sangue podiam subir no ar. E fazia isso por vontade própria, não como outras formas de vida naquela altitude, os esporos e as sementes flutuantes que não estavam ali como indivíduos, mas como mensageiros de espécies.

DÁ PARA OUVIR SUAS MEDALHAS TREMEREM

Mas vamos manter um senso de proporção e contexto: as primeiras coisas primeiro. Meu personagem estava prestes a se revelar em forma de destino; eu passava para uma fase mais alta e mais elevada de adaptação ao mundo adulto; estava prestes a me casar; e não só isso...

E era tudo segredo, por enquanto. Ainda fingindo ser uma amizade (afinal, nossas mães eram vizinhas expatriadas em Ronda, Espanha, e nos conhecíamos havia anos), nosso caso não era de conhecimento geral. Sob pena de morte, fui proibido de contar a alguém; então só falei a Hitch.

"Julia e eu estamos tendo um caso", eu disse.

"... Fico muito feliz de ouvir isso. Embora já desconfiasse. Venha jantar com ela em casa. Só nós quatro. Não se preocupe, não vou revelar que sei. Hoje à noite."

Isso aconteceu e foi um sucesso desenfreado.

"Hitch", eu disse, quando ficamos brevemente sozinhos (as meninas tinham ido à Portobello Road — era fim de semana de Carnaval em Notting Hill). "Acho que a busca terminou. Acho que ela é... Acho que ela é minha cara-metade."

"Ah, sem dúvida. Se amarre nela com uma corrente de aço, Little Keith. Muito inteligente, muito atraente *e*", declarou ele (o que encerrava o assunto), "*e* terrorista."

Christopher estava prestes a se casar com a própria terrorista, a impetuosa advogada cipriota grega Eleni Meleagrou... Uma terrorista, segundo Christopher, significava uma mulher de personalidade forte; forte o suficiente para inspirar medo (quando provocadas, as terroristas se tornavam invencíveis); e não havia muitas delas no início dos anos 1980, com a revolução sexual ainda em sua segunda década. Eu disse:

"Bom, Eleni é definitivamente uma terrorista. E acho, sim, que Julia também é."

"Todas as melhores são."

"Elas são feministas, o que é óbvio, mas nem mesmo as feministas são todas terroristas. Ou nem todas as feministas são terroristas. Nossa. O que estou tentando dizer é que não é a mesma coisa."

"Não, ainda não. Vamos descer. Traga seu copo."

E nós quatro dançamos ao som do reggae na Golborne Road, como num rito urbano de fertilidade, os meninos arrastando os pés (bêbados), as meninas com entrega e energia, jogando as mãos graciosamente para trás, acima da cabeça...

Martin voou para Chicago, "imensa, imunda, brilhante e perversa", nas palavras de seu espírito tutelar (e a única cidade americana que, assim como um terrorista, era assustadora e se orgulhava disso, com aquelas rampas de metal subterrâneas no caminho de entrada, como um sistema de entrega ao futuro urbano). E Chicago admitiu Martin e o deixou sair outra vez. Ele voou de volta e entregou seu longo texto ao *Observer*. Logo depois, teve uma conversa transatlântica com a agente de Saul, Harriet Wasserman, que disse:

"Seu texto. Li para ele por telefone."

"Por telefone?" O texto tinha mais de quatro mil palavras. "Inteiro?"

"Inteiro. E adivinhe o que ele disse quando terminei: 'Leia de novo'."

Em 1974, a lista não oficial para o prêmio Nobel era a seguinte: Bellow, Nabokov e Graham Greene.[6] Naquele ano, os vencedores foram dois suecos de profunda e duradoura obscuridade, a saber, Eyvind Johnson e Harry E. Martinson. Todavia, Saul, ao contrário de Greene e Nabokov, venceu mais tarde, em 1976, aos 61 anos. E o Nobel era praticamente o único prêmio (medalha, globo ou taça) que ele ainda não tinha. No entanto, Saul ficou lá, sentado ao telefone por mais de uma hora, ouvindo meus elogios.

Então, quando Bellow veio para Londres na primavera de 1984, e fui à festa de boas-vindas organizada por George Weidenfeld, eu (indiretamente) mencionei a ele a suscetibilidade do escritor a elogios e desaprovação (isso não acaba nunca?). Estávamos na varanda, olhando para o Embankment e o Tâmisa, e Saul disse:

"É um vício ocupacional. Você luta contra e não quer admitir, mas nunca está livre disso. Você conhece esta história?... Em uma aldeia, havia uma menina que era muito boa em tudo e ganhou todas as medalhas. Estava coberta delas, da cabeça aos pés. Um lobo chegou à aldeia, e as crianças, trêmulas, correram, se esconderam e ficaram o mais quietas possível. No entanto, o lobo encontrou a menina e a comeu. Porque dava para ouvi-la. O animal ouviu as medalhas dela tremerem.

"É isso que acontece quando você ganha tudo e imagina que finalmente esteja seguro. Na verdade, está mais vulnerável do que nunca. Dá para ouvir suas medalhas tremerem."

DRINQUES NO ODIN

Eu sempre falava de Bellow, então minha noiva secreta estava até certo ponto preparada. Ao contrário da maioria de minhas amigas próximas, Julia era uma leitora. Lera *Henderson, o rei da chuva* (romance de Bellow menos característico) e gostara. Alguns dias depois, porém, ela ergueu os olhos da página trinta de *Augie March* e perguntou:

"Acontece algo de fato neste livro?"

"Bom, o título fala de aventuras. Há desenvolvimento, mas nenhum enredo real."

"Ah", disse ela. "Então é um romance blá-blá-blá."

"Um romance blá-blá-blá?"

"É. Ele só segue em frente."

Em vez de discorrer sobre o romance blá-blá-blá, em vez de defender o romance blá-blá-blá (como um caminho para a autolibertação), apenas falei:

"É a qualidade do blá-blá-blá que conta. Enfim. Tudo bem o jantar para você?"

"Não se preocupe comigo. Provavelmente vou ficar quieta no começo. Finja que não estou lá. Converse com Saul. Não precisa se preocupar comigo."

O Chicago Arts Club exibia um De Kooning, um Braque e um desenho de Matisse: "... mas, como você pode ver", Saul comentou, "*não* é um clube de artes. Não passa de uma churrascaria exclusiva para donas de casa elegantes". Mesmo assim, o Odin reconhecia com elegância a atração (e o custo) da alta cultura: era praticamente revestido de mestres modernos, Lucian Freud, Francis Bacon, David Hockney, Patrick Procktor. Então, nesse cenário, Julia e eu já estávamos acomodados nas cadeiras de veludo, quando conduziram Saul Bellow à mesa.

Vi quando ele entrou. Chapéu de feltro, terno xadrez com forro carmesim (não exatamente espalhafatoso, mas *um pouco inesperado*, como dizem os ingleses); estatura pouco abaixo da mediana (certa vez ele reclamou que o tempo o encurtara pelo menos cinco centímetros); o rosto cheio decidido e simpático, a aparência sólida. Dali a cinco anos, seria meu hábito abraçar Saul na chegada e na despedida; e nunca deixei de registrar o volume de seu peito e ombros: a compleição de um estivador. Aos sete anos, o filho do gueto de Montreal havia perdido um ano de sua vida para a tuberculose; uma das muitas mudanças que isso operou nele foi a determinação de ficar forte...

Em 1984, Bellow estava no meio do terceiro casamento (ou seria o quarto?). Para dizer a verdade, eu não me dedicava à vida privada de Saul (em questões literárias, eu era muito sério para isso); não, eu era um estudante dedicado da prosa, do tom, do peso, das palavras desencarnadas.

Apresentei Julia, e ela foi devidamente envolta numa sílaba profunda. Por um ou dois minutos, eles tiveram uma conversa amigável sobre *Henderson* ("Ah, você gostou desse, é?"). Então eu disse:

"Já pedimos uns drinques. E para você?"

E Saul me surpreendeu, e me agradou, ao consentir em um uísque.

Enquanto procurava um garçom, declarei: "O dono não está aqui hoje". Eu me referia a Peter Langan, o controverso restaurateur irlandês. "A menos que esteja dormindo embaixo de uma das mesas. Ele é celta, sabe, e o que chamam de *espalhafatoso*. Mas é um bom sujeito. Dizem que consegue dar conta de três garrafas de champanhe antes do almoço."

Saul perguntou: "E com que frequência Peter faz isso?".

"Ah, todo dia, acho."

Naturalmente, a seguir começou uma discussão sobre embriaguez e bêbados (quando Saul descreveu os dois que conhecia melhor, os poetas Delmore Schwartz e John Berryman). Saul ainda não formulara uma das grandes observações acerca da embriaguez e de bêbados (que aparece no conto tardio "Something to Remember Me By" [Algo para se lembrar de mim]): *Há uma convenção sobre embriaguez, estabelecida em parte por bêbados. A proposição básica é que a consciência é terrível.*[7] E então ocorreu a misteriosa virada americana para o nexo entre escritores e suicídio...

Falei: "Há um parágrafo em *O legado de Humboldt* que adorei e com o qual concordei de imediato, mas que realmente não consigo entender. Talvez você precise ser americano para isso".

"Vamos ver se eu entendo", disse Julia.

"Ok. Então saberemos o quão americana você é e se merece um passaporte... Aquela parte, Saul, em que você diz que os Estados Unidos se orgulham dos suicídios de seus escritores. *O país se orgulha de seus poetas mortos.*[8] Por quê? Porque faz os americanos se sentirem viris?"

"Bom, sim. Eu falava dos Estados Unidos dos negócios, os Estados Unidos tecnológicos."

"Alguém escreveu que podemos contar nos dedos os escritores americanos que não morreram de bebida. Talvez ele falasse dos modernos, porque Hawthorne não morreu de bebida, morreu? Nem Melville. Nem Whitman."

"Whitman era partidário da temperança. Com episódios de fragilidade."

"Henry James também não. Mas hoje, aposto, são apenas os judeus que não morrem de bebida. Afinal, não bebem. O que o pai de Herzog diz sobre seu inquilino desesperado? 'Um bêbado *judeu*!' Portanto, um paradoxo. Nem mesmo os escritores deles bebem."

"Com exceções, como Delmore. Estou aqui pensando. Roth quase não bebe."[9]

"Talvez isso explique o predomínio do romance judeu americano."

"É. Só ficamos deitados na rede até a área ficar limpa."

Também me perguntei:

"Heller bebe um pouco. *Mailer* bebe."

"E como."

"Ah. Gosto do velho Norman."

"Eu também."

"É estranho. Ninguém se comporta pior ou fala mais besteira do que Norman, mas ele é muito querido... Fica a questão: por que os judeus não bebem?"

"Bom, é a mesma coisa com as realizações judaicas em geral", disse Saul (quando sua bebida chegou). "E essas realizações são desproporcionais.[10] Einstein disse muito bem. O grande erro é pensar que é uma coisa inata. É aí que reside o antissemitismo. Não é inata. Tem a ver com a criação da pessoa. Todas as boas crianças judias sabem que o jeito de impressionar os mais velhos é por meio da disciplina. Nada de esportes, força ou beleza física, nem artes. É através da aprendizagem e do estudo."

"Quando Einstein disse isso?"

"Acho que pouco antes da guerra. Em 1938... Você sabe, Einstein morava em Princeton e, em 1938, fizeram uma pesquisa com os calouros da faculdade. Perguntaram: 'Quem é a pessoa viva mais importante?'. Ele, Einstein, ficou em segundo lugar. E Hitler, em primeiro."

"Nossa", eu disse. "E o antissemitismo americano não era muito forte antes da guerra?"

"Durante a guerra... foi seu apogeu histórico."

"Confesso que simplesmente não entendo isso, o antissemitismo. Você precisou lidar com essa questão, não foi, em *Dezembro fatal*?

"Foi, mas vindo de um lado diferente. Não do mundo da superstição primitiva, mas da alta academia."

"De Hugh Kenner, não foi?"

"Isso. Hugh Kenner. Ele atormentou Delmore e agora me atormenta. Conseguiu fazer outro ataque sibilante em defesa da... 'cultura tradicional.'"

"Quer dizer, a cultura não semita?"

"A cultura antissemita, nesse caso. A cultura tradicional de Pound, Wyndham Lewis e T.S. Eliot."

"Hum. Bom, dois malucos e um monarquista. E Wyndham Lewis pelo menos criou essa expressão maravilhosa... Aliás, como você acha que foi? Quero dizer, o inferno imbecil?"

"Achei que o inferno imbecil foi muito bem."

"Eu também. O inferno imbecil foi muito tranquilo."

"O que é inferno imbecil?", Julia perguntou.

O INFERNO IMBECIL

Dois ou três dias antes, Saul e eu tínhamos gravado um programa de TV chamado (com um toque de Freud) *O mal-estar da modernidade*, mediado por Michael Ignatieff; e este foi o primeiro comentário de Michael: "Eu me pergunto o que você quis dizer, Saul Bellow, quando pegou aquela expressão de Wyndham Lewis" — o inferno imbecil. E Saul respondeu:

> Bom, o termo significa um estado caótico ao qual ninguém tem organização interna suficiente para resistir. Um estado em que a pessoa é dominada por todo tipo de poderes: políticos, tecnológicos, militares, econômicos e assim por diante; que carrega tudo à sua frente com uma espécie de desordem pagã na qual se espera que a gente sobreviva com todas as nossas qualidades humanas.

E a questão com que nos deparamos, prosseguiu Saul, é se isso é possível... Então conversamos a respeito, tendo em mente que, segundo ele, espera-se que os escritores tenham "uma individualidade razoavelmente bem organizada" e, portanto, sejam capazes de fazer alguma oposição... alguma oposição interna ao inferno imbecil...

O programa durou cerca de uma hora, e então o carro deixou Saul e a mim na Gower Street, e passeamos por Bloomsbury — as praças ajardinadas, as placas e estátuas, os museus, as casas de culto e as casas de aprendizado. Enquanto atravessávamos a Fitzroy Square, falei com desdém sobre o Grupo Bloomsbury (a meu ver, uma desgraça para a boemia); e passamos para os principais antagonismos de classe que só então começavam a fenecer... Saul não precisou de nenhum estímulo para falar mal do que chamava de "patricianismo" de Bloomsbury, embora se mostrasse tranquilo quanto à judeofobia de Bloomsbury, o que era surpreendente.

"Mas, Saul, esse sentimento era tão feroz e estava em *todos* eles."

"Estava, sim, até mesmo em Maynard Keynes. No entanto, eram antissemitas apenas reflexivos. Não viscerais. Ser antissemita era apenas uma das obrigações de ser esnobe."

"... Talvez também uma das obrigações de ser de segunda categoria. O único que escapava era Forster: nem antissemita nem de segunda categoria. Quanto a Virginia Woolf..."

"Mas não esqueça que ela era casada com um judeu. Leonard... Esse tipo de antissemitismo de salão é só de fachada. Eles ficariam horrorizados com qualquer coisa séria."

"Verdade. Acho. Mas no caso da Virginia... Imagine ler *Ulisses* e concluir que Joyce era *vulgar*.[11] Sabe, *comum*. E isso é o que mais a impressiona... Inacreditável."

"Bom, é uma vida difícil, ser esnobe. Não se pode relaxar nem um minuto... Sabe, há dez anos passei seis semanas na casa de campo dos Woolf. East Sussex. Fazia muito frio, e eu esperava que Virginia viesse me perseguir e me castigar. Mas não veio."

Em seguida, o chá inglês completo no hotel, sanduíches de pepino com pão sem casca, muito possivelmente, e talvez até *scones* e creme, com nós dois envoltos nas rendas e na chita do Durrants. Saul ficou discretamente estimulado com tudo isso, percebi. E a certa altura, naquela tarde, ele de fato disse (revelando carinho por anglicismos):

"Sabe, eles me tratam muito bem aqui porque acham que sou um figurão."

E, no geral, como era agradável, tocante e engraçado reviver Londres pelos olhos dos velhos amigos americanos que viam o lugar como um bastião de cortesia, raízes e imperturbável continuidade (e, através deles, eu via isso também); mas, em contrapartida, na vida cotidiana, Londres me parecia uma modernidade descontente, atiçada por poderes subterrâneos...

A conversa com Michael Ignatieff foi reimpressa em uma publicação da BBC e, portanto, essa longa citação de Saul é literal. A transcrição tem o tato de omitir minha observação final — quando me alarmei com um trêmulo *cri de coeur*. Disse que Bellow estava acima do inferno imbecil e que podia inspecioná-lo do alto, enquanto eu ainda estava lá dentro, ainda sob domínio, preso, a me contorcer, olhando para fora.

Eu me referia, percebi depois, ao picaresco erótico do início de minha idade adulta. Esta era uma das coisas que eu esperava de Julia: que ela me emancipasse do inferno imbecil de minha vida amorosa (mais bem sintetizada na pessoa de Phoebe Phelps)...

HONRA

Odin, deus da poesia e da guerra... Fortalecidos por uma segunda rodada de drinques, partimos para os Estados Unidos: os Estados Unidos e a direita religiosa, os clérigos errantes do Cinturão da Bíblia.

Saul nos contou sobre um revés sofrido recentemente pela comunidade Nascer de Novo na Virgínia Ocidental. Um vigário midiático, puritano (seu desejo era criminalizar o adultério), estava sob investigação federal por enganar o rebanho (ele vendia curas milagrosas, diziam, e atacava doentes e velhos). Além disso, o clérigo problemático acabara de ser encontrado debaixo de uma pilha de prostitutas em um luxuoso clube de sexo em Miami chamado Gomorra, visita paga com fundos da igreja...

"É melhor deixarmos de lado a questão da hipocrisia", declarou Saul. "Quanto a liberar os cristãos de suas joias e aposentadoria por invalidez, ele apenas dirá: *Bem, todos fazem isso*; o que não é defensável, é claro, embora seja verdade. Em relação às prostitutas e aos fundos da igreja... Você precisa entender que nos Estados Unidos existem duas esferas distintas de transgressão."

"Que são?"

"Ética e moral. Ir ao Gomorra: isso é da esfera moral. Pagar o Gomorra com as doações: isso é da esfera ética. Moral é sexo e ética, dinheiro."

Então Saul deu sua risada famosa: a cabeça para trás, o queixo para cima e ouviu-se o staccato lento, profundo e gutural. E Saul, aliás, adorava *todas* as piadas, sem exceção, as mais medíocres, as mais sujas, as mais doentias. No entanto, o comentário sobre ética e moral dificilmente poderia ser considerado uma piada para Saul Bellow: tratava-se apenas de uma declaração sóbria a respeito dos Estados Unidos (e é um fato confirmado todos os dias).

Porém não era a risada de Saul que fazia todas as cabeças se virarem, parava as mesas, fazia os garçons congelarem e sorrirem: era a de Julia. Uma gargalhada orquestral, explosiva, alegre, com uma nota de pura anarquia que nunca imaginei existir nela.

Saul e eu nos entreolhamos maravilhados... E então todos franzimos a testa alegremente sobre os cardápios e pedimos nossos belos peixes, nosso vinho branco caro, e o jantar finalmente começou.

Ela tinha a minha idade e era viúva. O primeiro marido, um belo e vigoroso filósofo, morreu de câncer aos trinta e cinco anos. Mais do que isso, era uma viúva grávida; e eu era o pai.

Sabe, quando minha vida erótica começou, em meados da década de 1960, logo decidi que não iria me sobrecarregar com preocupações sobre *honra*. Dada a situação histórica (com a revolução sexual e assim por diante), parecia-me que a honra só traria problemas.

E o ser humano que viria a me esclarecer acerca de tudo isso — não por persuasão, mas pelo exemplo — já estava presente, naquela noite no Odin. Um minúsculo anfíbio, mais parecido com um girino do que com uma salamandra, correndo e deslizando lá dentro do útero, onde estava envolto. Era Nathaniel, meu primeiro filho.

CONCLUSÃO: MEMÓRIAS DE UM FILOSSEMITA

Quatro de junho de 1967 foi um domingo.

No Oriente Médio, os exércitos de três nações pareciam prestes a atacar

Israel, em uma campanha cujo generalíssimo Gamal Abdel Nasser prometeu que "seria cabal"; e "o objetivo será a destruição de Israel".

Em Londres, W9, na tarde de 4 de junho, eu assistia a uma sionista se vestir. Ela pegou uma peça de roupa que eu mais tarde descobri se chamar *cinta-calça*. Era branca como cetim nupcial; depois pegou a saia, que era preta como uma fita de luto; em seguida, a camisa vermelho-sangue.

Ela se chamava... ah, meus dedos estão impacientes para digitar o duplo dáctilo sonoro de seu verdadeiro nome completo. Mas já escrevi sobre ela duas vezes (num romance e num livro de memórias), e seu pseudônimo fica aqui preservado: Rachel.

A saia preta, a camisa vermelha.

"Preciso correr", ela disse.

Rachel olhou em torno, como se pudesse ter deixado algo para trás. E tinha: estava entre os lençóis, onde eu ainda estava deitado... Mesmo na década de 1960, de vez em quando você ouvia aquele eufemismo para virgindade: "inocência". O que Rachel deixara para trás naquela tarde de domingo era seu eu não desperto, sua "inocência".

Eu tinha quase dezoito anos, ela era um ano mais velha, a mesma idade de Israel. Foi um primeiro amor, nosso primeiro amor, meu primeiro, o primeiro dela.

"São *quatro e meia*", disse ela.

"Você vai chegar na hora. São só duas paradas."

"Mas é domingo. Domingo demora mais porque eles insistem em ver você se recuperar. Não sei por quê. Ficam vigiando você tomar a xícara de chá, comer o biscoito de gengibre. E fecham cedo também. Às vezes, mandam as pessoas *embora*."

Eu sabia exatamente do que ela falava. E já estava me sentando para me vestir. "Vou até o ônibus com você."

"Então corra."

Nós nos abraçamos, nos beijamos e caímos de lado; mas não por muito tempo. Rachel, uma sefardita com cabelos de ébano, nariz fino igual a um machado, lábios grossos da mesma cor da tez (como areia úmida da praia). Eu tinha dezessete anos, lia poesia e reconhecia uma epifania quando sentia uma.

Rachel tinha que ir ao instituto, tinha que correr para o instituto num domingo, a tempo de doar sangue a Israel. E não havia como negar a simples verdade de que ela acabara de me doar seu sangue.

O que teria sido suficiente, mais do que suficiente, para ativar algo durável. Mas já estava ativado, já estava lá.

Uma passada rápida ao Natal de 1961. Após um almoço de quatro horas, estou jogando Scrabble com Kingsley e Theo Richmond (um amigo íntimo da família). Meu pai pega duas peças de seu suporte e, como provocação, antes de retirá-las, forma a palavra YID. Tenho doze anos.

Será mesmo que sei o que essa palavra significa? De qualquer forma, Kingsley dá uma risada disfarçada, e Theo dá uma espécie de risada (não é a risada dele de verdade), e me esforço para parecer que sorrio. Mesmo enquanto escrevo, posso me lembrar de como sentia minhas bochechas: como papelão.

Naquele momento devo ter feito várias deduções bastante extenuantes. Que Theo fosse judeu;[12] que *yid* fosse uma palavra odiosa para judeus; e esse ódio aos judeus fosse algo concreto e bem estabelecido. E fosse sombrio, quente, insidioso, *violento*.[13]

O que podia me levar adiante? Só umas fotos que eu tinha visto no *Daily Mirror*, em Swansea, aos nove ou dez anos, e esta conversa com minha mãe.

"Mãe."

Ela viu que eu estava preocupado. "Diga, Mart."

"Hitler e toda aquela gente morrendo de fome." Eu estava pensando nos trilhos, nas chaminés. "Por que Hitler estava... por que ele estava...?"

"Ah, não se preocupe com Hitler", ela disse (de modo muito característico). "Você tem cabelo loiro e olhos azuis. Hitler teria amado *você*."

Dessa certeza, de que Hitler teria me amado, acabaram brotando dois romances inteiros. Porque os romances vêm de uma ansiedade longamente marinada e negligenciada, de uma ansiedade silenciosa...

Rachel doou sangue no domingo. Na manhã seguinte, às 7h10, horário de Israel, começou a Guerra de Junho, agora conhecida como Guerra dos Seis Dias. A ansiedade de Rachel também era silenciosa, ou quase silenciosa; havia abrandado na quarta-feira; e no fim de semana seguinte ela estava quieta e calmamente atordoada de alívio.

Agora me pergunto: o quanto ela sabia? Sabia da promessa de Nasser, de que ele "exterminaria totalmente o Estado judeu para sempre"? Sabia o que era extermínio? Sua avó, pequena e espirituosa, que morava na casa da família no alto da Finchley Road, era ortodoxa, a ponto de até seu café instantâneo, seu Gold Blend de rótulo verde, ter o carimbo Kasher ("adequado"); *ela* sabia o que era extermínio. O tio de Rachel, tio Balfour, sabia o que era extermínio...

E quanto a mim, o que *eu* sabia? Nada. Tinha dezessete anos e era politicamente alheio; mais do que isso, sentia que a história não podia me atingir, que de alguma forma não podia me atingir. Invulnerável a Hitler, graças à minha cor, era irrelevante também para Nasser, pelo mesmo motivo. Ambos os homens poderiam ter me considerado culpado por uma acusação menor: eu era simpatizante do sionismo e gostava dos judeus.

E era mesmo. Amei Rachel, é claro (quem não amaria?), mas a questão é que também amei Theo, amei-o de qualquer maneira, desde a infância. Adorava olhá-lo nos olhos, que pareciam quase caleidoscópicos, como um móbile em cima de um berço. No caso dele, um padrão vivo e agitado de todos os impulsos humanos mais gentis. A delicadeza inteligente daqueles olhos.

"Como assim, quinhentos mililitros a cada seis semanas? Você doa tanto", eu disse, "estou com medo de que desapareça. E você não come. Nem dorme."

Estavam no ponto de ônibus e ele tinha os braços em volta da cintura dela. "Você já é tão magra. Essa cinta-calça, por que você usa isso?"

"Porque minha barriga é saliente."

"Não é saliente nada. Ela faz uma curva para a frente. É lindo, e eu adoro isso."

Abraçaram-se e se beijaram quando o ônibus de dois andares parou com um suspiro indulgente.

Uma teoria. Que flutuava aqui com toda a devida discrição.

O filossemita e o antissemita não se opõem, não exatamente. São, ainda, incapazes de responder com neutralidade ao que Bellow chamou de "a carga judaica", a energia armazenada do judeu. *Carga*: "a propriedade da matéria que é responsável por fenômenos elétricos e que existe em forma positiva ou negativa".

A energia armazenada, o histórico armazenado, que existe de forma positiva ou negativa.

Diretriz

Coisas que a ficção não pode fazer

Antes de passarmos para o próximo capítulo, você se importa se fizermos uma pequena pausa? Neste momento, quero um descanso de "As veias, fúria e lama, em toda humana espécie"* (Yeats). Minha consciência, quando me volto a Phoebe, está razoavelmente limpa, mas ainda é… essa mulher é…

Ah, quieto, Spats. Pare já com isso. Com licença, tenho que cuidar um pouco do gato e, enquanto isso, faço mais chá… Ah, é muita gentileza sua. Obrigado. Isso, preto, por favor. Sem açúcar.

… De qualquer forma, quero continuar a falar um pouco sobre as coisas que a ficção não pode fazer; e seus pontos cegos são em si mesmos esclarecedores. Vou precisar generalizar de um jeito meio sem-vergonha, como sempre, portanto tenha em mente que uma generalização, nestas páginas, não pretende ter força de axioma; apenas chama a atenção para uma tendência marcante. E leve em conta que uma generalização não fica mais fraca ao desenterrar uma ou duas exceções; ou de uma a duas mil exceções.

Às vezes, dizem que Coleridge (falecido em 1834) foi o último homem a ter lido tudo. Porém nem mesmo um veterano mitômano ousaria reivindicar

* Tradução de Augusto de Campos. (N. T.)

esse título em 2016, não, nem mesmo o estudioso sr. Trump. Assim, mesmo a generalização mais branda possível tem agora de coexistir com uma multidão incognoscível de anomalias. Então vamos esquecer as anomalias e nos concentrar nas generalizações: no que a ficção não pode fazer.

Ah, no front "mais estranho que a ficção"... Na verdade, nada é mais estranho que a ficção. Hoje, você pode até ter "sonhos intranquilos", mas não vai acordar "transformado em um inseto monstruoso". E frases como *nenhum escritor poderia inventar um personagem mais bizarro que nosso pretenso presidente* e *nosso pretenso presidente tornou a sátira redundante* são quase tocantes de tão ingênuas. Uma coisa que a literatura pode fazer, sempre fez e continuará fazendo (sem nenhum esforço especial) é conjurar personagens mais estranhos que Trump. Quanto à sátira: ao transformá-lo em arte, será que Swift, Pope, Dickens, Evelyn Waugh ou Don DeLillo, digamos, sentiriam que não havia nada a acrescentar?

... Na vida real, na sociedade, na civilização, nós nos curvamos à velha regra: não há liberdade sem leis. Romances e contos não são assim: na ficção não há leis e, ao mesmo tempo, a liberdade não tem limites. Ficção é liberdade. Hum, suponho que isso seja o que algumas pessoas no começo acham tão assustador sobre a folha de papel em branco: escreva o que quiser; ninguém vai impedir.

Ainda assim, cheguei a uma conclusão estranha: há certas coisas que a ficção deve tratar com extrema cautela, caso as aborde, certas zonas amplas e conhecidas da existência humana que parecem naturalmente imunes à arte do romancista. Ao que parece, sucessos ficcionais nessas áreas são raros. Pelas minhas contas, trata-se de apenas três coisas (embora possa haver mais), não é muito.

Uma. Sonhos. Esta seria a menos controversa...

"Conte um sonho, perca um leitor" é um ditado atribuído geralmente a Henry James (ainda que eu e outros não tenhamos conseguido localizar a frase). Tudo bem um sonho, contanto que ele se esgote em meia frase, digamos; como eles têm liberdade de perdurar, e de acumular detalhes, os sonhos acabam se tornando receitas de caldo ou de mingau bem ralo. Por que isso? Qualquer sonho que dure um parágrafo, quanto mais uma página, já está chegando perto de outra proibição muito sólida: nada estranho dura muito (Samuel Johnson). No entanto, é ainda mais básico do que isso.

Os sonhos são muito individualizados. Todos nós sonhamos, mas os sonhos não fazem parte da experiência compartilhada. Ah, é muito provável que todo mundo já tenha tido aquele sonho em que você está em um espaço público lotado, fazendo um exame importante e a caneta não funciona, e, por algum motivo, você está nu. E há alguns outros: o sonho aeronáutico, o sonho em que as pernas ficam bambas quando o demônio se aproxima e assim por diante. Principalmente, porém — e isso é fatal —, os sonhos são arrancados do mundo aleatório do inconsciente, do subterrâneo perverso, e reduzem o sonhador-autor a um aglomerado de esquisitices, traço compartilhado com nosso próximo cliente.

Duas. Sexo. Essa seria a mais controversa...

Eu sempre dizia que *Orgulho e preconceito* tem apenas uma falha grave: a ausência de uma cena de trinta páginas com o sr. e a sra. Darcy na noite de núpcias (na qual Lizzie é irresistível e Fitzwilliam também se sai extraordinariamente bem). Uma ideia sem futuro: onde Jane Austen encontraria a linguagem ou mesmo os padrões de pensamento sobre sexo? Mesmo assim, há uma troca mundana, surpreendente, muito perto do dia do casamento e da conclusão festiva, quando Elizabeth é chamada à biblioteca do pai, e o muito inteligente, mas muito cínico, sr. Bennet a identifica como uma jovem de temperamento forte e talvez de transgressora gama erótica...

Demora quase o romance inteiro para que a antipatia de Elizabeth pelo sr. Darcy se transforme em amor (e ele com certeza merece isso). Sem saber da recente reviravolta, o sr. Bennet decide, de modo bastante doloroso, que ela está prestes a se rebaixar à "desgraça", Jane Austen sempre diz, de casar por dinheiro. "Conheço seu gênio, Lizzie", ele fala à filha favorita:

> Sei que não poderia ser feliz, nem respeitável, a não ser que tivesse genuína estima por seu marido; a não ser que o considerasse um ser superior. Seus talentos vigorosos colocariam você em grande perigo em um casamento desigual. Dificilmente você escaparia do descrédito e da angústia.

Em outras palavras, o "gênio" de Lizzie faria com que ela levasse esses "talentos vigorosos" para outro lado: ela se perderia, ela *cairia*. Só por um momento, ao ouvir o sr. Bennet, sinto ainda mais falta da cena de sexo de um capítulo inteiro...

O breve discurso do sr. Bennet é provavelmente a coisa mais suja de toda Jane Austen. Agora vou citar o que é provavelmente a coisa mais suja de toda a ficção vitoriana convencional. Está em *Tempos difíceis* (1854), de Dickens. Thomas Gradgrind, o descarnado e sedento professor utilitário (que pensa ser imprescindível saber que um cavalo é um "quadrúpede granívoro"), está incitando sua amada filha, Louisa, a se casar com o amigo dele Josiah Bounderby, um presunçoso pequeno industrial que tem três vezes a idade dela.

> "Agora deixo que você julgue por si mesma", disse o sr. Gradgrind. "Expus o fato, pois tais fatos são geralmente expostos entre mentes práticas... O restante, minha querida Louisa, é você quem decide."
>
> Ela afastou os olhos dele e ficou sentada por tanto tempo olhando silenciosamente para a cidade que ele disse, por fim: "Você está consultando as chaminés da fábrica de Coketown, Louisa?". "Parece não haver nada ali, exceto lânguida e monótona fumaça. No entanto, ao anoitecer, o Fogo [note a maiúscula supersticiosa] irrompe, pai!", ela respondeu, e virou-se rapidamente.
>
> "Claro que sei disso, Louisa. Não vejo sentido nessa observação." E, para sermos justos com ele, não via mesmo, nada.

E assim dizendo, Charles Dickens, talvez o escritor mais obstinado da língua inglesa, sai da sala a passos lentos.

No Ocidente, o romance popular começou a circular por volta de 1750.[1] E por alguns séculos era simplesmente ilegal escrever sobre sexo. Então algo aconteceu.

> *A relação sexual começou*
> *em mil novecentos e sessenta e três*
> *(O que foi bem tarde para mim) —*
> *Entre o fim da censura a Chatterley*
> *e o primeiro LP dos Beatles.*
>
> Philip Larkin, "Annus Mirabilis" (1967)

D. H. Lawrence é sem dúvida a figura intermediária, na verdade, o pai putativo da revolução sexual. *O amante de Lady Chatterley* surgiu em edição particular na Itália, em 1928, e depois (fortemente autocensurado) na Inglaterra, em 1932. A versão não expurgada foi absolvida de má vontade trinta anos depois, no Reino Unido, nos Estados Unidos e no Canadá (embora ainda seja condenada no Japão, na Índia e na Austrália). A partir daí, no mundo anglófono, os romancistas foram subitamente autorizados a escrever sobre sexo; escrever sobre sexo sem temer a sirene e o policial bater à porta.

E então todos tentaram. Claro que sim (imagino-os carinhosamente agachados em suas mesas na posição de *em suas marcas*, ansiosos para partir. No passado, eles não podiam escrever sobre sexo. Agora podiam. E adivinhe. Ainda não conseguiam. Eram livres para escrever a respeito, mas não conseguiam escrever sobre o tema com o peso necessário, não conseguiam escrever com seriedade; não conseguiam encontrar (e até este momento não encontraram) o tom certo.[2]

É uma lacuna surpreendente e desconcertante, possivelmente a mais estranha de todas as coisas estranhas relacionadas à literatura, por um lado, e, por outro, à vida. O amor físico é a força que povoa o mundo; e, no entanto, os romancistas não chegam a lugar nenhum nessa área. Não conseguem encontrar um tom para o elemento transcendental, que a maioria de nós sabe existir. Lawrence passou muito tempo tentando (uma grande fração de seus quarenta e quatro anos), e também não conseguiu encontrar o tom.

O fracasso coletivo é completo e realmente abismal. *Sonhos* são uma espuma que dança na superfície de um lago ou poça turbulenta; mas *sexo* é oceânico e cobre sete décimos do globo. Uma força tão fundamental, tão variada, tão grandiosa, tão rica. E, no entanto, sua evocação na página está de alguma forma além de nosso alcance.

Os escritores terão apenas que sorrir e suportar, procurar conforto onde puderem. Bem, suponho que isso aumente nosso respeito pelo ato, o ato que povoa o mundo. É o que ele faz. Podemos nos curvar com honra ao que é inefável e acompanhar Dickens até a porta. Mas por que não podemos descrevê-lo? O que torna nossas mãos relutantes e frias?

Assim como os seres humanos ainda não são inteligentes o suficiente para entender o universo (estamos a pelo menos seis ou sete Einsteins de distância), não somos sensíveis o bastante para expressar na página o amor físico de forma criativa. A tentativa vem ocorrendo há apenas cinquenta e poucos anos, admito. Mas por enquanto o peso do passado é intransponível. Séculos de inibição, eufemismo e constrangimento (e gargalhadas furtivas) conspiraram para nos manter subdesenvolvidos.

Portanto, evite ou minimize qualquer referência à mecânica de fazer amor, a menos que contribua para nossa compreensão do personagem ou da situação afetiva. Tudo o que geralmente precisamos saber é como foi e o que significou. "Acaricie o detalhe", disse Nabokov no leitoril. E é um excelente conselho. Mas não faça isso quando estiver escrevendo sobre sexo.

Três. Religião — o que incluiria todas as ideologias, todas as redes institucionalizadas de crença comprometida...

As pessoas que falam muito sobre sonhos, ou sexo, logo estarão sozinhas no bar. E o mesmo vale para religião. Brindei essa ultrajante impertinência a Graham Greene em Paris, se você se lembra, na névoa professoral de tons cinza e verdes (e marrons) que predominava em seu apartamento espaçoso, mas monótono, no Boulevard Malesherbes, durante uma visita-entrevista-almoço em 1984, em seu aniversário de oitenta anos. Foi realmente escandaloso: um insulto abrangente e bastante detalhado resumido numa única frase. E juro que nunca quis dizer daquele jeito... Minutos depois de chegar, com um olhar de sincera simpatia no rosto, questionei:

"Agora que o senhor está superando esse marco, sua religião deve ser mais do que nunca um conforto, não acha?"

Em outras palavras: você vai morrer muito em breve, então sua expectativa crédula e egoísta de recompensa celestial deve ser um sedativo bem-vindo uma vez que...

Greene reagiu bem, apresso-me a repetir, manteve-se à altura da ocasião. Com um nítido trinado na voz, respondeu:

"Ah não! Ah não! A fé *enfraquece* com a idade. Em conjunto com todos os seus outros poderes."

A fé como um poder (um poder que enfraquece). Muito bom.

Mas para falar a verdade... Ler um Graham Greene "teológico" (o nome de Bollywood para o gênero) pode ser comparado a uma viagem de trem, uma viagem de trem de um tipo curioso. Você embarcou e se acomodou, e com um leve solavanco parte da estação; abriu seu livro e está muito feliz, entrando num clima diferente e num mundo diferente, dá uma olhadela para fora e vê a paisagem em movimento (e anseia também pelo ímpeto de uma narrativa envolvente); assim, depois de mais ou menos meia hora, com um estalido e um estrépito, o carrinho de chá adentra o vagão e começa a chacoalhar pelo corredor.

E então você pode sentir vontade de tomar uma xícara (e uma pausa e um pensamento) antes de voltar ao conto de Greene, mas esse é o fim de sua experiência de leitura, porque o carrinho de chá vai estalar, sacudir e chacoalhar pelo restante da viagem. Em Greene, esse carrinho de chá é a religião.

A importação de um sistema de valores completamente estranho: os milagres, as conversões, a negação monótona do livre-arbítrio, os mandamentos (os adúlteros devem ser punidos, os apóstatas devem se desintegrar ou "voltar" trêmulos), a obediência a uma arquitetura de crença herdada (e a um vasto clichê) etc. Em uma teologia, é muito crucial que a morte deixe de ser morte (sua energia e força são sugadas). Não, a ficção não pode estar ligada à religião, porque a ficção é em essência uma forma temporal e racional, uma forma realista-social, como veremos.

A literatura inglesa está imbuída da Bíblia e seria irreconhecível se despida desses ritmos. E daquilo tudo. No entanto, o poema, e não o romance, é a morada natural da religião; e os poetas religiosos pairaram no centro do cânone por um milênio. Poesia e religião são, em certo sentido, coeternas, o que talvez tenha a ver com anseios pré-letrados...

Nem de longe sugiro que escritores não se mantenham desesperadamente interessados no eu espiritual, na psique (uma palavra-chave, já que inclui a alma) e em questões de moralidade.

Mas Phoebe está à nossa espera, então podemos deixar a moralidade de lado por mais algum tempo?

Universalidade: parece que todas as três placas de entrada proibida (Sonhos, Sexo, Religião) revelam um déficit de universalidade. Vimos como os sonhos e o sexo confinam o escritor a uma consciência não compartilhada; a religião o faz de maneira diferente, porque afirma, pelo menos, ter aplicação universal. De fato, os principais monoteísmos exploram uma visão devidamente parcial do cosmos, qualquer que seja a seita ou subseita. A facção de

Greene era o catolicismo romano. Assim, ele poderia ter um domínio plural na Europa do século xv. Ao contrário de agora: em uma era intelectual que se acostumou com quasares, singularidades e espaço-tempo curvo, seus romances ainda nos convidam a olhar boquiabertos para a sarça ardente.

Há tempos imploramos por uma pergunta — uma grande e muito pertinente pergunta. Como é possível um romance autobiográfico tentar, e muito menos alcançar, o universal (embora Saul tenha encontrado um jeito)? Mas continuemos implorando por enquanto.

Como você vê, estou ganhando tempo. Sim, sim, Phoebe. Nossa, ela é tão difícil quanto Spats....

Lembra-se daquela homilia de Saul sobre ética e moral, sobre ética ser dinheiro e moral ser sexo? Em uma sociedade civilizada, em um dia bom, a moral e a ética fazem parte da mesma coisa, que é a integridade, embora às vezes seja reconfortante compartimentá-las, como fazem os americanos. Então você pode dizer a si mesmo: bem, minha ética pode não ser muito inteligente, mas minha moral parece se sustentar. Ou, ao contrário, minha moral não é de fato a melhor, mas minha ética...

Moral e ética, dinheiro e sexo. Ah, não, não. Julia teria rido com muito mais liberdade se soubesse a metade, um décimo, a penúltima verdade sobre mim e Phoebe Phelps.

Romances escritos por pessoas de vinte e poucos anos tendem a ser mais ou menos autobiográficos. *Escreva sobre o que você sabe e o que você viveu* tornou-se um conselho valioso e amplamente divulgado; porém é isso que você estaria fazendo de qualquer maneira, quer queira quer não, porque não tem a menor noção de todo o restante.

Então coloquei "Rachel" em meu primeiro livro, até no título. Quando foi lançado, ela o leu, me ligou, nos encontramos e naquela noite o caso recomeçou. Fiquei perplexo: todas as indiscrições grosseiras, todos os segredos dolorosos desnudados e aquele capítulo final deliberada mas repulsivamente frio! Ah, a escrita da vida (como disse Churchill sobre a Rússia) é "um enigma envolto em um mistério dentro de um enigma". Todavia, de algum modo, o próprio ato de composição é um ato de amor.

Agora considere por um momento que Phoebe fosse imaginária: só bem de leve fiel à vida, um personagem inventado em um romance inventado. Ao começar a moldá-la, como devo proceder?

Bem, primeiro a pegaria e estilizaria sua aparência e sua presença emocional, fundamentalmente por meio de um exagero grosseiro (essa parte é sempre divertida). Em seguida, eu a sobrecarregaria cumulativamente com qualidades que atendessem ao projeto geral do romance que tentasse escrever (argumentos, temas, padrões, imagens e todo o restante). Ela então precisaria se comportar, nunca se desviar do papel a ela designado. E por fim, depois de tudo isso, a Phoebe original teria desaparecido, enterrada como um fóssil debaixo do sedimento da invenção.

Este romance, o romance atual, não é vagamente, mas estritamente autobiográfico. E para se qualificar como uma figura em tal obra, tudo que você precisa é de *historicidade*. Você só precisa ter acontecido e, pronto, está dentro.

2. Phoebe: O negócio

Embora nem pensemos em fazer tal coisa ponto por ponto e com todos os detalhes, podemos começar com o primeiro encontro. Tudo foi decidido no primeiro encontro.

Era 1976.[1]

KONTAKT

Martin conheceu Phoebe… não, ele a pegou, ele a puxou, numa tarde de abril em uma rua lateral perto de Notting Hill Gate. O centro da operação era uma cabine telefônica.

Lá estava a rua silenciosa meio cheia de sombras contorcidas (olmos eriçados a oscilar ao vento), e lá estava a cabine telefônica, coberta de espessa tinta vermelha escorrida, maciçamente agarrada às pedras do pavimento. Na parte de dentro, atrás do vidro, dando instruções silenciosas ao bocal negro do telefone, estava uma jovem esbelta de cabelos cor de hena. Usava um terninho feito sob medida, amarelo-claro.

Ao registrar isso, ele seguiu em frente por alguns segundos, depois voltou hesitante e ficou ali parado, uma fila de um homem só (e batia nos bolsos como se procurasse moedas). Ela olhou para fora, os olhos de ambos se encontraram, e ele fez um gesto de "tudo bem" que afastava a própria noção de pressa. Daí em diante, ele ficou olhando as árvores e as sombras, mas todo o tempo consciente da forma e do volume do corpo dela, consciente do espaço exato que ela preenchia...

Ele pensava na força da atração, porque não achava a magreza em si atraente (as garotas de quem gostava geralmente tinham alguns gramas a mais; e às vezes alguns quilos a mais). Ela não era linda. Era bonita? Ele não sabia dizer. Se a boa aparência tinha a ver com simetria, como sempre se dizia na época, então ela não passava no teste. Ela também não tinha a beleza feia. Era talvez uma feia bonita? Ou outra coisa, algo assim...

De qualquer forma, ele percebeu, quase desesperado, o que precisaria fazer. Seria preciso *tentar*... Naquele momento, sua confiança se esvaiu, e ele se preparou para um interlúdio de total vulnerabilidade, mas garotas, mulheres, muito raramente riam na sua cara, e, além disso, quando você se sente assim, ele disse a si mesmo, não há escolha: precisa tentar, não pode deixar de tentar, precisa pelo menos *tentar*.

E você faz isso bem... e aí se entrega à misericórdia delas...

Ele esperou. A brisa tinha parado, liberando uma umidade firme que subia até suas axilas. Martin raramente saía com garotas do próprio nicho ou escalão (a boemia literária), mas agora sentia, com uma onda de verdadeira ousadia glandular, que a mulher na cabine não era muito parecida com ele, era de uma esfera moral estranha...

Ela abriu a porta com o ombro.

"Dinheiro."

Então ela parou (para fazer uma anotação no que parecia ser uma agenda de bolso). Tudo bem: ela estava levemente bronzeada, o cabelo castanho-avermelhado fora arrumado fazia pouco tempo e com profissionalismo (caía em mechas e ondas), e havia o terninho social, a camisa social (e os sapatos sociais). Mas o rosto em si não era de uma executiva: nem esperto nem mesmo especialmente astuto, apenas sensato e divertido. Ela deu quatro ou cinco passos em sua direção, e o andar, tão solto e fácil, disse a ele algo novo sobre o corpo dela: ela *gostava* dele (o que era um ótimo começo).

"Ah, sinto muito ter demorado tanto."

"Bom", ele disse com voz grossa (e essa não era uma frase típica sua, saiu espontaneamente). "Te perdoo se você jantar comigo."

"O quê? Repita, por favor... É, entendi certo. Mas o que me importa se você me perdoa ou não? O que ganho com isso?"

Ele respondeu: "Ah, que é isso? É bom ser perdoado. Aí você não é torturado pela consciência".

"Hum, bom, isso é um incentivo."

Esse contato humano já era agradável, além de engraçado, e entre eles havia uma leveza cautelosa no ar. Por um momento, ele pensou que os olhos dela talvez fossem ligeiramente assimétricos. Mas não. Seus olhos eram apenas imparciais e não conspiravam de forma alguma (ao que parecia) com o brilho doce do sorriso. A boca era larga, porém os lábios, economicamente finos. Ele disse:

"E a culpa é sua. Você é muito atraente." Seria o corpo dela? "Você me obrigou a ter coragem para perguntar. Verdade. Você fez isso. Vamos, jante comigo. Quero muito que aceite."

"... Você faz isso sempre? Perambular pelas esquinas à caça, na esperança de uma chance qualquer?"

"Nossa, não. É muito cansativo." A carne dela, ele decidiu, era bronzeada de dentro para fora, com um leve tom avermelhado. (Cheyenne, choctaw, mohawk.) "Só precisa aceitar. Jantar comigo. Depois você recupera sua paz de espírito."

"... Estou pensando. Você é um pouco jovem. Pode *mesmo* pagar um jantar? E essa jaqueta de operário."

"Não é jaqueta de operário!... É um sobretudo."

"E o cabelo comprido. E você também é baixinho, não é?"

"Sou. E também tenho um nome horrível. Martin. Mas posso pagar o jantar. Não se esqueça de que homens baixos se esforçam mais."

A assimetria não estava nos olhos. Estava na boca. Dentes de coelho? Não. Uma leve estranheza no palato? Quando ela sorria, parecia francamente rústica, selvagem mesmo, o que, aparentemente, despertou nele algum atavismo indigno. Ela declarou:

"Martin. Podia ser pior, acho... Agora, antes de mais nada, Martin, o que você faz?"

Ele não sentiu nenhuma vulnerabilidade aí. Sobre sua aparência, decerto, e sobre como se vestia, decerto (como todos os rapazes, vestia-se muito mal em 1976, e quanto menos se falasse sobre esse assunto vergonhoso melhor), porém não sobre o que fazia.

"Sou editor literário assistente do *New Statesman*." Havia ainda a questão de seus dois romances publicados, mas ele não ia se dar ao trabalho de incomodar uma empresária com ficção (ainda não). "E escrevo para os jornais."

"Onde trabalhou antes do *New Statesman*? Ou é seu primeiro emprego?"

"Segundo emprego. Meu primeiro emprego foi no *TLS*. O Suplemento Literário do *Times*."

Ela endireitou o corpo. "Bom, acho que você deve ser dessas pessoas muito mais espertas do que parecem. Ah, escute. Precisaria ser hoje."

"Hoje está perfeito."

"Sabe, amanhã vou para Munique. Você se importa de jantar cedo?"

"Quanto mais cedo melhor."

"Tudo bem", ela decidiu. "Vou reservar o lugar na esquina... Então! Venha tomar um drinque em meu apartamento por volta das cinco e quinze." Ela lhe deu seu cartão. "O que diz debaixo da campainha, *Contact*, é com dois Ks. Kontakt."

ENTÃO EU FUI LÁ

"Então eu fui lá", eu disse ao Christopher na manhã seguinte (estávamos em seu escritório no andar do setor de política do *New Statesman*; não era muito maior que uma guarita e conhecido como a Gaiola do Hitch.[2] Continuei: "Apartamento num prédio em Hereford Road. Tipo tradicional, mas bem modernoso. De um jeito adulto. Como uma sala de espera da Harley Street. Nada parecido com um quarto de dormir".

"Ou um inferno hippie."

"Nada a ver com um inferno hippie. Não. E ela atendeu à porta em *outro* terninho social. Cor de chá."

"Ah. Um novo episódio de *A caldeira do diabo* se descortina diante de mim. O que você fez então, Little Keith?"

"Espere. A sala de estar dela. Sem livros. Bom, alguns thrillers financeiros, ah, claro, inclusive um chamado *The Usurers*. Ela não é uma leitora, o que é estranho, porque fala como se fosse. Fluente... Duas velhas *Economists* e um *Financial Times* na poltrona. E Phoebe. Comecei a pensar que o terninho parecia um uniforme. Lançado por outra pessoa. Gostei. Uniformes são bons."

"Eroticamente bons, é o que dizem. Por quê?"

"Não tenho certeza, mas são... O apartamento não fazia pensar no futuro, porém Phoebe, sim, de alguma forma. Fiquei imaginando uma espécie de aeromoça em uma nave espacial."

"Uma comissária de bordo espacial."

"Algo estranho assim. E o clima... Eu realmente não sabia o que esperar. Por um momento, pensei que a gente fosse apenas se sentar e ter uma conversa animada sobre carreira. Motivação. Rotinas administrativas. Então ela me levou a um bar. Você teria aprovado muito esse bar, Hitch. No próprio armário dela: um bar completo e com *área molhada*. Uma pia e um frigobar."

"Esse bar", disse ele, "tem todo o meu respeito. E o que você bebeu, Little Keith?"

"Ela me aconselhou a beber com ela Campari com club soda." Dei de ombros.

"Uma bebida de executivos."

"E fraca. Então nos sentamos na varanda e não conversamos muito até que ela disse... toda casual e falante: *Este apartamento era um empréstimo por tempo indeterminado. Um velho amigo tão generoso. Infelizmente, ele morreu de súbito logo depois do Natal. E é alugado. Estou relutante em me mudar, mas como você pode imaginar, de repente, fiquei esgotada.* Seja lá o que isso quer dizer. *É muito grande. Não vou te obrigar a fazer o tour completo, mas você talvez goste de ver...* E aí pensei que logo, logo teríamos uma conversa sobre valores de propriedades na área W2. Contudo, ela me deu um sorriso diferente."

É, um tipo diferente de sorriso. Com o mesmo toque fora de centro, a boca fora de centro como numa mordida cruzada. Não era um sorriso, e sim um esgar muito interessado. E inegavelmente vândalo também: tinha um tom de ignorância desafiadora e voluntária, e algo antissocial; havia ilegalidade ali.

E de novo meu cérebro pantanoso transmitia uma estática doentia, como um contador Geiger.

"E ela disse, *mas talvez você queira dar uma olhada na suíte principal... Venha, então. Traga seu drinque.*"

"... Meu querido Little Keith."[3]

E, em questão de segundos, Martin se ouviu murmurar: "Phoebe. Que silhueta tão inesperada você tem".

"Eu sei. Todos os homens sempre dizem isso. Peitos no palito."

"Não", ele disse. "Peitos numa vara de condão."

"... Obrigada, Martin, é uma clara melhoria. Peitos numa vara de condão. Além da bunda abastada, óbvio." Ela continuou, sonhadora: "Essa é a *segunda* razão pela qual todas as mulheres me odeiam".

"Bom, é um pouco demais."

"É, *sim*, um pouco demais."

"Qual é a primeira razão? Ou os peitos são o primeiro motivo e a bunda o segundo?"

"Não. Os peitos *mais* a bunda são o primeiro motivo. A segunda razão é esta: como feito uma porca e nunca engordo um grama... Ok." Nessa altura, ela não estava com nada além da saia e dos sapatos, que chutou para longe. Ao levantar o lençol de cima, ela consultou o relógio (digital) de cabeceira e disse: "Chega de conversa. São cinco e quarenta e cinco, e a mesa está reservada para as nove... Ah, sim. Aqui está outra protuberância surpreendente. Me dê sua mão".

Um momento se passou. "Gawd", [*God*] disse ele (originalmente era *gaw*, com o acréscimo do D para parecer menos juvenil). "É como um... um punho fechado numa luva de vison."

"... Obrigada de novo, Martin. Outra melhoria. A maioria dos homens só repara quando ele cresce e aí diz algo bem vulgar sobre como ele logo fica pegajoso."

Ele declara: "... É sua ereção".

"Que incrível. Eu acho isso também. Minha ereção... Certo. Chega de conversa, mas deixe eu te dar um conselho, meu jovem amigo. Um conselho que vai te ajudar pelo restante de sua vida ativa."

"Que ótimo. Sua vida *ativa*. E um lembrete oportuno, Little Keith, de seu inevitável... Então, qual era?"

"Qual era o quê? Ah. Bom, o conselho não era tão maravilhoso quando ela falou com todas as letras... Hitch, você já viu uma garota sair de dentro de um terninho social?"

"Claro que não."

Já era fim da manhã, então estávamos no Bunghole, o bar do outro lado da rua, tomando bebidas fortes (*screwdrivers* para mim, uísques duplos para ele). Eu disse:

"Ou melhor, muito melhor, você alguma vez *ajudou* uma garota a sair de um terninho social?"

"Claro que não. Por que deveria? Não tenho nada a ver com terninho social."

Christopher era muito atraente para as mulheres, mas permanecia, a meu ver (considerando que estávamos em Londres, em meados dos anos 1970), inexplicavelmente pouco promíscuo. Era internacionalista e universalista, porém sua namorada ideal era do tipo marxista, de preferência trotskista (e esses casos eram duráveis, fiéis e, ao que parecia, severamente dialéticos). No começo, eu pensava: Tá, tudo bem por enquanto... as garotas ainda vão te conquistar... Todavia, Christopher era bombardeado por propostas de várias beldades mimadas, tudo em vão. Ele chamava a *minha* vida amorosa de *A caldeira do diabo*, com intenção de evocar uma série de encontros repetitivos entre membros da pequena burguesia. Eu considerava a vida amorosa *dele* algo elaborado não por Grace Metalious, mas por Rosa Luxemburgo.[4] Haveria uma exceção famosa (mas ainda não, ainda não): Anna Wintour.

"Você está interessado na revolução errada, companheiro. Amor livre, Hitch."

"Hum. Escute. Antes de discorrer sobre o terninho social, me conte qual foi o conselho dela... Mart, você está em transe. O conselho que vai me servir por toda a minha vida ativa."

"Ah, claro. Desculpe. Bom. Ela disse, e disse no tom de uma tia na fase terminal de uma doença, *quando você estiver num encontro sexual de verdade, Martin, então o segredo é este: não goze*. Foram as palavras dela."

"... Não goze?"

"Não goze. *Não até o fim. É a resposta. Juro que vai se divertir muito mais.*"

Nós dois pedimos novos drinques.

"E não gozar até o fim, Hitch, transforma a experiência inteira. Três horas. Alguns descansos e pausas para fumar, mas nada de perder tempo com se recuperar ou algo do tipo. E melhora a concentração. Você se estabiliza e controla o ritmo. Você se satisfaz com isso."

"Acho que entendi… Ela é mais velha que você, não acha?"

"Ela é mais alta que eu. Alguns centímetros. E pode, sim, ter alguns anos a mais também. Talvez uns trinta. Ela com certeza era, hã, sênior."

"Deixe-me gravar isso na memória. Só por precaução. Não… goze."

"Não goze. E eu também não ia gozar depois do jantar. Não até o fim. E, além disso, eu estava pensando na manhã seguinte, preocupado se a regra de não gozar ainda valeria. Mas então… Ela me surpreendeu bastante antes do jantar. E durante. No entanto, depois do jantar ela…"

CONTROLE DE QUALIDADE

Depois do jantar (Phoebe tomou sopa com bastante pão, depois comeu camarão na manteiga com bastante torrada, um farto ensopado de carne borbulhante, um *crème brûlée* com crocantes de conhaque e fez duas visitas à tábua de queijos com muitas bolachas de aveia), Martin orgulhosamente a acompanhou de volta a Hereford Road, e assistiu com certa complacência enquanto ela manuseava as chaves… A atmosfera moral imposta por Phoebe era em parte conhecida por ele; e essa atmosfera era de inconformismo, de improvisações e concessões obscuras, e tocada por contracorrentes e maneiras diferentes de lidar com as coisas. Porém, nessa altura, quem se importava?[5] Enquanto aguardava para entrar no prédio de Phoebe, ele vibrava, intrigado. Então se aproximou e passou a mão pelos quadris dela, em seguida pela cintura, em seguida pelo diafragma, antecipando grandes esquemas e projetos, grandes esforços e iniciativas, empreendimentos épicos…

"Este é seu nome do meio?", ele murmurou em sua nuca morena. "Kontakt?"

"É por causa dos negócios." Ela se virou. "Sou a velha e simples Phoebe Phelps. Bom. Boa noite!"

Foi algo mais doloroso do que decepção (parecia uma estocada, parecia uma lança atravessando sua alma). No entanto, de imediato ele se recompôs e disse suavemente: "Ah, é uma pena. Mas eu entendo. Munique amanhã".

"É. Amanhã à noite... Venha aqui um segundo."

Ela deu um passo para trás através do arco, para dentro da brisa sempre intensa e da luz âmbar. Com um cigarro apagado entre os dedos, ela esticou lentamente os braços na altura dos ombros.

"Vou passar um dia preguiçoso e nem vou sair da cama até as três da tarde. Portanto, não tem nada a ver com Munique... Mesmo agora, vou ficar acordada por um tempo. E não vou lavar o cabelo." Ela beijou o pescoço dele. "E não é que eu não queira... Mas não!"

Ele disse: "Nesse caso, não entendo".

Ela o estudou. "Ah, você está parecendo todo *valente*... Não é o que você esperava. O que esperava não é difícil de adivinhar. Hum, e aí você encerraria tudo com mais uma suada pela manhã, quando gozaria o mais rápido possível. E, em seguida, iria para o trabalho de metrô com seu sanduíche de bacon. Ou estou completamente enganada?"

Ele poderia ter dito que estava enganada sobre o sanduíche de bacon; mas apenas esperou.

Chateada, ela balançou a cabeça. "Essa simples ideia me faz pensar: meu Deus, que desperdício, que desperdício trágico. Para mim, isso parece realmente bobo, desperdiçar assim."

"Desperdiçar o quê?"

"O elemento... surpresa. Por que você põe perecíveis na geladeira? Para eles não estragarem, não 'passarem do ponto'. Como vê, tenho opiniões muito firmes sobre como manter as coisas boas e frescas. Com base nos princípios que aprendi, sr. Amis, no que faço."

"Na esfera empresarial."

"Coisas realmente óbvias como *não* viver do capital social no negócio. E controle de qualidade." Ela o olhava com total benevolência, diluída em senso de humor e alguma pena. "Por que nem todo mundo faz do *meu* jeito?... Bom! Gostou do encontro?"

"Ah, gostei, sim. Muito."

"Talvez você queira se aposentar enquanto está ganhando, Mart. Deveria, se o que deseja é uma vida tranquila. Um monte de garotas pode te dar uma rapidinha fedorenta de manhã. Retirar-se, se aposentar. Se você escolher que não, te digo o que está por vir."

E ela disse… Insistir naquilo, ele já tinha certeza, seria atrair muitas e variadas dificuldades. Então ela acrescentou:

"E é pior do que isso ainda. Eu tinha 'casos', quando era jovem e inocente, mas agora só faço uma vez com o mesmo homem. Por isso sou tão meticulosa. Uma vez."

"Uma vez?"

"Uma vez. Com raras exceções. E é pior que *isso* ainda." E ela declarou: "Então, Martin. A gente se vê por aí".

Ele estava pensando. "Na verdade, o pior ainda não é tão ruim quanto o pior de tudo. Sinto muito, Phoebe, mas vou insistir. Me retirar, me aposentar? Para quê? Não, eu não vou desistir. Então. Quando você volta da Alemanha?"

"*Enfin*, Little Keith. A execução do terninho social."

Já eram quase duas horas, então estávamos no Luigi's, o café italiano na Red Lion Street, pedindo nosso café da manhã de carne e a primeira garrafa de Valpolicella. Eu disse:

"Para começar, não é só o terninho social, não é. É o conjunto todo. Sabe, não é como se ela estivesse tirando uma minissaia jeans e a porra de uma regata."

"Ou uma calça de ginástica e um maldito moletom."

"Isso. Ou até mesmo a leve fragrância de um vestido de verão. Não… Veja, ela gasta muito tempo e dinheiro nisso, se enfeitando assim. O que te obriga a enfrentar o, hã, o desafio do investimento dela."

"Suas despesas pessoais, as despesas gerais, os custos operacionais."

"Isso mesmo. Despir um terninho social é de alguma forma uma transação de negócios. Quando ela finalmente me deixou gozar e estávamos deitados, tive uma súbita sensação de perigo. De repente, esperei que Phoebe dissesse: 'Tudo bem, são quinhentas libras.'"

"Hum. Lembra-se das manchetes paranoicas em *Portnoy*? Edit. Lit. Assist. encontrado sem cabeça no apartamento da Go-Go Girl." Christopher olhou em volta à procura do garçom. Murmurou: "Está na hora, ou assim parece a este crítico, de um *digestif* para despertar. *Grappa*?".

"Ah, continuando então… Depois, quando levei Phoebe para casa, ela me deu um gelo! Não aceitou." Expliquei. "É o que ela chama de controle de qualidade."

"Bom, *controle* de qualquer maneira. Óbvio que ela é louca por controle."

"Hum." Nesse momento, tive o pressentimento de que, a esse respeito, eu poderia perder a confiança em Christopher. Ou isso, ou minhas confidências ficariam lamentavelmente concisas. "Mas o truque do isolamento autoimposto. Espero que ela relaxe nisso."

"Provavelmente. Você vai dar uma canseira nela. Um amante ousado e terno como você, Little Keith. Sensível, mas dominador de um modo estranho. Carinhoso e empático e, ainda assim, com uma ousadia excitante. Aventureiro? Sim. Desrespeitoso? Não. Ao mesmo tempo atlético e...

"É, Hitch, é."

Ele recostou-se. "Ah, bom. Só para constar, ela parece um... parece um uso antieconômico de sua energia, Mart. Mas não adianta dizer isso, agora que você sentiu o cheiro dela. Então. Quando ela volta da Alemanha?"

A conta chegou. Seríamos os últimos a sair.

Perguntei: "É a vez de quem?".

"Ah, sua, sem dúvida." Ele me passou a bandeja. "Isso não deve representar nenhuma dificuldade indevida. Quem pagou ontem à noite?"

"Eu, claro, e feliz. Ela disse: *Sabe, se eu pagasse, ou mesmo se a gente dividisse, teria que te odiar por toda a eternidade. É. Até a conversão do último judeu.*"

"... Ela é religiosa, por acaso?"

"Enquanto estava me mandando embora, ela falou: *E acima de tudo, tenho uma crença.* Ela é católica. *É muito importante para mim, mas absolutamente particular. Não vou falar a respeito.* Mas no jantar ela tinha falado, ou voltado a falar, de um certo padre Gabriel. Meu mentor, meu segundo pai. Tudo isso."

"Catolicismo. A extrema direita em oração. E em política?"

"Ela em política?" E pensei (como sempre), o que isso tem a ver? "Ela não se interessa por política. Só por assuntos do momento."

Eles juntam as coisas. "Mao não dura muito mais etc. E, ah, sim. Ela detesta a sra. Thatcher."

"É mesmo? A Phoebe não pode ser trabalhista. Então é pessoal."

"Ah, visceral. Nem todo mundo gosta da sra. Thatcher, Hitch. Igual a você."

"Ah, qual é? Ela é uma atrevida."

"Miss Leiteria 1950. Nenhum conteúdo erótico."

"Falso, totalmente falso! E posso provar." Ele começou a me levar para a porta. "Hoje, acho que deveria ser Sra. Leiteria. E Sra. Universo."

"Hum. Por que a Miss Universo é sempre da Terra?"

"Por que não Miss Netuno?"

"Ela parece legal. Dá quase para ver. Cílios longos. Miss Netuno..."

"Mas e a Miss Plutão? Acha que soa bem? Não, você está errado, bem errado, sobre a Maggie. Líder da oposição de Sua Majestade? Ela *fede* a sexo."[6]

E saímos cambaleantes para a rua.

Agora, como de fato o primeiro encontro terminou? Em que termos?

Deixe-me pensar, consultar a memória, consultar... a verdade... E a verdade é que ele a beijou, elogiou, acariciou seu cabelo e pesou aquelas ondas na mão por seis ou sete minutos. E deixou claro que estava pronto para aprender mais, para aprender mais aos pés de Phoebe Phelps. Afastou-se assim que ela entrou na pequena estufa do vestíbulo. Atrás do vidro mais uma vez. Do jeito que estava quando ele a viu pela primeira vez, seguramente enjaulada em vidro.

Ele ficou debaixo do arco para um cigarro de despedida. Enquanto sua intuição masculina lhe dizia que, mesmo que ganhasse o privilégio de um segundo encontro, e de um terceiro, era improvável que durasse muito, essa coisa com Phoebe. Diz Auden: "O tempo que é intolerante/ com corajosos e inocentes/ E numa semana é indiferente/ a um físico atraente...". Seu físico, parecia-lhe, era uma embaraçosa, até mesmo acusatória, dádiva de Deus (montado, centímetro a centímetro, tendo em mente todas as suscetibilidades dele). Aquele corpo combinado àquele rosto: uma imagem de probidade classe média, até ser cortada por seu sorriso sem lei.

Mas o problema era, ou o problema logo seria... Tempo, tempo de longo prazo, o que para ele é importante? Ele "adora a linguagem e perdoa/ Todos que lhe dão a vida". No aqui e agora, isso ia se resumir ao discurso cotidiano; e quando eles conversavam tinham poucos registros e associações em comum, e assim as palavras pareciam pairar no ar de alguma forma, guardando-se para si. Claramente, a coisa com Phoebe estava ligada à expectativa de vida do fascínio carnal dele. Era uma pergunta banal, claro, mas quanto tempo dura a luxúria, por si própria?

... Será que ela o observava agora, das sombras da varanda, enquanto ele desfrutava da fumaça áspera sob a luz do lampião? Houve momentos, durante os beijos e os elogios, em que parecia que ela fosse ceder. Será que ia chamá-lo agora, em doloroso langor?... Ele esperou. Então, ao abotoar o sobretudo, ergueu o braço para ela em homenagem e despedida. Adeus. Até o Primeiro de Maio.

Então me virei com um floreio e segui para Bayswater. Eu ainda não tinha vinte e sete anos. Era 1976.

A MENTE DOMINA O CORPO

"Ah, Phoebe, vai ser sempre assim?", ele perguntou no escuro, em 1977.

"'Arre, Phoebe, vai ser sempre assim?'... Há onze meses e meio você pergunta isso, com seu sotaque presunçoso, toda noite. Você estudou em Eton ou onde?"

"Não, já disse, escola pública e cursinho. E não, não pergunto isso toda noite. E o que quer dizer com 'presunçoso'?"

"Você sabe..." Ela deu de ombros. "Pomposo. E pergunta, sim. Todas as noites, desde aquela vez que voltei da Alemanha."

"Ok, então, eu pergunto sim. Porque achei que você fosse ficar feliz em me ver."

"E fiquei feliz em te ver."

"Mas não o bastante."

E era disso que ele falava. Em média (recentemente ele havia folheado duas agendas de bolso), pouco menos de oitenta e cinco por cento de seus encontros tinham sido *anticlimáticos* em pelo menos dois sentidos.

Ela disse: "Mas funciona, não é? Vamos, admita. Funciona".

Ele não respondeu. Naquela noite, nessa ocasião especial, houve uma troca de presentes e um jantar sem precedentes para dois, à luz de velas, no Hereford Mansions (frios da delicatéssen da esquina, porém as velas foram montadas e acesas pela própria Phoebe...). E, hoje, a noite também fora casta. Ela declarou:

"A ingratidão. É incrível, é absolutamente incrível. Aqui está você, ainda choramingando de luxúria depois de quanto tempo? Quando foi a última vez que se sentiu assim depois de um ano inteiro? E recebo algum crédito?... Admita, Martin. Funciona."

Com um suspiro silencioso, ele disse: "Funciona".

"Então. Finalmente... E, como você sabe, não é que não fique tentada. Me dê a mão." Ele obedeceu. Assim, ela sussurrou: "Viu? Não: *ouça*. Você consegue ouvir isto... Acho que você pensa", ela disse (e descolou lentamente os dedos dele), "que isso é só mais uma provocação, mas estou tentando te ensinar, Martin. A mente domina o corpo".

"Hum. É isso que diz seu símbolo budista?"

"Pare de *choramingar*." Ela se acomodou. Grunhidos satisfeitos pontuaram o silêncio. Um silêncio que durou até ela dizer, pensativa, sonolenta, meio bocejando enquanto se virava de lado: "Um ano inteiro. Que loucura". A voz dela virou um sussurro outra vez. "Uma das questões é que o sexo me apavora. Você não percebeu? Estaria tudo bem se eu não gostasse." Virou-se novamente e seu tom voltou ao normal. "Isso entra na categoria religião, Mart, então não vou insistir. Fico sentindo que deve haver desdobramentos. Porque eu gosto. Pronto." Ela bocejou, agora sem se conter, e completou: "Então. Pode ser uma boa ideia mudar para um regime diferente. Sexualmente falando. E você finalmente vai precisar conhecer meus pais".

"... Diferente como?"

"Menos permissivo. Isso mesmo, Martin, menos permissivo. Mas ainda não. Bom, é um passo lógico. Pense nisso apenas como o próximo estágio."

OS ONZE DESENVOLVIMENTOS

Então, o que mais veio à tona durante aquele primeiro ano? Os principais desenvolvimentos estão listados abaixo, sem nenhuma ordem específica, e com toda certeza não por ordem de importância. Naquele estágio, ele não sabia o que era importante e não descobriu o cerne da verdade sobre Phoebe até a noite de 15 para 16 de julho de 1978, a partir daí iconicamente conhecida como a Noite da Vergonha...

(1.) "Case comigo!", ele exclamou uma noite, em um momento extremo. E, de um modo lamentável, precipitado: apenas duas semanas depois de ele ter corrido ao aeroporto para encontrar o voo Lufthansa dela. "Por favor. Case comigo." "Não", ela respondeu claramente sem saber como lidar. "Não quero um marido. Muito menos um filho. Nunca... Assunto encerrado."

(2.) A idade dela. Phoebe sempre descartava com um gesto de mão quando ele perguntava (como se simplesmente achasse aquilo enfadonho); mas na primavera de 1977 ela foi com ele ao sul da França,[7] e no pequeno hotel ela olhou com aparente despreocupação ele folhear seu passaporte. Phoebe nasceu (em Dublin) em 1942. O que revelava ser sete anos mais velha que ele: trinta e cinco. Ele aprovou. Quanto mais velha melhor, pensou, dentro dos limites da sanidade. As mulheres mais velhas o impressionavam e comoviam com sua parcela maior de vida vivida, de tempo e experiência.

(3.) Ela não era da classe média metropolitana, como ele presumira, porém de algo mais exótico. Phoebe passara a infância na África do Sul e a juventude no cinturão de dormitórios universitários de Londres (onde seus pais permaneceram). Duas vezes ela o colocou no carro para ir ao almoço de domingo na casa dos Phelps, e duas vezes a missão foi abortada ("De repente, *não estou* com vontade, ok?"). Em contrapartida, com frequência Phoebe era bem-vinda na enorme casa isolada na área NW3 de Londres, onde moravam o pai de Martin e sua segunda esposa, a premiada romancista Elizabeth Jane Howard...

Phoebe tinha duas irmãs muito mais velhas, Siobhan (pron. Shiuvôn) e Aisling (pron. Ashlin). Seu pai, Graeme, era escocês-inglês, e a mãe, Dallen, irlandesa. Phoebe idealizava Graeme e demonizava Dallen; além disso, dava a impressão de que a família conhecera dias melhores, dias muito melhores, e que a culpada de tudo isso era Dallen.

(4.) Ah, sim. Ele vislumbrava algo com bastante regularidade, mas quatro meses se passaram antes que Phoebe o deixasse dar uma boa olhada (sob uma lâmpada de leitura) na tatuagem na curva firme de sua nádega esquerda. Nas cores de *O livro da selva* e do Kama Sutra (verde-azulado com pontos grená), quase retangular e do tamanho de uma borboleta dobrada. Uma mandala, disse ela, um símbolo cósmico budista, único vestígio de seu breve período na espiritualidade (*c.* 1960). Para ele, tatuagens só ficavam bem em carne não branca; e a de Phoebe era bonita, dissoluta em seu brilho ameríndio; tinha uma pequena rubrica em um alfabeto desconhecido; ela havia esquecido o significado das palavras.

(5.) A graciosa Phoebe tinha o dom do silêncio, do silêncio uniforme.

Ocupava-se por horas e horas enquanto ele lia ou escrevia. Ela andava de um lado a outro na cozinha e esguichava drinques gasosos no bar, mas fora isso ficava em silêncio. Depois de um tempo, pegava o telefone no quarto e dava prosseguimento às suas vinganças. Ela perseguia fornecedores de móveis de escritório, contadores, burocratas de serviços públicos e proprietários ou gerentes de casas de apostas (este último ponto será esclarecido)... Ele não conseguia entender a conversa, mas às vezes prestava atenção no tom dela: sarcástico, exasperado, arrogante ou discretamente rancoroso. Ela sempre tinha uma lista nova de vinganças.

(6.) Havia uma estranha desconexão, estranhamente difícil de descrever, na reação dela ao humor. Quando alguém a divertia, ela ria rouca e sem parar. No entanto, quando ela fazia os outros se divertirem, quando fazia os outros rirem (amigos dele, amigos dela), ela nunca participava, nunca ria junto; sua boca, seus olhos, mantinham a neutralidade, como se Phoebe só fosse engraçada por acaso...

(7.) De vez em quando, sua energia combativa diminuía: episódios que ela chamava de *baixas*. Ligava para ele e adiava a próxima visita, com a voz sonolenta e estranhamente oca. Isso acontecia de forma irregular. Nada durante meses e depois uma vez por semana. Após um ou dois dias, sua energia combativa voltava. Viam-se noite sim, noite não e quase todos os fins de semana. Ela fazia viagens de negócios, e ele também tinha pautas ocasionais (em especial nos Estados Unidos).

(8.) O trabalho de Phoebe ficava em um prédio recém-dourado, não muito alto, perto da Berkeley Square. Muitas vezes, ele deixava o *New Statesman* por volta do meio-dia e ia de metrô para o oeste, algumas paradas até o Green Park, e a pegava no átrio infinito, e iam ao Fat Maggot, um precoce pub gastronômico, para um elaborado almoço de frios (e três sacos de batatas fritas); e depois ele a devolvia à Transworld Financial Services (ou TFS), cuja sede ficava na Threadneedle Street, EC1.

(9.) Certa vez, no Fat Maggot, os pais de Phoebe se encontraram com o jovem casal de um jeito apressado e alarmante. "Eles estão fazendo compras na cidade, e eu os convidei. E, a propósito", disse Phoebe, olhando o relógio, "ele gosta de ser chamado de Sir Graeme." "Por quê? De brincadeira?" "Não, por herança. Assim como é Lady Phelps também, mas você pode simplesmente chamar Dallen de Dallen. Aí vêm eles." Martin ficou em alerta total... Sir Graeme era magro, quase esquelético, cabelos cor de caramelo esvoaçantes e ossatura bonita: um rosto artístico, mas arruinado por um nariz absurdamente pequeno. Por ser poroso, achatado e tubular, parecia um dedal escarlate. Sua voz era ultrarrefinada (muito mais chique do que a da rainha) e tão floreada quanto possível com seu vocabulário de preguiçosa pretensão ("E como foi recebida, Martin, sua última obra?")... Sendo irlandesa, Dallen falava com fluência real, e Martin logo concluiu que gostava dela; era sombriamente neurastênica, mas, apesar de abatida e dos calorões e das enxaquecas, agora estava bem confortável... Phoebe pagou — e em dinheiro. "Tem que ir ao almoço de domingo, caro rapaz", enfatizou Sir Graeme ao se despedir. "Quase um ano, hein? *Chapeau!*"

(10.) Phoebe dizia que ficava "horrorizada" com a própria caligrafia. Quando ela lhe contou isso, em um fim de semana, enquanto vagavam ao longo da Serpentine, ele se deu conta de que nunca vira nenhum exemplo de sua caligrafia, de sua letra. Se ela deixava um bilhete ("fui comprar leite, volto em uma hora"), recorria à antiga máquina de escrever ou a letras de fôrma.

(11.) Na cama... O tempo apenas aprofundou e simplificou seu respeito pelo corpo dela: para ele, era algo como a sólida prova de sua própria heterossexualidade (a prova irrefutável); tudo de que ele precisava estava ali. E na cama, nas ocasiões em que ela não se limitava a deitar, dormir e depois se levantar, Phoebe era ativa, ocupada e profissional, enérgica, sem frescura, chocantemente criativa e, ao mesmo tempo, curiosamente distante, conscienciosa, até meticulosa (não deixava nada por fazer)... Nunca nua por completo, usava meias, uma faixa, um boá, uma camisa, uma saia e uma ou duas vezes todo o seu terninho social, sem excluir os sapatos, sapatos de salto alto a deslizar pelo lençol de baixo. No entanto, a peculiaridade que a definia, ou assim parecia a ele, tinha a ver com as *mãos*.

SEUS PECADILHOS, SUAS FRAQUEZAS, SEUS AMIGOS

Quanto aos pequenos vícios de Phoebe (este boletim é tecnicamente datado de abril de 1977): ela não era de beber muito, pouco pelos padrões nacionais, e era uma fumante bastante frívola (nem tragava; como a mãe dele, Hilly, com seus Consulates mentolados, Phoebe soprava imediatamente a fumaça por cima do ombro ou para o alto). O que ela era, isso sim, era uma *jogadora*...[8]

Jogadora, e não leitora. Depois de um ano, o único desenvolvimento literário no Hereford Mansions foi que a pilha de *Economists* não lidas tinha agora dois *New Statesman* não lidos e, mais abaixo, um *TLS* não lido. Em fevereiro, ela visitou o apartamento dele pela primeira vez, perto de Queensway (14C, Kensington Gardens Square: muito pequeno e muito barato, porém quase apresentável em estilo estudantil, sala de estar, quarto, cozinha, banheiro, tudo amontoado sem passagem entre uma coisa e outra); ela entrou e parou. "Livros demais, cara", concluiu, num lamento.

Semanas depois, Phoebe, afetadamente empertigada, ficou para dormir e, quando ele levou o chá para ela de manhã, estava recostada na cama com um livro fino em brochura: *Os casamentos de Pentecostes* (1964). Algo que não foi totalmente inesperado.[9] Ao colocar a xícara nas mãos dela, ele a viu lendo o poema-título, mas não fez nenhum comentário, apenas se acomodou ao lado dela. Minutos se passaram. Às vezes, ele arriscava um olhar periférico: ela mexia os lábios ao ler as palavras (coisa que não fazia com jornais, cardápios ou boletins de apostas), e ele a viu claramente fazer a mímica do verso: *vamos devagar de novo*. Logo deixou o livro de lado com as sobrancelhas erguidas.

"*Humpf*", disse ela.

"... Humpf?"

"É. *Humpf*."[10]

Mais para o fim da manhã, realizaram seu primeiro ato amoroso em uma semana; e para ele, como sempre, foi como o reencontro encharcado de lágrimas que marca o fim de um longo melodrama romântico sobre a Segunda Guerra Mundial. No entanto, naquela manhã o ato amoroso foi provavelmente uma frágil coincidência, ou assim pensou ele em 1977.

Às vezes ela o chamava de Martin e às vezes, de Mart. Isso era útil, porque revelava com precisão o estado de espírito dela: *Martin* o preparava para certa solenidade, severidade e (com frequência) reprovação; *Mart* significava amizade e alto-astral e até mesmo, de vez em quando, liberava o caminho para Eros, algo que Martin nunca fazia.

* * *

"Me corrija se eu estiver errada, Mart", ela anunciou, cerca de seis meses depois, "mas quando estou assim *noli me tangere* você deve pensar muitas vezes em, hã, infidelidade. Bom, você é um homem." Ela lhe disse que durante anos tentou a infidelidade. "E eu não tinha o dom. Parece que meninas não são muito boas na infidelidade. Para extremo descrédito delas. Mas você é um homem."

"É verdade, Phoebe." Parecia anacrônica, até contrarrevolucionária, a ideia de que certas concessões deveriam ser feitas para os homens (mais do que ninguém). "Então, o que você quer dizer?"

"Bom. Se eu descobrir que você passou uma tarde estranha com uma ex-namorada confiável... posso acabar te perdoando. Uma ex-namorada profundamente confiável. E uma ex-namorada com compulsão por higiene. Porque, se você me fizer uma surpresa desagradável, Martin, você não será apenas rejeitado, prometo. Você será *processado*."

Ele viu o sorriso dela desaparecer, sem deixar vestígios nos lábios finos.

"Agora, você disse que quer ter filhos."

"Quero, sim, em princípio. Mas não estou com pressa."

"Então você também estará garimpando esposas. E, Mart, honestamente eu aprovo, porque estabelece um limite de tempo natural. Você me conta, de imediato, se achar que encontrou uma, e pronto. Sem ressentimentos." Outro sorriso. "Nesse meio-tempo, esteja avisado: se você alguma vez, se você *alguma vez* me enganar publicamente com outra mulher, então... Então, Martin, ai de você. Fui clara?"

Ele estava acostumado com excentricidades obstinadas, ou sólidas extravagâncias, e nada disso lhe era totalmente estranho, a não ser o isolamento e o jogo. Ainda assim, a sensação de uma estranheza mais, e posterior, não se dissipava e era alimentada com regularidade pelos supostos amigos dela. Mal merecedores de descrição, os amigos de Phoebe eram, pelo menos, pouquíssimos. Eram três.

Incluíam Raoul e Lars, que às vezes apareciam por uma hora no fim da noite, dois jovens altos (um austríaco barrigudo e um dinamarquês magro), bronzeados e com cabelo cortado em camadas, cuja conversa era inabalavelmente medíocre e plutocêntrica (e eram eloquentes — apesar de seus ternos risca de giz acinturados —, com tempo livre de fato ilimitado)...

Incluía Merry, que tinha um apartamento em uma das moradias geminadas mais adiante na rua. Talvez dez anos mais velha que Phoebe, de cabelo crespo, inquieta, com modos elegantes e aparência desleixada (o debrum esbranquiçado do sutiã sempre espreitando pelas aberturas desabotoadas da blusa), essa visitante simpática era a única amiga de Phoebe do sexo frágil...

Martin perguntou a Phoebe sobre Merry, Raoul e Lars. Phoebe explicou que eram pessoas que por acaso se apegaram a ela e, com o passar do tempo, se tornaram uma questão de lealdade e hábito. Ele reconheceu que era assim que as coisas aconteciam (veja Robinson). Todavia, mesmo assim, ele achava que os amigos de Phoebe eram insignificantes. Não tinham a menor importância.

Nessa altura, ele já sabia quando os episódios de lassidão se aproximavam. Às vezes, ela ficava em silêncio no meio de uma conversa e parecia não alheia, mas concentrada, e depois irritada e temerosa, como se ouvisse uma voz dentro de si, uma voz que criticava agudamente ou zombava de forma cruel...

A VISÃO DOS MAIS VELHOS

Declarei: "A única outra namorada minha de que você realmente gostou foi a Denise".

Kingsley levantou o copo (uísque com água) e disse por cima dele: "O que faz você pensar que gostei da Denise?".

"Ah, nada demais. Você ficava um pouco atento sempre que falava sobre ela. Não era aquela sua cara de Vida Sexual na Roma Antiga, não. Mas seus olhos se arregalavam. Ou alongavam. Atentos."

"Droga", falou ele.

"Só mencionei porque isso é raríssimo. E agora, com Phoebe, você se revelou. Você admite isso abertamente."

Foi depois do jantar. Meu carro estava do lado de fora, mas ficaria ali naquele sábado à noite. Não muito tempo atrás, os Amis tinham mudado de casa, vindo da periferia norte de Londres, e ainda havia pilhas de livros no chão e caixas de chá meio vazias...

"Entendo por que você gostou da Denise." Sim, porque ela parecia uma garçonete de coração mole (muito gentil com a ressaca dos clientes regulares). "Mas por que você gosta da Phoebe?"

"Você sabe, além de eu simplesmente gostar da aparência dela, eu não... Ela me lembra uma ilustração que vi num livro infantil. Uma raposinha vestida de guarda-florestal."

"Como era a roupa de guardinha-florestal?"

"Saia verde, japona verde. E sapato marrom. O *Bob* ficou muito impressionado com a Phoebe. Lembra a última vez? Muito envolvido. Ele até pergunta por ela nas cartas."[11]

"Então. O Bob também." Balancei a cabeça, e meio para mim mesmo eu disse, me justificando: "Pois então, veja bem, é o terninho social. Insisto com o Hitch que é o terninho social".

"Como assim?"

"Desculpe, pai, eu estava pensando. E você não vai gostar, mas tem a ver com sua idade e sua ética de trabalho. E também tenho isso. De um jeito mais fraco, diluído pelo tempo."

"Continue."

"Bom, lá está ela, Phoebe. Uma espectadora e uma provável frequentadora, mas também uma *assalariada*. Isso quer dizer que você e Bob podem gostar dela sem se sentirem ameaçados pelo asilo."

Kingsley estava com uma expressão de incômodo e prestes a dizer algo rude, no entanto sua esposa entrou na sala... As coisas tinham chegado ao ponto de ela captar a tensão (com uma falsa serenidade); só que a tensão já estava lá, à espera. Era o que os dois vinham fazendo ultimamente: direcionavam a tensão um para o outro. Levantei-me e disse:

"Ah. A gente estava falando da Phoebe. Você aprova a Phoebe, não é, Jane?"

Ela se sentou e começou a costurar (outra enorme e pesada colcha de retalhos, quadrados rodopiantes de veludo e trapézios oblíquos de seda e cetim; todas as camas da casa eram cobertas com as colchas de retalhos de Jane).

"Eu, eu admiro a Phoebe. Tudo bem, ela é mal-educada, mas eu também era. É uma guerreira e percorreu um longo caminho. Sorte dela."

Eu podia sentir uma ressalva iminente. Jane olhou para cima, franziu a testa e declarou:

"Ela não é órfã, é?"

"... Não. Não, ela tem pais. E eu os conheci. Não, ela não é órfã."

Depois disso, a noite pareceu perder a forma. Contudo, no dia seguinte, ao sair, subi ao escritório de Jane para agradecer e dar-lhe um abraço de despedida. Primeiro eu disse:

"O que te fez pensar que ela é órfã? A Phoebe."

Antigamente, a janela do escritório de Jane dava para a extensão primaveril de Hadley Common (voltada para Hadley Woods), com o pequeno lago circular, do tamanho de um heliporto, do outro lado da estrada; e à sua disposição, naquela época, havia um jardim de cinco acres e três gramados encimado por um cedro-do-líbano antigo e extravagantemente imponente. Ela tinha saudade disso tudo. Agora, a janela do escritório de Jane dava para os trechos íngremes e confusos de Hampstead que subiam na direção de Hill e Heath.

"Sim, *por que* eu disse isso?" Jane havia se virado na cadeira giratória e então tirou os óculos.

Esses óculos tinham história, e perguntei: "Esses aí são aqueles que fazem você parecer uma barata tonta viciada em trabalho?".

"Os próprios."

"Ponha-os de volta por um minuto. Nossa. Fazem mesmo."

"Eu sei, são essas coisas encaracoladas aqui em cima." Resignada, ela acendeu um cigarro de ervas, com cheiro nada atraente. "Sim, *por que* eu disse isso?... Quando eu tinha onze ou doze anos, dividi uma governanta com uma órfã. A Hattie. E a Hattie estava sempre contente. Sempre fingia que estava tudo bem, mas não estava. Porque os pais dela morreram num incêndio em um hotel. A Hattie... sempre contente, mas parecia viver em outra dimensão. Sempre um tanto vidrada e preocupada. Um passo atrás."

"... E a Phoebe te lembra a Hattie? Parece contente?"

"Ela faz bem a contente, em grau muito avançado. É um show de normalidade. Bom, acho que todos fazemos isso, um pouco. Não quero te desanimar, Mart. Entendo a atração... Quantos anos ela tem, trinta e cinco? Ela vai querer..."

"Não, ela não vai querer, pelo que diz. Nada de marido, nada de filhos... Eu tenho que ir."

"Hum. Então ela é decidida." Nós nos abraçamos, e Jane girou para ficar de frente para a mesa e a janela. "Ela também guarda uma mágoa, eu acho."

A viagem de volta no crepúsculo de domingo, com a pilha de dias de trabalho pela frente. Foi bem assustadora aquela viagem de domingo. Sabendo o quanto eu estava longe da criança — a pupa semipronta — e o quanto estava longe do adulto — a imago pronta.

ACOSSADO POR PEQUENOS MEDOS

Naquela mesma noite de domingo, ele chegou tarde e estacionou em uma linha amarela diante do prédio em Hereford Road.

Enquanto ela se despia no banheiro (sim, sim: "a sós", "em esplêndido isolamento", "na torre de marfim" etc.), ele se deitou na cama, e, estoico, relembrou o último ato de amor dos dois, cento e sessenta e quatro horas atrás... Com algumas garotas, com muitas garotas, com a maioria das garotas, não, com todas as garotas, mesmo as mais energéticas e proativas, chegava a um ponto em que suas mãos flutuavam para descansar no travesseiro, palma para cima em cada lado do rosto, no que de fato parecia uma atitude de rendição; mas a questão é que suas mãos finalmente ficavam imóveis. As mãos de Phoebe nunca paravam; nunca descansavam, até o fim... Como explicar a atenção das mãos? Ocupadas lá embaixo, no pequeno zoológico, suas mãos eram *meticulosas*: "cuidadosas e precisas", mas também "cautelosas ou tímidas" (do latim *metus*, "medo"). Suas mãos cheias de pequenos medos...

Quando acabou, dessa vez, e Phoebe se preparou para dormir (lutando para soltar a cinta-liga e *duas* calcinhas), ela disse: "Um dia desses vou me fantasiar de alguém. Adivinha quem? Eva".

"Como vai conseguir se vestir de Eva?"

"Eva *depois* da queda."

* * *

Na porta ao lado, uma luz se apaga, duas torneiras se fecham, e ela surge, de camisola (branca, opaca, na altura dos joelhos). O que o fez lembrar.

"Hã, Jane é fã de camisola, ela acha que são boas porque se você..."

Phoebe lançou-lhe um olhar da mais amarga exasperação, como se ele estivesse falando de Jane havia pelo menos uma hora. Foi um daqueles momentos em que seus sentimentos estavam muito à flor da pele, prontos para serem interpretados.

"Desculpe, esqueci", disse ele levemente. "Jane é uma mulher."

"Eu sou misógina, ok?" Não era a primeira vez que Phoebe reivindicava esse substantivo (raramente ouvido na década de 1970, e certamente nunca reivindicado e sempre dirigido a homens). "Uma garota não pode nem... E não me culpe, Martin. Culpe... culpe aquele morcego doente em Morley Hollow." Era a mãe de Phoebe. Ele declarou: "Você é um pouco dura demais com a Dallen, Phoebe".

"Ah, sou, é? Quando eu tinha sete anos, sabe o que ela fez? Ficou na cama por dez anos!" Phoebe pegou a escova de cabelo, e após um tempo os movimentos rítmicos a fizeram atenuar a raiva e substituí-la (pensou ele) por uma perplexidade triste. "Não dez anos. Oito. Veja, ela me teve na casa dos quarenta anos, e isso acabou com ela. Primeiro um ataque cardíaco, depois quebrou as duas pernas. Ossos frágeis. E depois da histerectomia ela dobrou de peso, então virou uma prisioneira. Tudo a ver com 'a Mudança'. Você não acha que é uma palavra bestial para isso?"

"É, sim, bestial. Deve ter sido difícil para você. Como Graeme lidou com isso?"

"Felizmente, o padre Gabriel deu um passo à frente." Ela ergueu a coberta e entrou na cama. "O padre Gabriel é muito organizado."

"Ótimo", disse ele enquanto a abraçava sem empatia. "Sabe, Phoebe, uma pessoa misógina odeia mulheres. Todas elas. Você não. Você não odeia a Merry."

"Tem razão. Lealdade cega, sabe? O problema é que estou em dívida com a velha desgraçada. Apague a luz... Apague a luz, assim não vejo sua cara magoada. Eu disse para você não se machucar. Como você *ousa* se machucar? E eu? Me dê a mão."

Ele fez o que ela pediu. Com a mão e depois com a luz.

* * *

Passados cerca de quinze minutos, ela murmurou:

"Acontece, Mart... que amanhã, até quase meio-dia, não vou sair."

Ele sentiu o peito vibrar. Seria mais sensato não dizer nada. Ele beijou a palma da mão dela, a pressionou contra sua bochecha e virou-se.

"... Hum. Agora você pode ter um sono gostoso! E lindos sonhos sobre amanhã de manhã... Vou pôr o despertador para as oito", disse Phoebe, severa. Ela bocejou e lambeu os lábios. "Vamos precisar de banhos e um café da manhã adequado primeiro, claro. E você tem que correr e fazer as compras. Então sete e meia. Não. Sete... e quinze."

CARRO DE CORTESIA

Na sacada, de cueca e jaqueta de operário, o cabelo esfriando com as agulhas da chuva, ele fumou um delicioso e aparentemente interminável cigarro enrolado à mão e, isso feito, deslizou para dentro, serviu duas xícaras de café do bule de aço no fogão e voltou a tempo de ver Phoebe sair do segundo banho da manhã, com uma toalha branca em volta da cintura e outra pendurada nos ombros como um cachecol desenrolado (e é claro que ele a beijou e elogiou)... Ela então cuidou das roupas do dia, pré-arrumadas numa cadeira de espaldar reto, como se estivesse pronta para a escola. (Ele, da mesma forma, embora com menos prazer, estendeu o braço para pegar as meias.) Com um encolher de ombros tolerante, Phoebe disse:

"Jane até que não é *tão* ruim. Ela não consegue não ser a sabe-tudo. E esnobe... O que foi essa história da camisola, Mart?"

Ele pensou e decidiu languidamente que essa era mais uma razão para a notável popularidade do ato sexual: você tinha também a calma e a liberdade que quase sempre vinham depois. E também podia falar livremente sobre sexo. Ele declarou:

"Cá entre nós, Phoebe, a história da camisola foi de fato muito sem graça. Mas me deixe te contar o que ela diz sobre..." Hesitou. Anglo-saxonismo realmente não combinava com Phoebe (e Sir Graeme também tinha horror a palavras rudes). "Sobre, *coisas* de homem, sabe? Arranjos masculinos. Preparada? Veja se você concorda."

Tolerante, Phoebe ergueu o queixo enquanto fechava o sutiã e se inclinou na cadeira para começar a calçar as meias brancas.

"Bom. Jane diz que não é o tamanho que importa. Dentro do razoável, é claro. É a dureza."

"... Jane disse isso para você? Sobre pênis?" O pescoço comprido de Phoebe se alongou. "Ela é sua madrasta, pelo amor de Deus."

"É. Esposa do papai. E a coisa pode ser um pouco estranha. Escute, quero sua opinião. Agora avalie, com sua mente prática, Phoebe, avalie esses dois itens de evidência."

"Estou ouvindo." Ela olhou para o relógio e pegou o café. "Mas rápido."

"Número um, ela me para na escada e diz: '*Seu pai não trepa comigo há três meses*.'"

"Ela disse isso?"

"Disse. E indignada. E anos atrás. Em 1973 ou mais ou menos."

"É nojento... Isso é abuso de confiança."

"Não. Não é não, Phoebe. Eu conheço a Jane metade da minha vida. Somos bem próximos. Então." Ele sentiu no corpo um mal-estar obscuro. "Então, item número dois... Papai, *papai* me disse, na outra noite, que está fazendo terapia sexual... Não consigo acreditar."

"Pronto. Viu? Jane o reduziu a isso."

Ele continuou, divagando: "Eu não conseguia acreditar, porque ele detesta tudo isso. Insinuações vienenses, qualquer coisa *pessoal*. Eu disse, *Que ruim, velho*, e ele apenas deu de ombros e falou: *Bom, num caso destes você precisa mostrar boa vontade*".

Com um olhar distante, Phoebe levantou-se, como uma menina na igreja que se endireita devagar para os hinos. "*Agora* você vai admitir que tenho razão."

Nessa altura, Phoebe estava totalmente preparada para o mundo exterior, o paletó apertado ao peito ao caminhar para a porta. "Oi. Vamos logo. Então me diga, Martin. Quer seguir os passos dele? Tão, tão entorpecido que mandam para um maldito *laboratório*?"

"... Não. Você me mostra como, Phoebe. Me mostre o caminho."

"Mostro", ela disse. "Fique comigo, garoto."

"Eu fico." Enquanto se arrastavam para a porta da frente, ela perguntou: "Que tipo de terapia?".

"Não faço ideia. Papai e Jane sentados lá, com um cara ou uma mulher discutindo o que sentem um pelo outro."

"Ah, bom. Quando se começa a fazer isso, tudo acaba bem rápido."

"Por quê?"

"Porque é mais daquilo que a gente já odeia."

Ela trancou a porta e saíram para o patamar. "Você me mostra como. Eu *gosto* de você, Phoebe. Você é ótima. Gosto muito de você. Você me mostra como..."

"Tudo bem. Combinado."

"Sabe, papai disse que você parecia uma adorável criatura da floresta de um livro infantil. E a Jane disse, ah é, a Jane perguntou se você era *órfã*. Ela..."

Phoebe se desequilibrou quando começaram a descer a escada, quase deslizou na direção dele nos ladrilhos úmidos; ele a amparou com facilidade; ela recuperou a pose e lançou-lhe um olhar simples, no entanto ele viu que seus olhos estavam revigorados e o lábio superior parecia entorpecido e inchado.

"Desculpe", ele disse. "Talvez eu não devesse ter contado."

"Contado o quê? Ah. Não tem nada a ver com a Jane. Quando você disse aquelas coisas legais..."

"Ah, vá, eu já disse coisas legais antes."

Com a cabeça erguida, ela pegou o braço dele e falou, muito séria: "Sei que sim, Mart. Sei que sim".

Debaixo da arcada, esperaram na chuva fraca pelo carro de Phoebe, seu carro de cortesia (isso acontecia às vezes).

"Você me liga mais tarde? Claro que sim, você sempre liga. Ai, ai. *Ai*, ai. Estamos juntos há vinte meses, Martin. É o período mais longo que eu... É ridículo. O que preciso fazer para te afastar?"

Ele responde: "Eu sei. Deixe-me fazer amor com você toda noite".

"Ah, e trair minhas convicções mais profundas? Não. Hora do novo regime. Desculpe!"

Ela lhe deu um beijo na boca, de consolação; ele assentiu, fatalista, e se curvou enquanto as pernas delicadas dela, bem juntas, deslizavam suavemente para o banco de trás. Eles acenaram.

Ele já sabia bastante sobre o novo regime, que ela chamava de Próxima Coisa (as duas palavras havia muito vinham com iniciais maiúsculas em sua mente).

Seria repentina, a próxima coisa? Não. Não é uma grande ideia. É mais como um pacote de medidas. *Como vou saber quando a próxima coisa começou?* Você saberá depois de um tempo, Martin. Vai cair a ficha. *Existe outra coisa depois da próxima coisa?* Existe, mas nunca tive que usar. A próxima coisa sempre foi o suficiente. Na verdade, a primeira coisa sempre foi suficiente. A não ser com você.

A ideia de ser uma exceção massageava o ego dele. Assim como a alteridade dela, com seu estranho roteiro cinematográfico (o átrio do TFS, as viagens de negócios a Praga e Budapeste, o carro de cortesia). Assim como o fato evidente de que ele tinha força gravitacional para atrair alguém de um sistema tão distante, para atrair alguém através de tantos vazios de muito, muito longe.

Ela também guarda uma mágoa, eu acho, Jane dissera. Martin também achava que sim; e isso o tornava vulnerável às fantasias de resgate e redenção, fantasias de honra, que faziam parte de sua vida imaginativa desde os cinco ou seis anos. Resgatá-la como? Através do amor. Queria que ela o amasse. Ele sabia que se conseguisse isso estaria pronto para assumir o enorme risco, comprometer-se com a estratosférica possibilidade, de amar e honrar Phoebe Phelps.

"O que é honra?", pergunta o inglório Falstaff. "Aquele que morreu na quarta-feira. Ele sente isso? Não." A honra pode "tirar a dor de uma mágoa? Não".

Onde estava essa mágoa? Onde estava essa ferida?

Diretriz

O romance segue em frente

Qual é a diferença entre uma história e uma trama?, você pergunta.

De acordo com E. M. Forster (a quem Jane se referia pelo nome do meio, assim como todos que o conheciam), "o rei morreu e então a rainha morreu" é uma história, mas "o rei morreu, e então a rainha morreu de luto" é uma trama. Não é não, Edward, não é não, Morgan! "O rei morreu e então a rainha morreu" ainda é uma história. Para se transformar em trama, uma história precisa de mais um elemento, facilmente suprido, aqui, por uma vírgula e um advérbio.

O rei morreu, e então a rainha morreu, aparentemente de luto é uma trama. Ou um gancho. As tramas exigem atenção constante, no entanto um bom gancho pode se sustentar sozinho e intocado, como uma âncora, e manter as coisas fixas e estáveis em qualquer clima. Tramas e ganchos produzem o mesmo desiderato: propõem uma pergunta ao leitor, com a garantia implícita de que a pergunta será respondida.

Essas observações brandas e vagas sobre o rei e a rainha vêm do estimulante livrinho de Forster, *Aspectos do romance*, publicado em 1927. Naquela época, nem é preciso dizer, na sociedade educada, tramas e ganchos estavam abaixo da dignidade de escritores sérios, e a Grande Tradição consistia em histórias: longas histórias. "Sim, oh, sim, o romance conta uma história", escreveu Forster; e essa é provavelmente sua frase mais citada (além de "Apenas ligue!")... Ele morreu aos 91 anos, em 1970, quando o romance, o romance forsteriano, tão sadio, tão ordeiro, estava em retiro silencioso. Porque a vanguarda literária começava a dizer: *Não, ah, meu Deus, não, o romance* não *conta uma história. Afinal os tempos mudaram.*

Já em 1973, Anthony Burgess lançava a ideia de que existem, de fato, dois tipos de romancista, que ele chamou de tipo "A" e tipo "B". Os romancistas "A" se interessam por narrativa, personagem, motivação e percepção psicológica, disse Burgess, enquanto os romancistas "B" se interessam acima de tudo pela linguagem, pelo jogo de palavras.

Essa declaração parecia precipitada na época, mas alguns anos depois não era mais do que uma descrição justa do statu quo. Enquanto os romancistas "A" seguiam normalmente, os romancistas "B" (que havia muito eram presenças nebulosas à margem) de repente estavam por toda parte, compondo romances tão sem estrutura quanto uma sopa de letrinhas e tão rebeldes quanto a esquizofrenia.

Vimos romances sem quebras de parágrafo ou pontuação, ou sem monossílabos, ou polissílabos, ou substantivos comuns, verbos ou adjetivos; um assíduo temerário achou que valia a pena montar um épico em prosa que dispensasse a letra E. Havia também muito fluxo de consciência, muita galhofa autorreferente e, numa ampla variedade de estilos e registros, muito excesso de texto.

A onda do experimentalismo acompanhou a revolução sexual e brotou da mesma eureca coletiva: a fragilidade insuspeita de certas proibições veneráveis. Como se viu, os romancistas de "linguagem" atingiram lentamente o pico e depois afundaram lentamente, e todo o movimento acabou em duas gerações... Assim, o fluxo de consciência, para pegar a inovação menos atraente, delirou e murmurou ao longo de sessenta anos; se olharmos para trás, se relermos, nos surpreenderá que tenha durado sessenta minutos. Hoje, de qualquer forma, o romance "B" está morto.[1]

Detectável também foi uma reorganização da relação entre escritor e leitor (no mais claro dos casos, uma relação de inesgotável complexidade e profundidade). "Gostamos de livros difíceis", diziam os *littérateurs*; e essa suposta preferência transformou-se em um grito de guerra pela causa do Alto Modernismo. Talvez tenhamos realmente gostado de livros difíceis. Mas não gostamos mais. Romances difíceis estão mortos.

Não cortejamos mais as dificuldades em parte porque a relação leitor-escritor deixou de ser sequer remotamente cooperativa. Faça o que fizer, não espere que o leitor *deduza* nada. Aprendi isso da maneira mais difícil com meu décimo primeiro romance (2006): uma das protagonistas, uma garota americana chamada Venus, é negra e sua etnia está apoiada em tantas evidências internas que, de alguma forma, senti que seria desnecessário especificar isso (certamente Venus Williams faria o trabalho por mim). O resultado? Que eu saiba, até hoje nem um único leitor duvidou por um segundo de que Vênus é branca.[2]

Pode escrever: cada peça de informação vital deve ser claramente exposta em inglês simples; quando se trata de inferir e conjeturar, os leitores baixaram a guarda. O narrador não confiável (antes um dispositivo popular e quase sempre muito frutífero) deu lugar à era do receptor não confiável. O narrador não confiável está morto; o romance "dedutivo" está morto.

Já houve um subgênero de romances longos, sem enredo, digressivos e ensaísticos (razoavelmente) conhecidos com indulgência como "monstros folgados". *O legado de Humboldt*, com extensos comentários sobre assuntos como teosofia e angelologia, é um clássico monstro folgado; e, quando foi publicado em 1975 (antes do Nobel de Bellow), passou oito meses na lista dos mais vendidos. Quarenta anos depois, o público de tal livro diminuiu, eu diria, em oitenta ou noventa por cento. Os leitores não estão mais nesse lugar, a paciência, a boa vontade, o entusiasmo autodidata não estão mais presentes. Por interesse próprio, gosto de pensar que esse subgênero mantém uma pulsação viável; mas, de modo geral, o monstro folgado está morto.

Num resumo brutal, então, o romance "B" morreu, o romance dedutivo morreu e o romance espalhado, o monstro folgado, morreu. Eles são lembrados com carinho, ao menos pelos romancistas, que por definição reverenciam toda diversidade.

Ainda assim, escondido entre esses obituários literários, vislumbramos o orgulhoso anúncio de um nascimento. Na verdade, o recém-chegado está conosco há algum tempo, mais ou menos desde a virada do século, e a criança tem se desenvolvido constantemente. Falo do aerodinâmico, do sintético, romance *acelerado*. Mais dentro de um momento.

Sabe, foi só quando revisei os dois capítulos dedicados a Phoebe ("O negócio" e "A noite da vergonha", mais adiante) que então percebi o quão "romanesca" ela era: um ser de traços fortes. Se alguma vez ela acordasse e se encontrasse em um *roman-fleuve*, digamos, ou numa comédia de costumes, com toda a facilidade ia se adaptar e ser ela mesma. Porque Phoebe continha em sua pessoa temas e padrões, e possuía a energia necessária, a energia de ligação e a veemência (e o mistério, o sempre presente ponto de interrogação). Todas essas eram qualidades que ela estava destinada a perder, ao longo de uma única temporada em 1980...

Como personagem, ela fez o que poucos de nós fazem: foi coerente. Considere o seguinte item em seu currículo (dramático o suficiente, mas totalmente reduzido, na época, por três revelações muito mais surpreendentes). Tinha a ver com a esfera aparentemente inocente da poesia; e é preciso essa obstinação, esse autoexagero, se você combinará poesia e *prisão*.

Aos quinze anos, uma das melhores alunas da Spelthorne High School for Girls (*E era boa*, ela sempre enfatizava. Uma boa *escola secundária*), Phoebe teve um caso com o professor de inglês, seu professor de poesia (cujo nome, enganosamente, era Timmy). E, antes de isso acontecer, ela se tornou *uma excelente memorizadora de versos. Fiz isso para agradar, claro. Mas tinha jeito para a coisa. E gostei de fazer.*

O caso de meio ano incluiu orgias de citações e recitações. *E ele também se imaginava poeta. Escrevia-me poemas de amor, Martin, que eram francamente obscenos...* Timmy tinha trinta e seis anos, esposa e duas filhas pequenas. Num domingo de primavera, ele e Phoebe foram flagrados pelo vice-diretor, enquanto brincavam juntos em Richmond Common. *Timmy ficou cego de pânico. E terminou comigo.*

Agora, Phoebe, de camisa, gravata e meia soquete, embora *abalada, completamente sufocada e eviscerada*, conseguiu aceitar a perda, por amor a seu

Timmy. Ah, mas aí, no semestre seguinte, ele começou a dar em cima de *uma de minhas colegas de classe! Nada bonita e uma absoluta caipira. Bom, é claro que fui direto para a diretora. Fiz uma declaração detalhada e no dia seguinte entreguei todas as imundícies rimadas que ele me enviara.* Primeiro, Timmy foi demitido (e no mesmo instante banido da casa da família) e, depois, preso. Pegou treze anos. *Muito bem feito para ele. Avançando em outra desse jeito. O que você me diz. Imagine, o* desplante...

Tudo isso aconteceu em 1957. *Categoria A: para proteção dele. É, ele foi colocado preso com todos os outros pedófilos,* disse ela, e acrescentou (com certo exagero), *e só saiu da prisão um dia desses. Muito bem feito para ele.* Phoebe, então, fez um adendo: puniu a colega caipira. *Como? Ah, nada demais. Só a fiz ter uma quedinha por mim. E então terminei com ela. Em público, note bem, no pátio, durante o intervalo.*

Mil novecentos e cinquenta e sete. Em Swansea, South Wales, de calça curta, eu comemorava meu oitavo aniversário. E Phoebe Phelps, aos quinze anos, com o uniforme escolar da Home Counties, transava com Timmy, seu pastor de poesia...

A vingança foi dela, a vingança sempre era dela. Phoebe processou seus desafetos talvez até o ponto em que o mediano degolador da Córsega ergueria as mãos, reviraria os olhos e desistiria. Ou então foi no que passei a acreditar quando ela se vingou de mim: 12 de setembro de 2001. E, para ser justo, Phoebe tinha outro motivo para denunciar Tim. E um motivo muito assustador...

Quanto à poesia, Phoebe renunciou a ela: nem mesmo uma única palavra, um único iambo ou troqueu, durante duas décadas. Até que ela abriu *Os casamentos de Pentecostes* em meu quarto.

"Está vendo como seria. Se eu deixasse você fazer o que quiser. Seria como esse poema. Seu desejo ia sumir de vista. É, Martin. Ia virar chuva em algum lugar."

O romance acelerado é uma resposta literária ao mundo acelerado.

O Onze de Setembro confirmou o que muitos já pressentiam: o mundo acelerava, a história acelerava, o tempo voava cada vez mais rápido. Um mundo acelerado: nenhum ser humano na história experimentara nem sequer um murmúrio desse sentimento até, digamos, 1914. E em 1614 (parafraseando algo de Saul) era uma ideia que teria tanta probabilidade de ocorrer a você como ao cachorro dormindo a seus pés. O outro acelerador é, obviamente, a tecnologia.[3]

A ficção séria poderia responder ao mundo acelerado; mas a poesia séria não. Naturalmente não poderia. A primeira coisa que um poema, um poema não narrativo, um poema lírico faz, é parar o relógio. Ele para o relógio enquanto sussurra, *vamos então, você e eu, vamos examinar uma epifania, um momento seminal, e depois pensaremos sobre essa epifania, e nós...* Mas o mundo acelerado não tem tempo para relógios parados.

Enquanto isso, os romancistas percebiam de modo subliminar que em suas páginas a flecha do desenvolvimento, do propósito, do avanço precisava ser afiada. E a afiaram. Isso não foi nem é um modismo ou uma moda (muito menos uma onda). Romancistas não são meros observadores do mundo acelerado; eles o habitam, sentem seus ritmos, respiram seu ar. Então eles se adaptaram; evoluíram.

O mundo tampouco vai desacelerar, e assim a poesia vai ceder (como o romance literário pode fazer mais cedo ou mais tarde), tornando-se um campo de interesse minoritário, mais sombrio e mais isolado... Podemos, se quisermos, carinhosamente imaginar Phoebe em um hotel barato, em alguma rua semideserta, em um restaurante de chão de serragem com conchas de ostras: Phoebe revisando o incômodo da poesia (bem feito) com um estalar de lábios satisfeito antes de mostrar o esmalte feroz dos dentes.

O que os condenou, o narrador não confiável, o fluxo de consciência e todas as outras cepas mortas? Qual era a comorbidade que compartilhavam?

Forma racional, forma secular e forma moral, o romance é, além disso, uma forma social. É por isso que o realismo social, sempre o gênero dominante, goza agora de uma hegemonia inquestionável. Uma forma social... pode-se até dizer uma forma sociável. E a falha de caráter fatal dos experimentalistas? São introvertidos, são reservados, preferem a própria companhia. Em suma, são antissociais.

Não quero parecer muito alquímico aqui, mas você sabia que "convidado" [*guest*] e "anfitrião" [*host*] têm a mesma raiz? Embora "leitor" e "escritor" tenham uma interconexão menos tangível, a afinidade existe e é tão forte quanto estranha. Agora você é um leitor naturalmente sensível e um convidado naturalmente sensível… Então, enquanto estiver longe do livro, quero que imagine os romancistas como *anfitriões*, como pessoas que atendem à porta e te deixam entrar.

E quero que pense na importância desesperada das primeiras páginas. Que são sua saudação ao leitor, sua generosa *recepção* ao leitor. E lembre-se da advertência que um sábio amigo fez a Christopher Hitchens em 2003 durante uma conversa sobre a fracassada ocupação do Iraque:

Você nunca terá uma segunda chance de causar uma boa primeira impressão.

3. Jerusalém

VER É CRER

Sem Israel, Saul Bellow me disse (em Israel), *a masculinidade judaica teria acabado.* Eu entendia seu tom, mas demorei um pouco para entender o que ele queria dizer.

Ele disse isso em Jerusalém: Jerusalém, "o portal terrestre para o mundo divino" (Sari Nusseibeh), "o caminho mais curto entre o céu e a terra" (Nizar Qabbani)...

Jerusalém viria depois. Primeiro, porém, Saul e eu (e algumas centenas de outros) precisávamos cumprir nosso dever na humilde Haifa, uma cidade meramente temporal cento e cinquenta quilômetros a norte-noroeste. Era primavera de 1987. Eu tinha quase trinta e oito anos e Saul, quase setenta e dois; eu estava lá com minha primeira esposa e Saul, com a quinta.

Mas espere. Ela e Saul eram realmente casados? Ela era sua esposa ou sua noiva, sua coabitante, sua "amiga"? E quem era ela, afinal? À medida que a viagem para Jerusalém tomava forma, tive reuniões em Londres com um romancista e um acadêmico, ambos israelenses, e nenhum de nós sabia nada sobre ela. Surgiram apenas dois fatos semiverificados: se chamava Rosamund e era mais nova do que ele. Portanto, tinha menos de setenta e um... É claro que, de coração, lhes desejava bem, mas naquele momento eu ainda não tinha curiosidade sobre a vida particular de Saul (era a vida particular dele. Passara-se em outro lugar).[1] O que me atraiu foi sua prosa (para ser exato, o peso de suas palavras na página)... E você poderia argumentar que a ficção de Bellow era, de qualquer forma, um resumo de sua vida particular; e teria razão. Ele escreveu sobre outras coisas, no entanto escreveu contos, novelas, romances curtos, romances e romances longos sobre pessoas que conhecia e coisas que realmente aconteceram.

A Inglaterra veio a existir como Estado unificado em 937 d.C., enquanto Israel era apenas um ano mais velho que eu (e oito meses mais novo que o Paquistão).

"Bom, basicamente estou do lado deles", disse ele a Julia enquanto faziam as malas. "Por quê? Porque estão cercados por países que querem que eles morram."

"Então por que foram lá? Não *pensaram* nisso? E não são apenas os países vizinhos, não é? O que dizer do país em que estão de fato? A Palestina. Por que lá?"

"Religião. Foi a religião, Julia, que levou os judeus à Terra Prometida."

Ela fez uma cara de náusea. "Prometida por quem?"

É claro que ele tinha outras razões para simpatizar com Israel, ou seja, predisposições ao longo da vida e Rachel, seu primeiro amor... O amor, na experiência de Martin, o saudava direto, cara a cara, e o mesmo acontecia com Julia; mas agora, depois de três anos de casamento, ele sentia algo fora do eixo, oblíquo, torto... Ele declarou:

"Em minha opinião, você é muito inglesa sobre Israel. Arabófila e facilmente irritável. Deveria ser mais americana a respeito."

"Como uma evangélica. Pensando que precisamos disso para um devido Dia do Juízo Final."

"... Ora, Julia. Você vai adorar quando estiver lá. Eu adorei."

Doze meses antes, com outros quatro escritores britânicos (Marina Warner, Hermione Lee, Melvyn Bragg e Julian Barnes), fui convidado pelo Fundo Educacional Amigos de Israel. E assim visitamos o Knesset, almoçamos com vista para o lago da Galileia, tivemos audiências com rabinos e diplomatas, jogamos pingue-pongue em um kibutz em Golan, flutuamos no mar Morto e, como noviços nas Forças de Defesa de Israel, circundamos o Heródio e escalamos o Massada.

O único árabe que tenho certeza de ter cumprimentado foi um beduíno de atração turística em cuja tenda tomamos chá e em cujo camelo todos montamos. Marina, com certeza, e talvez Hermione tenham tido reuniões semiclandestinas com ativistas palestinos, e a "questão" palestina estava na boca de todos (em Israel não existe conversa mole); mas naquela época eu ainda não tinha curiosidade política e realmente não enxergava os palestinos.[2]

Havia alguma dificuldade especial para enxergar os palestinos?

Essa pergunta não é *faux naïf* nem retórica; é não figurativa e aguarda ou pelo menos tem esperança de resposta.

Resposta a uma inquirição a respeito da visão israelense.

Eu tinha essa ideia de que as pessoas eram como países e os países eram como pessoas.

Você se lembra da convenção literária pela qual os países eram *feminilizados* [em inglês]? "O poder da Inglaterra dependia da marinha *dela*", e assim por diante. Essa convenção, sempre uma trêmula falsa galanteria, foi silenciosamente abandonada durante a primeira metade do século XX. Historiadores e políticos começaram a se referir aos países em inglês com o pronome neutro *it*.

Se Israel fosse uma pessoa, de que tipo seria? Bem, masculino, de qualquer maneira; masculino, já de cara.

O pronome feminino "*she*" [ela] não serviria; o pronome neutro "*it*" é uma concessão aceitável; de fato, porém, deveria ter sido "*he*" [ele], o tempo todo. Sem exceção, os países são homens. Esse é o problema.

"E seu pai ainda é comunista?"

"Não. Ele parou faz uns trinta anos."

"Por que parou?"

"Hungria, 1957. E desilusão geral."

"... O pai *dele* era comunista?"

A El Al, mesmo naquela época, muito antes dos dias das bombas no sapato, bombas na pasta de dente, bombas na cueca, distinguia-se de outras linhas aéreas. Em vez de aparecer no aeroporto, talvez um tanto afobado, quarenta e cinco minutos antes da decolagem, você tinha que estar lá com três horas de antecedência. O que vinha a seguir era um interrogatório solenemente detalhado. James Fenton, no formidável poema "Jerusalém" (1988), faz disso o seguinte:

Quem arrumou sua mala?
Eu arrumei minha mala.
Onde nasceu a irmã da mãe de seu tio?
Você conhece algum árabe?

Quando terminou meu interrogatório (foi educado e não sem certo calor, mas suave e intenso, e hipnoticamente olho no olho), me perguntei se alguém em toda a minha vida já havia estado tão interessado por mim.[3]

Aprovado para voar pela El Al, você se sente absolvido e purificado. Além de bem qualificado em termos de retidão e alta seriedade (elegível, digamos, para um papel fundamental na ativação das ogivas nucleares de Israel).

... Julia e eu, dois viajantes de reputação indiscutível, ocupamos nossos lugares. A leitura dela a bordo seria *Daniel Deronda*. A minha, *Jerusalém, ida e volta* (Bellow, 1976). Alguns críticos das memórias/diário de viagem de Saul reclamaram que o autor não tinha "visto" nenhum palestino ("visto" no sentido jornalístico, e não no sentido que tento definir). Havia outros livros sobre Israel em minha bagagem. Iniciava minha caminhada ao longo do sopé do monte Sião. Ou monte Improvável.

Os Amis estavam juntos fazia seis anos, três deles como marido e mulher. E havia um par de *millennials* em Ladbroke Grove, W11: Nat (dois anos e meio) e Gus (um). Mas agora, como uma maré, o casamento começava a mudar.

O interrogatório de duas horas, o voo de cinco horas, a chegada tardia ao Aeroporto Internacional Ben Gurion, a viagem de três horas por terra, o hotel executivo, a extração de um tomate e uma maçã das cozinhas fechadas, a noite totalmente acordada sob o ofegante ar-condicionado, o despertador não solicitado me dizendo que, naquele momento, o micro-ônibus da conferência acelerava no pátio. Sem jantar, sem dormir e sem café da manhã, subi a bordo e fui transportado com outros para a Universidade de Haifa... O campus, empoleirado no monte Carmelo, parecia consistir em gigantescos abrigos antiaéreos, casamatas e torres de vigia, lembrando alguns visitantes dos assentamentos israelenses ilegais (cujos "novos edifícios de concreto têm a aparência sombria de uma Linha Maginot").[4] Depois de fumar ao sol, entrei e perambulei pelos corredores mal iluminados, e finalmente consegui cochilar durante duas ou três dissertações de cinquenta minutos.

Na sala comunal, conectei-me de imediato com o romancista Jonathan Wilson (um londrino judeu cujo lar acadêmico agora era Boston). Sua expressão enquanto examinava a multidão era quase suculentamente irônica, cheia de diversão guardada e acumulada. Os prefeitos e ministros, a dupla de famosos romancistas israelenses, os muitos acompanhantes e facilitadores, além de jornalistas locais e nacionais, uma equipe de rádio e talvez uma de TV, e lá pelas janelas o deus-céu azul do Levante; no entanto Jonathan estava mais interessado nos delegados e nos figurões amontoados, curvados sobre o café e, impassíveis, distribuindo entre si manuscritos datilografados... Num tom que pressupunha a resposta Não, eu disse:

"Algum sinal de Saul?"

"Sim. Na verdade, ele assistiu à cerimônia de abertura. Com a namorada. Ela é, hã, mais nova do que ele."

Balancei a cabeça. "Acredito que ela seja mais jovem do que ele."

"Ela é com certeza mais jovem do que ele." Jonathan fez uma pausa. "Ah, olhe esses malucos desses professores... Sabe, Bellow se autodenomina um romancista *cômico*. E este aqui não é o cenário para um romancista cômico, é? Eles são todos estruturalistas, semiólogos, neomarxistas. E carreiristas obstinados. E nem sequer forçam um sorriso há anos."

Aparentemente, no dia anterior, Saul folheara um artigo chamado algo como "A caixa registradora enjaulada: Tensões entre o existencialismo e o materialismo em *Na corda bamba*". Agora eu já sabia que esse era o tipo de pedagogia literária, ou um dos tipos de pedagogia literária, que Saul desprezava com cada neutrino de seu ser. Jonathan continuou:

"Ah, ele estava sofrendo. Alguém o ouviu sussurrar: *Se eu tiver que ouvir mais uma palavra disso, acho que morrerei.*"

"Hum. A última coisa que ele quer saber é a simbologia do arpão de Ahab."

"Bom, aqui ele será informado sobre a simbologia do chapéu de Herzog... Você soube do Oz?"

Eu já estivera em Israel antes, então conhecia o processo (tão inexorável quanto carimbar o passaporte): o batismo imediato em uma maré de urgências... Naquele dia, os fãs multinacionais de Bellow, os estudiosos israelenses e todos os outros ainda se recuperavam do discurso introdutório de Amós Oz, intitulado "A noção de banalidade do sr. Sammler e de Hannah Arendt".[5] O romancista mais célebre de Israel abriu três controvérsias, duas delas familiares e até digeríveis, a outra desconcertante e misteriosa.

"Ele estava com um humor estranho, todo motivado e desafiador", declarou Jonathan. "Para começar, perguntou, exigiu saber, primeiro em hebraico, depois em inglês, por que a conferência não era bilíngue. Disse que apenas inglês, em uma universidade israelense, era uma vergonha. E Oz de alguma forma passou a sugerir que a "passividade" judaica, diante de Auschwitz, tinha algo a ver com os *chuveiros*; inconscientemente, os próprios judeus ansiavam pela ablução, Oz argumentou, para lavar as calúnias de milênios. "Eu sei, muito estranho. E tudo isso dito de um jeito mordaz."

"E de modo metafórico."

"Difícil dizer. Ele é um homem impressionante e foi tudo muito convincente. De qualquer forma, os chuveiros também não eram banais, segundo Oz. Eram a manifestação de uma visão diabólica."

"Isso vai agitar as coisas?"

"Por algum tempo. O que os escritores dizem aqui realmente importa. Escritores têm poder."

Franzimos a testa um para o outro. Apenas escritores ingleses, talvez, achariam essa noção tão bizarra. Eu disse:

"Talvez isso suba à cabeça deles. Subiria à minha."

"Em Israel, os escritores não são apenas artistas. São profetas. Não é a diáspora. É esse o ponto mais importante."

... Circulei pela sala comunal à procura da porta para o ar livre e o micro-ônibus. A essa altura, a conversa sobre as mesas passara de Amós Oz para a "musa" de Bellow (conforme ela mesma, nos jornais, como provocação, chamava a si); as especulações eram indulgentes, moderadas, invejosamente lascivas; eles acharam reconfortante que Saul se apegasse ao tipo do intelectual sensual. Alguém afirmou que a musa era meio século mais nova que Bellow.

BRILHO

Julia e eu nos misturamos e exploramos, e, em algum momento, Jonathan nos levou a Tiberíades, onde nos sentamos à beira do mar da Galileia e comemos tilápias...

Mas eu ainda precisava terminar meu ensaio ou palestra e estava com a garganta inflamada e tosse seca. Então, Julia ficou no jardim com George Eliot, e eu em nosso quarto, escrevendo, fumando e lendo enquanto, com minha visão periférica, via uma pasta executiva que brilhava, silenciosa, em cima da mesa de vidro; era gratuita (dada para todos os delegados); feita de palha macia e couro sintético; parecia incorporar a superfície de Israel e sua pseudonormalidade: as entranhas da classe empresarial do Estado moderno, do Estado de mercado e do Estado de negócios. E lá estávamos nós nesse hotel de negócios, um como qualquer outro, numa cidade portuária como qualquer outra do litoral norte do Mediterrâneo. Em 1987, Haifa parecia inocente a meus olhos inocentes.[6]

Lá dentro, em cafés, bares e lanchonetes, nos corredores e comissariados da universidade, sentia-se o fluxo constante de debate sério: "Exposição, argumento, arenga, análise, teoria, exposição, ameaça e profecia... [E] o assunto de toda essa conversa é, em última análise, a sobrevivência".

Lá fora, o ar extraordinário com cheiro antigo de limoeiros, as colinas arredondadas, os pomares e as pedras. "Muitas vezes limpo, o chão vai dando à luz pedras; as ondas da terra trazem mais delas." Durante todo o dia ouviam-se o barulho enlouquecido dos grilos (ou seriam *gafanhotos*?) e os bocejos lodosos das cabras.

Além, na parte de baixo, a baía, a areia, até mesmo as ondulações mansas e sem maré do Mediterrâneo, parecem silenciosamente ameaçadoras. Afinal, esta é a Terra Prometida, esta é a utopia, esta é Bizâncio, esta é a cidade sobre uma colina, esta é Jerusalém. E como chegar a ela, a terra dos sinos de ouro? Nas costas de um golfinho eles vêm, "espírito após espírito":

Mármores dançam no chão de ouro
E às fúrias da complexidade vêm domar,
Essas imagens que eram,
E outras imagens geram,
Golfinho-roto, gongo-amargurado mar.

"Bizâncio", W. B. Yeats, 1932

A MUSA

Na presença de Julia e Jonathan, de Saul e sua companheira de viagem, na presença dos romancistas Alan Lelchuk e A. B. "Booli" Yehoshua e do impecavelmente cortês Amós Oz, e na presença de dezenas de profissionais bellowianos, resmunguei minha palestra. Não tinha nada a ver com marxismo, ou com Israel, ou mesmo com judaísmo. Hoje penso que minhas palavras (dadas a localização e a temperatura mental do ambiente) podem ser consideradas ofensivamente não provocativas. Falei sobre efeitos ficcionais e sobre amor, o amor no cenário da modernidade americana.

Meu assunto era *A mágoa mata mais*, o romance de Bellow publicado no fim daquele ano. E comecei dizendo que eu era a única pessoa na sala que o tinha lido; entre os que não o leram, continuei, está o próprio autor. Ele o escreveu, argumentei, mas não o leu, como eu.[7] Enquanto eu falava e tossia, dei uma olhada disfarçada para o nobelista e sua jovem amiga, recatada ao lado dele, efusiva, de cabelo castanho-escuro... A palestra terminou e Saul deu uma resposta curta e generosa; então a multidão se agitou e se misturou. Peguei minha esposa e partimos para Rosamund, a musa.

A fofoca acadêmica a imaginava como alguém igual a Ramona (*Herzog*) ou Renata (*O legado de Humboldt*). Ambos os personagens são cativantes à sua maneira, porém Ramona é uma sofisticada sedutora de homens; Renata é uma oportunista confusa; e Rosamund era outra coisa. Com rosto oval e olhos elípticos, poderia ser a meia-irmã gentil e inteligente de um conto de fadas. Rosamund era realmente muito jovem, não apenas mais nova do que Saul, mas também do que eu, oito ou nove anos.

Houve nova comoção, quando toda a multidão começou a descer do vigésimo nono andar para o primeiro, para ouvir Shimon Peres (ministro das Relações Exteriores que lera Flaubert) apresentando a palestra pública de Saul, "As suposições silenciosas do romancista". O auditório estava cheio; parecia haver ouvintes lá no alto, arrulhando e esvoaçando nas vigas como pombas cinza e brancas. Não havia falcões; todos tinham um só espírito: a reverência unânime pelo aprendizado.

Saul começou. Sua voz ressoava, enchia a sala, mas começando a soar leve (e quase envelhecida). Sentada a meu lado, Rosamund parecia extasiada e intensa... Entendi então que estava completamente errado, lá em cima, ao alegar que era o único presente que havia "lido" *A mágoa mata mais*. Rosamund teria lido, pelo menos uma vez. E ela teria anotado esta passagem (que eu recitara uma hora antes). "Perto do fim de sua vida", diz Benn Crader (um botânico de renome mundial, um "clarividente de plantas"):

> Você tem algo como um formulário de dor para preencher, um longo formulário, igual a um documento federal, só que é seu cronograma de dor. Primeiro, causas físicas... Categoria seguinte: ego ferido, traição, fraude, injustiça. Mas os itens mais difíceis de todos têm a ver com amor. A questão então é: por que todos persistem?

"Por causa de anseios imortais", responde o sobrinho e íntimo de Benn, Kenneth (um professor de literatura russa). "Ou apenas à espera de um golpe de sorte."

Preencher o formulário de dor, então, é algo que você faz na cabeça, pesando as feridas e os golpes de sorte, que decidirão o humor que lhe é destinado.

* * *

Na manhã seguinte, depois de frutas, café e pães, os Bellow e os Amis viajaram para Jerusalém, a cidade numinosa.

O SOL NÃO PODE FAZER MAIS NADA COM ELAS

"Acho que você anda lendo Philip Larkin", eu disse (o que não foi uma grande façanha de inferência, porque Larkin é citado duas vezes em *A mágoa*). E não se pode esquecer que, na primavera de 1987, Philip Larkin, coevo exato de meu pai, já estava morto; morto havia dezessete meses, morto aos sessenta e três anos, e não de desgosto...

"Ando lendo, sim", declarou Saul, "e com grande prazer. Os poemas fazem a gente rir, mas o tempo todo você sente a melancolia pesada, como um humor medieval; o que chamavam de bílis negra. E talvez a comédia ganhe com isso. A melancolia... é inútil procurar causas, mas qual era o passado dele e da família?"

"Culpar os pais?[8] Essas são apenas impressões. A mãe dele parecia ser uma grande resmungona chorosa, mas o pai, o pai devia ser de fato incomum. Da conservadora classe média inglesa, invulgarmente de direita. É, sim, eu me lembro de que ele era um germanófilo, além do mais. Acho que até levou Philip para lá. Em meados dos anos 1930. Para umas *férias*."

Tomávamos chá no terraço da cobertura da casa de hóspedes do governo, que ficava logo depois dos muros de Jerusalém; enquanto isso, o monte Carmelo, com toda a graça de que uma montanha é capaz, havia se afastado em favor do monte Sião. A casa de hóspedes chamava-se Mishkenot Sha'ananim, ou "habitação pacífica". Era primavera de 1987, sete meses antes do fim de um dos períodos tranquilos de Israel.

"Aquele poema... *Em cada um dorme/ Um sentido de vida vivida conforme o amor*."

"É, sim", eu disse, "e eles sonham com *tudo o que poderiam ter feito se tivessem sido amados. Que nada cura*."

"Ele não era amado?"

"Acho que pelos pais, sim. Você quer dizer mais tarde?" Enquanto o chá de Saul tinha o enfeite vivo de uma rodela de limão, o meu valorizava-se com leite, com o leite de concórdia. Acendi um cigarro. "Meu pai não conseguia acreditar no quanto era pouco ambicioso, como, hã, era *derrotista* com mulheres. O que meu pai contava era que deu os primeiros passos através de um pequeno grupo de irmãs esquisitas." Compassivo, Saul inclinou a cabeça para o lado. "E é estranho, porque poetas pegam garotas. Como sabemos. O que Humboldt diz quando bate à porta das meninas? *Deixe-me entrar. Sou poeta e tenho pau grande.*"

"... Você conheceu alguma dessas irmãs?"

"Só a principal, Monica. E foi outro dia mesmo. Bom. Mil novecentos e oitenta e dois. Portanto, não muito antes de ele começar a adoecer."

"O que foi afinal?"

Contei a ele o pouco que sabia. "E a Monica era..." Como dizer? Não importa, por enquanto, a sutileza dela inundava a sala. "Ela parecia um prisioneiro confiável travestido."

"Ah. Sinto muito saber disso."

A cor do dia mudava. *A luz do fim da tarde sobre as pedras*, Saul escrevera dez anos antes, *só aumenta sua pedregosidade. Amarelo e cinza, elas alcançaram sua cor final; o sol não pode fazer mais nada com elas*. Eu disse:

"Bom, ele seguiu o conselho de Yeats. Busque a perfeição do trabalho, não da vida."

"Yeats nem sempre fala com sensatez. Como seu conselho para escritores: *Nunca lute, nunca descanse*. E você não vai encontrar perfeição na vida de ninguém. Ou no trabalho de ninguém."

"Eu sei. Em outro poema, o poeta se afasta de si mesmo e vê *Livros; louça; uma vida repreensivelmente perfeita*. Bom, não havia perigo nisso."

"De qualquer forma, tem de *haver* uma vida. Yeats certamente tinha uma."

"Hum. E Primo Levi também." Outro dia mesmo: em 11 de abril, Levi se jogou escada abaixo de seu prédio em Turim. "Sinceras condolências, Saul... Estou tentando ver o suicídio dele como um ato desafiador. Uma maneira de dizer: minha vida é minha, minha e somente minha. Mas isso é..."

"Primo Levi... ele nunca desperdiçou uma única palavra."

Silêncio. Então contei a ele sobre as novas aparições: meus filhos... No entanto, à medida que o dia se retirava, o monte Sião parecia brilhar e brilhar (sim, uma luz amarela, mas poderosa: amarelo-tigre). Qual era o problema conosco, a montanha parecia perguntar, como podíamos continuar negligenciando o único assunto possível? Que era a sobrevivência israelense.

"É um Estado militar", disse Saul, "mas está aqui. E sem Israel a masculinidade judaica teria acabado."

A princípio, pensei que ele quisesse dizer que os judeus parariam de sentir desejo de se reproduzir. Aquilo, para mim, era literal. Havia outro jeito de desaparecer.

"Assimilação", disse ele, "assimilação abjeta e o fim de toda a história."

A história que remonta a quatro mil anos.

Mas agora tínhamos que encontrar Julia e Rosamund, e o assistente de Saul, Allan Bloom (autor de *O declínio da cultura ocidental*), e nos preparar para nosso jantar na Cidade Velha com (entre outros) o velho amigo de Saul, Teddy Kollek, prefeito de Jerusalém.

INCRUSTAÇÃO DE MALDIÇÕES

"Pedra grita para pedra", escreve James Fenton.

Minha história é orgulhosa.
A minha não é permitida.
Esta é a cisterna onde toda guerra começa.
O riso do carro blindado...

Do mesmo poema, "Jerusalém": "Está soberbo no ar...".

E está. Muitos, incluindo os próprios Sábios, afirmaram que o ar de Jerusalém alimenta o pensamento. Saul, em seu livro, está "disposto a acreditar":

> sobre esta estranha apatia o ar derretido pressiona com um peso quase humano... a dolomita e a argila parecem mais velhas do que qualquer coisa que já vi. Cinza e afundada, como pensava o sr. Bloom em *Ulisses*. Mas não há no ar brilhante e nas enormes nuvens brancas que pairam sobre as montanhas amarfanhadas nada que sugira exaustão. Essa atmosfera torna o lugar-comum americano "do outro mundo" verdadeiro o suficiente para dar um impulso à alma.

Bellow e Kollek em 1987.

À medida que você escolhe seu caminho da tumba ao tabernáculo, do santuário ao ícone, da caverna ao abismo (cada um consagrado a um monoteísmo diferente, então é tirar o chapéu aqui e pôr os sapatos ali, e pôr o chapéu aqui e tirar os sapatos ali), aos poucos absorve o fato de estar vagando no cemitério de pelo menos vinte civilizações (sua ascensão e queda pontualmente enriquecidas pelo massacre, mergulhadas em sangue *até o pescoço*). A terra "atua estranhamente sobre meus nervos (através dos pés, por assim dizer), porque sinto que boa parte dessa poeira deve ser de osso humano".

O ar alimenta o pensamento, mas também alimenta um dos opostos dele, que é a fé, que é a religião: a crença em um patriarca sobrenatural, juntamente com o desejo de ganhar seu favor (através da adoração). E Jerusalém continua sendo o QG planetário da idolatria. É uma baixa babel de credos.

Olhe. Na Cidade Velha, um homem de cabelos negros com cachos laterais encimados por um chapéu preto de abas largas, com uma sobrecasaca preta, caminha depressa por este ou aquele beco sem saída (o rosto despojado de toda cor pelo estudo em isolamento, por memorizações épicas, entre outras causas, que talvez incluam o pecado de Onã); e ele avança sem ver nada, como um poeta freneticamente inspirado que volta para a escrivaninha e o bloco de anotações. O fantasma vestido de preto é interrompido no meio do passo pela palma da mão erguida de um americano de meia-idade bronzeado e cuboide com uma camiseta rosa-choque e bermuda de bolinhas.

"Meu amigo!", exclama o americano. "Meu amigo! Hora de repensar! Ah, hora de sentir Jesus entrar em seu coração. Entrar em seu coração com tanto amor..."

O chassídico faz uma pausa longa o suficiente para dar forma a uma expressão de concentração, de incredulidade destilada, e então, com um gesto ríspido, segue em frente. Ao vê-lo partir, o americano balança a cabeça tristemente e murmura para si algo sobre a estreiteza de pensamento de Israel... Veja bem, ele é um fundamentalista renascido cujo objetivo é bastante modesto: tudo o que tenta fazer é acelerar a Segunda Vinda, que não pode começar enquanto todos os judeus não forem cristianizados.

Apenas os evangélicos literais consideram a conversão dos judeus uma precondição necessária (para o Apocalipse e depois o Arrebatamento); todos os outros consideram isso uma metáfora para o fim dos tempos. "Eu te amaria dez anos antes do dilúvio", Andrew Marvell garante a sua tímida amante, "e você poderia, se quiser, recusar/ Até a conversão dos judeus." E os judeus também vão tardar, assim como seu próprio Messias... Aquela colina lá em cima, Megiddo, está marcada para o Armagedom, a última batalha entre o bem e o mal. Então os mortos serão finalmente acordados por anjos furiosos, para enfrentar o Dia do Juízo.

Recentemente, Hitchens passara um tempo em Israel, e eu gostaria que estivéssemos juntos lá em Jerusalém naquela primavera para nos maravilharmos com esse fantástico entreposto de buscas infrutíferas, caças a fantasmas e recados tolos. Aqui, os fiéis usam quase todas as nossas metáforas para futilidade. Olhe para eles, agarrando-se às sombras, escrevendo na água. Ninguém está visivelmente tentando extrair sangue de pedra; mas se você quiser ver uma multidão sem fim de pessoas batendo a cabeça numa parede de tijolos, vá até o próprio Muro das Lamentações, no flanco oeste do Monte Sagrado.

Ao assistir aos adoradores balançando devagar para a frente e para trás em seu ritmo de cavalo de balanço (também notavelmente onanesco), Christopher deve ter sentido desprezo, talvez com um toque de pena; eu senti uma resistência mais fraca, digamos perplexidade e exasperação; e Saul, sem dúvida, estaria sentindo ainda outra coisa.

Nele sobreviviam impulsos religiosos. Melancólicos, hesitantes, tímidos, mas ainda presentes; dava para sentir isso na inquietação dos olhos: e era um componente indispensável de quem ele era. Qual outro mestre moderno, descrevendo uma paisagem ensolarada da Nova Inglaterra, escreveria "Louvado seja Deus" e se referiria sem ironia ao "véu de Deus"?

Igual a Christopher, Saul era um velho trotskista e um anticlerical temperamental (assim que a religião se organizou e coletivizou, ela eliminou quase totalmente a compaixão); mas mesmo o peregrino, raspando a testa pálida contra as lajes e pedras do Muro das Lamentações, não seria incompatível com ele.[9] Parece que o que ele valorizava era o mesmo que Christopher desprezava: continuidade, continuidade rotineira. A continuidade rotineira, para Saul, ainda era continuidade. Continuidade aprendida de cor, ele poderia ter dito...

Bellow estava atento a tudo o que era enlouquecedor e impossível sobre Jerusalém, sobre Israel. Foi ele quem redirecionou nossa atenção para as notas de viagem de Herman Melville, de 1857. Melville (um caso muito interessante e atraente) se recuperava de algum tipo de colapso psicossomático, considerando-se "acabado" depois que *Moby Dick* veio e partiu sem despertar interesse (em 1851, aos trinta e oito anos). Ainda era fisicamente vigoroso. Depois de Jerusalém (a "cor de toda a cidade é cinza e olha para você como um olho cinza frio de um velho frio"), ele foi a cavalo até o mar Morto: "Uma escolta montada de cerca de trinta homens, todos armados. Bela cavalgada". E então à Judeia:

> mofo esbranquiçado a dominar trechos inteiros da paisagem, descorada, leprosa, incrustação de maldições, queijo velho, ossos de pedras, trituradas, espremidas e misturadas... *Sem musgo como em outras ruínas, sem a graça da decadência, sem hera, a nudez sem fermento da desolação... Vagando entre as tumbas*, até eu começar a me achar um dos possuídos por diabos.

Essa é a frase, é exatamente com isso que você se contorce e estremece na Terra Santa. A incrustação de maldições.

"Um dia, quando ele me viu na biblioteca, me convidou para jantar. E eu disse que sim, com um encolher de ombros. Pensei, já sei: pizza e ditado."

Rosamund deve ter me dito isso mais tarde, porém insiro aqui:

Ela era estudante de pós-graduação em Chicago. E, quando os professores convidavam você depois do anoitecer, era exatamente para isso: pizza e ditado.

"Mas assim que ele abriu a porta para mim, vestia avental. Ele estava cozinhando."

Houve vinho e jantar; não houve pizza nem ditado.

Esse jantar foi em 1984. "E desde então não passamos mais nem uma noite separados."

Continuo negando qualquer interesse pela vida pessoal de Saul, mas é claro que já sabia muito a respeito, e nos termos da mais profunda intimidade, por meio de sua ficção. E, enquanto olhava para Rosamund, sem dúvida me perguntei de forma um tanto protetora como seria. Parece que me lembro de que a esposa número dois ou número três escreveu uma peça intitulada *Molestar a musa*...

Porque Saul escreveu ficção sobre homens e mulheres reais. Mesmo enquanto digito estas palavras (na página 14 de uma autobiografia romanceada), não perdi a suspeita de que escrever ficção sobre homens e mulheres reais seja algo extraordinário de fazer.

E o primeiro autor sério dessa escrita da vida, pensando bem, foi alguém sobre quem Saul e eu sempre discutimos (Saul tinha a opinião mais elevada sobre ele): David Herbert Lawrence (1885-1930). D. H. L. deu início a isso, e ele deu início a muito mais. Em termos factuais, Lawrence (assim como Larkin, um de seus maiores admiradores) morreu sem descendência; culturalmente, porém, deixou para trás dois dos maiores filhos que já foram amarrados em cadeirões: a revolução sexual e a escrita da vida...

Quando um escritor nasce em uma família, Philip Roth disse com carinho, mas com malícia (mais de uma vez), trata-se do fim dessa família... Ah, mas apenas se esse for um escritor da vida. É isso, não é a escrita em si, mas a escrita da vida, a destruidora de lares. Na verdade, a escrita da vida chega a flertar com a criminalidade: ao longo da carreira, Lawrence foi atormentado pela lei, e perseguido com duas acusações principais: obscenidade e *difamação*.

No caso de Saul, a escrita da vida deu origem a crises de ansiedade constantes sobre processos judiciais (ele fez alterações de última hora nas provas, pediu às pessoas que assinassem renúncias), além de problemas familiares (com o pai e o irmão mais velho), amizades rompidas ou suspensas, o rancor cada vez maior de ex-esposas e ex-amantes e, sobretudo, a inquietação indecifrável dos filhos. É um terreno traiçoeiro no aspecto moral, e o próprio Bellow considerou a questão "diabolicamente complexa".[10] Diabolicamente complexa e, penso eu, fatalmente autolimitante. Ficção é liberdade? Bem, o escritor da vida parece clamar por limites, impedimentos e restrições. Clama por eles, ou clama contra eles, mas, mesmo assim, os convida para entrar.

E Amós Oz algemava a si próprio, por ser uma voz pública, e também Yehoshua e David Grossman e outros, eles sabiam disso e reclamavam, descreviam expressivamente esse fardo, no entanto não poderiam fazer de outra forma.

Em Israel, disse Yehoshua, o escritor não pode atingir a "verdadeira solidão" que é o "pré-requisito" da arte. "Ao contrário, você é continuamente convocado à solidariedade", convocado não por qualquer "compulsão externa", mas "dentro de si mesmo".

Não se pode fazer diferente. E o mesmo aconteceu com Saul: se vem de dentro de você, então não dá para fazer de outro jeito. Nenhum romancista pode.

Em minha opinião D. H. L. não conseguiu chegar a lugar nenhum com "experiência direta". Ninguém chega a lugar nenhum com a "vida". Suas limitações são as limitações da vida: pobreza de incidentes, repetitividade, magreza imaginativa e ausência de forma.

E há algo muito *democrático* nisso. Por que abrir mão de tanta iniciativa e autonomia, de tanto poder? Dos escritores, os romancistas são os mais tirânicos. Um dramaturgo se curva humildemente à logística prática, um poeta é ameaçado pela tradição e pelas restrições formais. Mas Lawrence não estava errado quando disse que o melhor do romance era que você podia "fazer qualquer coisa com ele". Romancistas são usurpadores loucos pelo poder; são presidentes vitalícios que puseram na ilegalidade toda a oposição...

Se eu tivesse que definir o bloqueio de escritor, eu diria: é o que acontece quando o subconsciente, por algum motivo, fica inerte ou até se ausenta. Com a escrita da vida, o subconsciente está próximo e disponível; é apenas terrivelmente subempregado.

Mas Saul Bellow chegou a algum lugar com o real, o factual; ele encontrou aí uma liberdade não pactuada. Sua maneira de fazer isso era instintiva por completo e ofuscantemente radical.

DIVÓRCIO

Para os britânicos, o matrimônio em série é "muito americano" (não totalmente diferente do assassinato em série): um entusiasmo nacional ao qual os escritores não mostram nenhuma resistência óbvia. Nós o associamos aos americanos, mas não é algo que alguém associe aos judeus: o divórcio, muito menos o divórcio recorrente e reincidente, é certamente uma indulgência gói, assim como a dipsomania. O barbudo WASP Ernest Hemingway pode ter tido quatro esposas; porém Saul Bellow teve cinco; e Norman Mailer seis, como Henrique VIII.

Senti que havia algo de *voulu* em todos os casamentos e divórcios de Norman, assim como havia em todas as suas bebedeiras, suas drogas, sua tagarelice e seu exibicionismo, suas baixarias, suas brigas... Era como se ele tivesse se proposto a ser não apenas o icônico anti-herói e anticidadão ("Eu sou um *dissidente* americano"), mas também o perfeito antijudeu. Todos esses casamentos e divórcios beiravam a paródia: como que para provar, Mailer se divorciou de uma esposa, casou-se e divorciou-se de outra, e casou-se ainda com mais uma, tudo no intervalo de uma semana. Bellow não era desse jeito.[11]

Ainda assim, cinco casamentos significavam quatro divórcios. E até mesmo um divórcio, meu pai escreveu, "era uma incrível violência que acontecia a uma pessoa", porque então você se vê numa guerra (e geralmente uma guerra suja) com alguém que ama. Eu tinha vivido o divórcio do ponto de vista de uma criança e sempre tive medo dele, como uma admissão de fracasso, acima de tudo. Em Israel, me vi banhado por ondas de um desamparo que pensei que poderia preceder a derrota; não constante, ou mesmo frequente, mas ocasional.

Rosamund não experimentaria o divórcio. Logo entendi o que ela era: uma das flechas retas da natureza. Como minha mãe, Hilary Ann Bardwell. Flechas retas podem vir de quaisquer fonte e direção. E são muito magras junto ao chão, do tipo de pessoa sem maldade e sem pose. E outra coisa: Rosamund não estava apenas completamente comprometida, mas também completamente apaixonada.

Eu já sabia, como qualquer leitor de *Herzog* já saberia, que Saul era um pretendente com "coração raivoso", um pretendente ao mesmo tempo dolorido e terno, produto de uma colisão: "Em casa, dentro de casa, um regime arcaico; do lado de fora, os fatos da vida".

Anos mais tarde, Rosamund diria, a respeito dessa persistência, que Saul queria e precisava do amor físico no centro de sua vida. E pensei em meu pai, em 1987, sentado diante da lareira, solteiro aos sessenta e cinco anos, dizendo: sim, sim, ele estava "bem no geral. Mas sem uma mulher a vida se reduz à metade".

Solicitado a nomear o personagem de Walt Disney que mais gostaria de conhecer, Andy Warhol selecionou Minnie Mouse. Por que Minnie? "Porque ela pode chegar perto do Mickey."

Agora, Rosamund não é Minnie, e Saul não é Mickey, e isso nunca passou por minha cabeça até que a amizade já estivesse estabelecida havia muito. Mas foi isso que Rosamund fez: me aproximou de Saul. Ela o fez pessoalmente e com o poder transfusional de sua juventude. Ela não era apenas sua Musa e seu Eros, era também sua Ágape.[12]

Rosamund era uma mulher cujos atavismos se tornavam visíveis apenas nas virtudes: ferozmente protetora, barbaramente leal. Ela precisaria daquele fervor atávico (embora ainda não, não por mais de uma década), e então essas virtudes seriam totalmente esticadas.

VIVEMOS ASSIM

Em visita a Jerusalém no fim da década de 1920, o jovem Arthur Koestler achou a beleza do local "desumana": "É a beleza altiva e desolada de uma fortaleza murada no deserto, de uma tragédia sem catarse". Catarse: o processamento e a purificação de piedade e terror.

"Passo pela pequena cafeteria", escreveu Saul em 1976,

> diante da qual a bomba explodiu faz alguns dias. Está queimada. Um jovem motorista de táxi ontem à noite disse... me disse que estava prestes a entrar com um dos amigos quando outro amigo o chamou. "Ele precisava me dizer algo, então fui até ele e, nesse momento, a bomba explodiu e meu amigo estava lá.[13] Então agora meu amigo está morto." Sua voz, ainda adolescente, estava embargada. "E é assim que a gente vive, senhor! Ok? Vivemos assim."

Quando chegou a hora, todos nos separamos com segurança, uns bons seis meses antes da (Primeira) Intifada, que começaria em dezembro... Chegar ao outro planeta, via El Al, é árduo, mas voltar dele é simplesmente uma experiência um pouco pior do que a média da experiência com companhias aéreas. Os Bellow voltaram para os Estados Unidos e os Amis para a Inglaterra. Em Londres, continuei a ler sobre Israel, embora minha pergunta sobre a visão sionista tenha ficado sem resposta por mais vinte e seis anos. Chegarei a ela dentro de uma ou duas páginas; é chocantemente árida.

... Houve um incidente terrorista (no sentido hitchensiano) em nosso voo de volta para casa. Estávamos na cabine da classe executiva, que, além de excepcionalmente espalhafatosa, estava excepcionalmente vazia. Um par solitário de judeus chassídicos mandou a aeromoça dizer a Julia que se opunham à sua presença, alegando (isso foi admitido em um sussurro lamentável) possível menstruação... Na resposta longa e alta de Julia, vi e ouvi não apenas chocada indignação, mas também a) decisiva antipatia por Israel, b) desprezo renovado pela religião e pelo patriarcado, c) decepção (ou assim imaginei) com um segundo marido que falhou em preencher o vazio deixado pelo primeiro.

ZELO

Mais tarde, descobri que 1987 testemunhou a convergência de certas linhas históricas, uma convergência que mudaria o Oriente Médio e (por tempo indeterminado) o mundo...

Em 27 de maio daquele ano, houve um jantar de gala em Nova York, organizado pelos American Friends of Ateret Gohanim ("Coroa dos Sacerdotes"). Em seu discurso, o líder do movimento, rabino Shlomo Aviner, resumiu seus objetivos:

> Devemos ocupar toda a terra de Israel, e acima de tudo estabelecer nosso governo. Os árabes são intrusos. Não sei quem deu autorização para morarem em terras judaicas. Toda a humanidade sabe que essa é nossa terra. A maioria dos árabes veio para cá recentemente. E, mesmo que alguns estejam aqui há dois mil anos, existe um estatuto de limitações que dê ao ladrão o direito ao saque?

O principal orador do evento foi o embaixador de Israel na ONU (sucessor do tremendo Abba Eban), Benjamin Netanyahu, destinado a destituir David Ben-Gurion como o primeiro-ministro mais antigo de Israel.

Oito meses depois, em 9 de dezembro, após vários incidentes violentos (precipitados por um acidente de carro que matou quatro operários de Gaza), começou a Primeira Intifada. *Intifada*: literalmente "um salto em reação"; "sacudir-se", "afastar". Nos cinco anos seguintes, as mortes israelenses totalizaram cento e oitenta e cinco; como sempre nesses conflitos internos, as de palestinos foram quase dez vezes maiores (estimadas em mil e quinhentas). E é claro que a Primeira Intifada, comparada com a Segunda, agora parece implausivelmente mansa.

Em 11 de fevereiro de 1988, fundou-se um novo partido político na Terra Santa. Contava com os habitantes dos vinte e sete campos de refugiados dentro de Israel e a população de um milhão de pessoas em Gaza, e intitulou-se Movimento de Resistência Islâmica, *Harakat al-Muqawamah al-Islamiyyah*, e logo ficou conhecido pela sigla árabe, Hamas, ou *zelo*; foi, portanto, um elemento-chave no que alguns chamam de renascimento islâmico, e outros chamam de islã político, ou islamismo, e ainda outros chamam de *takfir*. Era um movimento que atingia um ímpeto crítico, e esta foi sua ideia fundadora: *Islam huwa al hali* — o *Islã*, longe de ser o problema, *é a solução*.

A política islâmica em Israel era extremamente rejeicionista e judaicocida. No *estatuto*, o próprio Hamas cita os *Protocolos dos Sábios de Sião* (essa invenção tsarista há muito explodida), acredite se puder. Sim, mas se você conseguir...

Noventa anos antes, em abril de 1897, um homem chamado Herbert Bentwich, acompanhado por outros vinte sionistas, fez uma peregrinação exploratória a certa província do Império Otomano. Bentwich e o grupo que liderava não eram do gueto nem do *shtetl*; não foram derrotados pelos Guardas Brancos e pelos Centenas Negras. Profissionais abastados, navegaram em grande estilo de Londres (a viagem fornecida por Thomas Cook, com carruagens, cavaleiros, guias, criados). Sua missão, atribuída a eles pelo fundador do sionismo político, Theodor Herzl, era avaliar a viabilidade de se instalarem na Palestina e apresentar um relatório ao primeiro congresso sionista (novembro de 1897). O sionismo de Herzl era secular, ateu mesmo; mas Bentwich era crente.

Ari Shavit é um israelense moderno, autor e colunista veterano do *Haaretz*; também é bisneto do Honorável Herbert Bentwich. Em *Minha terra prometida: O triunfo e a tragédia de Israel* (2013), Shavit refaz o trajeto de Cook. Recordemos que a tarefa de Bentwich era decidir se os judeus deveriam rejeitar aquela terra ou se estabelecer nela. Shavit intervém com sentimento, mas sem moderação:

> Meu bisavô não é de fato a pessoa certa para tomar tal decisão. Ele não vê a Terra como ela é. A bordo da elegante carruagem no caminho de Jaffa para Mikveh Yisrael, não viu a vila palestina de Abu Kabir. Na viagem de Mikveh Yisrael para Rishon LeZion, não viu a aldeia palestina de Yazur... E em Ramla realmente não vê que Ramla é uma cidade palestina.

E assim continua, com o avanço de Bentwich a cruzar toda a região:

> Há mais de meio milhão de árabes, beduínos e drusos na Palestina em 1897. Há vinte cidades e vilas, centenas de aldeias. Então, como pode o pedante Bentwich não notá-las? Como podem os olhos de gavião de Bentwich não verem que a Terra está ocupada?... Meu bisavô não vê porque é motivado pela necessidade de não ver. Ele não vê porque se vir terá que voltar atrás. Mas meu bisavô não pode voltar atrás.

Ele acredita, então não pode voltar atrás. Ele acredita, então ele de fato não vê. Como um caso de cegueira seletiva, isso seria bastante notável. No entanto, Bentwich está na vanguarda de algo muito mais extraordinário.

Um membro de seu grupo era Israel Zangwill, escritor internacionalmente conhecido como "o Dickens do gueto", que na virada do século popularizaria o slogan sionista: "Uma terra sem povo para um povo sem terra". Em 1904, Zangwill mudou de ideia (ou recuperou a consciência); fez um discurso em Nova York que surpreendeu o público e escandalizou os judeus do mundo (e por essa "heresia" foi pressionado a deixar o movimento durante uma década). A Palestina, ele deixou claro, era povoada.

Zangwill acrescentou, novamente de forma controversa, que os judeus teriam que aprender as artes da violência e reivindicar a terra com fogo e espada.

OS ESPÍRITOS DA NOITE SOMBRIA

E continuei lendo Bellow... Como procedem romancistas comuns, romancistas que não escrevem sobre a vida? Normalmente, reúnem seu elenco de indivíduos e então se engajam em uma luta pela coerência; e os mais ambiciosos, tendo há muito assumido a universalidade, agora lutam também para alcançá-la na página.

Com Bellow, o processo parece seguir em outra direção. Ele abre passagem para o indivíduo com um poder visionário, um poder que adora e queima, e assim encontra um caminho para o universal.

"O serafim extasiado que adora e queima" é uma frase de Alexander Pope. Na angelologia, com suas nove ordens, os serafins estão um nível abaixo dos querubins; e, enquanto os querubins soberanos estão equipados com "a visão plena, perfeita e transbordante de Deus", os serafins estão engajados em "uma eterna ascensão em direção a Ele, em um gesto extático e ao mesmo tempo trêmulo"...[14]

Bellow é um serafim que aspira subir, subir (e, como um cidadão de Chicago, impaciente pela eternidade, espera em silêncio pela devida aceitação no nível superior). É um poeta da natureza quase rivalizando Lawrence (que conseguia reconhecer esta ou aquela planta em qualquer época do ano), e, ao voltar para a sociedade, é um poeta da natureza agora lidando com humanos.

É um escritor sacramental; quer transliterar o mundo dado. Ele pirateia o real; age como um plagiador da Criação.

Se países são como pessoas, então pessoas são como países.

Em comum com a maioria dos habitantes do mundo livre, sou uma democracia parlamentar liberal (com certas falhas constitucionais graves). Conheci despotismos e teocracias de tamanho humano. Conheci oligarcas, anarquistas e repúblicas das bananas. Conheci Estados malsucedidos… Meu amigo mais antigo, Robinson, era um Estado malsucedido. Minha caçula, Myfanwy, era um Estado malsucedido…

Saul era uma superpotência regional; assim como Israel. Saul queria e precisava que Israel existisse e sobrevivesse; associou sua virilidade a isso, impelido pelos eventos na Europa Oriental entre 1941 e 1945. Mas era um realista-social e via as coisas como realmente eram.[15]

Bentwich foi movido por uma sensação de retorno religioso. O resultado, meio século depois, seria Israel: uma terra escolhida e devidamente colonizada por alucinados… E hoje estão no dilema descrito no dístico final de Andrew Marvell, "An Horatian Ode upon Cromwell's Return from Ireland" [Uma ode horaciana sobre a volta de Cromwell da Irlanda]. No decorrer de uma guerra parcialmente sectária, puritanos versus católicos (1649-53), Cromwell levou conquista, fome, peste e morte para a Irlanda (vinte por cento da população foi eliminada).

"Marchem incansavelmente", Marvell, no entanto, exortou o Lord Protetor:

Mantenha ainda tua espada ereta;
Além da força que tem para assustar
Os espíritos da noite sombria,
As mesmas artes que ganharam
um poder, a ele deve manter.

Mas o poder corrompe, e mantê-lo corrompe; e a violência corrompe.

Diretriz

Literatura e violência

Então. Do Lord Protetor ao Grande Fingidor...

Exatamente um ano se passou desde que Donald J. fez seu "anúncio" (tenho certeza de que você se lembra da cena na carruagem lustrosa da escada rolante da Trump Tower: junho de 2015), e agora é um bom momento para fazer uma pausa, realizar um balanço e ver onde estamos.

Em meu esforço para assimilar Donald Trump, e você pode ver *A arte da negociação* (1987), *Think Big and Kick Ass in Business and Life* [Pense grande e pé na bunda nos negócios e na vida] (2007) e *América debilitada* (seu manifesto de campanha) ali em cima da mesa, encontrei alguma orientação para duas hipóteses estranhamente subestimadas, a saber: "A Lei Barry Manilow" e "A probabilidade da larva".

Vamos começar com a Lei Barry Manilow (promulgada por Clive James). Quando confrontado com a popularidade inexplicável deste ou daquele artista ou operador, aplique a Lei Barry Manilow, que afirma: *Todos que você conhece acham que Barry Manilow é absolutamente terrível. Mas todos que você não conhece acham que ele é ótimo.* E tenha em mente que aqueles que você conhece são astronomicamente inferiores em número aos que você não conhece...

É assim com Barry, e também com Donald, porém há uma diferença importante. Os fãs de Barry Manilow não podem aumentar minha exposição a Barry Manilow, mas os fãs de Donald Trump sem dúvida podem me fazer assistir, ouvir e ver Donald Trump de outras formas, talvez até fevereiro de 2025 (quando terei mais de setenta anos e, mais importante, ele estará perto dos oitenta...). Se isso acontecer, a probabilidade da larva (formulada por Kingsley Amis) entrará em jogo. Funcionaria assim: exposto dia após dia às ideias e ações sem sentido de um velho maluco, não me darei ao trabalho de analisá-las e interpretá-las. Vou simplesmente dar de ombros e dizer para mim mesmo: *Deve ser apenas o verme*, ou então, *Provavelmente é o verme aprontando*. A larva é o vírus ou bactéria, ou a larva real, com antenas e boca, que devora um cérebro envelhecido; e a larva age sempre que encontra um pedaço de massa cinzenta relativamente saudável e se acomoda para uma refeição completa.

... Adoto esse tom jocoso um tanto indiscriminadamente, porque a candidatura de Trump é em si uma piada de mau gosto. Tudo começou como um empreendimento comercial, uma tentativa de impulsionar sua marca comprometida (água mineral, gravatas). Então, alguém como Steve Bannon disse a ele que sua única rota imaginável para a Pennsylvania Avenue estava na supremacia branca. E Trump, talvez reconhecendo que a brancura (endossada pela masculinidade) fosse sua única força indiscutível, concordou com mansidão.

Em seguida, ao registrar que essa abordagem fora incrivelmente bem recebida, Trump começou a enfatizá-la com a sinceridade imbecil da violência, incitava sua multidão a "baixar o pau" nos manifestantes, ansiando abertamente por deportações em massa e punições coletivas (além de mais tortura e brutalidade policial)... Fazer mal aos indefesos: parece um entusiasmo recente, uma ânsia despertada ou desencadeada por sua ascensão política. E nesse trajeto ele descobriu algo sobre si mesmo: gosta disso. Trump é uma daquelas pessoas que acham a violência excitante.

O que me surpreendeu, confesso. Em suas memórias *A arte da negociação* (com a mão forte, pesada e inteligente do ghost-writer Tony Schwartz), Donald, então com quarenta anos, aparece como um homem instintivamente avesso aos aspectos rudimentares de seu comércio (cobrança coercitiva de aluguel, despejos coercivos etc.), alguém que associava "esse tipo de coisa" com a ascensão de seu pai da miséria para a riqueza, o tortuoso e sardento Fred C. Trump; e, enquanto Fred se dedicava aos bairros periféricos, o jovem Donald, com o olhar voltado para Manhattan, nutria de modo elegante "sonhos e visões mais ambiciosos". Portanto, presumimos que o súbito gosto de Trump pela violência seja apenas mais um tipo de corrupção: a violência vivifica sua proximidade com o poder.

Joe, o Encanador, nunca chegou a lugar nenhum. Contra isso, no próximo mês em Cleveland, Ohio, Don, o Corretor, será ungido como o... Mas espere. Voltarei a Trump no fim da seção, se houver tempo (como você sabe, amanhã de manhã partiremos para a Inglaterra), e depois disso você também ficará ausente por um tempo. Então vamos em frente. E sem mudar de assunto. O assunto ainda será a violência.

Qual o propósito do romance, que efeito tem, para que serve?

Sobre essa questão existem (como ocorre em tantos outros contextos) duas escolas de pensamento opostas: no presente caso, os estetas versus os funcionalistas. Aqueles explicariam com cansaço e até pena que o romance não serve para nada (é apenas um artefato, nada mais). Estes o veem como uma tendência francamente progressista: a ficção está (ou deveria estar) ocupada com o aperfeiçoamento da condição humana.

Bem, os funcionalistas/progressistas podem de fato estar errados, é o que sempre senti; mas os estetas não podem estar certos. Podemos, se quisermos, concordar sofisticadamente que certo tipo de romance talvez não tenha propósito. Mas pode um romancista existir sem propósito, monotonamente sem propósito, por toda a vida adulta? Alguém pode?

É uma questão de urgência de interesse, acho. Qual é o propósito de meu dia normal?

Se me perguntassem isso cinco anos atrás, eu teria, como hoje, citado John Dryden, que disse que o propósito da literatura é dar "instrução e deleite". Esse veredito remonta a três séculos e, em minha opinião, tem resistido bastante bem.[1]

Você espera encantar e também instruir. Instrua de um jeito que você espera estimular a mente, o coração e, sim, a alma do leitor, e torne o mundo dele mais completo e rico. Minha ambição é resumida por um personagem secundário no romance da última fase de Bellow, *Dezembro fatal*: um cachorro vadio, nas ruas de Bucareste, cujos latidos compulsivos parecem representar "um protesto contra os limites da experiência canina (pelo amor de Deus, abra um pouco mais o universo!)".

E era isso que teria respondido no início de 2011. Então li o imenso e impositivo *Os anjos bons da nossa natureza*, de Steven Pinker, no qual o autor, cientista cognitivo, psicólogo, linguista e mestre em estatística, defende e justifica totalmente seu subtítulo: *Por que a violência diminuiu.*

A violência diminuiu, diminuiu de modo drástico. Você franze a testa; e ao ouvir isso pela primeira vez fiz o mesmo. Porque com toda certeza não parece assim, o que explica, em parte, por que o livro de Pinker ainda não produziu uma real mudança de consciência: sua tese e suas conclusões são chocantemente contraintuitivas e provocam muita resistência natural. Minhas terminações nervosas insistem, assim como as suas, que o mundo, com seu constante acúmulo de armas de todos os tipos, nunca foi tão violento. No entanto, não é assim.

Nos cálculos de Pinker, "violência" é a probabilidade de morte súbita nas mãos de outros (o que inclui mortes em campo de batalha). Agora, deixe-me fazer uma pergunta: o que foi mais violento, a Inglaterra de *Contos de Canterbury* e Ricardo Coração de Leão e as Cruzadas, ou a Inglaterra de *A terra desolada* e as duas Guerras Mundiais?

O professor Pinker fez uma pesquisa. O típico entrevistado "imaginou que a Inglaterra do século XX fosse cerca de catorze por cento mais violenta do que a Inglaterra do século XIV. Na verdade, foi noventa e cinco por cento menos violenta".

A violência diminuiu. Por que e como? E o que, você pode perguntar, isso tem a ver com escrever romances?

No livro, Pinker apresenta o que considera serem as influências decisivas.

1) A ascensão do Estado-nação, que na verdade exige o monopólio da violência.[2] As sociedades pré-estatais eram basicamente as de senhores da guerra e até dez vezes mais violentas do que as sociedades da fase posterior. "Leviatã"

exerce uma força policial, e a palavra "política" (a arte ou ciência de governar) é derivada de "polícia".

2) A ascensão do *doux commerce*: o comércio "suave", baseado em cooperação e vantagem mútua (e não em trapaça, extorsão, fraude e processo judicial).

3) A ascensão de uma prosperidade modestamente generalizada. O que se considerava "ter uma posição" passou a abranger muitas pessoas, dando-lhes mais a perder com a interrupção da ordem e mais a temer com isso.

4) A ascensão da ciência e da razão; isso inclui o recuo da superstição e daquela perene *casus belli*, a religião.

5) A ascensão da alfabetização, que aos poucos se transformou em um fenômeno de massa, cerca de trezentos anos após a invenção da imprensa (1452).

6) A ascensão das mulheres. A violência é quase exclusivamente uma reserva masculina, e as culturas que "respeitam os interesses e os valores das mulheres" estão destinadas a se tornar não apenas muito mais pacíficas, mas também muito mais prósperas.

7) A ascensão do romance.

A princípio a número sete parece uma intrusa, não acha? Em termos de eficácia é sem dúvida a última entre iguais; mas o romance não deve ter vergonha de se encontrar em tão grande companhia geo-histórica. O romance tem outros motivos de constrangimento, é verdade, porém esses são menores e cômicos, e têm a ver com seu confuso nascimento.

Júlia, ou a nova Heloísa (1761), de Rousseau, foi extremamente influente, mas aqui o totêmico livro anglófono é, infelizmente, *Clarissa* (1748) de Samuel Richardson. Tenho a edição Everyman em quatro volumes e, ao longo do tempo, dediquei cerca de doze horas a ela. E é terrível. *Clarissa* é terrível, e Richardson é terrível: detalhista, puritano, meticuloso e sempre atormentado pela ansiedade ligada a religião, a classe e, acima de tudo, a repressão sexual (a piedosa Clarissa é finalmente drogada e estuprada pelo taciturno anti-herói sr. Lovelace, e morre de vergonha, sozinha). Além disso, é imperdoavelmente longo, o romance mais longo da língua.[3] No entanto, precisamos atentar que os primeiros admiradores de Clarissa, um vasto grupo, sentiram-se ligados à heroína com intimidade e calor sem precedentes; se identificaram, simpatizaram, compartilharam e compreenderam seus sentimentos; um estágio novo e bastante inesperado do relacionamento leitor-escritor fora alcançado, um estágio que enfatizava a lição elementar sobre fazer aos outros o que gostaria que fizessem a você... Portanto, nos sentimos gratos a Richardson; e não importa, por enquanto, que a Inglaterra literária, ou letrada, do fim da década de 1740 estivesse torcendo apaixonadamente por um pedante, e um pedante criado por um brutamontes.

Tudo tem que começar em algum lugar. E, além disso, essa onda profunda de esclarecimento já rolou pelas comunidades (e agora se estende, como mostra Pinker, ao nosso tratamento das minorias sexuais, das crianças e dos animais)... Parece que havia uma prontidão evolutiva a ser mais *ponderada*, em ambos os sentidos, que pensasse mais e com mais consideração.

Voltando por um momento ao paradoxo de Pinker. "Em 1800", escreve ele (em livro posterior), "nenhum país do mundo tinha uma expectativa de vida acima dos quarenta anos." "A resposta para 2015 é 71,4 anos" em todo o mundo. Se houve progresso, e houve, por que insistimos em sentir que não?

Bem, há a mídia de notícias, é claro ("se sangra vende" etc.); existe a dificuldade inerente (como todos os romancistas sabem) de escrever de modo memorável sobre o bem-estar; e, talvez de forma mais perniciosa, existe o glamour intelectual da melancolia. A ideia de que o pessimismo taciturno é uma marca de alta seriedade ajudou a criar uma resistência orgânica (talvez agora hereditária) ao positivo e uma atração rival por seu oposto: o esnobismo da derrocada individual.

Os otimistas são rapidamente exasperados pelo pessimismo (eu sei que sou), pela habitual lassidão e repulsa que associamos à adolescência, ao começo dela. Então vou te dizer uma coisa: deixarei tudo isso para cinquenta páginas adiante, e esperarei até lá para visitar a sede mundial do *ennui*, da *cafard* e da *nausée*: isso mesmo, a França.

Assim, por enquanto, direi *au revoir* ao espírito contrailuminista, com apenas uma pausa para olhar a famosa gravura de Goya de 1798, que mostra um *philosophe* adormecido contra um fundo de morcegos e corujas. *O sono da razão*, diz o título, *produz monstros*.

Em 21 de julho, como todos sabemos, aquele brutamontes estritamente não combatente, aquele gavião-galinha, aquele ignorante valorizado, aquele titânico grosseirão (desonesto até a ponta dos cabelos) será eleito o candidato republicano às eleições presidenciais de 2016.

Mas amanhã os Amis voam para Londres, a tempo para o referendo do Brexit. Elena tem dupla nacionalidade, então serão dois votos certos para Permanecer... E pode acreditar, nada está decidido. Tal como acontece com a Escócia e a "independência" separatista: uma vez que se entra naquela cabine, todos param de pensar em um salto no escuro. Não: os britânicos vão ficar com o diabo que já conhecem.

Quanto aos Estados Unidos... Em *América debilitada*, Trump diz que enfrentou muito desânimo ao longo do caminho; até que "o povo americano falou". Por povo americano ele quer dizer, é claro, os republicanos registrados. Em massa, o povo americano tem suas flutuações, mas são pessoas essencialmente práticas, você não acha? Os americanos respondem aos líderes que acham que farão as coisas. E não posso acreditar que uma pluralidade de eleitores, em 8 de novembro, rejeite solenemente o candidato mais qualificado de todos os tempos em favor do menos qualificado.

Portanto, só temos que suportar mais quatro meses antes que Trump seja vaiado e chutado para fora da cidade em 9 de novembro. E então vamos poder relaxar e ter a esperança de deixar cada vez mais no passado a lembrança (pelo menos) dessa tragicômica excrescência.

Depois que as luzes se apagaram...

Depois que as luzes se apagaram, Elena disse: "Roubei um de seus Valium. No caso de ficar preocupada. Com o Spats".

"Com o Spats? Nem Nigel Farage nem Trump. Spats. Elena, deixe-me tranquilizá-la. Spats está tão feliz quanto um porco na merda. Rondas da meia--noite. Passarinhos e coelhinhos para despedaçar. Veremos Spats em breve."

"É verdade, Mart. Posso estar errada, mas parece que você parou de sofrer por seu livro. Isso também é verdade?"

"É, sim", ele disse, "preciso confessar uma coisa."

"Uhum."

"Não é nada ruim. É algo bom... Bem no início deste ano, tive uma espécie de... Não estava à minha mesa. Lia no sofá. Fechei os olhos e imaginei que um visitante tivesse entrado em casa. Totalmente benévolo. Um fantasma gentil; um leitor gentil, na verdade. E adivinhe quem era? Meu eu muito mais jovem, que veio a mim com perguntas. Só que dessa vez me senti mais como uma garota. Foi como receber um filho meu. Tipo Nat com Bobbie."

"Nossa! Você acha que teve uma de suas crises?"

"Provavelmente. De qualquer forma, escrevi dez páginas, bem depressa. Algo rompeu a barreira. Era eu aos dezoito anos, quando dizia a mim mesmo, *não quero ser escritor* (*ou ainda não*). *Quero ser leitor. Só quero fazer parte.* Humildemente decidido, Elena. Devocional. Só queria fazer parte."

"... Ok. Boa noite agora. Você lembra que precisamos acordar cedo? Dentro de meia hora mais ou menos!" Ela bocejou. "Bom, se você enlouquecer, vou estar a seu lado. Até certo ponto."

"Sei que vai, minha querida. Até certo ponto."

Martin tinha dezoito anos e caminhava logo após o anoitecer por um subúrbio distante e abandonado do norte de Londres quando viu uma janela iluminada no subsolo de um conjunto habitacional de classe média. Só dava para ver o encosto azul-escuro de uma poltrona vazia. E ele pensou (aqui vai palavra por palavra):

Isso bastava. Mesmo que eu nunca escreva, termine, publique nada, jamais, só isso já bastava. Um assento acolchoado e um abajur padrão (e, claro, um livro aberto). Isso bastava. Então eu faria parte.

4. A noite da vergonha

ELA ESTÁ ME ASSUSTANDO, HITCH

"Ah, você finalmente está se abrindo. Continue, Little Keith. Põe tudo para fora."

"Bom", eu disse. "Apesar do tanto de coisas de que gosto nela, ainda há muito mais que possa gostar; não a descobri fisicamente por completo. Ainda há um longo caminho a percorrer."

"Como ela conseguiu isso? Depois… depois de dois anos… São as restrições todas?"

"Elas ajudam, talvez." Nunca confessei a Christopher sobre a verdadeira extensão (e a verdadeira duração) de todas as restrições. "Você já namorou uma garota religiosa?"

"Não. Ou não conscientemente. Claro que você", disse ele, "namorou conventos e priorados inteiros de garotas religiosas."

"É, não tinha como contornar isso até os dezesseis, dezessete anos. Todo o meu pessoal era da classe trabalhadora ou média baixa, e religioso. Nossa, o que a gente tinha que aguentar para ganhar um beijo na bochecha."

"Hum, eu gostaria que, antes de morrer, Deus soubesse que grande *bro-*

chada geo-histórica ele era. Pense, Little Keith. Não só nas proibições, mas na culpa. Pense em todos os fiascos, todos as brochadas e todas as ejaculações precoces. Sem falar do consolo de todas as punhetas abortadas em lágrimas por medo de cegueira e insanidade..."

"Tudo verdade, ó Hitch. Quando papai era criança, o vigário da escola levava todos para a enfermaria de doentes crônicos de um hospício e dizia que basta uma punheta pra você ficar igual a eles. Mas às vezes, e talvez você não saiba disso, às vezes o velho Nobodaddy se mexe e cria... uma foda infernal."

"Sério?" O olhar atento de Christopher: não tanto uma carranca, mas com olhos esbugalhados. "Essa é uma verdadeira lacuna em meu conhecimento religioso. No meu CR. Por favor, continue."

Eram sete e quinze da manhã de uma quarta-feira, então estávamos no trem com destino a Southend e à gráfica (era nossa vez de ajudar a conferir as provas da última página e colocar o *Statesman* para dormir). Nunca proferimos uma palavra de protesto pelo início às seis da manhã, pela pobreza artística da estação Liverpool Street, pelas corridas na umidade da Costa Leste, pelo fedorento metal quente: tudo nos parecia um trabalho honesto... Agora cuidávamos de trêmulos copos de isopor de café fraco com leite no colo. Reduzidos por enquanto à mais branda das bebidas, estávamos, em contrapartida, exercendo nosso direito civil de viajantes em um vagão para fumantes. Eu disse:

"Para noventa e nove por cento das garotas religiosas, o sexo chega como um filme de terror. Saturado de pavor. Aí, com o passar do tempo, aos poucos se acomodam, acabam ficando menos religiosas. Mas essa minoria, Hitch, esse um por cento, descobre muito cedo que tem apetite real pela coisa, assim como talento. Então, é claro que elas começam a se posicionar. E adivinhe. Ficam *mais* religiosas."

"Como meio de... expiação? E qual é o resultado? Quer dizer, na cama?"

"Bom. Não é como uma trepada normal da periferia de Londres, posso te dizer. Você sabe, quando elas, quando você..."

"Quando os dois rolam pra lá e pra cá um pouco, aí acabou e ela faz uma piada."

"Isso. Não é desse jeito. Para começar, não é brincadeira. É..."

Virei-me e olhei para fora, através dos fios de água diagonais que escorriam devagar pelo vidro. Ao longe, o leste da cidade se arrastava (sempre em minha memória sob um manto úmido de cinza, qualquer que fosse a estação);

e então as paradas deslizavam em nossa direção, uma atrás da outra, Manor Park, London Fields, Seven Kings...

"É tipo isso. Além de ser tremendamente carnal, sujo e tal, de repente ficou tudo sussurrado e olho no olho, vidrado, hipnótico. Com uma ponta de condenação."

Christopher disse: "Isso soa... interessante".

"Ah, é. Mas veja, Hitch, é difícil de imaginar. Ela não apenas pensa, ela sabe... ela sabe com certeza que vai para o inferno. O padre Gabriel falou. E é como o pecado original, toda vez que ela cede. Cheia de angústia. *Toda* nossa angústia."

"Hum. Me corrija se estiver errado, Mart, mas graças a isso ela deve ficar um pouco tensa."

"Ah, muito tensa. Por mim, tudo bem. Acho que *eu* não vou para o inferno."

"*Você* não acha que vai ser queimado e mijado por toda a eternidade."

"... A eternidade é uma coisa esquisita, não acha, a ideia em si? Não é que ela nunca termine: ela nunca começa."

"Não. Um trilhão de anos depois e não estamos nem um pouquinho mais perto de terminar." Acendemos novos cigarros, e ele continuou: "Quando a gente se vê confrontado com a tortura eterna, é muito difícil enxergar o lado positivo. E, se ela *realmente* acredita nisso, assim como bilhões... Talvez seja por isso que ela precisa desses descansos. Todas as suas pobres restrições. Como se para se purificar."

"Era justamente isso que eu choramingava comigo mesmo. Durante as restrições. Então. De repente, a situação está ficando crítica. E as crises não podem continuar sendo crises. Elas *são* finitas."

"E a atual está começando a ferver."

"Isso, e borbulhar. Você precisava ver a Phoebe nas festas para onde ela me arrasta. *Flertar* não traduz a porra que ela faz.[1] Basta qualquer velho arbitrador, qualquer velho vagabundo de esqui, e o olhar dela se enche de... como se ela nunca tivesse imaginado que poderia haver alguém tão celestial."

"... Ah, ela está impossível."

"É, ela está impossível. *Impossível.* Sabe, ela sempre tinha alguma queixa. Antes de eu aparecer. E agora é tudo dirigido a mim, porque estou mais próximo. Então, o que ganho? Tortura. De que tipo? Sexual. No passado, já caçoaram do meu pau, mas eu..."

"Essa aí você já superou. Aquela Melinda."

"Comparada à Phoebe, Melinda era tímida. Melinda brincava com ele, ela nunca o *insultou*. Vou tentar te dar uma ideia."

A névoa fria do mar, a bruma, a maresia de Southend escorria por todo o trem quando Christopher disse: "... Me dói, Mart, mas preciso perguntar se você não acha que ela está tentando fazer você... desanimar. Desanimar e se retirar".

"Hum, bom, esse sempre foi o estilo dela. Mais ou menos desde o primeiro encontro. *Por que você ainda está aqui?* E agora, de repente, é uma boa pergunta."

"E qual seria sua resposta?"

"... Acho que estou só esperando uma eventual trepada religiosa, mas uma parte é pura curiosidade vulgar. Não... puro interesse humano. Ela é como um personagem daqueles romances que você quer pular para o fim e ver como acabam. Tanto faz. Não posso desistir agora."

"Depois de chegar tão longe e tão perto do fim?"

"Isso mesmo. Mas não posso desistir quando ela está toda em carne viva assim. Nossa, é como cuidar de uma criança. E se ela se machucar no meu turno? Quem se encarregaria dela?" Começamos a juntar nossas coisas. "Na volta, quero que você me conte tudo o que aprendeu até hoje sobre garotas loucas."

"Ah. Preciso saber umas coisas sobre garotas loucas, é?"

"É", eu disse. "É, garotas loucas fazem fila para o Hitch. Não estou falando daquelas com quem a gente fica, mas sim daquelas que a gente larga. As belezas enlouquecidas que açoitam seu rochedo escuro. Me fale das garotas malucas."

"Tudo bem. O que tem elas?"

O trem tinha parado. Nós nos levantamos e declarei: "Nossa, odeio gente maluca. *Me* deixam louco. Verdade. E estou louco agora. Estou". E ergui as mãos e cocei a cabeça com as duas. "Ela está me assustando, Hitch."

SOLJENÍTSIN

algumas datas podem ser úteis (esta foi uma época transformadora). A noite da vergonha, com todas as suas maravilhas indesejadas, ocorreria entre 15 e 16 de julho de 1978 (um sábado, um domingo). Esse passeio específico para Southend com Christopher foi no fim de março. E no começo de junho o endereço postal de Phoebe mudou. De The Hereford, apartamento 1, Hereford Road, para apartamento 3, Kensington Gardens Square, 14. Ela se mudou.

Era temporário, ela disse: "É só parte do novo momento econômico". O novo momento econômico tornou-se necessário por causa da aposta que Phoebe fez em meados de maio.[2] Imediatamente, Hereford Road foi alugado (ilegalmente) para três famílias imigrantes, e Phoebe conservou um quarto dos fundos repleto de seus bens mundanos.

Agora era 4 de maio, uma sexta-feira, e ela dizia ao telefone:

"Ainda na casa da Merry, que vai gentilmente me levar até lá. Quando ela estiver pronta, claro. Temos um minuto, então continue. E não, não é muito doloroso para mim falar disso."

"Ok. Mera curiosidade, mas por que você continua apostando contra a sra. Thatcher?"

"Eu te disse. Porque não quero ser governada por uma mulher, ok?"

"Sei. Mas *apostar* contra ela não torna isso menos provável."

"É o princípio, Martin. Você não entenderia. É uma questão de ser fiel às suas convicções e aos seus... Ah, Merry vem vindo finalmente. Certo. Vou estar na porta de sua casa em cinco minutos."

Havia apenas uma mala, insustentavelmente pesada, porém só uma. Ela ficou parada na varanda, com seu terninho preto mais antigo (com partes puídas e botões faltando).

"Então me convide para entrar", ela disse. E ele obedeceu com um giro da mão. "É igual com um vampiro, Mart", Phoebe continuou com um olhar de súbita clareza. "E essa é uma boa regra dos vampiros. Igual à de eles não serem visíveis no espelho. Veja bem, vampiros não podem cruzar sua porta, a menos que você convide."

Coisa que ele definitivamente tinha feito: a tinha convidado. Ela deu a dica, sugeriu, mas ele fez o convite. Note-se. Martin com certeza notou: ficou surpreso. A Próxima Coisa estava em seus primeiros dias, mas ele já se perguntava se em toda a sua vida já sofrera assim...

"Martin, estou arruinada", ela disse no Fat Maggot em 2 de maio. "Sem um tostão e sem teto. Estou na rua! Nem sei onde vou pousar minha..."

"Tudo bem", ele declarou. E confirmou com a cabeça, enfático. "Mude para minha casa. Venha morar comigo."

Não solicitado, e muito contra o rumo de sua mente consciente, o convite só se formou em seus lábios: as palavras saíram sozinhas. E, enquanto estava ali sentado, comendo pão com queijo no pub borbulhante, perguntou-se por que sentia orgulho, por que achava que tinha feito a coisa certa: a coisa ousada, a coisa viril, a coisa interessante.

Venha morar comigo, ele disse. E agora ela estava ali.

"Sabe, Mart", ela exclamou enquanto desfazia a mala no outro quarto (o único outro quarto), "temos que fazer uma inauguração. Uma de nossas *Blue Moons*."

Cautelosamente, ele se mexeu. Esse era o nome atual dos interlúdios de paixão de ambos, *Blue Moons* (em tripla referência à impureza, à melancolia e, acima de tudo, à raridade deles). Ela disse:

"Mas primeiro tenho que me recuperar de toda essa correria insana. Estou abalada. E como encaixar a data? É a temporada de festas e minha agenda está quase explodindo." A voz desencarnada ressurgiu; e ela parecia (ele pensou) uma tia animada num programa de rádio. "Pensei talvez no domingo. Mas não! Coabitação, meu amigo, não é só cerveja e boliche, de jeito nenhum. No domingo, Martin, você precisa me levar como meu escudeiro até Morley Hollow: pedir a bênção paterna. Ah sim, senhor. Sir Graeme vai ter que nos perdoar por vivermos em pecado mortal. Agora... agora, o que tem aqui?"

... Se ele se inclinasse para a frente, o que ele fez, poderia vê-la, observá-la: seu reflexo no longo espelho do guarda-roupa (portanto, não, ela não era invisível). E enquadrada dessa forma, Phoebe se movimentava com a inocência temporária de quem é observada sem saber... Ela tinha à frente a mala aberta; o conteúdo estava à sua mercê. Com dedos rápidos, classificava e organizava a roupa íntima, separava e jogava algumas peças para cima dos travesseiros, porém parecia valorizar outras; a certa altura, levou à face um lenço roxo e comungou brevemente com ele... Ainda com o que restou de sua roupa de trabalho, Phoebe: a blusa larga, a saia escura justa, mas meio aberta com uma flor branca de combinação ou anágua brotando da anca. Parou de repente. Olhou para o nada, os olhos endureceram. Então voltou a si e continuou em um murmúrio privado:

"Um par, dois pares, três pares, quatro... Ah, minhas roupas, minhas roupas, minhas roupas repugnantes."

Nos dias seguintes, enquanto se estabelecia o realinhamento (e enquanto a presença almiscarada, sorridente, diáfana, cadeiruda e cheia de mamilos dela o envolvia), ele continuou a sentir que tinha algo a comemorar. E continuou a se perguntar por quê.

Talvez houvesse motivos, pelo menos, para alguma satisfação mesozoica primordial, pois era em torno dele, Martin, mandril número um, que ela gravitava (e não em torno de Lars ou Raoul, ou qualquer velho arbitrador ou vagabundo de esqui). Nenhum grande triunfo, claro, mas por que desdenhar um silencioso grunhido de apoio símio?

Talvez ele ainda estivesse fantasiando que, como seu defensor, guardião e regente (e como seu implacável senhorio), certos privilégios senhoriais inevitavelmente começariam a surgir em seu caminho. E apareceram, em certo sentido. Em Kensington Gardens Square, ela estava quase sempre — ou com frequência — nua, ou pelo menos (para usar uma palavra de que ela gostava) totalmente *déshabillé*. Ele logo descobriu que isso não era nenhum tipo de convite.

O nudismo era novo. Ele se lembrava de Phoebe dizendo que a Próxima Coisa "seria um pacote de medidas"; e a *exibição* era claramente uma delas, juntando *flerte aplicado* e *preliminares sovinas* (assim como restrições cada vez mais prolongadas)... Então ficou complicado para ele. A princípio, ele gostou da ideia de ela estar falida, sem teto e, acima de tudo, vulnerável, no entanto agora que ela estava realmente presente, com sua escova de dentes e sua fronha cheia de roupa suja, ele logo viu que a vulnerabilidade dela a tornava... que a própria vulnerabilidade de Phoebe a tornava invulnerável a propósitos indignos...

No fim das contas, talvez fosse porque ela era um criptograma que ele queria muito e precisava resolver. Ele tinha a resposta presa ali em Kensington Gardens Square. Encurralada; sem ter como escapar. Então deixe que tudo se revele, pensou, que tudo desabe. O que vem depois é depois.

E, no entanto, houve momentos, os momentos entre os outros momentos, em que ele teve certeza de que estava em um ambiente estranho, onde não dava pé e afundava. Se fechasse os olhos, tinha novamente sete anos (o veleiro na costa de Gales, a pancada da retranca solta na cabeça, a cambalhota ao cair no mar); e, uma vez ali, afundou. É esse o caminho para a morte, então?, perguntou-se. Mas não era uma lembrança infeliz. Ele continuou a descida sem pressa, muito atordoado e ofegante para nadar ou mesmo se debater; e parecia assistir a um belo desenho animado, um *Fantasia* silencioso ao afundar nas braças do canal de Bristol, esperando experimentar tanto daquele mundo preto-azulado quanto conseguisse antes que alguém (tio Mick ou um de seus primos) o pescasse de volta.

MORLEY HOLLOW

"O padre Gabriel vai estar lá. Mantenha a esquerda. Bom, ele é meio rebelde para um padre, em dois aspectos. Para começar, não é pobre. Agora dê seta para a direita. Ele é de fato muito pródigo. Normalmente, eu traria toneladas de comida e bebida, mas posso economizar umas libras porque o padre Gabriel vai levar tudo isso. Agora vire. Ele adora gastar dinheiro. Na verdade, é muito menos piedoso do que meus pais. O que eles adoram é pobreza."

"Eles o quê?"

"Não sabia disso sobre os católicos? Daqui a um minuto a estrada vai bifurcar e você segue em frente. Eles adoram pobreza. E frio, umidade, desconforto. E sujeira. Não se pode esquecer da sujeira. É a *mendicidade*. Serve para, hã, para te livrar das distrações em sua devoção total a Deus. A pobreza não *me* livra das distrações. Livra você?"

"Não. Mas não me importo que me distraiam de minha devoção a Deus."

"Ah, muito engraçado. Siga em frente. É no beco sem saída no fim da direita, e é aquela que tem entrada própria, de lama e não uma rampa de concreto para um Ford Cortina. Ah, olha só. Esperto ele, chegou na frente. Bom, pelo menos você vai receber uma bebida decente. Eles sempre servem um xerez chamado Folkestone Dew. Oitenta pence na Safeway's. Chegue perto da grama, mas deixe espaço para ele manobrar. Cuidado com seu sapato."

O bangalô se chamava Morley House, embora fosse um pouco menor do que os outros bangalôs muito pequenos em Morley Hollow, onde cada bangalô tinha um nome: Dunroamin, HiznHerz, Journey's End, Shangri-La...

"Não se deixe enganar pelo exterior. Não é um palacete suburbano. Está mais para um estábulo com móveis estranhos. A gente acha que vai ter pilhas de cães pastores dormindo."

Eles saíram e contornaram o carro do padre Gabriel, um Jaguar Mark IX, talvez com vinte anos, mas bem polido. Parecia um carro fúnebre, porém com linhas e contornos artísticos; o interior de couro e nogueira tinha a fixidez lacrada de um confessionário. Ele disse:

"Qual é a outra heresia do padre Gabriel? Ele não é pobre e..."

"Ah, desculpe. Nem gay."

Ergui o copo de cristal lavrado para receber mais champanhe. Os três Phelps ainda estavam na cozinha esvaziando o cesto, e padre Gabriel dizia alegremente:

"Então, Martin, posso te chamar de Martin, não? Você está aqui, sem dúvida, para ver Sir Graeme. E para esclarecer seu relacionamento com a caçula dele. Um momento exigente."

Dei de ombros e sorri. "Então haverá uma pequena inquisição?"

"Hum. Há uma cena dessas em um dos romances relativamente recentes do seu pai. Como é o título? Seja o que for, está escrito de um jeito divertido. O pai, o sr. Cope, faz quatro perguntas ao pretendente da filha, e a primeira é: Creio que você esteja indo para a cama com minha Vivienne?"

"Você não quer se sentar?", perguntei e me arrastei para o lado, ao longo do sofá.

"Não, vou continuar na perpendicular por enquanto, obrigado, depois de ficar a manhã inteira sentado atrás do volante. Você sabe, fazendo rondas."

Ele estava parado acima de mim, sessenta e poucos anos, esguio, ainda firme, com cabelos grossos e cor de estanho emoldurando o colarinho clerical (uma faixa preta apertada que escondia quase inteiramente uma faixa branca apertada); usava também um colete com seda na parte das costas, calça social listrada e galochas grossas.

"O sr. Cope faz quatro perguntas que o jovem pretendente responde com negativas indignadas. Está indo para a cama com a minha Vivvy? A segunda é:

então deve estar indo para a cama com alguma outra jovem; ou outras? A terceira é: então você talvez prefira seu próprio gênero? E a quarta é: ah, então você com certeza confia naquelas práticas solitárias contra as quais nos alertavam na escola?"

"Eu lembro. E, quando ele responde 'não', o sr. Cope não o desqualifica como antinatural."

Padre Gabriel riu, nós dois rimos. "Ele não quis ofender, o sr. Cope. Na verdade, é só uma provocação, não é?, ou é uma armadilha retórica. O truque seria responder 'sim' para a primeira pergunta."

"Ou, se isso não desse certo, responder 'sim' para a segunda. E então falar que os sentimentos dele por Vivvy estão num plano muito mais alto."

"Muito bem, Martin. E muito filial também."

"O romance é *Girl, 20* [Garota, 20]", eu disse. O que logo nos fez pensar no fato de Phoebe ser uma garota de trinta e seis anos. "Então acho que Sir Graeme não vai perguntar se..."

"Não, não vai. Nem vai perguntar se você pretende fazer dela uma mulher honrada. Porque ele, claro, sabe que Phoebe seguiu o próprio caminho, não quer ser considerada uma mulher honrada. E ela já é honrada, a seu ver, que Deus a abençoe."

Já estavam ajeitando louças e talheres na mesa revestida de plástico adesivo ali no canto. Phoebe e a mãe começaram a trazer um sortimento de cadeiras de cozinha, e Sir Graeme levantou-se com um saca-rolhas na mão e exclamou:

"Ah, Martin! Você se importa de lavar as mãos antes de a gente se sentar?"

Segui as instruções para o banheiro (que encontrei e usei), segui as instruções de como dar descarga. Estavam escritas à mão e coladas na caixa-d'água descascada: "Puxe a corrente bem devagar para baixo, mantenha o puxador sob controle, espere pelo menos um minuto e solte. Em seguida, puxe com força. Repita até que tenha sucesso!".

Enxaguei as mãos sob o fio de água ártica da pia, sequei com papel higiênico e, ao refazer meus passos, passei por botas de borracha, detergentes, forro de chão, um taco de hóquei quebrado, uma banheira infantil de estanho, uma raquete de tênis sem cordame...

"... nem judeus, nem muçulmanos, nem budistas", disse Phoebe, e calou-se.

"Parece, Dallen", disse o padre Gabriel, com divertido pesar, "que o 'ecumenismo' entre os jovens passou a representar uma espécie de BYOB [traga sua própria cerveja] metafísico. Enquanto tudo o que sempre significou, minha querida Phoebe, é o bom relacionamento entre cristãos. Para evitar contratempos, por exemplo, a Guerra dos Trinta Anos. Gustavus Adolphus..."

Enquanto ele falava, observei-o, tentei avaliá-lo, o branco muito branco dos olhos azul-claros, o rosto cheio, sem rugas e cuidadosamente barbeado (Sir Graeme, curvado a seu lado, parecia fisicamente ignorante, quase medieval, com o rosto esburacado e suas órbitas, e tufos brotando das orelhas e das narinas)... Além disso, o padre Gabriel foi o único eclesiarca que conheci sem nenhum brilho, nenhuma teatralidade inconsciente, nenhuma desculpa por seu vitalício compromisso com algo tão elaborado e tão frágil (e tão intelectualmente nulo)... O homem exterior era mundano, sério, decidido, atento.

"Agora, Grae", ele disse, "antes de ir, porque preciso ir, quero te ajudar a respeito do, hã, do aspecto puramente formal de nossa reunião aqui hoje. Me perdoem, mas os romanos são tão *bobos* quando se trata de cuidar das filhas. E eu..."

"Está tudo bem!", exclamou Sir Graeme, um dedo agitado enquanto mastigava e engolia. "Confio nele! Está tudo bem!"

"Você confia nele. Isso é bom. Mas nos diga, Martin, Sir Graeme está sendo... sábio?"

"Hã, está, sim." Ergui-me da cadeira e disse como pretendia fazer caso fosse necessário (me sentindo tão friamente fraudulento como sempre que punha os pés na igreja). "Claro. Será como se ela fosse a irmã de meu melhor amigo. Um amigo honrado, que eu teria vergonha de entristecer. Ela está segura comigo."

O padre Gabriel declarou: "Ora, é uma resposta amorosa e justa".

Dallen se inclinou para a frente e disse suplicante: "Ah, bom, e tenho certeza de que ele sabe que a menina é um pouco mais frágil do que...".

"Ah, *mamãe*. Não *comece*."

O padre Gabriel se pôs de pé. "Bom, estou indo... visitar uma mulher. E antes que os boatos corram, ela é uma solteirona de noventa e três anos." Ele deu a volta na mesa, se despedindo inclusive de mim, e disse: "Palavra infeliz essa, *solteirona*. Sem nenhuma das associações festivas de *solteirão*. Será que ela tem uma garçonnière de solteironas? Alguma solteirona 'gay'"?

Phoebe se levantou e ofereceu a face. "Bom, sou uma solteirona 'convicta.'"

"Sei que é, minha querida. Sei que é."

Durante a hora que restava, Sir Graeme terminou os ovos de gaivota, os camarões na manteiga, as linguiças de carne bovina, a enorme torta de carne de caça e a segunda garrafa de clarete, e então se balançou sobre os calcanhares, de costas para a única fonte de calor da sala. Murmurou gostosamente para si mesmo, balançou-se e foi embora com o aquecedor elétrico de uma barra, a camisa justa, a velha e lustrosa calça boca de sino.

"Claro que é inabitável no inverno", disse Phoebe. "Terrivelmente frio mesmo."

"Por que eles não vendem e compram um apartamento menor e bonito?"

"Vender? Não vale nada. Patrimônio líquido negativo. Hipotecado até a morte."

"... Quem foi o primeiro Sir Phelps?" Relegado ao banco do passageiro (nada melhor de tragar do que Graeme), Martin pensou nos baronetes de Trollope. "Algum soldado ou burocrata, suponho, sob o comando da rainha Vitória..."

"Rodney Phelps foi, hã, *semi*enobrecido em 1661. Por Carlos II. Sir Rodney é o único que deu um golpe ou ganhou algum dinheiro. O filho dele, Sir Reginald, dissipou tudo. E todos os outros não herdaram nada além de dívidas."

"Ele tem alguma renda, seu pai?"

"Tem. Aluga o nome para papéis timbrados. Pools de empresas, cassinos. Agiotas, presidentes: Sir Graeme Phelps. Não pense que o baronete ajuda. Não. É um segredo mortal. Ele quer que as pessoas pensem que ele *realmente* conseguiu o título por algo. Um serviço ou outro."

"Como Sir Rodney conseguiu isso em 1661?"

"Ele administrava uma plantation em Barbados. E conseguiu por serviços à escravidão... Hã, como você se deu bem com o padre Gabriel? Gostou dele?"

"Hum, gostei, bastante. Ele tem certo, não sei, certo poder de persuasão."

"É. Tem, sim."

Não muito antes de saírem (Phoebe estava no banheiro, fazendo uma barulheira com a descarga), Dallen pôs a mão no braço de Martin e disse: "As irmãs de Phoebe são como o Grae. Aceitam as coisas como elas são. Mas a Phoe é mais parecida comigo. Às vezes acontece que a mente dela... desliga, sabe? E não há nada que a gente possa fazer, coitada".

Isso foi tudo. E aconteceu quando ele começava a perceber que, naquele último período de tempo (com obstáculos e trechos de terreno novo e estranho), em nenhum momento Phoebe pareceu menos do que sã.

A NOITE DA VERGONHA: PRELIMINARES

Manhã.

No dia da noite da vergonha tudo era inocente. E tudo continuaria inocente... enquanto durasse a luz.

"Bom dia para você", disse ela, ao abrir os olhos quando ele trouxe o chá. "Leite! O que é isso?... Odeio leite."

"Não odeia, não." Ele avaliou o olhar dela, que continha uma sincera reprovação (como se dissesse: Você não sabe nem *isso* sobre mim?). "Não de manhã. É à tarde que você gosta de café preto."

"... Odeio leite. Mas tudo bem." Ela bebeu o chá. "Ah, melhor assim." Ela se recostou. "Mart... Me dê a mão."[3]

Tinham acordado por volta das nove, às dez estavam banhados e vestidos. Então seguiram para o Normann's, o café local. Ali ele teve o prazer ainda confiável de ver sua namorada elegantemente esguia se deliciar com uma enorme tigela de mingau açucarado, um café da manhã inglês completo, incluindo batatas e pão fritos (acompanhados por dois bules de café), seguido por várias rodadas de torrada com muita manteiga e geleia. Ela herdou isso do pai?, ele se perguntou. Improvável. Com Graeme era mera fome, com Phoebe era ganância...

Juntos, passearam por uma hora na umidade antinatural, sob um céu nauseabundo (cores crepusculares acobreadas em um feltro de negrume tão profundo que fazia tudo, árvores, prédios, seus próprios rostos, parecer eletroquimicamente empalidecido. E pensou: São as cores amadas pelos loucos). Tirou da carteira três, não, quatro, não, cinco notas de dez, e foi para casa escrever.[4]

* * *

Tarde.

Ela chegou por volta das três e desapareceu no quarto; umas cinco ele ouviu o *blump* da chama nua do aquecedor a gás e o barulho das torneiras. Mais ou menos às seis, ela apareceu com uma toalha enrolada no cabelo, uma camisa social pregueada (*uma das roupas deixadas por Raoul*, ela explicara antes. *Seminova, mas ele já estava gordo demais para ela*). A essa altura, Martin havia chegado ao fim de sua eficiência na escrivaninha e podia ser encontrado no sofá, lendo.

"Você precisa de um chuveiro decente, Martin. Não consigo enxaguar o cabelo."

Ele disse desatento: "Não tem aquele, hã, chuveirinho?".

"Mas leva muito tempo porque é todo mole e torto. Só escorre, pinga... Ah, então ele está com o nariz enfiado em um livro agora, é?"

"Isso mesmo. Sem ar fresco e estragando os olhos."

Ele continuou lendo ou pelo menos olhava a página.

"... Ah, 'poesia'", disse ela. "Você é tão hipócrita!"

"Como é?", ele perguntou com leveza. "Olha só o roto falando do esfarrapado. Vi você ontem. Dando uma olhada dissimulada em *Janelas altas*, de P. Larkin, 1974. Eu vi."

"Bom, se você deixa os livros por aí... Guarde-os então!" Ele endireitou as costas, e Phoebe se sentou a seu lado. "E eles devem ser ótimos companheiros, não é mesmo? Ele e Kingsley? Companheiros de uma vida inteira."

"... É. Pode ser. Não, não de uma vida inteira. Eles se conheceram em Oxford. Durante a guerra."

"Ah. Então ele deve ter beliscado sua bochecha e bagunçado seu cabelo quando você era pequeno."

"É, ele aparecia às vezes. Talvez uma ou duas vezes por ano chegava e ficava uns dias."

"Então deve ter pegado você no colo. Te dado banho."

"Banho? Credo, isso não. Ele realmente não gostava de crianças. *Banho*..."

"Ah, que engraçado. Porque para mim ele parece um clássico... Sabe, o tipo de cara que anda pelos parques? Aposto, aposto que se você entrasse numa delegacia com seus amiguinhos, fizesse uma reclamação, e eles abrissem o álbum de tarados e exibicionistas locais, esse seria o primeiro rosto olhando para você. Bolachudo, de óculos. Você não acha?"

"Ah, que cara tinha o Timmy? Fresco como uma rosa, você disse. Parece que não existe um tipo físico específico. Eles têm todo tipo de forma e tamanho."

"Mesmo assim. Quando você era pequeno, hã, ele alguma vez, hã..."

"Não." Ele começava a ficar nervoso; mas já estava acostumado com aquilo e disse no tom supernormal que parecia ter desenvolvido para ela: "Não. Ele não só não demonstrava carinho por crianças como realmente não gostava delas. Até pôs isso num poema. *Crianças, com seus olhos rasos e violentos*. Para ele, eram como alienígenas... Mas ele era legal, o Larkin. Solene, mas benévolo. Benévolo. E as crianças sabem".

"Não, a princípio não sabem. Muitas vezes. Esquente meus pés!... Não, ele é mais que solene, esse aí. *O homem passa miséria ao homem. Que...*"

"*Que se aprofunda como uma plataforma costeira.*"

"*Saia o mais rápido possível*", disse ela. "*E não tenha filhos, você.*"

"Hum. É o que ele diz." Claro que Phoebe nunca chamara a atenção para uma coisa que ela compartilhava com o poeta: a recusa ao fluxo da vida comum. Ela não conseguia falar sobre esse assunto; mas às vezes o tangenciava... Martin encostou a cabeça no ombro dela (cheiro de talco e xampu de limão). "Ele nem sempre era assim. É uma espécie de bravata poética. Ou bravura real, pelo menos na página. É apenas um estado de espírito, mas os poetas têm que ir até o fim do estado de espírito.[5] Para explorá-lo."

"Ah, eles exploram, é? Explorar o estado de espírito. Para quê?"

"Não sei... para conter... a queixa. Seja qual for a briga, sua briga com a vida, seja o que for que te irrite. Precisa ir até o fim."

"É, é bem isso que estou fazendo: ir até o fim. Você não percebeu?... Você diz que é só um estado de espírito dele. Quando o humor dele muda, o que ele faz? Vai e começa uma família? Naquela idade?"

"Hum, uma ideia engraçada, concordo. Não, você me pegou, Phoebe."

"... Agora, quem é *esse*? Aah, 'Stevie Smith' nada mais, nada menos."

"Acho que você adoraria Stevie Smith. Garotinha perdida na floresta... coisas assim."

Ela deslizou o livro da mão dele e olhou de soslaio a orelha de trás. Sim, aquilo era bem ruim: não só poesia, mas poesia escrita por mulher. "Nossa, você pega essas coisas, Mart. Ela e aquela outra bota velha. Começa com B..."

"Elizabeth Bishop."

"Isso. Galinha Velha Bishop. Você é tão hipócrita... Vou ligar para os jornais e contar o filho da puta sujo que você é. Por dentro."

"Os jornais não estariam interessados.[6] De qualquer forma, estou reformado. Não sou um filho da puta sujo há quase três semanas."

"E esta manhã? Ah, vai ver que hoje não conta porque você não contou... Bom, uma coisa é certa: você não vai ser um filho da puta sujo esta noite. Não vai."

Seus ombros afrouxaram e ele disse: "Olhe lá fora, Phoebe. *Escute*". Ouça: o chiado, o fervilhar. "É uma bagunça. É sério que temos que passar por isto? Por causa de uma revista de mulher pelada, pelo amor de Deus."

REVISTAS DE MULHER PELADA

Ela declarou, ofendida: "Você gosta de revista de mulher pelada!".

"As revistas de mulheres nuas, Phoebe, têm seu lugar.[7] Mas não quero ir a *eventos* de revistas de mulher pelada. Por que foi que eles te convidaram, afinal?"

"Ah, imagino que estejam convidando todos os seus..."

O rosto dela brilhou para ele. E de novo ele se surpreendeu com seus olhos. Normalmente, os olhos cor de rapé de Phoebe pareciam se dirigir a você através de lentes de distanciamento, tão fixas e pouco reveladoras quanto arenito úmido. Agora tinham um brilho e uma crepitação, como açúcar caramelizado. Ela continuou:

"Todas as estrelas do passado, Mart. Todas as suas pets e parceiras." Ela se pôs de pé e saiu depressa. "Não mova um músculo. Tenho uma coisa para você." E, quando saiu da sala, soltou uma gargalhada...

Ele a ouviu no quarto ao lado, os estalos da mala, a vasculhar. Phoebe saiu de lá e ofereceu a ele como uma garçonete com uma bandeja (e ela fez uma reverência quando ele a pegou). A revista de nudez se chamava *Oui*.

"Minha parte está sob um nome falso", disse ela. "Você precisa manter algumas coisas em segredo..."

Por um momento, ele pensou que ela fosse espirrar; mas então a cabeça foi para trás e ela riu de novo. E o som disso, de forma um tanto surpreendente, fez com que ele se sentisse exausto, fisicamente exausto; e até sentiu que, se ela risse de novo, ele precisaria se encolher e desaparecer, apenas por exaustão física...

"Concentre-se, Martin."

Como num sonho inquieto (a sucessão de estranhos desafios, o estranho enfraquecimento de causa e efeito, com a proximidade, bem conhecida dos sonhadores masculinos, de uma estranha e equívoca mulher), ele demonstrou sua urbanidade...

A seção de nove páginas trazia o título "Magnata Tanya". E lá estava ela, Phoebe, em (ele conferiu a capa) 1971. Então com vinte e nove anos, mas não parecia qualitativamente mais jovem: a paisagem óssea angular totalmente formada (completa e, de modo interessante, desenvolvida e completa). A Magnata Tanya podia ser vista removendo metodicamente a roupa de trabalho em uma estreita variedade de ambientes: um jardim numa cobertura, uma sala de reuniões com iluminação suave, um escritório da cidade bastante iluminado. *A Magnata Tanya*, dizia o texto, *é uma financista estratosférica também versada nas artes e habilidades mais íntimas. Às vezes, gosta de se livrar de suas pesadas responsabilidades e relaxar no...* E o que o impressionou e o prendeu foi o rosto dela. Ao longo do caminho, tirando, despreocupada, esta ou aquela peça de roupa até não sobrar mais nada, Phoebe continuava parecendo ter acabado de punir o yuan fraco, ou aprovado aquele empréstimo astronômico aos argentinos, ou desligado a General Motors.

"Hum. Achei que você fosse gostar dessa."

Ele chegara à página imediatamente após a página central (onde Phoebe estava até os joelhos em uma jacuzzi). Na foto agora diante dele, ela estava em uma luminosa cozinha com estrutura de aço, vestindo apenas um par de meias brancas; e seu escudo púbico tinha a forma e o tamanho da metade de uma maçã. *Entende a imagem?*, corria o texto. *Tanya tem curvas em lugares onde outras garotas nem têm! Não é de admirar que ela tenha decidido encabeçar o tão alardeado "A-Ess" (vá para a página 5).*

"E o que você acha que está fazendo?"

"Indo para a página cinco."

"Você *não* vai olhar a página cinco. Devolva. Agora."

"... Bom, foi uma sessão de fotos elegante, Phoebe. Sua expressão está muito boa. Nem toda tímida ou sonhadora... nem feiticeira. Sério. Hum. Sério."

"E você está chocado."

"Nem um pouco." Nem um pouco, porque não era mesmo novidade para Martin: duas namoradas anteriores, Doris e Araminta, haviam posado para revistas de mulher pelada.[8] Sim, mas ele não morava com Araminta, não dedicara dois anos de sua vida a Doris, e com nenhuma delas houve pressentimentos de amor... Esta última consideração lhe doeu e o deixou com ciúmes dos olhos dos outros homens. No entanto, ele não ficou chocado.

"Pareço ou soo chocado? Não estou. Mas curioso, sim. Foi apenas um impulso ou você tinha um motivo?"

"Tinha sim. Tinha um motivo. Estava sob enorme pressão na A-Ess."

"O que é esse negócio de A-Ess?"

"Depois explico." Ela se virou para a janela. "Não vai ter nenhum táxi... não com essa lama. E se a gente pegasse o Mini, onde é que ia botar? Então! Hora de se arrumar. Para a função da revista de mulher pelada!... Agora, que estilo de calça uso?"

Phoebe tinha dois tipos de calças, que chamava de *baratas* e *caras*: comprava as calças baratas na Woolworth's e as caras em um lugar em Mayfair chamado Mirage. Ambas tinham seu charme. Ele respondeu:

"A mais cara de todas. Esta noite, pela primeira vez, você vai ter uma verdadeira concorrência."

"Aah. Sei do que se trata. Você simplesmente não gosta quando sou simpática."

"Não. Quando você é simpática, não é simpática comigo. É uma tortura."

"Hum." Ela se inclinou para ele e deu uma lambida molhada e rápida em seus lábios. "O que te faz pensar que sabe algo sobre tortura?"

Ela foi para a porta ao lado e reapareceu quase nua. "Que tal esta?"

"Essa não é cara. É a mais barata."

"É. Isso mesmo."

Eles eram próximos, os dois; ele estava ali e ela estava ali; estavam próximos.

E esta noite, ele sabia, ele ia se aproximar daquela parte dela que nunca fora capaz de abordar ou abalar: o que era inacessível nela.

Noite.

Agora chapinhavam em direção ao sul a partir do metrô de Marble Arch, debaixo de pancada e mais pancada de chuva quente, chuva abafada e pegajosa. Chuva suada: o crepúsculo negro do sábado suava, suava pesadamente, em forma de chuva. Debaixo dessas cortinas inclinadas, curvaram-se e correram; e ao longo de Park Lane o tráfego congestionado, de olhos vermelhos ou olhos amarelos, tremia e fumegava. Martin tinha um exemplar ensopado do *Evening News* de sexta-feira colado no cabelo, enquanto Phoebe empunhava seu guarda-chuva individual: uma cabine de polietileno com uma fenda retangular na altura do queixo, como a boca de uma caixa de correio, através da qual ela disse:

"Olhe isto aqui. Já estão acabados."

Ela falava de seus saltos altos. Por cortesia dos quais ela media um metro e setenta e sete. Contra o metro e sessenta e seis (quase sete) dele. Ele guinava ao lado dela.

Agora espere. De repente, há uma troca de palavras (sem estridência, mas séria) e o homem se detém. A mulher segue em frente, depois gira e para, como uma mãe com um filho mal-humorado; ela estende a mão e, hesitante, ele estende a mão para pegá-la.

"Phoebe. O que você quer dizer? Você era uma acompanhante. O que você quer dizer com você era uma acompanhante?"

"Eu era uma acompanhante. Na A-Ess, Acompanhantes Essenciais. Você sabe o que isso quer dizer."

"Sei", disse ele. "Você saía com estranhos e ia para a cama com eles por dinheiro."

"É. Às vezes. Agora tome jeito, Martin. Pare de agir como uma porra de um... Ah, boa noite para você! Estamos aqui para o..."

"Depressa! Ahh, você saia da lama, minha linda. Entrem, vocês dois. Isso! Depressa!"

As vastas poças brilhavam com o reflexo branco como osso do hotel pálido, cujo porteiro corpulento, um armário roxo-escuro em seu sobretudo, acenou e os conduziu a uma espécie de cabine de sentinela (cheia de fumaça de cigarro, Bovril e cê-cê).

"Assim está melhor, hein? Agora", disse ele. "No que posso ajudar, mocinha?"

A carapaça de Phoebe (transparente, mas tão enevoada quanto a vitrine de um restaurante de *fish and chips*) agora estava aberta e ela saiu...

"Meu bem, você está quase nua!", disse Bumble, o Bedel,* pensativo. "Vai ficar doente."

E ambas as proposições pareciam verdadeiras... O guarda-chuva pop art, com o nome comercial de Drolly (que continuaria na moda por mais algumas semanas), tinha falhas óbvias de design, e Phoebe, com cabelo crespo e vestido florido ridiculamente curto agarrado ao tronco em bolsas de umidade, parecia pernalta, magra e louca, como uma boneca de pano violada. Martin achou que ela também parecia determinada ou cruelmente coagida, como se odiasse tudo isso ainda mais do que ele.

"E nossa, ah, nossa! Você está encharcado!"

"Absurdo. Tudo bem com a gente. Agora. Estamos aqui para a festa. A festa da revista de mulher pelada que chama... Merda. A festa da revista *Oui*."

"Ah, vamos ver aqui." Enquanto ele franzia a testa em cima da prancheta (e Phoebe franzia a testa por cima do ombro), Martin recuou.

Apenas três anos antes, passara algumas horas naquele hotel: uma entrevista com Joseph Heller. Ao virar a esquina, em Piccadilly, erguia-se o hotel onde, três anos depois, viria a entrevistar Norman Mailer. A vida continuaria e a vida literária continuaria; o quarto romance de Martin estava em andamento e havia aquele longo ensaio que precisava escrever sobre (o que era mesmo?) "diversidade e profundidade na ficção"... Mas, por enquanto, ali estava ele, em total prontidão para o calvário (e ainda mais sobrecarregado pelo terno de veludo pingando). Uma vez lá dentro, conforme previu com segurança, enquanto Phoebe fazia seu trabalho e ele próprio tentava conseguir bebidas e depois mais bebidas, logo estaria cheirando a cachorro molhado e ração de galinha.

"Tem certeza de que escolheu o local certo, amor?"

"Positivo. Perdi o convite físico, mas é aqui, sem dúvida."

Enquanto essa conversa continuava, Martin teve liberdade para acolher dois pensamentos complementares: Phoebe se vestindo de Eva *depois* do peca-

* Personagem de *Oliver Twist*, de Charles Dickens. (N. T.)

do original; e algo de *O legado de Humboldt*: *nunca vi uma folha de figueira que não virasse etiqueta de preço...*

"Uma festa para uma revista", insistiu Phoebe. "*Oui*. 'Sim' em francês. Nossa, quantas festas para revistas podem existir? *Oui*."

"É uma festa para uma revista", disse o porteiro. "Mas não se chama *We* [Nós, em inglês]."

"... Como assim?"

"Chama-se IOU [Eu devo a você, em inglês]."

Depois dessa, Martin baixou a cabeça e foi atrás dela pela porta giratória.

CHOCOLATE

Noite.

Estava à espera no futuro deles, talvez inexoravelmente. Talvez com certeza. A própria Phoebe podia ter apostado dinheiro naquilo. E ali estava: a noite da vergonha.

À uma hora da manhã, Londres, vista pelas janelas do táxi preto, tentava parecer tranquila e inocente; parecia lavada e escovada também, como se os caminhões da cidade tivessem simplesmente chegado e escoado tudo; um leve sopro de névoa agora vazava dos prédios com terraços, dos telhados com suas vagas ameias...

A primeira coisa que Phoebe fez, ao voltar, foi avançar virtuosamente em direção ao fogão e ao chocolate. Depois de um tempo, Martin saiu do banheiro, atravessou o quarto, atravessou a sala de estar, entrou na cozinha, e disse, derrotado — e, a seu ver, meio bêbado, merecidamente bêbado (e claro que disse o que disse também de modo banal, porque o idioma da raiva é sempre banal):

"Phoebe, você se superou. Foi sua pior atitude até agora. Como pôde?"

"O que é isso? Eu estava apenas sendo sociável. Meu Deus."

"Hum. E agora... É. Depois de uma noite dessas, com tantas mudanças de temperatura", disse ele no tom bajulador que sabia que ela detestava, "e você não se vestiu direito, como você mesma, Phoebe, estava disposta a admitir, e, depois de tudo isso, o que poderia ser mais saudável, mais restaurador do que uma boa xícara de algo *quente*?"

"... Não, não tome mais nada, Mart." Com o vapor da chaleira no cabelo, Phoebe cruzou os braços enquanto ele tamborilava no armário alto. "Quando vi que você estava no quarto copo, pensei: bom, *ele* vai voltar para casa cantando." Ela o olhou de cima a baixo com um sorriso de desdém. "Cantar? Você mal consegue... É como se você estivesse fazendo uma ligação interurbana. *Alô*, você? Não estou ouvindo. Tem alguém *aí*?"

"Que porra você estava fazendo naquela gruta? Com aquele, aquele, aquele californiano *desgraçado*? Como era o nome dele?"

Com o pescoço erguido, ela disse: "Carlton".

"Ok. *Carlton* mandou você erguer o vestido acima das costelas!"

Com calma e naturalidade, fruindo o calor honesto da xícara com as duas mãos, Phoebe disse: "Ele queria ver. Então mostrei".

"É, sem nenhum rodeio. Lógico. Carlton queria ver, então você ergueu o vestido e mostrou para Carlton sua...?"

"A minha mandala. Felizmente, esta calcinha é transparente, então não precisei tirar. Explico: agora Carlton é um ativista corporativo, mas você precisa entender que ele se sente atraído, cada vez mais, Martin, por Buda."

A festa da *Oui* tinha sido ideal para as operações de Phoebe, um labirinto de almofadas com tema otomano, sofás baixos e luz de velas. Os homens eram todos variedades europeias de Carlton e as mulheres... as mulheres estavam fora da escala humana, radiantes, enormes, como puros-sangues e saltadores de obstáculos, ou discretamente pequenas, como poodles toy bem tratados ou papillon spaniels. Foi no meio delas que Martin circulou...

"Essa sua tatuagem deve ter dado umas dezessete voltas esta noite. E por que você estava de joelhos naquela alcova?"

"Perfeitamente inocente. Sem querer derrubei pó na calça do Jean-Paul. E estava apenas limpando."

"Ah, por que você faz isso, Phoebe? Para *quê*?"

"Para quê? Recolhi, ah, recolhi um monte de números de telefone. Então, vou ser uma garota ocupada quando você sair com aquele viadinho... Como é o nome dele?"

"Truman Capote."

"É. Quando você estiver se divertindo com aquele viado daquele Truman Capote em Nova York."

"Essa não é você", ele disse, e deu um gole desafiador no (fraco) uísque com água. "E pare de falar como se hoje fosse uma noite qualquer. Você acabou de me contar que era uma *acompanhante*, pelo amor de Deus."

Phoebe sorriu perigosamente e disse: "Ouvi você lá, abrindo as torneirinhas. Fungando, miando... Você quer é voltar naquele banheiro, cara. E levar a Magnata Tanya com você. E não chore dessa vez. Bata uma punheta". Ela pareceu assustada e de repente deu um passo para trás, como se quisesse avaliar melhor o efeito de seu golpe. "Foi o que fiz. Transformei você num punheteiro."

Ela parecia prestes a rir, ele se encolheu, e a mão de Phoebe voou para a própria boca. Como se ela tomasse consciência de si mesma. Ele disse com a maior firmeza possível: "Não, sem risadas, Phoebe". Ele esperou. "Nossa. Finalmente entendo. Você quer que eu te deixe, não é? Bom, em vez de me torturar até a morte,[9] por que não *disse* logo?"

"Porque não é da minha alçada."

"Sua alçada?"

"Isso aí. E é triste, é mesmo." Ela se curvou e deu um beijo fraternal na lateral da cabeça dele. "É mesmo. E agora, nós dois, você e eu, precisamos dormir..."

AUBADE

Pelo menos uma hora depois, no escuro, ele a ouviu suspirar, e bocejar, e disse:

"Phoebe."

"O quê?"

"Uma pergunta... Magnata Tanya." Ele ficou bastante impressionado ao descobrir que sua voz havia clareado, não era mais o coaxar com eco. "A Magnata Tanya recebeu alguma outra oferta? Em 1971?"

Ela rolou um pouco. "Ah, muitas. Um monte. Do Guccione, todas. Queriam me levar para a Mansão Playboy. Primeira classe."

"Então por que você não está dirigindo um conversível rosa pela Rodeo

Drive?", perguntou Martin (que em 1985, ao seguir na vida literária, entrevistaria Hugh Hefner).

"É, é esquisito... Bom. O problema é que eles te investigam. E não podiam deixar que divulgassem, podiam? Que eu era uma acompanhante."

"Bob Guccione não podia divulgar?"

"Claro que não. Você está falando sério? Eu seria como uma daquelas rainhas da beleza que de repente caem em desgraça. Miss Paraguai, foi ela? Traficante de escravas brancas? E aí resolvi seguir em frente. Me aposentei."

"Resolveu virar uma acompanhante aposentada."

"É", disse ela claramente. "Uma acompanhante aposentada. Foi há muito tempo."

"Naquele tempo distante, então, Phoebe, quando você era acompanhante... Quanto a agência pagava por encontro?"

"A agência? A A-Ess? Bom, os caras pagam diretamente para a agência e você só recebe sete e meio por cento."

"Quanto era sete e meio por cento?"

"Ah, foda-se. Cinco libras." Ela chegou mais perto, e ele sentiu o magnetismo dela nas costas. "Agora, não me ofenda, porra, dizendo que eram só cinco libras. As coisas não funcionavam assim. A gente fazia o próprio acordo com o cliente. Se eles fossem legais... E alguns eram. Agora cale a boca e durma."

Ele ficou lá no escuro. "Dez libras por um beijo."

Ela soltou um suspiro de desgosto.

"Mais a taxa fixa de cinco libras, claro. Ok. Vinte e cinco por um beijo de verdade. De língua."

Ela se reacomodou violentamente.

"Ok. Cinquenta libras por uma punheta. Você batendo."

"... Aah. Vá até o Soho, parceiro. Windmill Street. Vai encontrar alguma velha que te bata uma punheta por cinquenta libras."

"Duzentas por um boquete."

Silêncio.

"Quinhentas por uma trepada. Seiscentas." Ele sentiu uma quietude. "Setecentas e cinquenta. Ok, mil."

"... Combinado." A luz de cabeceira acendeu. "Por quanto tempo, Martin?", disse ela e olhou o relógio. "E o que mais? Estou avisando. Extra é extra."

Durante o ato houve pequenos gritos de riso enquanto os valores subiam e subiam, como o preço do petróleo.

As cortinas do quarto estavam apenas meio fechadas, e ele podia distinguir um raio de luz pálida contra o tom rosado do céu. Aquela faixa pálida o lembrava da cicatriz, da protuberância, que ele de vez em quando pensava ver em algum lugar no rosto de Phoebe, um desequilíbrio que dava aquela inclinação sem lei a seu sorriso. Seu sorriso, seu desdém, seu rosnado, com seu desafio, sua dor, sua angústia...

Martin pensou que fosse um velho amigo do animal triste, da criatura em sua tristeza; mas o animal nunca tinha estado tão triste como agora. E apenas pela terceira ou quarta vez na vida ele se sentiu como um filho da puta sujo (e alguém cujas façanhas recentes podiam muito bem despertar o interesse dos jornais, mesmo em 1978). Preparou e acendeu um cigarro na madrugada que se acumulava.

Alguns segundos depois, Phoebe virou-se para ele e disse:

"Agora, até que ponto você se complicou?... Calculo mil quatrocentos e vinte. Sabe, Mart, você me lembrou de alguém. Pechinchando na cama a torto e a direito. *Se fizer isso, você ganhará aquilo*. Et cetera. Você me lembrou de alguém."

Ela estendeu a mão para o cigarro enrolado à mão, sugou e, pela primeira vez, tragou...

"Você sabe quem?" Ela expeliu fumaça. "Ele acabou pagando com dinheiro no devido tempo, é claro. Mas no começo eram só doces. O padre Gabriel."

Transição

As fontes do ser

... Pobre Phoebe. É a primeira coisa que precisa ser dita. Pobre, pobre Phoebe...

Depois do que acabamos de ver, porém, acho que um experimento de limpeza de pensamento, ou exercício de pensamento, se faz necessário, não é? E há mais coisas confessionais por vir, incluindo a pior coisa que já fiz. Então, vamos fazer uma pausa e reparar brevemente as belas simetrias da arte.

1. AS QUATRO ESTAÇÕES

Um grande filósofo da literatura, o reverendo Northrop Frye, sugeriu que as quatro estações correspondem aos quatro gêneros principais. Acho que é uma noção doce e lírica (embora admita que isso não se sustente). Agora, desconfio que você saiba quais são as quatro estações. E eis os quatro gêneros principais: tragédia, comédia, sátira, romance. Então a pergunta é: qual é a estação correspondente de cada gênero?

A *tragédia*, em sua forma, acompanha a boca da máscara trágica. Imagine esta careta sinistra: um ponto de partida (no canto inferior esquerdo), uma subida íngreme, um achatamento e, em seguida, um declínio acentuado. O herói trágico é transcendente e ao mesmo tempo terrestre, humano, demasiado humano afinal: apenas humano. Essa individualidade monumental é uma das razões pelas quais a tragédia agora é tão raramente vista: um pássaro raro no céu cinzento da modernidade pós-industrial.

A *comédia*, a comédia clássica, é igualmente obediente à linha da boca em sua máscara. Nesse caso, é um sorriso: uma descida profunda que se nivela e se reúne em um novo ressurgimento. A logística da comédia clássica é tocante, direta: um jovem e uma jovem se apaixonam e acabam se casando (depois de superar os obstáculos colocados em seu caminho pela sociedade mais taciturna que os cerca e os frustra). Todas as comédias de Shakespeare e todos os seis romances de Jane Austen seguem estritamente essa forma (e o *Lucky Jim* de meu próprio pai, considerado tão grosseiramente iconoclasta em meados da década de 1950, se submete a ela como um cordeirinho). Comédias terminam felizes; tragédias, infelizes. O herói trágico é aparentemente único; o herói cômico é um homem comum, a heroína cômica é uma mulher comum, e se distinguem apenas por charme.

A *sátira* é mais bem entendida como ironia militante. Vício, afetação e estupidez são expostos ao ridículo e à correção moral implícita, mas também à raiva e ao desprezo. Enquanto a comédia tende a apresentar apenas uma leve febre de subversão (fora com o antigo), o clima da sátira é revolucionário e fortemente arrebatado.

O *romance*, o romance clássico, só incidentalmente abrange histórias de amor sentimentais ou idealizadas; tampouco se limita a contos medievais de cavalaria. O romance, com seu delírio e vodu, identifica-se como sendo amplamente indiferente à relação de causa e efeito da vida cotidiana. Por exemplo, a ficção científica do tipo *star tsar* (estrela tsar, no anagrama de Nabokov) é puro romance. Harry Potter et cetera é romance. Tudo o que coisifica a fantasia é romance.

Vou te dar alguns minutos para pensar. Tragédia, comédia, sátira, romance; primavera, verão, outono, inverno. Se, digamos, a tragédia é inverno (e não é), quais são as afinidades?

2. DESGRAÇA

Enquanto você pondera, leve isto em conta:

George Orwell disse que "a autobiografia só é confiável quando revela algo vergonhoso" ("um homem que faz um bom relato de si mesmo provavelmente está mentindo"). Por essa medida, pelo menos, o que se segue é a evangélica verdade.

Garotas não intelectuais (incluindo filisteias declaradas e bibliófobas) são uma coisa, e garotas que posam em revistas de nudez são outra, e garotas nas fronteiras da criminalidade são outra ainda, mas nem mesmo acompanhantes, acompanhantes não aposentadas, acompanhantes que rodam por aí com seus interesses, estão além de minha experiência (ou fazem disso a experiência *dele*. Nesse contexto, palavras vêm com muito mais boa vontade quando você veste a tanga da terceira pessoa).

No início e em meados da década de 1970, o próprio Martin contribuiu para a revista *Oui*, e em seu próprio nome (ao contrário da prudente Phoebe). Foram dois artigos: o primeiro sobre boates decadentes de Londres; o segundo sobre acompanhantes. E o segundo artigo era um amontoado de mentiras. Mais do que isso, aspirava à forte condescendência de uma velha denúncia da Fleet Street, na linha de *apresentei minhas desculpas e fui embora*. Na realidade, é claro, o presente escritor não fez nada disso; ele não deu desculpas e ficou.

Naquela época, Martin havia acabado de sair de um despejo sumário. Mandaram que deixasse o apartamento que dividia com a namorada de longa data (acusado de infidelidade). Então, quando começou sua pesquisa sobre a questão das prostitutas, já estava em um hotel, um pequeno lugar decadente e acolhedor em South Kensington. Embora o artigo publicado afirmasse descrever seus noivados com três acompanhantes, na verdade eram apenas duas: Ariadne e Rita.

Ariadne era de Atenas; Rita era de Whitechapel, no East End. Essas eram experiências atípicas de acompanhantes, ele pensava: o assunto dinheiro nunca veio à tona. Na verdade, quando ele casualmente ofereceu a Ariadne cinco libras para o táxi (estava chovendo), ela disse: "Um táxi não custa cinco libras".[1]

Por que Ariadne e Rita foram para a cama com Martin a troco de nada? Parece se tratar de um breve transe de autossatisfação. Contra isso, porém... bem, ele era anormalmente jovem (vinte e cinco anos), e anormalmente respeitoso e despretensioso: não as tratava como acompanhantes (e como dizer isso?), mas como participantes de encontros às cegas a quem ele naturalmente desejava agradar com atenção inquisitiva e total. Enfim, elas foram para a cama com ele...

Durante esse tempo, enquanto ele se perguntava sobre o que ele era, todo o seu ser, sua história, sua infância, seus refrigerantes Ribena na escola dominical, seus anciãos pessoais, seus heróis e heroínas em poesia e prosa: toda a sua vida interior dizia a seu ouvido interior: Você não pode se safar de tudo isso; e nem deveria.

Ele concordou (com razão), baixou a cabeça, pensou: Vamos lá. O que o mundo esperava?

... A citação que abriu este segmento é um dos epigramas mais limitados de Orwell. Ele escrevia sobre um livro de memórias de Salvador Dalí, o tipo de homem que era muito mais propenso a menosprezar suas virtudes, se houvesse, e exaltar seus pecados. Não é sem razão que Orwell é considerado a quintessência do inglês; e a tradição literária inglesa, ao contrário da do continente, é quintessencialmente moral, nunca tendo apresentado muitos expoentes (ou muitos leitores) do perverso. Existe apenas Lawrence, essa exceção perene... Com apenas um único romance no currículo, Martin sabia muito bem que essa era a tradição a que ele pertencia. "Você errou", dizia a mãe a vida toda, com humor (e quase sempre se referindo a si mesma). "Então agora precisa ser punido."

3. GÊNGIS KHAN

A sátira é inverno, invernal, amarga; a geada tem os dentes cravados no chão. Romance é verão, uma época de liberdade e aventura, e estranhas possibilidades oníricas.

A comédia é a primavera, o desabrochar da flora, os casamentos de Pentecostes, o mastro de maio.

A tragédia é o outono, o murcho, a folha amarela...

Embora toda morte seja uma tragédia, Stálin notoriamente observou, a morte de um milhão é apenas uma estatística. A segunda metade dessa afirmação é falsa. Ao dar voz a isso, o Bigodão expôs sua esperança de alguma clemência historiográfica; assim como o Bigodinho quando disse que a corte do tempo ouve exclusivamente os vencedores e, por exemplo, "a história vê em Gêngis Khan apenas o grande fundador de um Estado".[2]

Um milhão de mortes são no mínimo um milhão de tragédias (a serem multiplicadas por filhos, cônjuges e familiares de cada vítima). Cada morte é uma tragédia; mas então toda vida também é. Toda vida é escrava da curva, do U invertido, da triste boca da máscara trágica.

4. O GRAVAME

No hotel decadente, Martin datilografou o artigo em sua Olivetti (*agora era o momento, Leonora sugeriu claramente, em que eu deveria invocar a "gratuidade" ou o "pequeno presente", ou seja, o suborno carnal, para chamá-lo pelo que era de fato; mas com um sorriso de pesar* etc. etc.), colocou as folhas dobradas no envelope endereçado e desceu para entregá-lo ao recepcionista; depois voltou para o quarto, fumou e esperou.

O castigo certamente estava impaciente para aparecer em seu caminho; e de muitos ângulos. Ele pensa: uma intervenção dramática do pai de Ariadne, morador da montanha e amante da junta (e todo o seu clã masculino); ou uma visita surpresa de um dos muitos antigos namorados ex-presidiários de Rita; ou uma invasão de cafetões mercantilistas apaixonados armados com bastões de beisebol e navalhas... No mínimo (o que impedia tal coisa?) ele previa a cada hora um alvo de nêmesis, um inimigo preparado pela Mãe Natureza.[3] No fim, até mesmo seus negócios com a revista de nudez avançariam sem problemas; a *Oui* de cara aceitou e processou seu relatório perjuro (e o imprimiu devidamente sem contestação) e devolveu-lhe duzentas libras ...

Assim o mundo nada fez. Sociedade, equidade, lei, Deus, o éthos protestante, justiça comum, todos esses espíritos e entidades baixaram e nada fizeram. Por fim, apenas um preceito se aplicava. Se quer que algo seja feito (isto é, uma punição), você mesmo precisa aplicá-lo.

Tudo começou no quarto do hotel enquanto ele arrumava a mala: um pântano, iluminado por fogos-fátuos, vaga-lumes e minhocas fosforescentes, abria-se sob seus pés. A súbita doença parecia mortal; na sinergia somática, órgão após órgão, um após o outro, estaria se desligando apologeticamente. Em nenhum momento ele conectou essa virada horrível com as transgressões recentes; era perfeitamente simples: ele chegara ao fim da vida. Lá estava o telefone na mesa de cabeceira. Deveria discar 999?... Quando você é jovem e se vê como único responsável pelo instrumento corporal, pode ser infinitamente hipocondríaco, é claro; no entanto você também é muito fatalista para desperdiçar seus últimos suspiros entre médicos. Ele se recostou e discou zero.

"Bom dia, aqui é o quarto vinte e sete. Logo mais, vou embora." E pediu que fizessem suas contas.

... Vou me levantar. Vou me levantar e ir agora, com uma mala até a cabine telefônica. Lá, vou fazer um telefonema... Tudo o que ele queria era um lugar para se deitar e, se possível, a extrema-unção de uma palma macia na testa.

5. FLORENCE NIGHTINGALE

Vamos dar um passo atrás por um momento.

Pergunta: quem se apresentaria como sua cuidadora e redentora, quem o livraria desse gargalo de oportunismo e abuso sexual?

Resposta: A feminista mais glamorosa e célebre do mundo. Ela mesma.

Ele deu o telefonema e dirigiu-se para a casa larga e funda junto a Ladbroke Grove, perto de Portobello. Claro que Germaine não tinha conhecimento de seus últimos feitos; para ela, ele era apenas um amigo e visitante ocasional. Mas ela o acolheu.

Ele dormia num colchão em um canto logo depois da porta do quarto dela, para que ela pudesse ouvir seus gemidos, seus gritos lamentáveis; ela cuidou dele e o acalmou até que, depois de cerca de uma semana, ao trazer sua xícara de chá matinal, Germaine se acomodou para embalá-lo nos braços, como fazia todas as manhãs, e disse: ... *Ah. Você está mesmo se sentindo melhor, não é? Vou só escovar os dentes.*[4]

As forças planetárias de retribuição, os gênios locais da justiça, podemos supor, estavam inativos naquele distrito do oeste de Londres durante esse determinado mês de 1974. Tudo o que conseguiram foi Germaine Greer para cuidar de mim em minha provação.

6. LIBERDADE E ARIADNE

Agora você provavelmente não se importaria de ouvir mais sobre a autora de *A mulher eunuco* (1970), minha anfitriã e minha enfermeira, e há muito mais a dizer; mas, se você me tolerar, sou tematicamente obrigado a me concentrar no que quer que seja aquilo de que ela me livrou.

Não paro de pensar naquele pacotinho de minha vida, aquelas cinco ou seis noites no cúmplice hotel de South Kensington (só me lembro da grosseria do papel de parede listrado estilo Regência da única sala pública); e continuei com aquelas duas jovens na mente. O incontestável mal-estar que se apoderou de mim derivava claramente de uma consciência da transgressão. Mas qual transgressão?

Nenhum mergulho de consciência jamais me apresentou uma única reserva sobre o que se passou com Rita. Com Ariadne, porém, às vezes sinto em mim um rumor interno de parasitismo. Espero que tenha sido um encontro tranquilo, no meio da tarde, começando com chá e biscoitos (trazidos pelo serviço de quarto). Ainda assim, senti um déficit de volição em Ariadne; e temi ser o beneficiário de algo fora de mim. Algo como uma doutrinação. Ariadne não era nem de longe tão experiente quanto Rita, e agora me pergunto que tipo de instrução ela recebeu enquanto se aclimatava à cultura do trabalho de acompanhante.

Mas, na verdade, havia muito disso nos anos 1970: a exploração das culturas, das correntes de pensamento. Para colocar de forma mais grosseira, os homens cafetinavam a ideologia. Cafetinei o anticlericalismo, cafetinei o rejeicionismo etário e, no geral, é claro, cafetinei os princípios da revolução sexual: o que significa que apliquei pressão igualitária e fiz propaganda da terrena sabedoria de rebanho.

Ariadne era o que agora se conhece como marginal. Com jeito modesto ela representava uma força reacionária, a da submissão feminina. E, dada a oportunidade, eu (silenciosamente) explorava isso. Ela não agia com perfeita liberdade. Quem agia, naquela época? Quem age?

De qualquer forma, não foi isso que me derrubou.

7. REVOLUÇÕES

Agora. O que você faz em uma revolução? Em termos muito gerais, três coisas: você vê o que acaba, vê o que surge e vê o que fica.

Na revolução sexual, o que acabou foi a castidade pré-marital; o que surgiu foi uma lacuna cada vez maior entre o conhecimento carnal e a emoção; o que ficou foi a possibilidade do amor. A revolução sexual não fez nenhuma exigência específica aos escritores; tudo o que fez foi conceder-lhes uma nova latitude. Agora podiam ocupar-se de assuntos antes proibidos por lei; e quase todos tentaram (sem sucesso).

No entanto, imagine por um momento que você seja um poeta ou um romancista em uma revolução real, e uma revolução muito violenta, como a da Rússia (incomparavelmente mais violenta que a da França). Para o romancista ou poeta, o que acabou foi a liberdade de expressão; o que surgiu foi uma intensa vigilância linha a linha;[5] o que ficou foi o hábito criativo de colocar a caneta no papel. Então, como um escritor deveria se adaptar e ajustar?

Bem, você poderia ser como o romancista e dramaturgo Aleksei Tolstói (parente distante do autor de *Anna Kariênina* e também, por casamento, do autor de *Pais e filhos*). Aleksei era um cínico venal que confessamente "gostava das acrobacias" de ajustar seu trabalho à "linha geral" ou à atual ortodoxia bolchevique (uma geringonça instável). Além disso, esse é o homem que disse que uma das coisas que mais odiava na vida era ir às compras com fundos inadequados...

Em contrapartida, você pode ser como Isaac Bábel, o escritor de contos intensos, expressivos, que em certo ponto se declarou "o mestre de um novo gênero literário, o gênero do silêncio". Foi uma nobre intenção. Mas, mesmo parando de escrever, dificilmente seria possível parar de falar; Bábel disse o suficiente e foi baleado em uma prisão de Moscou em 1940.

"Dos setecentos escritores que se reuniram no Primeiro Congresso de Escritores em 1934", escreve Conquest, "apenas cinquenta sobreviveram para ver o segundo em 1954."

A escolha, então, era colaboração ativa ou mutismo. Havia também uma terceira via, envolvendo o que poderíamos chamar de ilusão de autonomia. Os escritores da terceira via se convenceram de que poderiam prosseguir, continuar com suas coisas (comportadas e ainda publicáveis), sem graves concessões internas. Aleksei Tolstói pôde florescer porque tinha a casca grossa da indiferença artística, em comum com todos os arepistas (membros da Associação Russa de Escritores Proletários); privilegiados e condecorados, viviam bem; em termos mais básicos, viviam. Os idealistas é que foram abatidos, de uma forma ou de outra. O elemento letal aqui era a autenticidade literária; se você a tivesse dentro de si, estaria condenado.

Um olhar sobre o destino de dois poetas.[6] O talentoso Vladímir Maiakóvski escreveu passivamente hinos de voz rouca para baionetas e estatísticas de ferro-gusa; e enfiou uma bala no cérebro em 1930, aos trinta e seis anos. O talentoso Serguei Iessiênin escreveu passivamente hinos de voz suave para trabalhadores rurais e ceifeiros; e se enforcou em 1925, aos trinta anos. O que esses dois homens fizeram foi trair seu dom e sua vocação; e, portanto, entraram em conflito com suas origens.

Quanto a mim, escrevi uma reportagem picareta sobre garotas de programa em uma revista de nudez. Mas comparar coisas pequenas com coisas grandes é um hábito salutar; as pequenas dizem um pouco sobre as grandes. Em miniatura, pequenas coisas, como exceções, comprovam a regra: uso *comprovam* no sentido antigo de "testam".

Iessiênin e Maiakóvski contaram nos poemas o que sabiam ser mentiras. Escrevi mentiras sobre acompanhantes em uma revista de mulher pelada. Consequentemente, não me matei. Fui apenas o primo de terceiro grau daquilo que Soljenítsin foi quando pressionado (sem sucesso) a denunciar, a delatar, a "escrever", como eles diziam ("Ele/ela escreve?" era uma pergunta comum e ansiosa). Ele disse para si mesmo: "Eu me sinto mal". Iessiênin e Maiakóvski se autodenunciaram nos versos.

Todos os escritores cuja última decisão foi o suicídio foram mortos pelo Estado. A situação deles os afetava como um veneno de ação lenta, lançado (talvez na ponta de um guarda-chuva fantasma) pelos "Órgãos", como a polícia secreta era popularmente conhecida; ou como um fluxo de drogas que altera a mente, administrado ao longo de meses ou anos, em alas psiquiátricas nacionais especializadas em loucos ideológicos.

Mas os poetas suicidas precisavam ter algo dentro de si para tornar o feitiço firme e bom. Demian Bedny, o obeso "poeta proletário laureado", viveu complacentemente (até o fim da década de 1930); teve o nome atribuído a uma cidade, seu rosto aparecia em selos postais, e foi o único escritor da União Soviética a ser homenageado com um apartamento no Kremlin. Nada disso parecia incomodar Bedny, e por que incomodaria? Ele era *manqué* e podia dizer de qualquer de seus poemas que *não era bem isso que eu queria dizer*. Os escritores que de fato queriam dizer isso terminaram de maneira diferente; em suas próprias almas brincavam com fogo.

8. SEMPRE NOS LÁBIOS

Meu caso com Phoebe Phelps durou até o Natal de 1980. A noite da vergonha foi apenas a metade do caminho; e por um tempo, por um ano, por dois anos, houve amor, houve inquestionavelmente amor. Mas depois disso ela atenuou, aos poucos se afastou de mim. Hoje, quando me demoro pensando nela, como ela então era, como desapareceu, acabo com uma versão da frase de Keats sobre "Alegria" (com maiúscula, como Prazer e Deleite, em "Ode à melancolia"): aquelas mãos dela (que agora se movem lânguidas) pareciam estar sempre nos lábios, dando adeus. E ela perdeu sua essência e solidez, não mais novelística, apenas realista...

Phoebe não dominará estas páginas, como faria em uma obra de ficção pura; mas ressurgirá periodicamente. Houve seu movimento ousado no verão de 1981 e seu movimento ainda mais ousado em 12 de setembro de 2001. E, muito mais tarde, houve a reunião em Londres em 2017, quando ela tinha setenta e cinco anos.

Antes de abandonarmos a boa ideia sobre os gêneros e as estações, vou sugerir que o progresso de uma vida humana também possa ser evocado em gêneros e estações. Neste pequeno experimento de pensamento, a cronologia é invertida (você acha que isso é significativo?): os setenta anos começam por volta de 31 de agosto, retrocedem no verão e na primavera e depois no inverno e no outono, e chegam a uma parada abrupta por volta de 1º de setembro. Serei breve.

A vida começa, então, com verão e romance. A infância e a juventude constituem a fase do conto de fadas: pais dominadores, madrastas perversas, meios-irmãos perversos etc., a serem incluídos ad hoc. O tempo das missões, de dragões e tesouros escondidos. Os irmãos Grimm e *Alice no País das Maravilhas*.

Depois vêm a primavera e a comédia. A comédia problemática dos vinte e trinta anos, a fase da história de amor, do picaresco e do estripador de corpetes, da educação sentimental e do *Bildungsroman*, que leva de uma forma ou de outra ao casamento e provavelmente aos filhos, *Love in the Haystacks* [*Amor entre o feno*, de D. H. Lawrence] e leva a *Tudo está bem quando acaba bem* [de Shakespeare].

Depois vêm o inverno e a sátira. Maturidade e meia-idade, fase do salobro *roman-fleuve* e da cada vez mais sinistra saga do fogão, com sussurros amargos reunidos na penumbra da cozinha. Para alguns, as grandes perdas e injustiças da vida podem ser domadas e suportadas; para outros, a lista de débitos se liberta e floresce. É a hora de *você consegue perdoá-la?* (sim, você consegue) e *ele sabia que tinha razão* (não, não tinha).

Depois vêm o outono e a tragédia: declínio e queda, o *roman noir*, a história gótica de fantasmas, o livro dos mortos.

9. CRISE DE IDENTIDADE

Até setembro de 2001, quando eu tinha cinquenta e dois anos, nunca pensara um momento sequer em minha "identidade" (minha *o quê*?). Por que deveria? Eu era branco, anglo-saxão, heterossexual, descrente, mental e corporalmente capaz... As crises de identidade eram uma preocupação para o restante do mundo, o mundo atual (o existente, o real), fluido, agitado e camaleônico, com a variedade de síndromes, condições, distúrbios e o crescente conjunto de destinos eróticos (sou bi, sou trans, sou casto). Em suma, sua identidade dorme dentro de você, a menos ou até que seja despertada.

No entanto, aconteceu, minha crise, aconteceu, passou. Não que eu ousasse reivindicar qualquer tipo de paridade com os marginais, as anomalias, aqueles escolhidos para serem questionados no desfile de identidade em todo o planeta. Meu caso foi peculiar. Não havia modelos ou padrões nem grupos de apoio ou programas de integração, nem especialistas ou conselheiros, nem boletins informativos, nem "literatura". Estava sozinho.

... Como escreveu Larkin (em uma carta de 1958, reclamando com uma amiga sobre as irritações banais da época do Natal e comparando brevemente as provações dela com as dele): "O seu é o rumo mais difícil, entendo. Em contrapartida, o meu está em andamento". Pronto. Até rima; pode não ter sentido, mas rima.

E o comentário do poeta é uma verificação útil, talvez, das ambições da imaginação simpática. *O meu está em andamento*: um fator de peso incalculável. A crise de identidade em questão foi uma coisa humilde; mas era exclusiva e indivisivelmente minha.

PARTE II

1. A França no tempo do Iraque — 1: Tio Sam versus Jean-Jacques

TINTA INVISÍVEL

Não há dúvida: esta é a vida.

Saint-Malo, na costa noroeste da França, em março de 2003. O nome do hotel à beira-mar era Le Méridien...

Recém-banhada e vestindo apenas um par de sapatos vermelhos de salto alto e uma atraente roupa de baixo (sem dúvida sua calcinha mais legal), ela saiu do banheiro, foi para o quarto e ficou imóvel de costas para a luminosidade da janela. Tinha na mão uma página de texto datilografado em espaço simples...

A beleza está nos olhos de quem vê. Assim escreveu a romancista irlandesa Margaret Hungerford (1855-97; tifo) em seu romance mais conhecido, *Molly Bawn* (que recebe menção simpática em *Ulisses*). É um pensamento generoso e expresso de forma memorável; seu espírito é inclusivo e igualitário (*há esperança para todos nós*, murmura); e tem o mérito adicional de ser amplamente verdadeiro. No entanto, "beleza", aqui, é um nome impróprio ou um exemplo de licença poética: a sra. Hungerford fala de charme físico, ou da ação de agradar, ou do poder de atrair e cativar. Seu aforismo de fato não se aplica ao belo.[1]

Veja bem, no caso da mulher de costas para a janela, não era só ele. No caso dela, havia mais de um observador; houve de fato algo como um consenso entre os observadores. Para dar um exemplo concreto, em meados da década de 1990 a revista *Vogue* publicou um artigo chamado "As cem mulheres mais sedutoras do mundo"; e ela estava em trigésimo sexto.

... Ela era meio uruguaia e meio judia húngaro-americana, uma mistura *muito* boa, essa: e veja bem. Contemple a carne marrom úmida, a força graciosa das pernas, o cabelo preto espesso molhado e brilhante. A propósito, sua silhueta fora descrita de várias formas na imprensa como "ampulheta" e "pneumática".

Apenas por um momento, ela inclinou a cabeça para trás e zombou dele, o lábio superior ligeiramente puxado para o lado: presleyesca. Esse escárnio pornô era na verdade um reconhecimento respeitoso da atuação dele meia hora antes, na cama onde ele ainda procurava relaxar... Na versão pornô, ele teria sido, digamos, um ladrão local que, uma vez dentro do hotel, é surpreendido no meio do roubo pela hóspede elegante, mas consegue tranquilizá-la, de tal forma que em pouco tempo...

"Quem está pagando por isso?", pergunta ele.

"Eu", disse ela. "Eles."

Ela então se abaixou e tomou um gole de suco de laranja da bandeja do café da manhã.

Ela perguntou: "Você está pronto? Está com seu relógio?".

"*Oui*. Certo... Vai!"

Exatamente dois minutos depois, ele declarou: "Exatamente dois minutos".

"Perfeito."

"Perfeito."

O que ela fazia, parada ali quase nua com o texto datilografado na mão? Ensaiava e cronometrava seu discurso de aceitação para o Prix Mirabeau (categoria: Não Ficção). Seu discurso era em francês.

E ela era sua esposa.

E esta era a vida.

Sim, perfeito, perfeito. Ainda assim, seus pensamentos recorrentes, as perguntas recorrentes colocadas em sua mente, mesmo quando estava meio adormecido, tudo tinha a ver com suicídio. Não o seu próprio, não exatamente, mas suicídio.

Por quê? O que devorava Martin Amis?

Ah, ele tinha seus problemas. E, ainda por cima, em um concurso de beleza planetária (uma Miss Mundo real) com aproximadamente 1,8 bilhão de esperançosas balançando lá em cima no palco, sua esposa veio apenas em trigésimo sexto lugar. Portanto, dá para entender seu desânimo obscuro. Ou havia algo mais do que isso?

E esse casal (perguntamos, enquanto se preparam para o mundo exterior)? Como alguém pode abordá-los na página impressa? Estavam juntos havia quase uma década, e a união foi abençoada não apenas com filhos (aquelas duas filhas deles), mas também com felicidade.

E a felicidade, na literatura, é um vazio, um vácuo, um espaço sem nada. *A felicidade escreve com tinta branca numa página branca*, disse um certo poeta, romancista e dramaturgo, Henry Marie Joseph Frédéric Expedite Millon de Montherlant (1895-1972). E é verdade. Você pode pegar uma folha de papel em branco e cobri-la com uma bela prosa; mas a folha ainda está em branco. O que a caneta pode fazer com a felicidade, com a tinta invisível da felicidade?

A LUTA PELO CAFÉ

"Quero meu *grand crème*", disse ela.

Ele declarou: "E eu quero meu expresso duplo".

Ao deixar sua intenção bem clara, este par invejavelmente (na verdade nauseantemente) compatível saiu do Le Méridien e virou à direita em direção à *croisette* e ao oceano Atlântico. Ela disse:

"Ah, meu Deus. O calor! As pessoas!"

Era de fato um dia quente, um dia quente na costa da Bretanha. E havia, sim, pessoas, pessoas, pessoas… por toda parte. Frequentadores de festivais, escritores, editores e representantes da mídia, e também famílias, famílias numerosas, a se acotovelar para o litoral…

"É, foi relativamente fácil até agora, El." El era a abreviação de Elena; e também de Elvis, com quem ela se parecia quando prendia o cabelo num topete. "Agora as coisas podem começar a ficar de fato difíceis. E quero que você me faça uma promessa. Que vai se cuidar aqui na França."

"Não estamos chegando perto do mar... Por quê, especificamente?"

"Porque é um momento delicado; mesmo agora com seus tanques acelerando nos desertos e nos pântanos. Você é americana. E judia. E sabe como é a França. Prometa que não vai aguentar merda nenhuma da França."

Era apenas um jogo que às vezes jogava com Elena: a já mencionada noção de que pessoas são como países e países, como pessoas. E já chegamos a uma conclusão óbvia: países são como os homens.

As embarcações marítimas são frequentemente feminizadas em inglês oral e escrito. Os barcos são como mulheres? Os admiradores de Melville e Conrad não precisarão ser persuadidos de que os veleiros, pelo menos (galeões, iates, escunas), têm qualidades que podem ser consideradas femininas. Mas o que fez alguém pensar por um momento que *países* eram como garotas?

Por exemplo, até que ponto é claramente absurdo escrever: "A China pré-revolucionária considerava ser de seu interesse manter o status das mulheres mais ou menos no nível do gado"? Ou, mais relevante, tente isto: "Um ano depois da campanha vitoriosa na Europa Ocidental em 1940, a Alemanha nazista voltou sua atenção para uma guerra de aniquilação na União Soviética".

Historicamente, países são homens; sempre se comportaram como homens.

Em Saint-Malo, eu tentava imaginar a França como uma pessoa, como um cara, em 2003... Bem, ao contrário da crença popular, a França fez esforços substanciais e ainda em desenvolvimento para enfrentar aqueles seus "anos sombrios": a ocupação, do verão de 1940 ao outono de 1944. Durante esse período, para citar o historiador Tony Judt, a França "foi como Uriah Heep para o Bill Sikes* da Alemanha" (e era um Uriah extraordinariamente enérgico, como sabemos). Ao tentar enfrentar seus pecados e crimes, a França foi e é incomodada pela persistência de certa superstição: a do antissemitismo.[2]

* Uriah Heep é um hipócrita rival do protagonista do romance *David Copperfield*, de Charles Dickens. Bill Sikes é um brutal ladrão e assassino em *Oliver Twist*, romance do mesmo autor. (N. T.)

O que de imediato me preocupou foi como ela, a França, se sentia sobre esse empreendimento na Mesopotâmia, esse impulso da Coligação de Interessados liderada pelos Estados Unidos. Porque a iminente Guerra do Iraque surgiu contra outra neurose francesa: o antiamericanismo... Nos dias seguintes, minha esposa estaria frequentemente sob os olhos do público; e era uma judia americana. Então, como ele reagiria a ela, a França?

"*Finalmente.*"

Sim, ali estava finalmente o Atlântico Norte com suas ondas, vagas e quebradas. E, sim, um dia anormal de quente, e na areia havia cidadãos aproveitando o calor com cautela. Pais e avós franceses com toalhas e cobertores, meninos e meninas franceses com baldes, pás e bolas de praia, e dezenas de cachorros franceses pulando, cavando e dando voltas e voltas...

"*A alegria em miniatura das praias*", disse ele. "Larkin."

"Não acredito que você ainda esteja falando disso."

"Claro que tenho o direito de citar, não?"

"Tudo bem", ela respondeu, conformada. "Vá em frente então."

"*Praia íngreme, água azul, toucas de banho vermelhas*, Elena. *O colapso das pequenas ondas silenciosas de novo repetido.* Qual é o problema? Eu já citava o Larkin antes."

"Não acredito que você esteja se curvando a ela. A Phoebe Phelps."

"Como é que estou me curvando a Phoebe Phelps?"

"Ao se deixar levar... enfeitiçado. Foi uma tentativa tão óbvia de te assombrar. E funcionou. Olhe só, você está cooperando, está colaborando com aquela vadia louca... E tudo isso foi *anos* atrás." (Foi há dezoito meses: 12 de setembro de 2001.) "Por isso que você estava tão quieto, tão...."

"Hum."

Era verdade e dolorido para ele. Elena, ele notou com culpa, começou a terminar muitas de suas sentenças declarativas com um lamentoso, *você não acha?* ou *você não diria que...?* ou, simplesmente, *certo?*. Era uma censura gentil e justa. Ele também estava exasperado com aquilo: por que esse silêncio, por que essa reclusão indesejável? E era pior do que inamistoso. Era indigno de um marido. Mas era real.

"Sinto muito. Uma condição temporária e está melhorando. Hoje não estou tranquilo." Não, na verdade ele se sentia incontrolavelmente tagarela. Ao perceber isso, chegou a uma nova conclusão: Então agora sou bipolar... O relacionamento com sua sanidade estava se tornando autoconsciente, ou voltando a ser autoconsciente, como na adolescência. "Estou me sentindo falador, e vou te dizer por quê. Estou pensando em começar uma *smirk novel*, um romance malicioso."

"O que é um romance malicioso?"

"Um romance de autocongratulação, de autocongratulação indisfarçada. Não existem muitos, mas existem: romance sorridente malicioso. O que li glorificava a fama literária do autor e seu estupendo sucesso com as mulheres. Estamos na terra do romance carrancudo. *Le roman de grimace*. O lugar exato para partir para um *romance de*... Como se diz "sorriso malicioso" em francês?

Ela ponderou. "Acho que não existe uma palavra para "sorriso malicioso" em francês. Seria algo como *un petit sourire suffisant*."

"É mesmo? Não apenas *smirque* com Q? Tudo bem. Um *roman de petit*..."

"*Sourire suffisant*."

"Um *roman de petit sourire suffisant*. Um romance de sorriso malicioso. Mas que porra é essa agora?"

Tinham diminuído o ritmo em deferência forçada a uma concentração incomum de pedestres. Isto é, incomum demograficamente. Era normal ver crianças em massa, mas Martin se perguntou se já vira um exército assim, uma hoste tão cerrada de veteranos. Essas festas antigas, esses dezembristas, avançavam lentamente ao longo da estreita faixa entre as fachadas das casas e as barreiras do meio-fio. Claro que aquilo tudo ia levar muito tempo. Ele disse:

"O que aconteceu? Saímos para uma simples, honesta, xícara de café. E agora estamos presos nesta incrível operação com todos esses idosos [*elderly*]."

Sim, seu *Concise Oxford Dictionary* estava por trás do jogo com *elderly*, limitando-se a "*adj. old or ageing* [adj. velho ou envelhecendo]"; edições futuras seriam forçadas a adicionar "*n.* (*pl. same*) *old or ageing person* [subs. (pl. igual) pessoa velha ou idosa]". Hoje, nos Estados Unidos, usa-se com toda a tranquilidade *idoso* como substantivo: *O cara surtou no hospital*, por exemplo, *e matou a tiros três idosos*.

"Quero meu cappuccino", declarou Elena. "E fico me perguntando quantos anos vou ter quando chegarmos lá."

"Eu também. Mas você, você ainda será razoavelmente jovem. Eu serei um *idoso*."

Poderia ser pior, muito pior. Martin não tinha noventa e três anos, não tinha oitenta e três, não tinha setenta e três, não tinha nem sessenta e três, ainda não; tinha cinquenta e três anos (cinquenta e três ligeiramente vampíricos contra os quarenta e um de Elena), e apenas cruzava a linha, apenas virava a esquina e começava a distinguir, no crepúsculo cinza, as formas e contornos do que estava à frente. Ajustes sensoriais à nova ordem do ser já estavam bem encaminhados. Por algum tempo ele sabia que, na aparência externa, era fisicamente indetectável para qualquer pessoa com menos de trinta e cinco anos. Em 2000, no Uruguai, ele circulou numa boate lotada (em busca de uma prima jovem) e percebeu uma coisa: ele era o Homem Invisível.[3]

Os jovens pararam de vê-lo; e agora, numa recompensa duvidosa, ele via novamente aquela população até então invisível, os velhos de verdade.

"Conheci Jed Slot", disse ela enquanto esperavam.

"Eu também." Jed Slot era o escritor misterioso do Le Méridien. "Ao encontrá-lo, pensei que seu maior best-seller devesse ser sobre computadores ou video games. O que ele fazia quando vocês se viram?"

"Estava sendo entrevistado por uma senhora incrivelmente inteligente com uma *lorgnette*. O que ele fazia quando vocês se viram?"

"Estava sendo entrevistado por dois estudantes ou pós-graduandos incrivelmente inteligentes."

"O livro dele é ficção, Mart, e não é apenas um best-seller. É um *succès d'estime*."

"Sinto muito ouvir isso. Não. Boa sorte para Jed. Todo o poder para Slot. Ele parecia bem bom... Nossa, *c'est incroyable, ça*, esses velhos escombros!" Ele completou: "Olhe bem, menina. O futuro vai ser assim. Em vinte anos ou mais. E não me refiro apenas a mim. Dizem que será a mudança demográfica mais grave de todos os tempos. O *tsunami prateado*".

"Estou me preparando para isso. Vai acontecer quando todos vocês, baby boomers nojentos, enjoarem de nós." Ela sorriu. "*Vocês* são a geração de merda."

Nada mudara.

"Isso em que estamos", disse ele, "não é mais apenas uma emergência. É uma crise humanitária. Uma crise humanitária cada vez mais profunda. Quero meu café."

"*Eu* quero, eu quero meu café", cantou Elena (ao som de "I Want My Potty"). "Quero meu café. Acabei de pensar. Se o Robinson fosse a Coreia do Norte, o Hitch seria qual país?"

"Boa pergunta. Sugira algum."

"Israel."

"Eu ia dizer Israel. Sim, igual ao Saul de certa forma, o Hitch é Israel. Ele escolheu a posição mais difícil. E a posição mais difícil para ele, para ele em particular. Um antissionista que, por acaso, é judeu."

"Ele não *escolheu* ser judeu. Mas entendo o que quer dizer com posições difíceis. E agora o Hitch, o falcão marxista, vai começar sua guerra. Ele estava na CNN enquanto você fazia cocô."

"Elena... Hã, e como ele estava a respeito da guerra dele?"

"Muito duro."

"Hum. Contei que ele ligou um dia antes de a gente partir? Segundo ele, para me 'encorajar'. 'Quais são suas dúvidas, Little Keith?' Bom, tínhamos passado por todo o restante, então eu só disse: 'Duas coisas. Na guerra contra o terror, este é o melhor uso de recursos? E, segundo, falta de legitimidade.'"

"Só isso? E?"

"Ele desprezou a primeira, mas hesitou com a segunda. Reconheceu certo déficit de legitimidade. No entanto, você sabe o que ele falou para o Ian, umas semanas atrás? O Hitch disse: 'Vai ser uma aventura maravilhosa.'"

"Uma guerra aventureira", disseram os dois ao mesmo tempo.

Na verdade, Martin começava a achar que era algo ainda mais caprichoso do que isso: era uma guerra experimentalista. Ele declarou: "Enquanto você passava pó no nariz, Elena, eu também dei uma olhada na CNN. Eles mudaram para Bush. E não gostei do jeito que o presidente brincava com os cachorros. Com Barney e Spot. Não gostei do jeito como ele brincava com Barney e Spot".

A esposa mudou o peso de um pé para o outro. "Você *contou* ao Hitch?"

Ela esperou alguns segundos até ele entender. "Ou não queria incomodar o Hitch com Larkin neste momento estressante."

"Não, eu não quis. Mas quero incomodar. Porque ele entende algo sobre o Larkin que sei que nunca vou entender. Não vou porque não quero. O amor por *aquela* Inglaterra, você sabe, todas aquelas pequenas aldeias enlameadas com nomes estúpidos como Middle Wallop e Six Mile Bottom. E Pocklington."

"Espere. O que a história da Phoebe tem a ver com Larkin? Eu sei que é *aparentemente* sobre Larkin. Porém, no fundo, é sobre a Phoebe e seu pai. E sobre você. *Nossa.*"

Ela quis dizer todos os mais velhos, os transportes lentos e trêmulos dos mais velhos... Sua quantidade finalmente começou a diminuir, e havia uma sensação vaga de atraso calibrado, como em uma aeronave estacionada a gemer bem acima da pista, com o capitão que chega e diz que são o nono na fila para o pouso. As lotações de idosos continuaram a se filtrar pela brecha, rigidamente eretas, os pés se movendo num arrastar de sapato macio (sem permitir espaço entre o paralelepípedo e a sola); a cada poucos segundos eles se entreolhavam, para se encorajar ou buscar reconhecimento mútuo, ou verificação mútua; avançavam, os rostos trêmulos não apenas em desconforto, dificuldade e desconfiança, mas também com inúmeros cálculos, cada passo medido em uma escala de dor, esforço e perigo. Olhando à frente, além dos ombros vestidos de jeans, das plumas de cabelos brancos como nuvens, das orelhas peludas ao sol, Martin viu que o próximo trecho da estrada parecia um telescópio ao contrário, e o próximo cruzamento aparentava ser implausivelmente remoto, como o portão 97E em um aeroporto texano. Os velhos faziam-no pensar em aviões, aviões, e na poesia das partidas. Aqui estamos em nossa jornada. É longe? Estamos quase lá?

A velhice mata as viagens...

Entrevistei Graham Greene (1904-91) em Paris por ocasião de seu octogésimo aniversário, e entrevistei V. S. Pritchett (1900-97) em Londres por ocasião de seu nonagésimo aniversário. "A velhice mata as viagens", disse Pritchett.

Greene falou sobre declínio de forças, mas apenas no contexto da religião, da fé. A fé era um poder, e ela enfraquecia com o tempo. Seu ouvinte, de trinta e cinco anos, estava longe de ficar apavorado com essa perspectiva: se isso tornava você menos inclinado a buscar a aprovação de seres sobrenaturais, raciocinei, então a velhice não era ir ladeira abaixo. Pritchett falou sobre o declínio de força no contexto de colocar palavras na página. E isso era assustador. Seu veredicto estava sempre em minha mente, em 2003.

"À medida que envelhecemos", segundo ele, "nos tornamos muito enfadonhos e prolixos conosco. Os pensamentos de uma pessoa são prolixos, ao passo que antes eram realmente bastante agradáveis e *movimentados*. A história é uma forma de viagem. Enquanto atravesso a página, minha caneta viaja. Viajar por mentes e situações que revelam sua estranheza para você. A velhice mata as viagens. As coisas não vêm de repente. Em especial, você está se protegendo." Ele quis dizer se protegendo física e emocionalmente: sem surpresas, por favor. "As histórias surgem em você quase por acidente. E agora tende-se a viver uma vida em que não há acidentes." Pritchett fez uma pausa e depois acrescentou com um sorriso de dor: "Não tem nada a ver com isso, na verdade. É simplesmente envelhecer".

Martin disse: "Você quer dizer...".

"Quero dizer, não se pode mais viajar. E a caneta não pode mais viajar. Portanto, não se pode mais escrever."

Agora, de repente, eles estavam em movimento. A esposa deu um passo à frente, e ele a seguiu.

A EUROPA É UM IDOSO?

"*Merci beaucoup*", disse ela. "*Cela va bien.*"

E então é o agradável dever do romancista relatar que o cappuccino e, na verdade, o expresso duplo finalmente estavam a caminho.

"*Écoute*, Elena. Entendi partes de seu discurso, mas não tudo. Espero que tenha sido gentil e diplomático. Você sabe como a França pode ser sensível."

"Sensível. Você quer dizer melindrosa e vaidosa."

Os dois estavam sentados lado a lado em uma mesa na praça do mercado, de frente para o principal hotel da cidade (com aparência alpina de relógio de cuco); acima da cabeça deles, toldos listrados batiam e rebatiam levemente nas rajadas ozônicas. Ele disse:

"Tudo bem, você sabe como a França é melindrosa e vaidosa. Como Jean-Jacques pode ser sensível às vezes. E seu secretário de Defesa, o sr. Rumsfeld, já está sendo incrivelmente rude, em todas as direções. Típico alemão."

"Ora, o que ele fez agora?"

"Bom, isso não é o principal, mas ele falou, veja só, que pode muito bem passar sem minha ajuda no Iraque! Depois de todo o trabalho que eu tive."

"De qualquer forma, você não quer ir para lá."

"Não, *eu* não. Pessoalmente não quero que a gente esteja lá. Mas Blair quer. E Rumsfeld zomba dele desse jeito, seu melhor aliado." Martin, com cuidado, baixou o rosto para a xícara de café (ele desconfiara, após inúmeros derramamentos e quebras, da estabilidade de suas mãos). "Não quero estar lá. Mas Bush quer. E o Hitch também. O Hitch *se pôs na estrada* para essa guerra. O que ele chama de queima de mídia. Como o que ele fez com a princesa Di e Madre Teresa. Lembra?"

"Não."

"Quando foi isso? 1996 ou 1997. Elas morreram na mesma semana, e Hitch era muito procurado, por seu 'equilíbrio'. Ele disse que era o único ser humano nos Estados Unidos absolutamente pronto para acabar com as duas. Em especial, com a freira."

"Ok, mas por que ele está queimando a mídia para o Iraque? Foi aquele café da manhã sexual que ele teve com Wolfowitz."

"Foi mais como um lambisco sexual. No Pentágono. O Hitch quer mudar o regime. Ele está atrás é do fim de Saddam. Que cresceu como um subalterno no campo de tortura."

"... E o que Rumsfeld fez de especial?

"Herr Rumsfeld?" Para impressionar, Martin demorou. "Ele chamou Jean-Jacques de idoso... Isso mesmo. Ele me chamou de velho também. Aquela referência à 'velha Europa.'" Segundo ele, somos apenas um bando de velhos. Acontece que acho isso muito doloroso."

"É, e um pouco sarcástico também, considerando seus problemas demográficos... Minha taxa de natalidade é sólida. A sua é uma porcaria. Assim como a da Europa. Aquilo que vimos sobre a Itália. A *Itália*."[4]

Serviram gentilmente mais cafés. Martin disse:

"A porcaria da taxa de natalidade de 'Jean-Jacques' é um tormento para ele há séculos. *Dénatalité*. Mas ele trabalhou nisso, e sua taxa de natalidade agora é melhor que a do Mario. Ou do Miguel. Jean-Jacques não é melindroso com sua taxa de natalidade. No entanto, nunca fale nada de seu histórico de guerra. Esse é um ponto sensível."

"Aposto. Se não fosse por mim, eles ainda estariam aqui."

Mesmo quando não jogavam jogos de festa, ele sempre queria pedir a Elena que reformulasse certas frases usando nomes próprios (neste caso, *se não fosse pelos Estados Unidos, os alemães ainda estariam na França*), mas quase nunca precisava: após alguns segundos, ele já sabia o que ela queria dizer. A questão é que ela sentia que seus pensamentos sempre refletiam os dele; e, depois de um ou dois momentos, refletiam mesmo. Era aquela coisa inestimável, nunca completa, claro, e por um bom motivo: a coidentidade.[5]

"Afinal", ela disse, "ganhei a guerra."

"Não, El. Se não fosse por você, você diz, Fritz ainda estaria aqui. Em 1940, após a queda da França, quem ainda *resistia*, quem se mantinha em pé sozinho? Eu. *Eu* me mantive em pé sozinho contra a besta fascista. Por bem mais de um ano. Enquanto você, você cedeu diante de Lindbergh e foi isso, '*America First*'."

"Mas então marchei em seu socorro."

"Então você veio, porém não até que Fritz te chamasse. Ao declarar guerra a você, minha querida. É verdade que assim que você se juntou a mim na luta eu sabia que não poderíamos perder.[6] Ah... espere aí, o que GI significa em GI Joe?"

"*General Issue*. Ou *Government Issue* [Item Geral ou Item Governamental]."

"Sério?", questionou ele. "Então essa era a versão anterior do *grunt* [soldado]... GI Joe não ganhou a guerra. Tampouco Tommy Atkins. Foi Ivan quem a ganhou, Elena. Ivan *absorveu* Fritz. À custa de vinte e cinco milhões de vidas."

Ela pensou nisso. "Porém você não pode dizer que, se não fosse por Ivan, Fritz ainda estaria aqui. Ivan ainda estaria aqui... Bom, teríamos vencido no fim, você e eu."

"Hum, acho que sim. Mas sabe, Elena, teríamos nos livrado de Fritz, você e eu. E de Yukio. E de Mario. No fim."

"Exatamente... Olhe só você. Você fala em não ofender os franceses. E olhe só você."

Ele entendeu o que ela quis dizer. Martin tinha diante de si, na altura do peito, um chamativo livro intitulado *France and the Nazis* [A França e os nazistas].

"Muito bem", ela continuou. "Vou pegar esse livro e brandir no palco. Por que eu deveria mimar Jean-Jacques? Ele me odeia. Então, por que diabos eu deveria agradar a Jean-Jacques? Foda-se ele."

OS ESTADOS UNIDOS TAMBÉM ODEIAM A FRANÇA

Christine Jordis, editora de Martin na Gallimard, fez uma breve visita e, em seu inglês maravilhosamente *refinado*, esclareceu os dois sobre o meteórico Jed Slot. E todos os grandes prêmios e prêmios geniais que sem dúvida viriam a seu encontro...

À medida que a tarde avançava, o clima ficava cada vez mais quente. Naturalmente, Elena, ansiosa, queria um longo passeio na praia, além de uma verdadeira caminhada nas falésias e nos promontórios; mas precisava enfrentar uma coletiva individual às quatro... Eles olharam para cima. Um idoso solitário, de alguma forma separado de amigos e cuidadores, desequilibrou-se numa desordem inofensiva e chegou tão perto da mesa deles que deu para ler o endereço que pregara na camisa: C/0 Dr. Priestly, 127, Marine Parade, Brighton, Sussex.

"Nossa. Estudei em Marine Parade. Aquela escola preparatória, lembra?... Ah, deixe-me tentar algum conselho, alguma orientação aqui, Pulc." Pulc era a abreviação de pulcritude. "Quero ajudar você e a França a resolver isso."

"A França que começou."

"É verdade", disse ele (e registrou, como sempre, o simples fato da ordem de nascimento de Elena: a mais nova de quatro). "Porque você, minha noiva, representa a modernidade desalmada, você é mecanizada, padronizada, segundo o filho da terra Jean-Jacques. Ok. Agora você tem o direito de se ressentir do antiamericanismo dele. Mas, em casa, você está deixando a francofobia sair do controle."

"Sei que sim."

"Você está tendo uma de suas crises estranhas. Um de seus episódios neuróticos. Uma de suas viradas horríveis. É, sim. Como aquela vez que tentou parar de beber, como na vez que teve medo dos vermelhos debaixo da cama, como na vez que testou sua teoria do dominó no Sudeste Asiático. E agora você está com um horrível caso de..."

"É verdade. Você já viu tudo isso com as *freedom fries*..."

"Já." No momento (meados de março de 2003) as lanchonetes da Câmara dos Representantes ofereciam "fritas liberdade" e "torradas liberdade" [em lugar de *french fries* e *french toast*], servidas sem dúvida com mostarda liberdade e guarnição de feijão liberdade, e (vamos suportar isso por algum tempo) os congressistas no quarto de hotel distribuíam beijos liberdade antes de despir as calcinhas liberdade de secretárias ou estagiárias e antes de criar as próprias cartas liberdade...[7] Ele indagou:

"Será que ainda vou poder dizer: '*Excuse my French*'?"*

"Desculpe meu francês? Para dizer que seu francês é uma porcaria?"

"Não. Assim: ele é um babaquinha podre, se me desculpa o francês."

"Não vejo por que não. Claro."

Eles leem seus livros. Elena tomou outro café; e ele aproveitou para pedir uma cerveja modesta... Na verdade, os Estados Unidos, no momento, não desculpariam de forma alguma seu francês, no sentido literal. A francofobia ia tão bem que estava prestes a decidir as eleições gerais de 2004. ("Oi", começou um figurão republicano ao abrir uma reunião, "ou, como diria John Kerry, *Bonjour*.") Martin recebeu sua cerveja e acendeu um cigarro para acompanhá-la. A maioria dos políticos americanos tinha pontos fracos e episódios que queriam minimizar: aquele relacionamento de dez anos com o muito especial (embora um tanto problemático) garoto de aluguel da Times Square; aquela propina bilionária das grandes petrolíferas por frustrar os ambientalistas. E assim foi com Kerry, que na infância aprendeu a falar francês. O garoto de aluguel era moral, a propina era ética, mas falar francês beirava a traição. Martin disse:

"Você parece ter esquecido que a França foi sua aliada crucial na Guerra de Independência dos Estados Unidos. Jean-Jacques ajudou o Tio Sam, para irritar Tommy Atkins. Yorktown, Elena. Se não fosse pela França, eu ainda estaria lá. Nos Estados Unidos."

"Não. Eu teria esmagado e varrido você há muito tempo."

* *Desculpe o meu francês*: eufemismo para palavrão ou linguagem inadequada. (N. T.)

"Tudo bem. Mas você sabe què no dia do prêmio eles vão te odiar pra caralho."

"Claro."

"Porque você é uma judia americana.[8] Esta é a terra do *motim* antissemita. Nosso George Steiner diz que *a qualquer momento* pode haver uma "explosão" do chauvinismo francês contra os judeus."

"Não aqui no norte, com certeza. É como os Estados Unidos. Para esse tipo de coisa, é preciso ir para o sul. De qualquer forma, se houver um *sussurro* de dissidência na sexta-feira, vou..."

Ele disse: "Ora ora, Pulc. Ora ora".

ORADOUR

Ele se recostou, tomou um gole de cerveja e inalou sua cota de fumaça. Ah, como dizia Christopher, *o milagre do cigarro...*

"Você vai parar?"

Parar o quê?, ele pensou. No entanto, só por um momento (ele sabia muito bem o que estava por vir, mas, como sempre, procurou atrasar ou desviar o assunto). Parar o quê? Parar de ser um idiota para a *venganza* profunda de Phoebe, parar de pensar em Larkin, em Hilly? Parar de pensar em suicídio? Parar de falar sobre guerra, escassez e megamorte?

"Parar o quê?" Ele ergueu os olhos da página. "Parar de ler sobre massacres?"

Ela disse: "Vi os livros que você trouxe. O que é isso?". Triste, Elena balançou a cabeça. "*O estupro de Nanquim* e, hã, aquele sobre Ruanda."

"*Gostaríamos de informá-lo de que amanhã seremos mortos com nossas famílias.*"

"Tinha um sobre uma batalha sem fim. Verdun. E uma biografia enorme de Gêngis Khan. Por quê? Por que ler sobre massacres?"

"Não sei." E ele se perguntou: por que lemos o que lemos? Porque responde a nosso estado de espírito? "Houve muitos massacres na França durante a guerra. *France and the Nazis* trata de dois deles. Tulle e Oradour." Elena parecia atenta (e nada impaciente), então ele continuou. "Em Tulle, a ss saqueou os sótãos e porões das pessoas, à procura de cordas. Enforcaram noventa e nove homens na Avenue de la Gare pendurados em postes de iluminação e varandas. Foi uma represália por quarenta alemães mortos pelos guerrilheiros. Mas, na manhã seguinte, a mesma divisão SS foi para Oradour e assassinou absolutamente todo mundo. O..."

"Nossa, bom, você está inquieto... Sua mãe gostaria de saber tudo sobre Oradour?[9] Suas filhas?"

Ele franziu a testa e disse: "Acho que leio sobre violência porque não a compreendo. É algo que odeio mais do que qualquer outra coisa na terra e não compreendo... Sou como o homem da memória no romance de Saul." Trata-se de *A conexão Bellarosa* (1997). "Ele tem aquele sonho do Holocausto e fica arrasado ao descobrir que não o compreende. Ele não 'entende a brutalidade impiedosa'. Nem eu."

"Não sei, talvez deva ser assim. Quem entende isso?"

"Nos meses que antecederam a Libertação, houve muitos pequenos massacres de Oradours por toda a França... No discurso de aceitação, Elena, não se detenha muito em 1940-4. Poupe a França disso. Hum, talvez não seja muito gentil de minha parte ler isto na praça da cidade. A capa..."

Ele empurrou o livro sobre a mesa. Lá estava a famosa fotografia (uma das mais horríveis já tiradas): Hitler em Paris ao amanhecer, como conquistador (com as panturrilhas separadas da torre Eiffel ao fundo), passeando à frente dos ajudantes, todos de colarinho e gravata, de sobretudo de couro (e quase despencando de poder e orgulho); e lá está ele, o rosto pálido e volumoso sob aquele quepe cristado, com uma expressão de imperturbável direito.

"Imagine se fosse o Big Ben. Não sei, se isso tivesse acontecido, eu não..."

"O quê?"

"Eu não seria adequado para casar com você, El. Sério mesmo. Teria engasgado ao pedir sua mão." O rosto dela demonstrou clemência e curiosidade, então ele continuou. "Bom, pense bem. Vamos eliminar isso. A Wehrmacht esmaga a Grã-Bretanha em batalha. Um regime fascista se instala em Cheltenham. Com sua milícia jurada a combater a democracia e 'a lepra judaica' e a defender a civilização cristã — ou seja, católica. Enquanto isso, a SS massacra em Middle Wallop e Pocklington. E judeus sendo presos por *bobbies* ingleses seguindo ordens inglesas e levados para a Silésia.[10] Balsas de Hull para Hamburgo... Diante de tudo isso em meu passado, você consentiria em ser minha?"

Quando digo que ele pensou em suicídio, não quero dizer que o estava considerando. Apenas continuou pensando nisso: suicídio. E parecia acreditar que todos pensavam nisso também: ele sabia que não, mas parecia acreditar que sim. Esse tipo de tique mental era conhecido na profissão como "ideação suicida" (e considerado um sinal pouco promissor). No entanto, lá estava ele: se perguntava: por que não há mais suicídios?

"Chegou a hora de você mudar seus hábitos", disse ela. "Está na hora."

"De que jeito? Este livro é bom, você sabe, bem pensado, bem escrito. Mas não há índice. Se *tivesse* um índice, um verbete seria Hitchens, Christopher, página duzentos e quatro."

Ela pediu a conta e indagou: "Por quê? O que Hitch está fazendo nesse *The France and the Nazis*?".

"É estranho. Ele é elogiado por um habitante da atual Vichy, Robert Faurisson. O principal negacionista da nação, negador do Holocausto.[11] Ele conheceu Hitch em algum jantar e disse que admirava seus textos. Provavelmente apenas gostou dele, teve uma quedinha pela voz de veludo e pelo charme de Oxford... Ah, é isso que você quer dizer, Elena? Chegou a hora de parar de ler livros como *The France and the Nazis*?"

"Não, não é isso que quero dizer. Estou falando da coisa em sua outra mão. A que solta fumaça... Você *quer* parar?"

Anos antes, Christopher disse a ele: "Não *quero* ser um não fumante". E Martin declarou: "Concordo plenamente" ou "Exato" (ou até mesmo "Escute o que ele diz, escute!"). A atitude deles em relação à nicotina (e ao benzeno, ao formaldeído, ao cianeto de hidrogênio e a todos os outros ingredientes) parecia de uma adolescência incurável.[12] Eles simplesmente não conseguiam conectá-la à vida e à morte.

"Você fumou um depois do café da manhã", disse Elena. "Você fumou dois depois do café da manhã."

"Ah, mas estava fumando por uma boa causa." Ele conseguira dizer que precisava de um ou dois cigarros salutares depois do café da manhã. Evocar aquilo que Larkin chamava de "contato diário com a natureza". Com que natureza? Natureza humana? Natureza animal? "Estava fumando em prol de um sonho nobre."

"E como foi?"

"Uma decepção. Foi uma merda, Elena, aqui entre nós."

"Para que você está fumando agora?"

"Hã, para acalmar os nervos. Tem seu discurso na sexta-feira. E a Guerra do Iraque no sábado. Vou continuar fumando enquanto durar, depois paro quando acabar."

"Posso sair de lá em menos de um mês."

"Nós, você quer dizer nós. Vou entrar lá também."

"É, mas sou eu quem tem todo o poder. Tenho tanto poder, por que sequer me daria ao trabalho de ser antifrancesa?"

"E é por isso que você é tão odiada. Odiar você era a política do governo francês do pós-guerra. E você sabe quem tornou respeitável te odiar? Sartre. Cara terrível." Na verdade, Martin tinha uma quedinha pelo velho Jean-Paul. Alertado não muito tarde na vida de que, a menos que parasse de fumar, enfrentaria uma tetraplegia iminente, Sartre disse que precisaria de um tempo "para pensar a respeito". "Ele e Simone. Tornaram chique odiar você."

"Olhe", ela disse e acenou com a cabeça para um cavalheiro que parecia uma coruja na mesa da frente, debruçado sobre um livro (de Jean-François Revel) intitulado *A obsessão antiamericana.*

"Bom, é isso aí. Vamos. Você tem o *Le Monde* dentro de dez minutos."

Os dois se levantaram e juntaram suas coisas. Ele disse:

"Uma *juive* americana. Que vem aqui e ganha todos os prêmios literários..."

"Não *todos* os prêmios literários. Só um."

Ele não acordou feliz em Saint-Malo, mas no geral voltou a ser feliz em Saint-Malo. Por quê? Considerou que poderia ser pelo fato de nunca estar sozinho.

Praticamente cem por cento de sua vida profissional ele passou em solidão ininterrupta: a sala, a cadeira, a superfície plana, a página. O dia inteiro, todos os dias (e especialmente no Natal)... E o que ele fazia para viver, naquele anexo nos fundos do jardim em NW1? Um observador desencarnado pode concluir, depois de mais ou menos uma hora, que tudo o que ele faz para viver é fumar. Ah sim, e enfiar o dedo no nariz e coçar o traseiro e olhar para o nada. O que ele fazia estava se tornando cada vez mais misterioso para ele; e também a solidão. Larkin novamente ("Vers de société"):

Só os jovens ficam sozinhos com liberdade.
O tempo agora é menor para companhia,
E sentar sob um abajur muitas vezes
Não traz paz, mas outras coisas.

E para Martin isso era existencial. Se não pudesse ficar sozinho, se não pudesse ficar sozinho com liberdade... *O que* estava escrevendo? Escrever era um solilóquio: *solus* "sozinho" + *loqui* "falar". Então, o que aconteceria se não conseguisse ficar sozinho?

"Vamos." Ela colocou a bolsa no ombro. "Ok. Pare de fumar. Pare de ler tanto sobre massacres. E pare de pensar em Larkin e naquela bruxa infernal da Phoebe."

"Vou fazer isso. Hã, não me deixe esquecer, Pulc", disse ele ao se levantar. "Por que estamos invadindo o Iraque? Realmente não consigo me lembrar."

"Ah, armas de destruição em massa."

"Ah, sim. Bom, sabemos com certeza que o Iraque não tem nenhuma, caso contrário a gente não estaria invadindo. Com as armas de destruição em massa você fica inatacável... Suspeito que Bush esteja fazendo isso só para conseguir um segundo mandato. Os americanos nunca deixam de reeleger um presidente em guerra... Você não tem *raison*, Elena. E adivinhe o que a maioria dos compatriotas considera como seu *casus belli*. Vi uma enquete. Acham que é vingança."

"Vingança de quê?"

"Ninguém que saiba alguma coisa sobre isso pensa assim. Mas a maioria dos americanos acredita que seja retaliação. Invadir o Iraque constitui uma *vingança* legítima pelo Onze de Setembro."

Como se viu, a destruição das Torres Gêmeas, com a do Pentágono, encontrou um lugar na lógica tensa da guerra no Iraque: *raisons d'état* exigiam isso, para afirmar a *determinação* e a *credibilidade* americanas. Depois de setembro, Kissinger teria dito a George W. Bush em 2002: "Não basta o Afeganistão"; e uma segunda nação islâmica precisaria ceder.

Você pensaria que março de 2003 fosse talvez um pouco tarde para uma reação exagerada a setembro de 2001. A maioria de nós tirou do caminho nossas reações exageradas a setembro de 2001 em setembro de 2001. E, como meros civis, fizemos isso sem investimento de sangue ou tesouro; fizemos isso em reclusão, na privacidade de nosso coração e nossa mente.

2. Onze de Setembro — 1: O dia seguinte

FERIDA

Comecemos com o dia seguinte: 12 de setembro de 2001.

Eu estava em meu local de trabalho alugado (com cozinha, escritório, quarto e banheiro, onde antes funcionava um estábulo na Portobello Road), de pé diante da pia e cuidando de uma ferida. No dorso de minha mão direita, logo abaixo da junta do dedo médio; mais ou menos do tamanho de uma unha do polegar, era um ferimento atrás do outro (já havia um ferimento ali, feito em meados de julho). Olhei para ele, ouvi-o (às vezes imaginava que podia ouvir o leve chiado de tecido traumatizado) e limpei-o com uma bola de algodão embebida em antisséptico... Naquela manhã, quando acordei na cama conjugal, meu travesseiro tinha manchas de sangue espalhadas; no mesmo instante pensei em três, não, em quatro saídas possíveis (boca, nariz, orelhas ou olhos) até que me lembrei, com um alívio superficial. Claro: era minha mão direita.

Atravessei uma porta e ativei a secretária eletrônica. Toquei o botão de rebobinar, encontrei a mensagem que queria, registrada por volta das oito horas daquela manhã. *Martin. Aqui é sua velha amiga Phoebe. Tenho algo para te dizer. Algo para te passar. Isso me incomoda há vinte e quatro anos, e não vejo por que não deveria começar a incomodar você também. Espere um comunicado. Adeus.*

Era sua voz de vingança: não totalmente sem graça, mas seriamente amargurada, com autêntico lamento, algo de olhos estreitos e lábios brancos (raramente o caso quando ela atazanava fornecedores astutos de móveis de escritório, corretores de apostas evasivos e coisas do gênero). Tão autêntico, de fato, que senti vontade de consultar minha consciência sobre Phoebe Phelps. No entanto, antes disso, primeiro teria que encontrá-la... *Vinte e quatro anos*: 1977. Pensei por um momento e me perguntei: Foi aquele negócio com a Lily? Certamente não: daquele negócio com a Lily consegui me safar. Não foi?

Bem, eu descobriria.

A xícara de café, o cinzeiro, o caderno aberto... Ele despencou à mesa. Repetindo, era 12 de setembro de 2001; e por enquanto seu trabalho em andamento (um romance) não parecia estar nem cá nem lá — nem em qualquer outro lugar. A maneira como ele agora via essa ficção em particular e, aliás, a própria ficção (*Middlemarch, Moby Dick, Dom Quixote* etc.).

Ele logo saberia que todos os romancistas (e todos os poetas e dramaturgos) estavam sendo solicitados pelo Quarto Estado a escrever sobre o Onze de Setembro. Ian já escrevera a respeito (e Christopher, é claro, também). Salman e Julian estariam escrevendo sobre isso. Todos eles foram convidados, e todos disseram "sim". O que mais havia para escrever? O que mais havia para fazer?

À solicitação do *Guardian* naquela manhã para escrever sobre o Onze de Setembro ele disse sim. E então virou para uma nova página e rabiscou no alto "Onze de Setembro". Ele escrevia sua ficção e seu jornalismo nos mesmos cadernos, então apenas virou para uma nova página e começou a desenterrar seu eu paralelo: aquele que escrevia sobre a realidade, no modo editorial (ou de artigo editorial de opinião).[1] Geralmente ele relutava em alternar assim, até mesmo com alguma autopiedade; mas naquela manhã tratou disso com uma resignação entorpecida. Aí, ficou ali sentado apenas, fumando, entorpecido.

Ele sentia que sua parte que produzia ficção estava, de alguma forma, se fechando para sempre. E qual era a sensação? Se alguém tomasse seu pulso, naquele dia, parecia uma pequena soma de tristeza, a ser acrescentada à dor devida aos milhares de mortos (ninguém sabia ainda quantos milhares, oito, dez?) e mais particularmente, mais essencialmente, àqueles que se viram saltando das Torres: um salto para o azul, de setenta, oitenta, noventa andares, em vez de permanecer por mais um instante lá dentro. Eles caíram com uma aceleração de dez metros por segundo ao quadrado e, como mais tarde ouvimos com nossos próprios ouvidos, explodiram como projéteis de morteiro quando atingiram o solo; não eram homens-bomba; essas pessoas eram bombas suicidas; e algumas delas já estavam em chamas...

Então nada de ficção, obrigado (ele não poderia fazer ficção), porque a ficção era em parte uma espécie de jogo. E a realidade agora era *para valer*.[2]

Com a mão direita rígida (e latejante), ele estendeu os dedos e escreveu 1) *mais uma vez o mundo parece bipolar*. E é, sim, de fato... Um dia, no início da década de 1990, Martin fez um comunicado para Nat e Gus (talvez eles tivessem sete e seis anos, respectivamente). "Fico tão feliz de saber que vocês não precisarão viver a infância sob essa sombra. Como eu." Era sincero, e os dois o olharam, dóceis e agradecidos... A sombra a que ele se referia vinha da Guerra Fria e da equação $E=mc^2$: em outras palavras (nas de Eric Hobsbawm), os quarenta anos de "competição dos pesadelos". E essa sombra se foi, ou recuou, para ser substituída, ontem, por outra. E do que vem essa sombra?

"É uma ideologia dentro de uma religião", disse Christopher ao telefone. "É o fascismo com face islâmica."[3]

De qualquer modo, uma coisa era bastante clara. O hiato de doze anos (iniciado em 9 de novembro de 1989, com a abdicação do comunismo), a grande calmaria, o vácuo de aparente ausência de inimigos (durante o qual os Estados Unidos poderiam dedicar com todo o conforto um ano a Monica Lewinsky e outro ano a O. J. Simpson), chegou ao fim em 11 de setembro de 2001. E ele já sentia que o novo ódio, assim como o antigo, era de alguma forma voltado para dentro e autoatormentado, e que seus objetivos eram inatingíveis e, portanto, implacáveis. O agonismo planetário recomeçara; e mais uma vez a outra metade do mundo (em termos grosseiros, mas que davam essa impressão) estava decidida a matar seus filhos.

A campainha tocou.

A campainha tocou. O que seria um desdobramento devastador a qualquer momento. Ele não esperava ninguém (raramente esperava alguém); e além de Londres naquela manhã de quarta-feira, sim, a distante Londres, a um oceano de distância, tudo tinha um ar inerte e abjeto, esparso, silencioso, na verdade nauseado (até os prédios pareciam melindrosos e tensos), com poucas pessoas pelas ruas, e todos indo para onde iam porque precisavam ir, não porque queriam (a ideia de prazer tinha ido embora, se retirara, desaparecera. Ainda não estava claro se os atacantes eram no geral os inimigos armados do prazer).

Como não esperava ninguém e a campainha tocou, ele rastejou até a janela do quarto fora de uso; dali dava para olhar para baixo em um ângulo e ver os visitantes na soleira da porta enquanto estavam ali piscando e se recompondo... Muitas vezes ele ficava impressionado com o fato de que as pessoas monitoradas dessa maneira costumam exibir uma aura de inocência. Agora ele achava que sabia por quê: nesse momento eram comparativamente inocentes, inocentes em comparação com seu observador furtivo. E a mulher lá fora de fato parecia inocente, considerando que era Phoebe Phelps.

... E não Phoebe como ela seria agora, em 2001 (chegando aos sessenta), mas Phoebe como ela teria sido então, digamos, em 1978, ou mesmo em 1971 (Magnata Tanya), antes que ele a conhecesse. Vista da posição privilegiada dele, de cima: o perfil inclinado, o nariz reto e firme, o queixo projetado para a frente. Porém era seu jeito, sua forma, seu contorno que acendeu o reconhecimento: ela e Phoebe deslocavam exatamente o mesmo volume de ar.

Ele desceu, abriu a porta e disse:

"Olá. Eu te conheço. Você é a filha da Siobhan." Houve um relaxamento, e ele continuou, "Maud. Levamos você para tomar chá no Whiteley's quando você tinha dez anos."

"É, sou eu mesma. Eu lembro. Você tinha um cabelo muito comprido." Por um momento, ela sorriu sem reservas; mas então o sorriso foi rapidamente arquivado ou posto de lado, e Maud se endireitou. "Ahn, sr. Amis, desculpe incomodar, mas tia Phoebe me pediu para fazer uma rodada de entregas, de pessoa para pessoa. Ela não confia no correio. Diz que o que não perdem roubam. Ou queimam. Ou, neste caso, vendem."

"Vendem? Para quem?"

"Mencionaram o *Daily Mail*..."

Ela estendeu o envelope, e ele o aceitou: apenas o nome dele (sublinhado com desdém). "Ah", disse ele. "Este deve ser meu antraz."

"Desculpe?"

"Antraz. É só um boato. Ontem à noite conversei com um amigo que mora em Washington DC, mas por enquanto ele está preso no estado de Washington. Em Seattle."

"Sem voos?"

"Sem voos. Todo avião não militar nos Estados Unidos está em terra. E ele falou de antraz. Sabe", continuou Martin (era uma manhã cinzenta, mas inofensivamente amena), "a primeira coisa que fizeram, ontem em Nova York, foi fazer testes no ar em busca de toxinas. Produtos químicos e esporos. De qualquer forma, é só um boato, no entanto o antraz deve ser a próxima coisa."[4]

"Isso não é antraz. É só uma carta."

"Bom, obrigado. Desculpa pelo incômodo."

"Não é incômodo. Meu escritório é logo ali na esquina. Mas..." Ela estremeceu suavemente. "É que preciso esperar enquanto você... Ela espera uma resposta."

"... Ah." Foi um movimento forçado, ele percebeu depois. Declarou: "Bom, suba".

O clima no apartamento era adorável e quente, mas quente por uma razão desagradável. Todo setembro, ele ligava o aquecimento alguns dias no começo do mês. A carne afina, o sangue afina; os horizontes escapam de suas amarras e se aproximam um pouco mais; e a criatura aprende lentamente como se cobrir e "rastejar para a cama" (Saul).

Portanto, a cozinha estava morna com o aroma de Cold Old Man, ou assim ele presumiu, resignado, enquanto observava Maud tirar a jaqueta de couro, pendurá-la em uma cadeira e afastar a franja da testa. A camisa branca, o colete carvão logo desabotoado, a saia lilás, roupa social para outro tipo de negócio (ela trabalhava para a firma de relações públicas chamada Restless Ambition na All Saints Road). Sim, ela era igualzinha a Phoebe, igualzinha a

Phoebe nos movimentos e comportamento, o passo leve e tranquilo, a maneira como parecia flutuar no ar…

Ele disse: "Vou aqui do lado, ler isso. Quanto tempo acha que levarei?".

"Ah, não mais do que dez minutos. Quinze. Mas aí vai precisar responder."

"… Sinto muito, tem um pouco de café fresco aí."

"Aah, cairia bem."

"Sente-se. Os jornais estão aqui." As manchetes espalhadas na mesa da cozinha. TERROR NA AMÉRICA… UM NOVO DIA DE INFÂMIA… ATO DE GUERRA… CANALHAS! "Você já leu isso aqui? A carta?"

"Eu ouvi. Algumas vezes. Foram… várias versões."

"Vá em frente, me dê uma dica."

"Bom, os nomes não me dizem muita coisa. Mas entendi por que ela estava preocupada com o fato de a mídia saber disso."

Ele saiu da sala segurando o envelope entre o indicador e o polegar.

O que esperava que Phoebe lhe dissesse? Sobre a doença social de ação lenta, mas fatal, que ele transmitira sem saber, sobre os trigêmeos da época da faculdade que ele gerara sem saber… Ele pegou as duas folhas duras e leu. E releu. Saiu do escritório e disse:

"Maud, Phoebe não espera uma resposta. Não há resposta para isso. Ela só quer que você conte para ela como eu reagi."

"… Sua mão."

"Ah, *nossa*."

O esparadrapo na junta, afrouxado (de novo) pela mobilidade da articulação, agora balançava como uma língua de cachorro, enquanto o sangue escorria na palma da mão e no pulso. Duro, ele foi até o lavatório, abriu a água fria e com a outra mão tateou pela caixa de band-aid. Ela disse:

"Deixe comigo… Hum, parece bem feio."

Maud se aproximou e ficou perto; enrolou o curativo sobre o arranhão, bem apertado. Mãos de menina, cada dedo com vida própria; e as mãos dele, espalmadas, trêmulas, indefinidas…

Ele agradeceu, ela deu meio passo para trás e perguntou com um novo tipo de brilho: "Eu te lembro ela?". Ele fez que sim com a cabeça, e Maud continuou: "As pessoas dizem que somos muito parecidas. De corpo também, não acha? Magro, mas..."

"Vagamente", disse ele; embora por um momento ele tivesse sem dúvida sentido Phoebe se aproximar (o peso corporal, o campo de força com seus orbes e planos).

"O que foi que você disse uma vez? Sobre a varinha mágica?"

Ele virou a cabeça em uma espécie de encolher de ombros. "Agora, Maud, diga para sua tia que não vou responder, pelo menos por enquanto. Vou ver o que minha esposa diz."

Ela sorriu então, com alívio (e até aprovação): "Ah, Phoebe disse que você pode ser um daqueles. Um bom marido. Ela *vai* ficar desapontada. Acho que ela ia até gostar se você se divorciasse. Sua nova esposa é muito bonita".

"Obrigado. E não só isso... Além de mandar você aqui hoje com ela, com a mensagem dela, Phoebe está mais ou menos bem?

"Ah, está, sim. Ficou rica de repente. Vendeu o negócio."

"Que negócio? Ah, não importa." Ele ofereceu a mão esquerda, a mão boa, que ela aceitou. "Dê a ela meu..."

"Bom, obrigada pelo café. Pessoalmente, não vejo objetivo em vingança, você vê? Quer dizer, a troco de quê? E é muito problema."

"Hum. Hum. Mas aposto que a vingança era muito divertida antigamente. Se você fosse do tipo e estivesse a fim."

"Desço sozinha. Peço desculpas por esse absurdo sobre a varinha mágica. Mas prometi a Phoebe. Ela só queria saber. De qualquer forma, mais uma vez: desculpe incomodar."

RELUTÂNCIA E FRIO

Antes que eu pudesse ver o que minha esposa diria sobre aquilo (tudo lhe seria apresentado), fui obrigado a absorver duas lições, dois reajustes, legados pelo Onze de Setembro. Ambos envolviam uma subtração de inocência.

Lição número um. Elas nunca seriam as mesmas, aquelas coisas lá no firmamento, aqueles dispositivos de A para B, aqueles transportadores de pessoas: *airbus, skytrain*. No caminho para casa naquela noite, em um semáforo, vi um deles brilhando sobre os prédios... Já e inalteravelmente associados à morte em massa, um avião comercial talvez não tivesse tanta inocência para perder; mas agora só conseguia parecer uma arma.

Lição número dois. Os aviões nunca mais teriam a aparência de antes, e nem (estranho dizer) as crianças.

Ou os meus filhos. Que não pareciam os mesmos. No jantar daquela quarta-feira, na casa da Regent's Park Road, todos presentes, os cinco: Bobbie (vinte e quatro anos), Nat (dezesseis), Gus (quinze), a pequena Eliza (quatro) e a minúscula Inez (dois).

Na cozinha/sala de jantar em forma de L no térreo, dei de beber a todos (Eliza pediu leite), arrumei a mesa, seis lugares mais uma cadeira alta, dei uma ajuda para minha esposa no fogão, e conversei de maneira tão convincente quanto pude...

Meu sentimento por minhas filhas e filhos: foi mais que uma mudança, foi um emborcar. O prazer sensorial que me deram, todos ali reunidos, tinha seu núcleo na força do número, na quantidade deles, em toda carne, osso e cérebro que constituíam; mas agora era essa mesma multiformidade que fazia meu coração sentir relutância e frio. Porque eu sabia que não poderia protegê-los. Na verdade, você não pode proteger os filhos, porém precisa sentir que pode. E a ilusão havia se dissipado bastante, substituída por uma sensação de sonho ruim, não um pesadelo, na verdade, mais como o sonho de estar nu em um lugar público lotado...

Quem conhece a vingança saborearia apenas isto: o sabor dentro de nossas bocas, a acidez mineral de uma batalha perdida, o antigo gosto da Idade do Ferro, gosto da morte e da derrota.

"Vai ter guerra?", Nat perguntou. Ninguém respondeu.

No canto da sala havia uma TV em miniatura encaixada num armário baixo (com portas dobráveis). Nas últimas semanas, ela muitas vezes sintonizou o US Open em Flushing Meadows (e apenas três dias atrás, no domingo, Lleyton Hewitt no fim derrotou Pete Sampras por sete a seis, seis a um, seis a um). Vi que naquele momento o pequeno aparelho repassava silenciosamente os clipes: o primeiro avião, o segundo avião...

Inez cambaleou até lá e segurou as portas brancas, pronta para fechá-las. "Não… *tênis*", disse ela, mordaz, enquanto a Torre Norte (a primeira a ser atingida, a segunda a cair) dobrava-se sobre si mesma; e lá estava Nova York debaixo de sua pele de carneiro suja de fumaça grossa como giz.

PARFAIT AMOUR

"Tudo bem." Ele tirou o envelope do bolso da camisa. "Agora você vai precisar ser bem camarada comigo, Elena, e sábia também. Sei que você é ambos. Preciso de sua orientação. De seu conselho."

Isso foi em 2001, então sua esposa era ainda mais jovem do que seria em Saint-Malo.

Ela disse: "… Vá em frente então".

Ele se lembrou de um conselho de um romance de Kingsley: *em conversas com mulheres, nunca mencione o nome de outra mulher, a menos que seja para relatar sua morte* (*muito dolorosa*). Sim, mas isso foi no segundo dos dois romances francamente misóginos que ele escreveu depois que Elizabeth Jane Howard o abandonou ("Eu sou uma dissidente", Jane disse uma vez, tranquilamente, ao enteado). Para ser honesto, Martin achava que o conselho de Kingsley tivesse suas aplicações; porém não estava preocupado com Elena, tão avançada e evoluída (mais nova quase uma geração), e, talvez com um toque de complacência, declarou:

"Elena, quando se trata de ex-namoradas, sei que há três ou quatro das quais você não gosta, mas há algumas que geralmente tolera. E outras de que você até gosta. Não é assim? Você gosta de algumas e não gosta de outras?"

"Não. Você odeia todas."

"É mesmo?", ele perguntou e riu baixinho (da derrota instantânea de todas as suas expectativas). "Você me ouviu falar de Phoebe Phelps…"

"A do sexo."

"Grosso modo." Embora agora que ele tenha refletido sobre o caso, ela era, no fim das contas, mais a do sexo. "É dela."

Elena disse: "Aquela que não queria casar nem ter filhos. Você chamaria isso de um verdadeiro caso de amor? A Phoebe?".

Marido e mulher ainda estavam à mesa. Bobbie, que dividia um apartamento com seu (meio-) irmão, foi colocada em um táxi, e os outros quatro, todos supostamente dormindo, estavam nos quatro quartos logo abaixo de seu escritório no sótão. Ele serviu mais vinho... Ao contrário de Julian (que escreveu um romance inteiro sobre isso) e de Hitch (que se viu cada vez mais vítima disso), Martin não sofria de ciúme sexual retrospectivo; nem Elena. Não tinham curiosidade sobre a vida amorosa anterior um do outro. Ele tinha consciência de certas preponderâncias masculinas (determinados pesos no tecido espaço-temporal dela), e era muito atento a qualquer suspeita de mau uso; mas não tinha curiosidade e fazia poucas perguntas. E Elena era igual.

"Um *verdadeiro* caso de amor?" Bom, nunca dissemos essas três palavras um para o outro, Elena (ele disse a si mesmo). Como você e eu tantas vezes dizemos. Você sabe as três palavras: primeira pessoa do singular, verbo, segunda pessoa do singular. "Não no sentido mais estrito."

"Então, apenas um desvio."

"Como se poderia dizer. Um casinho, uma digressão."

"Hum. Quanto tempo durou?"

"Cinco anos."

"Cinco *anos*." Ela ficou imóvel. "Não fazia ideia."

"Fazia, fazia, sim. Eu te disse pelo menos duas vezes. De 1976 a 1980. Com interrupções." Não muitas. Ele esperou. "Agora, o assunto em questão, por favor, Elena. Aqui. Leia, *recite*, como Alá instruiu o Profeta. Nossa, escute só." Ele se referia a um dos locutores do *Newsnight*. "Ele está dizendo que é tudo culpa nossa. E que é bem feito para nós, porra."

"Muita gente está dizendo isso. Como o Hitch falou que diriam."

"Hum, esse bando acha que Osama fez isso pelos palestinos... Agora prossiga, terrível rainha."

Ela se recostou e endireitou as folhas rígidas à frente. "Pronto? *Caro Martin. Vou te contar uma coisa que...*" Seus olhos focaram, depois dilataram. "Meu Deus, que caligrafia horrível."

"Ela também achava. E ficava mortificada."

"Não tem nenhuma consistência. É como uma daquelas cartas de chantagem com várias tiras impressas remendadas... Algo realmente horrível deve ter acontecido com ela quando era muito jovem."

De fato, Elena. Começou quando ela tinha seis anos, um velho padre chamado Gabriel a subornava a fim de que fosse para a cama com ele três vezes por semana, e durou oito anos... Ele, Martin, nunca contara essa história para ninguém, nunca, nem mesmo para Hitch. Durante toda a tarde ele pensara em contar para Elena, por seu poder explicativo; mas, como sempre, achou que fosse de uma violência incontrolável e exorbitante, como a fissão nuclear. Era grande demais.[5] Elena disse:

"Então. *Caro Martin, vou lhe contar algo que acho que você deveria saber. Agora tenho certeza de que você se lembra de certo dia em 1977, 1º de novembro, porque pelos padrões do 'mundo literário'* entre aspas, *foi um de seus momentos. Deixe-me refrescar sua memória!* ponto de exclamação." Elena, visivelmente, focou mais a atenção. "*Logo depois do almoço, sua antiga paixão, Lily, telefonou histérica e você decidiu sair correndo para passar a noite com ela. Preparei o jantar para Kingsley...* Para Kingsley? O que significa isso?"

"Veja, eu estava num período de babá do meu pai, para Jane poder tirar férias.[6] Na Grécia. Phoebe concordou em vir passar o fim de semana. Lily, Lily organizava um festival literário no norte. Algum velho poeta vomitou ou ficou doente ou realmente caiu morto no último minuto, e abriu uma grande lacuna no programa dela. Sábado à noite. Ela ficou desesperada. E eu não podia dizer 'não', podia?"

"Podia, sim. Muito imprudente dizer sim, eu acho. Muito precipitado mesmo. Você é louco? *Preparei o jantar para seu pai, e tudo bem, mas então ele... me perssuadiu a beber um copo de Parfait Amour.* Não sabe escrever *persuadiu*. O que é Parfait Amour?"

"Isso é significativo. Veja, Phoebe não tinha tolerância para álcool e raramente bebia. Mas tinha uma quedinha por Parfait Amour."

"O que é Parfait Amour?"

"Parfait Amour é um licor repugnantemente açucarado. É da mesma cor desse papel de carta e tem cheiro de ponche barato. Eliza talvez goste de um toque atrás da orelha. E é também a bebida favorita das *mamães*. De longe. Um copo disso e toda a personalidade dela mudava. Quer dizer, Phoebe mudava."

"Toda a personalidade dela mudava. Você quer dizer que ela ficava menos vagabunda."

Ele disse: "Muito bem, Elena. Não. Ela ficou mais vagabunda. Ficou uma *um pouco* vagabunda. E ela *não* era uma vagabunda". Ele pensou por um momento. "Verdade que ela tinha tendência a flertar, porém isso foi mais tarde. Phoebe era bastante decorosa em muitos aspectos."

"Ah, era, é? Seu pai sabia que beber fazia ela ficar mais vagabunda?"

"Hã, sabia, sim. Mas precisava ser Parfait Amour. Ele sempre foi fascinado por pessoas que não bebiam. Ele perguntou, e contei para ele."

"*Por isso*", continuou Elena, "*eu estava tão mal quando você voltou de sua missão de misericórdia*. Você contou para ele que ela passava mal com bebida?"

"Não."

"Você disse a ele que ela ficava mais vagabunda."

"Nossa. Não me expressei bem. Acho que disse para ele que ela ficava, sabe, relaxada. Mais receptiva... Agora, onde Kingsley conseguiu uma garrafa de Parfait Amour?, é isso que eu queria saber. Nunca vi à venda aqui. Ele deve ter ligado para um de seus amigos enólogos. Deve ter tido um trabalhão."

"... Novo parágrafo. *Então, como você pode imaginar, eu estava me sentindo agradavelmente lânguida, sentada ali em frente à lareira*."

"Romântico, não é? A luz âmbar, o Parfait Amour... *Seu pai então me passou uma cantada que durou meia hora*."

Na mesa em frente a eles, a babá eletrônica pigarreou educadamente; e surgiram as primeiras notas de protesto e angústia. Esses gritos de abertura sempre pareciam lhes dizer quanto tempo a visita teria de durar. Dez minutos, ele pensou.

"Você vai na próxima vez", falou Elena ao se levantar.

Ele se serviu mais vinho e lembrou.

Foi um desdobramento recente (e temporário) na vida de Phoebe, o Parfait Amour. Ela experimentou pela primeira vez no ano anterior, em 1976, sentada diante de Hilly e seu terceiro marido, em uma mesa externa de um restaurante na Andaluzia. Hilly pediu um copo e bebeu com todos os sinais de prazer quase insuportável. "Vá em frente, querida", disse ela. "Também odeio o gosto da bebida. Mas amo Parfait Amour. Hummm."

Phoebe concordou. E naquela noite, no hotel, Martin de repente estava na companhia de uma estranha sorridente e aquiescente (com QI drasticamente reduzido). Ela estava um pouco indisposta na manhã seguinte, é verdade, mas na hora do almoço a coisa já ficara no passado... Quatro noites depois, aconteceu de novo: o maldito *digestif*, seu andar sinuoso ao longo da sombra da praça de touros, encosta acima, a súcubo atordoada e ofegante no Reina Victoria; todavia desta vez ela passou o dia seguinte gemendo e suando no quarto escuro. No entanto, ele se viu comprando, discreto, um litro de Parfait Amour no duty-free do aeroporto de Málaga...[7]

Depois disso, ele induziu Phoebe a um Parfait Amour apenas uma vez, e ela ficou tão mal por quase uma semana que ele, relutante, desistiu dessa bebida, sóbrio, ou assim ele pensou, pelo trabalho interminável com as bandejas, as sopas de tomate, a torrada ligeiramente amanteigada, e por todas as recriminações. No entanto, ao despejar o Parfait Amour na pia da cozinha, sentiu-se satisfeito e orgulhoso de forma desconhecida. Seu senso de honra (ou de mínima decência) não estava totalmente extinto; ainda conseguia se contorcer e latejar...

Martin levantou-se da mesa de jantar, pegou uma garrafa de uísque, e então, achando que ainda tinha alguns minutos, saiu pela porta dos fundos para um cigarro estoico. Ouviu que Elena atravessava outra sala ao descer.

... Quando ele se preparava para voar para Newcastle (e pegar um trem para Durham), Phoebe o alcançou no corredor e disse:

"Então você vai."

"Phoebe, não posso deixar de ir. Ela é minha amiga mais antiga."

"Eu sei. Eu sei. Você está indo até a Muralha de Adriano para uma trepada de agradecimento."

"O quê?" Ela estava um passo à frente dele. "Como assim?"

"*Ora*. Você foi até John o'Groats para salvar a pele dela. Você estará no palco parecendo cavalheiresco e inteligente. Haverá um jantar. Ela é uma ex-namorada. Vocês dois estão em hotéis. Sem dúvida, haverá uma trepada de agradecimento."

Ele disse: "Lily e eu terminamos na universidade. Não vai haver trepada de agradecimento, juro. De qualquer forma, *obrigado* por cuidar do papai esta noite. Ele confia em você, Phoebe".

"... Não dá para acreditar! Você me prendeu aqui só para uma trepada de agradecimento!"

Ela recusou o beijo e ele se virou, abriu a porta e desceu o caminho do jardim com a mala.

"Eliza", ele disse (ele reconhecera naturalmente o choro de Eliza).

"Eliza", falou Elena. "Ela só queria reabastecer a água e uma conversa. Tudo bem. Você vai ter que cuidar da Inez." A esposa se acalmou. "Quando foi isso? Quantos anos ele tinha?"

"Ah, Kingsley tinha cinquenta e poucos anos."

"Quantos anos ela tinha? Quantos anos você tinha?"

"Eu tinha vinte e oito. Phoebe tinha trinta e cinco."

"Ah. Uma velha vagabunda. Não é à toa que não queria filhos", disse Elena (que tinha a mesma idade quando teve Inez). "Ela não se atrevia... Em que altura do relacionamento foi? Digo, de sua eternidade juntos?"

"Uns dezoito meses depois."

"Ela era muito atraente? Não tinha cabelo ruivo?"

"Não, castanho-escuro. À primeira vista, você diria que era morena. Não pálida. Tinha uma coloração meio enferrujada."

"Uma ruiva, em suma. Certo. *Seu pai então me passou uma cantada que durou meia hora. Nunca tinha visto nada parecido. Foi como uma enxurrada de elogios, e ele foi muito eloquente, sendo um poeta, é claro, e não apenas um contador de histórias.*" Elena deu um grunhido confortável e disse: "Então, uma cantada de poeta. Não de um romancista apenas. *A coisa correu bem, foi bastante indolor. Sem bullying e sem* choramingar. *Sempre gostei de seu pai, ele, por exemplo, sabia ser atencioso com uma mulher.* Novo parágrafo. *Bem, não preciso te dizer o quanto essa bebida em particular me deixa 'tolerante' e confesso que fiquei bastante tentada de certa forma. Ele ainda era bastante magro e bonito, então — e acima de tudo —, de longe, teria sido uma maneira até boa de compensar pela Lily*".

"Novo parágrafo. *Não consigo me lembrar de como ele formulou a proposta em si, mas nunca vou esquecer como tudo se desenrolou. Ele disse: 'É uma vaga esperança, eu sei. Mas quero que você se sinta segura com minha admiração'.*"

"Esse é o Kingsley, esse aí. Parece que escuto ele dizendo isso. É o estilo dele."

"E era o estilo dele", perguntou Elena, "drogar, estuprar e envenenar as namoradas dos filhos?"

"... Quando ele era mais jovem, a imprudência dele com as mulheres não tinha limite. *Muito* mais imprudente do que jamais fui. Vou te dar um exemplo. Você vai precisar se concentrar, Elena."

"Estou ouvindo", ela disse, relutante, e ergueu os olhos da página.

"Ok. Serei rápido. Hilly e Kingsley são convidados para jantar por alguns velhos amigos, digamos Joan e John. Ora, Kingsley está tendo um caso com Joan e ninguém sabe. E tem outro casal lá, Jill e Jim. Seria de pensar que Kingsley estava com as mãos ocupadas para manter mamãe no escuro e dar uma bolinada em Joan. Mas adivinhe. Ele vai e dá em cima de *Jill*."

"É... é bem ambicioso. E Jill está interessada?"

"Está. Então ele vai e tem um caso com Jill. Assim como com Joan. Ele fala sobre isso nos romances: com garotas, diz ele, eu era como um adolescente frenético. Veja, elas tendiam a dizer 'sim'. Ele devia se sentir infalível, invencível. Como o Alcorão."

"Deixe para lá o Alcorão... *No fim, eu disse: 'Olhe, Kingsley, o que é isso? Está tudo muito bem, mas você é o pai de Martin!'*" Novo parágrafo. Os olhos de Elena se arregalaram. *"Então ele* realmente *me chocou. Ele disse...*"

A babá eletrônica tocou novamente, não com a tosse preparatória, mas com um estalo convulsivo de alarme. Seguido por um lamento crescente.

"Inez. '*Você acha que eu estaria falando assim com você se fosse o pai de Martin?*'"

"Pare! Espere", disse ele, a caminho da escada.

"Por quê? Você já sabe o que ela vai dizer."

"Ainda preciso observar sua expressão", ele exclamou... Mas Elena já havia se acomodado e olhava em frente para ver o que mais estava por vir.

De fato era Inez, e ela começou como se pretendesse continuar; mas senti que ela não tinha resistência para me deter por muito tempo. E Inez logo se acalmou em meus braços, dava apenas um ocasional gemido fraco (só para me manter lá)... O filho mais novo, Gus, teve asma na infância, e todas as noites, durante dois ou três anos, eu administrava o remédio com o nebulizador elétrico, sessões em um quarto escuro que duravam uma hora e às vezes o dobro disso, com o menino por um fio, ofegando no colo. Então isso não era nada; e naqueles dias eu raramente ficava entediado ou assustado com a companhia de meus próprios pensamentos, nem estava agora, mesmo em 12 de setembro.

Com Elena, o ato da revelação completa sempre trazia algum alívio: a dificuldade, a ordem confusa de coisas, estava agora sob supervisão competente... Enquanto eu estava lá, segurando Inez, minha mente até se sentiu livre o suficiente para ceder a uma lembrança dura da época de meu casamento anterior: no crepúsculo circum-navegar de modo repetitivo a pequena rotatória no fim da rua, de mãos dadas com Gus (também então um menino de dois anos), que experimentava o primeiro par de sapatos de verdade, sapatos mesmo, do tipo que alguém mais velho e mais alto poderia usar; a cada dois metros ele parava e sorria com a cabeça para cima, os olhos fechados de exultação e orgulho.

O corpo embrulhado de Inez pulsou (um soluço silencioso) e ficou imóvel.

"Isso é besteira", Elena já estava dizendo quando ele voltou à cozinha. Ela carregara a máquina de lavar louça e secava as mãos com um pano de prato. "É *tudo* mentira. Não. É *quase* tudo mentira."

Havia certa leviandade trêmula em sua voz que o deixou em guarda. "Me diga no que acreditar. Vamos dar uma olhada e você me diz no que devo acreditar."

Ela se sentou. "Vamos lá... *Então toda a história veio à tona*, escreve Phoebe. 'História' está certo. '*Tudo remontava ao Natal de 1948 e a um lugar chamado 'Mariners Cottage'* entre aspas *perto de uma cidade chamada Ainsham. Escrevi direito?* Escreveu? A-i-n-s-h-a-m."

"Quase. É Eynsham com um E-y. E Marriner's Cottage é com dois erres e um apóstrofo. Chequei. Está certo assim. Ela poderia ter tirado tudo isso da biografia, mas, se tivesse feito isso, você pensaria que ela escreveria os nomes corretamente."

"Não necessariamente. Não se ela for esperta de verdade. *Kingsley e Hilly passavam por uma fase muito difícil. Ele estava apaixonado por uma aluna chamada Verna David. Lembra algo?* Lembra?"

"Ah, lembra, sim", disse ele. "Talvez uma ex-aluna daquela época. Mesmo assim. É, eu sei. Um grave abuso de confiança. Mas em 1948 havia meio que permissão para isso."

"Não apenas em 1948. Todos os meus professores me passaram cantadas e em todas as minhas amigas", declarou Elena. "Trinta anos depois."

"... Eu conhecia Verna." Seus primeiros anos foram cheios de Verna, e de seu marido também (e ambos eram presenças calorosas e bem-vindas). "Verna era brilhante e muito bonita. Foi uma coisa importante, mas de alguma forma ela nunca se desentendeu com mamãe. Verna estava no funeral de Kingsley. Eu apresentei você. Lembra?"

"Não. *Na véspera de Natal, seus pais tiveram uma briga feia e ele saiu com uma mala para a casa de Verna David. Então lá estava sua mãe sozinha para o 'feriado', sozinha com o bebê em um deserto de idiotas da comunidade.* O bebê era o Nicolas, certo? Que idade tinha?"

"Quatro meses. E naquela época, Elena, até o Ano-Novo, o mundo simplesmente se encolhia e morria. Você ficaria arrepiada se acontecesse agora: sem lojas abertas, sem luzes acesas. No Natal, a Inglaterra se encolhia e se apagava.

Elena estudava o envelope. O nome de Martin, sem selo, sem carimbo postal. "Ela entregou isso em mãos?... Sabe, talvez ela seja esperta *de verdade*."

"Como assim?"

"Ela sabe tão bem como eu o quanto você é crédulo."

"Hã?"

"Que você escuta. Que é impressionável. Facilmente influenciável."

"Hã?"

"Como é obsessivo. Você *é*. Ainda mais quando acontece uma coisa assim, um evento mundial, e você se acha o único realmente registrando. Se eu fosse ela, teria atacado hoje. Para te pegar enquanto você está em choque. Todo vacilante e condenado.

"Novo parágrafo. Ah, aqui estamos nós. Sozinha com o bebê no Natal. Em um paiol em algum lugar. Tendo sido abandonada pelo marido. *Então, não com surpresa, sua mãe decidiu retaliar. Bom para ela!* ponto de exclamação. *Do Inferno, ela mandou um telegrama para o poeta.*

"É", disse Elena. "Sua Phoebe escolheu o dia certo para isso. O dia seguinte."

3. Onze de Setembro — 2: O dia antes do dia seguinte

O SEGUNDO AVIÃO

Veja, agora, o registro fílmico daquela manhã. A cobertura ao vivo começa pouco antes das 8h46, e o que você vê é um surpreendente céu azul, violentamente brilhante. Sim, um céu azul forte, mas um céu inocente.[1] Um céu inocente, que mesmo nos piores sonhos nunca imaginara nada parecido…

Até as 8h46 daquela manhã, ou mais precisamente até as 9h03, os viajantes chegavam aos aeroportos americanos com atrasos vagarosos; e eles estavam bem. Para voos domésticos, pelo menos, não precisavam de identificação com foto; podiam ficar de sapatos e jaquetas, seus frascos de xampu não eram confiscados; caminhavam até o portão com familiares ou amigos que não viajavam, aparavam as unhas (se quisessem) com canivetes suíços, sem serem revistados, sem serem abençoados pela barra de segurança… Estavam no horário antigo e estavam bem.

O céu a zumbir no seu azul, o sol leonino ("Calor é o eco de seu/ Ouro", Larkin, "Solar"), o primeiro dos dois aviões (são ambos Boeing 767 que partiram de Boston), o seu rugido impossível de ignorar, seu mergulho aparentemente sem atrito na Torre Norte, "Puta *MERDA*!" É um acidente? Essa possibilidade, essa "teoria", teve vida curta: foi ruidosa e espalhafatosamente refutada dezessete minutos depois. E logo vemos o segundo avião chegando como uma vespa de desenho animado sobre a atarracada paisagem negra do centro da cidade.

O arquivo público tem apenas uma tomada do impacto do primeiro avião (com câmera na mão, repentina, instável); por sua vez, existem trinta ângulos diferentes para o impacto do segundo (isso fazia parte do plano de Osama). Alguns são profissionais de rede, outros são semiamadores, uns são silenciosos, alguns explodem em obscenidades gritadas, outros apenas vacilam...

"Então deve ser de propósito", diz uma voz feminina; "Então... é de propósito", diz outra voz feminina... "Isso é merda *terrorista*, cara", fala um homem afro-americano com decisiva convicção, exatamente às 9h03, vinte e oito minutos antes de o presidente Bush, falando da Flórida, dar voz com mais cautela à mesma opinião ("um aparente ataque terrorista"). Não, não é acaso, e com certeza não é duplo acaso...

E outra coisa. O que você está assistindo é a um assassinato em massa, mas também é um suicídio múltiplo. Frequentemente, vemos a morte ou suas consequências (*aviso: alguns espectadores podem ser sensíveis a...*), mas nunca vemos o suicídio. Não nos mostraram as atomizações dos "paraquedistas"; nunca vemos homens-bomba se autodetonando nem "operações de martírio": sobre o suicídio um véu é colocado de modo discreto.[2]

Houve muitos suicídios no Onze de Setembro. A esmagadora maioria era de saltadores (cerca de duzentos deles), e tratava-se de suicídios apenas nominais; eram pessoas que de repente precisaram escolher entre uma ou outra maneira de morrer. Essas figuras em queda livre representavam os limites externos do páthos e do desespero. E sem nenhum sentido: não estavam morrendo por qualquer motivo conhecido... Aqueles que controlavam o quarto avião, sua caixa-preta nos diz, passaram os últimos segundos (antes de abandonar o United 93 em algum pasto na Pensilvânia) entoando, hesitantes, *Deus é grande*. Não haviam encontrado o alvo designado. Imagine, então, o fervoroso coro no cockpit do United 175, cuja imolação (vista de trinta pontos privilegiados) foi inegavelmente triunfal e extática.

... Então ali estava um novo tipo de inimigo: sobrenaturalmente inovador, ousado e disciplinado, e sem medo de morrer. Assim nos pareceu, em setembro de 2001.

Eram 8h46, horário padrão do leste (EST), quando o primeiro avião atingiu a Torre Norte. Naquele momento, lá em Londres, eram 13h46 segundo o Greenwich Mean Time (GMT) ou, mais grandiosamente, Tempo Universal Coordenado (UTC), e eu olhava com admiração, orgulho e relativa inocência para a junta descolorida da minha mão direita. Sim, aquela minha ferida, recebida como eu disse em meados de julho (através do contato pouco enfático com uma parede de tijolos), ia maravilhosamente bem: olhe só a crosta do tamanho de uma moeda de dez centavos (não se poupe), com crista resiliente; em algumas semanas, com certeza murcharia ou simplesmente desapareceria, colocando-me no caminho certo para uma saúde manual perfeita. Sim, minha ferida estava prestes a desaparecer sem deixar vestígios mais ou menos no Natal ou mesmo no Halloween...

Alguém que trabalhava no quintal nos fundos da casa estava com o rádio ligado, e a voz alegre e balbuciante modulou de repente um tom de preocupação madura. Fui até a janela e escutei. Chegavam relatórios de que "um avião leve" havia "colidido" com um prédio em Lower Manhattan. Nesse ponto, as palavras foram encobertas e fragmentadas por dois geradores de ruído rivais da cidade (motosserra, alarme de carro), e depois de um tempo voltei para a mesa e para o caderno. No entanto, meu humor estava errado. O que significava que eu não conseguia entrar em contato com o romance que tentava escrever.

Então fui até a cozinha e liguei a chaleira e a TV. Acabara de marcar duas horas. Ali, diante de mim, na tela, estava algo que eu nunca vira: uma aeronave que parecia e se comportava como um animal, como um cruzamento entre um touro carnívoro e um tubarão preto como tinta, que parecia empinar com ânsia gananciosa antes de baixar a cabeça para a corrida urgente do ataque... É claro que era o segundo avião, e aquele solavanco que ele deu (pensei depois) foi um reflexo do piloto, Marwan al-Shehhi, ao ver a façanha de seu predecessor, Mohamed Atta. No último segundo antes do contato com a Torre Sul, com um floreio quixotesco, o segundo avião inclinou as asas de horizontais para quase verticais, um ângulo de talvez quarenta e cinco graus.[3] E logo ambos os edifícios teriam mandíbulas sorridentes de lanterna com fumaça preta oleosa espumando para fora.

Segundos depois, o telefone tocou. Era Dan Franklin, meu editor na Jonathan Cape, com algumas perguntas sobre uma coleção de ensaios publicada em brochura no início do ano. E por que alguém quereria saber algo sobre isso? A coleção (agora parecia assustadora) chamava-se *The War Against Cliché* [A guerra contra o clichê]. E quem se importava com clichê?

"Você está feliz com as citações? Eu queria a *LRB** na capa, mas eles..."

"Dan", eu disse. "Dois jatos de passageiros acabaram de colidir com o World Trade Center... Milhares de mortos. Ninguém sabe quantos milhares."

Liguei para casa enquanto observava a primeira torre cair. Elena ligava para casa também, a casa de sua infância, a casa de sua mãe em Lower Manhattan (e também havia a irmã e o irmão de Elena, ambos próximos). Conversamos longamente sobre organizar as meninas, fazer compras e ter o que era conhecido como uma noite tranquila.

Liguei para Washington DC e quem atendeu foi a secretária eletrônica, mas Christopher, me lembrei, estava na estrada em algum lugar no oeste. Washington DC também fora atacada pelo terceiro avião, que voava tão baixo, segundo uma testemunha, que parecia *rodar* para o Pentágono (e rodar a oitocentos quilômetros por hora). Dei outra olhada em Nova York. Manhattan mal era visível sob o céu imundo. Manhattan havia afundado.

Liguei para alguns amigos no SoHo e as linhas estavam mudas.

VAI EXPLODIR

Era terça-feira. E às quatro horas todas as terças (e todas as quintas) eu fazia aula de ginástica em Notting Hill Gate. Então pensei que fosse poder muito bem agir normalmente, parecia não fazer sentido faltar... Ao sair, tive outra breve sessão com minha ferida; a carapaça, a crosta protetora, não doía quando eu a cutucava, mas descobri que a área circundante ainda estava bastante sensível ao toque.

Assim, segui pelos paralelepípedos das cavalariças, passei por baixo do

* *London Review of Books.* (N. T.)

arco e saí para a rua. Início do outono, e nenhum clima digno de nota, nenhum clima para um lado ou para o outro. Ao passar pela escola primária na Elbury Avenue, diminuí a velocidade e lentamente parei. As crianças aproveitavam uma última farra no parquinho, e fiquei de súbito fascinado pela textura do barulho que faziam. Era o ruído da energia e da excitação ingênua; no entanto agora soava como pânico em massa: um crepitar irregular tão alto quanto seus pulmões eram capazes...

No cruzamento, de novo parei e fiquei lá por dois ou três ciclos do semáforo. Parecia um arranjo curioso com os carros: eles paravam e, com paciência, se agachavam na posição quando o sinal ficava vermelho, então se arrastavam mansamente para a frente assim que o sinal ficava verde.[4] De onde eu estava no meio-fio parecia quase literal, quase caprichosamente pitoresco, para atender aos ditames da cal, do ouro, da rosa. Um jovem de anoraque em uma bicicleta se aproximava, confiante, com o braço estendido, dramatizando sua firme intenção de virar à esquerda...

Os usuários da via ainda não tinham absorvido a outra lição daquele dia em particular. Essa lição era sobre a lamentável fragilidade de todas as proibições.

Depois de fazer meu pilates, quando agitei os braços, flexionei e balancei as pernas no ar e executei o "alongamento da meia" (para que você ainda possa calçar os sapatos aos oitenta anos), fui para o Sun in Splendor, como de costume, para me juntar a meus colegas de pub Mike e Steve, beber cerveja e fumar cigarros (um processo que Steve, o mais velho dos dois, chamou misericordiosamente de "retox") e jogar Knowledge. Não dissemos nada quando me juntei a eles, em 11 de setembro; nos comunicamos com sorrisos vazios e pequenos movimentos de queixo. Em seguida, encolhemos os ombros, pedimos nossas cervejas (como de praxe) e fomos para o tabuleiro vermelho-tijolo do Knowledge.

No Knowledge, você insere a moeda de uma libra e a tela se transforma em um mapa do mundo (vividamente modelado em Risk, um dos jogos de tabuleiro mais viciantes de minha infância); você avança de um ponto de partida designado, Polônia, digamos, ou Peru, e tenta invadir países contíguos respondendo a três perguntas de múltipla escolha (e no processo ganha um pequeno prêmio em dinheiro). Depois de meia hora, e de muito fracasso, estávamos prontos para completar a conquista de Irkutsk (no valor de duas libras) e tínhamos apenas mais uma pergunta pela frente. Agora a tela dizia:

Quando ocorreu o cisma entre sunitas e xiitas na história islâmica?

a) Depois do Acordo Sykes-Picot em 1916.

b) Depois do Decreto de Alhambra na Espanha, em 1492.

c) Depois da morte do profeta Maomé em 632 d.C.

Nenhum de nós fazia ideia. Que cisma? O que era xiita e o que era sunita? E lembre-nos: quem exatamente foi o profeta Maomé? O tempo estava passando, assim conferenciamos apressadamente: 1916 parecia muito recente, 632 muito antigo, então optamos por 1492. Errado... Um bom tempo depois, já na terceira rodada de bebidas (e cerca de vinte e cinco libras mais pobres), a pergunta reapareceu (as perguntas reapareciam com bastante frequência); e dessa vez fomos para 1916 e Sykes-Picot. Errado de novo.

"... Então, já faz um bom tempo", concluiu Steve.

"É, eles devem ter feito isso logo de cara", disse Mike. "Não perderam tempo."

A TV, em seu poleiro acima do bar espelhado, não estava silenciosamente devotada a sinuca, golfe ou dardos, como de costume. Na tela, vimos o buraco sulfuroso no flanco do Pentágono. Essa imagem foi então suplantada pela beleza sacerdotal e cerimoniosa de Osama bin Laden.

"Bom. Uma coisa a gente sabe", declarou Mike. "Agora vai explodir."[5]

"Agora explode", disse Steve.

E concordei que agora definitivamente tudo ia explodir.

HANIF E O GRANDE MAR

No caminho de volta para os antigos estábulos (para me refrescar antes de ir para casa), parei na Hanif's Service Store, na Portobello Road, para comprar um maço de Golden Virginia. Hanif, o proprietário-gerente, tinha vindo da cidade de Gujarat para a Grã-Bretanha quarenta anos antes (havia e há mais muçulmanos na Índia do que na República Islâmica do Paquistão, e o pai de Hanif era um deles). Ele e eu conversávamos com regularidade, no estilo caloroso, cortês, um tanto literário, não, na verdade no alto estilo inglês, característico do subcontinente, então eu planejava dizer algo como *e aí, Hanif? Parece que mais uma vez os violentos estão levando a melhor, não é?* Mas havia outros clientes a serem atendidos e, enquanto esperava, peguei um *Evening Standard* (cuja primeira página nos confrontava com 9h03, 11 de setembro de 2001, e o momento de clímax cinético, quando o segundo avião atinge a Torre Sul em inflados paraquedas de chamas), não o exemplar no alto da pilha, que estava molhada e amassada, nem os exemplares logo abaixo dele, que estavam enrolados e úmidos; não, corajoso, agarrei a lombada de uma cópia no meio da pilha e tentei soltá-la...

Agora já era uma piada de família, a rapidez, o imediatismo, de minha reação a qualquer resistência por parte dos objetos inanimados. Já no domingo anterior, desci para o café da manhã e minha esposa e filhas (tentando não rir) me apresentaram uma nova prova. A prova A, desta vez, não era uma chave de porta torta ou um papel higiênico estraçalhado. Era o pote de sorvete reutilizável com o qual eu lutara brevemente para abrir na noite anterior. A tampa de plástico retangular apresentava cortes transversais feitos por uma faca de trinchar. Até Inez, aos vinte e cinco meses, passou a achar esse tipo de coisa engraçado. Em outras palavras, ao menor sinal de insolência muda do mundo não orgânico, eu recorria no mesmo instante à força sem nenhuma inibição.

Então, agora ao pegar aquele *Standard* empilhado e puxar para fora. Ao encontrar recalcitrância, seguida de intransigência. Meu murmúrio interno foi, como sempre, *que chatice. Para que isso?* E, com dedos sempre impacientes, sempre trêmulos (Eliza dizia que eram "muito frouxos"), me curvei, duro, meio agachado e puxei com toda a força.

Minha mão escorregou, voou, descontrolada, para o alto e enfiou o nó do dedo no suporte de ferro enferrujado da prateleira acima, a casquinha primeiro.

Hanif correu, abriu um pacotinho de lenços de papel. O sangue pontilhava, de forma constante e audível, a primeira página do *Standard*.

"Pronto, meu amigo."

"Obrigado. Obrigado." Suspirei. "Então somo minhas gotas..."

"... ao grande mar."

"Isso, Hanif. Ao grande mar."

Na cozinha de seu local de trabalho, ele lavou o ferimento na torneira de água fria durante vinte minutos. Lá fora, bem alto no céu, uma forma escura abria caminho através do ar incolor.

Era um pássaro? Não. Era um avião? Não, na verdade não. Era o Super-Homem? Ou talvez um dos inimigos do Super-Homem: o Coringa, Black Zero, Mr. Mxyzptlk...?

Osama desvendou um novo alvo: a sociedade humana (em todas as suas formas não corânicas).

... Martin sabia que pelo restante da vida nunca veria com os mesmos olhos uma aeronave voando baixo. E o que havia abaixo? Um lugar onde cada edifício era uma vulnerabilidade e cada cidadão era um combatente. Um lugar onde todos sonhavam que estavam nus.

E estavam.

4. Onze de Setembro — 3: Os dias após o dia seguinte

DON JUAN EM HULL

Elena deu um enorme bocejo e disse: "É meia-noite".

"É verdade, El. Agora é 13 de setembro."

"E estou cansada… Por que ela chama Larkin de poeta do Inferno?"

"… Não é no sentido de, sei lá… vizinho do inferno. Ele era o poeta do Inferno, com I maiúsculo. Ele morava no Inferno. Hull. Uma cidade portuária em Yorkshire, Pulc, onde a névoa constante cheira a peixe." Com a mão boa, Martin pegou a garrafa de uísque e serviu-se de uma dose grande. "Ele ainda não era de Hull, veja bem, não em 1948. Ainda trabalhava em Leicester."

"Quantos anos ele tinha nessa época? Era só bibliotecário?"

"Hum, e ainda não era poeta também, não como função principal. Ele tinha a idade de Kingsley, então uns vinte e seis. Mas era talentoso e dedicado. Já havia publicado dois romances."

Ela disse: "Como você".

"… Hum, é, agora que você falou." Ele bebeu. "Sabe, naquele estágio parecia que Larkin ia ser o romancista e Kingsley, o poeta. Se fossem alguém."

"Sua ferida está sangrando. Use o rolo." Ela retomou as páginas. "*PL,* como ela passou a chamar o Larkin, *chegou a Ainsham a tempo do Natal. E ele ainda estava lá quando Kingsley voltou com a roupa suja para lavar na véspera de Ano-Novo. Portanto, houve um Hogmanay desajeitado, mas no fim 'muito alegre'*. Entre aspas. Entendo. Ficaram todos bêbados."

"É, se é que tinham dinheiro. Eram muito pobres. Eu fui um bebê sem um tostão."

"*Kingsley disse que soube no mesmo instante que tinha acontecido algo. Ficou francamente aliviado porque isso meio que equalizava a culpa. PL se despediu em 2 de jan. e K e Hilly, depois de um interlúdio discreto, voltaram ao normal. Nesse ponto, eles descobriram que Hilly estava grávida. De você, Martin. E Kingsley não encostava um dedo nela desde novembro.*

"*Eles concordaram que nunca diriam nada para PL.* Que teria ficado horrorizado, você não acha? Odiador de crianças como ele era?... *E a vida continuou.*

"*De qualquer forma, esse foi o relato de Kingsley. E é claro que ele me fez jurar sigilo absoluto. Bem, esse juramento eu considerei anulado no momento em que vi o obituário dele. Há seis anos me pergunto quando seria melhor contar a você e assim me livrar desse fardo terrível.* Ah, com certeza... *Já me sinto melhor.* É, aposto que sim.

"Novo parágrafo. *Ouvi-o falar e respondi com firmeza: 'Sempre pensei em você como o pai de Martin, então o tabu ainda existe e não posso fingir que não. Desculpe o desapontamento, mas aqui estamos nós'. Ele foi um perfeito cavalheiro, como eu disse. Depois assistimos ao noticiário e ele tocou um pouco de jazz, você ligou e fui para a cama (já estava passando mal do Parfait Amour).*

"Estamos chegando ao último pedaço. Nossa, que coisa confusa... essa caligrafia é positivamente horrenda. *Que azar, companheiro. Bastante confuso, não? Ainda assim... não o leiteiro!* ponto de exclamação. *Não o leiteiro. Apenas o babaca infernal. Atenciosamente, Phoebe Phelps. PS. Partiu-me o coração ouvir falar da pobre e querida Myfanwy. Você deve se sentir tão culpado...*

"Três pontinhos. Fim."

Ficaram um tempo sentados em silêncio.

"Elena, qual deles está mentindo? Ele estava mentindo? Ou ela está mentindo?"

"... O mais provável é que os dois estejam mentindo. Ele mentiu para levá-la para a cama. O que sem dúvida fez de qualquer maneira, sem mentir, sem se esforçar de jeito nenhum. Ela mentiu sobre isso. E está mentindo agora."

Ele gesticulou com a mão enfaixada. "Espere. Me dê um momento para..." Nesse momento, a máquina de lavar louça ganhou vida. "Sabe, parte disso tudo é plausível: o material sobre 1948. Ok, circunstancialmente plausível. Mas plausível também na esfera psicológica."

Elena o ponderava com ceticismo. Ele continuou:

"Veja, mamãe sempre admirou e respeitou o Philip. Olhava as *Cartas*. De Kingsley. Ela se vestia... ela precisava de alguma persuasão, mas vestia baby-dolls, e Kingsley tirou fotos e as mandou para Hell. Hull. Não. Leicester. Ah, sim. E mamãe acordou uma vez dizendo que sonhara que Philip lhe dava um beijo. Não sei. O animado Hogmanay* soa verdadeiro. Kingsley não teria se importado tanto. Ou nada."

"Porque ele estava bêbado."

"Não... porque ele era gay. Para Larkin, Kingsley era um pouco gay. E você sabe como isso funciona. Assim como Hitch aprovava que eu dormisse com qualquer garota com quem ele dormiu."

"... Por que Phoebe quer que você saiba disso?"

"Hull não tem fúria... Existem outros assim", ele continuou vagamente. "Hull são os outros. Don Juan em Hull. A estrada para Hull está repleta de boas intenções."

"Você *algum dia* sentiu desprezo por ela?"

"Pela Phoebe? Você quer saber se eu disse 'não' para ela? Não." Claro que não. Está brincando? No entanto, é claro que ele se lembrou: a escada, o banheiro, os seios fartos. "Sim, eu disse sim. Uma vez. Muito mais tarde. Depois que acabou."

"Bom, é isso. E tinha a Lily. Você não está vendo o óbvio com a Lily. Você *confina* Phoebe durante uma noite sozinha com seu pai, enquanto vai para Durham para resgatar uma ex. Nossa! E não me diga que ela não te recompensou. Nem preciso perguntar. No geral, porém, sua consciência está limpa."

"Mais ou menos. Ao longo dos cinco anos. Mas eu terminei... para me casar com outra pessoa."

"Houve alguma sobreposição?"

"Não. Teria havido se eu não tivesse dito 'não' para ela. Daquela vez."

* A noite de Ano-Novo na Escócia. Antes, a brincadeira é entre Hull e *hell* (inferno). (N. T.)

"Tudo bem." Elena teve um arrepio de rejeição. "O que fica provado é, no máximo, até onde seu pai chegaria por uma chance de trepar. Agora você entendeu direito." E o copo dela caiu em cima da mesa, como um martelo de juiz. "Estou falando sério, Mart. Essa moça conhece você e acha que pode brincar com sua cabeça. Como se você fosse um rato de laboratório. *Não deixe*."

Ele ergueu as palmas das mãos e disse: "Vou tentar".

"Vai tentar? Ouça. Pergunte para sua mãe! Ligue para ela amanhã e pergunte para ela."

"Não posso perguntar por *telefone*." Nem pessoalmente, pensou ele. "Não. Mamãe só cometeu adultério mais de dez anos depois. E isso nunca combinou com ela. Era uma menina do campo. Tinha vinte anos. Não. A ideia de ela ser, hã, consolada pelo Larkin com o Nicolas fungando no berço. Não, não acredito nessa parte nem por um minuto."

"Jura? Você percebe que nem uma vez você... Você sempre o chama de pai. Mas não fez isso nem uma vez esta noite. Chamou de Kingsley."

"É mesmo?" Ele se mexeu na cadeira. "E quanto ao pai *dele*, do Larkin, aquele velho fascista imundo do Sydney? Fico suando frio só de imaginar o horror de ser um macho Larkin. Você teria que se parecer muito com ele também. Pense só."

"Pois então. Você é a cara de seu pai. *Idêntico*." Essas foram as palavras dela. Mas aí ela franziu a testa e o encarou com seu olho estético, seu olho genealógico, traço por traço (e Elena, ao falar de primos e velhos amigos da família, parece que dizia coisas como *ela tem o lábio inferior da avó* ou *ele tem os lóbulos das orelhas do tio-avô*). "Não. É com ela que você se parece. Com sua mãe."

A OBRA OCULTA DOS DIAS MONÓTONOS

Senti sua magnitude concussiva: o Onze de Setembro parecia destinado a ser o evento de maior importância de minha vida. Mas o que isso quer dizer? Para que seria?

"Os principais itens de evidência", disse Christopher ao telefone de Washington DC, "são as *fatwas* emitidas por Bin Laden em 1996 e 1998. E ambas são papagaiadas religiosas, com algumas queixas mais ou menos inteligíveis listadas aqui e ali."

Eu disse: "De agora em diante, Osama deve deixar os intelectuais apresentarem seu caso. Que porra está acontecendo com a esquerda americana?".

"É, eu sei. Do que ela gosta numa doutrina que é, digamos, racista, misógina, homofóbica, totalitária, inquisitorial, imperialista e genocida?"

"Talvez os marxistas gostem de linha dura com a usura. Nossa, vamos pensar em coisa mais leve. Me fale de Vidal e Chomsky. Conheço o Gore, mas você conhece os dois."

"Hum, bom, o Gore tem esse lado dele. Lembra-se daquela conversa-fiada sobre FDR estar em Pearl Harbor? Se alguma teoria da conspiração trair os Estados Unidos, Gore assina embaixo. Com o Gore, é só uma postura idiota. Já o Noam, lamento dizer, é sincero. Ele simplesmente não gosta dos Estados Unidos. Na opinião dele, foi um desastre sórdido a começar por Colombo. Ele acha que os Estados Unidos são apenas uma má ideia."

"Uma má ideia? Pode-se questionar a prática, mas é uma *boa* ideia."

"Concordo. Se o Gore é viciado em conspirações, o Noam é viciado em equivalência moral. Ou nem mesmo isso. Ele acha que o Osama é um pouco mais moral do que nós. Como prova, nos lembra de que bombardeamos aquela fábrica de aspirinas em Cartum. Que matou um vigia noturno. Precisei apontar para ele que não bombardeamos prédios de escritórios lotados com jatos cheios de passageiros."

"... Bem, continue assim, Hitch. Você é o único esquerdista que tem algum caráter. É seu sangue de forças armadas, o sangue da Marinha Real. E você ama os Estados Unidos."

"Obrigado, Little Keith. Amo, sim, e com orgulho."

"Sabe, o que não consigo superar é a dissonância. Entre meios e fins. A intrincada praticidade do ataque, a serviço de uma coisa tão..."

"O realismo benthamita [de Jeremy Bentham] a serviço do totalmente irreal. Um califado global? O extermínio de todos os infiéis?"

"A situação toda é como um ferimento na cabeça. Última pergunta: estão me chamando para jantar. Vai ter mais alguma coisa?"

"Talvez seja só isso por enquanto. Mas provavelmente é apenas o começo. Veremos."

O que vimos no dia seguinte foi a entrega da primeira carta com antraz. E nesse ponto o glamour oculto de Osama atingiu o apogeu. Era como se seus boateiros e intrigantes estivessem por toda parte, e dava quase para ouvir os sinais cronometrados de suas hienas e corujas guinchadoras, e corriam rumores como numa caverna cheia de morcegos.[1]

Haveria uma guerra, ninguém duvidava disso.

... "A obra silenciosa dos dias monótonos": esse pentâmetro em prosa é do conto autobiográfico de Saul Bellow "Something to Remember Me By" [Algo para se lembrar de mim]. Ele se refere aos momentos em que sua vida cotidiana parece comum, mas seu submundo, seu espaço mais íntimo, lida confusamente com uma ferida (para Saul, aos quinze anos, a ferida era a morte iminente da mãe), e tem muito trabalho silencioso a enfrentar... As populações do Ocidente estavam por ora mobilizadas de outra forma, com a inevitável intervenção no Afeganistão; ocupadas; e a obra silenciosa que tanto precisava ser feita teria que esperar por dias monótonos.

Um ato de terrorismo preenche a mente a tal ponto como um air bag disparado sufoca um motorista. No entanto, a mente não pode viver assim por muito tempo, e você logo sente a volta da tagarelice mental familiar: outras preocupações e ansiedades,[2] outras afiliações e afetos.

Como todo mundo, processei muitas reações ao Onze de Setembro, mas nenhuma se mostrou mais difícil de entender do que a de Saul Bellow. De alguma forma, eu simplesmente não conseguia aceitar.

Não houve dificuldade em entender Pat Robertson e Jerry Falwell (escroques chaucerianos do Cinturão da Bíblia), que disseram que o Onze de Setembro era o castigo devido pelos pecados dos Estados Unidos (em especial por não criminalizar a homossexualidade e o aborto). Era um pouco mais difícil interpretar o que Norman Mailer dizia ao afirmar que o ataque seria salutar, porque apenas uma guerra incessante poderia manter a virilidade do homem americano... E mais rotineiramente atentei a todos os apaziguadores, os autoflageladores, os derrotistas e os relativistas da esquerda, bem como a todos os fanfarrões belicosos da direita; e consegui entender o significado de suas falas. Até mesmo as batalhas de Inez consegui distinguir vagamente.[3] Mas não a de Saul.

"Ele não consegue absorver."

"O quê?" Eu estava ao telefone com a sra. Bellow em Boston. "Não consegue absorver?"

Rosamund limitava a voz profunda a um sussurro gutural, então eu sabia que Saul devia estar em algum lugar da casa, a casa na Crowninshield Road. Ela disse:

"Ele fica me perguntando: *aconteceu alguma coisa em Nova York?* E conto a ele, na íntegra. Então me pergunta de novo. *Aconteceu alguma coisa em Nova York?* Ele simplesmente não consegue aceitar."

E também não consegui assimilar essa notícia sobre Saul.

Dois anos antes, Saul havia gerado um filho (estabelecendo algum tipo de recorde) e sua saúde somática parecia imponente (Rosamund ainda o descrevia como "lindo"); mas o fato é que Bellow nasceu em 1915.

Durante algum tempo, houve uma inquietação relacionada à sua memória de curto prazo; e em março de 2001 Saul foi diagnosticado com provável demência "incipiente" (cujo progresso seria gradual e intermitente). Fui a Boston naquela primavera e estava presente na manhã de um exame importante; nós três almoçamos em um restaurante tailandês perto do centro médico, e pela primeira vez ouvi falar de Alzheimer.

Rosamund disfarçou, mas ela, pensei, estava (com razão e profeticamente) alarmada. Saul estava reticente, porém, ao que parecia, imperturbável; era como se ele tivesse tomado a decisão de não ser intimidado. Faria oitenta e seis anos em 10 de junho... Um pouco mais tarde, em julho, os Bellow vieram ficar conosco em Long Island. Eu me convenci de que "todas as bolas de gude" (para citar o título de um romance que ele nunca terminaria) estavam "ainda em ação", até assistir ao nosso vídeo caseiro daquela visita, cheio de presságios.

Minha resposta habitual a diagnósticos desastrosos de amigos íntimos, como veremos, era de estudada despreocupação: doenças fatais, nessa visão de mundo, eram ameaças vazias, espantalhos, tigres de papel...

Mesmo assim, de volta a Londres depois do Dia do Trabalho, fiz um esforço para descobrir o motivo de tanto alarde: peguei alguns livros e tentei me concentrar neles. Todavia, no mesmo instante fiquei nervoso: o Alzheimer significava claramente o que dizia; Alzheimer *definitivo*. E eu, eu, que naveguei

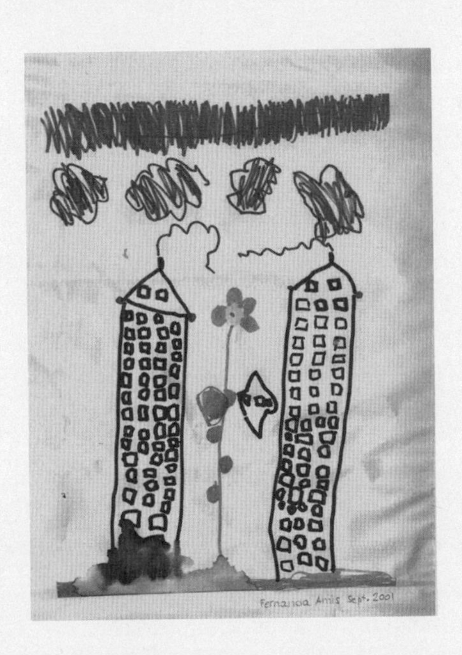

por bibliotecas inteiras dedicadas à fome, à fome-terror, a pestes e pandemias, ao armamento biológico e químico, às leprosas consequências de grandes inundações e terremotos, estava bastante incapaz de contemplar a demência em suas muitas variantes, vascular, cortical, frontotemporal e todas as outras.

Por quê? Bem, chame de culto universal da personalidade, chame de *autoridade carismática* do eu, o direito divino à primeira pessoa. E esse número uno em particular não acordaria uma manhã na Ucrânia de 1933 ou na Londres de 1666; mas qualquer um pode acordar com Alzheimer, inclusive este autor, inclusive você, leitor (e inclusive, sem dúvida, cerca de um terço daqueles que vivem além dos sessenta e cinco anos). Como sempre, eu era três décadas e meia mais novo que Saul. Mesmo assim e mesmo então, ler sobre o Alzheimer me aproximou da instalação do pânico clínico... A morte da mente: a dissolução mais sórdida, a traição interna mais sórdida, como na melhor das hipóteses é, mas essa é tão suja, estranha e aterrorizante.[4]

IRIS

Ora, acontece que a vida (de costume tão preguiçosa, indiferente e totalmente descomplicada) se desviou de seu caminho, nessa situação tão peculiar, para me fornecer um "controle", um ponto de comparação estável: se eu quisesse saber o que o Alzheimer pode fazer com um romancista brilhante, prolífico, erudito, ricamente inspirado e excitantemente de outro mundo, não precisava procurar além do exemplo de Iris Murdoch.

Iris era uma velha amiga de Kingsley. Quando universitários, ambos eram jovens comunistas de carteirinha, marchavam, agitavam e recrutavam, atendendo aos ditames de Moscou. E, mais tarde na vida, continuaram a se confraternizar enquanto cruzavam o chão (mais ou menos no mesmo passo) da esquerda para a direita...

Então Iris fora presença intermitente desde minha infância. A última vez que a vi foi em uma festa ou evento em 1995 ou 1996. Na imprensa, naquela época, divulgavam que ela sofria de nada mais sério do que um bloqueio criativo; eu não tinha motivos para duvidar dessa ficção educada e disse:

"Que terrível para você, Iris."

"É terrível. Ser incapaz de escrever é muito *chato*. E solitário. Sinto que estou em um lugar muito chato e solitário."

"Bloqueio de escritor: entendo disso." Sim, mas sempre apenas por um dia ou dois. "Não dá para fazer nada além de esperar."

Ela disse, assombrada: "Eu já tenho uma sensação de espera".

Continuamos conversando. Presente, como sempre, estava o único marido de Iris, o distinto crítico literário John Bayley (curvado em gentil comiseração). Quando estava saindo, coloquei a mão em seu pulso e afirmei:

"Agora, Iris. Não se permita pensar que é permanente. Não é. Vai desanuviar."

"Hum. Mas me vejo em algum lugar escuro e silencioso", disse ela, e me beijou na boca.

Isso pelo menos não mudara. Iris (que era irlandesa), quando gostava de você, te amava. Era assim que ela era. Até 8 de fevereiro de 1999, quando deixou de ser.

Não contente em me fornecer um instrumento de controle no exemplo de Iris, a vida, em setembro de 2001, de repente me dava um curso intensivo detalhado sobre o declínio posterior de Iris: no início do verão, Tina Brown (então editora da revista *Talk*) me pediu para escrever um artigo sobre Iris e, para esse fim, li os dois livros de memórias de John Bayley (*Iris* e *Iris and the Friends* [Iris e seus amigos]) e combinei de ir a uma estreia da cinebiografia de Richard Eyre, *Iris*. Portanto, não estava em posição de repetir a frase de Harvey Keitel em *Taxi Driver*: "Não conheço nenhuma Iris". Em princípio, eu sabia bastante sobre Iris e sobre o Alzheimer, ou assim se poderia supor.

... No fim da manhã de sexta-feira, 14 de setembro, fui para a sala de exibição da Golden Square. Nas ruas, os pedestres, os que iam e vinham, ainda davam a impressão de andar na ponta dos pés ou como sonâmbulos, um lampejo de contingência, ao passarem pelas butiques e pelos bistrôs do aromático Soho... John Bayley estava parado na porta; ao lado de umas dez outras pessoas, tomamos nossos lugares enquanto as luzes se apagavam.

Kate Winslet interpreta a jovem Iris, toda esperança, promessa e brilho. Judi Dench interpreta a Iris mais velha e cada vez mais abalada: a apreensão crescente e, em seguida, as sombras e nuvens quando sua mente começa a morrer. E logo depois você testemunha um espetáculo extraordinário: a "melhor romancista" da Grã-Bretanha (John Updike), ou "a mulher mais inteligente da Inglaterra" (John Bayley), encolhida em uma poltrona com uma expressão de supersticiosa reverência ao assistir... ao assistir a um episódio da série de TV pré-escolar, *Teletubbies*.

Esta é a Iris em um dia bom: Iris, autora de vinte e seis romances e cinco obras de filosofia, inclusive *Metaphysics as a Guide to Morals* [Metafísica como um guia para a moral]. E você pensa, ah, a tragicomédia da morte cerebral, o páthos abissal da demência... "Vai desanuviar", eu disse a ela em 1995 ou 1996. "Vai *dominar*", diz o jovem médico em *Iris*. E ele estava certo.

Quando as luzes se acenderam, constatei que os únicos olhos secos no local pertenciam ao professor Bayley. Talvez ele estivesse vendo o filme pela segunda vez; ou, digamos, pela terceira, em certo sentido. Tivemos só que assistir, mas John, além disso, teve que vivê-lo.

Com Saul não vai ser assim, repeti para mim mesmo, quase com desdém, durante todo o outono. Ele não conseguia "aceitar" o Onze de Setembro. Bem, quem poderia?

Não será assim com Saul.

"Hitch, quando isso tudo começou? O islamismo. Quando os muçulmanos pararam de dizer que *o islã é o problema* e começaram a dizer *o islã é a solução*?"

"Na década de 1920. Atatürk dissolveu o califado em 1924, proibiu a sharia e separou a Igreja do Estado. A Irmandade Muçulmana foi fundada quatro anos depois. *O islã é a solução* foi a primeira cláusula do estatuto."

Então perguntei a ele: quando a atenção jihadista se voltou do *inimigo próximo* para o *inimigo distante*? Quando mudou do Oriente Médio para o Ocidente?

"Acho que a data é 1979. Khomeini contra o Grande Satã. Ou 1989. Primeiro, o aiatolá provoca uma guerra épica com o Iraque. E, com isso fora do caminho, ele..."

"E quantos mortos? Li que o Irã perdeu um milhão. Será verdade?"

"Ninguém tem certeza. Mas foi prodigioso. E enquanto os cidadãos da Pérsia digerem isso, a perda de uma geração inteira *em troca de nada*, Khomeini procura um meio de "reenergizar a Revolução". Ou seja, recuperar alguma legitimidade. Ele precisa de uma *causa*. E ele pousa em... *Os versos satânicos*. E em nosso amigo."

"Hum. Khomeini disse que Salman recebeu um milhão de dólares dos judeus ao redor do mundo para escrever o livro... Como Salman chamava a *fatwa*?

"Se bem me lembro, ele disse ser o primeiro corvo voando pelo céu."

Um ou dois dias depois, Christopher declarou: "Me fale sobre a sensação por lá".

"Bom, fiz um evento outra noite. E pela primeira vez dava para mencionar os Estados Unidos sem que a sala congelasse. Em vez disso, recebia-se uma onda de simpatia e companheirismo. Acho que agora é assim em toda a Europa. Mesmo na França."

"É mundial. Houve vigílias à luz de velas em Karachi e Teerã. Ambas xiitas, claro. Os xiitas sempre foram um pouco mais legais que os sunitas."

Eu disse: "Um pouco mais legais... Os Estados Unidos estão bem-vistos na Grã-Bretanha por enquanto. Mas é claro que esse abrandamento não se estende a Israel".

"Hum. Estão dizendo que todos os judeus que trabalhavam nas Torres Gêmeas faltaram por doença no Onze de Setembro?"

"Não. Isso é coisa de conspiração. Na Inglaterra, como você sabe, o antissemitismo é apenas mais uma atividade do esnobismo. Embora empreste algum tempero ao seu antissionismo."

"Aqui é a mesma coisa. Parece que estou cercado por pessoas que pensam... Acham que Osama baixaria a calça assim que houvesse um país chamado Palestina. Ou no minuto em que levantássemos as sanções ao Iraque. Et cetera. Eles não entendem. Acho que Osama provavelmente perde o sono por causa daqueles 'diabos' de GIS que poluem Meca e Medina. No entanto, por ser secular, seu *casus belli* é sobre o fim da ascendência islâmica. O que o incomoda é que a hoste muçulmana foi derrotada às portas de Viena. O ano era 1683 e a data, 11 de setembro."

Mais para o fim da semana, ele perguntou:

"Mart, o que você odeia nos Estados Unidos? Não falo das guerras. Quero saber internamente."

"Ah, existe uma infinidade de coisas para odiar. *Os Estados Unidos são mais um mundo do que um país*: atribuído a Henry James. E são o melhor ponto de partida. Não dá para dizer que você ama um *mundo*... O que odeio no geral?" E comecei a lista de sempre. Racismo, armas, desigualdade extrema, saúde com fins lucrativos... Ah, sim, e a herança puritana. Não suporto o jeito que eles adoram dizer "tolerância zero". Significa "pensamento zero".

"Então tudo isso. Mas o que Osama odeia nos Estados Unidos não é o mesmo que nós. É o que amamos. Liberdade, democracia, governo secular, garotas emancipadas dirigindo *carros*, por favor."

"E muito sexo.[5] Eu estava lendo... no islã, ao que parece, Satã, *Shaytan*, é antes de tudo um tentador. Que sussurra ao coração dos homens, que são *tentados* pelos Estados Unidos. Afinal, um lado deles adora essas coisas."

"É, isso sem dúvida faz parte do combo. Como os Estados Unidos ousam ter a arrogância de atormentar os bons muçulmanos? Isso Osama não incluiu em sua lista de erros."

"Em relação a Osama, às vezes penso 'foda-se', tem tudo a ver com a ordem de nascimento. Quer dizer, décimo sétimo de cinquenta e três. É uma posição notoriamente difícil."

"E a prova viva de que o pai dele, o bilionário analfabeto, não era nada contra a fornicação. No islã, não há amor livre até você morrer. Aí é com as virgens."

"Com as virgens. E aquele vinho branco fresco que te deixa bêbado sem qualquer limitação ou ressaca."

"Hum, com certeza eu poderia usar um pouco disso. É, Khomeini tinha razão de chamar a vida, a vida real como a conhecemos, de *escória da existência*. Ah, nossa! Esta é uma luta sobre religião, Mart. Não deixe ninguém te dizer nada diferente. E essas lutas nunca terminam de verdade."

EQUINOCIAL

Era 26 de setembro e ele implorava em vão à esposa. Elena não enfraqueceu em sua determinação de ir para Manhattan (e para o Marco Zero).

"Não faça isso ainda, El. A qualquer momento eles vão começar a foder o Afeganistão. E então teremos outra Noite de Walpurgis em Nova York. Odeio quando você pega um voo sem planejar. Por enquanto, ainda não faça isso."

Ela perguntou: "O que eles vão fazer lá depois que matarem Osama?".

"Ah, mate o mulá Omar, o clérigo caolho, e assim continue a atacar o Talibã."

Elena e o marido, por sua vez, caminhavam ao entardecer pela Regent's Park Road, em direção a Camden Town e à Pizza Express. Eliza e Inez estariam esperando por eles (cuidadas por sua fiel babá, Catarina)... Ele olhou em volta e cheirou o ar. Havia uma instabilidade no tempo, úmido, vivo, rico, com uma ponta de algo inquietante e excitante, como um abraço bem-vindo, mas descuidado; o sabor também era familiar, embora ainda não pudesse dizer por que ou como. Isso viria para ele. Elena disse:

"Bom, estou de partida depois de amanhã. Desculpe, meu amigo, mas está decidido. Tenho que ir."

Depois de alguns momentos, ele deixou claro que aceitaria sua ida sem maiores reclamações. Ao mesmo tempo, consolou-se vagamente com a ideia de uma ou duas noites de sinuca e pôquer (e talvez uma noite de dardos com Robinson).

Ela disse: "Hã, como ficou a coisa com a Phoebe? Você sabe. Depois que você voltou do quiproquó com a Lily. Lá no norte".

"Ah." Eles viraram na Parkway e do outro lado da rua estavam as mesas ao ar livre e as luzes de lanchonete da Pizza Express. "Ah, superamos tudo de alguma forma."

No entanto, agora estavam lá dentro (e virando a esquina ele viu as pernas traseiras da cadeira alta de Inez). Houve cumprimentos, abraços e beijos, e foi quase igual, quase igual a antes.

"Quatro estações para mim", disse ele. "E você?"

"Americana apimentada", disse Elena.

Enquanto rolava a conversa fiada, mais olhando do que ouvindo, os pensamentos dele voltavam-se cautelosos e descontínuos, não para a noite de vergonha com Phoebe, mas para o que se seguiu: ou seja, o mês de vergonha com Phoebe. Durante esse tempo, ele se parecia muito com o Humbert Humbert na Parte Dois de *Lolita*.[6] À medida que você envelhece, é claro que se lembra do que pegava e fazia na juventude; lembra-se do que fez. Do que não consegue se lembrar é da temperatura da volição, do *eu quero*. Você recorda por que queria o que queria. Mas não consegue se lembrar por que queria tanto aquilo.

Chegaram as pizzas e, enquanto comiam, Martin juntou-se à conversa (um papo notavelmente desestruturado sobre os perigos enfrentados pelos sonâmbulos, especialmente os sonâmbulos que viviam em aviões, como Eliza planejava fazer um dia). Mas ainda não eram sete horas, e ele não estava com fome o suficiente, então avançou como pôde com o tinto da casa antes de sair para fumar...

Isso nunca o incomodou, na esfera moral: o que ele considerava a fase de transição ou do *blip* no tempo que passou com Phoebe. Todas as barganhas e contraofertas foram conduzidas com espírito febril, risonho, para não dizer levemente histérico; foi um alívio cômico da gravidade de uma infância destruída e, de alguma forma, permitiu que se desviassem... para seu paraíso terrestre... Martin apagou o cigarro com o pé e voltou para observar as garotas tomando sorvete.

* * *

"Preciso ver os escombros", Elena disse do lado de fora. Os outros tinham ido alguns metros à frente (Eliza abria caminho contra o vento). "Quero ver o que restou."

"Eles dizem que fede... Há um dístico de Auden pintado por toda a cidade. *O indizível odor da morte/ Ofende a noite de setembro.* E parece que tem mesmo cheiro de morte. E de computadores liquefeitos. Hitch diz que levou todas as roupas direto para a lavanderia."

"Quero sentir o peso do que caiu..."

Ele a segurou pelo braço. "Vai escrever a respeito?"

"Talvez." Quando Elena enfatizava a primeira sílaba de "talvez", como foi o caso, ela geralmente queria dizer "sim". "Vamos", disse ela. "Venha comigo até o zoológico, ida e volta. Vamos."

No portão do jardim da frente, separaram-se das filhas e caminharam em silêncio compartilhado até a borda norte do Regent's Park. O gosto do ar: não era local, ele percebeu, nem mesmo hemisférico ou terrestre. Sim, o equinócio, quando o dia e a noite se dividem em duas metades nas vinte e quatro horas; acontecia duas vezes por ano (na terceira semana de março, na terceira semana de setembro), assim que o sol cruzava "o equador celeste". Então, durante um interlúdio, você ficava sujeito não apenas à biosfera doméstica, mas também ao sistema solar e seus arranjos mais amplos. Isso explicava a chuva de flechas de memórias físicas? Você se sentia como um ser plurianual; e em vez de fazer você se sentir velho, como seria esperado, fazia você se sentir jovem, conectando-o precariamente a encarnações anteriores, aos seus quarenta, trinta, vinte anos, à adolescência e além, desde a experiência até a inocência... A Criança é o Pai do homem. Verdade, ó poeta dos lagos; e duas vezes por ano, em março, em setembro, o homem é o pai da criança.

... Parados nas grades perto da entrada do zoológico, ouviram esperançosos e ficaram ali o suficiente para escutar o ocasional relincho, guincho, rugido e barrido.

Começaram a voltar e, depois de alguns passos, Elena disse: "Por quanto tempo ela ficou brigada com você por causa da Lily? A Phoebe".

Ele se reajustou. Então respondeu: "Ela não ficou brigada. Mal mencionou o caso. Talvez ainda estivesse louca de Parfait Amour. Estranho, porque

Phoebe não era de perdoar e esquecer. Mas ela parecia ter deixado passar. Eu me pergunto por quê".

Elena apertou o braço dele e o fez parar. Ela nos colocou cara a cara, e estava pálida à luz da lua consciente. "Bom, agora você já sabe. Tudo resolvido, bobo. Ela já tinha se vingado: com seu pai." Elena balançou a cabeça. "Às vezes você é mais cego que um gatinho."

O BUEIRO

Em 7 de outubro, os primeiros mísseis de cruzeiro americanos atingiram o Afeganistão e, em 11 de outubro, Elena voou em segurança de volta para Londres; em 31 de outubro eu mesmo atravessei o Atlântico. A fim de passar alguns dias em Manhattan e depois pegar o ônibus para Boston. Claro que esperava ver o Christopher, mas ele estava na cidade de Peshawar, na fronteira entre o Paquistão e o Afeganistão, no começo do passo Khyber...

"Alguns estão realmente inflamados, no entanto ninguém mais do que o Norman." "Alguns", na frase, se referia aos romancistas de Nova York, e Norman era, claro, Norman Mailer. "Ele queria começar a escrever um longo romance sobre o Onze de Setembro em 12 de setembro."

Quem falava era um jovem amigo editor, Jonas. Bebíamos cerveja em um bar vazio na rua 52.

Eu disse: "A vontade logo passou, aposto. Norman é muito sábio quanto aos caminhos da ficção. Você já leu *The Spooky Art* [A arte sinistra]? Ele vai esperar. Uma coisa dessas leva anos para ser assimilada".

"Me disseram que o Bret" (Bret Easton Ellis, o autor um tanto despreocupado e inflexível de *Psicopata americano*) "está mudo. Por ora."

"Bom. Cada pessoa reage de um jeito..."

Jonas declarou: "Em nosso departamento de publicidade há uma mulher que faz os anúncios para a imprensa. Ela lê o livro, lê todas as resenhas, monta e organiza as citações. É a melhor nessa atividade, e tem oitenta e três anos. Completamente ativa. E sabe de uma coisa? Ela não consegue aceitar. Ela estava aqui, viu o que aconteceu. Todavia, não compreende. 'Não consigo aceitar', ela diz. 'É grande demais.'"

"... É grande demais."

Fui três vezes ao centro da cidade, até o que chamavam agora de a Pilha.

Minha esposa, em seu artigo,[7] escreveu que o Marco Zero a fez pensar em *um bueiro fumegante*. Um bueiro de catorze acres. Quando ela esteve lá, no fim de setembro, o arranha-céu duplo do WTC havia se transformado em *uma pilha de aço enferrujado e entulho* que subia até a altura de vinte andares (antes eram cento e dez). Agora, no início de novembro, a elevação média havia se tornado uma elevação baixa, mastigada na periferia por escavadeiras e várias outras dragas mecânicas e tratores...

"O inominável odor da morte" tinha se dissipado. Mais adiante, no poema de Auden, lemos:

Neste ar neutro
Onde cegos arranha-céus usam
Toda a sua altura para proclamar
A força do Homem Coletivo...

Na Pilha, o ar não era mais neutro (estava impregnado de chamas apagadas, eletricidade queimada e do sabor empoeirado de uma batalha perdida); mas a força do homem coletivo nunca foi tão palpável. Aqui, a lula colossal do *can-do* [fazer] americano, do *will-do* [fará] americano, estava totalmente ativa, com ferreiros, engenheiros civis, encanadores, cabeadores, caldeireiros, pedreiros, com especialistas em amianto, em isolamento, em chapas metálicas, montadores, caminhoneiros... Como milhões de outras pessoas, em todo o mundo, vi as Torres desabarem em tempo real; e diante de mim agora as centenas de capacetes testemunhavam o peso do que aconteceu.

... Rua 11 Oeste (eu estava hospedado na casa de meus sogros, na casa onde minha esposa foi criada): na esquina da Sexta Avenida ficava a Ray's Pizza; na esquina da Sétima ficava o Hospital St. Vincent's. Quando Elena esteve ali, ambos os prédios estavam cobertos com imagens de pessoas desaparecidas: ela leu *várias centenas de legendas datilografadas ou rabiscadas abaixo de um rosto inocente... "Por favor, ligue de dia ou noite se você tiver QUALQUER informação de QUALQUER tipo!!!!"* Elena escreveu:

> As notas nos dão muitos detalhes: esta filha tem uma verruga embaixo da nádega esquerda, este marido tem uma tatuagem de KO no braço esquerdo, como se estivessem vagando atordoados por algum lugar, sem saber quem são. Mas não estão. Somos nós que estamos vagando atordoados.

E os perdidos não serão encontrados. No total, três policiais, seis bombeiros e onze civis foram retirados com segurança da massa fundida da Pilha, que continha aproximadamente dois mil e setecentos cadáveres.

CHINATOWN

Como estava sua ex-namorada confiável? Phoebe perguntou, seca, no dia de seu retorno de Durham. Estava bem, ele respondeu baixinho. Lily estava bem em 1977 e estava bem em 2001. Encontraram-se para almoçar num sábado em Chinatown.

Como Elena (e como Julia), Lily era uma americana que passou grande parte da vida na Inglaterra. Ele a conhecia havia quarenta anos. Então falaram do passado, de seus casamentos e especialmente dos filhos, e não só do Onze de Setembro.

Ele não tinha por que invocar aquele episódio tão agradável, lá no norte. No entanto, continuou pensando nisso enquanto comiam. Após o evento público, o jantar e as bebidas no salão do hotel, foram para o quarto dela e seguiram os ditames da memória muscular. Ser fiel não vai fazer nada por mim (ele raciocinou brevemente): serei punido de qualquer maneira...

Agora falavam sobre alguns de seus ex-namorados, e ele disse: "Lembra da Phoebe? Eu nunca te interroguei, mas qual era sua impressão?".

"Bom, odiei a Phoebe no começo, é claro, por sua aparência e pela maneira como come. Mas depois gostei dela. Me fazia rir."

"É mesmo? Fico feliz, porque ela não se dava muito bem com outras mulheres. E você geralmente desconfia desses tipos que só gostam de homens."

"Ela me fez rir do almoço dela com Roman Polanski. Em Paris naquela época... quando foi isso?"

"Foi mais tarde. Acho que em 1979. Você sabia que o Roman nasceu em Paris?"

"É mesmo? E você o achou tão charmoso." Lily parecia furtiva e divertida. "Sabe o que aconteceu lá? Bom, quando você foi ao banheiro, ele passou a mão entre as coxas dela e disse: *Livre-se dele.*"

"... Que filho da puta sujo. O que ela respondeu?"

"Ela falou, ou ela disse que falou: *como posso me livrar dele? Ele está escrevendo um artigo enorme sobre você, e estamos aqui faz só cinco minutos*. Então Roman deu o número de telefone dele em um guardanapo e fez ela jurar que ligaria no dia seguinte."

"E Phoebe?"

Lily balançou a cabeça. "Foi o que perguntei para ela. E me lembro exatamente do que ela disse: *Claro que não. Ele tinha acabado de pagar a fiança por drogas e por sodomizar uma garota de treze anos. Talvez eu seja muito antiquada, mas acho isso* un peu trop*, não acha?*

Ele declarou: "Sabe, o Polanski insistiu que *todo mundo* quer transar com garotas novinhas. Os advogados, os policiais, o juiz, o júri, todos querem trepar com garotas novinhas. Todos. Eu não quero trepar com novinhas. Assim como não quero trepar com um coelho de estimação ou um cachorrinho".

"Mas caras como ele têm admiradoras, as garotas de treze anos."

"Creio que sim. Não, claro que sim. Aah, aquele baixinho filho da puta. Esperou eu ir ao banheiro, e então..."

Agora era a vez de Lily ir ao banheiro e, enquanto pedia a conta, Martin pensava naquele café da manhã na cama, no Durham Imperial, e na viagem de trem de volta: muitas horas para pensar nos últimos avisos e ameaças de Phoebe (Deus te guarde), que nunca se concretizaram. Então ele pagou.

"O que ela anda fazendo, a Phoebe?", Lily perguntou ao saírem.

"Outro dia encontrei por acaso a sobrinha dela. Ela disse que a Phoebe estava rica e desistiu de seu negócio em troca de um grande cheque."

"Qual era o negócio dela?"

"Nunca soube direito. Negócios, negócios. Corretagem. Ela se aposentou cedo. Com bônus. Negócios."

"Ela me deixou furiosa uma vez. Foi logo depois que você salvou minha pele em Durham. Phoebe me deu aquele olhar. Como Lucrécia Bórgia se perguntando como me esfolar viva. Daí ela jogou a cabeça para trás, riu e disse: *Ah, não importa*."

Lily foi para o sul e Martin caminhou para o noroeste, atravessou Chinatown e entrou em Little Italy. Os cheiros de uma dúzia de cozinhas diferentes, como Elena notara, e o som de uma dúzia de línguas diferentes: *Impossível não pensar que todo o Conselho do Talibã passaria despercebido andando pela rua Canal...* Atravessou o Houston, passou pela NYU, seguiu pela Broadway até a livraria Strand, depois virou à esquerda na Sexta Avenida. A Ray's Pizza não era mais um pretenso repositório (não mais um quiosque coberto de fotos e mensagens), mas o local de um santuário abandonado à beira da estrada, lembretes, despedidas rabiscadas e um pequeno amontoado de pétalas, folhas e caules.[8]

Roman Polanski, assim como o padre Gabriel, homens tão movidos a violação que só crianças serviam. Agora que Martin tinha as próprias filhas crianças, todos os seus pensamentos e sentimentos sobre Phoebe mudaram, foram completamente recombinados. Sempre imaginara que havia ponderado e avaliado o porte dessas emoções: o peso da traição precoce, o peso do que ruiu. No entanto, neste momento ele sabia que não *fazia a menor ideia*.

LONGAS SOMBRAS

O clima de todos os nova-iorquinos agora, como disse Elena, *é o de um enorme grupo de autoajuda: cooperativo, comunitário, socialista até.* Mas em 7 de novembro, no jornal, houve uma entrevista informal com um ativista de mentalidade cívica que todas as manhãs, durante oito semanas, ficou em pé em uma esquina próxima (com vários outros) segurando uma placa que dizia PEDRAS DE SANEAMENTO.

"Estávamos lá para aplaudir os caminhões de saneamento que passavam", disse ele ao repórter. "Mas ontem o caminhão passou e, quando aplaudimos, o motorista nos mostrou o dedo do meio. Então acho que aos poucos tudo está voltando ao normal."

* * *

E a Nova York normal ainda estava tumultuada. Numa tarde de segunda-feira bem azul, eu procurava um táxi na Sexta Avenida para me levar ao LaGuardia; sob um sol tênue, os homens e as mulheres ricos de Manhattan passavam por ali, ganhando e gastando em um espírito de devoção obstinada ao ganho. Ali era o Village, eu sabia, e não o South Bronx, mas ainda assim: sem brigas, sem mordidas e sem se importar com a grande gama de castas, cores e alfabetos. Todas as paixões e ódios da multidão, todas as fúrias amargas da complexidade, delegadas às feras de metal da rua: barbaramente impacientes, de pavio subumanamente curto, contorcendo-se e empurrando-se para encontrar seu lugar na Corrida do Ouro.

Saul não será como Iris, eu dizia a mim mesmo. Iris era um pouco maluca já antes (assim como John Bayley).[9] Saul não se limitaria a dizer "Onde está?" e "Preciso ir". Mas por que Saul não conseguiu absorver o Onze de Setembro? "A história do mundo", ele dizia, não solenemente, mas não sem seriedade, "é a história do antissemitismo." E havia muito antissemitismo entrelaçado com o Onze de Setembro.[10] Foi o *tamanho* do evento que o tornou incômodo, quando Saul tentou absorvê-lo. Era isso que eu continuava dizendo a mim mesmo.

Olhei para o semáforo vermelho à minha esquerda na rua 11. Parecia uma ilustração da revista *Time* de algum vírus ou bactéria digno de uma notícia, facetado como o olho de um inseto, cravejado de preto e ligeiramente peludo nas bordas...

Ao virar repetidamente a cabeça para o sul, na direção do centro da cidade (de onde deveriam vir os táxis), via aquele vazio insistente onde antes ficavam as Torres Gêmeas. Dava vontade de desviar os olhos da nudez indefesa do ar. Os arranha-céus nunca seriam os mesmos e os aviões nunca seriam os mesmos, e até o azul oceânico de Manhattan, tão intensamente carregado, nunca seria o mesmo.

Por fim, um certo Boris Vronski me conduziu ao aeroporto, a uma velocidade espantosa. Eu tentava ler, mas ficava olhando para cima e para fora...

O que exatamente o "islã político" tinha em mente? Hegemonia mundial e um califado planetário. Alcançado como? Necessariamente com a derrota de todos os exércitos infiéis, o britânico, o francês, o indiano, o japonês, o chinês, o norte-coreano, o russo e o americano, os exércitos infiéis, com seus porta-aviões e seus orçamentos de trilhões de dólares. O califado restaurado: se Deus quiser. Sim, Deus precisaria estar disposto. E capaz. Aquilo que o islã político tinha em mente não fazia sentido algum sem o armamento de Deus.

Terminei meu livro, *Warrant for Genocide* [Mandado de genocídio] (1967), de Norman Cohn, um estudo da mixórdia tsarista *Os Protocolos dos Sábios de Sião* (no Oriente Médio, um best-seller perene, ao lado de *Mein Kampf*). Então, voltei ao prefácio (acrescentado em 1995) e li:

> Existe um mundo subterrâneo onde fantasias patológicas disfarçadas de ideias são produzidas por vigaristas e fanáticos semieducados (notavelmente o baixo clero) para o benefício dos ignorantes e supersticiosos. Há momentos em que esse submundo emerge das profundezas e de repente fascina, captura e domina multidões de pessoas geralmente sãs e responsáveis, que então se despedem da sanidade e da responsabilidade. E ocasionalmente acontece que esse submundo se torna um poder político e muda o curso da história.[11]

No Delta Shuttle, desci, confirmei que o Trump Shuttle não existia mais e comprei uma passagem para o voo de quarenta minutos até Logan.

5. A França no tempo do Iraque — 2: Choque e Assombro

JED SLOT

Jed Slot estava no bar do hotel, dando uma entrevista. Ele próprio um abstêmio, Jed dava todas as entrevistas no bar do hotel, e eu tinha combinado fazer todas as minhas entrevistas lá também; mas enquanto as sessões de Slot duravam o dia todo e até tarde da noite, as minhas eram apenas na hora do chá (então eu chegava cedo e saía tarde, só para ouvir). A verdade é que eu adotara Jed como um novo hobby. Eu até o li.

"*Eh bien*. Agora me diga, por favor", começou o entrevistador (um sábio enrugado com um cachimbo Briar), "qual é a diferença entre o romance e o conto, isto é, em termos de composição, de práxis?"

"Bom, meu senhor", respondeu Jed, "o romance é mais extenso. Em contraste, o conto é mais sucinto."

... Os compromissos de Elena começavam às seis e meia; eu tomava uma cerveja rápida enquanto ela terminava seus preparativos no andar de cima (diante do espelho do banheiro uma última vez). Fiquei escutando:

"A exiguidade prescritiva chega ao ponto de invadir o nexo causal?"

Depois de um silêncio infeliz, Jed disse: "Desculpe. O que causal...".

Jed Slot era um jovem escritor americano de romances noir, mas seu último livro era uma coleção de contos noir (chamados *Court et noir*: curto e negro). Já um ícone menor nos clubes de livros do gênero em toda a França, Slot de repente se tornou o autor de um best-seller incontrolável que atraía a preocupação mais profunda dos críticos; e a súbita promoção de Slot levou seus editores a fazê-lo ir até Buffalo, NY... Com seus trinta e poucos anos, em um terno carvão ligeiramente datado, cabelos castanhos lisos repartidos de lado, nariz fraco e queixo fraco: Elena conversara duas vezes com Jed e o considerou *muito educado, mas estranhamente sem charme e inquietante*. Ela também observou que ele não sabia nada de francês, nem mesmo *merci* ou *bonjour*.

"Será que o processo de cristalização impele na direção da máscara? K-u-i?"

Jed consultou a capa grossa de sua agenda. E disse: "Desculpe, professor Boysghellin, mas o senhor poderia...".

"Boisgelin. Mas pode simplesmente me chamar de Jean-Ignace. Ou só Jean."

Mais animado, Jed falou: "Sinto muito, John, mas poderia explicar o significado dessa última palavra? Aquela com o K-u-i?".

"Não", disse Jean-Ignace, "kabuki: a influência xintoísta, mas despojada de seus enfeites, nem preciso dizer. Em outras palavras, monsieur Slot, o conto é mais abstrato, mais tropológico, se preferir, mais conceptualizado do que o romance?"

"... O conto é mais condensado do que o romance. O romance é, hã, mais extenso, mais..."

"Vamos *logo*", insistiu Elena de passagem. "Você está nos atrasando."

Ao ar livre, ele disse: "O Jed está sofrendo. Como sempre. Os entrevistadores falam inglês melhor do que ele, ou do que eu. E o Jed só tem uma coisa a dizer".

"Pobre Jed. Ele me falou que algumas duram duas, três horas. Ele está aqui até maio. Lyon em seguida. E é a primeira viagem dele ao exterior, além de Toronto."

"Elena", ele disse, ao parar e se afastar dela. "... Seria um desperdício de fôlego dizer como você é adorável, inteligente e jovem."

"Por que desperdício?"

"Você sabe o que quero dizer. É obvio. Até mesmo uma multidão de perseguidores de judeus antiamericanos consegue ver isso. A partir de si própria, você conta sua história."

Sim, e eles deram os braços... E isso o tocou de repente: uma sensação que já foi muito familiar, na verdade quase rotineira. E essa era a hora errada para isso: a sensação de acordar feliz.

Como resultado, ele se sentiu um pouco chapado. Sabe?, estranho à terra.

ALTO

"Imagine... Feche os olhos", disse o vendedor, "e vai ver os marinheiros de dois séculos atrás, lutando contra o invasor. Imagine."

E imaginei mesmo. Parado ali com o representante francês, Gilles (o sonhador, alheio representante francês), olhei para baixo através do vidro temperado de uma cabine no alto de uma das torres gêmeas do castelo eviscerado, que agora servia de centro de convenções, de salão de banquetes e, nesta semana de março, de sede do Festival HQ. Abaixo, os punhos e garras do cais estendiam-se para o Atlântico Norte, o ferro enferrujado com sangue e salmoura... Com um metro e sessenta e seis, eu ficava cada vez mais abaixo da estatura mediana (o holandês médio tinha um metro e oitenta). No Oeste desenvolvido, incluindo o Canadá, todos ficavam mais altos. Todos, exceto os americanos, e ninguém sabia por quê.[1] Mas eu teria superado os marinheiros guerreiros do século XIX, que eram do tamanho das crianças modernas de doze anos (e famintos e magros, ao contrário dos sessenta quilos das crianças de doze anos atualmente em circulação no Primeiro Mundo). Portanto, a pompa dos centímetros pode ter me tornado corajoso, pode ter me deixado mais inclinado a parar, ou momentaneamente impedir, uma bala de canhão por vinte cêntimos por dia. Eu começava a ficar fragilizado pela idade, e a ideia de *combate* abalou todo o meu esqueleto, como se todos os meus ossos fossem ossos esquisitos. Além disso, encolhia. "Mart, se você quiser crescer", disse meu irmão muito mais alto (isso foi no início da adolescência), "durma com as pernas retas." Tentei por alguns anos e não fiquei muito mais alto (nem dormi muito).

"Vamos descer?"

"Vá em frente. Prazer em falar com você, Gilles. Vou em seguida."

Elena estava em uma sala lateral ali perto, sendo entrevistada por esta mídia, depois por aquela e essa outra, então estaria sozinho, sem minha esposa: *ma femme, cicérone, et interprète*... Enquanto descia a escadaria de pedra, pensei em algo que li numa revista feminina elegante no Eurostar: *Quem desamarra a França da árvore e a ajuda a encontrar a calcinha toda vez que os alemães acabam com ela? Os Estados Unidos, é, sim.* Era um dos muitos artigos de uma edição especial inteira que endossava a francofobia em todas as suas formas. Outro artigo de reflexão, usando gráficos e estatísticas, argumentava que os franceses também eram desleixados e displicentes, acima de tudo: por exemplo, menos da metade dos homens trocava a roupa íntima todos os dias (admitia-se que as mulheres eram bem mais limpas: aquela calcinha que os Estados Unidos sempre a ajudaram a encontrar tinha chance muito maior de sair da gaveta). Na sala de recepção semelhante a um desfiladeiro, havia talvez trezentos deles, dos franceses. E por algum tempo vaguei por ali, tentando avaliar aqueles indivíduos com um olhar neuroticamente meticuloso (para a ocasião). E tudo bem, havia queixos não barbeados e cabeças com cabelos despenteados, e vários sorrisos largos revelavam ao longo da gengiva uma camada da sobremesa da noite anterior (geralmente *crème brûlée*). Mas o que importa? Eu era tão desleixado quanto os franceses, pensei, e admirava sua falta de interesse pela aparência. Isso os liberava para coisas mais elevadas, para as buscas delirantes da filosofia e da arte. Sim (decidi), a França pululava de poetas e pesquisadores — o censo de 1954 registrava a existência de 1,1 milhão de intelectuais declarados, com pensadores e sonhadores (como o representante da torre alta), com boêmios, em uma palavra. Em certas épocas e em certos estados de espírito (por exemplo, o presente) eu era um boêmio imperialista: os boêmios, eu acreditava, deveriam governar o mundo, marchando com espada e fogo para conquistar, colonizar e converter até...

Cheguei a uma área envidraçada, um conservatório interno ou estufa para os escritores franceses mais antigos, que estavam ali expostos, mas separados dos comerciantes, editores, especialistas, vagabundos de conferências e, claro, dos escritores franceses juniores. Agora parecia um daqueles lugares piedosamente reservados para fumantes, ainda encontrados em aeroportos, mesmo nos aeroportos americanos... Aquele ali era o J. M. G. Le Clézio? Ele era louro e bastante abatido e bonito. Em 1973, resenhei um romance de Le Clézio, *War* [*La guerre*, "a guerra" no original], e o texto estava fresco em minha cabeça porque o pegara recentemente. O *War* é um exemplo de *choiseisme*, ou coisaísmo; assim, o autor vagueia como um investigador do planeta Krypton (três páginas sobre um cartaz de loja de departamentos, quatro sobre um abajur)...[2] Os escritores franceses mais antigos, vidrados e carrancudos (eu sabia que entre os intelectuais franceses considerava-se banal não estar clinicamente deprimido). Eles achavam *alguma* coisa engraçada? Uma das coisas que não os fazia rir, com certeza, era a pretensão risível... Na novela brilhante e triste de Nabokov, *Coisas transparentes* (1972), a volúvel Julia leva o impassível herói, Hugh Person, à peça de vanguarda da qual todos estão falando: e quando a cortina sobe, Hugh "não fica surpreso ao se deliciar com a visão de um eremita nu sentado em um vaso sanitário rachado no meio de um palco vazio". Em outro lugar, Nabokov afirmou que todos os escritores que são bons são engraçados. Não engraçados o tempo todo, mas engraçados. Todos os romancistas britânicos duradouros são engraçados; o mesmo vale para os russos (Gógol, Dostoiévski e, sim, Tolstói são engraçados); e isso se tornou verdade para os americanos. Franz Kafka, o que quer que seu professor tenha dito, é engraçado. Escritores são engraçados porque a vida é engraçada. Aqui está outra coisa que é verdade: os escritores são os apologistas da vida. Os *romanciers de grimace*, os especialistas em desgraça, os exibicionistas de feridas, a multidão de eremitas nus e privadas rachadas cometeram um erro elementar, pensando que os escritores sejam os apologistas da vida... Dentro do zoológico de vidro, cada carrancudo estava acompanhado por uma jovem atraente. E isso era parte do problema. Em *Herzog*, o herói clama por um boicote sexual aos melancólicos profissionais, aqueles que sentiram que era seu dever rejeitar a "felicidade mundana, essa praga ocidental, essa lepra mental". "O mundo", escreve Bellow, "deve amar os amantes; no entanto não os teóricos. Nunca os teóricos! Mostre-lhes a porta." Sim, isso pode servir. Notei que um ranzinza, sem dúvida muito elogiado (corte de cabelo careca, bigode rico em nicotina, boca como um saco de doces meio vazio com pedaços de chocolate e caramelo) repreendia calorosamente a loirinha mansa ali sentada a seu lado, com punhos cerrados e cabeça baixa, contrita. Vamos, querida, pensei (enquanto garantia mais uma taça de vinho branco), preste atenção em Moses Herzog. "Senhoras, joguem fora esses miseráveis sombrios!"

Então Elena apareceu. Parecia combativa, autossuficiente e loucamente alegre. Não, ele não podia continuar fugindo daquilo, precisaria se sentar logo e encontrar uma definição de amor.

"Você está sempre dizendo que pareço loucamente alegre."

"Bom, você sempre parece", ele falou. "E é um tanto difícil não notar isso por aqui. Elena, vá lá e grite e gargalhe com J. M. G. Le Clézio."

"... O que você andou aprontando?"

"Eu estava caçoando dos romancistas carrancudos e mapeando meu romance de sorrisos. Já estou comprometido, Pulc. Isso já está mexendo comigo."

"Hum. Esse vai seguir o rumo de *A geração de merda*. Você não vai escrever nem uma palavra."

"Provavelmente falso. Já comecei... Espere. Escute. Vai falar de você agora."

"... *Et le vainqueur*", entoou uma voz amplificada, "*du Prix Mirabeau de la Non-Fiction est* Enterrez-moi debout: L'odyssée des Tziganes*!*"[3] [E o vencedor... do Prix Mirabeau de não ficção é *Enterrem-me em pé: A odisseia dos ciganos*].

"Cuidado agora", disse ele. "Lembre-se de que Jean-Jacques odeia Sam."

"Foda-se Jean-Jacques. Aqui está meu discurso", afirmou ela, entregando-lhe duas páginas xerocadas, "em inglês."

Outro beijo e ela se foi, avançou, subiu ao palco. Enquanto a observava avançar e subir, percebeu que uma pequena cesura se abrira em sua mente: ele sabia por que a França odiava os Estados Unidos, mas esquecera completamente por que os Estados Unidos odiavam a França. Elena estava prestes a lembrá-lo.

"*Bonsoir*", ela começou. "*En ce moment, les Français ne sont pas très populaires en America (et vice versa), parce que vous obstruez notre chemin vers la guerre.* Porque vocês obstruem nosso caminho para a guerra. *Mais vous êtes très, très populaires avec* cette *Americaine. Je vous remercie de tout mon coeur pour mon prix adorable...*" [Boa noite. Neste momento, os franceses não são muito queridos na América (e vice-versa) porque vocês obstruem nosso caminho para a guerra. Mas vocês são muito, muito queridos por *esta* americana. Agradeço de todo coração por meu prêmio adorável...]

Ela falou por mais cento e cinco segundos. Durante esse tempo, ele acompanhou a transcrição, mas também olhou em volta e observou a plateia no salão. O rosto dela, indiscutivelmente belo, preenchia meia dúzia de telas de TV, como um espírito tutelar eletrônico. E os sorrisos graduais dos homens e das mulheres ali reunidos mudaram aos poucos, de levemente relutantes a totalmente não relutantes, até mesmo sorrisos dos romancistas franceses mais antigos, ao reconhecerem o que era óbvio: uma fenomenal concentração de bênçãos...

Bem, uma coisa estava clara. Martin não tinha uma esposa ruim; tinha uma esposa que era um *embarras de richesses*. E os dois moravam, em harmonia, em uma casa de seis cômodos perto de Regent's Park... Então, o que era aquilo sobre suicídio? Mas se tratava de um fato; era inegável que ele sempre se perguntava por que todos, inclusive todos os seus filhos, até Inez (agora com três anos), não cometiam suicídio. Isso mesmo: cada vez que os via, ficava agradavelmente surpreso ao descobrir que ainda estavam inteiros. Bem, aqui estava ele na Terra Santa do contraintuitivo. No país de Gide, Sade, Genet e Camus, todos veriam de modo automático o sentido de seu psicológico *acte gratuit*.

Por que esses pensamentos, que, aliás, eram anteriores a setembro de 2001?

... Em 2010 ou por aí (muito depois de ter passado a fase), ele chegou a uma explicação, em parte trivial, em parte universal (talvez) e quase ofensivamente óbvia.

Ele tinha cinquenta e dois anos e estava em uma ponte levadiça abaixada mantida plana e esticada por correntes de aço polido, fumando e esperando pela esposa. Ah, aqui estava ela...

CHOQUE E PAVOR

"O romance é mais abrangente", dizia Jed Slot. "O conto, por sua vez, é mais, hã, mais confinado."

"Mas sim", disse o entrevistador de Jed, um ruivo nervoso e durão de sua idade, que brandia, trêmulo, uma piteira de trinta centímetros e um rosário com pingente. "O conto pode ser *plus pur*, não?... Hã, mais puro. A realidade, hã, a realidade, é *atomisé*, não? *Granulaire. Et deffracté*. Então, o conto é de alguma forma menos *compromis*? Menos, hã, comprometido do que o romance?"

Slot atacou. "O conto é menos *abrangente* do que o romance. Em um conto, você está mais ciente das limitações de espaço. Portanto, o conto fornece menos..."

Paguei os extras da conta e subi para pegar a mala, na qual Elena enfiava pares de sapatos perdidos. Eu disse:

"Que bom que Jed trouxe de Buffalo seu dicionário de sinônimos. Ele pode passar as seis semanas inteiras sem dizer *mais curto* ou *mais longo*."

"Não seja maldoso. Temos que nos despedir com muito afeto do pobre Jed."

"Sabe aquele cantinho lá embaixo? Eles têm seu livro e o meu, e a obra *completa* de Jed Slot, em francês e inglês. Realizei umas pesquisas enquanto você fazia massagem. E não há diferença alguma, exceto que os contos são mais curtos que os romances."

"E os romances mais longos que os contos."

"E vou te contar por que ele te deixou inquieta. Fisicamente inquieta. Ele odeia mulheres, El. Sempre que uma garota chega, seu tom fica todo estranho. Ele acha que friamente 'enxerga através dela', mas é tudo fantasia e paranoia. Muito impressionante."

Ela disse: "Não acho que ele *odeie* mulheres. É mais como um ressentido. Apenas sem sorte na esfera sexual... Bom, as coisas devem melhorar para ele. Agora ele é levado a sério".

"Talvez. É, talvez um pouco."

"Mas não por muito tempo. O problema é que ele ainda está enjoado e amargo. Reservei nosso táxi."

"É por isso que ele sente náusea suficiente para agradar aos franceses. Eles não se importam que os escritores sejam agressivos com as mulheres. Estranho, quando você pensa que o politicamente correto nasceu e se desenvolveu na França. Não se importam de Beckett dizer *então chutei a buceta dela*. Quando nosso táxi chega?"

"Não antes do meio-dia."

"O Hitch deve estar muito ansioso."

"Por que tanto assim?"

"Estamos quase chegando, Pulc. Faltam seis horas. Choque e Assombro."

* * *

Choque e Assombro era o apelido da doutrina oficialmente intitulada Dominação Rápida. A ideia, segundo filósofos militares, poetas militares e sonhadores militares, era induzir no inimigo um estado de desorientação histérica. O "engajamento de precisão" de alta tecnologia minimizaria as baixas civis enquanto infligiria "níveis quase incompreensíveis de destruição em massa"; as forças dos Estados Unidos também deviam estar prontas para desligar comunicações, transporte, produção de alimentos e abastecimento de água, caso em que a parte do Choque seria "nacional".

"Diante disso tudo", disse ele à esposa, "em que ponto eles vão sentir vontade de dançar na rua?"

"Pode ser que sintam. Chega de Saddam. Veremos."

Certos locais em Bagdá foram bombardeados em 19 de março. Vinte de março viu botas marchando, e a corrida começou. Em 21 de março seria a vez da doutrina Choque e Assombro, marcada para as cinco da tarde segundo o GMT.

E 21 de março era hoje.

"Você ligou para as judias?"

"Liguei", disse Elena.

"E elas estão bem?"

"Estão." As judias eram as filhas deles (além disso, eram consideradas judias pela antiga lei da matrilinearidade e podiam simplesmente entrar em Israel como cidadãs legítimas). Eliza e Inez também eram conhecidas como as ratas, os poemas, as bobas e as flores. "Certo. *Allons*."

Teria sido um conto melhor, e um pouco mais longo, se o Hôtel Méridien fosse uma cidadela de luxo bestial; na verdade, era um modesto três estrelas (representante de uma visão de modernidade dos anos 1950: o quarto deles parecia o quarto de hóspedes de uma escola politécnica de Sussex). Mas ele se despedia com grande pesar, iluminado apenas por esta verdade confiável: estar longe de casa faz com que o lar pareça exótico (e nessa fase as meninas pareciam quase de outro mundo). Ele queria voltar para casa, para sua mesa, porém não para seus silêncios e pensamentos circulares...

Enquanto Elena fazia a inspeção final, ele abriu a janela e enfiou a cabeça para fora: sob uma nuvem vasta e solitária (tênue e flutuante como cabelos ralos), sob um sol esquisito, pequenas figuras remavam, chapinhavam, pulavam, corriam... Lembrou-se de ser um menino que corria o mais rápido possível pela areia;[4] um ano ou dois atrás era capaz de se recordar disso com todo o seu corpo, mas agora apenas imaginava ou meio que imaginava. Aquele menino estava mais longe dele do que costumava estar, a correr pela areia, fugindo dele pela areia...

Ali fora, ouviu "os fracos protestos agudos dos banhistas distantes"; e recitou silenciosamente os versos finais do poema:

Se o pior
Do tempo impecável é não chegarmos lá,
Pode ser que, por hábito, eles se saiam melhor,
Ao vir para a água anualmente mal despidos;
A ensinar seus filhos por uma espécie
De palhaçada; e ajudar os velhos como é seu dever.

Estas últimas dez palavras. Quando as leu pela primeira vez (na coletânea *Janelas altas*, em 1979), tinha trinta anos; e considerou uma conclusão correta e digna; em março de 2003, viu sua soturna obstinação, e seus olhos se desviaram para a esquerda, para a palavra "palhaçada". Os velhos tolos, os velhos palhaços. Isso levaria anos. Mas chegava, mancando, cada vez mais perto...

O que você vê aqui é um homem na casa dos cinquenta anos. Seus cinquenta: a porcaria da Década de merda.

"Ora, hoje vamos ter que mudar de ânimo."

"Hã?", indagou ela, ainda olhando atentamente pela janela do táxi.

"Vamos deixar de ser contra a guerra e passar a ser a favor dela. Vamos torcer para o sucesso total e o melhor resultado possível. Para Joe e Tommy e também, claro, para Kasim."

"E Fetnab. Tudo bem", disse ela, e endireitou o corpo para procurar os ingressos na bolsa. "Combinado. Você não quer uma desgraça só para ganhar uma discussão."

"Exatamente... Ainda não consigo entender por que o Hitch está tão interessado. Afinal, é uma guerra, e guerra é um inferno. Ah, e adivinhe o que ele me disse ao telefone: falou que Hans Blix estava em ação! Agora, *como* o Hitch pode engolir essa? Imagine só. Saddam diz a esse venerável sueco: *Estamos rolando em armas de destruição em massa, mas fique de boca fechada e tome aqui dez milhões de libras.*"

"Precisamos chegar rápido."

"Eles também, Elena. Eles também. É o que chamam de Corrida por Bagdá."

CANÇÕES DE AMOR NA IDADE E NA JUVENTUDE

No trem para Paris, lento, lotado e amistosamente falante (cheio com todas as pessoas que conheceram em Saint-Malo), ele deixou de lado a leitura de férias (um livro sobre Verdun e a batalha que durou todo o ano de 1916) e tentou ser sociável; mas então uma manchete na capa de uma das revistas de Elena chamou sua atenção, e no mesmo instante Martin ficou absorto. O longo artigo não se preocupava diretamente com a morte em massa, embora os dias de seus *dramatis personae* estivessem, óbvio, contados. Não: era sobre a vida amorosa vivida de modo intermitente pelos ocupantes de casas de repouso.

Houve tempo, nas casas de repouso, em que os velhos e as velhas eram mantidos separados (em especial depois do jantar). Agora essa abordagem era considerada antiquada. Ora, hoje, nas casas de repouso na Dinamarca, havia projeções de pornô todo sábado à noite, e encontros amorosos eram cautelosamente encorajados. "Com muitos idosos frágeis", admitiu o repórter (repetindo as preocupações dos médicos), havia "risco de ferimentos graves"; e "questões de consentimento" podem ser complicadas quando uma ou ambas as partes são senis.

Pelo que Martin sabia, não havia nada a ser dito sobre vidas amorosas em casas de repouso; mas havia vida amorosa em casas de repouso, e essas relações pareciam ser o futuro. Seu futuro também. Então viu a si mesmo na sala de recreação a balançar a cabeça, oscilar, resmungar, babando; lá estava ele sentado, ao lado de sua namorada atual, enquanto assistiam às tatuagens agitadas de um vídeo adulto. Uma bochecha enrugada apertada contra sua mandíbula desossada, uma mão de caranguejo tremia em sua coxa murcha; e ele ficava maravilhado. Preocupado com lesões físicas graves; imaginando onde diabos guardara as pílulas de tesão; e sem saber se a namorada quis dizer "sim" quando disse "sim", e se ele queria mesmo o que pediu a ela.

O trem parou em um desvio pouco antes de Chartres. Anunciaram um atraso de quinze minutos, e pelo menos metade dos passageiros desceu para fumar (eram bons fumantezinhos, os franceses: outro vínculo boêmio). De novo ao lado de Elena, ele disse:

"Meu romance de sorriso malicioso está tomando forma. Vou precisar de sua ajuda com o título, El. Gosto de um tom rousseauniano. Que tal *Confissões de um gênio sexualmente irresistível*? É bem forte, concordo. Ou *Voyeur e garanhão: Suas confissões*... Sei o que está pensando. Está pensando que isso vai fazer com que todos me odeiem."

"Eles já te odeiam."

"Hum." No outono daquele ano, ele descobriria como isso era verdade, quando publicou sua décima primeira obra de ficção (que não era nem de longe um romance de sorriso malicioso). "Porém essa é a consequência inevitável dos romances de sorriso malicioso. Que tal algo mais simples? Mais direto e cara a cara. Como *Eu comi todas*."

Ela perguntou pacientemente: "Onde está o elemento genial em *Eu comi todas*?".

"Tem razão. Dá para consertar em parte se colocar meu nome em letras gigantescas. Mas você está certa. Preciso trabalhar mais no título."

"Você não começou de fato, não é?"

"Comecei, sim. No momento, estou cuidando da dedicatória. Que vai ocupar umas vinte páginas. Nomes de garotas em ordem alfabética. Olhe: Aadita, Aara, Aba, Abba. Começa a ficar divertido mesmo com as Abigails. Haverá dezenas. Quer ver? Abi, Abie, Aby, Abbi, Abbie, Abby. Vou terminar com algumas Zuzis e Zuzannahs, depois uma Zyra, depois uma nota em itálico dizendo *E todo o restante*. Ou talvez *E todas as outras, Deus as abençoe*."

"Nossa", disse Elena. "Leia aí seu livro."

Ele leu. Depois de uma noite de chuva, o solo de Verdun parecia a pele pegajosa de um sapo monstruoso. Então a batalha recomeçou, o céu uma nuvem de ferro e aço, o Mort Homme (como chamavam esse monte) um vulcão de sangue e fogo, o cheiro da morte mais espesso que o gás mostarda e as escassas rações de água contaminadas por carne podre, os ratos de trincheira inchados como exploradores de guerra, e moscas — enormes, negras e silenciosas — por toda parte. A Batalha de Verdun foi travada em uma faixa de terra um pouco maior do que os Parques Reais de Londres combinados (e, uma vez tomada, abriu graves riscos estratégicos). No entanto, a batalha, *l'ogre*, parece ter sacudido toda a direção humana. A Europa está louca. O mundo está louco. O homem está louco. Uma bala não era *nada*. O que você temia era seu corpo todo virar polpa: durante os bombardeios, a perna tinha medo, as costas tinham medo, seu sangue tinha medo.

E onde estavam os suicidas? Onde estavam?

CIDADE LUZ

"*Monsieur, s'il vous plaît. Donnez-moi*" [Senhor, me dê, por favor], eu disse, e ergui o dedo indicador e o polegar, "*hã, trois centimetres de vodka, avec, hã, deux de Campari, et... un de Vermouth rouge* [três centímetros de vodca, com dois de Campari e um de vermute tinto]."

"Hum", fez o garçom ao se virar. "Bebida muito *carra*."

"E que engorda muito", sublinhou Elena. "E muito nociva em todos os sentidos."

"Ah, vá, Pulc. Cá estamos na Cidade do Homem. Seu prêmio. Esta farra. É uma ocasião especial."

"É, sim. E seu enterro vai ser uma ocasião especial."

Em Paris, eles mudaram de estação. A capital passava por uma de suas greves silenciosas (porque os sindicatos franceses eram fortes, uma mera lembrança na Inglaterra), e assim o idílio de cinco dias dos Amis foi marcado por um intrigante engarrafamento de noventa minutos, anda e espera, anda e espera pelo vermelho, ouro e verde. Então, com reserva para um trem mais tarde, eles se sentaram em uma mesa de café pegajosa e frágil em frente à Gare du Nord.

"Elena, à sua saúde!" Ele bebeu. "Chamam também de Cidade Luz. No entanto, Saul insiste sobre a escuridão. Nebulosa, úmida..."

"*La grisaille*."

"Ele chamou Paris de uma das cidades mais sombrias do mundo.[5] Não me lembro dela assim."

"Eu me lembro. Fiquei arrasada aqui."

"Ora, você esteve em Londres, não foi? Londres não é só uma latitude pior? De qualquer forma, me lembro da luz aqui como pictórica. Sempre se pode..."

"Pictórica, o caralho."

"Foi o que Saul disse. A alegre Paris? Alegre, meu nariz. Mas Anthony, aquele pintor amigo meu, disse que nunca ficou tão triste aqui quanto em Londres, porque sempre dava para sair e pegar algo da luz."

"Comigo foi mais simples. Não conhecia ninguém nem sabia francês. Bom, sabia mais que o Jed, mas não dava para conversar em francês."

Ambos viveram em Paris durante os mesmos poucos meses em 1979-80, e no mesmo bairro (o latino). Nunca se encontraram. Elena, pelo menos a princípio, foi miseravelmente instalada na Place Saint-Michel. Enquanto Martin, cheio de dinheiro dos roteiros e escrevendo o quarto romance, alugava um apartamento que pertencia à ex-mulher de um astro de cinema italiano (Ugo Tognazzi), na Rue Mouffetard (que quase todo tempo ele repartia com Phoebe Phelps), perto do Panthéon. Ele disse:

"Seu discurso foi perfeito, e todos se apaixonaram *mesmo* por você. Você foi muito gentil com nossos anfitriões." Ele enrolou e acendeu um cigarro. "Impossível dizer o que estão passando, por dentro. Imagine. Uma grande nação guerreira. Carlos Magno, Napoleão. Eles foram muito melhores do que nós na Primeira Guerra Mundial. Mas foi *sauve qui peut* em 1940. E, então, a colaboração espontânea. O esforço conjunto, diante dos nazistas."

"Em outras palavras, se juntaram para me conquistar."

"É verdade, garota. Como forma de absorver a humilhação... Onde está aquela parte realmente sombria de Paris? A parte da luz vermelha e do garoto de aluguel. A parte cigana."

"Pigalle. E estamos nela. É logo do outro lado da rua. Olhe."

Ele olhou: os montes de lixo, o brilho de transgressão e perversidade...

"*Nostalgie de la boue*", disse ela. "Amor do lodo. O amor francês pela podridão."

"É, amor pela escuridão. Que os escritores daqui também têm. Estava pensando ontem à noite. Não há quase nenhuma obscuridade em nossa literatura, El. Tenho Lawrence, e você tem Kerouac, Burroughs e Bukowski, todos brindes da Paris de sua época. Aqui, escuridão é isso. Escuridão é a Grande Tradição. É a história e a consciência pesada deles. Na alma de todo escritor francês existe um..."

"Existe um Quartier Pigalle."[6]

"... É. Mas você está segura comigo, meu bem. Agora desfruta da proteção de meu orgulhoso sangue nórdico."

"Nórdico? Você quer dizer celta. Quer dizer seu orgulhoso sangue galês."

Essa era uma provocação frequente. Segundo Elena, ele "nasceu no coração do País de Gales" (em vez de Oxford) e pode remontar sua linhagem, em ambos os lados, a Owen Glendower, ou Owain Glyndŵr, que prosperou no século XIV.

"Não sou *Taff*. Não sou *Gael*. Sou um verdadeiro e leal anglo-saxão. *Pur*, Elena."

"Lembra-se do que Hilly disse sobre você e Hitler? É o que te fez acertar sobre ele.[7] Culpa a Qualquer Custo, todos os países fizeram coisas terríveis. Sabe o que fiz? Sequestrei e escravizei africanos para trabalhar na terra que roubei dos indígenas."

"Não, dito dessa forma, não soa muito bem. Mas você não fez tudo isso em 1940."

"Matei milhões no Sudeste Asiático por volta de 1970."

"E matei quase um milhão de indianos em 1947. Partição vertiginosa. Fiz coisas terríveis. No entanto, não fiz na Inglaterra. Jean-Jacques fez coisas terríveis aqui mesmo, na Cidade Luz. Enquanto Fritz saqueava suas lojas e fodia suas mulheres."

"Fritz fodeu com todos. De qualquer forma, adoro Jean-Jacques porque ele me deu meu prêmio."

"Ah, sim, queria mesmo perguntar. Ele também lhe deu algum dinheiro?"

"Deu. Cinco mil euros. Já gastos." E ela franziu a testa tristemente, dizendo: "Comprei um vestido *horrendo* na semana passada".

... Durante um ou dois anos, no fim da década de 1970, muitas mulheres e alguns homens afirmavam com expressão séria que todos os homens e todas as mulheres eram basicamente intercambiáveis (isso era o "feminismo igualitário" na forma idealista). Agora, nenhum homem jamais disse ou diria *Comprei um terno* horrível *na semana passada*. Ele pode muito bem ter comprado um *terno horrível na semana passada*, porém não diria (porque não acharia... porque não saberia). Peguei a mão de Elena e alonguei seu dedo mindinho.

"Sou você, e você é eu. Está quase na hora, El. Dedos mindinhos entrelaçados para Choque e Assombro."

"Mindinhos entrelaçados para Choque e Assombro... Agora vamos ler um pouco."

De cima da mesa, uma mosca me encarava. Como era uma mosca, estava na postura heráldica que podemos chamar de "*crappant*" [cagante] (essa foi a cunhagem de certo poeta contemporâneo famoso, entre outras coisas, por suas descrições de cães urbanos). A superfície de linóleo úmida e viscosa, combinada com as ventosas do inseto para enraizá-lo no lugar. A cerveja velha provavelmente era de algum interesse para as moscas, mas não havia nada aqui para envolver sua fascinação mais profunda, sem merda, sangue ou morte.

Havia "cavaleiros" em Verdun? Ele se lembrou do cavalariço de outro livro e da noite sob fogo de artilharia: "O que um homem pode fazer com quatro cavalos aterrorizados? Se os projéteis estourarem atrás, eles avançam. Se os projéteis estourarem à frente, eles recuam, quase arrancam os braços dos ombros. Uma semana nas trincheiras da linha de frente é melhor do que uma noite como cavaleiro sob fogo de artilharia. Oito milhões de cavalos foram mortos na Primeira Guerra Mundial, e em Verdun sete mil, em um dia...

Com cada linha de seus corpos eloquentes de inocência, os cavalos não gostariam de estar lá. Todavia, as moscas, assim como os ratos, estavam ali com um propósito definido. Tensa sobre a mesa, a mosca em Pigalle continuou a fitá-lo com olhos compostos. Ele acenou para longe, porém ela voltou, se agachou e olhou. Aquele que fez o cavalo fez a ti? Pequena amante de desperdícios, feridas e guerras...

"Estou feliz por nunca termos nos encontrado aqui naquela época, El. Tinha trinta anos e você o quê, dezoito? Você precisava ter suas aventuras. O timing teria sido errado."

"É, sim", ela disse, "mas poderíamos ter construído algum tipo de começo." Que era exatamente o que ele pensava.

Os organizadores do Prix Mirabeau houveram por bem fornecer passagens de primeira classe para o Eurostar, e assim este atraente casal saboreou uma taça de champanhe e se preparou para vinho tinto e carne vermelha. Ele disse:

"Vale a pena viver nesses termos? Sabe, se eu soubesse falar francês, teria entrado naquela cabine de vidro e dito aos escritores que parassem de escrever o romance obscuro e começassem a escrever o romance de sorriso malicioso."

"... Estou tentando pensar se existe algum. Romance de sorriso malicioso."

"Há muitos sorrisos maliciosos em Nabokov. *Minha beleza impressionante, embora um tanto brutal. As belezas enlouquecidas que açoitavam minha rocha sombria.* Mas é tudo irônico."

"Não dá para haver um romance sorriso que seja direto."

"Só conheço um. De John Braine." Assim como Kingsley, John Braine era um jovem zangado de classe média baixa (um rótulo jornalístico derivado de *Look Back in Anger*, [Olhe para trás com raiva] de John Osborne), que ficou cada vez mais reacionário à medida que envelhecia e ficava mais irritado (e mais rico). Em seus primeiros e mais bem-sucedidos anos (*Room at the Top, Man at the Top* [Quarto no alto, Homem no alto]), ele ganhou fama como um provocador barulhento nada comum ("Quero voltar para Bingley", South Yorkshire, "em um carro aberto com duas mulheres nuas cobertas de joias"), mas no fim ele virou um bêbado travestido e muito temido ("Vocês me comeram, assombrem-se", falou uma vez à plateia emudecida de um almoço, "já que nunca fui à universidade"). Seu romance de sorriso malicioso foi o último, escrito enquanto um destino sombrio se aproximava. Martin declarou:

"A gente se divertia muito, eu e Kingsley, discutindo sobre a primeira página de Braine, que resumimos a algo como: *Minha encantadora jovem amante, Lady Aramintha Worcestershire, puxou o lençol de cima sobre seus seios volumosos, suspirou feliz e disse: 'Não é justo. Você é um romancista mundialmente famoso, adorado por milhões de leitores. Você janta nos melhores restaurantes com a nata da elite intelectual. Você ganha uma boa vida simplesmente com a força de seu intelecto e seu talento. E ainda assim você tem o corpo e a resistência de um menino. Isso não é justo'. 'Obrigado, amor', eu disse.* E assim continuava por trezentas páginas. *Isso* é um romance de sorriso malicioso."

"Acho que você me contou. Não tem uma porção de coisas sobre críticas ruins?"

"Tem, sim. Em algum coquetel esnobe, um connoisseur titulado diz para ele: Então, os críticos não gostaram muito de seu último esforço. E o herói responde rispidamente: Sim, ninguém gostou muito... só o *público*."

"O que aconteceu com ele?"

"Espere." Ele tirou o relógio e ergueu a mão. "Bagdá está duas horas à frente de Paris. Quando eu cortar o ar com a mão, teremos Choque e Assombro." Ele cortou o ar. "Agora começa."

Voltaram silenciosamente para seus livros durante uma hora, e então o jantar começou a ser servido.

"Hans Blix", disse ele, enquanto se voltavam para seus bifes bastante superiores e bebiam o mais do que aceitável Bordeaux. "Sabe o que acho que foi? Hitch chegou muito perto do poder." Ele mastigou e tomou um gole. "É uma coisa perigosa, poderosa e muito contagiosa. E me pergunto sobre a imunidade dele a isso."[8]

"Mas agora", afirmou Elena, "queremos que nossos soldados sejam homenageados nas ruas e bombardeados com botões de rosa."

"Com certeza. Espero que consigam alguma *frat* também."

"*Frat*?"

"*Frat*. Há uma nota de rodapé engraçada sobre *frat* em um poema de Kingsley, a respeito de uma reunião do Exército. A 'confraternização' entre tropas aliadas e mulheres alemãs foi proibida por ordem do general Eisenhower em 1944. Frases como 'um ato de *frat*' logo começaram a rolar."

"Bom, não vai haver nenhuma *frat* com Fetnab. E eles também não podem beber álcool. Você e eu teremos muito cuidado para não ofender nossos anfitriões muçulmanos."

"Tem toda a razão", disse ele. "No entanto, deve haver um vasto mercado paralelo. Não na *frat*, mas na birita. Eles vão achar um jeito."

"Ontem à noite, na TV, o Hitch era todo olhos azuis e certeza."

"Hum. Dizem que ele virou neocon. Mas acho que ele não mudou nada. As pessoas não mudam. Hitch ainda é basicamente um trotskista lutador de rua."

"Então por que ele está considerando Bush-Cheney em 2004?"

"Não sei. Acho que pensa que Kerry não vai se empenhar. Hitch quer mudança de regime, mas da esquerda. Uma cruzada antifascista. Acredita que os republicanos sejam melhores nisso. Na guerra."

"... Estou tentando me lembrar de uma coisa. É, Barney e Spot."

No fim, haveria um grande alarido sobre Barney e Spot, os cachorros do presidente. Ou sobre o fato de ele ter sido filmado brincando com eles. Bush queixou-se bastante irritado de que não deveria ter sido filmado no gramado da Casa Branca, brincando com Barney e Spot. Brincando? Bem, ele não ia rolar com eles, não na véspera da invasão. Bush brincou com Barney e Spot como um capataz, como se os estivesse treinando ou testando. Brincou com Barney e Spot sem a menor diversão. E quem consegue não se divertir com seus cães?

"Ele brincou com eles como se estivesse dizendo, posso fazer você fazer isso, posso fazer você fazer aquilo. Posso fazer isso acontecer. Sabe o que mais posso fazer acontecer? Você, Barney? Você, Spot? Nossa, o jeito que ele anda. Com os músculos da bunda tensos. O jeito como cumprimenta, sabe?, quando ele sai do helicóptero. Bush não bebe mais, no entanto está absolutamente esmagado pelo poder. Dá para imaginar que o pai dele deva ter falado com ele a respeito."

"Mas ele não ouve o pai. Diz que ouve um 'pai superior'."

"Ótimo... Querido, me dói dizer isto, mas você devia ter continuado a usar a expressão 'eixo do *ódio*'. Você errou ao mudar para 'eixo do mal'. Pode ter ajudado você a se acostumar com a ideia. De ser odiado. Seu problema é que segue esperando ser amado. Mesmo no Iraque espera isso. Pobrezinho. Continua esperando ser amado."

LEVAR PARA O LADO PESSOAL

"Ele é bastante duro, mas o Hitch nunca poderia ser político. Precisaria parar de fumar... Perguntei", disse ela. "Tem um carro para fumantes na segunda classe — perto da parte de trás. Você pode relaxar lá por um tempo."

"Gentileza sua, El. É o bem que existe em você."

"Mas você vai parar, certo?"

"Espero que sim."

"Você espera que sim. Eu te contei o que a Eliza disse. Ela falou: *Papai vai morrer, você vai casar de novo e vou ter um padrasto*. Ela parecia arrasada. *É is-*

so que vai acontecer agora. Elena bocejou e estremeceu. "Hora da soneca. Tchau."

Ele a beijou e, com o livro debaixo do braço, pegou duas miniaturas de uísque enquanto se dirigia para o sul.

Onde estavam os suicidas?

Ah, aqui estavam eles, finalmente, os suicidas. Na perpétua angústia e sujeira da linha de frente, durante os intervalos entre os raios e terremotos, dá para ouvir os feridos implorando por isso, pelo esquecimento; e nos hospitais de campanha, sob lâmpadas negras com vermes transportados pelo ar, gritavam por isso o mais alto que sua voz conseguia (houve um soldado francês que se golpeou até a morte com um garfo de cozinha, batendo no cabo com o punho). Martin fez um brinde. Seres humanos, guardados no solo do Mort Homme, minhas homenagens...

No Oriente Médio, "um cigarro" era uma unidade de tempo (cerca de dez minutos), como em: P: Quanto tempo ele vai demorar? A (encolhendo os ombros): Três cigarros. De qualquer forma, três cigarros depois, Martin fechou o livro e, como sempre fazia (com escritores vivos e mortos), redigiu uma nota mental de agradecimento ao autor. O segmento "Historiadores de merda" de *A geração de merda* argumentaria o seguinte: os historiadores da geração de merda eram uma merda porque pensavam que a falta de emoção fosse uma virtude. E Martin acreditava que não se pode escrever história sem emoção (por mais contida e controlada que seja). É preciso levar a história para o lado pessoal. Ela produziu e formou você. De que outra forma você ia entendê-la? O livro sobre a Batalha de Verdun era antigo: lindamente emocional e, portanto, catártico; terror e piedade aprofundaram decisivamente sua prosa. Querido professor, ele murmurava para si mesmo. E então se lembrou de algo: em Londres, quase trinta anos antes, não por muito tempo e com pouco sucesso, cortejara a filha, sim, ela era a filha, a filha do memorialista de Verdun...

Respeitado professor, agora estou ciente de que um pai pode ser facilmente ferido por revelações sobre a vida amorosa de uma filha, e quero assegurar-lhe, senhor, que ela era uma menina muito boa, neste caso. Ela por fim permitiu que eu desarrumasse sua roupa superior; e isso foi tudo. Oh, brincamos, professor, porém isso era o mais longe a que ela ia. De minha parte, eu era o perfeito cava-

lheiro. Um bom amigo meu também esteve com ela, e, quando mais tarde comparamos notas durante alguns drinques, descobrimos que suas incursões não eram menos limitadas do que as minhas. E posso dizer que o comportamento dela, senhor, era altamente atípico de meados dos anos 1970, uma época em que as jovens sucumbiam, mesmo que de fato não quisessem (para o senhor isso é ideologia geracional). Com sua beleza aristocrática e porte autoritário, ela me pareceu bem equipada para negociar as novas liberdades, os novos poderes que a sociedade se propunha a oferecer a ela (ao contrário de minha infeliz irmã, que foi destruída por essas mesmas liberdades e poderes). Espero e confio que ela continue saudável e feliz. Parabenizo-o por sua filha, assim como por seu belo livro, que...

Sim, muitas mortes prematuras agora, receio, demasiadas, demais para mim, o poeta Ian Hamilton aos sessenta e três anos, meu amigo de adolescência Robinson aos cinquenta e um e minha irmãzinha Myfanwy aos quarenta e seis, cada qual um cavaleiro, torcido, sacudido, puxado, torturado pelos cavalos do próprio apocalipse.

O trem mergulhou na água enquanto os penhascos brancos se aproximavam.

VIDA VERDADEIRA

A soneca de Elena foi um claro sucesso: ele percebeu pela maneira calorosa como ergueu os braços para recebê-lo.

"Qual é o problema? Você está com os olhos vermelhos."

"Não vai acreditar por quem eu lamentava", disse ele. "Aquele pobre coitado do John Braine."

"Por quê?"

"Você perguntou o que aconteceu com ele. Ele acabou em um quarto com uma colher, uma faca e um garfo. Seu último jantar de Natal foi em um refeitório... Esse foi o cenário para seu romance sorriso."

O romance sorriso de Braine, Martin decidira na seção de fumantes do Eurostar, não era um romance sorriso. Era um romance *punheta* [*wank*], um *roman de ...*

"Como é punheta em francês? *W-a-n-q-u-e* talvez."

"Não." E ela contou para ele.

"Feminino! Que legal. Bom, então. Um *roman de branlette.* Um romance punheta. Porque não havia uma jovem amante atraente. Martin, é claro, entrevistou John Braine (para o *New Statesman* em 1975). E Braine parecia um guarda de prisão ou reformatório, com boca larga, carnuda e estranhamente frouxa, e o rosto nortista cinzento coberto por um fino suor soviético de dificuldade. "Não é um cara ruim, na verdade. Um tipo engraçado de inocente. Depois de um ou dois copos, no entanto... Braine virava um bêbado de merda."[9]

"Ele talvez estivesse puto quando escreveu o romance punheta. Não podia ser verdade."

"Hum. E seu primeiro romance foi uma sensação. É inacreditável." De fato, você se perguntou que forma a imaginação britânica teria em meados da década de 1950, para ser "captada" em *Almas em leilão*. "O livro de bolso vendeu um milhão de exemplares. Fizeram um filme. Estrelado por Laurence Harvey e Simone Signoret, pelo amor de Deus. E então tudo espiralou para baixo. Igual com Angus Wilson."

"Isso não aconteceria com você."

"Elena, não provoque o destino desse jeito. Claro que pode acontecer comigo."

"... Quanto tempo Braine viveu?"

"Até sessenta e tantos. As datas dele são as mesmas de Larkin."

"Agora, não comece."

A Londres solta na noite se recompunha apressada e culpada. As formas urbanas engrossavam. E eu sentia a autoabsorção indesejável, o lento blues de doze compassos de meus pensamentos pronto a retomar.

... Para o suicídio, o modelo metafísico que eu preferia era o do islã. Na vida após a morte islâmica, o autoassassino estava em um loop, revivendo sua morte para todo o sempre. Mas qual a duração do loop? Se não fosse mais do que um minuto, eu engasgaria com meu próprio vômito até o fim dos tempos. Se, em contrapartida, fosse um pouco mais longo, então uma ou duas horas preliminares de estupefação drogada e bêbada, sob uma pilha de garrafas de vodca, tubos de comprimidos e latas de tabaco, pareciam uma maneira tão boa quanto qualquer outra de passar a eternidade... O suicídio assemelhava-se ao tipo de casamento muitas vezes retratado na arte, em que o marido, a esposa ou ambos simplesmente *tinham* que pular fora. Todos na terra estavam casados com a vida; e os suicidas iam embora porque não podiam ficar, simplesmente não podiam ficar *nem mais um segundo*. Eu era casado com a vida, no entanto também com Elena. E eu podia ficar, não podia? Eu podia ficar.

"Como se diz 'conto' em francês?"

"Não tenho certeza. *Une conte*, talvez.

"Estou triste por causa de John Braine", eu disse, enquanto o trem continuava parado a dois ou três quilômetros a sudeste de Waterloo. "E culpado por Jed Slot."

"Culpado? Por aquele *schnook*?"

"É, culpado, Pulc. Devíamos ter ido em seu socorro. 'Jed?', a gente podia ter dito. 'Vamos cuidar disso.' Podíamos ter conversado sobre todos os diferentes tipos de contos. A parábola. O esquete. A anedota. A picada no rabo. A fatia da vida."

"Sua voz ficou grave."

"Eu sei. Consigo ouvir... Noventa por cento dos contos são fatias da vida. E é assim que a vida é, no fim. Não é um romance. Um pão fatiado de contos. Mas com grãos diferentes." Diferentes texturas e espessuras. Alguns tão nodosos quanto V. S. Pritchett, outros tão suaves quanto Alice Munro (alguns tão cruéis quanto "Sredni Vashtar", outros tão ternos quanto "As ruínas circulares"). Eu disse: "'Saint-Malo' se qualifica como um conto do tipo sorriso malicioso, El". Na verdade, se qualifica como um *conte de branlette*, mas com uma diferença vital. Possivelmente único no pequeno arquivo sujo de ficção punheta, "Saint-Malo" é verdadeiro.

Interlúdio

MEMORANDO A MEU LEITOR — 1

Meus amigos e parentes americanos me dizem que não posso mais dizer que eles estão loucos, não depois do Brexit. Mas acho que ainda posso, até certo ponto. Veja, no Reino Unido, ninguém tinha ideia de que cara tinha o Brexit. E nos Estados Unidos todos sabiam exatamente que cara tinha Trump. Não viram quase mais nada durante dezessete meses. E, se meus compatriotas britânicos soubessem que o Brexit parecia uma espiga de milho cabeluda se equilibrando em uma abóbora de Halloween, teriam votado em Permanecer.

Isso nos leva ao fim do primeiro tempo.

... No dia seguinte a meu retorno de uma turnê do livro pela Europa em outubro de 2015, disse a Elena: "Agora sei que preciso continuar com meu romance da vida real, porém em Munique entrei direto em um conto de vida real, e é melhor eu escrevê-lo enquanto ainda está fresco na cabeça". Escrevi, e a história saiu na New Yorker *no fim daquele ano. O título era* "Oktober"*; e aparece a seguir.*

O romance pelo qual peguei a estrada, o mais recente, era ambientado em Auschwitz em 1942-3. "Oktober" *não faz menção ao livro sobre o Holocausto, então vou acrescentar algumas linhas sobre a reação alemã a ele, que me surpreendeu fortemente (e não porque foi de alguma forma positiva).*

Vi muitos nômades sem teto na Europa, a maioria autoevacuada do Oriente Médio.

Isso foi há mais de um ano, e agora, no Natal de 2016, vamos para nossa casa em Sunshine State, eu, Elena e nossas duas filhas, Eliza e Inez (para se juntarem, esperamos, a meus dois filhos, Nat e Gus), antes de regressar orgulhosamente, na passagem de ano, a todo o conforto e segurança de Strong Place...

“*Oktober*”

I

Sentei-me para tomar um chá preto no saguão do hotel em Munique. Uma senhora com um lustroso terninho roxo manipulava as teclas do pequeno piano de cauda no canto mais distante, sua versão da *Rapsódia húngara* (com muitos arpejos e arabescos) até o momento incapaz de abafar os uivos e latidos inarticulados do bar além dos elevadores. Porque era a época da Oktoberfest, e a cidade recebia seis milhões de visitantes, quintuplicando assim sua população: turistas de toda a Baviera, de toda a Alemanha e de todo o mundo. Esperavam-se também outros visitantes (um contingente bem menor), visitantes que esperavam ficar, e ficar indefinidamente; vinham do que antes era conhecido como o Crescente Fértil...

“Vamos ver se conseguimos entender um pouco isso”, dizia um executivo itinerante, impassível, debruçado sobre o celular a duas mesas de distância, com prancheta, bloco de notas, laptop escancarado. Ele falava na única língua que eu conseguia entender: inglês; e seu sotaque vinha das regiões do norte, cidades do norte (Leeds, Doncaster, Barnsley). “Claro, claro, eu devia ter ligado há duas semanas. Três. Tudo bem, *um mês* atrás. Mas isso não afetava o assunto em questão, agora afeta. Acredite em mim, a única coisa que me segura é a perspectiva de ter que passar por tudo isso com pessoas como... Escute. Está me ouvindo? Precisamos resolver a cláusula de indenização. Cláusula 4C." Ele suspirou. "Você tem a papelada na sua frente pelo menos? Honestamente, me surpreende que você consiga fazer algo. Sou um homem de negócios e estou acostumado a lidar com pessoas que têm alguma ideia do que fazem. Você vai ouvir? Vai ouvir?"

O fotógrafo chegou e depois de um minuto ele e eu saímos para a rua. Em grande número, os oktoberfesteiros desfilavam, as mulheres com corpetes apertados e blusas juvenis, os homens com shorts de camurça ou couro amarrados logo abaixo do joelho, jaquetas justas cravejadas de medalhas ou distintivos e chapeuzinhos vistosos com penas, rosetas, cristas... Na calçada, Bernhardt armou o tripé e o guarda-chuva inclinado, e me preparei para entrar no habitual transe de inanição, esquecendo que nesta parte da Eurásia, pelo menos por enquanto, havia apenas um assunto, e esse assunto era de intenso interesse para todo o planeta. Contudo, primeiro disse:

"O que eles fazem de fato naquele parque deles?"

"No parque de diversões?" Bernhardt sorriu com um toque de ternura cética. "Muita bebida. Um monte de comida. Cantoria. E dança, se é que se pode chamar assim. Em cima das mesas."

"Meio que se aglomerando?"

"A palavra é *schunkeln*. Eles se dão os braços e balançam enquanto cantam. De um lado a outro. Milhares deles."

"... *Schunkeln* é o infinitivo, certo? Como soletra isso?"

"Vou escrever para você. É, sim, o infinitivo."

Nossa sessão começou. De ombros largos e barba por fazer, mas também de uma beleza delicada, Bernhardt era um iraniano-alemão (sua família chegara na década de 1950); além disso, era muito rápido e cortês e, claro, perfeitamente fluente.

"Na semana passada, vim de trem de Salzburgo", disse ele, "e havia oitocentos refugiados a bordo."

"Oitocentos. E como estavam?"

"Muito cansados. Famintos. E sujos. Alguns com crianças, outros com idosos. Todos querem chegar a este país porque têm amigos e familiares aqui.

A Alemanha está tentando ser generosa, tentando ser gentil, mas... Tirei muitas fotografias. Se quiser, posso deixar algumas para você."

"Por favor deixe, sim. Ficarei agradecido."

E lembrei-me daquela outra fotografia das primeiras páginas de alguns dias atrás: duas ou três dezenas de refugiados chegando a uma estação ferroviária alemã, recebidos com aplausos. Na fotografia, alguns dos recém-chegados estão sorrindo, outros rindo; e outros apenas respiram fundo e andam muito mais eretos, parecia que uma coisa necessária tinha finalmente sido restaurada para eles. Eu disse:

"Tentando ser gentil. Quando eu estava em Berlim, a polícia fechou uma encruzilhada no Tiergarten. Em seguida, motos e uma carreata chegaram. O primeiro-ministro austríaco, Faymann, para uma pequena reunião de cúpula com a Merkel. Horas depois, anunciaram que estavam fechando a fronteira."

"Os números. A escala."

"E anteontem, eu estava em Salzburgo e não havia trens para Munique. Tudo cancelado. Viemos para cá de carro."

"Longa espera na fronteira?"

"Só se você for pela estrada. Foi o que o motorista nos disse. Ele pegou as estradas laterais... Em Salzburgo, havia dezenas de refugiados reunidos à beira das estradas. Preparando-se para a última etapa."

Bernhardt declarou: "Sabe, eles não param de vir. Desistem de tudo o que têm: emprego, família, casa, oliveiras. Pagam grandes somas em dinheiro para arriscar a vida na travessia do mar e depois caminham pela Europa. *Caminham* pela Europa. Alguns policiais e um pedaço de arame farpado não impedem nada. E há milhões mais de onde vieram. A menos que a Merkel ceda à pressão doméstica, você sabe, às pessoas que chamam esse pessoal de *forasteiros*, o fluxo vai continuar por anos. E eles não vão parar de vir. *Wir schaffen das*, ela diz: podemos fazer isso. No entanto, podemos mesmo?".

II

Eram duas horas. Eu tinha quarenta e cinco minutos (a turnê de meu livro estava terminando, e aquele não era um dia agitado). No bar, esperei no balcão de aço... Quando Bernhardt me perguntou como eu me sentia depois de três semanas na estrada pela Europa, respondi que estava bem, apesar de ter dormido mal. O que era verdade… E, na realidade, Bernhardt, para ser ainda mais franco com você, estou inexplicavelmente ansioso, ansioso quase a ponto de formigar (que o dicionário define como "uma sensação de insetos rastejando na pele"); vem e vai… Minha terra está a sete mil quilômetros de distância e seis horas para trás; muito em breve seria bastante razoável, com certeza, voltar mais uma vez ao quarto e ver se há novos boletins dessa parte. Por enquanto, eu olhava com desconfiança para meu telefone; na caixa de entrada do e-mail havia mais de mil e oitocentas mensagens não abertas, mas da esposa, dos filhos, pelo que pude perceber, não havia nada de novo.

O barman heroicamente metódico dirigiu-se em minha direção. Pedi uma cerveja.

"Sem álcool. Você tem?"

"Tenho: um por cento de álcool."

Nós dois precisávamos gritar.

"Um por cento."

"O álcool está em todo lugar. Até uma maçã contém um por cento de álcool."

Dei de ombros. "Me dê uma, então."

Mas agora eu virava as páginas devagar e com prazer, ouvindo aquela outra voz, a de VN: bem-humorada, resiliente, infinitamente inquisitiva e enérgica. As cartas a Véra começam em 1923; dois anos antes, ele enviou à mãe um pequeno poema, como prova "de que meu humor está radiante como sempre". A cerveja que os oktobristas bebiam aos litros era de treze por cento, ou duas vezes mais forte; de qualquer forma, essa foi a alegação do jovem Thomas Wolfe que, depois de alguns goles, quebrou o nariz, teve quatro ferimentos no couro cabeludo e uma hemorragia cerebral após uma briga frenética (começada por ele) em algum poço de lama de festival; contudo, isso foi em 1928. Esses celebrantes do sexo masculino em trajes elegantes no bar bebiam desde as nove da manhã (eu os vi e ouvi no desjejum) antes de partir para o Biergarten, se é que algum dia chegaram lá. Também os vi e ouvi na noite anterior; a essa altura, gesticulavam e gritavam em vozes desumanamente altas, ou então olhando para o chão em rígida penitência, com os olhos tristes e fixos. Então, como agora, o barman servia até o mais bêbado deles sem preocupação, cumprindo suas tarefas com neutralidade prática.

Eu carregava um livro: uma pasta encadernada com a resenha das *Cartas a Véra*, a serem lançadas pelo marido de Véra, Vladimir Nabokov. Mas as vozes a meu redor eram insuperavelmente estridentes. Conseguia me concentrar no que lia, mas sem extrair prazer disso. Então levei minha bebida de volta para o foyer, onde a pianista recomeçara a tocar. O empresário ainda estava ao telefone; como antes, estávamos sentados a duas mesas um do outro e costas com costas. Às vezes, ouvia fragmentos ("Você tem algum *método* de trabalho de escritório aí onde está? Tem?"). Se eu viver até os cem anos, meu espírito ainda vai andar de calça curta.

No início de janeiro de 1924, Vladimir (um ano mais velho que o século) estava em Praga, ajudando a mãe e duas irmãs mais novas a se instalarem no novo apartamento barato e gelado. ("Jesus Cristo, você vai dar ouvidos? Vai dar ouvidos?") Esses ex-boiardos haviam sido deslocados e desenraizados, e não tinham "nenhum dinheiro". ("5C? Não. Não, 4C. 4C pelo amor de Deus.") O próprio Vladimir, como sua futura esposa, a *judin* Véra Slonim, tinha se instalado em Berlim, com quase meio milhão de outros fugitivos russos, desde outubro de 1917. E em Berlim permaneceriam alegre e teimosamente. Seu único filho, Dmitri, nasceu lá em 1934; as Leis de Nuremberg foram aprovadas em setembro de 1935 e foram expandidas (e aplicadas com rigor) após as Olimpíadas de Berlim de 1936; no entanto, só em 1937 é que os Nabokov fugiram às pressas para a França, depois de uma luta (sem fim) por vistos e autorizações de saída e passaportes Nansen.

"Não, aposto que não. Ok, tenho uma ideia. Por que você não entra num avião e diz isso a eles aqui, na Alemanha? Com sua abordagem, por assim dizer? Eles te expulsariam da cidade às gargalhadas. Afinal, aqui entendem o ABC e o dois vezes dois. Ao contrário de alguns que eu poderia mencionar. Aqui entendem uma coisa ou outra sobre o *sistema*. E é por isso que são a potência da Europa. Vá em frente, entre em um avião. Ou isso é demais para você?"

A tela muda da TV mostrava a chanceler no meio de uma explicação, o rosto paciente, razoável e levemente suplicante... Deixei o livro de lado e relembrei brevemente Angela (com *g* gutural): Frau Merkel.

Fui apresentado a ela (um aperto de mão e uma troca de olás) por Tony Blair, em 2007, quando ela estava havia dois anos no primeiro mandato (e eu passava várias semanas entrando e saindo da comitiva do primeiro-ministro).

Estávamos no último andar da titânica nova Chancelaria: o bar completo disposto sobre a mesa, os (ainda imaculados) cinzeiros, o sorriso bem-humorado e particularizador de Angela. A Chancelaria tinha dez vezes o tamanho da Casa Branca; aonde Blair também ia me levar como escudeiro uma ou duas semanas depois; porém não tive mais do que um súbito momento de contato visual com o presidente Bush, assim que ele e Tony saíram da Sala de Situação subterrânea (foi na época da tensão no Iraque). E de Washington fomos, via Londres, para Kuwait, Basra e Bagdá.

Merkel nasceu na Alemanha Oriental nos primeiros tempos da Guerra Fria... Até agora, houve várias dezenas de mulheres chefes de Estado; e pensei então que Angela foi talvez a primeira capaz de governar *como mulher*. Nos meses de verão de 2015, aos olhos do mundo, tornou-se a brutal auditora da República Grega; no fim de setembro, eles a chamavam de *Mutti* Merkel, quando ela abriu o máximo possível seus portões para as multidões de despossuídos. "*Wilkommenskultur*" era a palavra.

Blair era quase abstêmio, mas estava visivelmente encantado e estimulado por Angela Merkel (ele a elogiava muito, acrescentando com divertida afeição que ela gostava de ficar acordada até tarde e de se divertir), e na cobertura da Chancelaria naquela noite se viu o primeiro-ministro britânico com uma cerveja na mão, talvez uma cerveja com força de festival...

Isso é verdade até certo ponto para todas as comunidades humanas na terra, mas o poeta nacional, aqui, disse há muito tempo sobre seus alemães, com uma ponta de angústia: como eram impressionantes na esfera individual (tão equilibrados, reflexivos, secos) e tão decepcionantes pluralmente, em grupos, quadros, ligas, blocos. E, todavia, ali estavam todos eles (por enquanto), os alemães, tanto como governo quanto como povo, estabelecendo um exemplo progressista e até futurista para o continente e para o mundo.

Com a crise dos refugiados de 2015, a "Europa", disse a chanceler Merkel, estava prestes a enfrentar seu "teste histórico".

III

"Você vai me ouvir? Vai me ouvir?"

Mas, igual a máquina de lavar, o empresário passou para um ciclo mais silencioso. Ainda tenso, ainda recolhido, porém reduzido a um murmúrio azedo. O turno do pianista estava aparentemente no fim, e eu também fazia uma careta ao telefone, tentando ouvir as perguntas de um jovem e estudioso entrevistador com quem conversei em Frankfurt. Os bisbilhoteiros e os ladrões de identidade ativos podem ter sido tentados a se aproximar, contudo o foyer estava praticamente deserto; o empresário e eu tínhamos o espaço só para nós. "Mil novecentos e quarenta e nove", eu disse, "em Oxford. Não em Gales, o País de Gales foi mais tarde. Sim, vá em frente. Por que minha esposa e eu nos mudamos para os Estados Unidos? Porque... bom, parece complicado, mas é uma história comum. Em 2010, minha mãe, Hilary, morreu. Tinha quase oitenta e dois anos. Minha sogra, Betty, também tinha oitenta e dois anos na época. Então, em resposta a isso, nos mudamos para Nova York." Sim, e Elena terminou um exílio voluntário e muito intenso em Londres que durou vinte e sete anos, e voltou para a casa de infância em Greenwich Village. "Nós, agora? Não. Brooklyn. Desde 2011. A gente fica velho demais para Manhattan." Chegamos à pergunta final. "Esta viagem? Seis países." E dez cidades. "Ah, com certeza. E estou lendo tudo o que posso encontrar sobre isso, e todos não falam de outra coisa. Bom, não conversei com nenhum especialista, mas é claro que tenho impressões."

Nossa ligação acabou. O empresário falava em seu sussurro ameaçador:

"Sabe quem você me lembra? As hordas de maltrapilhos que estão se acumulando neste país enquanto falo. Você, você simplesmente não consegue ficar de pé sozinha, não é? Está desamparada."

Um jovem anguloso da recepção se aproximou e me entregou um envelope de papel-manilha. Nele estavam as fotos de Bernhardt. Ao registrar isso, senti o ritmo de minha inquietação acelerar um pouco. Mudei-me para o restaurante ao lado e espalhei-as sobre a mesa.

Os europeus com quem se conversava ofereciam visões e receitas diferentes, mas a sensação subjacente parecia centrar-se em um encontro com algo, alguma coisa não totalmente desconhecida, porém conhecida apenas à distância. A entidade que se acumulava nas fronteiras, a entidade para a qual se preparavam e até se levantavam para se encontrar com boa vontade e boa elegância, parecia amorfa, indiferenciada, quase insensata; como um ato de Deus ou uma força da natureza.

E foi como se a câmera de Bernhardt tivesse se proposto à individualização, porque ali estava uma galeria em preto e branco de formas e rostos reconhecíveis de maneira imediata e cativante, que brincavam, bocejavam, franziam a testa, sorriam, carrancudos, chorosos, em posturas de exaustão, dinamismo estoico e, claro, extrema incerteza e desânimo...

Quando você os vislumbrava nas estações de trem, eles se configuravam em cordões estreitos ou pequenos nós, sempre em movimento, em movimento, com o olhar e a marcha estritamente voltados para a frente (sem desperdício de atenção, sem atenção de sobra). Mas em Salzburgo, dois dias antes, vi setenta ou oitenta deles alinhados na esquina, a maioria homens muito jovens, em roupas internacionais para adolescentes, bonés de beisebol, blusões luminosos, óculos escuros. Logo estariam perto da fronteira alemã (a apenas alguns quilômetros de distância)... e depois? A jornada deles era com tabelas, gráficos e atualizações (aqueles celulares), porém sem destino certo. O amanhecer acabara de chegar à Áustria, e os prédios brilhavam timidamente sob o orvalho. E você pensou: como tudo isso parecerá daqui a algumas semanas, depois da Oktober?

Às quatro horas, conforme programado, encontrei minha penúltima entrevistadora, uma acadêmica, que começou com a lembrança de um fato histórico marcante. Ela era de meia-idade, então não estava em sua memória viva; mas sim na memória viva da mãe. No período 1945-7, havia dez milhões de suplicantes sem teto na periferia do que fora outrora o Reich, todos deportados, expulsos (em espasmos de maior ou menor ódio e violência, com pelo menos meio milhão de mortes no caminho) da Polônia, da Tchecoslováquia, da Hungria e da Romênia. E eram todos alemães, os alemães "étnicos" que Hitler afirmava estarem tão próximos de seu coração.

"E sua mãe se lembra disso?"

"Ela estava na estação. Tinha sete ou oito anos. Lembra-se dos vagões de gado gelados. Era Natal."

Havia me ausentado por setenta e cinco minutos, e o empresário ainda estava no meio da conversa. A essa altura, seu telefone já tinha um carregador; e o cabo curto, conectado a uma tomada no nível do solo, exigia que ele se dobrasse mais, como um canivete com o queixo a centímetros do tampo da mesa, que tinha a altura do joelho.

"Continue assim e não vai ter um teto sobre sua cabeça. Vai se ver na rua e é merecido. Toda a sua operação está desmantelando. E não me surpreende. Um maldito Inferno, gente como você. Você me deixa doente, isso sim. Profissionalmente doente."

A pianista fora embora, mas outros barulhentos estavam de plantão: um aspirador de pó industrial, um caminhão que acelerava e ofegava no pátio. Voltei a meu livro. Agosto de 1924, e Vladimir estava na Tchecoslováquia outra vez, de férias com a mãe em Dobřichovice. O hotel era caro, e dividiam um quarto (grande) separado em dois por um guarda-roupa branco. Logo ele voltaria para Berlim, onde Véra...

Todos os sons ambientes cessaram de repente, e o empresário dizia:

"Sabe com quem está falando? Você? É Geoffrey. Geoffrey Vane. É, isso, Geoffrey. Geoff. Você me conhece. E sabe como sou... Certo, minha paciência esgotou. Parabéns. Ou, como você diria, *Super*...

"Agora. Pegue a porra de seu Mac e volte para a porra de seus e-mails. Está me entendendo? Está entendendo? Vá para a comunicação do maldito agente. O agente *on-site*. Você sabe, aquele porra daquele Argy... Feron. O porra do Roddy Feron. Entendeu? Agora abra a porra do anexo. Entendeu? Certo. A porra do 4C."

O intensificador que ele usava com frequência [*fucking*] era pronunciado como *cooking* ou *booking*. Nessa altura, avancei devagar e escorreguei na cadeira à minha frente, para poder dar uma boa olhada nele: a auréola clerical de cabelos grisalhos, a cabeça, ainda bem curvada e concentrada, o laptop, o bloco de notas.

"É a porra da responsabilidade. Está entendendo? Agora *diga*. 4C. Isso combina ou não com o F6 de Tulkinghorn? Combina? Bom, louvado seja, porra. Agora volte para a porra do 4C. E tudo bem, porra. Ok? Ok." E acrescentou com uma ameaça especial: "E o Senhor tenha pena de você se a gente tiver que passar por isso de novo. Entendeu? Bons sonhos. É, *parabéns*".

E agora, em simetria indesejável, o homem de negócios também se mudou para o assento oposto, embora rápido e sem se abaixar; com a mão direita carnuda parecia enxugar-se, cuidava da testa rosada pontilhada de gotas de suor, o lábio superior pálido e úmido. Nossos olhos se encontraram inexoravelmente, e ele se concentrou.

"… Você entende inglês?"

IV

Se eu entendo inglês? "Ah, sim", eu disse.

"Ah."

E falo também. Como todos por aqui. A Grã-Bretanha não tinha mais um império, a não ser o império das palavras; não o Estado imperial, apenas a língua imperial. Todos sabiam inglês. Os refugiados sabiam inglês, um pouco. Isso explicava em parte por que queriam ir para o Reino Unido e para a Irlanda, porque todos lá sabiam inglês. E era por isso que queriam ir para a Alemanha: os refugiados não sabiam alemão, mas todos os alemães sabiam inglês, a criada de pele escura que escovava as cortinas sabia inglês, o carregador de cabelos ruivos sabia inglês.

"… Você é *inglês*", admirou-se ele, relutante.

Eu me vi dizendo: "De Londres, nascido e criado". Não é bem verdade; mas não era o momento de discorrer sobre minha infância, com a mãe que era muito pouco mais velha do que eu, nos Home Counties por volta de 1950, ou de sonhar alto sobre aquela primeira década em South Wales, infância, puberdade, quando a família era pobre, todavia ainda nuclear. Por meio século depois disso, porém, sim, era Londres. Ele disse:

"Posso notar pelo jeito que você fala… Essa foi difícil."

"O telefonema."

"O telefonema. Você sabe, algumas pessoas, elas não têm a menor ideia, porra, sinceramente. Precisa começar do zero. Toda vez, toda vez."

"Acredito." E rapidamente imaginei um jovem gerente intermediário, caído sobre a mesa de trabalho desordenada em um depósito ou showroom perto de um aeroporto em algum lugar, afrouxando a gravata com o telefone quente grudado na orelha avermelhada.

"Olhe para isso", disse ele, referindo-se à televisão, a televisão eternamente silenciosa. Em sua tela plana, meia dúzia de guardas uniformizados jogava sanduíches (embalados em papel-celofane) em um recinto gradeado, e os que estavam lá dentro pareciam atacá-los. Era impossível escapar da imagem mental da hora da alimentação no zoológico. O empresário disse com satisfação, absorto, enquanto fazia alguns cálculos na página amarela:

"Incrível até que ponto as pessoas vão por uma esmola, não é?"

O *não é?* era retórico: seu truísmo não previa resposta. Em Cracóvia e Varsóvia (eu me lembrei, enquanto o empresário mergulhava em suas colunas de números) todos diziam que a Polônia ficaria isenta: o único país homogêneo da Europa Central, a única monocultura, a Polônia de olhos azuis pensou que estaria isenta porque "o Estado não dá benefícios". Ouvi isso de um tradutor tão cortês que era capaz de citar longamente não apenas Tennyson, mas também Robert Browning; e em resposta acenei com a cabeça e voltei para minha refeição pesada. No entanto, quando me deixaram no hotel (e fiquei na praça de frente para a antiga perna protética do Palácio da Cultura de Stálin), balancei a cabeça. Alguém que tenha atravessado o Hindu Kush não viria à Europa para comprar um sanduíche. O empresário indagou:

"Onde estamos. Que país é este?"

Ele falava do país onde os viajantes de pele escura estavam sendo derrubados e dispersados com canhões de água (seguidos por gás lacrimogêneo e spray de pimenta). Eu respondi:

"Parece a Hungria."

"Eh, esse cara pensou direito." Ele fez uma pausa, fechou os olhos e os lábios sem sangue mimetizaram alguma aritmética mental. "Como ele se chama?"

Eu disse.

"Isso. Orbán. A gente devia fazer o mesmo em Calais. Sem moleza. É a única língua que entendem."

Ah não, meu senhor, a linguagem que eles entendem é muito mais dura do que isso. A linguagem que entendem consiste em bombas de barril, gás neurotóxico e cimitarras incandescentes de teístas. Não estão em busca de um Estado babá, sr. Vane. É mais provável que busquem um Estado que os deixe em paz...

"Merkel", disse ele. "Frau Merkel devia seguir o exemplo de Orbán. Não vai, claro. Sei que não se deve dizer isso, mas acho que as mulheres são muito emotivas para serem chefes de Estado, muito compassivas. O certo era a Merkel fazer como o Orbán. Reconhecer com quem está lidando, ou seja, com estrangeiros ilegais. Forasteiros *criminosos*. Sabe? É isso."

Ele se referia à filmagem sem dúvida postada pelo Estado Islâmico: um caminhão explodindo em câmera lenta, três prisioneiros em macacões laranja ajoelhados em uma duna de areia, combatentes multifacetados avançando em SUVS.

"Então tem *isso*." Ele alcançou um total geral climático no bloco de anotações, sublinhou três vezes e circundou antes de jogar a caneta de lado. "Jihadistas."

"Pode ser complicado", eu disse.

"Complicado... Espere um pouco", falou ele, com a testa franzida. "Bobagem minha. Esqueci de contabilizar os três vírgula cinco. Espere um minuto."

Talvez um nome melhor para eles, senhor, seja *takfiri*. A acusação de *takfir* (a acusação letal de descrença) é quase tão antiga quanto o islã, mas no uso atual *takfiris*, sr. Vane, é fortemente depreciativo e significa muçulmanos que matam muçulmanos (e não apenas infiéis). E a lógica disso parte daí. Se houver militantes no influxo, e eles agirem, Geoffrey, então são os muçulmanos da Europa que sofrerão; e os *takfiris* não vão se importar com isso porque sua política, aqui, é a mesma de Lênin durante a Guerra Civil russa: "Quanto pior melhor". É fantasioso, Geoff, sugerir que esta lição seja a filha malvada das bruxas na peça escocesa: "*Fair is foul, and foul is fair* [Bem é mal, e mal é bem — *Macbeth*, Ato I, Cena I]"?

"*Complicado?* Esse é o eufemismo do ano."

De repente, ele percebeu o telefone que pegara por reflexo. Respirou com resignação e disse: "Sabe o que me incomoda? As repetições. A gente se arrasta pelas mesmas coisas de novo e de novo. E simplesmente não absorve. Não essa aí, ah não. Não com ela".

V

Ela? Sentei-me direito.

"Me diga uma coisa", ele insistiu. "Por que estão todos vindo *agora*? Desespero, dizem. Desespero. Mas não podem ter se desesperado todos na *mesma* semana. Por que um milhão deles está vindo agora? Me diga."

Eu me reagrupei e disse: "É o que eu estou tentando descobrir. Parece que se abriu uma rota segura. Através dos Bálcãs. Todos estão em contato uns com os outros, e tem o Facebook".

Ele apagou ou se abstraiu por um momento. Contudo, voltou: "Dane-se a droga do Facebook. Dane-se a droga dos Bálcãs. Eles... Eles transformaram os próprios países em, francamente, em buracos do inferno, e agora vêm para cá. E mesmo que não comecem a matar todos nós, vão querer viver do jeito deles, não é? Halal, mesquitas. Ah, sharia, não é? Casamento arranjado para primos--irmãos de dez anos... Mas vamos ser, hã, 'esclarecidos'. Ok. Vão ter que se adaptar com tudo e depressa pra caralho. Vão ter que baixar a cabeça e entrar na linha. Socialmente. Na questão das mulheres e tudo".

Ele fechou o computador, olhou sua superfície por um momento e até passou os nós dos dedos por ela.

"Sabe, vou precisar ligar para ela de novo." E agora havia um súbito e débil acanhamento em seu sorriso quando olhou para cima e disse: "Bom, *é* a minha mãe".

Tive que fazer um esforço para disfarçar o tamanho de minha surpresa... Desprovido de contexto (o hotel de negócios, o terno de negócios, os caros sapatos corretivos, como Crocs de veludo), o rosto redondo e insípido com franja branca parecia que seria o mais feliz, ou pelo menos mais feliz, num gramado de aldeia em uma tarde de verão; aquele rosto podia pertencer a qualquer pessoa não metropolitana, um jornaleiro, um coronel reformado, um vigário. Com um aceno de cabeça, peguei meu cigarro eletrônico e dei uma tragada.

"Oitenta e um, ela tem."

"Ah, sei." Depois de um momento, eu disse: "*Minha* sogra tem oitenta e seis anos". E o senhor sabe? É uma longa história, mas foi por causa dela que deixamos a Inglaterra; e nunca nos arrependemos. O processo parecia natural para minha esposa, claro, contudo também parecia natural para mim. Deve ter sido por causa do amor filial que sobrou depois da morte de Hilary Bardwell, e não tinha para onde ir. Eu disse: "Oitenta e seis, cinco anos a mais do que a sua".

"É? E em que estado ela ficou, hein? Ela consegue guardar um pensamento na cabeça por dois segundos? Ou a dela está toda ferrada como a minha? Quer dizer, quando a cabeça para de funcionar, pergunto, qual é o sentido de continuar?"

Fiz um gesto para o instrumento que ele ainda segurava na mão e disse: "Só para saber, o que... isso tudo tem a ver?".

Ele se recostou e grunhiu: *Lanzarote*. Afundou mais, estendeu a mão e aliviou o pescoço apertado. "Para os oitenta anos dela, sabe?, comprei um lindo apartamentinho em Lanzarote. Uma linda casa de repouso. Com empregada toda manhã. Um cara cuidando do jardim. Bom lugar para ela ficar no inverno. Terraço na cobertura com vista para a baía. E agora ela precisa renovar o seguro. Só isso. O seguro de bens pessoais e tal. Não leva nem um minuto."

"Bom. Eles acham difícil..."

"Sabe, tenho quatro irmãos. Todos mais novos. E nenhum quer chegar nem perto dela. Não querem nada com ela. É verdade, a velha... ela te deixa louco, com certeza. Mas você tem que aguentar, não é? E os quatro não chegam nem perto dela. Você acredita? Não chegam nem perto da porra da própria mãe. Desculpe o palavrão. Bom, eles não têm meus recursos, admito. Porém então me responda: como ela ia ficar sem meu apoio?"

Dei uma olhada no pulso e disse: "Droga. é melhor eu fazer as malas. Meu voo é cedo".

"Fico aqui mais um ou três dias ainda. Tiro um bem merecido descanso. Uma olhada na academia. Serviço de quarto. Hã, qual é seu destino?"

Apertei a mão que ele estendeu. "Vou para casa."

VI

Enquanto juntava e espremia vários itens na mala aberta, ativei meu computador. E vi que ainda não havia mensagem de minha esposa (nem de nenhum de meus filhos). Sim, bem, foi o mesmo com Nabokov: "Você não acha que nossa correspondência é um pouco... unilateral?". E, em meu caso, foi curioso, porque, quando eu estava fora assim, nunca me preocupei com minha outra vida, minha vida sossegada, em que tudo era quase sempre ordenado, imutável, fixo no lugar...

Tirando isso, eu me sentia bem no geral, e até mesmo bastante vaidoso com meu vigor (saúde, afinal, intacta), alegre, estimulado, geralmente feliz e orgulhoso; a turnê despertou ansiedade em mim, mas devo dizer que mesmo a ansiedade não era indesejável, porque a reconheci como do tipo que pediria para ser escrita. Em certos momentos, porém, questionei seriamente a existência da casa no Brooklyn, com suas três presenças femininas (esposa, filhas), e questionei seriamente a existência de meus dois meninos e minha filha mais velha, todos crescidos, em Londres, e de meus dois netos. Muitos! Poderiam eles, algum deles, ainda estar lá?

"Bom dia, esta é sua chamada de despertar… Bom dia, esta é sua chamada de despertar… Bom dia, esta é sua…"

Eu tinha um compromisso final: uma entrevista de rádio com um jornalista chamado Konrad Purper, destinada a acontecer no que chamavam de Centre d'Affaires, acarpetado e com assentos giratórios. Quando acabou, Konrad e eu conversamos no saguão até que minha chaperone apareceu sem demora, mas preocupada. Havia muitas acompanhantes, muitas ajudantes e cuidadoras: Alisz, Agata, Heidi, Marguerite, Hannah, Ana, Johanna. "Não há táxis!", disse Johanna. "Não conseguem chegar aqui. Porque tem gente demais!"

Geralmente estou muito longe de ser um viajante transatlântico imperturbável. No entanto, naquele momento senti que meu relógio se movia no ritmo normal; o tempo não começou a acelerar nem a esquentar. Qual a pior coisa que poderia acontecer? Praticamente nada. Eu disse: "Então a gente…".

"Vai andando."

"Para o aeroporto."

"Não… desculpe. Não fui clara. Para a estação de trem. Daqui podemos ir até lá."

"Ah, e a estação é perto, não é."

"Cinco minutos", disse Konrad. "E a cada dez minutos um ônibus de conexão sai para o Aeroporto Internacional de Munique."

Então, parti com Johanna, rodando minha mala, e com Konrad, que, talvez por coincidência, rodava com sua bicicleta, nós três desviávamos para o lado da pista sem carros em favor do desfile de foliões fantasiados que vinha do outro lado. Essa via estreita, Landwehrstrasse, com seus contatos entre o Ocidente e o Oriente: Estúdio Erótico, Restaurante Turco, Deutsche Bank, Massagem Tailandesa Tradicional, Daimler-Benz, Mercado de Cabul…

Saímos para o ar livre e o espaço da Karlsplatz e das multidões de Hansels e Gretels (muitas das mulheres, na segunda semana, vestidas com a decadente e desprezada alternativa "Barbie": um corpete de costura grossa e uma saia curtíssima que deixava à mostra o topo das meias brancas, logo acima do joelho). Como fora no Biergarten? Segundo Thomas Wolfe, tinham carrosséis e uma profusão insana de salsicharias e bois inteiros girando em espetos. Comiam e bebiam em tendas com capacidade para seis, sete, oito mil pessoas. Em meio a isso tudo, escreveu Wolfe, a Alemanha parecia ser "uma barriga enorme". A balançar, a cantar, de braços dados: alemães juntos, em massa, objetivamente ridículos e alegremente inocentes de qualquer ironia...

Então vi Johanna conversando com um policial estendido em um sidecar estacionado. Konrad ficou parado. Ela se virou e me disse:

"É... não dá para chegar lá nem a pé!"

Por muitos anos vivi em Notting Hill, e participei de vários carnavais (nos tempos passados, muitas vezes com meus filhos); já conhecia cordões de isolamento, corredores de policiais, ruas fechadas (para acesso de ambulâncias), pânico e debandada; uma vez, tive um casinho com uma moça que me garantiu com firmeza que dá para enfrentar a morte apenas escolhendo uma vida supérflua. Sim, havia afinidades: a Oktoberfest era como o Carnaval, no entanto a carne lá era marrom e a carne aqui, rosa. Centenas de milhares de escoteiros animados, centenas de milhares de leiteiras festivas nas melhores roupas de domingo.

"O único caminho é o metrô. Uma parada."

Logo olhávamos para o fundo rosado da escada de pedra. Havia um mês, no Brooklyn, enquanto ela me ajudava a fazer as malas, Elena comentou que minha mala tamanho família "não estava bem cheia". Bom, mas estava bem pesada, agora, com seu sedimento de presentes e romances autografados, coletâneas de poesia e coisas como o portfólio de Bernhardt num duro envelope marrom. Carregar uma grande carga no subsolo: posso fazer isso, pensei, mas não vou gostar. E mais uma vez Konrad, depois de amarrar a bicicleta, estava a nosso lado, silencioso, alto e calmo, e minha mala balançava com facilidade em suas mãos.

Na própria Hauptbahnhof, a multidão era entremeada por finos fluxos de refugiados de pele e roupas escuras, os olhos sombrios, mas determinados, os passos pesados, mas firmes, arrastando carrinhos de bebê, carrinhos carregados de mercadorias e filhos. Então veio uma visão rara, e depois uma ainda mais rara.

Primeiro, uma mãe de certa idade, provavelmente avó, alta, vestida com o preto rígido da *abaya* completa, o rosto com meio véu, voltado para a frente.

Na sequência, em segundo lugar, uma jovem ricamente assimilada com a mesma cor, talvez neta de um *Gastarbeiter* turco, com jaqueta branca justa e jeans brancos justos; e ela tinha um traseiro estupendo, farto e proeminente, impossível de ignorar. Por meio minuto, as duas mulheres caminharam inadvertidamente no mesmo passo, afastando-se de nós: à direita, o edifício negro deslizando com suavidade como um Dalek; à esquerda, os enormes globos brancos ondulantes.

Konrad nos indicou nossa plataforma, se despediu, muito agradecido, muito elogiado. Virei-me para Johanna:

"As duas mulheres, você viu?"

"Claro."

"Bom. Ela não é nada envergonhada, não é? Tão alegre. Balançando os braços. E vestida daquele jeito? Nem tenta esconder nada."

"Não."

"Quer dizer, ela não é nada tímida."

"Não", disse Johanna. "Ela gosta disso."

VII

Os Nabokov foram refugiados, e por três vezes. Quando adolescentes, fugiram um a um da Revolução de Outubro; ao sair, Véra Slonim passou por um pogrom na Ucrânia que resultou em dezenas de milhares de assassinatos. Foi em 1919. Fugiram dos bolcheviques, cavaleiros do terror e da fome, e, via Crimeia, Grécia e Inglaterra, buscaram refúgio em Berlim. Depois na França, até que os alemães os seguiram até lá; em seguida, o embarque de última hora para Nova York em 1940, algumas semanas antes da Wehrmacht (na travessia seguinte para o ocidente, o barco deles, o *Champlain*, foi torpedeado e afundado). O pai de VN (também Vladimir Nabokov), estadista liberal, foi assassinado por um fascista russo-branco em Berlim (1922); na mesma cidade, seu irmão Serguei foi preso em 1943 (por homossexualidade), preso novamente no ano subsequente (por rebelião) e morreu em um campo de concentração perto de Hamburgo em janeiro de 1945. Essa era a Europa deles; e para lá voltaram, em grande estilo e definitivamente, em 1959.

Sim, e também conheci Véra. Passei a maior parte do dia com ela, em

1983, no ainda centro da Europa, o Palace Hotel em Montreux, Suíça (onde moravam desde 1961), e parei apenas para almoçar com seu filho, o incrivelmente alto Dmitri, a quem eu reencontraria. Véra era toda a beleza da pele dourada fascinante e sociável; ao discutir questões delicadas ela poderia de repente se tornar muito feroz, mas eu nunca ficava desconcertado porque sempre havia uma luz contingente de humor em seus olhos.

Vladimir morreu em 1977, aos setenta e oito anos. Véra morreu em 1991, aos oitenta e nove anos. E Dmitri morreu em 2012, aos setenta e sete anos.

Do discurso do funeral de Dmitri em abril de 1991:

> Na véspera de uma arriscada operação no quadril, dois anos atrás, minha corajosa e atenciosa mãe pediu que eu levasse seu vestido azul favorito, no caso de ela receber uma visita. Tive a estranha sensação de que ela o queria por um motivo bem diferente. Naquela ocasião, ela sobreviveu. Agora, para seu último encontro terreno, ela usava aquele mesmo vestido. Era desejo de mamãe que suas cinzas fossem unidas às de papai na urna do Cemitério de Clarens. Em uma curiosa reviravolta nabokoviana das coisas, houve alguma dificuldade em localizar aquela urna. Meu instinto foi ligar para mamãe e perguntar o que fazer a respeito. No entanto, não havia mãe para perguntar.

Cheguei ao Aeroporto Internacional de Munique com meia hora de antecedência. E lá no terminal, banhado pela luz aquosa do início da manhã, atrás da pequena muralha de sua bagagem (um baú atarracado de bronze, uma maleta de camurça com vários zíperes e bolsos), e olhando de soslaio o celular, estava Geoffrey Vane. Chamei-o.

"Por que você está aqui? Achei que fosse descansar."

"Quem, eu? Eu? Não. Não há descanso para os ímpios. Ela, a porra do bangalô dela pegou fogo ontem à noite. Eletricidade. É sempre a eletricidade. Queimou até virar uma batata frita."

"É mesmo? Ela não estava dentro, estava?

"A mãe? Não, na casa da irmã em Sheffield. É o otário aqui que tem que ir arrumar a bagunça. Ver se temos algum seguro de conteúdo. Ou qualquer seguro."

"É difícil chegar a Lanzarote?"

Seu rosto se contraiu, astuto. "Sabe o que a gente faz quando acontece algo assim? Quando a coisa complica um pouco? Você desce. Aqui embaixo." E bateu silenciosamente com o sapato acolchoado no chão. "É lá que ficam os *escritórios* das companhias aéreas. Aqui embaixo. Ryanair, easyJet, Germania, Condor. Você desce, dá uma volta e fareja o melhor negócio."

"Bom, boa sorte."

"Ah, vou ficar bem. Não estou desamparado, afinal tenho os recursos. É", disse ele, e piscou. "Posso embarcar numa excursão. Num bom e velho barco com a mulherada. Saúde!"

Então deu tempo para muito café e deliciosos e engordativos croissants no saguão. Em seguida, o novíssimo jumbo da Lufthansa, recém-saído do hangar, decolou, dentro do horário. Logo me empanturrava de comidas finas e vinhos selecionados, antes de saborear *Alien* (Ridley Scott) e depois a sequência, *Aliens* (James Cameron). Aterrissei pontualmente... Os aspirantes a imigrantes e mesmo os requerentes de asilo muitas vezes têm que esperar dois anos, mas, após duas horas, nos ambientes reconhecidamente inóspitos da Imigração, me autorizaram a entrar nos Estados Unidos.

VIII

E aquilo para o que voltei ainda estava lá, Elena e as filhas adolescentes, que iam longe e livres, como queriam, que ousadamente vagavam por Manhattan, onde sua avó (agora tive a confirmação disso) ainda estava instalada naquela luxuosa casa de repouso que, muito compreensivelmente, ela continuava confundindo com um hotel...

Como tudo parecia sólido, essa outra existência, avançada, evoluída. Não foram os confortos da classe média que me surpreenderam: foram as luzes, as fechaduras, as torneiras, os banheiros, todos obedientes a meu toque. Como tudo estava fortemente ligado à terra com aço e concreto, os tijolos marrons de Strong Place.

Sim, a casa parecia pronta para permanecer íntegra. No entanto, agora o coproprietário, em uma infeliz reviravolta nos acontecimentos, de repente desmoronou.

Na tranquila retrospectiva da meia distância, identifiquei facilmente a causa provável: uma sinergia de exaustão havia muito adiada, jet-lag e vírus da viagem aérea (uma gripe muito ambiciosa) e ansiedade. Que persistiu. A ansiedade em mim era profunda e duradoura porque remontava a antes de eu nascer.

Minha insônia também persistiu. Chegar a um acordo com isso envolveu trabalho mental, a maior parte feita na escuridão. Estava em casa, nos Estados Unidos, a nação imigrante, que se estendia de mar a mar brilhante; e não conseguia dormir. "A noite é sempre um gigante", escreveu o insone campeão Nabokov, em um romance tardio, "mas esta foi especialmente terrível." Eu tinha outro livro em minha mesa de cabeceira. Era um estudo curto e elegante do historiador Mark Mazower chamado *Continente sombrio*; e às vezes ia para o quarto ao lado com ele durante uma hora e voltava derrotado.

Quando fechava os olhos, me deparava com as visões habituais: um campo de batalha abstrato ou um parque de diversões desmontado ao entardecer, flores monocromáticas, figuras recortadas em papel branco mole; e os pensamentos e imagens beiravam, de modo encorajador, o absurdo. Mas não; minha mente estava em marcha lenta demais para o controle da inconsciência.

Tantos futuros possíveis faziam fila e competiam para nascer. Com o tempo, um ou outro se libertaria e se afastaria do restante...

Eles estavam vindo para cá, os refugiados, no olho de uma convergência geo-histórica: de um lado, eles próprios e seu êxodo, e do outro a Al-Qaeda, o Al-Shabaab, o Boko Haram, o Talibã, a Província do Sinai e o Estado Islâmico.

E ainda agora era como se uma força tectônica tivesse se apoderado da Europa e, com as unhas, a tivesse aberto e inclinado, causando um pesado deslizamento de terra na direção de velhas ilusões, velhos sonhos de pureza e crueldade.

E essa força ficará ainda mais pesada, muito mais pesada, imediata e irreversivelmente, após a primeira incidência de *takfir*. Nesse ponto, a Europa, essa então famosa confederação pouco robusta, enfrentaria outro teste histórico.

E o que eles poderiam trazer, os refugiados, era insignificante quando comparado com o que já estava lá, nas nações anfitriãs, os esporos e montes de cinzas do que já estava lá... *Continente sombrio* não é um livro sobre a África. O restante do título de Mazower é *O século XX da Europa*.

MEMORANDO PARA MEU LEITOR — 2

Além da Alemanha, fui à Áustria, à Suíça, à Polônia, à França e também à Espanha. Digo "também a Espanha" porque esse país não se envolveu no Holocausto, ao contrário de todos os outros (incluindo a Suíça: veja oportunamente "Reflexão tardia: Massada e o mar Morto [p. 512]").

A Alemanha do pós-guerra, óbvio, teve o trabalho mais árduo a fazer para chegar a um acerto de contas sem ilusões. E, como amador, é minha impressão de que seus esforços mereçam ser chamados, bem, em termos gerais, em si mesmos, de uma conquista estupenda.[1] *Não apenas a criminalidade nazista faz parte do debate nacional; muito significativamente, em minha opinião,* os jovens querem falar sobre isso. *E tem que ser uma "cura pela fala", uma iteração longa e nauseante: que outra maneira poderia haver?... E agora a Alemanha se tornou a primeira nação do mundo a erguer monumentos para a própria vergonha. Portanto, eu esperava que os alemães considerassem meu romance um acréscimo menor ao incômodo debate.*

E não fizeram isso. Quase todos eles (de acordo com o resumo lacônico de meu editor) rejeitaram o livro, de cara, por princípios literários: veja bem, eu aplicara ocasionalmente a sátira ("o uso do ridículo, da ironia, do sarcasmo etc., para expor a tolice ou o vício"); e todos os críticos alemães insistiram que o humor não poderia coexistir com a seriedade. Esse é um credo primitivo e literal que, como tenho certeza de que você já percebeu, mais ou menos oblitera o cânone anglófono. O fato é que a seriedade (e a moralidade, e mesmo a sanidade) não pode existir sem humor...

O que inferi disso? Que em algum momento a crítica literária alemã cometeu um erro de categoria incivilizado e depois se ateve a ele? Bem, não havia nada de muito interessante para se pensar ali. No entanto, continuei me perguntando se tocara em um inesperado ponto sensível; pode ser que os alemães, embora aceitassem plenamente que o nacional-socialismo era atroz, de alguma forma não estivessem dispostos a admitir que era também ridículo.

E não foram apenas os resenhistas. Depois de eventos públicos, um ou dois rapazes abriam caminho até a mesa de autógrafos para expor suas objeções, e um organizador, baixinho, me deixou realmente surpreso com sua veemência: "Como você pode ter a pretensão de rir *do hitlerismo?" Senti vontade de dizer: "A zombaria é uma arma. Por que você acha que os tiranos a temem e a banem, e por que Hitler tentou puni-la com a morte?".*

Estou familiarizado com a teoria do "excepcionalismo do Holocausto", que tem uma aplicação literária: na forma mais direta, sustenta que o Holocausto é um assunto que somente os historiadores têm o direito de abordar. Isso tem força emocional, é um apelo à reticência decente. Mas acredito que nada, absolutamente nada, deva ser protegido do olhar do escritor. Se essa postura é a de um fundamentalista literário, então é isso que sou.

Ah. Então você acha que eles pensaram que eu estivesse simplesmente sendo invasivo? Talvez fosse em parte. E, nesse caso, outra lição acena. Na literatura não há espaço para a territorialidade. Portanto, ignore com educação todos os avisos sobre "apropriação cultural" e coisas do gênero. Vá aonde a caneta o levar. Ficção é liberdade, e a liberdade é indivisível.

Em 31 de dezembro, Inez e eu (uma guarda avançada) voltamos a Strong Place no fim da tarde. Bem antes da meia-noite estávamos na rua. Também éramos nômades sem teto. A casa era um casco carbonizado e ensopado.

Cruzei o equador e agora estou no limiar do segundo tempo...

A vida, como eu disse, é artisticamente sem vida; e seu único tema unificador é a morte.

PARTE III

DISSOLUÇÕES: ANTEPENÚLTIMO

1. A linha de sombra

INCORPORAÇÃO: A REJEIÇÃO DA VERGONHA

Uma noite, no fim dos anos 1970, três baby boomers procuraram uns aos outros em uma festa regada a álcool em Londres: Christopher Hitchens e Martin Amis, do *New Statesman*, e Joan Juliet Buck, da *Vogue*. Christopher a conheceu por meio de sua ex-namorada, Anna Wintour, então da *Harper's Bazaar*, e Martin a conheceu por meio de sua ex-namorada, Julie Kavanagh, correspondente britânica do *Women's Wear Daily*.

"Olá, meninos."

Joan Juliet era uma beleza sombria e imponente, editora, atriz (e mais tarde romancista), cuja língua nativa era o francês.

"Minha querida, você está absolutamente radiante."

Este era Christopher. É claro que ele já era impiedoso no debate público, mas seus trejeitos sociais eram decorosos, harmoniosos (e alguns de seus embelezamentos parecem floreados no papel impresso, sem o fermento de seu sorriso). Hitch reservava uma cortesia especial para as mulheres. Presente na escrita também. Descrições de garotas atraentes o levam a palavras como "equilibrada", "perfumada" e "*ravissant*".

"Iluminada com juventude e vigor", ele continuou com uma reverência. "E me perdoe por mencionar que fiquei muito contente ao ouvir dizer que você andou mal. Essas pequenas, hã, doenças femininas. Se não era uma coisa, era outra. Acredito que tudo isso já tenha ficado no passado?"

"Não é bem assim", respondeu Joan Juliet. "Agora é a porra de meus peitos."

Sinceros, desafiadores, impassíveis e bem-humorados: Christopher e Martin admiraram muito essa observação e, por um tempo, ela foi citada com frequência, juntando-se às inúmeras frases, temas e pontos de referência que sinalizavam metronomicamente sua conversa e sua correspondência. Franqueza, humor e, acima de tudo, uma rejeição de tudo o que possa ser confundido com embaraço ou orgulho ferido.[1] A rejeição da vergonha.

BOSTON, 2003: ALGO TOTALMENTE NOVO

"Me diga, como estão Nat e Gus? Estão se dando bem?"

Saul e eu estávamos na sala de estar dos fundos da Crowninshield Road, onde geralmente tínhamos nossas conversas mais sérias e agendadas sobre política, religião, literatura. Era um ambiente confortável, uma casa confortável: era possível dizer ser o habitat de um acadêmico sênior de Cambridge. "Pessoal, sou rico", Saul anunciou a seus amigos em 1964, quando *Herzog* estava cotado havia meses como um best-seller (e as editoras esbanjavam no catálogo). "Posso comprar algo para você? Precisa de algum dinheiro?"[2] Saul, em 2003, passara por vários divórcios caros; ele tinha tudo o que queria, e um pouco mais de reserva, porém não era mais rico; não era *rico*.

"Nat e Gus, estão bem, estão ótimos. E *altos* também", respondi. Embora Saul conhecesse minhas filhas mais novas, meus filhos ele conhecia havia quinze anos. "Eles ainda estão naquela escola Latymer no oeste de Londres. Não é como a St. Paul's ou a Westminster, mas é bem sólida. O pai da minha mãe frequentou lá, deve ter sido nos anos 1900."

Então um silêncio começou a baixar sobre nós. Era um novo tipo de silêncio, nunca ouvido antes... Passei o inverno inteiro no Uruguai e, de um jeito ou de outro, não via Saul fazia dezoito meses: desde novembro de 2001. E, durante aquela visita, para minha surpresa e alívio, ele estava calmo e lúcido (nada parecido com Iris. O Onze de Setembro, concluí, foi de fato "muito grande"). No entanto, o silêncio ao nosso redor agora era um silêncio assustador. Senti-me impotente para quebrá-lo. Então Saul o fez com a pergunta:

"Me diga. Como estão Nat e Gus?"

... Ele estava brincando? Eu estava sonhando? Com mão trêmula, abaixei minha xícara de café e repassei tudo de novo: bem, ótimos, altos, Latymer no oeste de Londres...

O silêncio voltou. Esmagador, sufocante e incrivelmente *alto*. Aquilo não era esquecimento, era algo totalmente novo. Ele cruzara uma linha de sombra. Ele perguntou:

"Nat e Gus. Me diga, como eles estão?"

... Bem, não posso dizer que não me avisaram.

LONG ISLAND, JULHO DE 2001

Pelas janelas abertas do escritório, Martin podia ouvir sua filha do meio no jardim abaixo; com cinco anos, estava sozinha e cantava. O que era aquilo, o que era uma canção infantil solitária? Algo como uma ventilação de felicidade. Eliza, por enquanto, não transbordava tensão (como precisava fazer muitas vezes), mas sim felicidade. Imagine.

A voz dela o deixou feliz, e ele estava feliz de qualquer maneira, feliz em estado estacionário (note a data), mas não feliz o suficiente para juntar sua voz à dela; da mesma forma como ele não sentia vontade de acompanhá-la quando ela saltitava na calçada. E, quando ela dava cambalhotas, ele permanecia em pé. Agora, por que isso?

Quanto à irmã mais nova de Eliza, Inez, bem, ela tinha vinte e cinco meses. Ainda não havia tantos transbordamentos de felicidade para Inez. Ela acabara de chegar, acabara de pousar no planeta Terra; ainda estava muito tímida, e havia todas essas novas pessoas, oito bilhões e meio delas. Não é de admirar que ela às vezes escondesse o rosto e chorasse.

Por uma coincidência maravilhosa, Inez compartilhava o aniversário (10 de junho) com seu padrinho, Saul; que era esperado com seu clã naquela tarde.

E foi uma verdadeira coincidência, porque Saul aceitara o compromisso meses antes de seu nascimento...

Os olhos de Inez fizeram Martin pensar no lago Bellows, lá em Vermont, com suas gradações de temperatura. Gradações de confiança, esperança, incerteza e pavor pareciam nadar nos olhos de Inez.

Para ir de East Hampton, NY, até Brattleboro, VT, você vai de carro até North Haven e pega a pequena balsa para Shelter Island, que você atravessa para pegar outra pequena balsa até Greenport; essas viagenzinhas (um dos adornos da vida norte-americana) duravam cerca de dez minutos cada, e os barcos chatos eram velhos e rebaixados, então era possível ficar no convés e comungar brevemente com as ondulações e rugas uniformes do Sound.[3] De Greenport, vai-se até Orient Point e embarca-se na grande balsa (do tamanho de um transatlântico, com um bar e um cinema) para o cruzeiro de oitenta minutos até New London, CT. Em seguida, a etapa final: uma viagem de duzentos quilômetros, para o norte, indo de Massachusetts até Vermont.

É claro que os Bellow viriam de outra direção. Normalmente o trajeto durava em média sete horas, e a temperatura nesse dia estava muito próxima da do sangue humano. Além disso, em 10 de junho de 2001, Inez completara dois anos e Saul, oitenta e seis.

Então a gente dá um passo para fora e o calor bate feito um tijolo... Radger! Radger! Radger, venha aqui! O sotaque daquela garotinha!... Eu poderia ouvi-lo o dia todo.

Essa era a imitação caseira do personagem mais vívido e expressivo que os Amis haviam conhecido na balsa de New London para Orient Point (a garotinha com o sotaque era Eliza). Eu disse:

"E tenho o nome dela. Desirée Squadrino."

Saul tomou um gole de chá e disse: "Bom, ela estava certa sobre o calor. Entrar e sair para o convés foi bem difícil, mas fora isso... Não localizei a Desirée. Todas as pessoas a bordo passaram o dia jogando dados e roleta. Tinham acabado de perder até a camisa em um cassino na fronteira do estado".

"E o tamanho deles", disse Rosamund. "Realmente inacreditável. Como se tivessem ficado daquele jeito de propósito. Por pura força de vontade. E as *crianças*."

Durante algum tempo, todos falaram de uma reportagem sobre o custo financeiro da obesidade infantil pandêmica. Verdade que essa geração seria doente e muito custosa para tratar; em contrapartida, não custariam praticamente nada para a polícia, sendo muito volumosos e desajeitados para brigar, roubar, assaltar, estuprar ou fugir. Elena disse:

"Fico pensando que a balsa vai afundar", disse Elena. "É a comida barata. Alimentos baratos são encharcados com o que chamam de *gorduras saturadas*."

"Todos sabemos que não é culpa deles", afirmou Rosamund, "mas ainda acho que não ficariam assim se não se empenhassem nisso."

Declarei: "Saul, sua Sorella. Em *Bellarosa*. Ela ficou assim de propósito. Por uma razão".

"É, em certo sentido. E por uma boa razão."

"Uma razão nobre. Obedecendo a um instinto nobre."[4]

Na cozinha, outras formas e figuras moviam-se à nossa volta, comiam, sorviam, guinavam, cambaleavam: a saber, Eliza e Inez Amis e Rosie Bellow (Eliza, de cinco anos, era a mais velha); também estavam presentes Catarina, a babá das Amis, e Sharon, a babá da Bellow, além de uma babá auxiliar, a sobrinha (muito popular) de Rosamund, Rachael... Logo seria hora de banhos, cochilos e fraldas, antes que os atores principais se encontrassem novamente para os drinques noturnos.

"Se você tivesse vindo uma semana antes", disse Elena, "teria esbarrado com Hitch."

Rosamund fechou os olhos e disse devagar: "... Ufa".[5]

"Bom, Rosamund", declarei, "se serve de consolo, dei uma bronca nele por causa daquela crítica. Ele não respondeu. O que significa que ele sabia que fizera algo errado."

NOBODADDY

Fim da manhã do dia seguinte... Perguntei:

"Você ainda acredita nele, a esse respeito?"

"Acredito. Acho que ainda acredito."

Estávamos no convés, com nossas Virgin Marys com gosto forte ("*Bom* drinque", disse Saul, pesando o copo)... Embora ele me parecesse intacto e inteiro, havia diferenças. Antigamente, nossas sessões se assemelhavam ao melhor e mais amigável tipo de tutorial individual, em que o assunto era RI ou RK, e R representava Realidade (e não houve mudança de categoria quando nos voltamos para os impulsos religiosos de Saul; eles faziam parte da própria realidade *dele*). O diálogo manteve seu aspecto um tanto formal, porém era como um painel ou uma "conversa com". E ele era mais sonhador, visivelmente mais sonhador; pausas incomuns se abriam, e eu me via falando cada vez mais.

"É impossível justificar", disse ele. "Mas eu ainda... acredito."

"Bom, *é*, sim, hã, anômalo. 'O véu de Deus sobre tudo.' 'Louvado seja Deus; louvado seja Deus.' É impressionante considerar a frase obra de alto modernismo."[6]

Saul deu de ombros e sorriu.

"Nossa poesia, por natureza, possui um quadro de referência religiosa", insisti. "Religião e poesia parecem de alguma forma coeternas, você não acha? Mas o romance mainstream é uma forma racional... Acho que sei o que você é, Saul. Tecnicamente. Você não é um teísta. Não acredita em um deus que interfere no mundo. Você é um deísta. Acredita em um ser supremo que cuida da própria vida."

Ele disse: "Será que 'acreditar' é a palavra certa? Não há fundamento lógico para isso. Por que eu deveria acreditar sem provas, nesse caso? A gente rejeita as escrituras, é claro. Rejeita a ideia de que Deus escreve livros. Por que Deus haveria de escrever livros? *Nós* escrevemos livros".

"Então, como é seu ser supremo?" Esperei. Então intervim e citei algumas frases de *Ravelstein*. Que são: *Deus apareceu muito cedo para mim*. Na infância. *O cabelo repartido ao meio. Entendi que éramos parentes porque ele tinha feito Adão à sua imagem e soprou vida nele.* "Acho adorável isso, no entanto... Ele ainda usa o cabelo assim?"

Cabeça para trás, queixo erguido, Saul riu (ha, ha, ha) como fazia não só com todas as piadas (por mais fracas que fossem), mas com todas as citações de sua obra (por mais sombrias que fossem).

"Acho", disse ele, "acho que eu misturava Deus com meu irmão mais velho. Ele usava o cabelo assim."

"Maury. Descanse em paz."

"Foram as primeiras ou primevas impressões. E os irmãos mais velhos são como deuses."

"São, são mesmo."

"Deus não se parecia com Maury. Deus não se parecia com nada que a gente pudesse imaginar."

"Concordo. Não era nenhum Nobodaddy." Nobodaddy era o epíteto inabalável de William Blake para o deus celeste do cristianismo: o patriarca fantasma. "E você, Saul, ainda espera reencontrar seu pai na próxima vida..."

"Não é intelectualmente respeitável, eu sei. É um arcaísmo. Tudo o que tenho são essas intuições persistentes. Pode chamar de impulsos amorosos. Não posso desistir da sensação de que não vi meus pais, minha irmã e meus irmãos por uma última vez... Quando eu morrer, estarão esperando por mim. Não visualizo nenhum cenário. E não sei o que eles vão dizer. Muito provavelmente vão me dizer coisas de que preciso realmente saber... É o poder dos primeiros apegos. Só isso."

Agora Rosamund e Elena, seguidas por uma ou duas crianças, saíram para nos dizer que a comida estava na mesa.

"Estamos indo." E, enquanto juntava minhas coisas, quis acrescentar: *Saul. Continue fazendo o que você sempre fez. Confie na criança que há em você. Confie no "primeiro coração"* (*como você disse uma vez*). *Continue a ver o mundo com seu "olhar original"*. Mas tudo o que disse foi: "Ei, Saul. Qual é a diferença entre um Skoda e um adventista do sétimo dia?".

"Não sei", respondeu ele com expectativa.

"Com um adventista do sétimo dia a gente pode fechar a porta."

A cabeça foi para trás, o queixo para cima... No dia em que meu pai morreu (em 1995), liguei para Saul em Boston e dei a notícia. E conversamos. Ele me disse o que eu precisava ouvir... Ele nunca foi meu "pai literário" (eu já tinha um); e, além disso, ele estava muito ocupado com Gregory, Adam e Daniel (e agora com Rosie). No entanto, falei a ele, um ou dois anos depois: "Enquanto você estiver vivo, nunca me sentirei completamente órfão de pai". E, depois disso, depois que Saul morreu, eu teria... nobodaddy.

Durante o almoço daquele dia, por insistência de Elena, Saul cantou "Just a Gigolo" em seu barítono suave e persuasivo. E no café da manhã ele nos brindou com "K-K-K-Katy" e, com as harmonias igualmente agradáveis de Rosamund, "You Are My Sunshine". Assim como eu naquela época, Saul tendia a acordar feliz. O Alzheimer atacaria essa felicidade e essas harmonias. Mas não ainda.

Em algum momento da tarde, eu estava sentado à mesa da cozinha com Rachael, Sharon e Eliza; Sharon falava sobre sua predecessora (como babá de Rosie Bellow):

"E ela parecia uma garota tão legal. Muito sensata e responsável."

"Hum, eu me lembro", disse Rachael.

"Muito bem-educada. Ninguém sonhava que ela fosse tão..." Sharon se conteve e olhou para a atenta Eliza. "Ninguém sonhava que ela fosse tão pê u tê a."

Eliza perguntou: "Por que ela era uma puta?".

Seguiu-se uma onda de risadas (e uma segunda onda, quando contei para os outros)... O inglês é "uma *bela* língua", me disseram mais tarde em um jantar na Suíça com um grupo de escritores europeus; e aquilo me surpreendeu. O italiano é lindo, o espanhol é lindo, o francês é lindo e estou preparado para aceitar que até o alemão é ou pode ser *jolie laide*. Mas inglês? É avançado de um modo impressionante, eu sabia: sem sinais diacríticos (sem cedilhas, tremas); "natural" em oposição ao gênero "gramatical" (cf. *das Mädchen*, em que "menina" é neutro); e um vocabulário imenso.[7] Ainda assim, o tesauro fica muito reduzido quando se trata de "diversão"; é muito difícil, em inglês, descrever o riso.

Coisa que é preciso fazer quando se escreve sobre Saul. Com ele, o riso era em essência comunitário; e talvez por isso ele gostasse de todas as piadas, por mais fraco que fosse o duplo sentido delas (e por mais sujas que fossem). As piadas são convites ao riso; então ele gostava de todas as piadas e adorava fazer parte da espécie que gostava de contá-las.

Era a hora do coquetel e perguntei a ele: "Agora, o que posso trazer para você?".

Um dia, no fim da década de 1990, disseram a Saul que não deveria mais dirigir. Muito ressentido, porque ele amava "a princesinha" (um BMW recém-adquirido). Não muito tempo depois, foi informado de que não deveria mais beber (Updike ouviria o mesmo quando sua hora se aproximou). No dia da chegada, Saul pediu um pequeno uísque, totalmente merecido, pensei. Nessa noite, pediu uma taça de vinho tinto e bebeu durante o jantar e depois.

Comemos ao ar livre. Após cerca de uma hora, a conversa se desviava para certa direção e vi minha deixa:

"Quero contar uma anedota sobre alguém que espero redimir a seus olhos... Sabe quem me apresentou às suas coisas, Saul? Sem o qual, talvez, a gente não estivesse sentado aqui esta noite, sob as estrelas, sob o luar? Hitchens. Por volta de 1975, ele disse: 'Dê uma olhada nisto aqui'. E me deu a edição Penguin vermelha de *Herzog*."

"Você teria chegado lá por conta própria", disse Elena.

"É, eu chegaria, mas quando? E por que desperdiçar a vida?"

Rosamund ainda estava meio irritada, porém Saul disse cordialmente: "Conte sua história".

"Bom, o que aconteceu foi o seguinte: ele foi buscar um amigo no escritório da *Vanity Fair*. E, enquanto esperava, o editor de fotos saiu cambaleando da câmara escura, deixou cair o aerógrafo e o estilete ou o que quer que fosse, afundou numa cadeira e disse: *Essa é a maior redução que já fiz em toda a minha vida*."

"O que é uma redução?"

"É quando tentam fazer alguém parecer menos gordo", declarei. "E quem era? Era a muito difamada Monica Lewinsky... E Hitch entendeu uma coisa de repente. Os Estados Unidos passaram um ano em cima de O. J. Simpson e outro ano em cima de Monica Lewinsky. 'Política', falou Hitch, 'já foi definida como o que está acontecendo. E agora não está acontecendo nada.' Ele sentia saudade da Guerra Fria. Não está acontecendo nada."

Rosamund disse, agora com mais tolerância: "Do que ele sentia saudade da Guerra Fria?".

"... Ele é *ubi sunt* sobre a União Soviética. Você sabe: onde ela está agora? Onde está o sonho utópico? Onde estão os homens duros e puros como Lênin e Trótski? Mas acho que o que ele sente falta mesmo é do *debate*. Sobre uma alternativa ao capitalismo."

"Bom, isso também me pegou", afirmou Saul. "Ser um Trot fazia você sentir que tinha um papel na história mundial. Visando algo maior do que mero Mammon."

"Exatamente. O Hitch ama os Estados Unidos e está ligado aos Estados Unidos. Mas também quer algo maior. E vive para a luta. Ele diz: 'Todo fogo no rabo desapareceu'. Fala que vai diminuir a política e escrever mais sobre literatura."

"Uhum", disse Elena.

E finalmente passamos para Francis Fukuyama e seu famoso livro.[8]

"A história não acabou", declarou Saul enquanto voltávamos para dentro. "Embora às vezes pareça assim... A história nunca acaba."

Saul não conseguiu assimilar o Onze de Setembro. E logo, para ele, a história realmente acabaria, no sentido de que o passado acabaria, a memória acabaria. O riso seria o último a desaparecer.

A CONVERGÊNCIA DO PAR

Certa noite, houve uma tempestade ultraviolenta (e relatos de mares turbulentos) a muitos quilômetros da costa. O que vimos dela, e a maneira como ficamos todos parados a olhar, foi economicamente evocado por Nabokov em *Fogo pálido*: "Distantes espasmos de raios silenciosos"...

Por alguma razão, éramos apenas eu e Saul na praia no dia seguinte. Tínhamos dedicado a manhã a um passeio por East Hampton, com Elena ao volante: visitas ao que antes eram os estúdios de dois pintores, velhos amigos, Jackson Pollock e Saul Steinberg. "Você chegava depois do café da manhã e ele já estava bêbado", disse Bellow sobre o primeiro. Como artista célebre dos Estados Unidos, Steinberg foi isolado por seu judaísmo e viveu uma vida longa; mas Pollock era um gói indefeso de Wyoming e morreu enquanto dirigia embriagado aos quarenta e seis anos...

Saul perguntou: "Vamos nadar?".

"Ah, não sei, não. Olhe só. Não: *escute*. Mas vamos molhar os pés."

Agora, era de costume, depois de um de seus acessos de raiva, suas orgias histéricas, o Atlântico Norte se apresentaria como a imagem da inocência pacífica, ordenada, quase afetada (uma tempestade? Que tempestade?), suas ondas bastante altas talvez, mas que se desdobravam de maneira confiável e negociável na direção da praia. Hoje não.

De longe, o mar parecia achatado, atordoado, embora a superfície corresse loucamente para o lado (como se estivesse em busca desesperada de algo), e, quando entramos até as canelas, depois os joelhos, descobrimos que o mar estava... numa terrível ressaca; contudo não como um humano, não tímido, taciturno e egocêntrico. Toda a contracorrente fervilhava e sibilava de ódio e hostilidade, rosnava, chupava os dentes, estalava os beiços, voraz como fogo selvagem.

A experiência foi paradoxal: emocionante e perigoso remar contra a água brilhante que passava e puxava nossas panturrilhas. Era um mar que se recusava terminantemente a ser nadado, mas por meia hora nos debatemos dentro dele, maravilhados e rindo de sua veemência...

Fui o primeiro a virar e ir para a praia, seguido por Saul; e eu não o vi cair. Quando me virei novamente, ele estava deitado de costas na água mais rasa. Levantou-se. E lá ficou. Olhou, olhou para o mar. O que havia naquele olhar?... Cheguei perto dele e vi seu rosto, seus olhos firmes, que continuavam fixos. Olhos eloquentes de respeito, mas também de desafio, e em si mesmos continham uma ressaca de ameaça.

Saul nunca esquecia uma ofensa ou um insulto, e aquele oceano, como ele com certeza admitiria, acabou por jogá-lo de bunda. Se o Atlântico fosse uma mulher ou um homem, ele poderia se vingar acabando com eles num romance. Todavia, os romances tinham acabado, como a história.

Mesmo assim, durante aqueles dois ou três minutos, pareceu-me uma disputa de igual para igual. O mar era uma força da natureza. E Saul também; assim como a prosa dele. Uma força da natureza.

FILME CASEIRO

Os Amis voltaram a Londres no Dia do Trabalho, que em 2001 caiu em 3 de setembro. Em 6 ou 7 de setembro, houve a exibição do filme caseiro (dirigido e apresentado por Elena) sobre a visita dos Bellow a Long Island... Naquele mês de julho, pensei que Saul estivesse quase sadio e inteiro; mas a câmera, como todos os atores sabem, vê coisas que não vemos. Quando o filme começou, fiquei absorto por uma Amis, não por um Bellow: ou seja, Inez. Quanto ela se desenvolvera desde junho, a época da estada de Christopher; ele não podia nem chegar perto dela sem provocar um rio de lágrimas (Nossa, o que será isso?, ele perguntou depois da quinta tentativa de se aproximar dela)... No que poderíamos chamar de sequência pré-letreiros, Inez correu nua da sala de estar para o jardim e, então, usando metodicamente o traseiro, escalou os dois ou três degraus até o convés elevado onde eu, Saul, Rosamund e Elena tomávamos café, visitados de vez em quando por Eliza, Rosie, Catarina, Rachael, Sharon... Como Inez se movimentava feliz e concentrada entre nós, e com que atenção suave atendia aos avisos dos pais ao pegar algo pesado ou chegar muito perto da borda. A certa altura, reflexiva, se firmou, com uma mão apoiada no joelho de Saul.[9] O joelho de Saul, os olhos de Saul.

"Olhe os olhos dele", disse Elena.

"Estou vendo", eu declarei.

... A esquizofrenia geralmente ataca quando a vítima tem dezoito ou dezenove anos: é quando as "vozes" começam. Mas, muito antes disso, o sofredor sabe que algo não está certo. E esse era o estado de Saul, em julho de 2001. Ele sentia que estava chegando.

O filme caseiro continuou. Elena crivava Saul de perguntas gerais ("Desculpe, vou te entrevistar", ela disse), e ele respondia com eloquência e facilidade. No entanto, seus olhos não estavam certos: agitados, piscando, superalertas. Era como se olhasse para o próprio cérebro e se perguntasse o que faria com ele em seguida.

TUFÃO

"Me diga", ele perguntou pela quarta ou quinta vez, "como estão Nat e Gus?"

A essa altura, todos os meus esforços se voltavam para dissimular a desgraça. E, enquanto dava minha resposta mecânica, pensei que Saul, em preparação para nossa conversa, poderia até ter anotado: *Pergunte sobre NAT e GUS...*

Ele de fato perguntou sobre Nat e Gus. E não posso afirmar que não me avisaram.

Eu chegara à residência dos Bellow em Brookline antes do previsto, por volta das onze horas; a governanta, Marie, me deixou entrar. Rosamund estava em algum lugar, Saul estava no escritório, no andar de cima, e Rosie com a babá na sala da frente. Marie me deu uma xícara de café, eu saí da cozinha e fui fumar no jardim dos fundos... Estava na cidade a convite da Universidade de Boston, e minha missão era conduzir um seminário ao lado do professor Bellow. O livro em discussão seria *A linha de sombra*, de Joseph Conrad. E, enquanto bebia e fumava debaixo da castanheira, me perguntava como Saul reagiria a uma novela que formidável e estrondosamente criticava a crença religiosa. Ele não ia se levantar em zelosa defesa das próprias intuições, a esse respeito era sempre doce e sereno...

Um leve barulho vindo de trás: Rosamund retornara e veio se juntar a mim. Seus movimentos pareciam apressados, mas ela fez uma pausa e, com uma eficácia quase de pantomima, fechou e selou a porta dupla. Selada para o som. E mesmo assim, depois do abraço habitual (ou talvez não tão habitual, mais urgente, mais ardente), sussurrou:

"Para esta aula... não espere muito dele." Ela disse quase suplicante. "Ele não consegue..."

Esperei. E lembrei-me de algo que ela me disse ao telefone apenas um ou dois meses antes: que um dia, quando Saul dava aula, ele vacilou (no meio do parágrafo, no meio da frase) e parou ("E normalmente ele estaria *voando*"), fez uma careta repentina, como se sentisse uma oclusão palpável.

"Ele não consegue..." De olhos baixos, voltados aos sapatos ou para os traços sedosos da geada de abril nas folhas de grama. *Minha madrasta baixou a cabeça ao falar. Era seu cabelo tingido e repartido que eu tinha que interpretar* (de *A conexão Bellarosa*). Exceto que o cabelo repartido de Rosamund não estava tingido e crescia com uma força emaranhada. Ela tinha quarenta e quatro anos; eu, cinquenta e três. Saul, oitenta e sete.

"Ele não consegue mais ler."

"*O quê?*" E me afastei dela um passo, para manter o equilíbrio.

Ela olhou por cima do ombro. "Cada vez que chega ao fim de uma frase", ela disse, ou balbuciou, "ele esquece como a frase começou..."

Uma frase de *Herzog*: *A vida não podia ser tão indecente assim. Podia?*

E pensei incoerentemente nas vezes que me vi no metrô de Londres sem um livro, ou pior, com um livro, porém sem óculos, ou pior ainda, com livro e óculos, mas sem luz (falha de energia). No entanto, o livro e os óculos acabavam encontrados e a luz voltava, e eu não ficaria sentado no escuro com um livro no colo pelo restante da vida.[10]

... Saul apareceu, nos abraçamos e ele tomou seu café. O carro que nos levaria ao auditório chegaria às três horas, então havia tempo de sobra para nós dois irmos à sala dos fundos para nossa palestra.

Duas e quarenta, e Saul estava agasalhado em sua parca perto da porta da frente, à espera (à espera do toque do motorista), mas apenas esperando. Tinha o Conrad debaixo do braço; mas não olhava o livro. Perguntei:

"Ora, por que seu exemplar é duas vezes mais grosso que o meu? Posso?" Coloquei-o no colo. "Ah. Aqui tem *A linha de sombra*, mas também *Tufão*. Uma dupla maravilhosa, não acha? *Tufão*, a malevolência da tempestade. E *A linha de sombra*, a malevolência da calma... Você se lembra daquele mar em Long Island? Aquele que te jogou de bunda?" Ele sorriu, mas não disse nada. "Estávamos na praia e nós..."

E assim continuei até o motorista chegar. Eu aprendera minha lição.[11]

ALGO ACONTECE NO CÉU

Havia cerca de vinte e cinco estudantes em nossa sala de aula. Uma cabeça ou outra tinha cabelo escuro brilhoso, cujo brilho era espelhado de nossos primos do extremo distante da Eurásia. Como o clichê sempre nos leva a esperar, os jovens asiáticos pareciam inescrutáveis; mas os jovens ocidentais também. Isso (um desenvolvimento comparativamente menor da idade avançada) foi o que aconteceu comigo: a própria juventude parecia inescrutável. A juventude, "esse grande poder", como Conrad sempre insiste; porém eu não podia mais sentir seu poder. Apenas sua estranheza.

Fiquei aliviado ao descobrir que Keith Botsford ia supervisionar o seminário.[12] Conhecia-o quase tanto quanto conhecia Saul; e fiquei aliviado, não porque ele dividiria o fardo de uma conversa de noventa minutos sobre Conrad (eu poderia fazer isso), mas porque dividiria o fardo da inquietação se Saul nunca abrisse a boca (uma grande probabilidade, de acordo com Rosamund). Acomodamo-nos.

Demorei para perceber que baixava sobre mim um estado mental desconhecido, irreconhecível, que se impunha; algo como um excesso de significado, com muitos elementos e argumentos lutando para serem coerentes. Não conseguia controlá-los, não fazia ideia de para onde ir. Isso me lembrou das mais dolorosas tentativas de autoria, quando você se vê castrado por pura complexidade. Só que ali eu estava na vida real e em tempo real, enfrentando uma árdua dificuldade normalmente encontrada apenas em caneta e tinta, e não em carne e osso.[13]

Havia barulho de tosse e de nariz sendo assoado na classe. Saul, sentado no estrado com as pernas cruzadas, parecia sábio e sereno. O cabelo branco flutuante, a boca larga, o nariz fino, vincos como as varetas de rodas de bicicleta em cada têmpora (rugas de riso), olhos que o tempo tornara cor de ostra, mas ainda ricos e concentrados, cheios de coisas que você precisava saber... Lenços de pano e de papel foram guardados e substituídos por blocos e canetas. Keith começou com tranquilidade.

A linha de sombra foi composto no segundo ano da Primeira Guerra Mundial e dedicado ao filho de Conrad, Borys, que estava prestes a se alistar aos dezessete anos. Borys sobreviveria, e sobreviveria à Batalha de Somme, intoxicado por gás, ferido e em estado de choque. Conrad, aflito e agitado ("Estou quase louco por minha inutilidade"), conseguiu ao menos afirmar a solidariedade paterna nessa novela autobiográfica sombria sobre a crise seminal de sua própria vida: seu primeiro comando, no mar da China Meridional (era 1887, o ano em que Conrad completaria trinta anos). "Para Borys e todos os outros", diz a dedicatória, "que, como ele, cruzaram na juventude a linha de sombra de sua geração, COM AMOR."

Não por coincidência, *A linha de sombra* também é um dos testamentos mais agressivamente ímpios da língua inglesa. Da nota introdutória do autor:

Não, estou bem firme em minha consciência do maravilhoso para me deixar fascinar pelo meramente sobrenatural, que (entenda como quiser) é apenas um artigo manufaturado, a fabricação de mentes insensíveis às delicadezas íntimas de nossa relação com os mortos e os vivos, em suas incontáveis multidões; uma profanação de nossas memórias mais ternas; um ultraje à nossa dignidade.

E para somar insulto a insulto, o autor tece uma provocação secularista à própria estrutura do conto.

Depois de partir do sul de Bangcoc (para a Austrália), o elegante navio mercante do narrador, o *Otago*, logo fica por completo paralisado no golfo da Tailândia; um a um, os marinheiros adoecem (como se sufocados pelos miasmas da malária que se acumulam no ar estático), e sua sobrevivência dependerá do quinino supostamente armazenado no baú de remédios do navio. Então, o jovem capitão faz a "descoberta terrível": o quinino se foi; vendido pelo velho capitão, seu antecessor (uma figura maligna, já morta), para financiar uma paixão lamentavelmente crédula nas ruelas de Haiphong.

Temos um vislumbre da mulher, que parece "uma médium de classe baixa", apenas em uma fotografia (caracterizada como "um espantoso documento humano"); e é um daqueles momentos em que Conrad alcança o registro mais contundente. Lá está o capitão ("careca, atarracado, grisalho"), "e a seu lado se eleva uma terrível e madura mulher branca com narinas gananciosas e um olhar barato de mau agouro nos olhos enormes". Homens tão honestos foram despojados de saúde, força, sanidade e juventude para promover uma mística sórdida e seu olhar teatral...

Keith termina o preâmbulo, volta-se para mim e para Saul. "Você gostaria de comentar?" Saul se mexeu em silêncio na cadeira. "Martin?"

Peguei o rascunho que escrevera uma semana antes e disse: "*A linha de sombra* é, no fim das contas, uma obra emocionante, mas sua estrutura é, de modo irremediável, inepta. Tem a forma, segundo um crítico, de uma xícara de chá minúscula com uma alça ridiculamente grande. Toda aquela politicagem de porto e barricada em terra. Muito túrgido, muito neutro, muito opaco. Isso acontece em seis *décimos* do total. Assim que o *Otago* sai do porto, o livro por fim abre suas velas e enche os pulmões. Então Conrad se ergue em toda a sua estatura e olha para você com olhos penetrantes. E, quando ele escreve assim, é uma honra ler. Então, com sua permissão, Keith, Saul, sugiro que vejamos passagens..."

Quais eram, em minha cabeça, esses componentes que buscavam unidade? Posso tentar listá-los. Um: o mal-estar que debilita e perturba os oficiais e homens naquela viagem; é claro que isso era dolorosamente ressonante. Dois: a rejeição da religião por Conrad, o "além" tratado com desprezo especial, é ressonante. Três: a questão da "escrita de vida" é ressonante (o livro tem como subtítulo *Uma confissão*). E quatro: nossos próprios estudantes, ou pelo menos metade deles, se veem amarrados à discussão porque a obra se passa em suas longitudes de origem: o golfo do Sião (como era então chamado), limitado pela Tailândia, pelo Camboja e pelo Vietnã; e, quanto à doença que sufoca a tripulação, Conrad como narrador suspeita que ela seja profundamente oriental em seu mistério e poder. Tudo isso, e também juventude, guerra, isolamento, pecado, culpa, masculinidade, loucura, morte...

"*Algo acontece no céu como uma decomposição*", li em voz alta, "*como uma corrupção do ar... Uma grande imobilidade superaquecida envolveu o navio e parecia mantê-lo imóvel... As estrelas pontuais e cansativas reapareceram no topo dos mastros, mas o ar permaneceu estagnado...*" Virei algumas páginas e continuei: "*O efeito é curiosamente mecânico; o sol sobe e desce, a noite gira sobre nossa cabeça como se alguém abaixo do horizonte girasse uma manivela. É o mais mesquinho, o mais sem sentido...* E Conrad interrompe a frase, como se vencido pela fatuidade, pela futilidade, como se nada valesse a pena dizer, nada valesse a pena pensar... *Houve momentos em que senti não só que ficaria louco, mas que já tinha enlouquecido.*

"Essa é a linha de sombra, o climatério, o teste interior no qual nosso narrador parece fadado a falhar. A perda de aderência, a perda de conexão, o enfraquecimento do pensamento consecutivo. Ele sucumbe à mera superstição, cede aos feitiços e vodus locais. Não pode nem mesmo..." Nossa, pensei, quanto mais segue esse tom? Conferi e vi que havia dois parágrafos aparentemente alegres sobre os horrores e humilhações da mente em desintegração. Então eu disse: "Agora vamos voltar para a prosa e observar a atração do escritor de segunda língua pelo clichê. *Num piscar de olhos* aparece três vezes com intervalos de dez páginas, *minha cabeça boiou* duas vezes em parágrafos adjacentes. E que tal esta peça sobressalente do clichê: *A sensação me pareceu a coisa mais natural do mundo. Tão natural quanto respirar.* Na página noventa e nove, somos informados de que *dava para ouvir um alfinete cair* num silêncio *tão profundo que...*".

Mas todas as ocasiões informavam contra mim. Enquanto prosseguia, suponho que plausivelmente, pensava na pura e platônica morte por Alzheimer, que acontece quando "respirar" se soma a todas as outras atividades de que o paciente se esquece.

"É o insistente ponto crucial conradiano", disse Keith, concluindo. "*A linha de sombra* é sobre a indiferença da natureza para com sua criação mais exótica: a consciência humana." E então ele encolheu os ombros e disse, de novo com toda a justiça: "Mas é um erro perguntar *sobre o que* é o romance".

"Concordo", declarei. "Não é algo que dê para imprimir numa camiseta ou num adesivo de para-choque."

"Isso. Quer dizer, Saul, sobre o que é *Augie March*?"

E Saul disse: "É sobre um excesso de umas duzentas páginas".

Na época, e dadas as circunstâncias, achei perfeito: indireto, oblíquo, e inspirou uma gargalhada aliviada... Dez anos depois, descobri que a piada de Saul remontava à época da publicação de *Augie*, em 1953. As memórias de longo prazo das vítimas do dr. Alois, conforme constatei, eram mais prontamente acessíveis do que qualquer coisa que tivesse acontecido cinco minutos antes.

E eu ainda diria que, após meio século, a piada de Saul se manteve muito bem. Mesmo assim, foi sua única declaração da tarde.

BOLA DE DEMOLIÇÃO

Ele estava parado na calmaria da demência, em estase sem vento. Era uma maneira de imaginar. Quais eram as outras maneiras? Quando me perguntou sobre Nat e Gus, e continuou me perguntando sobre Nat e Gus, fiquei atordoado com a extensão da destruição já causada; era como se uma multidão de godos ou vândalos tivesse ido e vindo; tudo o que era belo ou sagrado fora saqueado ou destruído. No entanto, aqui não havia agente humano; a coisa era insensível e indiferente... Acabei percebendo que o próprio Saul criara a imagem mais reveladora, e o fez quarenta anos antes, em *Herzog*.[14] De um parágrafo famoso:

> Na esquina, ele parou para observar o trabalho da equipe de demolição. A grande bola balançou contra as paredes, passou facilmente pelos tijolos e entrou nos cômodos, o peso preguiçoso vasculhou cozinhas e salões. Tudo o que tocou oscilou e explodiu, ruiu. Ergueu-se uma nuvem branca e tranquila de pó de gesso.

E a missão do dr. Alzheimer ainda não estava totalmente cumprida. A história não tinha acabado, assim como o dia não acabara para Moses Herzog: "O sol, que agora partia para Nova Jersey e o Oeste, estava cercado por um caldo brilhante de gases atmosféricos".

JAMES BOND E CAPITÃO SPARROW

"Ele gosta de James Bond", disse Rosamund ao telefone.

"Ele gosta de James Bond?"

"É. Se desse para a gente assistir a James Bond. Com petiscos. Biscoitinhos e chocolates. Vou providenciar tudo isso."

A ideia era apaziguar a frenética inquietação de Saul, pelo menos por algumas horas, embalá-lo com James Bond...

Rosamund falou: "Ele gosta de James Bond. Gostamos de James Bond".

"Tudo bem", eu disse. "Venha por volta das duas. *Eu* gosto de James Bond."

Na sequência pré-letreiros, James Bond (ou Pierce Brosnan) chega a algum bordel do Extremo Oriente por via marítima, depois de atravessar uma grande extensão do Pacífico Sul, não de veleiro como Conrad no *Otago*, mas de prancha de surfe...

Nós três estávamos encolhidos em volta da tela, comendo os salgadinhos.

Na praia ou na costa do porto, o grande Brosnan abre o zíper da roupa de mergulho para revelar um smoking, uma *hommage* ao muito mais imponente e elegante Sean Connery em (talvez) *Moscou contra 007*. E logo Pierce está trancado no quarto da cobertura com um balde de champanhe e uma beldade nada confiável...

"É *isso*?", indagou Saul.

"Parece que sim", eu disse.

Durante essa visita, havia prolongado minha estada em um hotel que seguia o formato só de suítes, e meus cômodos eram sedosamente *gemütlich*, assim como os doces e chocolates nas travessas giratórias. O serviço pay-per-view era eficiente, o chá, quente e recém-preparado. A única distração, descobri, era a reprovadora luz do dia além das cortinas finas, que me faziam sentir que devia estar fugindo de algum dever vital. O céu naquela tarde estava curiosamente dividido em dois níveis, azul-bebê embaixo, mas brilhava com manchas pretas e nuvens de trovoada coalescentes.

A essa altura, Brosnan estava caleidoscopicamente envolvido com automóveis de alto desempenho, estradas montanhosas, avalanches artificiais, drones Predator pairando no céu.

Saul parara de comer e se debatia com rigidez no assento. De repente, disse com um toque de aspereza e até desespero:

"Vamos ficar aqui a *noite toda*?"

Em minha última noite em Boston, ele e eu assistimos amigavelmente a *Piratas do Caribe: A maldição do Pérola Negra*. Trocamos palavras durante a exibição, palavras sobre o filme, palavras sobre isso e aquilo. Rosie fazia parte da plateia e olhava de vez em quando para seus outros interesses, brinquedos, livros ilustrados; e Rosamund, que fazia um de seus jantares especiais, passou com aperitivos e taças de vinho (para mim).

"Nada sentimental", eu disse a Saul, depois da visita forense do capitão Sparrow a um bordel; um bordel que, evidentemente abrangia uma ilha inteira. Os homens todos bêbados brigando e se debatendo de um lado a outro, as mulheres com traços vívidos de surras e espancamentos. "Não dá para dizer que é *schmaltzy*."

"Acho que não."

"Nossa, olhe o tamanho do hematoma no decote daquela loira."

Mas agora o capitão Sparrow estava mais uma vez em alto-mar. Sua busca? Localizar e recuperar seu antigo navio, o *Pérola Negra*, roubado por seu ex--companheiro de bagunça Hector Barbossa...

"Piratas eram classificados como terroristas", afirmei, sem esperar nenhuma resposta. "Também eram religiosos, muitas vezes: muçulmanos, católicos, protestantes, só judeus que não, acho. E muitas vezes eram totalmente gays... A gente gosta de piratas. Perdoamos os piratas."

"Barba Azul", disse Saul.

Eu já tinha visto *Piratas do Caribe* antes (sentado entre Nat e Gus). Saul também, na noite anterior, ali na Crowninshield Road, e veria amanhã e no dia seguinte. Na verdade, víamos de novo quinze minutos depois, porque a fita misteriosamente rebobinava e reiniciava. Agora o capitão Sparrow (Johnny Depp) estava prestes a resgatar Elizabeth Swann (Keira Knightley); de pé no parapeito do galeão ancorado, ele então mergulha na água escura.

Com considerável admiração, Saul disse: "Esse é um rapaz corajoso".

"Sem dúvida", falei. "Um rapaz muito corajoso."

Corajosos era o que todos teríamos que ser dali em diante. Ninguém mais do que Rosamund... A interconexão estranhamente obstinada daquele feitiço em Boston, a maneira como a realidade parecia ter banido tudo que não fosse de fato relevante (de uma forma ou de outra) para a situação de Saul: a situação do meio estado, do meio ser. Até o capitão Sparrow deu sua contribuição, ao descobrir que o capitão Hector Barbossa e toda a sua tripulação tinham sucumbido à "maldição" do *Pérola Negra*: esses homens agora eram mortos-vivos (falecidos, mas, na prática, animados). Nas palavras de Barbossa:

> Faz muito tempo que estou com uma sede que não consigo saciar. Há muito tempo estou morrendo de fome e não morri. Não sinto nada. Nem o vento no rosto, nem o borrifo do mar, nem o calor da carne de uma mulher.

Os marinheiros, os braços do *Pérola Negra* de velas negras, foram expostos ao luar. Eram esqueletos, armações de ossos com um ou outro pedaço de pele e cartilagem...

Saul ainda conseguia sentir o calor da carne de uma mulher, ele ainda podia transmitir calor (ele foi uma companhia quente aquela última noite). Sempre achou a presença de Rosie reconfortante e fortalecedora. E talvez começasse a sentir o consolo que o Alzheimer descuidadamente joga em seu caminho.

"À medida que a condição piora", escreveu John Bayley em *Iris*, "ela também melhora": cada novo empobrecimento reduz a consciência da perda.

No entanto, ainda havia delírios tropicais por vir. E achei impossível não continuar pensando nas linhas pesadas de Larkin num poema antigo "Next, Please":

Só um navio ainda nos procura,
Desconhecido, de vela escura,
Reboca sem aves, silêncio enorme
No rastro de água morta, informe.

OBJETIVO CRUZADO: "ACESSE SEU E-MAIL"

Em 29 de junho de 2010, peguei o telefone e disse: "Alô?".

"Martin."

"Ian."

"Más notícias."

"É", falei, "más notícias. Ah, muito más. Estávamos com velhos amigos aqui, estávamos todos nos divertindo muito, e então recebi a ligação e simplesmente… simplesmente deliquesci."

"… A ligação de?"

"Da Espanha. A esposa do Nicolas, para dizer que ela tinha acabado de morrer."

"Desculpe. Quem tinha acabado de morrer?"

"Minha mãe."

"Ah, não!"

E, como Ian lamentou, com real sentimento (Hilly conquistara a simpatia de todos os meus amigos e, na verdade, de todos que a conheciam, como os obituários enfatizaram unanimemente), senti se desenrolarem propósitos contraditórios…

"Obrigado, obrigado", eu disse. "Voei de volta ontem, do funeral." Respirei fundo. "Mas não foi por isso que você ligou, foi? Tem mais más notícias."

"Mais más notícias. Você está no escritório? Acesse seu e-mail. Vou esperar, então não tenha pressa. Tem a ver com o Hitch. Aguardo."

* * *

"Deliquescência instantânea" era quase exato: eu me transformei em água; tinha sessenta anos, mas podia muito bem ter seis. E então, na manhã seguinte e mais tarde, uma confusão furtiva, como um ataque de pânico relativamente estável.[15] Não, a morte da mãe é diferente da morte do pai, bem diferente.

Na noite em que os relógios recuaram em 1995, liguei para Saul Bellow em Boston e, após breves preliminares, disse:

"Meu pai morreu ao meio-dia de hoje... Então, receio que você terá que assumir agora."

No fim de nossa conversa, senti a verdade de uma frase (mais ou menos) descartável de *Herzog*:

"É como você diz. *Nascemos para ficar órfãos e deixar órfãos depois de nós.* Minha mãe ainda está lá, é claro... Eu te escrevo. Tchau."

"Bom, eu te amo muito... Adeus."

E aquelas sílabas profundas me ajudaram. Três ou quatro dias depois da morte de Kingsley, tive a sensação de que estava mudando, com os olhos bem abertos, dos reservistas para a linha de frente; a figura intercessora se foi, e agora eu precisava dar um passo, precisava dar um passo à frente. De novo e de novo meu corpo formigou com uma sensação de levitação quase física; algum ponto das panturrilhas parecia zumbir...

A morte do pai chuta o filho escada acima. Com a morte da mãe, o filho também sobe ao céu, agarrado ao corrimão, e mais ou menos por vontade própria, mas ele está é buscando o quarto e a cama da infância.

Fui ver meus e-mails e lá estava. De chitch9008, endereçado a ian1mcewan e martin.amis: e, no texto, Christopher dava uma tranquila prévia do que todos leriam nos jornais no dia seguinte.[16]

"É sério", disse Ian. "Falei com o Ray." Ray era Ray Dolan (velho amigo de Ian e um dos neurobiólogos mais citados em sua área). "Ele me deu os números."

Tentei ouvir. Esses números ou projeções flutuavam com o tempo, mas parecia que nosso amigo tinha uma chance em oito (ou seria uma em doze) de viver mais sete anos. Ou eram cinco?

"Em breve saberemos mais", disse Ian. "Então vamos... Acho isso muito triste, quer dizer, sua mãe. Então, vamos manter contato constante."

"É. Contato constante."

O PROBLEMA DA REENTRADA

Dois, zero, dois era o código de área de Washington DC.

O telefone cinza de minha casa parecia sobrecarregado e gasto quando o peguei, todo manchado e pegajoso com as marcas das mãos de seu dono, e parecia bilioso também, como se estivesse enjoado de transmitir palavras sobre enfermidade e declínio... Tirei o fone do gancho, vacilei (estava desesperadamente despreparado), larguei outra vez e tentei organizar meus pensamentos.

Para começar, eram onze da manhã em Londres, e então... Meu tosco aide-mémoire para o tempo transatlântico (por que ainda preciso de um?) era o seguinte: o Reino Unido era muito mais antigo que os Estados Unidos, então sempre era mais tarde na Inglaterra. E isso significava, por sua vez, que o sol estava apenas piscando na Costa Leste da América e, de qualquer maneira, Christopher raramente se levantava antes das dez. Ainda faltavam cinco horas; e, mesmo depois de uma longa e necessária conversa com Elena, ainda faltavam quatro horas. Eu não tinha nada para fazer a não ser fica lá sentado, fumar e me perguntar: "O que Hitch *diria*?".

"O Hitch pousou", ele anunciava toda vez que ligava de Heathrow. Como sabemos, o hábito de se referir a si mesmo na terceira pessoa nem sempre é sinal de uma saúde mental desanuviada. Tal hábito, talvez, deva ser cautelosamente esperado de rostos icônicos famosos, e em 2010 Christopher não conseguia percorrer um quarteirão em qualquer lugar dos Estados Unidos sem ser reconhecido, cumprimentado, elogiado, abordado. E, no entanto, Christopher era o Hitch muito, muito antes de 2010.

Na verdade, ele se referia a si mesmo como o Hitch desde o início, no começo dos anos 1970, quando estávamos ficando amigos. Naquela fase, ele era bastante desconhecido além de um círculo inextenso de jovens marxistas e jovens jornalistas simpáticos (um dos quais, eu me lembro, o destacou como "o trotskista meteórico”). Em 1974, nós dois com vinte e cinco anos, ele foi ao departamento literário do *New Statesman* no fim da tarde, e eu disse:

“Você parece muito satisfeito.”

“É, tive um almoço muito ‘bom’ com alguns membros do conselho”, afirmou Christopher. “Tony (Anthony Howard, o editor-chefe) confirmou que vão começar a me enviar mais para o exterior.”

“Que maravilha.”

“Belfast, Líbano, Buenos Aires.” Por um momento, Christopher pareceu se agitar e cambalear de emoção, e então disse: “Isso logo será axiomático para todo o planeta. Onde quer que haja injustiça e opressão, onde quer que o forte explore o fraco, lá a caneta do Hitch saltará reluzente de sua bainha...”.

“... Nem dormirá a espada em sua mão...”

“Até que eu tenha construído Jerusalém. Nesta terra verde e aprazível.”

Tudo o que ele dizia era ambíguo. Impertinente e sincero, irônico e sério, caprichoso e frio. Mesmo sua automitologização também fazia parte de um projeto de autodeflação. “Saltará reluzente de sua bainha”, por exemplo, é um poetismo com certeza de alto estilo quando aplicado a uma espada desembainhada, mas o que é quando aplicado a uma caneta desembainhada?

Mais ou menos um mês depois, na escada do *New Statesman*, Christopher saiu do banheiro do patamar e parou, sentindo-se de repente culpado. Há algum tempo, devo dizer, tínhamos passado uma hora edificante a imaginar como seria o cheiro de um banheiro após a visita de um dinossauro.

“Sair”, disse Christopher, “perseguido por um brontossauro.” Ele franziu a testa. “Isso precisa de mais trabalho. Queremos um carnívoro que comece com *B*.”

“Braquiossauro. Não, é outro herbívoro. Hitch, onde esteve a semana toda?”

“Em Chipre. Você não recebeu meu cartão-postal? Eles me amam em Chipre.”

“Por que lá, em especial?”

“Porque sou um verdadeiro amigo do povo cipriota. Sempre que vou a Chipre, há uma manchete de primeira página no *Nicosia Times*: HITCH POUSOU.”

“E o que diz a manchete quando você sai?”

“HITCH DECOLOU.”

... Eu viria a detectar uma dificuldade logística aqui. Christopher pode muito bem ver HITCH POUSOU (ao desfrutar do primeiro café da manhã no hotel, digamos). No entanto, como veria HITCH DECOLOU? Não, ele teria partido. Ainda assim, construí uma fantasia tática: Christopher no último voo noturno da Cyprus Air para Londres, com um uísque em uma mão e um Rothmans na outra, à espera do jantar e assistindo a uma primeira edição do *Nicosia Times* com a manchete HITCH DECOLOU.

Agora eram três e quarenta e cinco da manhã. O que Christopher diria? Como introduziria a nova realidade? Muito dependeria de sua frase inicial. Depois de horas de pensamento circular, começava a me parecer um desafio romanesco: o desafio fundamental, que acontece vinte vezes por dia, de *encontrar o tom certo.*[17] E Christopher, com seu idioleto extravagante...

O Hitch pousou; mas agora estava no ar, iniciando outro tipo de jornada, uma "deportação" (como ele logo escreveria), "levando-me do país do bem através da rígida fronteira que demarca a terra da doença".[18]

Eu tinha certeza de que ele não seria solene, muito menos lacrimoso. Hitch não ficaria sem espírito. Mas o que ele seria?

A sra. Christopher Hitchens, ou Carol Blue (ou simplesmente "Blue"), atendeu. "Ele sabia que você ia ligar", disse ela. "Acabou de sair do banho. Vou e..."

Por três ou quatro minutos, fiquei ali sentado, o fone silencioso na mão. Então ele chegou.

"Mart."

"Hitch."

"... Putz", disse ele. "Agora são meus peitos, porra."

2. Hitchens vai para Houston

TUMORLÂNDIA, MARÇO DE 2011

O itinerário dizia que meu voo levaria pouco mais de dez horas, e o cartão de embarque me dizia que meu assento era o 58F, localizado logo antes, ou mesmo paralelo, ou na verdade além, dos banheiros da classe econômica. Isso não era motivo para reclamação. Muito mais propício à perplexidade e ao desconforto era o fato de o sistema de PA continuar me chamando de "cliente". Os passageiros da American Airlines e, eu suspeitava, das companhias aéreas americanas em geral, agora eram conhecidos como clientes. *Estamos com lotação total, por isso pedimos a nossos clientes que desocupem os corredores o mais rápido possível...*

Isso era novo, e era política (que até o capitão adotou e falou sobre *o conforto e a segurança de nossos clientes*); e atingiu o ocupante do 58F como um claro rebaixamento... Lembro até hoje o quanto me senti esquerdista, ascético, anticapitalista (ou, se preferirem, tão sem dinheiro) nessa viagem (só a passagem custou milhares de libras), e, como uma questão de autorrespeito, queria deixar de ser cliente e voltar a ser passageiro.

Veja, eu estava no processo, já muito avançado, de mudar de casa, da Terra da Rosa para a Terra do Livre.[1] Quando eu era apenas um visitante regular, sempre me senti em casa nos Estados Unidos; agora que em breve seria morador, me sentia um visitante, e de outro planeta. Como de repente pareciam muito estranhos os Estados Unidos.

Era março de 2011, nove meses completos depois do diagnóstico. Nesse ínterim, vira Christopher regularmente, às vezes em Nova York, mas quase sempre no Distrito de Columbia. Ia embarcar no trem da Penn Station para Washington Union, pegar um táxi para o bloco de apartamentos Wyoming perto de Dupont Circle, subir pelo elevador até o sexto andar e me preparar enquanto esperava que a porta se abrisse e revelasse as últimas mudanças em meu amigo. Sempre havia mudanças e, além disso, sempre havia idas a quartos de hospital, consultórios, salas de tratamento e, acima de tudo, salas de espera...

Sabíamos desde o início que havia metástase do câncer (tumores secundários tinham colonizado "um pouco de meu pulmão, bem como uma boa parte de meus nódulos linfáticos"); além disso, o tumor na clavícula era "palpável" ao toque e até aos olhos. Demorou um pouco mais para determinar a fonte e estabelecer o veredicto: câncer de esôfago, estágio quatro. "E", como ele nunca demorava a acrescentar, "não tem Estágio Cinco." A quimioterapia fez o que pôde, e agora, adotando uma abordagem mais avançada e agressiva, Christopher se inscreveu como paciente ambulatorial no MD Anderson Cancer Center em Houston, Texas.

Era para lá que eu ia. Em um voo marcado por longos interlúdios de turbulência desenfreada (com a traseira do avião balançando como a de um buldogue musculoso a ponto de ser solto para uma brincadeira). Como experiência, porém, ficar ali amarrado ao 58F era caro e desconfortável, mas não tão caro e desconfortável quanto ficar amarrado a um síncrotron de terapia de prótons, que seria o próximo recurso e provação de Christopher.

PRIMEIRO, O PASSADO E O FIM DE YVONNE

Durante essa viagem, Martin estava com *Hitch-22* no colo e olhava novamente as páginas sobre o destino da sra. Yvonne Hitchens.

A partida de Hilly foi suave; ela morreu em sua fazenda na Andaluzia rural, atendida por duas noras dedicadas (uma delas enfermeira profissional); e aos oitenta e poucos anos. Por contraste, Yvonne morreu de causas não naturais em um hotel grego, com um cadáver masculino no quarto ao lado; e tinha quarenta e poucos anos. A morte de Hilly estava nos jornais, entre os obituários; a morte de Yvonne, na primeira página.

Como Christopher conta, ele estava deitado na cama em uma manhã de novembro "com uma nova namorada maravilhosa" quando recebeu um telefonema de uma ex-namorada (claramente maravilhosa). Ela perguntou se ele ouvira a BBC naquele dia: houve uma breve nota sobre uma mulher com seu sobrenome encontrada morta em Atenas. Depois de ouvir alguns detalhes (o nome completo da companheira de viagem de Yvonne), a ex-namorada disse: "Ah, querido, sinto muito, mas é provável que seja sua mãe".[2]

Aquele cadáver ao lado era o homem com quem ela fugira: um transcendentalista esquelético (e ex-padre) chamado Timothy Bryan.

É preciso alguma imaginação histórica se quisermos ver o tamanho da calamidade para o pai de Christopher, Eric, o vigoroso oficial da Marinha. Em um aspecto vital, o comandante Hitchens ainda vivia na cultura de Trollope, o último dos grandes romancistas a retratar um mundo em que o escândalo familiar levava no mesmo instante à morte social. Em seu ambiente provinciano e ansiosamente gentil, o comandante havia se reconciliado com a deserção de "uma esposa adorada", mas como *Hitch-22* continua:

> [Na] sociedade circundante de North Oxford, os dois fizeram um pacto. Se convidados para uma festa de xerez ou jantar, ainda apareciam juntos como se nada tivesse acontecido. Agora, e nas primeiras páginas, tudo era dado a conhecer de uma vez, e para todos.

Eric Hitchens (também conhecido como Hitch) foi "um homem que por muito tempo lutou contra a morte para viver"; e, no entanto, "não havia dúvida de que ele viria a Atenas, e eu mesmo, de qualquer maneira, já estava a caminho...".

Já a caminho. Isso se qualificará como um tema: a compulsão de Christopher para enfrentar seus medos. Era o fim de novembro de 1973.

Em 17 de novembro daquele ano, o regime da junta grega, uma ditadura, escreve Christopher, "de óculos escuros, torturadores e capacetes de aço", foi derrubado: o coronel fascista George Papadopoulos, substituído por um general fascista, Dimitrios Ioannidis, e a nova junta era uma ditadura de massacre. Esse foi o cenário dos últimos dias de Yvonne Hitchens.

E assim imaginamos o jovem Christopher enfrentando as moções da oficialidade ateniense (o legista comprometido, o vil capitão da polícia) e, ao mesmo tempo, secretamente se misturando com a oposição clandestina (sobreviventes de espancamentos, amigos com ferimentos de bala que não ousavam ir para nenhum hospital). A certa altura, em um pobre apartamento estudantil, juntou-se a seus camaradas em uma versão quase sussurrada da *Internacional*...

Por fim, Christopher foi informado do veredicto judicial. Não o surpreendeu e deve tê-lo consolado. Em Londres, havia levado a mãe e o amante dela para jantar fora e teve uma impressão sobre quem era Timothy Bryan: magro, musical, adepto do Maharishi. Não, não um assassino. E, portanto, não um assassinato-suicida. Yvonne fizera um pacto com o marido; assim como fez um com o amante: usaram pílulas para dormir. Além disso, Timothy, "cuja necessidade de morrer deve ter sido muito grande", cortara os pulsos no banho. E Christopher foi obrigado a absorver outro fato (destinado a se ramificar para sempre em sua mente): de acordo com o registro da telefonista do hotel, Yvonne tentara várias vezes contatá-lo em Londres. Esse foi o penúltimo choque... havia mais um por vir.

Christopher começa os dois capítulos filiais de *Hitch-22* com uma descrição de sua primeira lembrança. Em Atenas, aos vinte e quatro anos; e no livro acabara de fazer três anos. O cenário é o Grande Porto de Valletta (capital de Malta, possessão britânica com base naval onde o comandante serve). E Christopher está a bordo de uma balsa, embriagado pelo "azul discrepante, mas nuançado" do Mediterrâneo. A mãe está com ele e, embora ele tenha liberdade para correr e explorar, ela está sempre presente e pronta para pegar-lhe a mão.

O ano é 1952. É assim que começa. E vinte e um anos depois:

> ... É assim que termina. Por fim, sou escoltado até a suíte do hotel onde tudo aconteceu. Os dois corpos tiveram que ser removidos e seus caixões selados antes que eu pudesse chegar lá. Isso pela triste e sórdida razão de que levara algum

tempo para o casal morto ser descoberto. A dor disso é tão penetrante e estranha, e o cenário dos dois quartos tão desagradável e espalhafatoso, que escondo minhas lágrimas e minha náusea fingindo buscar um pouco de ar na janela. E lá, pela primeira vez, recebo uma visão total e atordoante da Acrópole. Por um momento, assim como o Muro de Berlim e outras vistas célebres, quando vistos pela primeira vez, quase se assemelham a algum lembrado cartão-postal. Mas então aquilo se torna totalmente autêntico e único. Esse templo realmente deve ser o Parthenon, e quase tão perto como se desse para tocar. A sala atrás de mim está cheia de morte, escuridão e depressão, mas de repente aqui estão nova e totalmente presentes o brilho e o deslumbramento do ar e da luz do Mediterrâneo que me deram minha primeira esperança e confiança. Só queria poder segurar a mão de minha mãe para aquilo também.

Enviei a ele uma carta de condolências, em novembro de 1973, em papel timbrado do *Times Literary Supplement*; e ele respondeu no papel timbrado do *New Statesman*. Em suas memórias, ele descreve minha carta como "breve, bem formulada, memorável". Não tão memorável para mim, mas começou com uma afirmação de amizade; e de repente não éramos mais companheiros calorosos. Éramos amigos. Eu era seu amigo, e ele era o meu.

Christopher estava perfeitamente disposto a falar sobre o pai (a quem conheci um pouco: ele sempre usava a mesma gola rolê branca de malha grossa à prova de tufão); mas não consigo me lembrar de ele dizendo nada sobre a mãe, exceto dessa vez... Em uma tarde ensolarada no início de 1974, estávamos em seu pequeno escritório caótico (o Hutch [a baia] do Hitch) nos recuperando aos poucos da refeição do meio-dia; e pela primeira vez as veias da fumaça de nosso cigarro eram de um lindo azul mediterrâneo, e eu disse:

"Na Grécia, foi muito difícil?"

Com os olhos no chão, ele inclinou a cabeça de um lado a outro. "Não precisa responder. Aposto que foi difícil. Aposto que não foi chato, no entanto, Hitch. Isso você deve ter sentido."

Seu olhar ainda estava para baixo. "Digamos apenas que me senti muito vivo."

Eram três da tarde no horário local quando o avião pousou no Aeroporto Intercontinental George H. W. Bush. A tripulação estendeu conselhos e cortesias aos passageiros, famintos por um novo tipo de ar, um ar que ainda não tivessem respirado dez mil vezes, o ar virginal. No fim da longa fila até o último posto de controle havia um cão farejador, um alsaciano lindamente arrumado, mas insanamente zeloso, com o dono uniformizado; ele subiu em mim, mas me esquivei e fui liberado. No porão úmido e aberto ao ar livre das baias de encontros, fumei, peguei um táxi e rodei pelos subúrbios tempestuosos, em direção ao centro da cidade e ao Lone Star Hotel.

A TEORIA DOS CINCO ESTÁGIOS

Onde falhei em contatar os Hitchens. Eles estavam fora, e nem Christopher nem Blue atendiam o telefone. Por um momento, considerei uma soneca trágica, mas nunca tiro sonecas, porque todas as minhas sonecas são trágicas...

E eu pensava nos dois em quartos de hospital, consultórios, salas de tratamento e sobretudo em salas de espera. A própria doença é uma sala de espera... Muitas, muitas pessoas escreveram com grande profundidade sobre a doença, sobre a alienação do mundo da vontade e da ação, a indignidade, a onerosidade, no entanto poucas evocaram o tédio, como Christopher fez: como é incrivelmente chato. "Isso entedia até a mim", escreveu ele...

Gelava-me o sangue, por exemplo, ver uma anotação na agenda que prometia *manhã com advogados, tarde com médicos*; mas em Washington, quando tudo isso começou, era a rotina de Christopher. Agora, mais tarde, ele estava em Houston (aquela famosa fortaleza na fronteira médica), e estaria com médicos o dia todo.

Meio ano antes, Christopher escreveu sobre a "notória" teoria dos cinco estágios de Elisabeth Kübler-Ross: negação, raiva, negociação, depressão, aceitação, e disse que "até agora não teve muita aplicação em meu caso". "A fase de *negociação*, no entanto", continuou ele. "Talvez haja uma brecha aí." A visão da oncologia se apresenta da seguinte forma:

Você fica por aqui um pouco, mas em troca vamos precisar de algumas coisas de sua parte. Essas coisas podem incluir as papilas gustativas, a capacidade de concentração, a capacidade de digerir e o cabelo. Isso certamente parece ser uma troca razoável.

Essa negociação entrou em vigor, e bem rápido.

"Não é só a cobertura", disse ele ao me cumprimentar no Wyoming no outono de 2010, referindo-se a seu cabelo, já reduzido a alguns fios e tufos grisalhos. "Quando me barbeio, a navalha desce pelas minhas costeletas e não encontra resistência. Ora, isso seria uma grave afronta à minha virilidade, se é que ainda resta alguma. Isso se foi de uma vez. Eros, pequeno Keith, se vai de imediato. Tânatos pensa, hum, vou pegar para mim."

"Nossa. Mas ela vai voltar, ô Hitch. Agora você está todo lindo e magro."

"Perdi quase sete quilos. E não me sinto nada mais leve."

"Isso é estranho. Você sempre dizia que se sentia mais leve quando perdia quatrocentos gramas."

"Eu sei. É como se o tumor fosse feito de... Aquilo que sai de um buraco negro? Ou que entra...? Quando o colapso não é tão catastrófico."

"Uma, hã, uma estrela de nêutrons. A partícula de uma estrela de nêutrons é mais pesada que um navio de guerra."

"Isso mesmo. O tumor é feito de nêutrons."

"É, mas você sabe, Hitch, isso é *iatrogênico*. O resultado do tratamento médico. Não é a doença que causa isso, são os malditos médicos."

"Até aqui. Agora, almoço. Onde vamos falar de algo menos tedioso, porra."

E em seu restaurante favorito nas proximidades, La Tomate (logo abaixo da ladeira do Hilton, onde Reagan foi baleado), Christopher agora pedia uma almofada. "Não tenho mais bunda", explicou. Ele era sempre festejado no La Tomate, e os garçons tornavam-se quase rigidamente atenciosos. E me dei conta de que os pacientes de câncer, identificados e destacados de modo silencioso, usam uma versão da Estrela. Recebem uma bondade respeitosa, e não por perseguição; mas usam a Estrela. E quase ninguém mais o reconhecia na rua; ou reconhecia, mas se continha. Porque ele usava a Estrela...

Almoço com o Hitch ainda era almoço com o Hitch, no sentido de que você chegava lá por volta da uma e saía enquanto o lugar estava lotando para o jantar. Seu interesse pela comida, que nunca fora grande, declinara para a indiferença, mas ele bebia um ou dois Johnnie Blacks e meia garrafa de vinho tinto ("às vezes mais, nunca menos" era sua regra) e falava com fluência inalterada e humor por seis ou sete horas a tal ponto que seria um pecado, dizia ele, não terminar com um pouco de conhaque.

Nem tentava acompanhar o ritmo dele à luz do dia, porque, ao que parece, eu bebia com mais facilidade depois do anoitecer. Muito bem, toda vez que ia à Union Station pegar o trem de volta para Nova York, ficava impressionado com o puro desespero de minha ressaca (por misturar). Minhas mãos tremiam tanto que com frequência apenas jogava fora o cigarro que tentava enrolar e entrava para comprar um maço de Marlboro... Por algumas horas, então (e não mais), imitava meu amigo na gangrena. Só que minha luta passaria, e a dele também, eu acreditava de verdade e com firmeza.

Agora, aqui no Texas, os nêutrons que pesavam sobre ele estavam prestes a ser atacados: alimentada por duzentos e cinquenta milhões de elétrons-volt, uma alta dose de prótons seria disparada em seu corpo a dois terços da velocidade da luz, bem mais de cento e sessenta mil quilômetros por segundo. Os prótons neutralizariam os nêutrons e o paciente faria...

Uma recuperação completa. Negação, raiva, negociação, depressão, aceitação. Olhando para trás, às vezes me parece que desci na primeira parada e no mesmo instante encontrei alojamento satisfatório em Negação, e lá fiquei até o início da tarde do último dia. Negação cega, o que não seria nada fora do personagem; mas se revelou um pouco mais complexo do que isso.

CADENCE, TRENT, BRENT E AS ORIGENS DA PRIMEIRA GUERRA MUNDIAL

Nenhuma palavra de ninguém, então durante uma hora caminhei entre os outdoors e estacionamentos do centro de Houston. E precisava encarar: eu era um estrangeiro sem documentos, como tantos outros ali no sul, e muito recém-chegado. Era um estranho em terra estranha.

Enquanto voltava para o hotel, parei dez minutos no pátio pelo motivo de sempre. Três figuras discretas convergiam cautelosamente para o ponto de táxi: uma bela mulher de uns trinta anos, com menos de um metro e vinte de altura; um jogador de basquete (um time inteiro acabara de fazer o check-in), comprido demais, de suéter e calça de moletom azul-marinho; e um homem tão quadrado quanto uma caixa de embalagem, com terno carvão de segurança, que fumava e depois, com a ponta do sapato brilhante e balançando a perna com a fluidez de um dançarino, esmagava a bituca sob a sola.

Eram seis e meia. Hora, pensei, de ver que diabos acontecia no Lone Star Saloon. Dei um passo à frente e parei quando uma limusine passou devagar.

"Pode me dar um cigarro?", perguntou uma voz da rua.

"Claro", respondi. "Mas é tabaco solto. Aqui, vou rolar um para você."

"Obrigado. Porém não lamba", estipulou. "Não lamba. Eu lambo."

No Lone Star Saloon, a senhora disse: "Então diga! Vamos. Me fale do Trent!".

O cara atrás do balcão de teca declarou: "Sou o Trent. Você quer dizer Brent. Tudo bem. As pessoas sempre confundem a gente".

"Desculpe, Trent. Quis dizer Brent... Sou a Cadence." Ela estendeu a mão.

"Cadence! Que honra. O Brent me contou tudo sobre você."

"E o Brent me contou tudo sobre você."

Trent terminou de polir uma taça de vinho e a enfiou na abertura. "O Brent? Bom, o Brent não quer ter muitas esperanças. No entanto, tudo indica que vai rolar. Você sente isso, Cadence. Dá para sentir quando tem uma promoção no ar."

"Toque na madeira. Então, diga!"

Cadence era uma loira de meia-idade confortavelmente macia, suavemente envolta em caxemira fulva. Era um desses seres de coração generoso que, ao se hospedar em hotéis e espreitar os salões de coquetel, desenvolve um interesse apaixonado pelo bem-estar de alguns funcionários. Seu interlocutor, Trent, era uma figura cortês de gravata-borboleta e colete ocre. Dois banquinhos além de Cadence, e de frente para Trent, eu estava curvado em cima de uma Coors Light; de vez em quando olhava para meu celular, mudo... Cadence girava o gelo no gim-tônica e disse:

"*Trent*. Não me deixe em suspenso! Como vai ser com o Brent?"

"Ninguém sabe." Trent acrescentou, tímido, "Mas talvez estejam pensando em subchef."

"Subchef?" Cadence franziu a testa. "Brent é barman. Ele sabe cozinhar?"

"Na verdade, Cadence, subchefs não cozinham muito. O papel deles é mais de organização. Por sua vez, ele poderia ser coordenador de vendas de catering."

"Coordenador de vendas de catering. Uau."

Eu estava de volta ao pátio desfrutando de mais um deleite aceso quando meu telefone começou a gemer e pulsar. Me direcionaram a certa suíte na "Torre".

Essas reintroduções ao novo mundo de Christopher (sempre sinistro e muito pré-visualizado) em geral começavam com a abertura de uma porta. Normalmente, a porta abria para dentro ou para fora, mas esta porta se dividia em duas e abria para os lados. E, quando saí do elevador, logo ficou claro que Christopher passara para outro plano de angústia. Estava no corredor que levava aos quartos, a se arrastar na ponta dos pés, e lutava para controlar aquilo, para se esticar e dominar a situação. Um líquido leitoso explodiu de sua boca.

Abracei-o (o que nesses dias fazia num reflexo). "Não se preocupe", eu disse. "É só um pequeno acidente. Não se preocupe."

"A coisa... a coisa insiste em sair de mim", afirmou ele quando conseguiu.

"Não é nada, meu caro. Não é nada."

O tratamento com arma de prótons de alvo preciso começaria na segunda-feira. Estávamos no sábado, e os médicos continuaram com o instrumento contundente da quimioterapia, segundo o qual "você se senta em uma sala com um grupo de outros finalistas", como disse Christopher, "e pessoas gentis trazem um enorme saco transparente de veneno e conectam em seu braço". Não é uma metáfora: fazem a transfusão de litros de "venenos intracelulares", para inibir a "mitose" ou divisão celular. E o enxame de efeitos colaterais inclui, entre muitos outros, imunossupressão, anemia, alopecia, impotência, fadiga, "deficiência cognitiva" e (mais comum) a necessidade avassaladora de vomitar.

Assim tinha sido a longa tarde do Hitch. Mas agora, no restaurante do hotel, ele demonstrava perfeita equanimidade (nos intervalos entre as idas sem queixa ao banheiro) e prestava atenção afetuosa e solícita a Blue e à filha deles,

Antonia (enquanto arrumava os restos de comida que às vezes tentava engolir e não devolver). No início, eu me perguntei:

"Alguém notou? Nos aviões, começaram a chamar os passageiros de clientes."

Blue, pelo menos, notara, sim, e achou cômico; por algum tempo encontramos certo entretenimento num jogo de substituição de palavras que jogávamos...

"O passageiro tem sempre razão." "O sensível estudo da alienação de Michelangelo Antonioni, *O Cliente*." "Ele é um passageiro feio." "Somente tolos e clientes bebem no mar." "Quando você é..."

"Essa história não vai funcionar", disse Christopher. "Não chega a ser subversivo."

Eu disse: "Hum. Insuficientemente subversivo. Mas por que estão fazendo isso? Quem se beneficia?"

Ele respondeu: "Os americanos, claro. Você toma isso como insulto, Mart, mas para um americano é um elogio. É uma atualização".

"Como você entendeu isso? Nossa, não entendo esse maldito país."

"Bom, aqui nos Estados Unidos, os *passageiros* podem ser aproveitadores, você sabe, hippies mentirosos e vagabundos aproveitadores. Enquanto os clientes, com sua renda discricionária, são a força vital da nação."

"... Tudo bem. Mas isso não vai contra a lógica do eufemismo americano? E, hã, falso requinte? Até nos supermercados nos chamam de *guests* [hóspedes]. Bom, aqui está uma coisa que ninguém jamais dirá. *O avião caiu no monte Fuji, com a perda de dezesseis tripulantes e pouco mais de trezentos clientes*."

"*Os clientes morreram na hora*. Não. *Isso* seria subversivo. Se isso te matar, eu diria; diria que, uma vez morto, você volta a ser passageiro."[3]

A conversa tornou-se geral e familiar, e continuou animada. Olhando para trás, sete anos depois, vejo que havia algum motivo para a animação. A sombra, é claro, sempre esteve lá (a sombra nos negativos das digitalizações de Christopher); mas esse fim de semana marcaria o destronamento daquele odiado charlatanismo, a quimioterapia, e a elevação a seu lugar da radioterapia na forma futurista do Próton Síncrotron. Portanto, colocaríamos nossa fé, por enquanto, na ficção científica.

"Essa triste quimioterapia", eu disse. "Parece antigo. Como sanguessugas."

"Ou como sacrifício ritual. Ou como reza."

"Hum, como uma oração." Nós dois tomávamos uma última bebida e fumávamos um último cigarro em um banco na entrada dos fundos do hotel. Meu relógio biológico marcava seis da manhã, mas tive um dia menos cansativo do que o Hitch. "Meses atrás você dizia que isso atrapalhava sua concentração." E no jantar notei como ele ficava ligeiramente vidrado de vez em quando, sem dúvida em comunhão suspeita com suas vísceras, pouco antes de desaparecer por cinco ou seis minutos e depois voltar com vivacidade e retomar. "Mas você foi ótimo, encantou as meninas e a mim também."

Ele ergueu a mão pedindo silêncio e rapidamente vomitou no canteiro de flores. Limpou a boca, e eu disse:

"Sabe como a quimioterapia começou? Primeira Guerra Mundial. Havia algumas coisas sobre o gás mostarda que os médicos peritos achavam que pudessem ser úteis... Desculpe, Hitch, vamos parar com qualquer coisa médica."

Depois de um silêncio, fomos para o verão de 1914... Imaginei então que sabia uma ou duas coisas sobre o assunto, e acompanhei-o enquanto repassávamos: Francisco Ferdinando assassinado em Sarajevo no fim de junho, os equívocos de Belgrado, o endurecimento da posição de Viena, a garantia da Alemanha à Áustria (conhecida como o cheque em branco), o ultimato austríaco, a mobilização russa, a artilharia de agosto...

Suficientemente testado e prolongado, Christopher disse então: "Esses foram os precipitantes. Quanto às origens...".

E nesse ponto peguei o caderno e a caneta.[4]

Assim: o selvagem regicídio em Belgrado em 1903; a anexação austríaca da Bósnia e Herzegovina em 1908; a formação da Mão Negra Sérvia (*Ujedinjenje ili smrt!* — "União ou Morte!") em 1911, e a Crise de Agadir quatro meses depois; o ataque italiano à Líbia em 1912; a retirada gradual dos otomanos da Europa e o gradual deslocamento da Inglaterra como guardiã dos estreitos turcos (o "Porto Sublime", uma permanente obsessão russa) por parte da Alemanha; a selvagem superestimação da força russa, alimentando a pressa e o fatalismo alemães...

"É claro", disse ele, "se você quiser começar mais perto do início, terá que voltar para 1389."

"Mil trezentos e oitenta e nove?"

"Mil trezentos e oitenta e nove, e a humilhação final das forças sérvias nas mãos dos turcos. No Campo dos Melros em Kosovo."

E pensei: Se Hitch tivesse tempo, poderíamos voltar ao início de tudo: a Caim e Abel, a Adão e Eva.

"Campo do Kosovo. Uma ferida na psique sérvia que Slobodan Milošević decidiu reabrir em 1989 no Kosovo, Little Keith, exatamente seiscentos anos depois."

Sim, ou podemos seguir em frente. Durante a Segunda Guerra Mundial, a Guerra Fria, a invasão soviética do Afeganistão, o fim do comunismo, o Onze de Setembro, a Guerra do Iraque etc. sentados num banco na entrada dos fundos de um hotel texano no terceiro mês de 2011.

Durante o jantar, Blue e eu ficamos brevemente sozinhos à mesa, e eu perguntei: "O síncrotron não dói, certo?".

"Não na hora... A verdade é que vão ter que quase matar o Hitch para matar a doença." Ela me encarou com firmeza. "Mas ele é um touro."

Eu disse: "Tem razão. Tem razão. Mas ele é um touro".

DIA DE DESCANSO

Mesmo o texano mais dedicado deve perceber que "Lone Star" não é um bom nome para um ambicioso hotel moderno. Na verdade, o Lone Star era pelo menos quatro estrelas, e absorvia dinheiro intensamente, então meus cafés da manhã lá não duravam muito: chá, suco, café, minha ansiedade de igreja baixa anglicana impedia o prato de frutas de vinte dólares, bem como os ovos *benedict* de setenta dólares com salmão defumado e uma taça de champanhe comemorativa...

Na Torre, Blue e Antonia, de roupões brancos e chinelos brancos, passaram rapidamente por mim a caminho do spa para "tratamentos" (tratamentos não invasivos: massagem, pedicure). Então entrei e me acomodei na sala de estar e esperei que Christopher se mexesse. Notei a cama extra, fornecida para Antonia, minha afilhada, que eu ainda via como criança, apesar da lembrança recente de ela nos levando a um restaurante indiano em Washington DC. Ela tinha dezesseis anos, mas isto é os Estados Unidos.

Pigarro distante e expectorante. Como disse James Joyce: *Hoik!... Phtook!*

"Estou aqui", exclamei. "Mas não se importe comigo."

Uma pausa e ele respondeu: "Talvez demore".

Finalmente ele apareceu, de cueca e camisa; panturrilhas e coxas pareciam mirradas; ele franziu e desfranziu a testa, tentando se concentrar. Em seguida, curvou-se sobre o carrinho e o forno móvel enviado pelo serviço de quarto: café; uma tigela cautelosa de mingau; uma tira de bacon, um ovo pochê com batatas fritas; mais café, finalizado com um cigarro.

Faltava meia hora para o meio-dia do dia de folga de Christopher.

"Estou me sentindo quase humano", disse ele, maravilhado. "Podia até tomar um *uísque*..."

Além do fato de que ele misturou Johnnie Walker Black Label com coca-cola, em vez de água Perrier gelada (sem gelo dentro), esse teria sido o padrão antigo, o statu quo ante, como era antes. E o padrão normal era o mínimo de duas doses de uísque de tamanho americano a partir do meio-dia ou pouco antes. Agora eram doses de uísque de tamanho inglês, duplos de pub, "só um copo sujo", como ele dizia...

Mesmo quando sua ingestão era sobrenatural, mesmo quando o almoço durava o dia todo e o jantar a noite inteira (e o intervalo entre o vinho pós-almoço e os coquetéis pré-jantar era acompanhado, não com muita frequência, por uma xícara de chá apressada), ele nunca dormia sem que tivesse produzido "pelo menos mil palavras para impressão", sem falta.

Certa noite em Londres, no que deve ter sido a primavera de 1984, depois de variar seus uísques habituais com os *negronis* que passei a ele, eu e Julia (que estava grávida de nosso primeiro filho e, portanto, muito moderada) levamos Christopher para uma festa dançante que poderia ser considerada um baile. Os garçons ofereciam copos de vodca, e Christopher e eu fomos obedientemente de bandeja em bandeja. Durante o jantar de bufê, tomamos umas dezenove taças de vinho e não descuidamos dos licores, Calvados, Benedictines, quando foram servidos...

O casal grávido chegou em casa por volta das duas. Três horas depois, enquanto tentava me equilibrar na jangada de *Medusa* que era a cama, ouvi Christopher entrar. Por volta das nove, durante um período de cansativa insônia, ouvi Christopher sair, enquanto um táxi chacoalhava na rua: seu destino, eu sabia, era um estúdio de TV (onde se aplicou assertivamente na exigente companhia de Germaine Greer e Norman Mailer, e fez questão de provocar Norman sobre sua obsessão por sodomia e homossexualidade).[5]

"Como está se sentindo?", ele me perguntou na cozinha enquanto preparava um Johnnie Black para o meio-dia.

"Bem terrível mesmo. Tão mal que não consigo nem fumar."

Ele sorriu com sadismo afetuoso e disse: "Hum. Não fico de ressaca. Não vejo sentido em ressaca".

"Acho que o objetivo da ressaca é fazer você jurar que nunca mais vai beber. Ou pelo menos fazer esperar o tempo suficiente para permanecer vivo."

"Experimente curar álcool com álcool, Little Keith. Tome um *negroni*. É a melhor coisa."

"... Nossa. Olhe só você. Brisas do mar. Sabe, Hitch, você tem uma constituição naval. *Rum, bum, and baccy*[6] e se alimenta disso, porra. Hoje de manhã. Você dormiu entre a hora que voltou e depois saiu de novo?"

"Não. Escrevi um artigo."

"Escreveu um *artigo*?"

Levei um minuto inteiro para assimilar a informação. Então peguei uma cerveja e declarei:

"Você sabe quem você me lembra como escritor? Anthony Burgess."

Christopher sabia sobre meu almoço com Burgess em Mônaco, que me deixou gravemente doente por três dias e três noites inteiras (e às seis horas Burgess pediu um gim-tônica, como se fosse começar tudo de novo). "E aposto que você sabe o que Burgess fez depois. Foi para casa, escreveu uma sinfonia, fez todo o trabalho doméstico e voltou a seu romance em andamento. Para você e para ele, é apenas combustível."

Blue estava com a razão. Ele é um touro.

Saímos do Lone Star, atravessamos a rua e entramos no shopping. "Mais de trinta restaurantes para escolher", dizia a placa. Escolhemos o Tex-Mex.

"Acontece com você também, Hitch?", perguntei. "Acho que acontece com todos os homens quando chegam aos sessenta anos. Fico olhando para trás em meu, hã… para como foi com as mulheres."

"Ah, sim. A começar do começo. E todas as *chances* perdidas…"

"Chances perdidas são muito ruins. Ainda assim, devo dizer que olho para trás com grande satisfação. Larkin deve ter olhado para trás com horror. E por quê? Os poetas se dão bem."

"Hum, lembra do Fleischer em *O legado de Humboldt*? Ele bate à porta das meninas e diz: *Deixe-me entrar. Sou poeta e tenho pau grande.* Anunciando suas atrações gêmeas."

"Fleischer exagerava. Se você é poeta, não precisa de pau grande. Você pode parecer um Nosferatu e ainda se dar bem. Poetas pegam garotas… Uma garota me disse isso. Não um poeta."

"Que garota?"

"Phoebe Phelps."

"Ah. Como está a querida Phoebe? Tenho certeza de que nenhum poeta nunca se deu bem com ela."

"Bom, com certeza não quando ela era acompanhante. Poetas não têm dinheiro para pagar acompanhantes. Ou qualquer outra coisa. Isso faz parte do feitiço deles."

"É mesmo? Achei que poetas pegavam garotas por serem caras sensíveis."

"Não segundo a Phoebe. É mais simples do que isso. Não me lembro bem. Algo a ver com imparcialidade feminina. Curioso. Não consigo…"

"Phoebe? Então ela tinha profundezas ocultas."

"Secretamente, ela era… Ela lia poetas em segredo. Ou ela leu um poeta."

Christopher tinha consigo uma prova de *Cartas a Monica*, de Larkin (que resenharia na *Atlantic* de maio; eu já fizera a resenha de *Cartas a Monica* no *Guardian*). Meu caderno registra que Christopher decidiu por sopa de lentilha e um BLT. Registra também o seguinte: *Hitch muito mais tranquilo hoje* (*talvez pelo síncrotron?*). *Fazendo esforço visível para não parecer muito preocupado. Igual com Saul, descobri que eu falava mais.*

Dei um tapinha na capa de *Cartas a Monica*. “O que está achando do livro?”

Ele deu de ombros e disse: “Esperava mais que uma camada de *trex* e lama. No entanto, até agora não está tão chocho quanto eu temia”.

“É muito chocho.”

Pedidos feitos, saímos para fumar. Eu disse:

“O material incidental. Como as férias de verão. Sark. Mallaig. Poolewe. Quem vai passar férias em um penhasco no mar do Norte? Você recebeu meu cartão de Pocklington?”

“Estive em Pocklington.”

“Você devia ter vergonha. Pocklington… Mas você gosta de toda essa coisa de Middle England que me dá horrores.[7] E por Middle England quero dizer qualquer lugar que não seja no centro de Londres. Cidades rústicas, casas de campo, chalés de fim de semana.”

“O que poderia ser mais agradável? Você sai para uma longa caminhada na chuva e depois bebe até perder os sentidos na frente da lareira.”

“… Não, fico comovido… com o fato de você ser tocado pelos caipiras burgueses e seu habitat. Em *Hitch-22*, os coelhos no gramado e tudo. Há uma espécie de beleza caipira ali. E Larkin era seu poeta.”

“*E isso será a Inglaterra perdida, As sombras, os prados, as vielas…*”

“*As prefeituras, os coros esculpidos…*”

“*Só acho que vai acontecer, em breve.*”

Duas coisas estavam e continuariam sem discussão. Primeiro, eu não ia contar a Hitch sobre Phoebe e a complicação com Larkin (inativa por um tempo, mas reacesa sem alarde em *Cartas a Monica*); você acha que não guarda segredos de seu amigo mais próximo, no entanto ninguém conta *tudo* para alguém. Em segundo lugar, nenhum de nós provavelmente mencionaria o fato de que Larkin morrera de câncer de esôfago aos sessenta e três anos. E, para nós, sessenta e três estava bem próximo, visível a olho nu.

“Com Monica”, eu disse quando voltamos à mesa. “… Ok, uma pergunta para você. Quem foi sua pior namorada?”

“Minha? Pior em que sentido?”

“Você sabe, a menos atraente, a mais chata… Ou coloque desta forma: a menos atraente, a mais chata, a mais constrangedora como companhia, a mais tagarela, a mais presunçosa e a pior foda. Porque *essa* é a Monica."

Ele disse: "Você acha? Talvez ela fosse a melhor foda. Veja as outras".

"Não. Continue lendo. Mais tarde, ele diz: *Não sei dizer se você está sentindo algo. Você não parece gostar de nada mais do que qualquer outra coisa...* Não é o que se escreveria de sua melhor foda. E continue, faça uma composição mental. Agora. Imagine que tenha saído com ela não por uma semana, não por seis meses, mas por trinta e cinco anos. Ah, sim, e essa é uma garota que vota nos conservadores. E ela escreve: Confiante e orgulhosa de 'meu conservadorismo'."

"Nossa." Pela primeira vez, ele parecia realmente abalado. "*Meu* conservadorismo."

"Assim era a Monica. Estive com ela pela última vez no início dos anos 1980. Com ele, veio um jantar na casa do papai. E vou te dizer, irmão, vou te dizer, ela era uma verdadeira..."

"E todas as outras também. Bom, digo *todas*. Todas as três ou quatro."

"Passei a achar que ele era um poltrão gentil. Melindroso, meticuloso. Faltava coragem, em todos os departamentos, menos na poesia. Principalmente na cama."

"É... *Precisa* de coragem na cama?"

"Você chegou no *billet-doux* em que ele fala que todo ato sexual é uma forma de intimidação masculina, 'crueldade' masculina? *Dobrar outra pessoa à sua vontade*, diz ele."

"Acho que não. Estou na página... quarenta. Dei uma espiada mais para a frente. Todas aquelas desculpas esplêndidas sobre seu baixo desejo sexual."

"Bom, esse parágrafo é de doer. Não há coação real, mas você não pode deixar de fazer alguns dos mesmos movimentos. Você sabe: ponha as pernas para lá. Vire, querida. Agora desvire... Décadas atrás, eu estava na cama com Lily, hã, depois do ato, e ela falou: 'Certo. Vou te mostrar como é ser uma garota'. Ela é muito forte, a Lily, e me fez abrir as pernas e enganchou meus pés na nuca. Ofegando o tempo todo de tesão em cima de mim. E claro que foi muito forte. Esclarecedor. E incrivelmente engraçado. Acho que com certeza me caguei de tanto rir... É uma de minhas lembranças mais queridas."

"Ele não tinha nenhuma lembrança querida. Onde está esse pedaço?... Nada *valerá a pena relembrar, disso tenho certeza*. Tem certeza! *Não haverá na-*

da além de remorso e arrependimento pelas oportunidades perdidas. E ele escreveu isso aos trinta e quatro anos."

"Aterrorizante. Gosto de relembrar minha vida amorosa e tenho certeza de que você também. Mas nem todos gostam. Talvez a maioria das pessoas não goste. Os sexualmente azarados, os sexualmente solitários. Há nisso uma desgraça infinita."

"Como você pode saber? Quer dizer, fora do cadinho de sua imaginação. Você nunca se sentiu sexualmente solitário."

"Ah, sim, senti. E um pouco durou muito. E foi muito, não pouco. Houve um ano inteiro, pouco antes de a gente ficar amigos, quando eu não conseguia pegar *ninguém*. E você sente todo o desejo se transformar em amargura. É tão corrosivo e de ação tão rápida. Seu equilíbrio, todo o seu equilíbrio... A Tina me livrou disso. Quando ela tinha dezenove anos, foi a cavalo até a cidade e me resgatou da Larkinland. Se não fosse ela, eu ainda estaria lá. Fazendo cara feia para as mulheres e contando piadas sujas com um brilho doentio nos olhos."

"E se Tina não tivesse intervindo, você nunca teria escrito sobre Stálin e Hitler."

Eu disse: "Ei, isso é um avanço, não é? Como você descobriu isso?".

"Como é aquela frase de um dos primeiros romances do Julian? *O jeito que estamos na cama determina como vemos a história do mundo.* Ou algo assim."

"Eu me lembro. O que soa como um avanço também, mas há de fato uma conexão."

"E pode explicar em parte por que Larkin nunca disse uma palavra sobre a história do mundo. Sua vida amorosa era um vazio, então ele..."

"Então ele não sabia o que estava em jogo. Humanamente. Então ele não era levado a falar."

"Vergonhoso, isso. Ou apenas atrofiado, de modo lamentável... Você sabe o que Trótski chamou de Pacto Nazi-Soviético? 'A meia-noite do século XX.' Mas essa é uma boa frase para o que veio em seguida: 1941-5. A meia-noite do século XX."

"... E somos filhos da meia-noite. No entanto, não há razão para que um poeta tenha opiniões fortes sobre isso, ou qualquer opinião a respeito."

"Mas você pensaria que sim."

"Hum. Lembra do que Sebald falou sobre o Holocausto? Ele disse, como um aparte seco, que nenhuma pessoa séria pensa em outra coisa."

"Nesse caso, Little Keith", disse Christopher, "estamos falando sério sobre a história do mundo. E isso significa que somos sérios na cama?"

3. A política e o quarto

NÃO ESQUERDISTA O BASTANTE

Existe uma conexão entre sua vida erótica e a maneira como você vê a história? E, se houver, qual dos dois tem precedência?

Um dia, em 1974, eu disse: "Não entendo você, Christopher Hitchens. Nadia, Nadia Lancaster vai e te passa uma cantada. E você recusa. Nossa! Assim como você fez com Arabella West e Lady Mab! Lady *Mab*...".

"Eu sei. Mais elegante do que qualquer mulher tem o direito de ser. Mas aquele sotaque de buzina. Ela soa tão arrogante e bem-nascida quanto a princesa Anne. Me desanima."

Christopher não passava cantada em garotas; esperava que as garotas dessem em cima dele, e elas davam. O problema era que tendiam a ser de sangue azul.[1] Ele disse:

"Acho que em algum nível isso me enche de culpa. Nadia, Arabella, Lady Mab. Porque, se o arco da história for verdadeiro, em alguns anos estarei amarrando todas elas."

Ah, sim: a outra revolução. Ele sorria, e eu também. "Bom, então", afirmei, "mais um motivo para agir agora."

"Ah. Então você acha que eu deveria ir para a cama com Lady Mab *sem* amarrar mesmo. Ou logo depois. Rápido, rapazes, enquanto ela está quente... Se me permite dizer, Mart, acho isso tipicamente grosseiro."

Em algum momento de 1976, ele disse: "É, mas tem um problema. Uma desvantagem".

"E agora, o quê?" A garota sobre a qual Christopher tinha suas dúvidas, dessa vez, era uma jovem socióloga que escrevia para o *New Statesman* (e, quando entregava os textos, era sempre convidada a juntar-se a nós no bar ou no pub). O nome dela era Molly Jones. "Não vai precisar amarrar Molly Jones. O pai dela é construtor, então ela é uma proletária hereditária. Ela é bem legal e parece bem legal, muito articulada e muito divertida."

"Tudo verdade. E, a propósito, ela sutilmente deixou claro que acha o Hitch não de todo repulsivo. Ainda assim, ela tem uma insuficiência."

"E qual é?"

"Ela não é esquerdista o bastante... Não é de direita, nem é preciso dizer. Quantas garotas conhecemos que são loucas por bandeiras, uniformes e impecáveis sobretudos pretos? Ela não é de direita, apenas insuficientemente de esquerda."

"Então?... E acho que você quer dizer insuficientemente trotskette."

"Trotskista."

"Nossa. Trotskista."

"Só um stalinista me chamaria de trotskette."

"Como um stalinette te chamaria? De qualquer forma. Repito minha pergunta. Então? Ela é atraente, mas não esquerdista o bastante. Então? O que isso tem a ver?"

"Bom, é bem básico. Na última eleição, Molly votou no partido Liberal. Como dar risada disso?"

"Isso não é básico. O que há de básico nisso?"

"Você, você pode respeitar a incompatibilidade quando é física. Mas, qualquer outro tipo de incompatibilidade, inclusive incompatibilidade política, parece insignificante."

"Isso mesmo. Por que arrastar todas essas coisas para o quarto? Chegar ao quarto já pode ser bem difícil. Por que criar outro conjunto de obstáculos?"

"Não adianta falar com você, você não liga para o que a garota é", disse ele, "desde que seja garota. Isso é determinante. Resolve tudo."

"Espere. Não gosto de *todas* as garotas. Embora sejam quase todas fantasiosas quando a gente as faz se abrirem sobre si mesmas... Pode ter alguma verdade no que você diz. Só penso assim: vamos começar e ver no que vai dar."

"Bom, você é desse jeito, não é? Porque não tem consciência social. Essa é a diferença entre nós dois. Sou daquela raça superior, aqueles 'para quem as misérias do mundo são miséria e não dão descanso'. Keats, Little Keith."

INCONCEBÍVEL

No fim dos anos 1970, Christopher iniciou um caso com Anna Wintour. Iniciou com euforia desenfreada (juntos, pareciam os protagonistas de uma comédia romântica); então alguns amigos e curiosos ficaram muito surpresos quando as coisas esfriaram (quando, ao que parece, Christopher começou a esfriar). Não fiquei muito surpreso nem muito decepcionado, admito. Anna foi a primeira namorada de Hitch que despertou inveja em mim; e a Inveja é cruel-

mente autopunitiva, como os outros Pecados Capitais (inclusive a Ira, mas com a reconhecida exceção nada confiável da Luxúria).

Então, quando terminaram, fiquei aliviado por me livrar da inveja e de seus ressentimentos inúteis. Também senti a pressão de um mistério não resolvido. Na época, Anna não me contou muito sobre a separação, e Christopher não me contou absolutamente nada. Mas pensei que sabia onde estivesse a linha de falha. Não na classe social: ao contrário de Lady Mab, Anna não era provocativamente bem-nascida (na taquigrafia da época, era classe média alta). Então, achei que fosse por política, ou ausência de política, como aconteceu com Molly Jones. Anna naquela fase era inocente em política.

Em sua autobiografia, *Tempos interessantes* (2003), o brilhante, e na minha experiência totalmente afável, historiador marxista Eric Hobsbawm escreveu que, como um jovem procurando se estabelecer, o casamento com uma não comunista era "inconcebível". (Eric garantiu sua noiva do partido aos vinte e seis anos, em 1943; e se divorciaram em 1951.) No entanto, continuei a me perguntar sobre esse adjetivo: inconcebível ("incapaz de ser imaginado ou compreendido"). Então existem pessoas para quem o amor não é cego; no caso deles, o amor é um comissário de olhos aguçados. Ou talvez sejam de esquerda até em seus costados.

O jovem Hobsbawm (certamente) e o jovem Hitchens (possivelmente) teriam relutado em se envolver com a jovem Hilly, uma mera ativista trabalhista (que escandalizou nossos vizinhos galeses na década de 1950 não apenas por dirigir um carro, mas por usá-lo para levar os eleitores às urnas). Ainda assim, a mácula estava lá: os pais de Hilly eram boêmios provincianos endinheirados (danças folclóricas, esperanto, madrigais), e ela tinha uma renda privada, pequena, mas vitalícia (e eu, com meus irmãos e meus inúmeros primos, herdei mil libras em meu vigésimo primeiro aniversário).

Em Princeton, Nova Jersey, em 1958, Hilly me disse:

"O negócio é que os republicanos são... Está boa a temperatura assim? Ou muito quente?"

"Mãe, eu me viro." Já sabia tomar banho sozinho (tinha nove anos), mas era um banho de chuveiro: o primeiro chuveiro de minha vida. No início daquela semana, havíamos desembarcado do *Queen Mary* no porto de Nova York... "Os republicanos são o quê?"

"Nos Estados Unidos, Mart, os republicanos são como os Tories, conservadores. E os democratas são como os Labour, trabalhistas. Portanto, somos a favor dos democratas."

"... Sei. A gente não quer ser a favor dos *Tories*."

"Com certeza não."

E seu filho do meio nunca esqueceu disso e, como se viu, nunca se desviou disso. Tranquilamente virei um adepto da melhoria gradual e constante da centro-esquerda.[2]

"Você se deu bem ontem à noite?", perguntei a Christopher no bar do meio-dia. "Quero dizer, sexualmente."

"Sim."

Era 1978, e estávamos em Blackpool, participando de uma Conferência do Partido. Ele estava lá como representante do *Daily Express*, e eu estava lá, com James Fenton, como representante do *New Statesman* (ao qual Christopher voltaria em 1979). Na noite anterior, eu o havia deixado no bar de seu hotel, o Imperial, por volta do meio-dia e meia, e segui com James até nossa pensão tosca nos arredores da cidade, com aroma de molho de jantar e o tique-taque do besouro relógio-da-morte...

Perguntei: "Com quem foi?".

Christopher primeiro inspirou, depois respondeu, sombrio:

"Vice-chefe da tesouraria da Associação de Jovens Conservadores de Uxbridge."

"... Puta sorte sua. Como ela era?"

"Na verdade, era um cara."

Pensei um pouco. "E daí?"

"Bom. Chutei o cara no meio do caminho. Nunca mais vou chegar perto disso."

"Você não chega perto disso há anos. Devia estar mais bêbado do que eu pensava."

"Estava. Mais bêbado do que você nunca me viu."

"Você quase nunca *parece* bêbado." E ele quase nunca parecia de ressaca; mas agora parecia de ressaca, pressionava na testa o pequeno copo de uísque Bell's com duas ou três pedras de gelo. "De que classe era esse jovem conservador?"

"Ah, um desastre. Escola pública menor com pretensões. Ele pronuncia o *t* em '*often*'."

"Hum", eu disse. "Ok, era um cara e não dá para evitar isso, mas com certeza não era nenhuma vantagem ele ser um jovem conservador. Os velhos conservadores já são uma desgraça, mas os jovens conservadores..."

"Concordo. Um desastre." Christopher me garantiu com amigável exasperação. "Mas, se o vice-tesoureiro da Associação de Jovens Conservadores de Uxbridge fosse uma garota, sem dúvida você ficaria orgulhoso de estar com ela."

"Ah, claro. Contanto que ela não marchasse em passo de ganso dentro do quarto."

"... Você ouviu o discurso da Thatcher?"

"Eu estava lá. Ah, ela é uma bruxa, uma vagabunda. O poder sexual dela."

"Mas ela não é esquerdista o bastante?"[3]

Quase trinta anos depois, ele me ligou do Wyoming, em Washington DC, e pediu ideias sobre o título de sua iminente autobiografia. Disse:

"Quero apontar para a natureza dupla do Hitch. Sabe, o negócio dos dois conjuntos de livros. Um socialista e, ainda assim, um pouco socialite."

Uma hora depois, liguei de volta e falei: "Acho que encontrei a porra toda. Só um jogo maçante sobre o eu dividido".

"O que você acha de *Hitch-22*."

"... Acho realmente brilhante."

"Meu querido Mart... Vou esclarecer tudo com Erica Heller, só para garantir."

"Queria mesmo te perguntar", eu disse. "O que você fez sobre as garotas?"

"Não tem nada sobre as garotas, só um pouco sobre as esposas. Nada sobre os filhotes. Nada de Jeannie. Nada de Bridget. Nada de Anna."

"Nada de Anna?"

"Nada de garotas."

Anna era de classe média alta, mas sua voz era tão agradavelmente sem sotaque quanto a do próprio Hitch; seu rosto transbordava frescor e generosidade de espírito; e, como se isso não bastasse, tinha um corpo que pertencia não às Olive Oyls da moda, mas às heroínas bem torneadas de Hollywood. E não se esqueça daquele ingrediente pouco celebrado do fascínio, que é a alegria, que é a felicidade.

... Felicidade, como fonte de beleza. Essa teoria um tanto trágica surgiu devagar e muito mais tarde, depois que levei minhas filhas mais novas para a escola alguns milhares de vezes. No primeiro ano, as meninas eram, quase sem exceção, mágicas de se olhar. No terceiro ano, havia uma minoria significativa cujos olhos haviam perdido muito de sua luz (pais orgulhosos, mães zangadas?). E no quinto ano, uma espécie de apartheid havia se estabelecido: a divisão entre as felizes e as não tão felizes, pensei, assim como entre as atraentes e as não tão atraentes... Ah, esse assunto é tão diabolicamente complexo quanto a morte. Qual vem primeiro? Elas estão felizes porque são atraentes ou são atraentes porque estão felizes? Ou será que não dá para ser uma coisa sem a outra?

LUXO

As pessoas pensam que estão vendo isso no líder da oposição a sua majestade, Jeremy Corbyn; mas estão vendo apenas seu espectro. Refiro-me à dura esquerda revolucionária, que era o verdadeiro lar de Christopher. Para pertencer a ele era preciso três características: a) fogo, b) dogmatismo e c) ausência de humor. Corbyn quase não tinha a), mas tinha b), e tinha c) em suntuosa profusão. Hitchens, por sua vez, tinha bastante a) e bastante b), mas nem um pouco de c). Ainda bem que ele era um eu dividido.

Hitch desenvolveu esse compromisso de forma independente, na escola, por meio do pensamento e da leitura. E desde muito jovem pagou todas as suas dívidas: manifestações (muitas vezes violentas), brigas e trocas de mísseis físicos com funcionários inimigos, detenções múltiplas, prisões ocasionais. Durante seu tempo em Oxford, um dia normal

> podia incluir panfletar ou vender o *Socialist Worker* na frente de uma fábrica de automóveis pela manhã, depois pintar com spray pichações pró-vietcongue nas

paredes e discutir veementemente com comunistas e sociais-democratas ou grupos rivais de trotskistas noite adentro.

E em Oxford ele continuaria a "esperar e trabalhar pela queda do capitalismo" e pelo estabelecimento do amanhã socialista.[4]

Isso foi em seu período Chris/Christopher. Durante o dia, Chris podia ser agredido por fura-greves em um piquete, mas à noite Christopher vestia um paletó (para se dirigir à "sociedade de debates do sindicato de Oxford controlado pelas regras da ordem parlamentar") e rumava para a All Souls College,[5] onde, provocante, ia cativar um círculo de velhos gays reacionários (A. L. Rowse, Maurice Bowra, John Sparrow et al.). Hitch chamava isso de "manter dois conjuntos de livros". Em outras palavras, ele era um incendiário romântico que também gostava do ambiente do *beau monde*.[6]

Em geral, Christopher optou por não se valer das novas liberdades carnais de sua época. A promiscuidade que a maioria de nós buscava ele achava... de alguma forma, não muito séria. Havia, creio eu, outro escrúpulo, menos paradoxal do que parece à primeira vista, porque era alguém em quem se combinavam muitas vertentes culturais e históricas. E uma dessas vertentes tinha a ver com religião, ou seu resíduo.

Entre as melhores coisas de *Hitch-22* está a descrição do funeral do pai do autor, o lacônico conservador e baixo clero Eric Hitchens. Foi uma ocasião muito inglesa: o topo da colina, o frio extremo, o "adro da igreja enevoado" com vista para o porto de Portsmouth e a extensão do canal, o "Hino da Marinha", os "rostos macilentos de Hampshire" ("esses parentes distantes deram um aperto de mão apressado e desapareceram de volta na paisagem calcária"): tudo era "rígido o suficiente para ter agradado meu pai" e notável pela "ausência de barulho". E então:

> De repente, me lembrei da palavra mais desdenhosa que ouvi o velho proferir. Ao me descobrir deitado na banheira com um cigarro, um livro e um copo perigosamente empoleirado... ele quase latiu: "O que é isso? Luxo?". Entendi de imediato que essa era outra palavra para "pecado", extraída do repertório do calvinismo antigo.

O hedonismo era luxo. Anna em si mesma, em sua pessoa física, era um luxo. Era opulenta, alto clero, adorava doces.

Após o colapso do comunismo (1989), Christopher admitiu que a política e a religião no século XX ficaram estranhamente entrelaçadas. Em minha opinião, essa data também marca o nascimento de Hitch como escritor.[7]

Utopismo não é a mesma coisa que religião, mas tem o mesmo tamanho, em determinado indivíduo. As duas narrativas são igualmente visionárias, teleológicas (voltadas para um fim) e milenares, e seus seguidores têm o mesmo tipo de temperamento. Agressivamente seculares, entre eles os utópicos socialistas dispensavam com facilidade o sobrenatural; mas eles com certeza não conseguiam viver sem fé.

Para eles, a política envolvia todas as energias mais íntimas. A luta rolava sem dormir, era desgastante e imanente. Para eles, não era questão de deixar a política entrar no quarto. A política já estava lá: de pijama de flanela e melancolicamente reclinada sobre a colcha de retalhos desbotada.

4. Hitchens permanece em Houston

O SÍNCROTRON

A máquina que estava prestes a engolfá-lo pesava quase duzentas toneladas.

Na manhã de segunda-feira, Christopher, Blue e eu fomos de táxi ao Centro de Terapia de Próton MD Anderson. Com superfícies polidas e átrio tubular, o lugar parecia do futuro, ou de um futuro um tanto datado da bola de cristal cinematográfica. Você pensou em *2001* de Kubrick; e o próprio síncrotron tinha as mesmas curvas pesadas do Enforcement Droid (ED-209) no *RoboCop* de Paul Verhoeven. Este era também um futuro de passos macios, sussurros discretos e sorrisos inflexivelmente esperançosos...

"Você é claustrofóbico, Hitch? Acho que devem ter te perguntado isso."

"Perguntaram, e não sou. Bom, eu era claustrofóbico na Carolina do Norte, mas lá fui amarrado e encapuzado."

"Também sufocado e afogado." Na primavera de 2008, Christopher chegou a ser submetido à tortura do afogamento simulado (por veteranos das Forças Especiais. Veja a seguir). "E aqueles coroas não estavam pensando em sua saúde."

"É verdade, Little Keith", disse ele, e sem hesitar se preparou para o bombardeio, removendo a metade superior do avental hospitalar. Christopher sempre rechaçava praia ou piscina, e percebi que não o via nu da cintura para cima havia mais de trinta anos: naquela época ele dançava de topless, bastante solene, em uma festa incrivelmente regada a álcool por volta de 1975. Emagrecido pela doença, seu torso parecia quase inalterado. A carne era pálida e marcada com alvos em cruz, é verdade, mas me tocou ver que o grande formato de árvore cor de palha no peito[1] sobrevivera em grande parte ao ataque aos pelos do corpo, embora partes tivessem sido "raspadas para várias incisões hospitalares". Ele subiu na prateleira ou plataforma e o técnico o empurrou como quem fecha uma gaveta da cozinha… Esse técnico permaneceria em contato (através de vídeo), mas fora isso Christopher estaria incomunicável por cerca de uma hora. Virei-me para Blue.

"E então?", falei enquanto pegava meu Golden Virginia. Ela hesitou, franziu a testa, encolheu os ombros, se pôs de pé.

Na saída, paramos em uma alcova perto da entrada principal: era a área relativamente sepulcral reservada para fotos emolduradas e cartas de agradecimento, além de gravuras e placas, enviadas pelos Escolhidos; ou seja, ex-pacientes. *Sem vocês nós, todas as manhãs quando eu, cada vez que meu marido sorri, ele.* A intenção era encorajar: ali estavam os vencedores do sorteio, os sobreviventes, os salvos, e nos vídeos promocionais do MD Anderson você podia vê-los correndo, praticando montanhismo e windsurfe e, é claro, saltitando euforicamente aconchegados em suas famílias. Revi esses rostos radiantes e suas descrições extasiadas de guloseimas e festas familiares com uma impaciência que se movia lentamente em direção ao animus, pelo que eu percebia. Existia uma teoria quantitativa da cura como as estatísticas de fato nos levavam a acreditar? Nesse caso, ali estavam os spoilers, ali estavam os donos da rua e os primeirões que desperdiçaram a boa sorte que por direito pertencia mesmo era a meu amigo.

Nós dois saímos e fumamos. Indiferente ao álcool, Blue ainda se interessava apaixonadamente pelo tabaco. Velhos ativistas fumantes, olhamos em silêncio para os altos e baixos dos telhados de Tumorlândia…

No século XXI, o hospital metropolitano médio já faz uma excelente imitação de um aeroporto, das vias de acesso sinalizadas, dos andares de estacionamentos (CURTA PERMANÊNCIA, LONGA PERMANÊNCIA), dos terminais sinalizados e dos ônibus que circulam entre eles. Em Houston, você logo se submete à ideia de que o hospital não imitava um aeroporto, mas uma cidade; e com um sucesso igualmente surpreendente. O hospital é do tamanho de Houston, não, na verdade é Houston, com seus centros administrativos, jardins e shoppings, até casas de repouso e dormitórios de recuperação nos subúrbios ventosos infinitamente proliferados.

... Escoltado por Blue, Christopher saiu com um sorriso malicioso. Perguntei: "Doeu?".

"Doeu o quê? Não conseguia nem sentir nada", respondeu ele. "Só tirei um cochilo restaurador, e acabou."

Com alguma desenvoltura, Christopher presenteou a equipe de atendimento com uma garrafa de champanhe e "saltou", como escreveria mais tarde, "quase ágil para dentro de um táxi".

"A dor vem depois. Pelo menos foi o que nos disseram", declarou Blue enquanto nos dirigíamos para nosso próximo compromisso.

Em outro distrito, em outra ala da cidade, demarcada em outra superfície plana, Christopher era apresentado a outro oncologista.

"Desculpe por não me levantar."

"Ah, não se preocupe!... Nossa ideia, agora, é pegar o tumor desprevenido. Suspeitamos que esteja ficando complacente. A quimioterapia segurou por um tempo, então nós..."

Ao nos prepararmos para ir embora, Hitch disse:

"Mais quimioterapia. Porra. Sabe, os médicos levam essas coisas para o lado pessoal, então personalizam os tumores."

E havia pelo menos algum consolo no fato de que o tumor de Christopher era considerado ao mesmo tempo tacanho e satisfeito consigo mesmo. Mas por que personalizá-lo, pensei, essa coisa da morte, por que dar-lhe vida?

"Eu me pergunto", disse ele, "se eles dão nome aos tumores. Sabe, apelidos, nome de animais de estimação. Como Flip ou Rover."

... Muito, muito mais tarde no mesmo dia (bem depois do anoitecer), em um labirinto sombrio de cubículos com cortinas, Christopher se acomodou em outra superfície plana e branca enquanto uma filipina compassiva, com respiração suave, prendeu nele as duas bolsas de líquido transparente que pendiam, pesadas, do alto, uma contendo nutrientes, a outra, venenos... Eu reivindicara a última vigília: e esperava que Blue já estivesse dormindo no Lone Star, e seu marido também, meio encolhido, murmurando sobre dores e incômodos, intestino, ombro...

Passei o dia inteiro à procura de um punhado de palavras de despedida. Mantive minha voz baixa, mas leve (à procura do tom de uma história para dormir ou uma canção de ninar em prosa), e disse:

"Você ama o que chama de 'a imagética da luta', Hitch, mas não sente que está em uma briga, não sente que está 'batalhando' contra nada. Você se sente 'inundado de passividade, se dissolvendo como um', como é mesmo?, 'como um torrão de açúcar na água'. Agora pense em como passou as últimas quinze horas. Isso é uma luta, pelo amor de Deus. E você ainda é o Hitch, ainda totalmente você mesmo, e *isso* é uma luta, e não apenas imagens. Você está fazendo isso. E me parece e dá a sensação de uma batalha... Agora descanse. Descanse, ó, descanse, espírito perturbado."

Ele dormiu. Depois de um tempo, alisei-o, dei-lhe um beijo e, conforme as instruções, ao sair deixei na mesinha de cabeceira um maço de cigarros.

Todas as instalações médicas em Houston têm as próprias paradas de táxi, à espera de que a próxima malignidade surja cambaleando das sombras. O motorista da frente avançou um pouco e deu uma piscadela conspiratória de faróis. Levantei uma mão com os dedos abertos. Cinco minutos seriam necessários, para fumar, naturalmente, e também para a assimilação da pena, ou da tristeza, ou do puro vazio, que foi como a coisa me pegou, comparável, talvez, à perda repentina da fé em Deus ou na Utopia, que nos deixa num planeta irremediavelmente sujo em um cosmos irremediavelmente sujo. Meu corpo se lembrou das vezes que, tarde da noite, eu deixava meu filho caçula na ala Peter Pan de St. Mary's, no oeste de Londres, lutando contra a falta de ar, quando ele tinha três anos.

Aproximei-me do táxi enquanto, atrás de mim, atrás da cortina fechada, Christopher, igual a Gus, sonhava e cochilava. Deite sua cabeça adormecida, meu amor.

No dia anterior, naquela plácida tarde de domingo, sentei-me para ler na suíte dos Hitchens enquanto Christopher se dedicava à sua mesa e à sua correspondência espalhada. *Eu me pergunto*, ele disse, inclinando-se para trás, *eu me pergunto quando vou ficar sem dinheiro...*

Você é, digamos, um cidadão do Reino Unido. E aos quarenta e tantos anos percebe, com alguma amargura, quanto de seu tempo social é gasto a ouvir, ou calar, enquanto os mais velhos falam sobre saúde e sua manutenção, sobre conselhos de dieta e regimes de exercícios, sobre diagnósticos e prognósticos, sobre tratamentos, sobre intervenções cirúrgicas etc. etc. Tudo isso continua ano após ano, até que em certo ponto, aos cinquenta e poucos anos, você descobre que o papo sobre saúde não soa mais como um ronco em outra sala. Virou mero costume? Não. A triste verdade é que você começou a achar tudo muito interessante. A mortalidade, quando está próxima o suficiente para revelar seus contornos, acaba sendo bastante interessante...

Então, aos sessenta e dois anos (digamos), você emigra do Reino Unido para os Estados Unidos. A conversa continua, mas seus termos mudaram, e não sutilmente. Na Grã-Bretanha fala-se é do Quinto Ato (atitudes a tomar, estratégias mentais para enfrentar). Nos Estados Unidos, o que se fala é sobre créditos fiscais atrelados à renda, financiamentos atrelados à poupança, limites e tetos variáveis para "planos" fornecidos pelo empregador, opções de coparticipação, franquias maiores ou menores e adicionais diretos do próprio bolso... No velho país raramente se fala sobre o sistema de saúde, porque é gratuito; no novo país, falam sem parar a respeito do sistema de saúde porque ele tem papel relevante em cerca de dois terços de todas as falências individuais.

Enquanto nos mudávamos de Camden Town, Londres, para Cobble Hill, Brooklyn, havia muito o que fazer:[2] e Elena fez quase tudo. No início, deixou claro que, de longe, o maior obstáculo que enfrentaríamos, o mais demorado e trabalhoso, o mais tedioso e labiríntico e o mais extorsivo, tinha a ver com a saúde americana. Certa tarde, examinei a situação cuidadosamente; e depois de uma ou duas horas pensei: bem, pelo menos não haverá ambiguidade em nosso caso: se algum Amis tiver uma dor de cabeça ou um sangramento nasal, será muito mais simples e econômico para nós quatro voarmos de primeira classe para Londres, pegar uma limusine até o Savoy e, no dia seguinte, entrar em uma ou outra unidade de saúde do NHS [Serviço Nacional de Saúde].

Nos Estados Unidos (e você aprende tudo isso através de anedotas, atmosfera e osmose), adultos de todas as idades imaginam e antecipam doenças ou ferimentos com um mal-estar de dois níveis totalmente desconhecido na Grã-Bretanha (e em todas as outras democracias desenvolvidas, exceto na África do Sul). Na questão de saúde, assim como na questão das armas, fatos e números perdem os poderes normais de persuasão. Não causa embaraço a Organização Mundial da Saúde classificar os Estados Unidos em trigésimo sétimo lugar em qualidade de serviço; e pode até ser motivo de orgulho que o país esteja claramente em primeiro lugar, superando todos os rivais, em custo per capita.[3] Sobre esse tema, os Estados Unidos continuarão falhando em somar dois e dois, e por um pequeno punhado de razões muito americanas.

Nos dias que antecederam a aprovação do Obamacare (o *Affordable Care Act*, ou Ato de Atendimento Acessível de 2010), ouvi no rádio a sessão de "uma prefeitura". "Sou americana", disse uma mulher na plateia, com a voz estridente e soluçando de emoção, "e *não* quero viver em um país como a União Soviética!" Ou, ela poderia ter dito, um país (que afinal) começa (ao menos) a emular o Canadá, a Austrália e todos os Estados constituintes da União Europeia. Mas nos Estados Unidos dizer "como a Europa", ou "como a Inglaterra", ou "como a França", ou "como a Suíça", é o equivalente aproximado de falar "como a União Soviética", desaparecida para sempre em 1991.

Uma versão ligeiramente mais bem formulada da mesma insatisfação me foi apresentada por John Updike, no cenário panorâmico do Mass. Gen., ou Hospital Geral de Massachusetts, em Boston (o ano era 1987). No bate-papo pré-entrevista, eu absorvia a visão de centenas de compatriotas de Updike (e contemporâneos rudes) que circulavam pelo local em busca de pechinchas (ou boas compras ou bons negócios) sobre longevidade, e não pude deixar de dizer:

"Olhe essa gente. Bom, é um espetáculo vergonhoso. A meus olhos."

"É nosso sistema", disse ele. "Qualquer outra coisa seria antiamericana."

O que era uma tautologia, como qualquer resposta verdadeira sobre esse assunto está fadada a ser.

Não foi o altamente individualizado e sofisticado Updike que me falou sobre saúde no Mass. General; foi o lúmpen Updike, o lado Coelho Angstrom de Updike, que certamente está lá e também é a razão de os romances do Coelho — em especial os volumes três e quatro — serem tão bons e tão interiorizados. Mas o Coelho falava o que quase todos os americanos dizem, ou sussurram: quanto mais você ganha, mais você merece viver.[4] A saúde com fins lucrativos é um fiasco moral e econômico tão óbvio que apenas a ideologia, na forma de crenças herdadas e não examinadas, poderia possivelmente explicar sua sobrevivência.

O coelhismo é especialmente estridente na questão da saúde porque a aversão básica é gastar dinheiro com os pobres que, acredita-se, ficaram assim por causa da não regeneração moral. Essa era a visão predominante na Inglaterra de meados do século XIX e esclarece o significado das repetidas referências de Bumble, o Bedel (em *Oliver Twist*) aos "pobres perversos". Bumble, um dos personagens mais vis de todos os livros de Dickens, odeia e teme os pobres, pois se vê tão vividamente entre eles. Mas nos Estados Unidos todos odeiam e temem os pobres, mesmo os muito ricos.

Um individualista, um libertário e um crente crédulo na sabedoria subjacente do mercado, o Tio Sam, não se esqueça, também é um puritano. Os americanos bons, ricos e de vida limpa querem punir os não regenerados, do jeito que gostariam de punir as próprias vulnerabilidades, tentações e nostalgias. A hipocrisia violenta *desses pobres perspicazes* é, obviamente, uma manifestação extrema desse desejo. E talvez Dickens, ao criar o Bumble, tivesse em mente um exemplar ainda mais selvagem.

Isto é de *Lear*: um dos grandes ataques visionários de percepção do herói louco no Ato 4:

> *Oficial velhaco, suspende tua mão ensanguentada!*
> *Por que chicoteias essa prostituta? Desnuda tuas próprias costas.*
> *Pois ardes de desejo de cometer com ela*
> *o ato pelo qual a chicoteias*

Então Lear continua, ainda mais penetrante:

Os buracos de uma roupa esfarrapada não conseguem esconder o menor vício;
mas as togas e os mantos de púrpura escondem tudo. Cobre o crime com
[placas de ouro
e, por mais forte que seja a lança da justiça, se quebra inofensiva.
*Um crime coberto de trapos a palha de um pigmeu o atravessa.**

Com um gemido, ele largou a caneta e recostou-se bruscamente...

"Todos concordam", disse Christopher, "que a papelada é a ruína da Tumorlândia."

"É, e de qualquer outro lugar na América que tenha um hospital. Ou um médico. Em Nova York, fui fazer uma lavagem nos ouvidos e me entregaram um questionário de dez páginas."

"Só querem se proteger", afirmou ele, abrindo outra conta. "Eu me pergunto quando vou ficar sem *dinheiro...*"

Christopher Hitchens era um autor de best-sellers e um colunista muito bem pago, com o apoio incondicional de uma revista próspera (e seu editor famoso pela generosidade, Graydon Carter); além disso, tinha seguro com cobertura total. No entanto, lá estava ele em sua mesa (no intervalo entre a rádio e a quimioterapia) com uma pilha de correspondência e um talão de cheques, a imaginar quando ficaria sem dinheiro.[5]

Eu disse: "Você é um americano, Hitch". Verdade, desde 2007. "E por enquanto é um americano doente. Então não é só um paciente. É um cliente. Mas não vai ficar sem dinheiro." Outra verdade; o tratamento de síncrotron, cujo preço inicial (eu soube) era próximo a duzentos mil dólares, seria devidamente *coberto*. "Não tem razão para se preocupar com isso. Dinheiro."

Não era hora de falar do assunto, mas eu queria dizer: *a saúde americana parece um assalto. Ninguém aqui percebeu que as preocupações com dinheiro* fazem mal? *Fazem mal* para a saúde? *Será que isso não explica em parte por que*

* Tradução de Millôr Fernandes. (N. T.)

os americanos não vivem tanto? Pagar sem lucrar: o aperto duplo do sistema de saúde dos Estados Unidos...

"O que te incomoda", eu disse, "é a inatividade forçada. É a ética de trabalho do Hitch. Você não está produzindo suas mil palavras por dia e sente, como é mesmo o verso do Larkin?, sente que te jogaram de lado em sua própria vida."

Houve uma calmaria; sombras se moveram. E me peguei contando a Christopher tudo sobre a complicação de Larkin e Phoebe Phelps.

BRENT: A VIDA CONTINUA

"Oi."

"Oi. Quem diabos é você? Desculpe."

"Grant. Sinto muito também, mas quem diabos é você?"

"Cadence. Grant, você sabe o que aconteceu com Brent?"

"Estou apenas substituindo aqui, Cadence. Quem é Brent?"

"Nossa. Bom, onde está o Trent?"

Então, prestes a sair, percebi que estava em casa em Houston; sabia como era ali. Grant provavelmente estava bem, e Trent e Brent provavelmente estavam bem. E Cadence parecia estar bem, por enquanto. Mas seu marido não estava bem: um ou dois dias antes, no pátio, vi quando foi retirado de uma limusine que parecia um carro fúnebre enquanto Cadence olhava, temerosa... Todos no bar provavelmente estavam doentes, ou pelo menos eram cônjuges, filhos, pais ou irmãos de alguém que estava doente. Era o desenvolvimento de um fato local, assim como a impressionante variedade de cadeiras de rodas esperando como bicicletas urbanas no terminal de desembarque do Aeroporto de Miami.

"Trent começa às nove."

"*Nove?* Que horas são agora?"

"Seis. E cinco."

"... Não vou conseguir. Vou ter um mini-infarto no mínimo..."

No Houston Center, com mais de trinta restaurantes para escolher, Christopher escolheu o Hong Kong Cookery; e seu ambiente de luzes de neon, chapéus de papel e brinquedos de festa nos impregnou com um estado de espírito sem dúvida bastante comum na Tumorlândia (e em outras zonas de guerra): a estranha euforia da adversidade.

Naquela noite, Christopher tinha a expressão que seus entes queridos mais amavam. Blue chamava de "cara de raposa", esperto, ávido; para mim, falava de insubordinação espirituosa; e nosso amigo Ian não foi o único a afirmar que esse sorriso em particular vinha desde os tempos de escola. "Hitchens", os professores diziam sempre, "desfaça essa cara!" De suas memórias:

> "Hitchens, apresente-se imediatamente à secretaria!"
> "Me apresentar para quê, senhor?"
> "Não piore as coisas para você, Hitchens, você sabe muito bem."

Era uma expressão muito adequada para (ardilosos) protestos de inocência, enquanto na realidade dava corpo à frase *nada envergonhado*. Era o olhar de um menino que (apesar do regime de banhos frios, espancamentos e orações, sem nada de privacidade e tudo compulsório ou proibido) está construindo uma vida interior articulada, subversiva e indomável.

Ah, mantenha essa cara, Hitchens. E nunca a perca.

"Trent!"

"Cadence!"

Minhas malas estavam prontas, as despedidas feitas, a conta paga; e eu levava um tranco final no Lone Star Saloon antes de partir para o Aeroporto Intercontinental George H. W. Bush; se bem que, admito, tinha esperança de ouvir falar de Brent.

"Falei com o 'Grant'", disse Cadence, "que não sabia nada. *E então?*"

"Com o Brent? Ok. Agora respire fundo, Cadence. Pronto?"

"Pronto. Coordenador de vendas alimentícias? Subchef?"

"Nada disso... de *banquetes*."

"Banquetes", sussurrou Cadence. "Ah, uau." Ela suspirou, piscou tensa e espremeu duas lágrimas dos cantos dos olhos. "Que bom ouvir isso."

"É. Controladoria executiva de banquetes... Agora calma, Cadence."

"Ah, *adoro* essa sensação. Nesta cidade horrível. Ah, amo essa sensação. Amo mesmo."

Com a mala de rodinhas ao lado, saí para o ar livre. E por um momento pensei que o alarme de incêndio do hotel estivesse fora de serviço e, de acordo com os regulamentos americanos, todos os hóspedes tinham sido despejados dos quartos e mandados para fora (para dormir como vagabundos nas aberturas do metrô). Não. Era apenas uma fila para táxis, multitudinária, mas de fluxo rápido; e esse êxodo maciço deixava de incluir o jogador de basquete (com quatro ou cinco dos companheiros de equipe também altos), a anã maravilhosamente bonita e o guarda-costas cuboide, que amassava uma ponta de cigarro com um giro do pé.

VELOCIDADE DE ESCAPE

O que Cadence adorava ouvir, qual sensação adorava ter?

Enquanto eu apertava o cinto numa barriga cheia de alívio, pena, culpa e esperança (e mais do que esperança: crença), entendi o que Cadence queria dizer, senti o que Cadence sentia. Grata submissão forçosa que te acorda de manhã, te põe de pé e te impulsiona mundo afora; o retorno do tempo e do movimento; a sacudida da frustração. Cadence amava o que Christopher amava: a vida, a vida, que tão clamorosamente *continua*...

O avião recuou, fez sua imponente curva de dois pontos, seguiu em frente em busca da pista de decolagem, então abaixou a cabeça e começou a corrida desesperada. Velocidade de escape, decolagem, subida.

Lá foi ele na mira da casa despojada na Regent's Park Road, onde a vida, a vida em Londres, definhava. O trabalho de retomada e renovação precisava ser feito ali, nos Estados Unidos.

E agora os clientes nos assentos podiam olhar do alto para os clientes acamados: parceiros habitantes da terra estranha.

5. E diga por que nunca funcionou para mim

"Agora você não pode mais perguntar a ela", do nada, Elena me disse uma manhã em 2010.

Foi alguns dias depois da morte de Hilly, então Martin poderia facilmente preencher os espaços: *Agora você não pode mais perguntar a sua mãe se por acaso Philip Larkin a engravidou em dezembro de 1948.*

"Isso mesmo", declarou ele. E estava feliz. Foi o único consolo que teria em sua orfandade. "Agora não posso mais perguntar a ela."

O livro em suas mãos se autodenomina um romance, e é um romance, afirmo.

Portanto, quero assegurar ao leitor que tudo o que se segue neste capítulo é comprovadamente *não ficção.*

A BONECA NA LAREIRA

1. "A Alemanha vencerá esta guerra como uma dose de sais, e, se isso me

levar à prisão, será um ótimo trabalho também." Philip Larkin, dezembro de 1940 (aos dezenove anos).

2. "Se existe alguma vida nova no mundo hoje, é na Alemanha. Verdade que é de um tipo cruel e brutal: os brotos novos são como baionetas... A Alemanha recuou muito, para os outros extremos. Mas acho que tem muitos novos hábitos valiosos. Caso contrário, como D. H. L.[1] poderia ser chamado de fascista?" Julho de 1942.

3. "Externamente, acredito que devamos 'ganhar a guerra'. Não gosto de alemães e não gosto de nazistas, pelo menos do que ouvi falar deles. Mas acho que não vai adiantar nada." Janeiro de 1943 (aos vinte e um anos).

Essas frases, notáveis por seu derrotismo moral (disfarçado na primeira citação como uma rude imunidade à ilusão), sua ignorância e sua falta de curiosidade, vêm das primeiras páginas de *Selected Letters of Philip Larkin* [Cartas escolhidas de Philip Larkin] (1991). Portanto, aqui confrontamos um jovem de vinte anos que "não gosta" de nazistas (ou pelo menos do que ouviu falar deles). Em janeiro de 1943, ele deve ter ouvido falar do que hoje chamamos de Holocausto ("provavelmente o maior massacre em massa da história", como noticiou o *New York Times* em junho de 1942). Ouviu falar disso mais tarde? Nem em sua correspondência nem em seus escritos públicos há uma única referência ao Holocausto; nenhuma, em toda a sua vida.[2]

O pai de Philip, Sydney Larkin, da OBE [Ordem do Império Britânico], que de alguma forma adquiriu uma reputação de rigor intelectual, se autodenominava "anarquista conservador"; era também um zeloso germanófilo. Continuou pró-Alemanha, mesmo depois de setembro de 1939; mesmo depois de novembro de 1940, e mesmo depois do Dia da Vitória, em maio de 1945... Em novembro de 1940, mais de quatrocentos bombardeiros alemães baixaram sobre a cidade natal de Sydney, Coventry, destruíram o centro, onde ele trabalhava (como contador municipal sênior), a catedral do século XV, nove fábricas de aeronaves e muito mais; o ataque feriu oitocentas e sessenta e cinco pessoas e matou trezentas e oitenta. Os ataques da Luftwaffe começaram em agosto de 1940 e continuaram até agosto de 1942 (com um número final de mais de mil e duzentos mortos). E Sydney continuou sendo pró-Alemanha.

Antes da guerra, em 1936 e novamente em 1937, Sydney levou consigo o único filho em uma de suas peregrinações regulares ao Reich: férias de verão consecutivas, a primeira em Königswinter e Wernigerode, a segunda em Kreuznach (portanto, ambas as viagens com a rara omissão para Syd: nada do Rally Nuremberg, com suas cento e quarenta mil almas gêmeas). Como PL escreveu, muito mais tarde (em 1980), quando os fatos da afiliação de Sydney estavam prestes a chamar atenção em um *festschrift* dele:

> Sobre a questão de meu pai e assim por diante, acho que seria melhor dizer "Ele era um admirador da Alemanha contemporânea, sem excluir sua política". Na verdade, ele adorava a Alemanha, era realmente louco pelo país.

Em nenhum lugar está escrito que Sydney era antissemita.[3] Mas como poderia ser diferente para um admirador da política da Alemanha nazista? Alguém se pergunta o que mais ele gostou no lugar. Um leitor sério e compulsivo (com uma afeição particular por Thomas Hardy, sobre quem certa vez deu uma palestra pública), Sydney não era um ignorante em nenhum sentido comum da palavra; e deve ter sentido o peso e o glamour da literatura e do pensamento alemães.

No entanto, o Terceiro Reich imediatamente se apresentou como um regime de queimadores de livros. O velho Syd admirava a "eficiência" da Alemanha e seus "métodos administrativos" (na verdade, a administração nazista sempre se afogava no caos). Essas supostas vantagens superavam o terror do Incêndio do Reichstag, o boicote judeu, o criminoso expurgo dos camisas marrons, as Leis de Nuremberg, o pogrom liderado pelo Estado conhecido como Kristallnacht [Noite dos Cristais], os estupros da Tchecoslováquia e da Polônia e a Segunda Guerra Mundial?

Embora a legislação discriminatória já estivesse em vigor, o verão de 1936, quando *père et fils* fizeram a primeira visita, viu um breve intervalo para os judeus da Alemanha. Era o ano das Olimpíadas de Berlim; e assim o país se "potemkinizou" para a ocasião. Antigamente havia placas impressas ou pintadas, em hotéis e restaurantes e afins (PROIBIDO JUDEUS OU CÃES), mas também nas estradas de acesso de várias cidades e aldeias, com os dizeres: JUDEUS NÃO SÃO BEM-VINDOS. Por questão de bom senso, as placas foram removidas durante as

Olimpíadas (as primeiras a serem televisionadas). Depois, é claro, foram recolocadas.

Diz-se que Sydney tinha sobre a lareira de Coventry uma estatueta bigoduda que, ao toque de um botão, fazia a conhecida saudação. Evidentemente, não havia nada no espírito fascista de que Sydney não gostasse: a ostentação ameaçadora, a suarenta proximidade ("gostei da cantoria alegre nas adegas"), do kitsch pueril da boneca na sala.

UMA SENSAÇÃO DE PERIGO, UMA ESTRANHA, *ARREPIANTE* SENSAÇÃO DE MISTERIOSO PERIGO

Em uma anotação do diário de outubro de 1934, Thomas Mann elogiou a "carta admiravelmente perspicaz de Lawrence, sobre a Alemanha e seu retorno à barbárie [escrita] quando quase nem se ouvia falar de Hitler"... A "Carta da Alemanha" de D. H. Lawrence foi publicada, de forma póstuma, no *New Statesman*; mas foi escrita seis anos antes, em 1928, quando o autor tinha quarenta e dois anos (e já estava morrendo).

Então, Lawrence aninhava muitas opiniões e preconceitos deploráveis, inclusive um tipo de antissemitismo rasamente irrefletido: "Odeio judeus", escreveu ele em uma carta comercial; e, mesmo na ficção, o judaísmo é sua figura automática para cupidez e esperteza. De fato, o crítico John Carey, no ensaio "D. H. Lawrence's Doctrine", conclui: "O paradoxo final do pensamento de Lawrence é que, separado de seu... ser maravilhosamente articulado, torna-se a filosofia de qualquer valentão ou idiota".

Todavia, essa articulação, essa profundidade, às vezes pode se aproximar do miraculoso. Lawrence falava alemão e era casado com uma alemã (Frieda von Richthofen); e tinha clara compreensão da divisão central na modernidade alemã: a divisão entre o que puxava para o Ocidente e o que puxava para o Oriente; entre "civilização" e "cultura"; entre progressismo e reação; entre democracia e ditadura (para uma retrospectiva, ver *Germany Turns Eastwards* [A Alemanha se volta para o Oriente], de Michael Burleigh). Sydney foi para lá no fim da década de 1930 e não percebeu que havia algo errado, numa época em que a maioria dos visitantes achava "aterrorizante" o sonambulismo militarizado. Lawrence esteve lá em 1928 e nos mostrou do que são capazes as antenas humanas:

> É como se a vida tivesse recuado para o Leste. Como se a vida alemã estivesse lentamente se afastando do contato com a Europa Ocidental, se esvaindo para os desertos do Leste... No momento em que você está na Alemanha, sabe. A sensação é de vazio e, de alguma forma, ameaçadora...
>
> [A Alemanha] é muito diferente do que era há dois anos e meio [1926], quando estive aqui. Então ainda era aberta para a Europa. Olhava ainda para a Europa, para uma espécie de reconciliação. Agora isso acabou. A barreira inevitável e misteriosa, e a grande inclinação do espírito alemão é mais uma vez para o leste, em direção à Tartária.
>
> ... Volta-se mais uma vez ao destrutivo Oriente, que produziu Átila... Mas à noite você sente coisas estranhas se mexendo na escuridão, sentimentos estranhos saindo da Floresta Negra ainda não conquistada. Você endireita as costas e ouve a noite. Há uma sensação de perigo... Do ar, vem uma sensação de perigo, uma estranha, *arrepiante* sensação de misterioso perigo.

Era 1928, não 1933. Não 1939, e não 1940, época em que o historiador exilado Sebastian Haffner escrevia *Germany: Jekyll and Hyde* [Alemanha: O médico e o monstro], no qual chegou à seguinte conclusão:

> Este ponto precisa ser observado porque, caso contrário, nada pode ser compreendido. E todo conhecimento parcial é inútil e enganoso, a menos que seja completamente digerido e absorvido. É o seguinte: *o nazismo não é uma ideologia, mas uma fórmula mágica que atrai um tipo definido de homens. É uma forma de "caracterologia", não ideologia. Ser nazista significa ser um tipo de ser humano.*

E a *Weltanschauung* nacional-socialista "não tem outro objetivo senão coletar e criar esse tipo humano": "O que se espera é que aqueles que, sem pretexto, podem torturar e espancar, caçar e matar sejam reunidos e presos pela corrente de ferro do crime comum...".

E esse é o éthos que Sydney Larkin "admirava" ou pelo qual era "muito louco"; esse é o éthos de que seu filho cautelosamente "não gostava".

E, no entanto, Philip Larkin, apesar da queda em sua reputação quando as *Cartas* e a biografia foram lançadas ("racismo", "misoginia"), emergiria merecidamente e inevitavelmente como "o poeta mais amado da Grã-Bretanha desde a guerra". Aliás, foi uma guerra da qual ele não participou. Em dezembro de 1941, PL foi intimado a seu exame médico. De acordo com Andrew Motion, ele "não escondia esperança de que fosse escapar". E escapou. Visão.

O PL desse período, uma pessoa que usava roupas chamativas e tinha um talento carismático que por algum tempo foi considerado socialmente ousado, tentava parecer despreocupado; mas, em todas as outras ocasiões, era um patriota sincero e, portanto, sentiu-se humilhado, desarmado e, acima de tudo, confuso. Debateu-se e fez pose até o fim, mostrou todos os atributos da juventude, exceto coragem física (e agora buscava segurança em números), e escreveu: "Eu estava fundamentalmente desinteressado da guerra igual ao restante de meus amigos".

Eva, Philip, Sydney e Kitty.

Como o restante de seus amigos? Ele quis dizer aqueles que estavam no Exército? Kingsley, por exemplo, que passou por França, Bélgica, Holanda e Alemanha (em 1944-5), estava interessado na guerra. Em contrapartida, estava interessado em sobreviver; e como comunista, além de britânico, estaria ideológica e emocionalmente interessado em vencer. (Kingsley foi treinado como soldado de infantaria, mas estava destinado à Sinalização e nunca disparou um tiro.) Em sua versão de *Machtpolitik*, KA esperava o apoio de Stálin. Agora releia as três citações com as quais esta seção começou e tente evitar a probabilidade de que PL esperava o apoio de Hitler.

P: O que poderia ter levado o trêmulo aluno de graduação a esse mórbido e ermo beco sem saída? R: Ter um pai como Sydney (e ser muito jovem).

Quando tudo era tão óbvio. Até a escritora mais reacionária do cânone inglês, Evelyn Waugh, viu a simplicidade elementar de setembro de 1939. Como disse Guy Crouchback, o herói da trilogia da Segunda Guerra Mundial, *Sword of Honour* [A espada da honra]:

> Ele esperava que seu país entrasse na guerra em pânico, pelos motivos errados ou sem motivo algum, com os aliados errados, numa fraqueza lamentável. Mas agora, esplendidamente, tudo se esclareceu. O inimigo por fim estava à vista, enorme e odioso, todo disfarce descartado... Qualquer que fosse o resultado, havia um lugar para ele naquela batalha.

Isso havia muito estava claro para todos: o nazismo significava guerra (e para seus inimigos uma guerra justa por excelência). E, quando chegasse a guerra, que tipo de jovem desprezaria um lugar nela, qualquer que fosse esse lugar?

TIRANOS DE HUMOR NÃO ABRAÇAM E BEIJAM

Sydney Larkin não se arrependeu de muitas coisas, incluindo suas opiniões sobre as mulheres. "Mulheres são muitas vezes enfadonhas, às vezes perigosas e sempre desonrosas" foi um aforismo pessoal que escolheu para seu diário. E este foi outro conjunto de atitudes que seu filho, como um adulto iniciante, se viu ecoando obedientemente: "Todas as mulheres são seres estúpidos"; elas "me repelem inconcebivelmente. São uma merda".

Larkin pai tornou a "vida de sua filha uma desgraça" e, ao longo dos anos, reduziu a esposa, Eva, a um chuvisco martirizado de ansiedade e timidez. "Minha mãe", escreveu PL, "é nervosa, covarde, obsessiva, chata, resmungona, irritante, com pena de si mesma." A vida de Sydney foi curta; a de Eva, longa. "Minha mãe", resumiu PL, décadas depois, "não contente em ficar imóvel, surda e quieta, agora está ficando cega. Isso é o que você ganha por não morrer, sabe." Ainda assim, PL era completamente filial, como veremos.

No escritório, Sydney estava sempre ansioso por um "afago" com as subordinadas, "não perdia a oportunidade de abraçar uma secretária", como relembrou um assistente.[4] Além disso, era o tipo de patriarca duramente característico da Inglaterra de meados do século XX, que definia o barômetro emocional para aqueles ao seu redor, para todos aqueles ao seu alcance.

Na infância tive vários amigos com esse tipo de pai. Eram os tiranos do humor. Pensativos, frustrados, rancorosos, intransigentes, sua vontade de poder reduzida à mera promoção do mal-estar no lar. E todos esses deuses domésticos dominavam o mesmo tipo de família: filhos valorizados, mas intimidados, filhas cautelosamente discretas, cônjuges silenciosas que andavam na ponta dos pés, animais de estimação tímidos, retraídos...

Aos treze anos, depois de passar um fim de semana no bangalô batido pela chuva de um tal tirano do humor (pai de meu melhor amigo Robin), pedalei para casa na Madingley Road, Cambridge, estacionei a bicicleta em um dos dois anexos que abrigavam nossa alsaciana, Nancy e sua ninhada recente, e nossa jumenta, Debbie, então entrei pela porta dos fundos e passei por cima de uma de nossas gatas mais velhas, Minnie. Penso agora que, ao entrar, me senti como PL ao sair:

> Quando tento sintonizar minha infância, as emoções dominantes que capto são, predominantemente, medo e tédio... Nunca saí de casa sem a sensação de entrar em um ambiente mais fresco, limpo, são e agradável.

Mas uma criança feliz não é melhor do que um gerbo ou um peixinho-dourado quando se trata de gratidão, e enquanto eu passeava na cozinha acolhedora não senti nenhuma onda de agradecimentos para com meus pais calorosamente bem-humorados e animados. Eu estava em casa: isso era tudo. Estava no lugar onde, enquanto durou, fui feliz sem pensar.

"Eles fodem com você, sua mãe e seu pai." Esse é o verso mais famoso da obra de Larkin, em parte, sem dúvida, porque era um princípio quase universal da época (e parecia ser o ponto de partida de toda a psiquiatria). De início, Philip concordou que "culpar os pais" não leva a lugar nenhum, ou melhor, leva a todos os lugares ("Se alguém começa a culpar os pais, bem, nunca para!"); mas continuou:

> [Samuel] Butler disse que quem ainda se preocupa com os pais aos trinta e cinco anos é um tolo, mas com certeza ele mesmo não os esqueceu, e acho que a influência que exercem é enorme... O que não se aprende com os pais nunca se aprende, ou se aprende de um jeito estranho, como um parlamentar que tem aulas de boas maneiras à mesa ou o Arnold Bennett de meia-idade que aprende a dançar... Não me lembro de meus pais terem feito jamais um único gesto espontâneo de afeto entre si...

Com PL, no entanto, o carinho não fluiu. "De qualquer maneira, nunca peguei o jeito do sexo", ele esclareceu sombriamente em outra carta para Monica Jones. "Se anunciassem que todo sexo cessaria a partir da meia-noite de 31 de dezembro, meu modo de vida não mudaria nada." Isso foi escrito em 15 de dezembro de 1954. "As relações sexuais começaram/ Em mil novecentos e sessenta e três", revela o dístico mais famoso de Larkin; mas para ele e Monica, aos trinta e poucos anos, tudo já murchava. E, todavia, continuaram juntos até 1985, quando Philip morreu, aos sessenta e três anos: sua última *hommage* a Sydney.

PL nunca viu os pais se abraçarem e se beijarem. Eu e meus irmãos frequentemente víamos nossos pais se abraçarem e se beijarem (e respondíamos com uma versão de meados do século daquilo que minhas filhas mais novas dizem agora quando veem os pais se abraçando e se beijando: "Vão para o quarto"). Mas, enquanto eu ria e corava (corava quente e forte), uma transfusão necessária estava de alguma forma ocorrendo; via minha mãe e meu pai como indivíduos autônomos, envolvidos em sua própria afinidade, seu próprio caso. Uma criança precisa axiomaticamente receber amor; assim como precisa presenciar isso.

"Li seu artigo sobre Larkin. Duas vezes", falei ao telefone (Nova York-Washington, na primavera de 2011).[5] "*Cheio* de coisas boas." E listei algumas delas. "Mas por Deus, ele é um caso perdido, não acha?"

"Ah, sim. Os poemas são claros como o dia, são... transparentes, mas ele é um labirinto humano. A gente se perde nele."

"Aquele famoso aparte dele, que você citou: *A privação é para mim o que os narcisos eram para Wordsworth*. Então ele gostava da privação porque mexia com sua musa."

"É, e às vezes faz o leitor se perguntar se ele procurou por isso."

"Mas ele fala é de privação romântica. E como se procura isso?"

"Principalmente quando já se tem. Ninguém é *tão* dedicado. De qualquer forma, nesse caso, eu diria que a privação vinha de dentro."

"Você cita aquela outra frase dele... Aqui está. Sexo é *sempre decepcionante e muitas vezes repulsivo, como pedir a alguém para assoar o próprio nariz para você*. 'Assoar o nariz'?"

"'Assoar o nariz?' Aí ele mostra uma verdadeira potência de perversidade."

"Sabe, cada vez me convenço mais de que aí está grande parte do fascínio de Larkin. A pureza dos poemas. E depois a história de mistério, o *whodunnit* dele, das trevas dele."

"É tudo Sydney, não acha? Aquele dragão-de-komodo na sala de estar."

"Hum... Meu caro, vamos conversar. Então. Quando você chega aqui?"

"Estou planejando para sexta-feira à tarde. Quase na hora dos drinques."

"O que poderia ser mais agradável?"

"Ah, me diga uma coisa. Você sente falta do velho país, eu sei. Não acho que vá sentir falta da Inglaterra, mas tenho certeza de que sentirei falta dos ingleses. É aquele tom, aquele tom de simpatia bem-humorada. Os americanos são legais também, individualmente, porém não dá para dizer que são engraçados."

"Não. Tocqueville disse que se extrairia humor deles por pura diversidade. Qualquer coisa espirituosa estava fadada a ofender *alguém*. Ele pensou que chegariam ao ponto em que ninguém ousaria dizer nada."

... Isso poderia esperar até o fim de semana, mas Hitch se equivocava seriamente sobre o pai de Philip. Estava certo sobre o dragão na sala de estar: aquele era Sydney, um homem infalivelmente enervante. O que entendeu errado foi o sentimento de Philip por ele.

TODO HOMEM É UMA ILHA

Durante o tempo em Oxford (1940-3), Larkin manteve brevemente um diário de sonhos, cujo conteúdo é resumido por Motion:

> Sonhos em que ele está na cama com homens (amigos de St. John's [sua faculdade], um "negro") superam em número os sonhos em que ele tenta seduzir uma mulher, mas o mundo em que esses encontros ocorrem é uniformemente monótono e desagradável. Nazistas, cachorros pretos, excremento e quartos subterrâneos aparecem repetidas vezes, assim como a figura dos pais, distantes, mas onipresentes.

Excrementos, cachorros pretos e nazistas... Mas acontece que a sexualidade de Larkin, vista de uma distância segura, conseguiu uma imitação razoável de normalidade. Depois de um começo lento e de muitos desprezos e mágoas, sempre havia uma parceira comprovada por perto, e sabemos um pouco sobre o que ele fez e com quem. Mesmo assim, o eros nele ainda é misterioso e muito difícil de penetrar. Na verdade, é um labirinto ou um pântano com alguns pontos de apoio escorregadios. E, no entanto, ao percorrermos tudo isso, temos em mente com gratidão que esse, de uma forma ou de outra, foi o caminho de Larkin para os poemas.

Repetindo: quando jovem, Larkin ficou intrigado, ou melhor dizendo, fatalmente hipnotizado, pela linha yeatsiana sobre a escolha entre "perfeição da vida" e perfeição "do trabalho". Mas isso foi um verso de um poema ("The Choice"), não de um manifesto; ninguém deveria agir assim (e Yeats com certeza não o fez). Larkin aproveitou a noção de "isto ou aquilo", acho, como uma autorização nobre para simplesmente não se preocupar com a vida e, em vez disso, se contentar com uma devoção imaculada à solidão e ao eu. Como ele disse em "Love" (1966): "Minha vida é para mim./ Ignorar a gravidade também". De modo mais crucial, a busca da perfeição artística coincidiu com seu objetivo mundano transcendente, o de permanecer solteiro.

"Sexo é bom demais para compartilhar com qualquer outra pessoa", Larkin meio que brincou, no início. No entanto, descobriu que a abordagem "faça você mesmo" para o romance era sempre superada por uma necessidade prosaica de afeto e apoio femininos. E então houve amantes, cinco delas: Ruth, Monica, Patsy, Maeve e Betty.[6] Os casos de Larkin não se distribuem com uniformidade ao longo dos cerca de trinta anos de "vida ativa". Ocorrem em dois grupos: no início dos anos 1950, Monica coincide com Ruth e Patsy, e esta coincide com Maeve e Betty, em meados dos anos 1970. Esse par de tríades representa os picos gêmeos da libido de Larkin, que fora isso era convenientemente dócil ("Não sou uma pessoa muito sexualizada", como sempre lembrava a Monica).

Ruth tinha dezesseis anos quando ele a conheceu em 1945, "uma garotinha afetada de uma cidade pequena", como ela disse; dois anos depois, se tornaram amantes e ficaram noivos por um breve período. *Monica*, o esteio, era uma professora inglesa em Leicester (e passaremos uma noite com ela mais tarde). *Patsy* era a única talentosa e dedicada nessa ninhada de cinzentas inglesas medianas; uma poeta bastante educada e um espírito livre bastante meticuloso, *Patsy* morreu aos quarenta e nove anos ("literalmente mais do que bêbada", como observou PL). *Maeve*, uma quase virgem de certa idade, uma *faux naïf* e uma verdadeira crente (que, post mortem, tentou alistar o espectro ímpio de PL na Igreja católica), fazia parte da equipe clerical em Hull. Assim como *Betty*, que, até Larkin dar o primeiro passo repentino, fora sua secretária totalmente disponível e não assediada nos dezessete anos anteriores.

Das cinco, Betty tinha a virtude considerável de ser "sempre alegre e tolerante": isto é, ela era uma boa companhia. Ruth, Patsy, Maeve e a abrangente Monica não eram boas companhias. De acordo com minha mãe (e nada na literatura a respeito a contradiz), essas mulheres eram, de modo curioso, descontraídas e indolentes, muito provavelmente oprimidas por ansiedades e inibições de classe que agora consideraríamos apenas misteriosas. Além disso, todas pulsavam com o direito a um mérito, obscuramente ofendido, de superioridade vaga e irritadiça, uma superioridade inteira não confirmada pela

Ruth Bowman.

Monica Jones.

Patsy Strang.

Maeve Brennan.

Betty Mackereth.

realidade; Monica, uma acadêmica ruidosamente opinativa durante toda sua vida adulta (mas também uma leitora assídua e, de vez em quando, uma editora de confiança dos versos de Larkin), nunca publicou uma palavra...

Além de ser rica e vivida (estudou na Sorbonne), Patsy tinha veia artística, e sua irritabilidade assumiu uma forma mais intelectual (Kingsley disse que ela era "a mulher mais desinteressante e instável" que conheceu). A ligação de Philip com ela foi flexível e breve (e ele ficou tocantemente grato por tê-la). Mas ela o assustou demais uma década depois, materializando-se bêbada em Hull, confusa, chorosa, confusa das ideias (querendo passar a noite e acusando-o de "não ser continental")... Como PL admitiu, suas mulheres tendiam para o "neurótico" e "difícil", e também para o "pouco atraente". Ele mesmo resumiu tal coisa, em quatro versos cansativos e sem ilusões (citados a seguir).

Ruth, Patsy, Maeve, Betty e Monica. Suas triangulações envolviam dramas, lágrimas, cenas, cartas de vinte páginas e decatlos de culpa e reprovação, sofrimento mais do que suficiente, é de pensar, para alimentar um casamento típico. Quando Monica foi informada sobre Maeve, estava fisicamente doente e logo caiu em uma depressão quase clínica. A melhor prova do quanto as namoradas significavam para Larkin era a disposição de assumir (ou pelo menos aguentar até o fim) seus episódios de sofrimento, enquanto ele fazia o que bem entendesse.

Tudo isso se intercalava com uma grande dose de ânsia, meditação, cobiça, raiva e sonho, para não mencionar uma grande quantidade de "masturbação a domicílio" (como ele disse a uma namorada). Larkin tinha uma paixão excepcionalmente forte por pornografia e mantinha um estoque dela no escritório ("a fim de masturbar para, ou com, ou em", como contou a outra namorada). Mas ele era muito menos alegre ou descarado quando saía em busca de pornô na Londres da luz vermelha, sem dúvida porque no Soho buscava tipos mais especializados (colegiais, flagelação). Com frequência, o tamanho da transgressão era demais para Larkin, e ele "se acovardava" e simplesmente se afastava.

A perda de coragem, a retirada: isso nos dá o sabor da frustração e da dificuldade de Larkin. Com a cabeça baixa, ele sai da sex shop escura (o bazar dos solteiros) para a chuva, e deixa aquele exemplar de *Swish* intocado na prateleira enquanto se afasta, aninhando em si mesmo o fracasso conhecido...

Em julho de 1959, Kingsley voltou de um longo trabalho como professor nos Estados Unidos e escreveu a PL sobre seu hiperativo sucesso com as mulheres de Princeton, Nova Jersey. Alguns meses depois, Philip completou "Letter to a Friend About Girls" [Carta a um amigo sobre garotas] (que ele nunca publicou). O "amigo" do título apenas se aproxima de Kingsley, assim como o narrador do poema apenas se aproxima de Philip; mas a aproximação pode chegar muito perto. O poema começa assim:

Depois de comparar vidas com você por anos,
Vejo como venho perdendo: o tempo todo
Conheci um tipo de garota diferente do seu.
Conceda-me isso, e todo o resto faz sentido:
Minha mortificação com suas bobagens,
Sua perplexidade com minha fraqueza,
Tudo prova que jogamos em times separados.

Mais de uma vez Kingsley disse a Philip: não é que eles conheceram diferentes tipos de garotas; era que eles conheciam todas as garotas de maneira diferente. Ambos tinham charme, mas o de Kingsley era o charme da confiança e o de Philip, o da insegurança; e continua sendo uma verdade enlouquecedora que tanto o sucesso quanto o fracasso sexual se autoperpetuam. Philip sabia de tudo isso, mas no poema o "eu" finge ingenuidade, e foge do reconhecimento realmente amargurado: não se tratava de "menina de outro tipo"; como Larkin reconheceu a Anthony Thwaite, era o caso de um tipo diferente de homem. Ainda assim, a miséria da qual ele se afasta é silenciosamente evocada.

Depois de listar algumas "escaramuças impressionantes" do destinatário com esposas, estudantes e (ao que parece) transeuntes, Philip continua: "E todo o resto que acena deste mundo... onde desejar/ É logo ser desejado... Um mundo onde todos os absurdos se anulam,// E 'beleza' é gíria aceita para 'sim'". Ao aprimorar este último verso, Larkin deve ter se perguntado o que havia em si mesmo que se qualificava como gíria aceita para "não".

Havia outra razão pela qual Philip guardava "Letter to a Friend" na última gaveta. Como escreveu muito razoavelmente (uma vez mais para Thwaite), "feriria muitos sentimentos"; "Se fosse apenas um poema maravilhoso, talvez eu fosse insensível, mas não é bom o suficiente para causar dor".

Portanto, foi só em 1988, com a publicação do bastante amplificado, e, claro, póstumo *Collected Poems*, que Ruth, Monica, Maeve e Betty leram o seguinte (observe os ritmos resignadamente lentos dos versos dois a cinco), onde o poeta invoca suas mulheres:

Mas da mesma forma, você não notou o meu?
Elas têm seu mundo, não muito comparado ao seu,
Onde trabalham, envelhecem e dispensam homens
Por serem pouco atraentes, ou tímidos demais,
Ou terem moral... enfim, ninguém cede:
Alguns se põem rígidos de desgosto
Por qualquer coisa que não o casamento...
Vocês garimpam de longe
Por meses, vocês dois, até o colapso virar
Remorso, lágrimas e você se pergunta por que
Começou com esses jogos tediosos e estéreis...

Podemos ver por que Philip se limitou a pensar que sexo era bom demais para compartilhá-lo com qualquer pessoa. O autoerotismo, para Larkin, não era apenas um paliativo, uma improvisada *faute de mieux*. Respondia a algo fundamental não apenas em sua vida, mas também no funcionamento de sua arte. "Não quero sair com uma garota e gastar quase cinco libras quando posso gozar em cinco minutos, de graça, e ter o restante da noite livre." E, como escreveu para seus pais no início de 1947 (quando Sydney ainda estava vivo), "esta noite ficarei em casa e escreverei. Como a vida se torna bonita quando a pessoa fica sozinha!".

Algo que pode ser descrito como "positivo" aconteceu com Kingsley um ano antes de ele partir para os Estados Unidos. Em resposta a isso, Philip escreveu (para Patsy):

> [Isso] teve o efeito óbvio sobre mim. Sou um cadáver devorado por inveja, impotência, fracasso, inveja, tédio, preguiça, esnobismo, inveja, incompetência, ineficiência, preguiça, lascívia, inveja, medo, calvície, má circulação, amargura, pequenez, inveja...

E o que foi esse suposto golpe de KA? Sua "aparição na Network 3 on jazz", "o primeiro de seis programas", como Philip acrescenta mal-humorado.

Se ele se sentisse assim em relação à Network 3 (um subprograma de rádio dedicado a hobbies), como se sentiria a respeito do seguinte? Recém-chegado de Princeton com sua lucrativa cátedra de escrita criativa (julho de 1959), Kingsley escreve a Philip e pede desculpas por seu silêncio de um ano:

> ... Posso alegar que não escrevi mais do que quatro cartas pessoais durante todo o tempo em que estive fora... [e] que, na primeira metade de meu tempo lá, bebia e trabalhava mais do que nunca desde o Exército, e que, na segunda metade, bebia e trepava mais do que em qualquer outro momento. Na segunda contagem, me vi assim praticamente em tempo integral.

Em dezembro daquele ano, Philip concluíra "Letter to a Friend About Girls".

"Empatia" não é uma palavra tão viscosa como "fechamento", mas ainda sai moída da língua. Mesmo assim, Kingsley, aqui, mostra falta de empatia em um grau quase cruel; o sucesso erótico é uma espécie de riqueza, afinal, e aqui está ele, abanando um maço de dinheiro para um morador de rua... Ao nos voltarmos para Philip, podemos dizer que a inveja é um desdobramento da empatia: do latim *invidia*, de *invidere*, de *in-* "para dentro" e *videre* "ver". Olhar para dentro. A inveja é empatia negativa, é empatia no lugar errado na hora errada. E, com muita satisfação, "inveja" também deriva de *invidere*, "considerar maliciosamente". Não é de estranhar que, quase todo o tempo, PL odiasse KA.

De todas as formas, tenha empatia com os menos afortunados e faça isso com toda a consideração. Mas tenha cuidado. Não tente entrar na vida dos mais afortunados. Se você é Philip, não "olhe para dentro" de Lucky Jim.

Começamos com três trechos sobre política; vamos encerrar com três trechos sobre sexo. O primeiro vem de uma carta para Monica, o segundo, de uma carta para Kingsley. Para qual dos dois você acha que é endereçada a terceira?

1. Acho, embora, é claro, eu seja totalmente a favor de amor livre, escolas avançadas e assim por diante, que alguém poderia fazer uma pequena pesquisa sobre algumas das *qualidades inerentes* ao sexo: sua *crueldade*, sua *intimidação*, por exemplo. Parece-me que *submeter outra pessoa à sua vontade é a própria essência do sexo*... E, além disso, ambos os lados *preferem que seja assim a nada*, eu não. E desconfio que isso não signifique que eu consiga desfrutar do sexo à minha maneira tranquila, mas que não consigo desfrutá-lo de maneira nenhuma. É como o jogo de rúgbi: ou você gosta de chutar e ser chutado, ou sua alma se afasta da coisa toda. Não há como desfrutar de rúgbi com *tranquilidade*. (1951)

2. Onde está toda essa pornografia de que falam?... [Em Hull] tudo foi reprimido pela polícia que não tinha nada melhor a fazer. É como essa sociedade permissiva de que falam: nunca me permitiu nada, que me lembre. Quer dizer, ASSISTIR A ESCOLARES CHUPANDO UMAS ÀS OUTRAS ENQUANTO VOCÊ AS CHICOTEIA, ou Você sabe que o problema com o velho Phil é que ele nunca cresceu de verdade, apenas segue as mesmas velhas atitudes. Um tanto chato, na verdade. (1979)

3. Parece-me que o que temos é uma espécie de relação homossexual disfarçada. Você não acha que há algo suspeito nessa questão? (1958)

Na primeira citação, PL se declara um pacifista ou vegano sexual e parece bastante orgulhoso de sua hipersensibilidade (bem, "comigo não"). Na segunda citação, ele se dá ares de meia-idade (e claramente muito bêbado) à fantasia sobre espancar alunas, o que remonta à sua juventude. A terceira citação aparece em uma carta para Monica. Tentei entendê-la muitas vezes, mas ainda não consegui. O que isso pode significar? Que ele, PL, não era muito masculino e ela, MJ, não era muito feminina? E que eram intermediários do *mesmo gênero*?

Enfim, peculiar, excêntrico, inovador, sem semelhantes conhecidos, pode-se até chamá-lo de sui generis.

Em uma carta tardia, PL observou sobre o crítico de poesia Clive James: "De vez em quando ele diz algo realmente penetrante: 'Originalidade não é um ingrediente da poesia, é poesia'. Tenho sentido isso há anos".

Quando os poetas iniciam os estudos, buscam ou, mais exatamente, esperam receber a originalidade. Seja original em seu estudo. Mas não em seu quarto. É como a sanidade: sua esperança, nesses dois departamentos, é derivativa. Você não quer se ver lá sozinho.

VIOLÊNCIA HÁ MUITO TEMPO

Em apenas um poema (muito tardio), Philip tentou uma explicação do que podemos chamar de seu desalinhamento erótico. Ele aparece no assustadoramente direto "Love Again" [Amor de novo] (1979), que começa como um lirismo de violento ciúme sexual — não inveja sexual, ciúme sexual:

Amor de novo, punheta às três e dez
(Decerto ele já a levou para casa?),
O quarto quente como uma padaria...
Outra pessoa tocando os seios dela...

Mas então, na metade dessa estrofe de dezoito versos, o poeta se volta incisivamente para dentro. "Melhor isolar esse elemento", ele monologa,

Que se espalha por outras vidas como uma árvore
E as sacode em uma espécie de sentido
E diz por que nunca funcionou para mim.
Algo a ver com violência
Lá no passado, e recompensas erradas,
E arrogante eternidade.

De início, os últimos três versos parecem inflexivelmente condensados. A "arrogante eternidade", supomos, refere-se às exigências da arte e à brevidade da vida humana; "recompensas erradas", supomos, refere-se à alocação aleatória de sorte, talento, sexo, felicidade e (talvez) reconhecimento literário. No entanto, "... violência/ Lá no passado"? Motion argumenta que PL não se refere a um abuso real, mas à "nulidade sufocante" do casamento de seus pais: "O casal mostrou a ele um universo de frustração [e] fúria reprimida... que o ameaçou por toda a vida e que era indispensável a seu gênio". Tudo verdade; mas acho que podemos ir um pouco além disso.

No La Tomate em Dupont Circle, eu disse (abril de 2011): "Você se refere a Syd como o 'pai detestável' de Larkin. Seria assim, ó Hitch. Isso teria resultado numa história muito mais simples. Mas Philip o amava".

"... Mart, você me surpreende. Aquele velho babaca?"

"Ele amou e honrou aquele velho babaca. Está tudo muito fresco em minha cabeça, infelizmente."

"Hum, talvez você saiba mais sobre isso do que gostaria de saber. Graças a Phoebe."

Suspirei e disse: "Eu precisava pensar em Syd como meu...".

"Nossa, entendi... Mas não há nada sobre Syd em *Cartas a Monica*."

"Apenas isto: 'Ó homem frígido e inarticulado!'. Portanto, não se censure. Está tudo no *Selected Letters* e na biografia, de vinte anos atrás. Veja só. Quando Syd morreu, Larkin ficou tão arrasado que se voltou para a Igreja. Cito: 'Estou me instruindo na técnica da religião!'. E ele descreve suas sessões com um velho brilhante chamado Leon."

"Quando foi isso? Quantos anos ele tinha?"

"Vinte e cinco. Segundo Motion. Ele sempre admirou o pai, e ficaram cada vez mais próximos. Larkin pensava que perdê-lo seria perder parte de si mesmo."

"Nossa. Bom, era a parte de si mesmo que Larkin deveria ter jogado fora. Ele não conseguia ver, não conseguia perceber?"

"No dia seguinte ao funeral, ele escreveu: senti muito orgulho dele. Orgulho. E começou a escrever uma porra de uma elegia para o velho babaca."

"Ah, onde eles estão agora, os grandes homens de outrora? Onde está o chicote, onde está a bota?... Bom, tudo o que posso dizer é: incrível que os poemas tenham saído vivos."

A comida chegou e, durante a hora seguinte, tentamos — com sucesso apenas parcial — recitar "Os casamentos de Pentecostes" (oitenta versos); nos saímos um pouco melhor com "Um túmulo Arundel" (quarenta e dois).

"Algo a ver com violência/ Lá no passado." Acho que o que vemos aqui é a mente inconsciente de PL a começar (muito tardiamente) a registrar ao menos o que ele nunca conseguiu absorver. As pessoas podem ser violentas de forma não cinética; e Larkin pai era um homem bastante violento. Em 1940, Sebastian Haffner identificou a essência do nacional-socialismo: era um grito de guerra para os sádicos. E Sydney ouviu esse chamado.

Tão duradouro e extraordinário. A alma meticulosa de Larkin foi abalada pela visita de Patsy: "Parecia um vislumbre", ele informou a Monica, "de outro mundo mais horrível". Quanto ao éthos da Baviera, da Brown House e do Beer Hall Putsch, Larkin nunca pareceu se importar com o fato de o pai ser um devoto do culto de violência mais organizado e mecanizado que o mundo já conheceu...

"Eles fodem com você, sua mãe e seu pai/ Pode ser sem querer, mas fodem." Bem, quer esse pai quisesse ou não, aqui está um caso claro de missão cumprida. Como a irmã de Philip, Kitty, disse após a cremação: "Não somos ninguém agora. Ele fez tudo".

Adeus aos patriarcas, aos pequenos senhores, aos bolinadores e apalpadores, aos disseminadores de inquietação, aos esmagadores de mulheres e torturadores de filhas, aos pais que todos temem, aos inimigos da tranquilidade, aos totalitaristas domésticos de meados do século XX.

PARTE IV

PENÚLTIMO

Preâmbulo: O incêndio na véspera de Ano-Novo

Agora, acho que você não se importaria de ouvir um pouco mais sobre o incêndio e, claro, ficarei feliz em atendê-lo. Não pela única vez nestas páginas, uma clara calamidade leva a um final relativamente feliz, marcado pela vida, que se move de maneiras misteriosas... O número 22 de Strong Place não queimou de baixo para cima, queimou de cima para baixo. Foi o que chamam de incêndio de chaminé.

Incêndio de chaminé? Pensei que chaminés fossem o lugar onde incêndios se sentiam à vontade. Enfim, na nossa vazou. Vazava faíscas havia meses...

Aconteceu na véspera de Ano-Novo, lembre-se, e tudo acabou por volta da meia-noite. Então: o incêndio foi a festa de despedida de 2016. Primeiro Brexit, depois Trump, depois sem casa e na rua à meia-noite no meio do inverno.

Inez e eu estávamos lá naquele momento, enquanto... Espere: alguns antecedentes. Temos uma pequena casa em West Palm Beach. Nunca consigo dizer isso sem pensar em uma participação especial em Evelyn Waugh. Após se apresentar, um estranho em um trem começa uma conversa mais ou menos assim: Tenho uma casinha em Antibes. Amigos muito gentis dizem que a tornei confortável. O cozinheiro de lá, com seu jeito simples da vida à beira-mar, é um dos melhores que já tive.

Não há cozinheiro em West Palm ou em qualquer outro lugar, mas o fato é que temos uma pequena casa em West Palm. E Nat e Gus estavam lá no Natal, e foi ótimo: ler à beira da piscina o dia todo, depois jantares barulhentos no ar quente e suave. Ah, e quase todas as manhãs, Nat pedalava até Mar-a-Lago, para observar...

Minha esposa e Eliza ficaram lá, mas voltei para o Brooklyn com Inez em 31 de dezembro. Nós nos reunimos com meu irmão caçula, Jaime, meu meio-irmão muito mais novo, uma geração inteira mais jovem, e sua esposa Isa. Ela é espanhola e ele, bilíngue — e nascido na Espanha. Os dois passaram o feriado em Thugz Mansion, era a primeira vez deles em Nova York. E passaram uma semana emocionante...

Então, nós quatro, eu e Inez, Jaime e Isa, fizemos uma noite festiva. Véspera de Ano-Novo. Bebidas em volta da lareira crepitante. E já estávamos jantando quando a campainha tocou.

Era um pelotão local. "Olhem!", disseram, e apontaram para cima. Caíam cinzas da janela rachada do quinto andar. Já tinham ligado para o 193.

Há uma frota de caminhões de bombeiros do lado de fora da casa, eu disse a Elena por telefone. Ela parecia estar controlada, mas a pobre Eliza estava desesperada, pensando em seu quarto: todas as suas roupas, todos os seus desenhos. Subi lá com Jaime, e havia uma cortina de fumaça branca asfixiante.

Foi a única parte dramática. Em seguida, veio a única parte engraçada. Elena ligou de volta para dizer com uma voz muito calma e paciente: *Quando os bombeiros chegarem, você poderia pedir a eles que tirem as botas antes de subir?* Ela estava pensando no corredor, na passadeira. Estava em choque. Acho que todos estávamos.

Os bombeiros vieram. Dez enormes Darth Vaders que gritavam: FORA DAQUI! FORA! FORA! FORA! FORA! Eu saí, com os outros. Não perdi tempo, não demorei nada para pedir a eles, com meu sotaque inglês mais pomposo, que tirassem as botas. E marcharam escada acima. Todos saímos e ficamos olhando. Agora havia labaredas lá em cima. Labaredas como hienas depois da matança. Tão agitadas. Tão ferozes. Tanta coisa para fazer. Tanta coisa para comer...

Passamos a noite como hóspedes de vizinhos gentis, Jaime e Isa do outro lado da rua, Inez e eu algumas portas adiante. Os dois Amis juntaram-se temporariamente aos sessenta mil sem-teto da cidade de Nova York.

* * *

Sei o que você deve estar se perguntando: que história é essa de um final feliz? Bem, isso aconteceu. Ainda posso sentir a bênção e devo colher para mim essas coisas, à medida que envelheço, sempre atento ao devido humor...

Bem cedo na manhã seguinte, visitamos o local. O FDNY [Departamento de Incêndios de Nova York], os Mais Corajosos de Nova York, assim chamados com razão, teve que afogar todos aqueles chacais, um a um. E depressa também: havia bebês dormindo nos números 20 e 24. Então subiram para o último andar e, sem nenhum humor, liberaram a gigatonelada de água regulamentar.

E, sim, o incêndio se foi. Mas a casa também. O precioso corredor de Elena, por exemplo, sumira, assim como o corrimão, as paredes laterais e as escadas.

Agora que você está envelhecendo, meu leitor, esse tipo de contratempo pode ser sem dúvida desencorajador. Tenho certeza de que, por exemplo, Kurt Vonnegut, ao dar início a um incêndio na própria casa, um incêndio em um cinzeiro, nunca se recuperou. Em sua obra *Cartas* o ocorrido está lá como um totem. *Desde o incêndio*... E deu o tom emocional de seu Quinto Ato. Eu estava estranhamente determinado a não sermos derrotados pelo fogo. E não fomos.

Mas o final feliz diz respeito a Inez...

Bom, Inez puxou a mim, é pequena, miúda. Um dia, com mais ou menos catorze anos, ela parou no corredor em Strong Place e disse, com clareza adulta: "O que eu quero? Quero *crescer*". Você pode imaginar como isso me fez sentir impotente. Verdadeiro desamparo: é como se encontrar flutuando na água, sem conexão...

Ela foi levada a um especialista que disse que teria sorte se chegasse a um metro e meio. Inez começou a chorar. Fico feliz por não ter estado lá nesse momento (Elena, claro, estava). Mas compareci em muito mais coisas. Veja, sei o que é ser baixinho, sei tudo sobre ser baixinho. Então torcia todos os dias por Inez. Era seu treinador de crescimento: estive com ela a cada milímetro de sua escalada até o um metro e meio. *Você consegue, Bubba*. E ela conseguiu, ela conseguiu.

"Agora você está bem, você está segura", eu disse na festa improvisada que aconteceu no Dia do Um Metro e Cinquenta e Dois. "Você conseguiu."

Isso não faz muito tempo. Então, fiquei extremamente surpreso quando... Espere. Antes de nos mudarmos para a casa de minha sogra, nos mudamos para a casa de meu cunhado. Onde acampamos sob a neve de janeiro. Todos os dias Elena voltava para os escombros de Strong Place, salvava o que podia. Sempre que eu ousava, ia com ela e ficava no escritório, recolhia pedaços de papel, torcia livros.

Portanto, não é uma época muito festiva. E então, uma noite, à mesa com a família, Eliza revelou com indiferença que Inez crescera mais cinco centímetros.

Arrastei minha cadeira para trás e indaguei: "Cinco centímetros?".

"Não, cinco centímetros e *meio*", respondeu Inez.

E por alguma razão ninguém tinha pensado em me contar, eu, o nanico-chefe, o veterano de Lilliput. E fiquei tão feliz por não ter sabido, porque era uma notícia tão avassaladora. Cinco centímetros e meio! Na idade dela, dificilmente ousaria sonhar com cinco centímetros e meio. Teria me dado praticamente um metro e oitenta. Mesmo agora minha cabeça gira...

E ali mesmo eu pensei: Justo! Se Deus tivesse dito, *Inez vai crescer um pouco mais, mas vai custar sua casa*, eu teria falado: *Onde assino?*

Então esse é o meu devido humor, talvez. Porque algo semelhante aconteceu com Hitch... Minha sogra, Betty, está chegando aos noventa anos e, no momento, está em Battery Park, numa casa de repouso chamada Brookdale, com o subtítulo "Soluções para idosos".

De certa forma, é uma atitude americana atraente (e um ponto de venda): soluções para idosos. Mas é um nome impróprio. A velhice, como estou percebendo, é insolúvel. Não existe solução. Não existe nenhuma solução sênior.

Christopher procurou e encontrou uma. Só que ele não era sênior. Tinha sessenta e dois anos. Talvez seja isso. Talvez você precise ser relativamente júnior para encontrar a solução sênior.

1. Christopher: Dia de Todos Rezarem pelo Hitchens

"*Quem mais acha*", li na folha de papel branco e úmido em meu colo, "*quem mais acha que Christopher Hitchens ter câncer terminal na garganta é vingança de Deus por ele ter usado sua voz para blasfemar? Ateus gostam de ignorar FATOS. Gostam de agir como se tudo fosse uma 'coincidência'. Sério mesmo? Será apenas uma 'coincidência'* [que] *entre todas as partes do corpo Christopher Hitchens tenha câncer na parte do corpo que usou para proferir blasfêmias? Sim, continuem acreditando nisso, ateus.*" Fiz uma pausa, e Hitch disse:

"Como você pode estar desconfiando, Mart, esse sujeito não é muito inteligente..."

"Eu me pergunto se... *É, continuem pensando nisso, ateus. Ele vai se contorcer em agonia e dor e murchar até o nada para depois morrer uma morte horrível e agonizante, e ENTÃO vem a verdadeira diversão, quando ele for mandado para o INFERNO eterno para ser torturado e queimado.*" Eu disse: "Estou começando a te entender".

"Mas pelo menos ele tem boas intenções."

"Também é bastante repetitivo, você não acha?"

"Hum. Ele se arrasta pela premissa. E em seguida, com isso fora do caminho, se arrasta pela mesma coisa outra vez. Além do mais, não é a única parte do corpo que usei para proferir blasfêmias."

"... Desculpe, Hitch, não entendi. Que outras partes do corpo?"

"Bom, meu pau, acho, meu cérebro, minha língua. Mas isso é o de menos. Pense em que *tipo* de deus ele invoca. Pensamento literal, hipersensível, loucamente inseguro e por completo infantil."

"Especialmente infantil... Você sabe, quando Nat ainda não tinha dois anos, o desagradei de alguma forma, e ele fez uma careta feroz para mim quando saí da sala. Minutos depois, voltei e ele ficou surpreso ao me ver."

"De você ter sobrevivido. Porque ele queria você morto."

"Morto ou pelo menos muito fodido. E lá estava eu, todo ousado e ainda respirando, sim senhor. Durante uns seis meses, as crianças pensam que são onipotentes."[1]

"Coisa de meninos. Alexander era assim, só que não queria usar raios. Queria fazer o serviço sozinho. Mas nem mesmo as crianças insistem em ser elogiadas metronomicamente."

Perguntei: "Como você se sentiria, não, o que você pensaria, se fosse escaneado pela manhã e descobrisse que estava milagrosamente curado? Milagrosamente".

Esta subseção é um flashback. Nossa conversa sobre blasfêmia aconteceu em Washington DC, no Dia de Todos Rezarem pelo Hitchens, que caiu em 20 de setembro de 2010 (Houston e o síncrotron ainda estavam seis meses à frente).

Sim, Dia de Todos Rezarem pelo Hitchens. No que diz respeito à comunidade religiosa, o prognóstico de Christopher, dado a público naquele junho, foi o desdobramento mais interessante em quase uma década. Deus não tinha esse tipo de atenção desde o Onze de Setembro.

Então Christopher naquele momento recebia inúmeras mensagens de fiéis da nação. E, embora uma parte tenha sido escrita por admiradores e proponentes do fogo do inferno, o restante eram expressões de solicitude e amor. Um dia antes, no corredor, quando eu fazia minha reentrada, ele me mostrou um pouco disso, ou melhor, me mostrou um pouco de sua extensão: pilhas de pesadas pastas de papelão. Eu disse:

"Isso é a coisa mais importante em você, Hitch. Você desperta amor."

Ele disse: "Meu querido Little Keith...".

"Mesmo entre os puritanos. Quem não sabe o safado que você realmente é. Mas o amor, Hitch... é a chave. Quando um ensaísta foi amado alguma vez?"

... Alguns correspondentes disseram com ternura que se absteriam de rezar por ele (por respeito às suas "mais profundas convicções") e outros correspondentes disseram com ainda mais ternura que rezariam por ele de qualquer maneira.

Quando dois conhecidos, ambos clérigos evangélicos, relataram que suas congregações oravam por ele, Christopher respondeu com a pergunta: Orando, exatamente, para quê?

E é claro que essas cartas não eram simples cartões de melhoras, ou não no sentido tradicional. *Estamos, com certeza, preocupados com sua saúde, mas isso é uma questão muito secundária.* Embora fossem ficar bastante satisfeitos se o corpo de Christopher se recuperasse, sua principal questão era o destino da alma dele.

Além de todos os sites religiosos (e todos os seculares) que se dedicavam a Hitch, outra amenidade online encorajava as pessoas a apostar se ou quando ele perderia a coragem, desistiria e se converteria às pressas.

Já eram quase onze e meia. Hesitante e, claro, bêbado, eu disse:

"Deixe de lado a Aposta de Pascal por enquanto; nossa, como capitalizaram isso?, e pense na Provocação de Bohr."[2]

Eram cinco para o meio-dia, e Christopher disse: "Se ao bater da meia-noite eu ficasse livre do câncer, ficaria muito feliz, mas não cairia de joelhos. Ficaria feliz em agradecer a um médico. Mas não estou dizendo *ó gracias, ah, muchísimas gracias* para nenhum Nobodaddy".

"... E, de qualquer forma, a oração é tão potente que não importa se você não acredita nela."

"Ainda assim, seria uma coincidência muito irritante... Nosso amigo blogueiro, o artista do fogo do inferno. Se ele acha que Deus concede os cânceres apropriados, o que acha da leucemia infantil? *As crianças* não blasfemaram, não pecaram. E não passaram quarenta e cinco anos vivendo como se não houvesse amanhã, muito menos como se não houvesse eternidade."

O Dia de Todos Rezarem pelo Hitchens foi uma segunda-feira. Christopher e sua comitiva não ficaram desanimados ao encontrá-lo não recuperado na manhã de terça-feira.

A essa altura, ele não vivia mais como se não houvesse amanhã. Ainda fumava e bebia (até certo ponto), ainda comia e ainda falava (todos os quatro hábitos logo seriam seriamente questionados). Ainda escrevia mil palavras por dia e ainda participava de debates públicos. E ainda dedicava tempo a eruditos e criadores de perfis: abra um jornal ou uma revista e quase sempre haverá algo sobre o Hitch.

Uma ou duas vezes, Christopher descreveu esses textos como obituários disparatados, mas os que vi tiveram o cuidado de evitar a menor sugestão do fim. Seus fãs e seguidores mais jovens, em particular, sempre concluíam de forma empolgante, com algo como *Se alguém pode vencer o câncer, é Hitchens* ou *Contra Hitchens, o câncer não tem chance*. Embora eu aprovasse e concordasse, pude perceber que essas codas eram, até certo ponto, expressões de esperança, esperança retórica.

Minha esperança não era retórica. Era real. Christopher, eu tinha certeza, venceria a luta, quer alguém orasse por ele ou não. Mas eu devia saber (não devia?) que o câncer pelo menos teve uma chance.

TEXAS: VOLTE OUTRO DIA

A determinação saiu do palácio do governo em Austin. O governador Rick Perry anunciou com grande pompa ("Eu por meio desta proclamo") que o intervalo de 22 a 24 de abril de 2011, da Sexta-Feira Santa até o Domingo de Páscoa (da Crucificação até a Ressurreição), seria conhecido como os Dias de Oração pela Chuva...

Foi um fim de semana tenso para os cristãos. Foi um fim de semana tenso para os ateus também. E em nossas comunicações diárias (entre Nova York e Houston), Christopher e eu tivemos que admitir que foi um fim de semana tenso para os texanos, após três meses de seca, ventos fortes e sem umidade e com um milhão de acres em chamas. Nós nos comiseramos, meio hipocritamente, mas a verdade é que esperávamos que a desidratação continuasse ou até se intensificasse: não queríamos chuvas de abril no Texas, nem durante a Páscoa e nem por pelo menos um ou dois meses depois. Queríamos um intervalo decente para que ninguém pudesse se safar com a ideia de que a Oração pela Chuva realmente funcionou.

Voei para lá em 4 de maio; e o estado da Estrela Solitária estava incorrigivelmente ressecado.[3]

Naquela noite, Hitch, eu e Blue nos preparávamos para jantar. Não no Lone Star Hotel nem em um restaurante chinês com chapéus de festa, mas em um gramado amplo, frequentado por servidores leais e cercado por tanques de peixes e fontes, estátuas e esculturas, flores e caramanchões. E nossa anfitriã, Nina Zilkha (*née* Cornelia O'Leary), com suas vogais de madressilva, emprestou à ocasião um ar de pré-Guerra Civil: o Sul elegante. Bem, a texana Nina era elegante (e letrada), no entanto o Texas em si, com sua herança de ilegalidade, escravidão, revolta, derrota, Jim Crow, muito petróleo, igrejas lotadas, sentenças de morte semanais e a sede permanente de secessão? Ainda assim, naquela noite teria sido bastante razoável dizer (como Herzog fala nos Berkshires), *Louvado seja Deus*, no sentido de louvar a natureza, ou louvar a vida. O Hitch estava de volta do MDA. E, além disso, estávamos ansiosos por uma diversão inofensiva na TV: o primeiro de nove debates presidenciais republicanos.[4]

Enquanto isso, eram servidos os pratos de melão com presunto e as garrafas de vinho. E essa mesa deve ter parecido quase abstrata para Christopher, que estava em jejum havia algum tempo. Olhei para ele. Seu rosto voltado para baixo expressava algo que reconheci, e com sentimento de solidariedade: autoabsorção indesejável. As causas e sintomas disso em mim geralmente eram puramente psicológicos; mas em Christopher, agora, pareciam ser do corpo.

Ele não conseguia comer nem beber e, não muito tempo atrás (embora isso já tivesse passado), não conseguia falar. O que mais ele não poderia fazer?

Christopher de repente ergueu o braço e ficamos em silêncio.

Ele disse baixinho: "Não consigo...".

Aquela extensão de terra, cuidada por seis ou sete jardineiros, pertencia a um velho amigo meu e de Christopher, Michael Zilkha.[5] Uma das muitas coisas notáveis sobre Michael, que é rico, esquerdista e preservacionista (seu negócio na época era biocombustível), é o costume de transportar você pessoalmente de e para o aeroporto: uma galanteria hoje impensável até mesmo para recém-casados. A primeira vez que o encontrei, no apartamento de Anna Wintour em 1979, ele acabou me transportando assim ao JFK (para meu voo de volta a Londres). E, quando cheguei ao Intercontinental George H. W. Bush em 4 de maio de 2011, Michael esperava do lado de fora do desembarque com seu novo carro elétrico. Nesse dia, me deixou no hospital e levou minha mala para sua casa de hóspedes, onde os Hitchens já estavam instalados...

No MD Anderson, subi até o oitavo andar, conforme as instruções, e um enfermeiro que passava apontou para o quarto ou enfermaria de Christopher. Que estava vazio. Voltei à baia central, perguntei ao atendente:

"Desculpe", eu disse, achando que ouvira mal, "ele foi para onde?"

"Para a academia."

"*Academia?*"

Hitch nunca fora a uma academia na vida (embora eu suponha que eles o tenham feito entrar lá uma ou duas vezes no internato). Hoje, ele dificilmente saberia dizer a palavra "academia"... Na vida normal, Christopher estava disposto a dar um longo passeio de vez em quando, um passeio pelo campo com um destino agradável em mente (um pub rural, digamos), mas os leitores podem ter certeza de que ele nunca, jamais, fez qualquer exercício por fazer, e nas academias isso era tudo o que se fazia. Franzi a testa e perguntei:

"Que academia?"

"A academia do hospital. No elevador, aperte menos um."

Na descida, pensei no primeiro casamento de Hitch, quando fomos todos para Chipre. Hitch voou, amigos e parentes também, e ficamos em um hotel quatro estrelas à beira-mar em Nicósia (onde os banheiros nos espaços públicos eram identificados como Otelos e Desdêmonas). Christopher nunca chegou perto do mar ou mesmo da piscina, onde eu, com outros de seu círculo ou clã, me bronzeava entre mergulhos e travessias (e jogos de tênis). Sempre que ele chegava perto de nós lá fora, muitas vezes de terno escuro (mas sem gravata), seu passo era desdenhosamente rápido: ia ao bar sombreado ao ar livre para encontrar algum jornalista ou terrorista ou arcebispo ortodoxo grego. Os corpos quase nus nos colchonetes e espreguiçadeiras eram todos de uma frivolidade repugnante para ele, esse negócio com o corpo e suas loções e unguentos, seu narcisismo, sua arrogância...

"Bom, Hitch", eu disse enquanto nos abraçamos. "Aqui está você em uma academia."

"É. Estou fazendo isso obrigado, mas adivinhe, estou quase gostando."

Blue e eu nos sentamos em um banco de plástico e observamos. O vasto espaço era ocupado não por jovens esforçados e sérios, de camiseta e calça de moletom, mas por vagos andarilhos em camisolas leves e pijamas, que se moviam entre as várias engenhocas (máquina de remo, saco de pancadas) com ceticismo, como compradores cautelosos. Entre eles, Christopher era uma figura um tanto dinâmica, montado numa bicicleta fixa com verdadeira vontade e evidente prazer, as pernas magras e pálidas zunindo corajosamente.

"Olhe para ele", dissemos. "Está realmente disposto."

Um pouco mais tarde, aproximou-se de um dispositivo de madeira na forma de uma escada independente, cortada por uma grade de treliça no quarto degrau. Ele subiu, escalou, recuou, escalou, recuou; e depois não conseguiu fazer mais nada. Pareceu surpreso, intrigado, quase ofendido. Blue disse calmamente:

"Há um longo caminho a percorrer. Mas ele vai chegar lá."

"Claro que vai. Uma academia de hospital", continuei, "é uma contradição, como um Jovem Conservador. De qualquer forma, ele estará de volta na casa de hóspedes amanhã."

Fomos até ele. Christopher estava sentado, descansando, com o rosto sóbrio, no andar térreo da pequena escada que não levava a lugar nenhum.

"Você vai sair daqui amanhã", disse Blue.

E eu disse: "A tempo para o debate republicano. Pense em tudo o que aprenderá com Herman Cain e Rick Santorum".

"Cat, você deveria se deitar um pouco", disse Blue. "Descanse para a volta para casa."

Era a noite de 5 de maio, e ele estava em casa. À mesa de jantar no jardim, ergueu o braço pedindo silêncio e disse:

"Não consigo... Não consigo respirar."

"O quê?"

"Não consigo respirar."

Isso aconteceu por volta das sete e meia. Blue, Christopher e eu voltamos para o anexo Zilkha às três da manhã.

Ele poderia sobreviver sem comer e beber e (mais duvidosamente) sem falar, mas não poderia sobreviver sem respirar. Christopher estava numa crise de "dispneia", para usar o nome médico típico e melodioso: uma condição mais bem compreendida como *falta de ar*. Para Joseph Conrad, o exercício da capitania parecia a "coisa mais natural do mundo. Tão natural como respirar". O que era tão natural quanto respirar? "Imaginei que não pudesse viver sem tal coisa." Tão natural, então, como viver.

Em poucos minutos, Blue estava nos conduzindo para as alturas do MD Anderson... Christopher ficou em silêncio, ligeiramente curvado no assento com um olhar concentrado no rosto, e de vez em quando os olhos se arregalavam, muito abertos.

Não houve período de sala de espera. Nós três fomos no mesmo instante conduzidos a um labirinto de cubículos e laboratórios, e um fluxo de especialistas veio e se curvou sobre ele, um após o outro, e então partiu novamente; e ninguém estava lá quando a falta de ar aumentou de repente.

A dispneia traz consigo um medo mortal, uma condição clínica por si só. Christopher a enfrentava sem evidente esforço físico. Mas eu não estava... na verdade, fiz um escarcéu, andava de um lado a outro, agitava os braços e gritava: "Ele não consegue *respirar*!".

E daí em diante tinha sempre alguém enfiando um instrumento na garganta ou enfiando outro aparelho no nariz ou massageando seu pescoço e ombros ou fazendo-o tossir ou fungar ou bufar ou ficar de pé ou se sentar...

"Isso não pode estar certo", eu disse ao olhar o relógio e me servir de uma enorme taça de vinho. "Achei que fosse no máximo dez e meia. Incrível a rapidez com que tudo parecia acontecer..."

Estávamos nos acomodando na varanda na noite poeirenta de Dixie. "Aposto que não é assim para você, Hitch."

"Não." Ele puxou seus Rothmans. "De meu ponto de vista, há certas, hã, calmarias. Mas entendo o que quer dizer, no sentido de não ter nunca nem um momento de tédio."

Cansado e exaustivamente beliscado e cutucado, Christopher agora parecia maltratado — e na esfera espiritual também. Os médicos trabalhavam com impressionante impulso vocacional; mas era a patologia que os interessava, exclusivamente, e não o paciente. O próprio Hitch não passava de um entregador ou um animal de carga, carregando essa carga saborosa, essa doença, para o deleite deles.

"Muitos estranhos despojamentos", disse ele, "esperam por você na terra dos doentes... Agora, se você me der licença, tenho algumas coisas para colocar em dia, na sala de repensar."

Ou seja, o banheiro... "Blue", falei, ruminativo, "você já ouviu falar da nova fábrica de dinheiro no setor de saúde, os Centros Médicos Sem Agendamento? Você vem da rua, te tratam e você paga a conta. A grande coisa dos Sem Agendamento é isso. Depois de entrar, você pode sair. Hitch não pode sair. Posso sair quando eu quiser, e até você, você tem algum... descanso mesmo que só por dez minutos. Mas ele não, nunca. Ele está sempre ali, ele nunca não está ali."

Ela me encarou calmamente, sem beber, mas fumando calmamente. E disse: "Ele não pode sair, não por enquanto. Diz que não é como uma guerra, mas é, mesmo para um civil. Tudo o que você pode fazer é esperar que acabe".

"Esperar que role pelas aldeias. Mas ele é um cavalo de guerra. E ainda é um touro."

"Ele ainda é um touro."

Christopher voltou. Ficamos acordados até de madrugada, com nossos computadores no YouTube, rindo e chorando com as músicas de nossa juventude.

"Nossa, Chriístopheirr", eu disse (era assim que Eleni Meleagrou falava), "por um tempo você esteve tão mal quanto o *Japão*. Terremoto, acidente nuclear, tsunami."

"Bom, os problemas, Little Keith, nunca vêm sozinhos..."

"Verdade, ó Hitch. Está muito melhor agora, sua voz.[6] Está perfeitamente audível. Soa um pouco como Bob." Uma referência ao sussurrante Bob Conquest, que tocou piano a vida toda. "Só que muito mais alto."

"Bom. O problema é que continuo achando que vai voltar. Quer dizer, que vai embora de novo... Vamos dar mais uma volta."

"Mais duas."

Alguns dias se passaram, e o paciente de ambulatório voltou a ser internado. Não acho que ele fosse visto com frequência na academia do hospital, mas duas vezes por dia ele dava "voltas" no átrio de escala texana, e eu ou Blue o acompanhávamos como personal trainer. Cada circuito levava dez ou quinze minutos, e sempre fazíamos dois ou três. Ele se movia lentamente a meu lado de roupão, sem arrastar os pés, mais como se andasse dentro da água, em progresso constante através de um meio contrário, através de um elemento que nunca dorme e nunca se cansa. Ele disse:

"Como a ideia de combate se apegou ao câncer? Eles nunca dizem: Fulano de tal desistiu após uma longa batalha contra doenças cardíacas ou morte cerebral. Ou velhice."

"Você não vai se lembrar, mas dei um sermão sobre isso uma noite aqui em Houston quando você estava meio dormindo." E repeti algumas das coisas que falara.

"É, mas você não pode fazer guerra quando está tão mal. Simplesmente me parece absurdo. Como você pode lutar quando está deitado de costas?"

"Sem perder o espírito e a coragem."

Ele suspirou. "Acho que o lance da luta existe apenas para te levar a pensar que tem um papel a desempenhar em tudo isso. Para impedir que você desmaie por pura inanidade. Ninguém nunca diz o quanto é *nulo*, o câncer. Tedioso. Tédio *avec*. Tédio inesquecível."

"E você evoca isso. À mesa. Você não choraminga em um canto."

"Não, estou cambaleando em círculos. Boa tentativa, Mart, mas não é uma luta. Com quem ou contra o que luto? Minha vida passada, meu corpo, eu mesmo? O problema é todo esse. O paciente nunca consegue escapar do paciente. Mais uma volta."

"... Mais duas voltas."

Ele declarou: "Espero que isso não seja uma tarefa árdua para você".

"Nem um pouco. Adoro."

E adorei. Estava de volta com Gus (de menos de três anos, e com muita consciência da condição de irmão mais novo), circum-navegando a rotatória em seus primeiros sapatos de couro. E apenas uma semana antes ele estava desesperado com a ideia de crescer, prostrado debaixo da mesa da cozinha e batendo lentamente no chão com os punhos (*eu vou sempre fazer só bobagem... fico sempre com as crianças pequenas*), e agora aqui estava ele, alguns dias depois, Gus, poderosamente calçado enquanto caminhava pela cidade que escurecia, com um sorriso que parecia dizer: Até que enfim, até que enfim estou chegando a algum lugar.

O HOMEM DE DEUS

Bateram à porta, o que em si era bastante incomum: baterem à porta da ala de ocupação individual de Christopher no MDA. Normalmente, entram direto com estetoscópios voando. Atendi e voltei para a cabeceira.

"Quem era?"

"Ah, só um maldito homem de Deus. A propósito, Hitch, sei que você gosta de não usar maiúscula na palavra 'Deus', como na frase *deus não é grande*. Parece muito iconoclasta. Mas você realmente deveria usar maiúscula em toda conversa sobre monoteísmo. Quando a palavra se refere a um cara específico."

"... Então, onde ele está?"

"Quem?"

"Ele com E minúsculo."

"Ah, o pregador. Não sei. Talvez ainda esteja aí fora."

"Bom, devemos... Que tipo de pregador?"

"Não sei. Você quer saber de qual denominação?"

"Não. Que tipo de cara."

"Ah. O maluco padrão. Todo brilhante. O que quer que eu faça com ele? Já sei. Vou dizer que sua fé fede e chuto escada abaixo."

"Não, Mart, pergunte para ele se teria a bondade de entrar... Vá. Que diabos. Bote para dentro."

"Tem certeza? Tudo bem, então vou tomar um café."

Na baia central, esperei junto à máquina de bebidas quentes. Enfermeiros e médicos, homens e mulheres em macacões com pranchetas nas mãos, faxineiros e fornecedores, o ar-condicionado higienizado, bacias cheias de lixo hospitalar, pilhas de lençóis usados... Depois de pelo menos vinte minutos, o homem de Deus saiu e parecia satisfeito.

"Nossa, ele demorou. Estava atrás de sua alma?"

"Claro. Tudo em um dia de trabalho."

"Bom, espero que você tenha dispensado o sujeito com umas palavras bem escolhidas."

"Não, deixei ele divagar um pouco. É preciso levar para um desvio. Dirigir para questões de doutrina. Consegui que ele sintonizasse em redenção."

"Isso não leva apenas à conversão? Bom, o Hitch é caça grande. Talvez ele conseguisse uma recompensa ou uma taxa de descobridor. Incrível você ter paciência."

"Tenho um fascínio infinito pela mente religiosa. A religião é realmente a coisa mais interessante do mundo."

"Menos quando o outro sujeito acredita nela. Então, ao apertar um botão, ela vira a coisa menos interessante do mundo."

"Não é assim. É muito mais interessante do que o câncer. E não é sobre mim."

Virei a cabeça e olhei para fora. Ali, até o céu parecia fechado. Os totens do MDA, suas janelas escurecidas e tratadas preenchidas com os reflexos umas das outras...

"Ele falou sobre o fogo do inferno e cânceres direcionados?"

"Não. Não era dessa turma."

"Você perguntou sobre leucemia e tumores infantis?"

"Não. Não tive forças. Não podia deixar ele foder comigo. Vamos. Vamos dar nossas voltas."

Você as via entrando ou saindo, as criancinhas, acompanhadas por um dos pais ou por ambos. De vez em quando, se olhasse pela portinhola do corredor errado, os via em grupos, reunidos em volta de uma mesa de recreação. Os pacientes internos e os do ambulatório da oncologia pediátrica eram todos meninos (são "quase todos meninos. Ninguém sabe por quê"); e assim todas as crianças carecas "parecem irmãos".[7] Cabeças calvas e olhos enormes, assustados, piscando, como se piscassem sob os efeitos de um flash. E me pareciam se fazer a mesma pergunta que seus pais faziam. "Quando um bebê tem câncer, você pensa: quem teve essa ideia? Que abandono celestial deu origem a uma *coisa dessas*?"

> Tem a Ala Peter Pan e a Sala Tiny Tim. A Sala Tiny Tim é uma pequena área no fim do corredor [Oncologia Pediátrica]... Em uma das paredes há uma placa dourada com o nome do cantor Tiny Tim: seu filho foi atendido uma vez neste hospital, e por isso, há cinco anos, o artista doou dinheiro para a sala. É um saguão apertado que, suspeita-se, seria maior se o filho de Tiny Tim estivesse vivo. Em vez disso, ele morreu aqui, neste hospital, e agora existe esse quartinho que é parte gratidão, parte generosidade, parte *foda-se*.

E, se você é adepto das maiúsculas nos pronomes, isso teria que ser "*parte foda-Se*".

Por que Deus preside as mortes por câncer dos tão novos? Os muitos televangelistas da vizinhança tinham uma resposta. Ou seja, é porque "Ele os quer com Ele imediatamente". (Ele quer? Para quê? E quanto aos pais, o que Ele quer?) E a resposta dos escritores não é mais satisfatória. "Você não pode entender, meu filho, nem eu nem ninguém", diz o padre na conclusão de *A inocência e o pecado*, de Graham Greene, "a espantosa estranheza da misericórdia de Deus".

Ah, é misericórdia, é? Sim, continuem acreditando nisso, crentes... Greene era teísta. Saul, um deísta, tinha a melhor resposta, a única resposta: *Deus não se impressiona com a morte*. Sim, e também isso. Deus nunca sofre.

Lá vai ele, o menino de quatro ou cinco anos, conduzido pelo atendente de jaleco azul. A cor azul: *o cirurgião, o anestesista, todas as enfermeiras, a assistente social. De boné e uniforme azul, parecem um buquê de miosótis...* "*As crianças muitas vezes ficam com medo da cor azul*"... Então não saiam, filhinhos, nem olhem para fora, porque lá é tudo azul, nada além de azul.

No fim da tarde, Michael Z me levou ao aeroporto, e logo eu estava lá em cima, no azul do indiferente céu sulista.

Como escrever

O ouvido da mente

"Ele não estava apenas com raiva. Estava fora de si."

Leitores modernos passariam mais ou menos os olhos pela segunda frase enquanto talvez observassem casualmente o clichê. Mas *beside himself* [além de si mesmo] é uma imagem surpreendente e vívida, e todo o crédito para quem a usou primeiro (provavelmente um tradutor do fim da Idade Média que vivificou a expressão francesa *hors de soi*, ou "fora de si"). O mesmo é válido para outra imagem, em minha cabeça, que rola por aí há pelo menos tempo idêntico, mas neste caso todos sabem quem o recolheu e o tornou imortal:

Hamlet: Meu pai... acho que vejo meu pai.
Horácio: Onde, meu senhor?
Hamlet: Dentro da minha cabeça, Horácio.

Se você está com dificuldade para descrever um rosto ou uma paisagem, tente o seguinte: feche os olhos e descreva o que vê dentro de sua cabeça. O olho mental é uma ferramenta. E também o ouvido da mente.

Quero falar sobre o ouvido da mente, mas antes quero dizer mais algumas palavras sobre Vonnegut. Seu ouvido, sua prosa, seu fogo e seu estado de espírito predestinado.

De fato existem coisas como estados de espírito predestinados. A certa altura, geralmente no fim da meia-idade, algo congela, se solidifica e vira um cisto, e esse é seu quinhão, esse é seu destino. Você vai se sentir assim pelo restante da vida. Você encontrou seu estado de espírito predestinado, e vice-versa.

Você sabe, Kurt Vonnegut é estatisticamente o escritor favorito de muitíssimos de seus pares; e aposto que você tem carinho pelas obras dele, assim como: sua originalidade e charme. Tudo bem, seus voos de inventividade às vezes parecem descontrolados, e ele sentia forte atração pelo que Clive James chamava de *gee-whiz writing* ("assim mesmo") [*gee-whiz*: eufemismo para *Je-sus*, locução de admiração, equivalente a *Noo-ssa!*]; mas o que é indiscutível é a qualidade do *ouvido* dele. E não me refiro apenas a um ouvido para o diálogo (a atenção de um bisbilhoteiro para ritmos variados de fala), embora ele também se destaque nisso. Refiro-me ao ouvido da mente, o ouvido *da mente*, que, como veremos, é o maestro, o diretor musical da prosa.

Kurt era um homem efervescente e afável que, em sua última década, perdeu toda a alegria, afastou-se do mundo e começou a se fechar dentro de si. Meu primeiro encontro com o Kurt dessa fase final me deixou um pouco chocado; e um pouco magoado (percebi naquele momento o quanto passei a gostar dele). Estávamos na antecâmara de um evento em Nova York; antigamente, ele sempre me cumprimentava com seu característico entusiasmo balbuciante, mas naquela noite apenas acenou com a cabeça, distante, e olhou para outro lado. Seu rosto parecia sem capacidade de reação; era resignadamente estático. E seu porte também era diferente: impassível, ereto, militar mesmo, não mais desajeitado e solto. Ele estava de plantão. E naquela reunião não se ouviu sua risada ofegante e chiada.

Agora Kurt se descrevia como um "depressivo monopolar" hereditário (sua mãe havia se suicidado); mas a desordem psicológica como explicação tende a frustrar toda a curiosidade humana; ademais, ele viveu com isso durante a maior parte da vida adulta. Em *Cartas*, deve-se notar, ele continuou sendo afetuoso, generoso e brincalhão com parentes e velhos amigos, até a morte;[1] porém a todos os outros ele só conseguia oferecer uma civilidade distante.

A meu ver (e sou apenas um observador remoto), havia dois outros elementos. Sua linha do tempo amorosa (determinante crucial neste caso), que corresponde quase exatamente à de meu pai: nascido em 1922, casamento e filhos precoces, divorciado na casa dos quarenta, segundo casamento terminado pela segunda esposa (depois que ele descobriu que "ela guardara um cara" no escritório vizinho) e, a partir daí, o celibato. E como Kingsley me disse mais tarde, "É apenas meia vida sem mulher". Tenha em mente também que Kurt era muito mais luxurioso (e monogâmico) do que Kingsley. Ainda assim, o resultado foi o mesmo: derrota romântica e um "rosnado de decepção" interno. O outro componente, para Kurt, tinha a ver com orgulho literário. Para os escritores, esta é a regra: quem vende muito quer ser levado a sério, e quem é levado a sério quer vender muito (e esta última ambição é claramente a mais ignóbil). Kurt, que vendia muito, queria ser levado a sério; se sentiu subestimado. E nunca se esqueça de que o ego autoral é, e tem que ser, vulgar e — de modo enjoativo — vasto. Provavelmente não muitos romancistas e poetas, argumentou Auden, gostariam de ser o único romancista ou poeta que já existiu; mas a maioria deles não se importaria de ser o único romancista ou poeta vivo *agora*.

"Preciso me lembrar constantemente de que escrevi aqueles primeiros livros", disse-me ele (durante uma entrevista em 1983). Esses primeiros livros (pré-*Matadouro-cinco*) foram os que pensou serem os mais cruelmente desdenhados. "A única maneira de recuperar o crédito por meus primeiros trabalhos é... morrer." A última vez que vi Kurt foi em uma gala literária no início dos anos 2000: subiu ao palco para receber um prêmio pela carreira e também para receber, de longe, a ovação mais longa e alta da noite. Sua resposta foi digna e moderada. Esperava muito que algum alívio e até mesmo algum prazer conseguissem chegar até ele.

Assim como Elmore Leonard,[2] Vonnegut era um artista popular, ou coloquial, dotado de um ouvido interior excepcional. O que significava que sua prosa era quase livre por completo de "falsas quantidades" (no sentido não técnico): livre de rimas, sonoridades, repetições, cotocos, decepções, livre de qualquer coisa, em suma, que faça o leitor atento *pausar sem lucro*. Uma superfície verbal quase sem atrito é geralmente o resultado de muito sangue, labuta, lágrimas e suor. Vou dar algumas dicas de como agilizar o processo.

Por exemplo, quando estou lendo (isso se aplica em especial à ficção, mas não apenas a ela) imagino em parte que o que tenho no colo é um rascunho provisório de algo que poderia ter sido escrito por mim. Então, penso, hum, não colocaria exatamente assim, evitaria essa repetição, essa frase não é bem precisa, essa palavra deveria ter sido inserida no início da frase e, de novo e de novo, essa rima/meia rima/aliteração é intencional ou não? Et cetera.

Permanecer escritor enquanto lê torna-se uma segunda natureza e ajuda a treinar o ouvido. Quanto a fazer a prosa fluir suave, isso é mais misterioso. Mas a certeza do ritmo pode ser adquirida cumulativamente. Com Kurt e Elmore, parecia ser algo inato. Portanto, podemos nos maravilhar com eles, mas não aprender com ambos.

Posso te garantir que você tem um ouvido interior, todo mundo tem; e é um instrumento vital (e auxiliar), quase tão vital quanto o subconsciente. Mas antes que você possa se relacionar com ele, primeiro precisa encontrá-lo. Então, vamos encontrar o seu. Podemos fazer isso propondo a seu ouvido mental duas tarefas modestas; na verdade, bastante humildes.

Número um: a questão de "eu ou me?". As pessoas costumam errar no discurso (ouvi romancistas conhecidos e professores de literatura errarem), porém é raro ver isso na prosa publicada. Aqui está uma citação da pretensa bíblia verde de Bill McKibben, *O fim da natureza*: "Uma caminhada de dez minutos leva o cachorro e eu à cachoeira". Agora, remova o trecho "o cachorro e" (jogue fora o cachorro) e refaça discretamente a frase: "Uma caminhada de dez minutos me leva à cachoeira"? Seja o cachorro e eu, ou John e eu, ou os outros membros do conselho e eu, coloque o "eu" em primeiro lugar por um momento e seu ouvido te guiará. Idem, óbvio, com "John e eu nos encontramos com Mary"... Pessoalmente, acho isso menos cansativo do que "Mary se encontrou com John e eu", o que não apenas é um analfabetismo, como também uma tentativa de ser chique.

Algumas pessoas pensam que "mim" [*myself* em inglês] existe para ajudar. "João encontrou a mim", "Traz o cachorro e a mim": pode não ser um analfabetismo, mas com certeza soa como um. *Myself* é apenas uma porcaria de palavra, só isso, embora algumas construções (notavelmente verbos reflexivos) imponham seu uso. Outro dia, enquanto Elena lamentava uma de suas supostas falhas de caráter, ela disse: "Eu odeio a mim mesma" [*I hate myself*: em bom português seria "eu me odeio"]; e pensei que fosse uma melhoria definitiva.

Número dois: a questão de "*who* ou *whom*?" ["que/quem" e "a quem" são os equivalentes em português] é um pouco mais complicada. "John, *whom I know* [literalmente 'a quem conheço como'] um homem honrado" está certo; "John, *who I know ser* um homem honrado" está errado. Eis o que você faz: reformula mentalmente as subcláusulas como cláusulas principais: "*I know him to be* ['eu o conheço como'] um homem honrado", "*I know he is* ['eu sei que ele'] é um homem honrado" e seu ouvido o guiará: "*him*" exige "*whom*", e "*he*" exige "*who*"... No texto de conversação, cuidado com *whom*. Nas páginas finais de *Herzog*, Bellow escreve: "Quem [*whom*] eu estava enganando?". Isso é gramaticalmente correto; no entanto também deixa a frase num impasse. "Quem diabos você pensa estar olhando [*looking at*]?" Ou pior ainda, "A quem diabos você pensa que está olhando?". Nunca se preocupe em terminar uma frase com uma preposição [*at*].* "Essa regra", disse Churchill em uma frase famosa, "é o tipo de pedantismo que não tolerarei."

Esses são exercícios bastante corriqueiros; mas, ao estabelecer um relacionamento com o ouvido de sua mente (sua imaginação auditiva), você pode então continuar a cultivá-lo. Passo grande parte de meu dia de trabalho a repetir frases inteiras na cabeça. O que faço é sondar dissonâncias, quantidades falsas. E, não, nunca consigo de todo, nunca se consegue completamente...

O fato é que a literatura difere das outras artes em uma clara particularidade. Nem todos conseguem pintar ou esculpir, nem todos conseguem atuar ou cantar. Mas todos podem escrever. Então você está na posição de um piloto estagiário em um mundo em que qualquer pessoa, a partir dos quatro ou cinco anos, pode pilotar um avião.

As palavras levam uma vida dupla e, até onde posso ver, isso significa que você precisa se tornar uma espécie de especialista, um especialista em palavras; e passo outra grande fração de meu dia a pesquisar por elas. Acho isso tranquilizador e também salutar. Cada vez que faço isso, sinto uma célula cinza nascer; enquanto, sem dúvida, um bilhão morre cegamente. Verifique a definição exata, verifique a origem. Assim, essa palavra é mais firmemente sua.

* Essas normas, evidentemente, não se aplicam ao português brasileiro e são apenas próximas à tradução do inglês aqui proposta. (N. T.)

... Durante uma década inteira, tive pressentimentos sobre meu estado de espírito predestinado. Essa década foi a de meus cinquenta anos (seus cinquenta anos são gastos lidando com a eureca negativa dos quarenta: não, você não é uma exceção à regra do tempo). Será um bom humor ou mau humor? Bem, adivinhe quem cuidou disso. O sr. Christopher Hitchens. Nem tenho certeza de como ele fez isso. Mas fez.

Se seu humor de destino é seu humor final, o que parece ser, então faz parte de sua preparação para a morte. Ao longo desse período, enquanto você está morrendo, pode haver dificuldades físicas e humilhações a superar; contanto que você seja bom e velho, porém (setenta e poucos anos bastam), seja filosoficamente direto. Lembre-se: O tempo é um rio que te leva embora; mas você é o rio.

Até aí, é claro, "o olho de minha mente" é categoricamente inutilizável. Não, ou não apenas porque pertence a outra pessoa. Escritores imaturos imitam, disse Eliot, e escritores maduros roubam: você pode embolsar a frase estranha, mas apenas se fizer algo com ela, algo "maduro". O legítimo proprietário é Shakespeare: nesse caso, você é pego, e bem depressa. Este é o dilema do plagiador: precisa valer a pena roubar de seus escritores, e o material deles é famoso por essa razão...

Você não pode usar "o olho da mente" porque violaria uma lei fundamental da escrita, que é: nunca use uma fórmula que seja, em qualquer sentido, *pronta*. Uma fórmula como *calor sufocante* ou *frio cortante* ou *ceticismo saudável* ou *vasta lacuna*; adjetivo e substantivo, casais de longa data que já deveriam estar cansados da cara um do outro. E o mesmo vale para novidades desgastadas: recém-casados envelhecendo rapidamente, do tipo que veremos em cerca de vinte páginas, ao nos voltarmos para a questão do decoro.

Por ora, deixarei uma citação que (convenientemente) ofende sob ambos os aspectos: "Nos negócios, não tomo decisões ativamente com base em minhas crenças religiosas, mas essas crenças estão lá: de verdade", *América debilitada: Como tornar a América grande outra vez* (2015), de Donald J. Trump. Nesse caso, Trump também está vendendo uma mentira consumada (para ganho eleitoral direcionado). Mas deixe que outras canetas se debrucem sobre isso.

2. Saul: Idlewild

SINOS DE VENTO

"*Raiva*", disse Rosamund.

Faz algum sentido falar sobre o estado de espírito predestinado de Saul? Pense por um momento... Então, faz?

"Raiva", disse Rosamund.

Nós dois estávamos sentados à mesa de almoço já meio esvaziada em Vermont.

Saul, Elena e as crianças estavam em outro lugar por enquanto.

"O tempo todo ele está furioso. Às vezes, uma raiva silenciosa, às vezes não tão silenciosa, mas sempre com raiva."

Ele não estava muito alterado quando o encontrei depois do interlúdio de *Piratas do Caribe*, *A linha de sombra* e James Bond. No entanto, o que se instalava em mim era uma descrença crescente: vê-lo tantas vezes sentado ali, sem nenhum livro no colo, apenas sentado e olhando. Nunca me acostumei com isso; todas as vezes me intrigava. E tive que novamente me arrastar de volta à história, como se prestasse homenagem a uma das (muitas) dificuldades de Saul. Eu disse:

"Às vezes, quando entro na sala, ele me olha surpreso. Surpresa ligeiramente afrontada. Reconhece-me, tenho quase certeza, mas é como se não soubesse que eu estava na casa... Não vi nenhuma raiva."

"Não", disse ela. "É dirigida a mim."

"... Você? Por quê?"

Com olhos baixos, ela respondeu: "Não sei se consigo te contar".

Mas ela não precisava me contar, não naquela hora, porque os outros voltavam do lago.

... Todos nadávamos, inclusive Saul, na pequena lagoa redonda, que tinha uma faixa de alerta de temperatura; mesmo no alto verão, as panturrilhas formigavam com as correntes mais frias... Em um ensaio de Bellow em 1993, Vermont, o Vermont pastoral é chamado de "o bom lugar". Pastoral Vermont, pobre Vermont, com túneis de flora e barracas de xarope à beira da estrada, quintais quase obstruídos por pneus velhos, para-lamas, carros, caminhões eviscerados, trailers e até escavadeiras, os celeiros de livros, os sinos de vento no pátio.

O PRETENSO ESQUECIDO

Nunca vi o sentido do americanismo "*off of*" [fora de] (certamente o *of* ["de"] é sempre redundante) até ter filhos; e então absorvi sua precisão e justiça.

Quando comecei a frequentar esta casa, no fim dos anos 1980, estava acompanhado de minha primeira esposa e de nossos dois filhos muito pequenos, e passava o tempo todo limpando a merda de tudo. Mais tarde, ao frequentá-la no fim dos anos 1990, estava acompanhado por minha segunda esposa e nossas duas filhas muito pequenas, e passei o tempo todo limpando a merda de tudo. No início dos anos 2000, quando fizemos nossas últimas duas ou três visitas, passei parte do meu tempo, mas não todo limpando a merda de tudo em um hotel próximo, em vez de na casa, onde os Bellow tinham uma recém-chegada própria, Naomi Rose, e onde Rosamund pelo menos estava, sem dúvida, ocupada de forma semelhante e simultânea.

... Enquanto estamos aqui, devemos de novo saudar o heroísmo não celebrado dos bebês, da primeira infância. E dos pais, que talvez mereçam uma dupla honra, tendo eles próprios sido bebês (e sabendo exatamente no que estão se metendo). É claro que os seres humanos esquecem tudo isso: essa brecha bem-vinda é de modo confuso chamada de "amnésia infantil", em que a memória permanece inativa até os três anos e meio, o que coincide com a emancipação da fralda.[1]

De fato, é difícil, aqui, não ver uma mão benevolente trabalhando. A memória, segundo minha teoria, resiste (reluta em se formar) até que o indivíduo tenha alcançado o domínio da privada. Sim, a memória tem a decência cotidiana de se recusar, de olhar para o outro lado, nesta penosa transição, poupando-nos dessa indignidade. Sobre essas coisas, a Mãe Natureza ou algum gênio semelhante erige sua tela que tudo absorve; ao ordenar o alcance da lembrança humana, essa mãe se dá ao trabalho de limpar a merda da memória.

Saul (nascido em 1915) sempre foi famoso pelos excepcionais poderes de memória.

As operações de Mnemosyne começaram quando ele tinha dois anos, então talvez se lembrasse das negociações com as fraldas não descartáveis da Primeira Guerra Mundial; certamente, suas recuperações de 1917 foram corroboradas por parentes. "Herzog perseguiu a todos com sua memória. Era como um veículo terrível." E outra vez: "Todos os mortos e loucos estão sob minha custódia, e sou o inimigo dos pretensos esquecidos".

Como estava o veículo agora, em 2002/3/4? Suas capacidades de curto prazo, como vimos, foram muito reduzidas. No entanto, ele às vezes ainda consegue fazer contato com o passado. Era como se na caverna marítima de seu cérebro houvesse saliências e bolsões de ar que as águas por enquanto não tivessem atingido. Ontem à noite (por exemplo), ele nos deu fascinantes vinte minutos sobre o escritor norueguês e fascista Knut Hamsun, um influente admirador do Terceiro Reich que (através de Goebbels) conseguiu ter um (desastroso) tête-à-tête com Hitler.[2]

Saul e eu tomávamos chá no deque de um hotel próximo, o que me lembra da época, apenas alguns anos atrás, quando retomamos nossas conversas contínuas sobre deísmo, o sobrenatural e a vida futura.

... Nessa altura, em minhas sessões individuais com Saul, eu testava a utilidade do silêncio. Se sua memória não conseguia mais fazê-lo acompanhar uma frase escrita, então o diálogo estabelecido (acredito) certamente devia ser um tormento. Parecia que esse silêncio não se encaixava; mas, ao participar dessa limitação antinatural, eu conseguia me juntar a ele em sua abstração. Sentados lado a lado, olhando para fora; seu rosto era ilegível, porém a cada minuto ou mais tinha um estremecimento pontual... Ele nunca teve "a cara de leão", como os gerontologistas chamam: aquela impassibilidade do topo da cadeia alimentar. Saul parecia estar sempre pensando, ou tentando pensar.

Tormento. E raiva. Eu me lembrava das palavras de Rosamund na cozinha; e me lembrava de seu olhar, nunca visto antes. Achei que fosse um olhar de exasperação terminal (o que não era, não exatamente), e isso me assustou, porque se Rosamund, ferozmente protetora e barbaramente leal, se Rosamund enfraquecia... *Raiva*, disse ela. Jamais vi nada disso, nem uma vez, embora soubesse que estava sempre presente nele. Herzog de novo, com seu "coração zangado".

Se Saul consultava sua memória de longo prazo, havia bons motivos para ficar furioso, motivos tanto profissionais[3] quanto românticos. Cinco casamentos significaram quatro divórcios; eu tinha me divorciado uma vez e tentei fracamente quadruplicar aquela carga de dor, violência emocional e, acima de tudo, *fracasso*. E persistir, persistir, tentar de novo diante de tanta decepção. Com Rosamund, a decepção estava resolvida e salva; ela representava o triunfo da inocência sobre a experiência. Então, por que essa raiva dele era dirigida a ela? Justamente a ela, entre todos.

Então me virei e servi mais chá do bule, Saul concordou com um meio-sorriso e um grunhido tolerante; palavras de leve aprovação foram trocadas sobre o tempo... Seu humor tinha algo a ver com inteligência ferida, com dor intelectual? Ele devia pensar assim: por que apenas escuto o tempo todo e não falo? Por que acompanho a conversa (com dificuldade) e não a conduzo? E se você voltasse um pouco: seus irmãos — Samuel talvez, e Maury certamente —, seu pai e quase todos em Chicago desprezavam seu tipo de inteligência; no entanto, esse tipo provou ser pelo menos tão eficaz (e muito mais notável) que o deles; e isso inclui você, Maury, e não importa seu "ducado suburbano" e os trezentos ternos. E agora Saul, o único sobrevivente, encontrou uma falha de projeto, manifestada internamente. Machucou? Foi um formigamento negativo no cérebro? Coçou? Não poderíamos depender da Lei de Murdoch, promulgada por John Bayley? *Cada nova incapacidade diminui a consciência da perda...*

Desisti, desembarquei dessa linha de pensamento (e na verdade eu entendia tudo errado, porque não conseguia me libertar do mundo linear dos *sequiturs*), desisti e dirigi meus olhos citadinos, meus olhos urbanos para a cena que se desdobrava à nossa frente. A Nova Inglaterra, ou a Nova Inglaterra a que eu estava acostumado (Connecticut, Long Island), tinha um brilho de salão de beleza recém-arrumado e enfeitado; mas Vermont sempre parecia ter acabado de acordar e sair da cama, despenteado, careca, indigente, inocente, e aqui diante de mim estavam as loucas rainhas das fadas das árvores brotando em todos os ângulos da luminescência verde e alourada, e o prado de carpete minuciosamente pululante. Sim, a planície esburacada parecia se contorcer e viver, e me perdi nela de tal forma que revivi (ou voltei impotente para) a menos desastrosa das quatro ou cinco viagens de ácido que fiz durante o segundo verão na universidade, aos vinte e um anos.

"Hora de ir?", perguntei (além de tudo, eu queria uma bebida). Saul assentiu.

Foi ele quem olhou para a natureza como um consumado místico e estudioso, que sentia o véu de Deus sobre tudo, que poderia dar nome às coisas que via, à castanheira americana e tudo mais. E eu gostava de pensar que ele ainda sentia isso. Saul levantou-se suavemente, sem tremores ou estremecimentos; nunca perdeu a solidez corporal; mentalmente ausente, estava fisicamente presente, presente de modo acalorado e influente...

"Inventei um novo gênero", disse Isaac Bábel, aos amigos escritores na União Soviética de Stálin, "o do silêncio." Uma boa observação e uma boa ideia, embora não o tenham salvado. De outro escritor, Boris Pasternak, Stálin declarou: "Não toque nesse habitante das nuvens". Assim como Bábel, Bellow era judeu e trotskista. Mas agora você olharia para ele e diria para si mesmo: Não. Não toque nesse habitante das nuvens.

AUSENTAR-SE

Um risco clássico de demência avançada é algo chamado "ausentar-se". Não se trata de uma referência ao estilo de conversa dos doentes. Ausentar-se significa desaparecer; significa fuga.

Iris se ausentou. Encontravam-na no jardim de um vizinho, diz o profes-

sor Bayley em *Iris and the Friends*, ou patrulhando o mesmo trecho da calçada em frente à casa.[4] Um dia, no que foi o exemplo mais dramático, escapou pela porta da frente e desapareceu por duas horas (chamaram a polícia); por fim, Iris foi localizada por um acadêmico vigilante nos arredores distantes de North Oxford... Agora, North Oxford é uma pitoresca Toytown pré-lapsarianismo, mas ruas são ruas e carros são carros. Um amigo da família "por acaso a viu, quase no começo da Woodstock Road", escreve Bayley tenso (e muitos leitores bem-intencionados lamentarão que ele tenha suprimido um ponto de exclamação).

Quando Saul se ausentou uma vez, não foi apenas dar um passeio e vagar pela Crowninshield Road. Afinal, era americano; absorvera os princípios de mobilidade e autoconfiança. Então pegou um táxi para o aeroporto e entrou em um avião. Lembrei-me desse incidente em Vermont assim que o secretário de Saul, um belo e bem-humorado graduado da Universidade de Boston (alegre, cabeça erguida) chamado Will Lautzenheiser, fez uma de suas viagens rotineiras de Boston para trazer a correspondência e uma grande pilha de convites e pedidos. Foi o homem que deu suporte quando Saul desapareceu.

Will passou algumas horas com Saul, e todos almoçaram, e então o acompanhei até o carro. Já havíamos nos encontrado várias vezes e sempre pensei na sorte que os Bellow tiveram por ter encontrado um Sexta-Feira tão simpático.

A propósito, Will era um joyceano empedernido, com um apetite sincero pela vanguarda; economizava e viajava grandes distâncias para assistir, digamos, a uma mímica futurista em Los Angeles ou a uma ópera atonal em Austin. Gostei em especial da atitude de Will em relação a seu trabalho e a seu cargo. *É como se eu tornasse a vida um pouco mais fácil para Shakespeare*, ele me disse. *Você deve ficar orgulhoso de ter chance de fazer isso.* Eu disse então na entrada da garagem:

"Rosamund descreveu para mim, mas estou confuso sobre o... Saul voou de Boston para Nova York, certo?"

"Não. Ele voou de Toronto para Boston. Tentou voar para Nova York, comprou uma passagem para lá, pensou que ainda morava lá. Mas deve ter percebido o erro, ou eles..."

"Hum, é preciso muita conversa para entrar e sair do Canadá. Alfândega, Imigração. Talvez tenham dado um jeito para ele. Espere. Quando aconteceu?" Aconteceu surpreendentemente há muito tempo: agosto de 2001 (logo após a visita a East Hampton e pouco antes do Onze de Setembro). Saul fora com Rosamund para Toronto, onde ela faria uma conferência sobre *Sob os olhos do Ocidente* (o segundo romance consecutivo de Conrad sobre terrorismo, depois de *O agente secreto*). Levaram Rosie com eles, contando com o apoio de dois canadenses de Toronto muito competentes, Harvey e Sonya Friedman, os pais de Rosamund.

"Então, de onde exatamente Saul escapou?"

"Do hotel. Iam buscá-lo para jantar, mas ele pagou a conta do hotel e saiu... Nessa noite, cheguei tarde em casa." Naquela noite, Will estranhamente assistiu a uma exibição de seis horas de *O reino*, de Lars von Trier. "Havia uma mensagem de Saul dizendo que ele estava vindo de Logan. Incrível."

"É, ele foi muito ousado."

"Muito ousado."

E rimos, balançamos a cabeça.

"Depois que soubemos que ele estava seguro, pareceu mesmo meio engraçado. Quando liguei para Rosamund em Toronto, ela estava fora de si. A polícia estava a postos. Eu estava fora de mim."

E Will, eu sabia, tinha um irmão gêmeo... Ele foi correndo até Crowninshield Road. Saul estava lá, cansado, calmo, lúcido e, principalmente, apenas triste e ansioso.

"Ele pensou que Rosamund estava prestes a deixá-lo."

"... Só pode ser brincadeira."

"Eu disse que não, não, Rosamund te ama. E ele falou: *Bom, isso é o que sempre achei. Mas não tenho certeza. Hoje não tenho certeza.*"

"Ele duvidou de *Rosamund*... Bom, ele não está entendendo nada. Igual a ele pensar que morava em Nova York. Está confuso sobre coisas importantes."

"É, está sim." Will abriu a porta do carro e declarou: "Naquela noite, ele falou ao telefone com um velho amigo e ficou mais tranquilo. Então fiz que fosse para a cama. E fiquei lá".

"Sorte a sua."

Will se sentou no carro. Falei que tomasse cuidado e acenei quando ele deu ré para entrar na pista.[5] Por um tempo, fiquei parado na entrada, enquanto imaginava se Saul, quando chegou ao Aeroporto Internacional de Toronto, teria pedido uma passagem para Idlewild, que era como Herzog e todos chamavam o local em 1960.

"Idlewild." Havia muito o que admirar nesse nome, nessa palavra. Sempre pensei que viesse de uma flor, mas era apenas uma herança do Campo de Golfe Idlewild Beach, onde o principal aeroporto de Nova York fora construído em 1947 (e que seria rebatizado de JFK em 1963). "Idlewild" é um nome de localidade americano bem usual, há um em Michigan, cuja origem é obscura. Alguns dizem que vem de um provérbio ou cantiga: "Homens ociosos e mulheres selvagens"... [*Idle* men and *wild* women].

Rosamund disse: "Ele continua me acusando. Me acusa de...".

Dávamos uma volta no jardim (Eliza no alto da ladeira, ocupada no balanço).

"Ele continua pensando que sou..."

A literatura do Alzheimer alerta os familiares e cuidadores para o tipo de comportamento, ou comportamentos considerados "inadequados".[6] Há também páginas e páginas sobre ciúmes sexuais enfurecidos (e, claro, ilusórios), entre outros concomitantes. Portanto, não fiquei totalmente surpreso ao saber o seguinte: Saul tinha impressão de que Rosamund se interessava por outros homens.

"Ah... coitada de você", falei. "Que horrível." Fechei os olhos com força e gemi. E pobre dele também. "Sei que isso é pedir muito, mas você não deve levar para o lado pessoal. É apenas um sintoma." Ficou melhor? Saul desindividualizado, perdido em uma confusão de sintomas e síndromes? Declarei debilmente: "É como a mãe de Elena, que acorda todos os dias pensando ter sido roubada durante a noite".

"Ele não acha isso."

"Não, mas ele pensa isso."

Novamente sua carranca, seu olhar derrotado. Havia dor nisso tudo, e perda de paciência. E outro elemento, vi: uma reavaliação autoacusadora de sua própria força. Ela acreditava que estivesse à altura; agora, ao enfrentar insultos diários e injustiça (de fato definitiva), Rosamund se perguntava se isso era verdade.

"Com a questão sexual, quando recrudesce desse jeito... Você sabe que poderia ser pior." Que tipo de conforto era esse? E, além disso, poderia muito bem piorar por si só... Pensei no conselho oferecido nas atualizações e downloads do Alzheimer. Em um caso sobre o qual li, em que o marido andava seminu e se acariciando, a esposa foi instruída a *aprender como distraí-lo e redirecioná-lo para atividades mais apropriadas*. Isso funcionaria com Saul? Falei: "Bom, os médicos dizem para você tentar não frear. E não para discutir a questão. Basta fazer uma simples declaração em contrário... Interessada em outros homens. *Que* homens? *Quais* homens?".

"O velho que conserta o telhado. O garoto gordo que entrega as compras."

"Nossa."

"Eu sei." Ela franziu a testa com tristeza. "Nunca é com ninguém legal."

LITERATURA E LOUCURA

A doença de Saul, sua variante de demência, foi oficialmente listada como "doença mental", o que provoca grande repulsa entre os profissionais de saúde (principalmente porque complica o estigma). Mas o Alzheimer tem uma causa orgânica, distinguindo-a da neurose (que é inorgânica e não envolve uma perda "radical" de contato com a realidade). Como a esquizofrenia e a doença maníaco-depressiva, o Alzheimer (assim como a religião) tende a envolver uma crença apaixonada em coisas que não existem.

Os psiquiatras não podem fazer quase nada com a insanidade orgânica (exceto dar-lhe medicamentos); e os escritores, talvez não totalmente por coincidência, também não podem fazer muito a respeito. Neuroses, compulsões, repressões e em especial obsessões são o arroz com feijão, a comida e a bebida da ficção. No entanto, pode ser que a insanidade orgânica, assim como os sonhos, como a religião, como o sexo, seja fundamentalmente impenetrável à arte literária.[7] Entre os escritores há uma grande exceção; na verdade, podemos chamá-la ainda de a Grande Exceção, a Singularidade. Como Matthew Arnold anuncia na primeira linha de seu curto poema, "Shakespeare": "Outros toleram nossa questão. Você é livre".

"Internamente, em si, a loucura é um deserto artístico. Nada de interesse geral pode ser dito a respeito. Mas o efeito que tem no mundo exterior pode ser realmente muito interessante. Não tem outro uso literário válido. [O assunto de meu livro] era quão bem ou, principalmente, quão mal os escritores descreveram a loucura.[8]

"Shakespeare acertou. Lear, é claro. Aterosclerose cerebral, uma doença senil orgânica do cérebro. Períodos de mania seguidos de amnésia. Episódios racionais marcados por grande pavor do recomeço da mania. É assim a loucura, evitemos isso, já basta.

"Talvez ainda mais impressionante: Ofélia. Na verdade, a descrição dela é tão boa que essa subdivisão da esquizofrenia ficou conhecida como síndrome de Ofélia, mesmo para muitos psiquiatras que nunca viram ou leram a peça. Está muito bem configurado: jovem de temperamento manso, sem mãe, sem irmã, o irmão de quem ela depende não está disponível, amante aparentemente enlouquecido, louco o suficiente para matar seu pai. Inteiramente característico que uma garota com seu tipo de educação saia por aí soltando pequenas risadinhas inofensivas e obscenas quando furiosa.

"A peça está cheia de comentários interessantes sobre a loucura. Polônio.

Você se lembra de que ele tem uma conversa com Hamlet, a conversa do peixeiro, e é feito de bobo: um exemplar diálogo entre um questionador estúpido e um louco inteligente visto por aquela, hã, aquela pessoa incomum que é R. D. Laing. Polônio diz: Retiro-me de sua presença, meu senhor. E Hamlet fala: Você não pode retirar de mim nada do que eu mais voluntariamente me retiraria, exceto minha vida, exceto minha vida.

"Muito inteligente, muito divertido. Mas, na verdade, Hamlet está apenas *fingindo* ser louco, não é? Polônio vai direto ao ponto. Como às vezes suas respostas são ricas, ele diz: Achados da loucura que a razão e a sanidade nem sempre alcançam; a propósito, uma visão notavelmente do século XX. Hamlet em geral se comporta de um jeito muito inteligente que gente que nunca viu um louco, um louco *recente* e não medicado, espera que um louco se comporte.

"Em minha opinião, porém, Polônio é um sujeito bastante subestimado. Mais cedo, na mesma cena, ele apresenta uma definição muito boa de loucura, não uma definição completa, mas uma parte essencial dela, excluindo a loucura nor-noroeste. Declara: Para definir a verdadeira loucura, o que é ela além de nada mais que loucura?"[9]

Saul nunca esteve perto disso, nem remotamente (embora Iris sim, no fim). De qualquer forma, o herói trágico com o qual Saul se assemelhava durante essa fase dele era, obviamente, Otelo. Imaginações selvagens ("Cabras e macacos!"), mas imaginações habilmente evocadas por um terceiro: Iago. E o Iago de Saul era um Iago da mente.

Por que Iago destrói Otelo, qual é seu "motivo"? Ele não tem nenhum. Inventa queixas (Otelo impediu minha ascensão à classe de oficial, Otelo dormiu com minha esposa), mas são pretextos frágeis. Ele é como Claggart em *Billy Budd* (uma iteração muito consciente do tema da malícia sem motivo). Iago nos permite um breve vislumbre da verdade quando fala não sobre Otelo, porém sobre o insípido e bonito Cássio: "Ele tem uma beleza rotineira em sua vida/ Isso me torna feio". E é por esse motivo que Claggart destrói Billy, o Belo Marinheiro. Os dois destruidores são vândalos; vandalizam belas almas.

E a demência é o vândalo interior. Você não pode argumentar com ele ou distraí-lo ou suavizá-lo. Tudo o que pode fazer é odiá-lo. Em *Otelo*, o veredito mais revelador sobre Iago não pertence ao mouro nem a Desdêmona, nem mesmo à perspicaz Emília. Pertence ao almofadinha bem-intencionado Roderigo. Estas são suas últimas palavras, dirigidas ao assassino agachado em cima dele com a lâmina: "Ó maldito Iago. Ó cão desumano".

E é isso que digo ao dr. Alois Alzheimer.

Ó maldito Alois. Ó cão desumano.

É O DEUS HÉRCULES

Na noite anterior à nossa partida, ele nos deu um retrato oral de John Berryman. Em 1972, Saul escreveu um discurso de despedida para John Berryman, e as palavras ainda estavam nele (embora, quando reli "John Berryman" mais tarde, tenha descoberto que a versão à mesa de jantar incluía muitas memórias e detalhes recém-aflorados). Então trocamos citações, e houve algumas leituras curtas de *Dream Songs* [Canções de sonhos].

Ele estava muito perto de seu melhor, e, quando novamente ficou em silêncio, eu disse um tanto impulsivamente (e também um tanto bêbado), esperando mantê-lo assim:

"O cara, o zelador da faculdade que encontrou o corpo de Berryman", na margem do rio sob a ponte em Minneapolis, "tinha um nome interessante. Art Hitman... Saul, você não está cansado da frase *a realidade é mais estranha que a ficção*? Ou que ela está ficando mais estranha? Acho que sempre foi estranho. *Ooh, você não pode colocar Art Hitman em um romance!* Bem, você não pode, porque não ia querer. A realidade é mais estranha que a ficção. E é mais crassa que a ficção também."

Senti o sapato de Elena em minha canela, um chute e depois uma pressão constante. Controlei-me. Ela estava certa: eu falava como se fosse com o velho Saul, o sempre renovado Saul, e lá estava ele, do outro lado da mesa, a desaparecer, a se ausentar... "Hum", ele disse, "sinto apenas... Sinto falta de Delmore. Saudades de Hart Crane. Sinto falta do pobre John Berryman."

Bem, pelo menos ele sabia que eles tinham partido. Rosamund me disse que ele sempre se esquecia de que os mortos estavam mortos e, quando corrigido, ficava novamente confuso...

* * *

Mais tarde, enquanto eu tentava dormir (saída antecipada, colocar as meninas no carro, New London, balsa para Orient Point, balsa para Shelter Island, balsa para North Haven e Sag Harbor), pensava no que Philip Roth disse a Andrew Wylie (agente de Philip, agente de Saul, meu agente), "Ele está deprimido? Você ficaria deprimido se *esse* universo estivesse se fechando para você".

Fechar-se. No Ato 4, Cena 3 de outra tragédia shakespeariana, na noite anterior à batalha naval de Actium (e a derrota conclusiva e os suicídios emparelhados), quatro soldados estão patrulhando os terrenos do palácio alexandrino:

> [Música de oboés debaixo do palco.]
> *Quarto Soldado: Paz! Que barulho é esse?*
> *Primeiro Soldado: Ouça, ouça!*
> *Segundo Soldado: Ouça!*
> *Primeiro Soldado: Música no ar.*
> *Terceiro Soldado: Debaixo da terra.*
> *Quarto Soldado: Bom sinal, não é?*
> *Terceiro Soldado: Não.*
> *Primeiro Soldado: Paz, eu digo! O que quer dizer isso?*
> *Segundo Soldado: É o deus Hércules, que Antônio amava e agora vai embora.*

Como escrever

Decoro

Estamos vivendo, você e eu, uma espécie de Contrailuminismo. Popularmente conhecido como "populismo", trata-se de um movimento supostamente atento e sensível aos "interesses e opiniões das pessoas comuns". Outra palavra para "populismo" é "antielitismo". As pessoas comuns sabem mais; as multidões são sábias. "Amo os menos educados", disse Trump em um comício. "Somos os realmente inteligentes."

De quando em quando, surge um desejo de aplicar a mesma ênfase às artes; e a mais vulnerável é a literatura, a literatura em prosa. Para os populistas, o romance é particularmente convidativo porque já é a mais populista das formas, a mais igualitária e democrática: não exige ferramentas especiais ou treinamento. Tudo de que você precisa é o que todos já têm: uma esferográfica e um pedaço de papel.

Então vimos o movimento Anti-Grandes Livros, o movimento Anti-Homens Brancos Mortos e coisas do gênero. Na Grã-Bretanha, há vinte anos, houve um que se autodenominava Nova Simplicidade: era antimetáfora, antipolissílabo, antiadvérbio e antioração subordinada. A Nova Simplicidade, pensei, era uma versão secular do voto de pobreza. Ou mesmo do voto de silêncio.

Confesso que não entendo esse impulso (embora perceba que é inteiramente sociopolítico e nada literário). Você conhece algum antielitista *reflexivo*? Não me refiro tanto aos tipos livrescos, mas aos comuns... Fascinante. Esses antielitistas, me pergunto, se sentem antielitistas, antiespecialistas, quando vão ao médico? Ou ao embarcarem num avião? Ou quando contratam um advogado, um eletricista ou mesmo um cabeleireiro? Mostre-me uma esfera em que exaltamos o "comum", o inexperiente, o amador, o mediano.

Bem, sempre há aquele elefante branco do lazer conhecido como ficção. Aí, os sociopolíticos da crítica literária encontraram um empreendimento tão pouco sério que ninguém precisa se preocupar com os níveis de competência. Quem dá ouvidos à literatura? Quem se importa com o que ela diz?

O bom leitor se importa, é claro, e escuta. E o bom leitor espera automaticamente alta proficiência, alcançável por qualquer pessoa disposta a empenhar tempo. É possível, e prazeroso, aprender mais sobre as palavras e como se combinam. Se escrever é seu trabalho, então é apenas uma questão de autorrespeito.

Você não está tentando se apresentar como um requintado ou um mandarim. O modesto objetivo é deixar o leitor com a menor dúvida possível de que você *sabe o que está fazendo*. Ao negociar essa tarefa, você perceberá, desde o início, que o elitismo deve começar em algum lugar. E acho até que sei onde.

Sobre a mesa estão três estudos históricos recentes, todos de acadêmicos, aparentemente genuínos, todos comentados com deferência. O de cima (sobre a Revolução Americana) me diz, *inter alia*, que os primeiros leitores de Jonathan Swift, não acostumados ao gênero da sátira, devem ter ficado "chocados" com *Modesta proposta* (publicado no início do século XVIII); o do meio (sobre o Terceiro Reich) me conta que Hitler estava "otimista" quando voltou a Berlim depois de um feriado nos Alpes da Baviera; o de baixo (sobre Stálin) me fala que o kaiser Guilherme I, ao delegar a área de relações exteriores a Otto von Bismarck, mostrou "inteligência".

Que tipo de leitor esse tipo de escritor pensa que agrada? "*Smarts*" [espertos] (por exemplo) deriva de "*street-smart*" [urbanoide], e o kaiser Guilherme nunca chegou perto de uma rua na vida; mas esse escritor considera que "acuidade", digamos, ou "bom senso", seria uma oportunidade perdida ou um truque perdido, dada a disponibilidade de "*smarts*". Suponho que deva haver um leitor a cada cem que saudará este ou qualquer outro coloquialismo de última hora com uma piscada de aprovação (e esqueça esse leitor, ele não importa, você não o quer). E deve haver muitos mais, presumivelmente incluindo todos os resenhistas que li, que não se importam ou apenas não notam.

Quando se trata de contexto histórico, você vê no mesmo instante como esses vulgarismos distorcem o tom de maneira ruinosa. Aí, bajular o contemporâneo não é apenas retumbantemente anacrônico; também violenta o decoro, o decoro literário, que nada tem a ver com etiqueta e significa somente *conformidade do estilo ao conteúdo*. Ressinto-me sempre que me dizem que Hitler em algum momento se sentiu "otimista", o que amavelmente lhe concede um status humano que nunca foi dele. Acho isso *inapropriado*. E quanto à ideia de os leitores ficarem "atônitos" em 1729...

A partir daqui, segue-se uma lição maior.

Insisto: nunca use nenhuma frase que tenha o toque de segunda mão. Todo o crédito para quem cunhou o *no-brainer* [sem cérebro, acéfalo] e (eu suponho) para quem cunhou o *go ballistic* [ficar balístico, ficar pistola], o *marxism lite* [marxismo leve], *you rock* [arrasou], *eye-popping* [de arregalar os olhos], *jaw-dropping* [de cair o queixo], *double whammy* [porrada dupla] e todo o restante. Jamais faça isso, nem mesmo em uma conversa. Nunca diga (muito menos escreva) *you know what?* [quer saber?] ou *I don't think so* [acho que não] ou *Hello?* [Oi? ou Como é?] ou *hey* (de brincadeira, como em "Mas, ei, todo mundo erra"). Mesmo em uma pequena etiqueta de aparência bastante útil, como *any time soon* [a qualquer momento], dá para ouvir balidos e chocalhos. Não escreva, não diga e não pense *whatever* [sei lá] (este é provavelmente o item mais contraliterário de todo o léxico).[1] Evite todas as frases da moda, evite todas as palavras de rebanho; detecte-as logo e as evite. Já estive nessa posição, já fiz isso, tirei a selfie, vesti a camisa...

Os clichês, em seu momento, contribuíram honestamente com o cânone: o jargão de correspondente estrangeiro de Evelyn Waugh em *Furo!* ("O corpo de uma criança, como uma boneca quebrada"), os bordões plácidos, mas enlouquecedores, no abrigo do taxista em *Ulisses* ("O auge da música de primeira classe como tal, literalmente derrubava todo o restante como um chapéu de lado"). São clichês veneráveis, solidificados pelo tempo. Os clichês do momento são evanescentes; mesmo nos abrigos empobrecidos da banalidade, são meramente transitórios.

Em uma obra de ficção, "*gobsmacked*" [perplexo, fiquei passado], "*upbeat*" [animado] e "*smarts*" poderiam atingir o decoro (quase e não por muito tempo) se colocados na boca de um personagem secundário, um representante (na frase de Saul) da "ralé mental do mundo consciente". Tal discurso perderia sua esfarrapada legitimidade em um ou dois anos, e o próprio personagem ia se tornar um anacronismo.

Portanto, limpe sua prosa de tudo o que cheira a rebanho e a maria vai com as outras. Sua prosa, obviamente, deve vir de você, de você mesmo, construída para um propósito, e não produzida em massa.

"O trabalho oculto de dias monótonos"... Essa é a evocação maravilhosa de Saul para o subconsciente, o subconsciente a trabalhar duro, tentando esclarecer e modular. E também evoca o processo de escrever, escrever algo longo: escrever um romance.

John Banville descreveu a atmosfera mental da composição como um estado de sonho ou onírico, e assim é. E, no entanto, Banville não tencionava nenhum paradoxo quando, em outra ocasião, disse com certa veemência: "A coisa mais importante? *Energia, energia, energia*". Abstração combinada com esforço, produzindo um formigamento excitado e frustrado, como uma necessidade insatisfeita de espirrar; é o formigamento da vida criativa. Essa sensação, esse sentimento de grávida suspensão, era o que Saul, por fim, lamentava.

Bellow pai, Abraham Bellow, morto em 1955, sempre descreveu Saul como um preguiçoso desesperado, o único filho "que não trabalha, só escreve". Não trabalha? De *Augie March*:

> Durante todo o tempo em que você pensou que rodava ocioso, um trabalho terrivelmente duro acontecia. Trabalho árduo, árduo, escavar e desenterrar, minerar, escavar em túneis, erguer, empurrar, movimentar pedras, trabalhas, trabalhas, trabalhas, trabalhas, trabalhas, ofegante, içar, içar. E nada desse trabalho é visto de fora. É feito internamente... Você trabalha em si mesmo, você paga e combate, acerta as contas, relembra insultos, briga, responde, nega, tagarela, denuncia,

triunfa, engana, supera, justifica, chora, persiste, absolve, morre e ressurge você mesmo! Onde está todo mundo? Dentro do peito e da pele, o molde todo.

"É a mesma ideia, não é?", indaguei Rosamund. "O trabalho oculto de dias monótonos."

"Desta vez, com o tratamento de bravura", respondeu ela. "Mas é a mesma ideia."

Tínhamos o livro na mesa da cozinha em Crowninshield Road. Rosie estava por perto, é claro, assim como os pais de Rosamund, Sonya e Harvey. Era abril de 2005, apenas alguns dias, alguns dias monótonos (as visitas tranquilas à sinagoga, a procissão silenciosa de amigos e vizinhos que deixavam refeições cozidas, principalmente ensopados ou caldos encorpados, em terrinas e samovares gravados) após o funeral.

Phoebe Phelps está prestes a nos revisitar, mas antes de abrirmos a porta e deixá-la entrar... Você sabe, de vez em quando, à medida que envelheço, descubro um novo refinamento no "símbolo complexo", que é também a realidade complexa, que significa a morte.

É assim. Lá estou eu, vigiado no hospital de Boca Raton; até pouco tempo vomitava e choramingava com algum brio, mas agora estou na Unidade de Terapia Intensiva e amarrado a tubos, bombas e cateteres. Imagino que Elena, Bobbie, Nat, Gus, Eliza e Inez estejam todos lá, a meu redor. Mas não estão. Ao lado de meus irmãos, meus amigos e todos os vivos que já amei, estão no ar em um jato fretado, vindo para a Flórida para se despedir. E no meio do voo (JFK para West Palm Beach), o avião sofre o que chamam de cascata de falhas e, quando cruza da Carolina do Sul para a Geórgia, não tem sistema hidráulico, flaps, spoilers, empuxo reverso nem freios.

Entrei em coma leve, meus sinais vitais oscilam, e o avião está ocupado em despejar combustível a leste de Savannah enquanto se prepara para pousar na, digamos, Base Aérea de Brodie, alguns quilômetros ao norte do Estado Ensolarado (também conhecido, lembre-se, como o Estado dos Idosos). Brodie tem uma pista de três mil e seiscentos metros, e eles precisam de seis mil, nove mil... Enquanto a equipe médica aplica os cabos auxiliares, na tentativa de me conectar por uma meia hora final, o avião vem guinando pelo ar mais baixo, bate no asfalto de Brodie, rasga ao longo de toda a pista, rompe a barricada de espuma, plástico-bolha e castelos infláveis, sobe a colina gramada no outro extremo e explode.

Então eles morrem exatamente no momento em que morro.

Na verdade, desnecessário dizer, eu morro e eles vivem, e estão de luto por mim. Mas estou de luto por eles, todos eles, todos os meus entes queridos, todos os meus lindos.

O único consolo que vejo nisso é que não haverá tempo para sentir falta deles e desejar que estivessem aqui.

O fim de uma frase é uma ocasião de peso. O fim de um parágrafo é ainda mais pesado (como orientação geral, procure colocar a melhor frase por último). O fim de um capítulo é sísmico, no entanto também mais flexível (coloque o melhor parágrafo por último ou siga a tendência de encerrar com um leve toque de martelo). O final de um romance, você ficará aliviado ao saber, geralmente é direto, porque a essa altura tudo já foi decidido e, com alguma sorte, as palavras finais parecerão predeterminadas.

Não deixe que as frases se esgotem com um murmúrio de desculpas, um rastro de entulho como "nas atuais circunstâncias" ou "pelo menos por enquanto" ou "à sua maneira". A maioria das frases tem um *fardo*, algo a transmitir ou comunicar: coloque essa parte por último. O fim de uma frase tem peso, e isso significa que deve tender a se arredondar com ênfase. Portanto, não termine uma frase com um advérbio *...mente*. O advérbio *...mente*, assim como o murmúrio de desculpas, pode ser inserido mais cedo. "Ela poderia facilmente alcançar isso" é mais suave e compacto do que "Ela poderia alcançar isso facilmente".

O inglês literário parece querer ser tônico. Talvez seja o iambo. Com exceção de Housman e de não muitos outros, a métrica da poesia séria é o ti-*tum*.

Qualquer palavra que vem diretamente antes de um sinal de pontuação, em especial um ponto-final, contém uma carga sonora duradoura. Veja esta citação da coleção final de histórias de Updike, *As lágrimas de meu pai* (publicado postumamente em 2009):

Craig Martin se interessou pelos vestígios deixados pelos proprietários anteriores de suas terras. No auge de sua vida, quando trabalhava todos os dias da semana e socializava durante todo o fim de semana, ele praticamente ignorava sua terra.

Então temos "... de suas terras" ponto-final, e depois "... sua terra" ponto-final. A palavra que precede um ponto-final é investida de traiçoeira energia: por consequência, "terra" e a fortiori "sua terra" são efetivamente inutilizáveis por pelo menos meia página, até que a carga sonora desapareça e o ouvido esqueça.[2]

Para toda uma outra ordem de inadvertência, considere o seguinte: "As uvas bagunçam os tijolos no outono; ninguém nunca pensa em pegá-las quando caem". (A coisa mais ridícula dessa frase, de alguma forma, é seu ponto e vírgula majestoso.) E o que se segue aqui não é um exemplo de quadra leve updikeana:

formigas fazem montes como borra de café...
exceto por seu busto, abruptamente projetado...
minha noiva tornou-se aliada em minha mente...
polida até brilhar por antracito deslizante...

Não, não poesia nem poesia ruim. São apenas quatro fragmentos isolados de prosa surda.

Ian ficou amigo de John; se corresponderam, e o sr. e a sra. McEwan foram ficar com o sr. e a sra. Updike em Massachusetts em meados dos anos 2000, de qualquer maneira, não muito antes da morte. E qual era o estado de espírito predestinado de Updike? Você pode dizer por *As lágrimas de meu pai*, que contém uma boa quantidade de escrita da vida, que a "estranha equanimidade" que Updike uma vez reivindicou foi no fim substituída por uma depressão leve, mas não aliviada. E Updike sabia que estava perdendo o ouvido interior? Claramente não, eu diria. De que outra forma as asneiras citadas antes teriam sobrevivido às duas ou três releituras que ele inevitavelmente deve ter feito?

Em 1987, passei a maior parte de um dia de verão com Updike. Começamos no enorme refeitório do Hospital Geral de Massachusetts (onde ele enfrentava um pequeno procedimento que acabou adiado). A certa altura, perguntei se ele se importaria de um breve interlúdio na seção de fumantes, e ele respondeu: "De jeito nenhum. Eu te invejo. Parei". Ele parou aos trinta e poucos anos. Mas os oncologistas chamam o câncer de pulmão de "corredor de longa distância", e surgiu para ele aos setenta anos.

O talento literário tem talvez quatro ou cinco maneiras de morrer. A maioria dos escritores apenas se torna aguada e um tanto estagnada. Em outros, a subtração é mais localizada e mais visível. Nabokov perdeu o senso de delicadeza moral e reserva (os últimos quatro romances são infestados descuidadamente por garotas de doze anos). Philip Roth perdeu a capacidade de imbuir seus personagens de uma vida independente convincente. Updike perdeu o ouvido, o ouvido mental; esqueceu como usá-lo na formação da prosa...

O corpo, por sua vez, enfrenta uma multiplicidade de saídas. E os pulmões de Updike lembraram, e nem o câncer esqueceu.

3. Philip: O amor de sua vida

O TIME DE REALIZAÇÕES

"O que acha que devo vestir?", indagou Phoebe ao telefone (era fim da manhã). "Não estou pedindo seu conselho. Só quero ouvir sua opinião."

"Um de seus vestidos de verão."

"Não é bom. Quero que ele fique excitado."

"Ah." Phoebe se referia a Larkin. "Pode ser uma tarefa difícil... Espere, já sei. Fique com seu terninho social. Não vai ter que se trocar depois do trabalho, se estiver com pressa. Começa cedo, não esqueça. Ou apenas vista um terno diferente."

"Por que ele ficaria excitado com isso?"

"Muitas razões." Martin não falou de ética do trabalho, de homens de certa época e de medo do asilo, da fábrica de graxa de sapato e tudo mais. "No caso dele, tudo se resume a dinheiro frio. A ideia de uma mulher que divida a despesa, com isso ele se excitaria."

Phoebe disse: "Bom, também acho, como se diz?, muito genérico. Quero alguma coisa mais... mais personalizada. Agora. Larkin gosta... Ah, desculpe Mart, mas o time de Aquisições quer dar uma palavrinha. Ligo de volta ou você pode esperar dois minutos?".

Ele falou que esperaria. Quando ligava para ela na Transworld Financial Services, sempre havia algum time querendo dar uma palavrinha: o time de Investigação, além dos de Reivindicações, Pagamentos, Sub-repção, Transmissão e (o favorito dele) o de Realizações. Ele, Martin, era no momento um time de Realizações. Percebeu que havia algo errado, algo faltava, algo não estava nos conformes. Continuou pensando a respeito, mas não tinha ideia do que era.

"Você ainda está aí?", perguntou ela. "Então. Larkin gosta de colegiais."

"Bom, ele gosta de fantasiar com colegiais."

"Como era a parte da carta para seu pai? Você sabe, sobre colegiais se exibindo."

"Hum." A citação que Phoebe procurava era *ASSISTIR A COLEGIAIS CHUPANDO UMAS ÀS OUTRAS ENQUANTO VOCÊ AS CHICOTEIA*. "Então, Phoebe? Como vai lidar com isso?"

"É um desafio, admito. Mas vou ver o que posso fazer... Espere. O pessoal de Aquisições quer mais uma palavra. Que horas você vai me pegar? Às seis?"

Era setembro de 1980. A Noite da Vergonha (julho de 1978), depois o período de dispendiosa libertinagem, depois o biênio do amor perfeito. Agora pode ser revelado que o período do amor perfeito (de fato, durou vinte e cinco meses e vinte e cinco dias) terminaria mais ou menos em dez horas.

APOLLO 1

"Não são medos e sonhos, Hitch, são mais como... mais como estranhas insatisfações. Não consigo descrever nem mesmo identificar. Talvez tenha a ver apenas com não ir mais a um escritório. Phoebe acorda cedo, então acordo também. Estou em minha mesa às nove e escrevo até uma ou uma e meia. E depois?"

"Hum, deve ser por isso que os escritores são tão irritantes, não é? Você cumpre suas quatro ou cinco horas, aí não presta para mais nada, e desce para a bebedeira."

Eram duas da tarde de uma segunda-feira, e estávamos no Apollo, um bar das Índias Ocidentais e antiga casa de shows perto do apartamento de Christopher na Golborne Road. Os indianos ocidentais, todos jovens altos e musculosos, bebiam Sprites e Lucozades; olharam com indiferente pena minha caneca de cerveja e o uísque duplo de Hitch, e para nosso cinzeiro que ia se enchendo. Eu disse:

"Bebo, é verdade, mas isto é uma exceção. Beber à tarde... fode com a bebida da noite. Não somos todos como você. A gente não aguenta, ficar chapado o dia inteiro."

"Ficar chapado a semana inteira. É minha nova unidade. Fresco como uma margarida até a tarde de terça-feira, quando escrevo a coluna. Não muito inteligente na quinta. E completamente zonzo na sexta... Ah, isso vai ser um grande sacrifício assim que eu atravessar o Atlântico."

"Mais pesado do que ser governado por Reagan?"

"Pessoalmente muito mais pesado. O álcool de repente não é bem-visto por lá, mesmo em Nova York. Nada de almoços com nove martínis. Todos tomam chá gelado. Ou a porra do Sanka."

Peguei mais bebidas e ele disse:

"Como isso te atinge, a insatisfação? Diga."

"Me vem quando paro de trabalhar e me sinto sozinho. Um vazio inquieto, uma sensação de... o que vai ser agora? Onde está?" Arqueei as costas. "*Quando* será?"

"Talvez seja porque agora todos parecem estar se acomodando. O Ian está assentando com a Penny. O Julian está com a Pat."

"E você está assentando com a Eleni."

"Como eu disse, ela ama o Hitch, ela quer casar com o Hitch... É uma pena que passou o momento. Porque finalmente peguei o jeito da promiscuidade, graças aos Estados Unidos."

"Como assim?"

"Bom, em primeiro lugar, você conhece minha fraqueza, não é? É uma espécie de timidez, ou medo de ofender, ou medo de rejeição. E nos Estados Unidos são as garotas que tomam todas as iniciativas."

"Ei. E quanto a Lady Mab e as outras? Todas tomaram a iniciativa, e você não compareceu. Porque teria que se amarrar na manhã seguinte."

"Essa é a outra parte. Não tem garota com quem valha a pena se amarrar nos Estados Unidos. Nenhuma delas é como a Lady Mab. Até os pais das herdeiras foram pobres em algum momento. Sei que existem dinastias, mas pouquíssimas garotas americanas *nascem* em sua classe, o que não suporto. Lá têm um sistema de classes diferente."

"E é só raça e dinheiro. Mas você diz que também é muito estranho."

"Um exemplo. Os brancos pobres, a turma dos parasitas e do incesto, fizeram um acordo tácito com os brancos ricos. Você pode zombar de nós, desde que ambos possamos zombar dos negros. E depois tem as bobagenzinhas como as dos brâmanes de Boston."

"... O pai da Julia é um brâmane de Boston. Nem um pouco rico, mas muito *Mayflower*."

"Alguma novidade?"

"Com a Julia? Não diga besteira. Falta pelo menos um ano para chegar a hora."

"Quando foi mesmo?"

"Há pouco mais de um mês. Câncer. Na idade *dele*... Então Hitch. Com quem *eu* vou assentar? A Phoebe é finita. Ela ama o Little Keith, acho, mas não quer se casar com o Little Keith. Nem com ninguém. Está completamente à vontade com isso. E eu meio que sempre soube que não deveria me casar com Phoebe. Ela não é o amor da minha vida."

"Você só quer chegar até o fim da sexualidade dela."

"É, enquanto me interessa. E continuo achando que estou quase lá. Mas, ao telefone com ela hoje de manhã, me senti bem mal... durante a meia hora inteira."

"Sei. Naturalmente a Phoebe vai terminar. Daí, quem?"

"Lembra da Miri, Miriam Gould? Ando sonhando muito com a Miri. Nosso casinho devia ter sido um grande caso, o que é outra chance perdida. E não acharia ruim ficar um tempo com a Janet Hobhouse."

"Ah. Uma omissão surpreendente sua, sempre pensei. Espere."

Ele pegou mais bebidas, e eu disse:

"Não é uma omissão total. Passamos uma ou duas noites juntos. Ah, sim. Durante o ato, Hitch, Janet faz uma coisa bem estranha. Não fique tão concentrado, não é nada sujo. Feministas de verdade não são sujas. O que é lógico. Não. Ela é uma sorridente. Ela sorri. Durante."

"Que docinho."

"Pensando bem agora, igual à Germaine... Com a Miri havia outro cara de merda no fundo. A mesma coisa com a Janet."

"Você quer dizer o marido dela. A Janet é ótima, concordo. Mas em quem você está realmente interessado, Mart, e sei, sim, das complicações, é a Julia. Eu sei."

"Hum. Tenho que ir. Ah, e você não atrase esta noite", eu disse. "Papai me disse que Larkin não vai levar a garota dele, não vai levar a Monica. Então a Phoebe está planejando algum tipo de provocação sexual com ele, e deve ser bom."

"Estarei lá. A Janet é uma garota importante."

"A Miri é uma garota importante. E quanto à Julia... Bebemos outra noite, e ela me fez sentir como um adolescente. Ou uma criança. Ela é tão evoluída."

"É a morte que faz isso."

E olhando para trás, agora, daqui, vejo como a morte sempre está ocupada, e que grandes planos ela sempre tem.

O primeiro marido de Julia, de um vigor incandescente, ao que parecia, de corpo e mente, morreu em agosto de 1980, aos trinta e quatro anos. Miri, Miriam Gould, suicidou-se em Barcelona em 1986 aos trinta e sete anos. E Janet, Janet Hobhouse, a romancista (e autora de escrita da vida), morreu em 1991 aos quarenta e dois anos.

Que lição, que moral se pode tirar disso?

É melhor ser rápido.

MEIAS BOBBY

Phoebe o deixou entrar, e Martin subiu a escada. Ele tinha o próprio molho de chaves, mas (conforme instruído) ainda usava o interfone para dar um aviso educado. A porta do quarto estava aberta, e ele passou direto... Ela estava seminua na cadeira diante da penteadeira com as pernas erguidas de um jeito conhecido e os pés cruzados refletidos nos três espelhos. As mãos seguravam um delineador e um livro fino.

Ela disse: "Isto é o que ele vai pensar no momento em que entrarmos: *Quando vejo um casal de jovens/ E acho que ele está transando com ela,/ Ela está tomando a pílula ou usando diafragma,/ Sei que isso é o paraíso// Tudo o que todo velho sonhou a vida inteira*. É exatamente o que ele vai pensar quando nos vir entrar".

"É, e vai ficar com inveja de mim. Com toda razão. Acho que ele é um imenso invejoso de qualquer maneira."

Martin foi até ela e beijou-a, e os dois contaram algo sobre o dia.

"Vou pegar uma cerveja enquanto você se veste."

"Não, estou pronta." Ela se levantou de um salto. "Vamos."

Phoebe estava de volta a seu prédio e outra vez próspera e de mão aberta. O TFS permitia que ela negociasse mais agora e, portanto, sua necessidade de jogar se limitava à corrida de cavalos (cinco dólares uma ou duas vezes por semana). E as restrições nunca duravam mais do que uma única noite. A vida erótica deles era emocional, carnal, inovadora e, mais importante, habitual. Ao reconhecer que esse era de fato o caso, Phoebe sempre dizia: *Você percebe que será nosso fim*. E Martin sempre pensava: Sim, e você também; e por que ainda não?... A causa de sua inquietação, ele teria dito e teria querido dizer, não estava no quarto.

Até onde sabia, ele nunca se sentira tão completamente saciado. E disse: "Você não vai sair vestida assim, mocinha. Você tem que passar lá em casa."

"Do que você está falando?"

Ele olhou para ela da cabeça aos pés e depois dos pés à cabeça. Os pés (ainda descalços), as longas pernas cor de cobre, o tutu rosa ou saia ra-ra que se projetava praticamente em ângulo reto com a cintura marcada, a camiseta rosa-claro sem mangas com os mamilos sem sutiã arregalados, as marias-chiquinhas e a boina preta com uma extensa crista dourada que dizia, ACADEMIA PARA MOÇAS RICHMOND.

"Tenha dó, Phoebe. Vamos, pense. Ele nunca escreveu uma palavra sobre colegiais. Não em público. Papai vai estar lá também e saberá na hora que dei com a língua nos dentes."

Ela declarou: "E Kingsley fez você jurar segredo? Claro que não. Portanto, não passa de um pouco de informação privilegiada e muita expectativa. Pare de se preocupar. Puta merda".

"... Vai de sandália? Ou só de tênis?"

"Meias Bobby e bota vermelha de salto alto. Nada de *tênis*. E nada de calcinha azul-marinho também." Ela deu meia-volta. "Você consegue ver a parte de baixo de minha bunda?"

"Quase. E quase consigo ver a parte de baixo de sua calça."

"Isso é porque você é um tampinha. Ele é alto. Se for o caso, eu talvez precise..."

Ele disse: "Phoebe, você finalmente me tranquilizou. Talvez precise fazer o quê?".

O coquetel era oferecido por Robert Conquest, que morava na Prince of Wales Drive, Battersea (uma área que os corretores imobiliários começaram a chamar de Lower Chelsea). Enquanto rodavam sobre o rio Tâmisa, parecido com uma chapa de metal ao sol, Phoebe, de boca esticada para receber o batom, disse com voz distorcida:

"Você gosta de colegiais?"

"Nesse sentido? Não, nem um pouco. Quer dizer, gostava de colegiais quando era um colegial. Mas mesmo assim as garotas de que eu realmente gostava eram mulheres adultas. Professoras, estrelas de cinema, tia Miggy. Amigas da mamãe. Principalmente uma chamada Rhona."

"Lembra do Polanski?" Phoebe apertou os lábios e endireitou a boca. Aquela descentralização, aquela assimetria grosseira: coisa do passado, havia muito (ao lado de sua aversão aos anglo-saxões); o amor, ou quase amor, apagou-a de seu rosto. Isso gratificou seu ego e sua honra (mesmo que ele sentisse falta disso). "Segundo ele", disse ela, "todos os homens querem transar com meninas."

"É, como se fosse 'apenas humano'. Não ia querer, mesmo que não fosse contra a lei."

"Você não gosta delas até os dezoito anos."

"Gosto delas com mais de dezoito anos. O dobro dessa idade. Você, por exemplo, Phoebe."

"Você diz que a juventude é bonita, mas não é interessante. É, é sim. Ela desperta bastante interesse. Você não percebe? Olhe em volta."

"Não estou dizendo por dizer, eu sinto assim. Não gosto de colegiais, não nesse sentido."

"Hum. Não gosto de meninos de colégio. O que os homens gostam nas colegiais? Aqueles que gostam? Gostam é da ideia?"

Hoje, quando o assunto surge, fala-se sobre pedofilia "normalmente", como se fosse um tema igual a outro qualquer. Ele se viu dizendo:

"Meu pai tinha uma queda por uma colegial." Estavam parados no sinal vermelho, de um lado um parque, do outro casas vitorianas com cumeeiras e igrejas... Martin então lembrou da confidência confusa e tímida de Kingsley tarde da noite. Em alguma vida anterior semirrústica, Eynsham, talvez, uma linda garota de catorze anos na praça do mercado, lhe deu um sorriso no qual ele pensou o dia inteiro. E pode ter havido outro sorriso ou dois. De qualquer forma, a última vez que ele a viu, seus olhos se encontraram, e ela o encarou; e durante um mês ele se desesperou. "É, meu pai gostava de uma colegial", afirmou ele. "Embora, é claro, nunca tenha feito nada a respeito."

"O padre Gabriel gostava de uma colegial", disse Phoebe, e não falou mais nada.

POETAS SE DÃO BEM

"A edição americana de *Janelas altas* foi lançada", escreveu Larkin em 1974, "com uma fotografia minha que clama pela manchete, CURANDEIRO? OU FRAUDE DESALMADA?" Em comum com todas as autodescrições de PL, isso era adequado de modo implacável: "E em seguida meu rosto flácido, um ovo esculpido em banha, com óculos". Ele parecia antigo, encalhado no tempo; era uma daquelas figuras esquecidas da década de 1930 (um político menor, um alto funcionário público). E depois de corpo inteiro, também ovoide: alto, desajeitado e tristemente pesado. "E nenhuma de minhas roupas serve: quando me sento, minha língua sai." Enquanto ele partia para uma de suas pseudoférias em Eigg ou na ilha de Mull ("não se pode chamar este lugar de outra coisa senão desolado, ou o tempo nada além de úmido"), a balança de banheiro de Larkin ficava guardada na bagagem...

Phoebe e eu usamos o elevador e entramos. A sala de estar de Conquest e a área de jantar contígua continham cerca de três dúzias de pessoas (algumas delas vagamente familiares, um poeta, um jornalista condecorado), e o Eremita de Hull no canto mais distante, a cabeça inclinada para a frente enquanto ouvia o tipo de homem que, parafraseando Kingsley (também presente), parecia o tipo de mulher que interpreta Sir Toby Belch em produções escolares de *Noite de Reis*. Eu disse:

"Esse velhote parece estar escapando. Vou fugir também depois de te apresentar."

"Não", ela disse, "vá embora agora. Cuido disso."

"Tudo bem, mas não assuste o coitado, Phoebe."

Com um giro e um deslizar ela estava lá, na frente dele, e disse, animada: "Dr. Larkin, boa noite. Sou Phoebe, a namorada do Martin".

Ele educadamente inclinou a cabeça e pegou a mão que ela oferecia.

"Sou uma grande fã."

"É mesmo, é? Todos estão dizendo isso, de repente. 'Sou um grande fã.' O que me faz pensar: onde estão todos os fãs de tamanho médio? Onde estão todos os *pequenos* fãs?"

"É, onde estão todos os queridos fãzinhos? Mas não sou uma fã pequena. Sou uma grande fã."

Ele sorriu. "Tudo bem. Cite um verso."

"Tudo bem. *Quando vejo um casal de jovens/ E acho que ele...* Não, esse não. Hum, *ele se casou com uma mulher para impedi-la de fugir/ Agora ela fica lá o dia todo,// E o dinheiro que ele ganha por desperdiçar a vida no trabalho/ Ela pega como seu privilégio/ Para pagar a roupa das crianças, a secadora/ E o aquecedor elétrico...*"

"*Muito* impressionante."

"Pagar pela roupa das crianças e pelo aquecedor elétrico: dificilmente um *privilégio*, não é? Quer dizer, as crianças não podem andar nuas e o marido também se aquece. Mas isso só torna tudo mais engraçado de alguma forma. Por que você é tão engraçado, dr. Larkin?"

"... Por quê?"

O duólogo deles perdeu-se então nos murmúrios ambientes, e me afastei para pegar uma bebida, dizer "olá" para Bob e encontrar meu pai. Foi o que fiz, sem perder Phoebe de vista; e desta distância, nesta companhia, ela parecia um pavão solto em uma sala comunal sênior.

Kingsley questionou: "Qual é o sentido dessa roupa?".

Dei de ombros. "Ela queria dar a ele uma emoção."

"Não há mal nisso, acho eu."

"Nesse caso", disse Bob (nascido em 1917), "ela deveria ter usado um de seus terninhos sociais."

Dentro dos devidos limites, a festa ficava mais densa e barulhenta. Depois de alguns minutos, consegui outra bebida e me juntei a um quarteto idoso e pouco loquaz na retaguarda de Larkin, e Phoebe (que ainda mantinha toda a atenção dele) dizia:

"... e você é famoso. Além de ser engraçado e tudo. Então também pode se divertir por aí. Porque os poetas se dão bem, você sabe."

Larkin endireitou-se. "Agora, como é que essa forte evidência me passou despercebida?"

"Talvez você não tenha arriscado o suficiente. Os poetas se dão bem. Já vi, cara."

"Ah. Você se refere a brutos rudes como Ted Hughes e Ian Hamilton."

"Não. Quando eu era pequena, um suposto poeta morava do outro lado da rua. E ele parecia o Quasímodo, sabe?, um olho aqui, outro ali. Acho que nunca publicou nem um verso, tudo o que fazia era dizer que era poeta. E havia uma mulherada fazendo fila para limpar seu apartamentinho e trazer cervejas e jantares quentes. Isso foi na região dos bangalôs. E quanto ao que vi na cidade... É uma daquelas leis da natureza. Mulheres gostam de poetas."

"Hum, ouvi rumores nesse sentido. Mulheres gostam de poetas. Por que você acha que elas gostam? Será porque devemos estar em contato com nossos sentimentos? Com um lado feminino bem desenvolvido?"

"Bom, conseguir, hã, garantir o interesse de um poeta, isso faz as mulheres se sentirem interessantes. Mas acho que é mais simples do que isso. Me corrija se estiver errada, dr. Larkin, no entanto os poetas não recebem muitas recompensas, não é? Em comparação com dramaturgos e até romancistas."

"Isso pelo menos é incontestável."

"E as mulheres sentem isso. Os poetas não ganham muito, então garantem que consigam mulheres. Que Deus abençoe todos." Phoebe agarrou a bolsa e olhou em volta. "Ah, Christopher está ali. Ele é um Christopher determinado, não é?, não apenas um Chris. Agora, dr. Larkin, não posso monopolizá-lo a noite inteira. Tem uma multidão de admiradores morrendo de vontade de lhe dar um beliscão e um soco."

Ela se referia aos dois rapazes e à velha senhora que pairavam desconexamente por perto.

"Agora você não vai desaparecer, vai?", disse Larkin, "sem se despedir de mim?"

"Ah, prometo."

Aquele poeta em particular pegou o último trem de volta para Hull, enquanto Martin, a namorada e o pai jantavam ruidosamente em uma tratoria local com Bob e Liddie (esposa número quatro), e Hitch e Eleni. Também estavam presentes alguns jovens acadêmicos de San Francisco, que ficavam cada vez mais fascinados com o volume que Phoebe consumia; ficaram em silêncio quando ela pediu uma segunda costeleta de vitela e mais uma cesta de pão; e quando finalmente ela se levantou, ágil (depois de duas tortas de creme e duas saladas de frutas), se entreolharam e balançaram a cabeça...

Depois, havia Kingsley a ser levado de volta e deixado em Hampstead. A casa ainda estava iluminada, à meia-noite e quinze; e algo disse a Martin que o brilho branco da sala de estar, que tinha um ar frio e vigilante na noite quente de verão, seria reproduzido no rosto de Jane... Então Kingsley saltou pesadamente do carro, muito consciente de que não iria direto para a cama.

Ao contrário de seu filho do meio. Na verdade, começou no patamar sob a lua, no Hereford Mansions; ao seguir Phoebe escada acima, o que lhe dava uma visão sombreada ao nível dos olhos da calcinha que parecia um sutiã, ele estendeu a mão, ela se deteve, abriu as pernas em conjunto e disse:

"Me dê sua mão."

E, mesmo quando o verniz reptiliano baixou sobre ele, Martin pensava, não, isso não está certo, algo não está nos conformes.[1] Mas vai servir perfeitamente por enquanto...

Mais tarde, porém não muito depois, ela disse: "Foi rápido".

"Eu sei. Desculpe. Acabei perdendo a concentração... Não vai se repetir."

Houve um silêncio, um silêncio que ele queria quebrar com urgência. Ele perguntou:

"Hã, Phoebe, você conseguiu se despedir do velho?"

"Ah, sim", ela respondeu (sem raiva e até com algum entusiasmo). "Tivemos outra conversa. E chegamos à morte, receio. Falei que estava tão confusa quanto ele. Até contei do banheiro."

"Você não fez isso."

"Fiz. E perguntei se ele sentia o mesmo."

"Você não fez isso", eu disse. "E ele? Ele sentia?"

O medo da morte de Phoebe, ou seu tipo de consciência da morte, de alguma forma se estendia às suas visitas matinais ao banheiro. Essas visitas eram sempre precedidas por uma demanda frenética de isolamento absoluto (mesmo na casa dela, com o segundo banheiro remoto, ela o mandava comprar um jornal). *Achava que só os caras fossem assim*, ele disse uma vez. Porque em sua experiência as meninas simplesmente entravam lá, sem trancar ou mesmo fechar a porta, e saíam como se nada tivesse acontecido. No entanto, Phoebe argumentou o contrário. *É de esperar que um cara precise cagar de vez em quando. Mas meninas não. Como dá para se considerar mesmo só meio bonito*, ela disse, *quando você é responsável por esse pântano de lama quente? Todos os dias? Não é de admirar que eu seja neurótica a respeito.*

"E ele era? Ele sente o mesmo?"

"Não. Ele disse que considera isso 'comunhão com a natureza'. O que pensei que fosse um pouco maluco também. Ainda assim, ele não vê a situação como uma visita ao inferno."

"Em uma coisa concordamos absolutamente: as crianças. Eu disse: *Tenho muito orgulho de minha silhueta. É minha única grande bênção. E não vou tolerar que um pequeno sangrador ganancioso estrague minha cintura e meus peitos*, que ele continuou tentando não olhar, *e Deus sabe o que mais.* E nisso ele concordou totalmente comigo...

"Eu planejava dar a ele um flash antes de sair. A essa altura, quase não havia ninguém lá, então pensei em deixar cair meu pó compacto e me abaixar para pegá-lo. Aí ele ia ser capaz de estruturar uma punheta em torno do que visse quando voltasse para cima. Quer dizer, com ele esse é o objetivo de tudo, não é? Punhetas. Não tem nada chato nem antes nem depois de uma punheta, não é como trepar. E punheta é grátis.

"Parecia tão *bobo*. Mas não consegui pensar em mais nada para fazer. Então fiz isso. E fiquei mais um minuto mexendo nos botões da bota. Aí me endireitei com um sorriso bobo... E acho que ele se assustou, porque tinha uma expressão frágil no rosto, como uma velha. Ele é uma velha. E ele falou: *Você não deveria ter esse direito*."

"Não deveria. É muito ele."

Ela disse: "Martin. Agora há pouco. Foi como se você gozasse o mais rápido possível".

"... Sinto muito, Phoebe. Não vai se repetir."

Não muito tempo depois, quando ela ficou quieta e imóvel, saí da cama com cuidado, tateei até a varanda, fumei, trêmulo, e disse a mim mesmo: Nossa. Até mesmo o sexo de repente tem algo de errado...

Sabendo e aceitando que "a fraternidade idiota do sono" (Nabokov) estaria fechada para mim naquela noite, entrei, acendi o abajur e passei os olhos pelas estantes esparsas de Phoebe. Um best-seller em brochura chamado *The Usurers* [Os usurários], de Jane Howard, *After Julius* [Atrás de Julius], um thriller jurídico, a primeira coletânea de contos de Ian, um romance ambientado na Bourse de Paris, meu terceiro romance e, entre *Princípios de Contabilidade* e *Crash*, os quatro volumes de Larkin (quase uma polegada de espessura), 1945, 1955, 1964, 1974...

1964 continha o poema que eu pensava procurar, "Dockery and Son", na verdade um poema B de PL, famoso pelos últimos quatro versos.[2] Mas a parte que eu queria vinha na estrofe anterior... Vestido de luto para a ocasião ("traje de morte"), o poeta-narrador, de quarenta e um anos (sem esposa e filhos), faz uma visita à sua antiga faculdade e descobre que um contemporâneo dele, Dockery, já tem um filho matriculado lá. E o atordoado "eu" se pergunta como:

Convencido de que ele deveria ser somado!
Por que ele achava que somar significava aumentar?
Para mim era diluição.

E pensei: Não. Para mim não seria nem diluição nem soma. Algo mais impessoal. Continuação: de forma que, quando por fim chegar o único fim dos tempos, sua história não pare simplesmente, não pare de repente.

Filhos, era isso (era o que vinha a seguir): você precisava de filhos. Porque (ou assim vim a acreditar mais tarde) eram eles que personificavam o ordinário, o mediano, o impulso quase universal por uma espécie de imortalidade. Ou assim vim a acreditar mais tarde. Diria isso em voz alta, tateando, várias vezes ao dia: *Só quero ver um rosto novo...*

Julia, então (eu esperava), que um dia seja a Julia.

APOLLO 2

"Eles estão acostumados conosco aqui, agora", eu disse (foi seis meses depois, março de 1981). "Nem me sinto particularmente branco."

"Nem eu", declarou ele. "Sinto-me particularmente alcoólatra. E particularmente gay."

"Sei o que quer dizer... É, mas não ligam para nós."

"Não. Somos só aquelas duas bichinhas irritadas."

"Exatamente... Hitch, achei que só garotas entrassem no cio."

"Eu também. Mas talvez seja porque os caras nunca assumem isso."

"Ou não sabem que estão sentindo isso. Você acha que está no cio, acha?"

"Não. Estou me sentindo aberto a experiências, mas não estou no cio. Por falar em não estar no cio, como você achou que o Larkin estivesse daquela vez? Você contou? Não consigo lembrar."

"Só passei uns minutos com o velho urubu. E ele continuou falando sobre suas *contas*. Suas contas. Principalmente as do carro dele."

Ele pegou mais bebidas, e eu disse:

"Ele não falou algo a respeito dos negros?"

"Falou de estrangeiros em geral. Contou que não gostava de Londres por causa de todos os germes estrangeiros... Sabe, essa é a única coisa que realmente me assusta nos Estados Unidos. Raça. E agora Ronnie mexendo com aquela bobagem sobre rainhas do bem-estar e jovens fortes gastando dinheiro comprando bifes T-bone com vale-refeição."

"Tudo totalmente *inventado*. 'Não sou inteligente o suficiente para mentir', se lembra disso?"

"Ele é burro demais para inventar, mas fica feliz em repetir tudo o que escuta. É capaz até de contar a mesma mentira duas vezes! Descobriram que ele mente, em público, todos os dias. Pode imaginar?"

"Inacreditável. É. 'Oitenta por cento da chuva ácida é causada por árvores.'

Ele não é só ignorante, é como se fosse anticonhecimento. Na verdade, ele é anticiência!"

"Você viu aquela citação do Andy Warhol? Dizer que era 'meio que ótimo', tão americano, ter um ator de Hollywood como presidente. É, mas e agora?"

Eu disse: "Ronnie ainda é um ator e é muito bom nisso. Não esqueça que viajei com ele por quase uma semana no ano passado e o ouvi contar a mesma longa anedota nove vezes, com entonações idênticas. É isso que os atores fazem".

"E agora ele é um ator fazendo o papel de ingênuo bonzinho. Ele não é bonzinho. Você deveria pensar que não há mal algum no velho, mas sinto... Ah, a caneta do Hitch vai ter um bom trabalho a fazer na América."

"Vai ficar tudo bem. A primeira-dama é uma astróloga notável. Ela vai manter o presidente na linha."

Peguei mais bebidas, e ele disse:

"Me diga uma coisa, Little Keith. Acabei de reler *Lucky Jim*. É verdade que Margaret Peel foi baseada na gatinha de velho urubu? Na Monica?"

"Sem dúvida. E com a colaboração entusiasmada do velho urubu. E sem disfarce, nem mesmo um pseudônimo. O nome completo de Monica é Margaret Monica Beale Jones. Mas Larkin traçou um limite: fez Kingsley mudar Beale para Peel."

"Ah, então o cavalheirismo não está morto... Nossa, aquela Margaret. Vestido tirolesa e joias esquisitas, e não só sempre tediosa, mas também sempre insuportável."

"... Monica *não pode* ser tão ruim assim. Ou *ainda* não pode ser tão ruim assim. Eles estão juntos desde que a gente era novinho. Imagine só."

"Hum, bom, é assim que é. Sem filhos. E você empaca em seu statu quo."

"É o que mamãe diz: a ausência de filhos condena você à infantilidade. Ter filhos não é a armadilha. Não ter é que é... Certo, é isso, decidi. O que significa adeus a Phoebe."

"Você está sempre dizendo isso. Depois rasteja de volta para sua trepada doentia..."

"Não funciona mais. Agora até o sexo está fodido. O tempo todo, enquanto a gente se contorce lá, fico pensando: *Para que* serve o sexo?"

"Para que serve? Bom, prazer, moral. E uma fuga do pensamento."

"E também a pequena questão da procriação. Não posso continuar fugindo disso, Hitch. Preciso ver uma cara nova. Não marcada pelo mundo. Preciso ver um inocente."

EM CONVERSA COM MONICA JONES

"ENTÃO O *REITOR*", ela disse, "E COM ESSE HONORÍFICO *NÃO* ME REFIRO AO TITULAR DE UMA PARÓQUIA E AO DESTINATÁRIO DE SEUS DÍZIMOS NA BOA E VELHA IGREJA DA INGLATERRA, AH NÃO. FALO DO CHEFE DE UM DE NOSSOS VENERÁVEIS CENTROS DE *APRENDIZADO*."

"Você quer dizer a Universidade de Leicester, Monica?", perguntei.

"ESSA MESMO! NENHUM OUTRO, GENTIL SENHOR!... NOSSO MUI HONRADO *REITOR*! AGORA, NESTE MOMENTO, O DITO REITOR PERMITE-SE UMA COPIOSA DOSE DE XEREZ E DEPOIS ME OLHA DE CIMA A BAIXO E PERGUNTA: 'OLÁ. QUEM É VOCÊ?'."

"E o que você respondeu?"

"'REITOR!', COMEÇO A DIZER, E ME VIRO PARA ELE: 'ENSINO LITERATURA INGLESA AQUI, EM SEUS SAGRADOS SALÕES'. A QUE, EM SEUS TONS ESTENTÓRIOS, ELE REAGE ASSIM... 'MADAME', DIZ ELE. 'NÃO É FUNÇÃO DE MEU CARGO COMPROMETER À MEMÓRIA FOTOGRÁFICA TODOS E CADA UM...'"

A pessoa que falava era Monica Beale Jones (cuja boca talvez estivesse a um centímetro da minha): Monica, uma mulher corpulenta de sessenta anos com camiseta regata de cetim metalizado, calça marrom grossa (minha memória vacila entre veludo amassado e couro sintético) e tênis preto com fivelas de aço; também usava óculos de aro de tartaruga, brincos do tamanho de ferraduras e cabelo curto, em tufos... Nas primeiras fotografias, do fim dos anos 1940, seu rosto é inteligente e bem torneado, e expressa um autocontrole comovente e esforçado. Em maio de 1982, esse rosto estava mais cheio, quadrado e, com certeza, mais áspero. E não era apenas masculino; era macho. Agressivo, combativamente masculino, assim como a voz dela. Quando a visualizo agora, vejo uma *urka* na confusão.[3] A essa altura, Larkin estava com Monica havia mais de trinta anos.

E vamos dar uma olhada *nele* enquanto estamos nisso. Eu disse que em Oxford ele se vestia com certa extravagância, mas as gravatas e as flanelas carmesim foram postas de lado logo após a formatura. E naquela noite em Londres ele apenas se passou pelo que acabaria se tornando: um arquivista e administrador provinciano, razoavelmente sênior (que, de maneira contraintuitiva, também era o poeta nacional bastante amado). Desde o momento em que entraram na casa,[4] PL exalava não tanto benevolência, mas absoluta inofensividade, afetado, tímido e recatado, como se estivesse contente em esperar que nada desse errado demais. Seu comportamento, em resumo, era o da esposa educada e sofredora de um marido notoriamente impossível.

No início dos anos 1980, eu não sabia muito sobre Philip e Monica. Sei muito sobre eles agora. E nada se destaca tanto quanto a carta a seguir.

Conheceram-se em setembro de 1946; no verão de 1950, PL "chegara até mim", como disse Monica curiosamente; e em outubro de 1952 ele escreveu a ela com este conselho:

> Querida, devo soar muito pomposo... É só que, a meu ver, você faria muito melhor se revisasse, drasticamente, a quantidade do que diz e a intensidade com que o diz... Quero, *sim*, exortá-la com todo o amor e gentileza... Eu chegaria ao ponto de fazer três regras.
>
> Um. *Nunca* diga mais de duas frases, ou *muito raramente* três, sem esperar por uma resposta ou comentário da pessoa com quem está falando; Dois, abandone *completamente* sua voz áspera e didática & use apenas a voz musical suave (exceto em casos especiais); & Três, não faça mais do que *olhar* para seu interlocutor (palavra errada?) uma ou duas vezes enquanto fala. Você está adquirindo o hábito de *moldar* seu rosto com os traços do ouvinte: não faça isso! É muito desagradável.

Agora, esse é o tipo de rotina terapêutica que precisaria ser ensaiada pelo menos duas vezes por semana. Ensaiada com todo o amor e carinho, e com alta energia moral (um pouco de legitimidade sexual também seria útil; ambos tinham por volta de trinta anos). Mas foi um esforço nunca feito por ele, e nunca feito por ela. No início dos anos 1980, o idioleto de Monica era exatamente como PL o descreveu no começo da década de 1950.

Então tinham seu mundinho, com piadas e caprichos aconchegantes, nomes de animais de estimação e zoológicos imaginários, confidências e indulgências, tentativas infantis no físico ("Sinto muito por ter falhado com você!").

Isso era problema deles. No entanto, quando se misturavam com os outros, Philip infligia à empresa o que de alguma forma ele conseguira infligir a si mesmo: proximidade intolerável de um falastrão ensurdecedor. E ela não era sua irmã estranha ou sua prima maluca: era a mulher que você teria que chamar de "amor de sua vida".

Uma observadora dos altos e baixos amorosos de Saul Bellow comentou que ele "era o tipo de homem que pensava ser capaz de mudar as mulheres"... E não era. Quer dizer, quem é? Você não. Isso mesmo, você não: elas não mudam você, e você não as muda. Mas é certamente uma obrigação sagrada continuar tentando impedir, ou pelo menos retardar, a jornada de seu amante para a monstruosidade.

Despedi-me e dirigi o Mini preto até a casa importante na rua de Ladbroke Grove, uma rua muito densamente ladeada por cerejeiras e macieiras...

"Depois que ela contou a história muito longa sobre o reitor", falei com o rosto entre as mãos, "ela contou uma história muito longa sobre um vereador. Uma história semelhante. Da qual ela também emergiu com um crédito obscuro." Ergui os olhos, pisquei. "E você sabe, meio que me afeiçoei a Monica, pelo menos de início. Disse a mim mesmo: relaxe, é apenas mais uma noite de boemia. Mas ela não é nada boêmia, nem ele. Não, são antiboemia. São antiquados burgueses, os dois."

Julia disse: "Agora sente-se e tome um bom uísque. Ela está doente da cabeça, você acha? Odeio gente louca".

"Eu também. Não consegui decidir. Papai diz que ela tem... Como é a palavra?, Asperger."

"Não pode ser isso. Asperger é algo mais para o leve."

"Bom. Ela se divertiu muito, pensou que estivesse em uma forma maravilhosa... Isso é o que não consegui superar. O gorgolejar."

"Que gorgolejar?"

"Você está muito cansada?"

"Não, não muito. Continue. E tome outra dose grande de uísque. E fale. Fale agora, ou nunca vai pregar o olho."

"... Bom, Julia, no jantar, nos intervalos entre um solilóquio perturbador e outro (um solilóquio, em que um personagem teatral dá vazão a pensamentos 'quando sozinho ou independente de ouvintes'), Monica fazia pequenas pausas ou respirações; e no meio delas gorgolejava audivelmente, uma série contínua de goles ofegantes, grunhidos e tragos. O que esse som expressa? Eu estava à esquerda dela, e isso me pareceu um estupor de autossatisfação...

"E eu já tinha ouvido o mesmo gorgolejar antes. Você conhece o Robinson. Ele tem uma tia demente que mora em uma pequena mansão em Sussex. Cercada por parentes jovens e esperançosos como Robinson, esperando com mais ou menos paciência que ela morra. E a tia Esme parece bem, mas tem um defeito fatal: recusa-se a acreditar que não é 16 de maio de 1958. Todos os dias.

"Rob me disse para evitar, sob pena de morte, a menor sugestão de que *não* era 16 de maio de 1958. Eu estava lá em uma tarde de verão, e tia Esme já estava em guarda porque fazia trinta e cinco graus. 'Bastante fora de época para maio', ela repetia. Que é, ao que parece, o que dizia sempre que ficam presos na neve... Aí, depois do almoço, a velha maluca encontrava a conta do leiteiro no capacho, com o carimbo bem legível de 1º de agosto de 1977. Então ela desmaiava, tinha convulsões e todos diziam: *Pegue a correspondência! Onde está o 'mail'?* O que queriam dizer era o *Daily Mail* de 16 de maio de 1958, especialmente preservado.

"Eles enfim encontravam o jornal, apresentavam a ela, e tia Esme no mesmo instante ficava toda acomodada e serena: finalmente um pouco de bom senso... Ela se enrolava com o jornal numa poltrona, a relíquia amarelada e crepitante do *Daily Mail.* A manchete era URSS LANÇA SPUTNIK III. E por meia hora tia Esme gorgolejava, exatamente como Monica. E gorgolejava com *regozijo.*"

"... Louca, mas *certa* ela."

"Realizada, afinal. Certa o tempo todo. Como se dissesse a si mesma: 'Viu? Tem gente que diz que sou chata, mas não sou! Sou bastante divertida!'... Ah, bom. Houve um doce momento antes. Nicolas abraçou espontaneamente o padrinho, e Larkin o abraçou de volta. Por um instante, ele pareceu muito carinhoso e muito gentil. E muito feliz. Pude ver o que papai quer dizer quando chama seus modos de 'ensolarados'."

"Ensolarado. Uma palavra bonita de se usar", disse Julia. "Vamos, acabe isso e vamos subir."

Quando ele saiu de casa na manhã seguinte, uma tempestade de vento de verão estava em turbulenta operação e seguia seu rumo a soletrar o fim das flores da primavera, a flor da cerejeira, a flor da macieira, por mais um ano. E agora os botões e pétalas rosados e brancos explodiam e giravam numa celebração imprudente, como se todas as árvores estivessem de repente se casando.

A CONVERSA AO PÉ DO FOGO

Em maio de 1982, eu tinha trinta e dois anos, e Larkin, cinquenta e nove. Em dezembro de 1985, eu tinha trinta e seis (com uma esposa, um filho e outro filho a caminho), e Larkin estava morto.

... Hemorroidas, dor no pescoço, fígado inchado, vertigem e outras queixas familiares; e então alguma dificuldade para engolir. Uma "refeição de bário" revelou um tumor no canal alimentar. Seu esôfago teria que sair.

Na noite anterior à operação, chamou Monica da cozinha para a sala de estar. Ela também estava muito mal: inflamação aguda das terminações nervosas (herpes-zóster). Mais adiante, no corredor, suas bengalas pendiam lado a lado...

Os dois se acomodaram em frente à lareira a gás. Ele disse:

"Imagine que eu tenha câncer. Imagine que eu tenha isso. Quanto tempo você me daria?"

Monica sentiu que "ela não podia mentir para ele", não naquele momento. Então falou, certa ou errada, mas com muita precisão:

"Seis meses."

Larkin disse: "... Ah. Só isso?".

Como escrever

Forças impessoais

Os seres humanos são essencialmente animais sociais, e o romance anglófono é essencialmente uma forma social; além disso é uma forma racional e uma forma moral. Portanto, não devemos nos surpreender com o fato de que, no pequeno planeta chamado Ficção, o realismo social seja a única superpotência. E, embora a maioria dos escritores modernos, uma ou duas vezes em sua vida literária, deseje sair de debaixo disso e ir para outro lugar, o realismo social ainda permanece como sua residência principal, seu endereço fixo.

Experimentalistas literários podem fazer o que quiserem; na verdade, já o fizeram ao confrontar você com um experimento literário. Os realistas sociais literários são temperamentalmente atraídos para o outro lado: abraçam convenções sólidas e então trabalham dentro e em torno delas; e, quando embarcam em um romance, aceitam com reflexão que certas normas sociais ainda serão aplicadas. Afinal, os leitores são seus convidados e vêm à sua casa como estranhos; então você os tranquiliza e os faz sentirem-se à vontade, e começa a aquecê-los...

Ora, se você visitar Anthony Trollope, o mestre do realismo social, tenho certeza de que será bem recebido. Trollope tinha orgulho de sua facilidade profissional (passava apenas três horas por dia no escritório e produziu mais de quarenta romances) e gostaria de presenteá-lo com os frutos de seu sucesso (a casa, o terreno, a sala de jantar, o porão e outros acessórios). Muito mais importante, porém, ele ia cumprimentá-lo com um olhar atento e inquisitivo, e gostaria de estimulá-lo para a vivacidade... Agora nos perguntamos: como seria fazer uma visita a James Joyce, o mestre experimentalista?

As indicações enigmáticas que lhe foram dadas conduzem-no a uma casa que não existe, ou melhor, a um vasto e tempestuoso local de demolição através de cuja fuligem e areia se vislumbra, a meia distância, um prédio não arrasado. E então você desliza correndo pelo caminho até lá, se espreme na lama e de alguma forma ativa o gongo elaborado, e depois de uma longa e silenciosa espera a porta é aberta para revelar uma figura que discute furiosamente consigo mesma, em vários idiomas ao mesmo tempo, antes de escapar outra vez e ser encontrado uma hora depois em uma copa distante, onde lhe dá um pote de soro de leite marrom e uma tigela cheia de nabos e enguias.

Portanto, não faça isto: não seja desconcertante e indigesto. O anfitrião bom e atencioso não age dessa forma. E tampouco assim: ele não te domina. Por exemplo, não assedie seu visitante com uma multidão de novos conhecidos, como Faulkner tende a fazer ao começar um conto com algo como *Abe, Bax, Cal e Dirk estavam sentados na frente, então voltei com Emery, Fil, Grunt, Hube e JJ* (*que era chamado de Zoodie*), *e na plataforma vi Keller, Leroy, Mo, Ned, Orrin*... Nem mesmo Muriel Spark, muitas vezes a mais hábil das escritoras, consegue logo esgotar sua capacidade de retenção (há muitas, muitas garotas de poucos recursos em *The Girls of Slender Means* [Moças de meios reduzidos]). No início, antes que as coisas se acomodem, introduza apenas um personagem, talvez dois, ou possivelmente três, no máximo quatro.

Aproveite a primeira oportunidade para dar aos leitores um pouco de ar tipográfico: uma pausa, um subtítulo, um novo capítulo. Pelo que me lembro, o primeiro dos livros de Updike sobre o Coelho, *Coelho corre*, avança por trinta ou trinta e cinco páginas antes de chegarmos a um espaço de linha livre de texto; texto longo o suficiente, de qualquer forma, para estabelecer uma impressão de tagarelice insondável. Não faça isso: não os deixe esperando muito tempo por um pedaço de papel branco vazio. Ficarão gratos por uma chance de recuperar o fôlego e se preparar para mais; e você também.

Este é mais um exemplo da estranha coidentidade entre escritor e leitor.

Assim como "hóspede" e "anfitrião" têm a mesma raiz: do latim *hospes, hospit* ("anfitrião, hóspede"), leitores e escritores são, em certo sentido, intercambiáveis (porque um conto, um contador, não é nada sem um ouvinte). E os leitores também são artistas. Cada um deles pinta uma imagem mental diferente de *Madame Bovary*.

Quando solicitaram que Nabokov definisse os prazeres da leitura, ele disse que correspondem exatamente aos prazeres da escrita. Eu, pelo menos, nunca li um romance que "gostaria de ter escrito" (que seria simultaneamente covarde e impetuoso), mas, sem dúvida, sempre tento escrever os romances que gostaria de ler. Quando escrevemos, também estamos lendo. Quando lemos (como observado anteriormente), também estamos escrevendo. Ler e escrever são, de certa forma, o mesmo.

"Não posso começar um romance", dizia minha madrasta, Jane, "até que consiga anotar seu tema no verso de um envelope. Apenas algumas palavras; e não importa o quanto sejam banais. *Aparências enganam. Trapaceiros nunca prosperam. Olhe antes de pular*... Aí estou pronta para começar."

"Isso seria impossível para mim", falava meu pai, Kingsley. "Não sei qual é o tema. Tenho certa situação ou certo personagem. Então apenas tateio meu rumo."

"Bom, tateio meu rumo também. Assim que pego impulso. Mas não posso continuar até que pelo menos me iluda de que sei para *onde* vou."

... Para mim, é uma viagem com destino, mas sem mapas; você tem determinado lugar a que deseja chegar, mas não conhece o caminho. Ao se aproximar desse objetivo, porém (um ano depois, ou dois, ou quatro, ou seis), provavelmente pode fazer o que Jane fez: formular sua essência em uma única frase; e esse lema comum pode servir como uma pedra de toque durante suas revisões finais. É quando você começa a sentir a pressão salutar de cortar... Frases e parágrafos específicos parecerão tensos e instáveis; aparentam estar insinuando que são dispensáveis. E agora é a hora de consultar o verso do envelope: se a passagem que o inquieta não tem relação clara com o tema declarado, então (com pesar, tendo guardado o que pode para outro dia) você deve deixá-la ir. O que você busca, nesse estágio, é *unidade*.

Escrever um romance é uma... é uma experiência de aprendizado. Antigamente, eu chegava ao fim de um primeiro rascunho, depois virava tudo de cabeça para baixo e olhava para ele maravilhado; e aí começava a ler. E sempre ficava surpreso e constrangido com o quão pouco sabia sobre aquela ficção em particular, como ela parecia larval e aproximada. Isso na primeira página. Na última, você está de volta aonde estava (e confirmando que, sim, todo o elenco, sem exceção, se transformou no caminho: os nomes, as idades, às vezes até os gêneros)... Pode-se esperar uma reprise muito mais suave da mesma experiência quando você finalizar o rascunho dois.

Ao escrever este ou aquele romance, você está aprendendo, está descobrindo informações sobre este ou aquele romance.

Soube de imediato o que ele queria dizer. "Mart", falou meu irmão Nicolas ao telefone. "Aconteceu." Em outras palavras, Jane saiu correndo da casa em Flask Walk.

Não foi nada inesperado. Ali estava um casamento que implorava em alto e bom som para ser tirado de sua miséria... Kingsley foi ferido, ferido romanticamente (chegou perto de escrever um poema sobre isso, até que seus sentimentos endureceram de modo feroz); e houve muita perturbação.[1] Mas não houve surpresa nem censura. Todos entenderam.

Ainda assim, sou forçado a concluir que houve algum ressentimento de minha parte (solidariedade filial protetora, talvez), porque pratiquei uma pequena no entanto interessante vingança contra Jane; estranhamente mesquinha, como me parece agora. Ela deixou de ser minha madrasta legal em 1983, mas continuou a ser minha confidente e mentora até sua morte (em 2014, aos noventa anos). Foi uma vingança do escritor. Não parei de vê-la; apenas parei de lê-la.[2]

Há três forças impessoais, três espíritos guardiões, que pairam sobre o parque temático da ficção; estão ali para ajudá-lo; são seus amigos.

Primeiro: gênero. Se você escrever faroestes, terá o apoio tácito de todos aqueles que são atraídos por faroestes. Se escrever um romance histórico, terá o apoio tácito de todos aqueles que são atraídos pelo romance histórico. Se escrever realismo social, terá o apoio tácito de todos aqueles atraídos por sociedade e realidade: um quórum bastante maior. E você tem o lastro do familiar e do cotidiano; tem o lastro da interação humana e da maneira como vivemos agora.

Segundo: estrutura. Se tiver energia, a prosa ficcional tende a ser teimosa. A estrutura existe para manter o romance na linha. É uma questão de cortar a narrativa e dividi-la em um padrão satisfatório. Depois que o padrão é formado, você pode ter certeza de que o prédio não vai desmoronar da noite para o dia; os andaimes estão no lugar.

Terceiro: o subconsciente.

Sobre esse assunto, hesito falar muito, porque não quero assustar você. A misteriosa contribuição do subconsciente, em particular, *é* assustadora (é por isso que Norman Mailer chamou a coleção muito perspicaz de seus "pensamentos sobre a escrita" de *The Spooky Art*). O negócio de compilar um romance coloca você em contato quase diário com uma força que parece sobrenatural (e devidamente dá origem a superstições).

Escrevi ficção por vinte anos antes de estar ciente de sua existência, muito menos de seu poder. Antigamente, na juventude, se me deparava com uma dificuldade, um trecho de prosa que teimosamente me resistia, apenas redobrava o ataque; depois de algumas semanas desagradáveis, moía algo que nunca me satisfez (um pouco mais tarde, vim a reconhecer esses pedaços mortos e jogá-los fora, após apenas alguns dias perdidos). Se eu puder poupar você de uma dessas sessões de luta inútil, então...

Ninguém jamais entenderá o subconsciente; mas você pode aprender a adorá-lo. Hoje, quando a obstrução se anuncia, não bato com a cabeça na parede; em vez disso, saio e faço outra coisa. Isso se tornou instintivo e até grosseiramente físico: minhas pernas se esticam e me levam para longe da escrivaninha, geralmente da cadeira dura para a poltrona, onde me sento e leio enquanto deixo o tempo passar. Pode levar uma hora, pode levar um dia, uma noite, dois dias, três noites, até me encontrar de novo na cadeira dura, porque minhas pernas me levaram lá, assim como minhas pernas, antes, me puxaram para longe — o que significa que o caminho agora está livre.

Um processo sinistro, mas benévolo: uma espécie de magia branca holística (e estou convencido, aliás, de que "bloqueio de escrita" simplesmente descreve uma falha na correia de transmissão: um corte de energia interna). Um dos vários obstáculos na escrita da vida é que ela dá ao subconsciente muito pouco para fazer. Com a ficção, muitas vezes você precisa *dormir* para voltar ao mundo dos sonhos e da morte, de onde, muitos acreditam, vem toda a energia humana. A escrita da vida (os fatos, a realidade linear das coisas que se seguiram e aconteceram) não deixa muito espaço para o subliminar. E isso só pode ser uma perda.

A maioria das ficções, inclusive contos, tem origem no subconsciente. Muitas vezes você pode senti-los chegar. É uma sensação deliciosa. Nabokov chama de "uma pulsação", Updike, de "um arrepio": a sensação de uma parada grávida. O subconsciente te alerta: você pensa em algo sem saber. A ficção vem daí: da ansiedade silenciosa. E aí lhe dá um romance para escrever.

Alguns pontos menores.

O diálogo deve ser pontuado com muita moderação. Basta usar a vírgula, o travessão e, acima de tudo, o ponto-final. As pessoas falam em frases curtas (por mais que as encadeiem). Durante séculos, foi uma convenção representar (digamos) trabalhadores rurais dizendo coisas como *Arr, the master lived over there: beyond them hillocks; he used to loik coming over the...* [Algo equivalente a: É, o patrão morava ali: além desses morros; ele gostava de "vim" espiar a...] Apesar de alguns romancistas ainda acreditarem que ninguém *fala* com dois pontos e ponto e vírgula, nem os camponeses nem os foneticistas.

Se quiser mostrar um momento de hesitação, use as reticências, os três pontinhos (que têm muitos outros usos bastante civilizados); isso o poupará da indignidade de digitar formulações de peso como "Ela parou para pensar e depois continuou". Caso contrário, no diálogo, limite-se àquelas pontuações que têm algum tipo de equivalente auditivo: a vírgula (uma pausa curta), o ponto-final (uma declaração arredondada seguida por uma pausa mais longa) e o travessão.

O travessão é um pequeno servidor versátil; mas uma palavra de advertência. Um único traço servirá como dois-pontos informais (entre muitas outras funções). Dois travessões sinalizam um parêntese, como colchetes (embora sem seu leve efeito sotto voce). Mas nunca apresente ao leitor três travessões na mesma frase (como alguns escritores tão ilustres persistem em fazer), normalmente com dois servindo como colchetes e um como dois-pontos. Essa é uma fórmula certa para o caos sintático.

Por último e também menos importante (no que me diz respeito), há o subjuntivo, o modo verbal que lida com conjecturas ("se eu fosse um carpinteiro"). Bem, tenho o prazer de informar que está se despedindo. O subjuntivo, em inglês, circulava com certa liberdade. Nenhum verbo estava seguro a partir dele. *Se ela tem um defeito. Recomendo que a sra. Jones receba uma sentença não inferior a*... Mas por algum tempo o subjuntivo foi confinado a um verbo e apenas um verbo: *ser*. Sim, *ser* é o último sobrevivente (observe também aquelas bugigangas enferrujadas, *as it were* [por assim dizer] e *albeit* [não obstante]). Então, por mais algum tempo, é apenas uma questão de *if she were* [se ela era] ou *if she was* [se ela foi].

E qual é a forma?... Essa questão inspirou enormes volumes de filosofia linguística, repletos de gráficos e equações. Sem dúvida, tudo é complicado e enjoativo. Sigo uma regra simples. Se estou escrevendo no presente, uso o presente, e se estou escrevendo no passado, não. Então fica *she wishes she were* [ela gostaria de estar] e *she wished she was* [ela gostaria de estar. A distinção da conjugação *were* e *was* do verbo *to be* (ser) só faz sentido em inglês]. O presente pode ir de um jeito ou de outro. O passado é definido. Realmente acho ser tudo que você precisa saber. *He wishes his friend were alive. He wished his friend was alive* [Ele gostaria que seu amigo estivesse vivo]. Está pelo menos um pouco claro?

4. Belzebu

XALAPA

Quanto à maneira como Christopher poderia se divertir de *outra* forma, se não tivesse sido posto de lado em sua própria vida, tal assunto nunca veio à tona. Nunca veio à tona porque obviamente o tema gemia de frustração e futilidade. Mas houve um momento, no Texas, no outono de outubro de 2011, surgido por acaso…

Passaram-se então dezessete meses desde o início e um ano inteiro desde que ele publicou o primeiro relatório da terra dos aflitos (viria a ser o Capítulo 1 de *Mortalidade*), onde escreveu: "Tinha planos reais para a próxima década e senti que trabalhara nisso com empenho".[1] Blue me contou que o que ele mais ansiava era por um longo circuito de várias universidades com a filha Antonia, então com dezessete anos, e em outubro de 2011 essa janela havia se fechado.

A oportunidade perdida que eu estava prestes a lhe apresentar era, em comparação, insignificante. Mas feridas menores também podem machucar e conectar ("uma vez que a pessoa se acostumou com os grandes erros da vida", escreveu V. S. Pritchett, "os pequenos acordam, com seus dentinhos mesquinhos"). Estávamos no jardim dos Zilkha, em meio a estátuas e borboletas, e eu disse o mais casualmente possível:

"Amanhã, quando eu for embora, irei para o sul. Sobre o rio Grande."

"Hã? Para quê?"

"Apenas um festival. De avião até Veracruz, depois por estrada até Xalapa."

E aí me ocorreu: não haveria aventura que ele achasse mais atraente. O voo noturno partindo de Houston, o pouso à meia-noite na violenta Veracruz, o trajeto até o hotel de cortesia, o elenco internacional de pensadores e bebuns, o novo público de rostos erguidos, no México, com flora voluptuosa, margueritas e mojitos tangivelmente eficazes, as especiarias ardentes, terra de revolução e de anticlericalismo pungente, terra do rebelde implacável, de Álvaro Obregón, de Pancho Villa, de Emiliano Zapata...

"Desculpe, Hitch."

"Por quê?", perguntou ele sem qualquer sinal de decepção no rosto aberto. "Alguém tem que fazer isso. Eles me consultaram, se bem me lembro."

"Claro que te consultaram. Vi sua foto em um dos programas." Em vez de ir para o México, Christopher iria para o MD Anderson, quase todos os dias, para monitoramento e terapia. Pensei no verão passado, quando ele voltou a Washington e a) suportou uma erupção cutânea pela radiação da garganta até o umbigo (causada por trinta e cinco dias sob o síncrotron)[2] e b) foi internado em um hospital de Washington DC que lhe deu "uma grave pneumonia por estafilococos (e o mandou para casa duas vezes com ela)"; durante esse tempo, com toda a certeza, ele esteve muito perto do desespero e da entrega; mas então havia "intervalos de relativa robustez" marcados por nada muito pior do que uma "fadiga aniquiladora". E eu disse: "Mas vou mudar minha passagem. Volto direto para cá. No fim de semana, Hitch, estarei novamente em seus braços".

Na noite de terça-feira, ao embarcar no táxi amarelo (Michael Z estava inexplicavelmente em algum outro lugar), Christopher veio se despedir de mim, na entrada da garagem, em mangas de camisa, alegre e carinhoso... E depois o voo para o sul através da escuridão, e a longa viagem de ônibus para Xalapa com um grupo de outros participantes, e o intervalo para refeição em uma bodega à beira da estrada, onde tive uma conversa estimulante com o historiador Niall Ferguson (marido de Ayaan Hirsi Ali, por quem o Hitch tinha uma quedinha havia muito tempo).

Isso tudo poderia ter acontecido também com ele, Christopher, junto comigo, no mundo alternativo da saúde.

* * *

"Não queria ser desencorajador, mas agora que você está de volta são e salvo, Little Keith, posso lhe contar uma história muito interessante sobre a Cidade do México. É uma boa."

"Por favor."

Depois de um tempo longe do hospital, Christopher, agora muito acostumado a entrar e sair do hospital, estava no hospital. Lá no alto da Torre e no próprio quarto, os cadernos e manuscritos espalhados, o bipar dos monitores, a cama alta em posição de sentido.

"Um teólogo nórdico", disse Christopher, "cavalheiro e intelectual, pousou no aeroporto e pegou um táxi para o hotel. Antes que entrasse, foi agarrado e jogado num carro. Puseram o homem de joelhos no banco de trás e ficaram lhe espetando a bunda com furadores e espetos, enquanto ele revelava todas as senhas e os PINS. Em seguida, passaram em vários caixas eletrônicos e se divertiram muito com a conta bancária dele. E acha que acabou? Não... Aí que a narrativa assume o tom trágico."

Imediatamente depois de uma batida na porta, entrou uma comissária de bordo com o carrinho de bebidas; ou assim pensei por um instante. Na verdade, era uma mesinha com rodas cheia de frascos e tubos dirigidos por uma enfermeira que entoou:

"Boa tarde!"

"Boa tarde", disse Christopher. "Ah. Coleta de sangue. Antes dizia a meus visitantes: *Leva só um minuto e não dói*. Ambas as afirmações não são mais verdadeiras." Ele olhou para a esquerda. "E como você está, minha querida?"

"Ótima! E o senhor, como está hoje?"

"Mais ou menos, obrigado... Mart, esta moça está me preparando para um acesso, que é um cateter inserido perifericamente. Uma vez inserido, não tem mais sondagem em busca de veias utilizáveis. Dez minutos. Vá e fume um cigarro."

... Do lado de fora, no caminho ladeado de plantas, acendi um cigarro e passeei de um lado a outro. *Tudo isso não fez você parar de fumar?*, Alexander perguntou em uma de suas visitas recentes. *Não*, respondi. *Me livrou do tratamento médico, isso sim*. Então eu tragava, soprava e olhava a flora empoeirada, cada pequeno arbusto e moita com um monte de bitucas de cigarro, que pareciam quase decorativamente orgânicas, como grossos amentilhos brancos...

"Deu certo?", perguntei, enquanto a moça do sangue deslizava para fora até o próximo cliente.

"Deu, na medida do possível. Para a inserção real, a moça do sangue disse que precisaria da ajuda de pelo menos um ou dois caras do sangue. Onde estávamos?"

"Na tragédia do escandinavo. E aí?"

"Ah. Bom, depois que limparam o cara, o levaram para o deserto e o deixaram nu em um arrozal a quilômetros da cidade. Bateram nele, claro, mas escute só. Lambuzaram a cara e o cabelo dele com *bosta de cachorro*."

"... Qual a vantagem disso? Para quê?"

"Para quê. Uma pergunta muito interessante. Que ele fez, com certeza, acostumado como estava a equilibrar a providência divina com a existência do mal. De qualquer forma, ele voou sem incidentes de volta para Estocolmo ou Oslo. Isso foi há três anos. E o gozado é que ele não falou nem uma palavra desde então."

"Nossa."

"Hum. Muito infeliz. Deve estar em um quarto escuro em alguma fábrica de loucos na tundra. Mas você não concorda, Little Keith, que o México é muito caluniado? Ninguém imagina que a taxa de homicídios na Cidade do México seja muito menor do que em St. Louis."

Respondi: "Pelo que vi, é um povo adorável. E olhe que fiquei num engarrafamento de duas horas em Xalapa e não ouvi uma única buzina". Ele e eu conversamos sobre o México até a chegada de Blue, depois de Alexander, e nos preparamos para ir embora. Ali estava outra coisa que Christopher teria feito diferente: teria se reunido conosco naquela noite para rodadas de coquetéis e um jantar de três pratos. Todos nos compadecemos em nossos diferentes caminhos. Eu disse:

"Você me surpreende, Hitch. Não tem nenhum problema a gente ir para uma churrascaria estilosa? Não acha, hã, preocupante? Tudo certo por você?"

"Claro", respondeu ele, e pegou seu livro. "Prefiro pensar em você fazendo isso do que o contrário. Gosto de sentir que alguém está fazendo isso."

"Bondade sua, Hitch. E escute, Xalapa é todo mês de outubro e daqui a um ano vamos juntos. Marcado: Xalapa, em 2012."

Os Hitchens, como casal, voltavam cada vez menos à casa de hóspedes de Michael. Blue dormia lá (exceto durante as crises), e eu também sempre que ia para lá: acordava para um café da manhã descontraído com Blue na varanda ensolarada, nós dois comendo cereais misturados com frutas vermelhas e ingerindo enormes quantidades de cafeína e tabaco. Blue e eu éramos calmos e sociáveis; quando conversávamos sobre a condição de Christopher, zombávamos de seus tumores assustadores e de suas pneumonias curáveis. Por volta do meio-dia, pegávamos um dos carros de Michael e fazíamos uma breve viagem até a Torre.

E lá estava Christopher, para quem "cada dia que passa representa mais e mais" como ele escreveu naquele mesmo mês, à medida que era "implacavelmente subtraído de menos e menos".

Negação, raiva, negociação, depressão e, por fim, aceitação.

Christopher resumiu "a notória teoria dos estágios" em seu primeiro despacho da enfermaria (setembro de 2010). E só outro dia, oito anos depois, soube que a pesquisa de Elisabeth Kübler-Ross não era sobre doença terminal; é sobre o luto.

O que obviamente muda tudo. No caso do luto, você negocia termos psíquicos com alguém que já está morto e não com alguém que ainda pode sobreviver.

Então as etapas teriam que ser revisadas. Não foi a negação que nos prendeu, nós três, Blue, eu e (em um grau incognoscível, mas acho que em menor grau) o próprio paciente. Era mais como esperança endurecida, ou fé cega, ou desejo adamantino.

Cerca de seis meses após o diagnóstico, escrevi um longo artigo sobre Christopher no *Observer* de Londres, e comentei com ele e com Blue, e também com Ian, que disse (estou confundindo e-mails e telefonemas):

"Aqui e ali você é muito severo, acho. Quando você cita o Hitch menor. Quer dizer, você não está errado, mas..."

"Bom, ele e eu temos uma tradição de sermos duros um com o outro, não pessoalmente, mas por escrito. Se não tivesse um pouco de vinagre, ele acharia... oleoso."

"Concordo com sua posição no geral. E concordo com os trocadilhos. Mas alguns dos exemplos que você dá e o que diz sobre eles. Ele precisa ver isso agora?"

"Agora?"

"Agora que ele está morrendo."

Senti um sobressalto e tive um forte impulso de dizer, com verdadeira indignação: "Mas ele *não* está morrendo"... Não disse isso. Apenas pensei. Apenas pensei: mas ele *não* está morrendo.

Um minuto depois, enrolei um cigarro e saí para o jardim pavimentado de pedra atrás da casa na Regent's Park Road, onde o sol frio brilhava através de enormes vazios e túneis na cobertura de nuvens. Lembrei-me de como é ser um futuro pai nos dias anteriores ao nascimento: a infinita inquietação e a sensação de estar quase criminalmente subempregado. Como o príncipe Hal diz em ambivalente zombaria de Hotspur: "Aquele que mata para mim uns seis ou sete escoceses em um café da manhã, lava as mãos e diz à esposa: 'Que vergonha esta vida tranquila! Quero trabalhar'". Ah, o que fazer com toda essa energia bloqueada. Solte-me. Deixe-me ir e reorganizar o céu e a terra com minhas próprias mãos... É isso que é religião, tatear os impotentes?

Conforme Blue entendeu, as chances de "cura" ou longa remissão de Christopher estavam entre "cinco e vinte por cento". Mas Ian me disse que mesmo o valor mais baixo era muito alto, e a respeito de medicina ele nunca errava. Câncer de esôfago, estágio quatro. E, no entanto, como Carol Blue escreveu em seu exemplar posfácio de *Mortalidade*:

> Sem nunca se enganar sobre sua condição médica e sem nunca me permitir alimentar ilusões sobre suas perspectivas de sobrevivência, ele reagia a todas as boas notícias clínicas ou estatísticas com uma esperança radical e infantil.

Blue tinha razão: "Sua vontade de manter a existência intacta, de continuar envolvido com sua intensidade sobrenatural, era espetacular". Mas também havia isso, de um artigo sobre a máxima de Nietzsche "Tudo que não me mata me fortalece", que ele me mostrou naquele outubro:

parecia absurdo afetar a ideia de que esse blefe de minha parte me tornava mais forte, ou fazendo com que outras pessoas tivessem um desempenho mais forte ou alegre também. Qualquer que seja a visão que alguém tenha do resultado afetado pelo moral, parece certo que se deve escapar do reino da ilusão antes de qualquer outra coisa.

"Nietzsche talvez tenha se enganado", acrescentou Hitch, "você não acha? O que não te mata te deixa mais fraco e te mata mais tarde."

"*Quero morrer bem... Mas como se faz isso?*"

Assim diz Guy Openshaw, personagem do romance *Nuns and Soldiers* [Enfermeiras e soldados] (1980), de Iris Murdoch. Guy expira no verso dessa página (e, por razões artísticas claras, fora do palco), mas já estamos na página cem, e o leitor teve tempo de ver o que significa morrer bem, pelo menos como uma aspiração. Trata-se de um romance de Iris Murdoch, então todos são implausivelmente articulados, e "morrer bem" é considerado, acima de tudo, uma tarefa para o intelecto. Guy, portanto, envolve-se em muitos diálogos de teste com seu amigo mais próximo sobre despedida, sobre a inexistência, em uma tentativa, como Saul disse no *Dezembro fatal*, de criar "condições sóbrias e decentes com a morte" e assim seguir em frente para "a conclusão de sua realidade".

Por muito tempo, depois que tudo acabou, pensei que esta era a falha mais clara de minha abordagem de não ver o mal de uma doença potencialmente fatal: não se podia falar sobre a morte. Mas agora penso: falar sobre o quê, exatamente? Os famosos aforismos sobre a morte, os de Freud, os de La Rochefoucauld, mantêm a impossibilidade intrínseca de enfrentá-la. "Filosofia" significa "amor à sabedoria", e os filósofos a definiram, mais explicitamente, como "aprender a morrer"; mas os frutos desse aprendizado nunca foram passados para nós... Ao perceber as primeiras marcas da idade no rosto de uma ex-amante, Herzog identifica "a morte, a artista, muito lenta". A morte transborda de complexidade artística, mas seu conteúdo filosófico é escasso. A morte é uma artista, não uma intelectual.

A morte é o nada. Então falar sobre o quê, exatamente? Se você multiplicar um número, qualquer número, por zero, o resultado ainda será zero; a resposta é sempre zero. Christopher e eu poderíamos ter longas conversas sobre o nada. Isso o teria ajudado? Ainda me pergunto. Há uma fotografia em particular (que divulgarei oportunamente) que ainda me faz pensar.

TORTURA NA CAROLINA DO NORTE

O historiador Timothy Snyder disse recentemente que todos os afro--americanos estão experimentando uma forma de TEPT: transtorno de estresse pós-traumático (um conceito antigo com muitos nomes). A premissa de Snyder será, sem dúvida, questionada, mas para mim tem o poder de "um chute da verdade" (a expressão é de Tim O'Brien).

No outono de 2011, Christopher chegou a pensar que agora se qualificava como sofredor. Seu episódio de estresse traumático não durou muito e foi autoinfligido (também autorregulado). Aconteceu em "um dia lindo", em maio de 2008, na Carolina do Norte.

"Sabe, ainda não consigo acreditar que você fez isso", eu disse ao lado de sua cama em Houston. "Por que você deixou isso acontecer? Não, por que provocou isso? Por que *procurou* isso?"

"Curiosidade. E tem o aspecto pro bono, Little Keith."

"Ah, claro. Não consigo te entender, Christopher Hitchens. Minha nossa, você deve adorar isso."

Ele não podia e não alegaria não saber no que estava se metendo. O "acordo" que Christopher assinou de antemão era bastante específico, observando que a experiência que ele buscava para si mesmo

> é uma atividade potencialmente perigosa na qual o participante pode sofrer graves e permanentes lesões (físicas, emocionais e psicológicas) e até morrer devido aos sistemas respiratório e neurológico.

A cláusula "devido a" nessa frase parece confusa e equívoca, mas não há como confundir um aviso posterior: "salvaguardas" estariam em vigor durante o "processo", mas "essas medidas podem falhar e, mesmo que funcionem adequadamente, podem não impedir Hitchens de sofrer ferimentos ou morrer".

Para se inscrever, Christopher fez várias ligações. O primeiro "especialista" com quem conversou perguntou sua idade (cinquenta e nove), depois "riu alto e me disse para esquecer". Em vez de se esquecer dele, porém, em vez de decidir não correr o risco de experimentar a morte, Hitch perseverou. Ao longo do caminho, ele "teve que apresentar um atestado médico garantindo que não tinha asma", "mas me perguntei se deveria contar", continua ele, "sobre os quinze mil cigarros que inalei todos os anos nas últimas décadas" (que é mais de quarenta por dia). E então pegou um avião e se dirigiu para uma residência remota ou "instalação" no fim de uma longa e estreita estrada rural nas colinas do oeste da Carolina do Norte.

Se você quiser, pode assistir a tudo no YouTube…

Estamos no que parece uma garagem suburbana bem organizada (tem uma geladeira e um cortador de grama ou uma motocicleta debaixo de lonas); tudo ordeiro e ordinário, embora servisse muito bem, cinematograficamente, como laboratório ou sala de recreação de algum assassino em série um tanto despretensioso. Depois de um tempo, homens corpulentos se ocupam concentrados, enquanto o espectador se concentra em uma mesa de duas tábuas de pinho nua, sustentadas por armações em A e ligeiramente inclinada para baixo e para a direita, onde existe um balde. Hitch aparece, escoltado e com capuz preto como se fosse para execução (sem fendas nos olhos), e o ajudam a se sentar. Escurecimento. Agora ele é amarrado na prancha inclinada de modo que seu coração fique mais alto que a cabeça (e os mocassins ainda mais altos). Um operador se inclina sobre ele e diz, com a ameaça pesada e paternalista que marca a voz do funcionalismo americano (*fui claro?*):

"Tudo bem, escute. Vou te dar umas instruções… Está me entendendo?"

"Estou, sim."

"Vamos colocar objetos de metal em cada uma de suas mãos. Você deve soltá-los se sentir um estresse insuportável… Está me entendendo?"

"Estou, sim."

"Você pode usar um código se sentir aflição. Essa palavra é '*red*' [vermelho]. *R-E-D.* Diga a palavra."

"*Red.*"

"De novo, qual é a palavra?"

"*Red.*"

"Correto."

Agora, os veteranos das Forças Especiais realizam seu trabalho com movimentos ameaçadores praticados por mãos enluvadas. Um deles alinha e estabiliza o corpo do paciente enquanto outro dobra uma toalha branca sobre a boca e o nariz dele e pega... uma garrafa de plástico de água mineral Poland Spring. E então a toalha (uma máscara branca sobre uma máscara preta) é encharcada com assiduidade.

Dezessete segundos depois, os objetos de metal (que parecem bastões de aço) são jogados no chão. Os homens param imediatamente, afrouxam as tiras e o capuz é retirado para revelar um rosto corado e ao mesmo tempo intumescido, como se estivesse prestes a explodir.

"Tudo bem, você está respirando?"

A filmagem ao vivo logo escurece. O que não vemos é Christopher pedindo "para tentar mais uma vez"... Quando o fez, os especialistas, após um intervalo regulamentar com avisos repetidos e elaborados ("pulso acelerado", "adrenalina"), atenderam o pedido.

A POSIÇÃO MAIS DIFÍCIL

Olhei pela janela para as torres familiares do MD Anderson, tão odiosamente imutáveis quanto o alimento azul diário. *Pois não entendo você, Christopher Hitchens*: isso agora foi mais do que um floreio de conversa usado com frequência. Eu disse:

"Você queria tentar outra vez para ver se durava mais."

"Claro. Você sabe, honra da família." Ele estava sentado de roupão na cadeira acolchoada ao lado da cama, a cama do hospital, com o computador aberto na bandeja de refeição destacável. "Parece que você quer que soletre. Meus ancestrais, Little Keith, que enfrentaram perigos no mar. Quando lutaram num elemento estranho, não perderam a coragem."

"Hum." Ninguém que o conhecesse bem descartaria a reverência de Christopher pelo "Hino da Marinha" e a firmeza sensata do comandante Hitchens e tudo mais. Em seu texto sobre tortura, ele falou a respeito da "vergonha e desgraça" que sentiu após sua rápida capitulação na Carolina do Norte ("vergonha" pode ser meramente gestual, mas "desgraça" parece autêntica e peculiar, peculiar a ele). "Tudo bem, você deu um golpe nos antigos marinheiros. E, como resultado, você tem TEPT."

"Assim parece", disse ele. "TEPT. É, eu sei, eu zombava dessas abreviações e você também. Quando os psiquiatras do jardim de infância estavam ansiosos para drogar Alexander, eu pensava: transtorno de déficit de atenção; são apenas nomes sofisticados para os pequenos pecados infantis. Síndrome do Comedor Bagunçado. Espectro de Não Fica Parado. Mas TEPT... Acho que é uma condição real."

"Eu também.[3] Mas a questão é que você que foi procurar. Você partiu para uma contusão, cara. Duas vezes."

"É, é, Mart, mas valeu a pena. Agora sabemos que o afogamento simulado não é uma 'simulação' de tortura. É uma encenação."

"Alguém tinha que fazer isso talvez, mas não você. Sua história o excluiu. Em vários aspectos." E marquei todos: medo de afogamento pela vida inteira, acordar com falta de ar (além de "refluxo ácido"), falta de ar aguda após esforço leve... Ele não disse nada. Falei: "Não entendo você, Christopher Hitchens".

E era verdade. Não o entendia; e não o entendo. E reduzi meus pensamentos, naquela noite em Houston, a um silêncio estupefato enquanto tentava e não conseguia entender Christopher Hitchens.

... Sua atração pela perversidade era bastante familiar para todos. Na narrativa jornalística, o adjetivo de primeiro recurso, "do contra", era agora algo como o nome do meio de Christopher. E ele parecia cobiçar a desaprovação, até mesmo o ostracismo, de seus pares. Várias vezes o vi fazer isso, o vi *buscar a posição mais difícil*, difícil em si e excepcionalmente difícil para Christopher Hitchens.[4]

Essa característica dele sempre foi misteriosamente autopunitiva. Ainda assim, sair de seu caminho para se voluntariar para a tortura? Em todos os outros casos, foi sua reputação intelectual que ele colocou em risco, não seu instrumento físico, não sua vida.

Ele foi obscuramente compelido a abraçar a complicação, a testar sua coragem, a adentrar suas dúvidas e medos. E foi assim que em 2008 decidiu que a posição mais difícil para ele era deitar-se de costas (com o rosto debaixo de duas camadas de pano ensopado) sobre uma prancha estreita inclinada para baixo, a fim de que o coração ficasse mais alto do que a cabeça.

"É muito difícil para um homem doente não ser um canalha", observou o dr. Johnson, ao iniciar um de seus parágrafos mais magistrais:

> Pode-se dizer que a doença geralmente dá início àquela igualdade que a morte completa. Todas as distinções que separam um homem do outro são muito pouco percebidas na penumbra da enfermaria, onde será inútil esperar entretenimento dos alegres ou instrução dos sábios; onde toda a glória humana é obliterada, a sagacidade é nublada, o raciocinador perplexo e o herói subjugado...

De todos os gêneros literários, o panegírico é facilmente o mais monótono. No entanto, devo agora elogiar Hitch. Foi coragem, e foi mais do que coragem; foi honra, foi integridade, foi caráter. De qualquer forma, nenhum dos déficits johnsonianos jamais era visível nele... E quando você considera a rapidez com que até mesmo uma doença rotineira, uma forte gripe, digamos, esgota suas reservas de paciência, tolerância, civilidade, cordialidade e simpatia imaginativa, apesar da garantia tácita de que as desgraças do presente logo se juntarão às desgraças esquecidas do passado. Christopher não conhecia tal garantia, e estivera enclausurado na terra dos enfermos por dezessete meses.

"O esquadrão de sangue deve chegar agora", ele falou.

"Ah", eu disse, "isso é para o cateter? Bom, vou tomar um café."

"Não, Mart, você vai precisar do livro. Dez minutos, eles dizem. Ou diziam. Mas vai demorar mais do que isso."

Christopher tinha orgulho de seu "tipo sanguíneo muito raro" e com frequência o "doava", de modo espontâneo, para o bem público (como fez duas vezes no Vietnã, em 1967 e 2006). Ele achava o processo absurdamente fácil: o aperto do torniquete, a pequena estocada rápida; e depois a xícara de chá e o biscoito de gengibre (no Sudeste Asiático também ganhava "uma tigela substancial de macarrão com carne"). Era diferente agora.

No mesmo mês, ele o descreveu por escrito:

O flebotomista se senta, segura minha mão ou pulso e suspira. Os vergões avermelhados e roxos, já visíveis, dão ao braço uma aparência de definitivamente "viciado". As próprias veias jaziam afundadas em seus leitos, ocas ou esmagadas...

Recentemente, me escalaram para a inserção de uma linha "PIC", por meio da qual um cateter de sangue permanente é inserido na parte superior do braço.

... Não deve ter passado muito menos de duas horas até que, depois de tentarem e falharem com os dois braços, estivesse deitado entre duas almofadas de cama generosamente marcadas com sangue seco ou coagulado. A irritação das enfermeiras era palpável.

Quando acabou, quando o "fio vivificante" começou a "desenrolar na seringa" ("A mágica é doze vezes!", exclama um estagiário), e as almofadas sujas da cama foram removidas, o que o paciente semiconsciente se sentiu impelido a pensar foi: o aborrecimento das enfermeiras.

A suscetibilidade à emoção não é encorajada num hospital dedicado ao lucro. Na Grã-Bretanha temos o famoso NHS, e apesar de dar uma sensação de guerra (uma vez que todos de alguma forma se adaptam ao que têm), você está sempre vendo o tipo de ardor vocacional que silenciosamente declara: *Este é meu talento, o alívio do sofrimento é o que faço bem*. Nos Estados Unidos, o ardor foi eliminado. Daí aquela polidez gelada que o envolve desde a recepção até a unidade de terapia intensiva... Sempre e sem esforço, Christopher ultrapassou a agilidade robótica que o cercava e desenvolveu relacionamentos que incluíam sensibilidade, humor e confiança. Com os oncologistas, as equipes de extração de sangue, os fornecedores e os faxineiros, mesmo quando assumiu a posição mais difícil de todas.

Então deixe-me elogiá-lo, vamos elogiar Hitch: *ao contrário* do dr. Johnson, ele parecia achar a coisa mais fácil do mundo ser o oposto de um canalha. Na penumbra da enfermaria, todas as distinções que separavam um homem do outro eram inesquecivelmente percebidas; ele manteve sua alegria e sua sagacidade, a inteligência era clara, a razão sem perplexidade. Sua glória humana não foi obliterada, e o herói não foi subjugado.

Quero tanto morrer bem... Mas como é que se faz isso?

É assim que se faz.

A OCASIÃO DO PECADO — 1

Mas é claro que não aceitamos que era isso que ele estava fazendo: morrer. E eu mesmo, sem dúvida, me senti exorbitantemente encorajado por um novo desdobramento. Durante o último mês, mais ou menos, em nossas horas juntos, Christopher queria falar e ouvir sobre *sexo*. E isso era novo; de fato, o assunto não foi mencionado por mais de um ano... Bem no início de seu exílio médico (na página oito de *Mortalidade*), Christopher confessou uma indiferença repentina e avassaladora ao fascínio feminino. "Se a Penélope Cruz fosse uma de minhas enfermeiras, eu nem teria notado. Na guerra contra Tânatos, a perda imediata de Eros é um enorme sacrifício inicial." E agora ali estava novamente, eros, a força mais potente e mais inefável da natureza: aquela que povoa a terra.

"Tenho uma boa para você, Hitch", comecei. "E uma que você nunca ouviu antes. Quando Phoebe fez striptease do meu pau, arregaçou tudo, no banheiro do apartamento... Na verdade, ela não provocou, não dessa vez. Ela o *tentou*. Nossa, ela..."

Uma batida, então uma enfermeira. Que registrou minha presença e se retirou com indulgência.

"Fim do verão de 1981. Trinta anos atrás, e você estava fazendo as malas para os Estados Unidos. Fiquei envergonhado demais de contar na época."

"Envergonhado demais? Você? Isso parece muito promissor. Portanto, em seu período pré-nupcial."

"Exatamente. E você me dava aquelas palestras estimulantes sobre monogamia. Sua seriedade era muito impressionante."

"Bom, é de importância vital, a monogamia, quando você está se preparando para o casamento. Ou então você perde o brilho moral. Nossa. Quer dizer, isso é ou não é uma exceção?"

"Perfeitamente verdade, Hitch. E eu precisava ouvir isso."

"Você ouviu. Mergulhado em promiscuidade como você estava. Você foi um escroto, Mart, se me perdoa por dizer isso. E então tinha diante de si um prêmio brilhante. Julia."

"É, eu estava agradecido, e escutei. Você disse muitas coisas boas. *Evite a ocasião do pecado, Little Keith...* De onde saiu isso?"

"É um ensinamento católico, estranho dizer. Ofensivamente óbvio, na verdade, mas bem formulado. Evite as coisas que você sabe que vão te tentar. Evite ficar sozinho com ex-namoradas, é isso que importa. Evite ficar sozinho com ex-namoradas astutas e talentosas com algo a provar."

"E evitar foi exatamente o que não fiz. Ah, e posso dizer agora por que são sempre as ex-namoradas. Quer dizer, você não iria atrás de alguém novo, não é? Ninguém quer surpresas. Mas com uma ex, uma ex de longa data, cujo corpo você conhece tão bem quanto o seu... É esquisito. Vira familiaridade, aconchego, identidade. Fica tudo inebriante e quente."

"E não tem o medo de falhar... Bom, Mart, você ouviu, mas não aprendeu. O que você *fazia* no banheiro com Phoebe Phelps?"

"Eu sei. Era disso que eu tinha vergonha. Você me advertiu, e no dia *seguinte* eu... Eu abracei uma ocasião de pecado, de crime ardente. O problema é que achava a possibilidade de tentação tentadora em si. Fui irresistivelmente tentado pela tentação. Porque tinha certeza de que conseguia lidar com isso. Como eu poderia saber que ela viria tão... tão Grand Guignol?"

"Como eu poderia saber. Está vendo? Essa é precisamente a atitude errada. Ok. Quero a versão longa. Concentre-se. É incrível a persistência das memórias sexuais, não acha? E a clareza do contorno. Acho, acho que a memória é tão nítida porque são os momentos em que a gente está mais vivo. Comece."

"Bom. Lá estava eu em meu novo apartamento, Leamington Road, cuidando da vida. Ela ligou do aeroporto e..."

Uma batida e outro penteado à porta.

"Ah", disse Christopher. "Boa tarde, minha querida."

Aquela era a dama da dor, ou a dama dos analgésicos (algo como uma figura cultuada no MDA; e o pescoço de Christopher, eu sabia, doía, assim como os braços, as mãos e os dedos). E agora ele se preparava para o alívio ("uma espécie de formigamento quente com uma felicidade idiota"). Enquanto eu saía, ela disse:

"Sr. Hitchens! Boa tarde! E como estamos hoje?"

"Bem, Cheryl, você, claro, está na melhor forma. Quanto a mim, tenho certo desconforto, como dizem por aqui. Mas senti que vale o dobro do preço no momento em que vi seu rosto... Dez minutos, Mart. Depois, a versão longa."

A GARRA DO CÂNCER

No convés principal, fui conduzido a uma alcova e me vi em um simpósio informal em torno dos bebedouros, convocado pelos cuidadores de Christopher, ou talvez convocado por Blue, que fazia muitas perguntas. A essa altura, ela estava no nível de doutorado em câncer esofágico, estágio quatro (ela sabia os nomes e as doses de todas as medicações), e portanto a conversa ficava quase fora de meu alcance. No entanto, logo caí em um diálogo sussurrado com a figura de jaleco azul chamada dr. Lal... O dr. Lal era o mais atraente de todos os oncologistas do MDA, um senhor indiano magro com rosto de poeta, cheio de tristeza e humanidade, um rosto formado ao longo de muitas décadas e muitos leitos. O dr. Lal era aquele tipo cada vez mais raro de especialista, que se envolve com o paciente, e não apenas com a doença do paciente. Ele disse em voz baixa:

"O sr. Hitchens agora se depara com uma escolha. Ficar aqui ou ir para casa."

Perguntei: "Você quer dizer para casa em Washington?... Não, acho que não, ou ainda não. A casa de nossos amigos a dez minutos daqui? Ele *poderia* ir, não?".

"Teoricamente, sim. Ele tem a opção de ir para casa. Me deixe explicar brevemente."

Christopher estava preso no dilema da doença: a traição do câncer. Os tumores foram encolhidos, queimados e efetivamente cauterizados por produtos químicos e prótons; mas o paciente também foi muito reduzido (e seu sistema imunológico devastado). O dr. Lal continuou:

"Ele está sem defesas. E, se ficar aqui, certamente haverá uma infecção secundária. Não é se ou quando. É quando."

"Então eu não... Qual seria a razão para ele ficar aqui?"

Por um lado, a casa, a de Michael: o conforto material e emocional, a densidade acolchoada, os numerosos funcionários (incluindo os dois seguranças que se materializaram com cortesia e carinho para ajudar Christopher do carro até a casa e depois se rematerializaram para ajudá-lo no andar de cima para o quarto). Por outro, o MDA: a estase, as janelas trancadas, os falsos sorrisos e falsos brilhos, as crianças carecas e os invisíveis, mas inevitáveis gigamicróbios, à espera em pias e ralos...

O dr. Lal arqueou as costas, disse: "Veja, existe o elemento psicológico. E o fato é que o sr. Hitchens não quer ir embora".

Por quê? Que possível força contrária o faria querer ficar?

A resposta foi que de alguma forma ele se sentia *menos ameaçado* no hospital. E aqui precisamos imaginar uma sensação de fragilidade ilimitada, incomensuravelmente agravada por um estado de espírito sempre caracterizado, antes de tudo, por um medo avassalador. Era o impasse de um impasse.

... Outro nome, mais antigo, para *fadiga da batalha* é *coração de soldado*. E sempre que tento evocar esse medo penso no que os soldados dizem (e escrevem) sobre as horas antes da batalha. O coração está cheio de amor, mas o instrumento físico, o ser exterior, está cheio de medo; meu pescoço está com medo, meus ombros estão com medo, meus braços estão com medo, minhas mãos estão com medo, meus dedos estão com medo.

SENHOR DAS MOSCAS

Você, mosca doméstica, você, mosca de cavalo: quem fez o cordeiro fez você?

Não havia insetos no MDA, nem mesmo nas lanchonetes levemente malcheirosas no fim de um longo fim de semana. Sem insetos. Então, o que estava à minha frente era sem dúvida uma ilusão; solene, impassível, fiquei sentado, esperando.

Primeiro, porém, vamos fazer um acordo com o real. Lá estava Christopher de roupão, e ele já estava mal, muito mal, mais do que eu jamais vira, tão doente quanto já vi alguém estar. Tossia, se contorcia rigidamente na cadeira, balançava de um lado a outro, se inclinava para a frente, o rosto com um leve brilho de suor prateado no cinza da tarde: essa era a realidade. Não gemia, não reclamava, não xingava, nem mesmo dizia *Nossa!*. Não, ele usava sua voz para atender às necessidades e aos nervos tensos de seus entes queridos, mais especificamente para interceder em uma briga entre seu filho e sua segunda esposa (em si uma posição muito difícil); a briga era logística (a ver com Alexander que tinha de encurtar sua estada) e era desenfreada. Não esqueça que eles, nós, tivemos dezoito meses daquilo, Blue (muito mais próxima), Alexander e eu também. Nenhum de nós era realmente nós mesmos: todos éramos outras pessoas. E Christopher mediava e moderava, virava-se de vez em quando para cuidar do problema de estar muito doente. Enquanto isso, fiquei sentado em silêncio no canto com minha mala e a passagem de avião, me sentindo estranho, me sentindo estranho para o mundo. Isso também era real.

O que não era real era o seguinte: o quarto estava cheio de moscas.

Durante todo o caminho de volta ao Brooklyn, o caminho todo, desde o ponto de táxi do hospital até a porta azul da frente do 22 Strong Place, o narrador geralmente confiável, Martin, tentou dar sentido à sua alucinação: um truque de ouvido, bem como do olhar, pois as moscas se aglomeravam como zangões, gordas, peludas e também barulhentas, ronronando, efervescentes, chiando. Em sua imaginação e em seus romances, as moscas sempre representaram necrose: *pequenas caveiras e ossos cruzados, pequenos sobreviventes com máscaras de gás, pequenas manchas de morte*, pequenos comedores de merda, pequenos admiradores de lixo, feridas, campos de batalha, campos de matança, matadouros, carniça, sangue e lama.

Observe o enxame por tempo suficiente, fique ali no meio por tempo suficiente quando eles enxameiam (eu fazia isso em nosso barracão de madeira no Brooklyn), e você sentirá em sua excitação triunfal a ruína de toda a ordem moral... Na demonologia, as pequenas manchas de morte devem lealdade ao Sétimo Príncipe do Inferno, que excita a luxúria nos sacerdotes, que excita ciúmes e assassinatos nas cidades, que excita nas nações o amor pela guerra: Belzebu, Senhor das Moscas.

Como escrever

Os usos da variedade

Estarei em Londres durante toda a próxima semana, como tenho certeza de que já disse. Bem, principalmente para ver minha filha mais velha, Bobbie, e seu clã: o marido Mathew, o filhinho e a menininha, meus lindos netos... Também devo ter uma reunião com Phoebe Phelps, no chá da tarde. Não a vejo há trinta anos. Tudo isso foi intermediado pela sobrinha, Maud. Que parece se limitar a insinuações provocantes e impiedosas. Por exemplo, ela mencionou casualmente que Phoebe *nunca sai*. Na rua. Ela nunca sai de casa...

Ninguém jamais está preparado de forma alguma para esse tipo de reunião. Com certeza não a literatura, que é curiosamente incapaz de ajudar nos eventos críticos de uma vida de duração mediana (por exemplo, a morte dos pais). Acho que a lição é que é preciso entrar na coisa e ver por si mesmo... No funeral de Larkin, meu pai falou dos "terríveis efeitos do tempo em tudo o que temos e somos". Então, estou esperando um pouco disso, vivificado e enriquecido pelo fato de que ela e eu fomos amantes por cinco anos, em nosso auge e pompa. Nosso encontro paira diante de mim como o pior tipo de exame médico. Algo que ele é, em certo sentido. Uma hora com o doutor Tempo.

Agora… Ah, antes que me esqueça: algumas palavras sobre o tamanho do parágrafo.

Muitos escritores eminentes parecem não perceber que os parágrafos são unidades estéticas; então vão te dar um curto, depois um longo, depois um muito longo, depois um médio, depois outro médio, depois um curto, depois um muito curto etc. Parágrafos precisam ter consciência de vizinhos imediatos, e demonstrar tal coisa observando uma uniformidade de comprimento flexível: geralmente médio, embora mantendo o direito de se tornar longo ou curto, conforme você varia o ritmo do capítulo. Indo de curto para longo (e vice-versa) se assemelha a uma mudança de marcha. Parágrafos longos são para a rodovia; parágrafos curtos, para o tráfego da cidade.

“Existe apenas uma escola de escrita”, disse Nabokov, “a do talento.” E o talento não pode ser ensinado ou aprendido. No entanto, a técnica pode; e também os fundamentos da prosa palatável. Tudo o que é solicitado é um compromisso razoável de tempo e trabalho.

Convite para uma decapitação (1938), de Nabokov, foi em essência e muito brevemente intitulado “Invitation to a Execution” [Convite para uma execução]. Agora, por que você acha que ele mudou?

“… O sufixo repetido?”

Exatamente. *Inviteishun* para uma *execushun*. Parece bobagem. Portanto, fique de olho nos sufixos; mantenha uma distância segura entre as palavras que terminam (digamos) com *-ment*, ou *-ness*, ou *-ing*; e o mesmo vale para prefixos, para palavras que começam (digamos) com *con-*, ou *pre-*, ou *ex-*. Experimente. Você vai notar que as frases parecem mais aerodinâmicas. Ah, sim. Você pode usar a mesma palavra duas vezes em uma frase? É discutível (veja a seguir). Mas tente não usar a mesma *sílaba* duas vezes em uma frase (coisa que só pode ser resultado de desatenção): “*reporter*” e “*importance*”, “*faction*” e “*artefact*”, e assim por diante.

Quando estou em minha mesa, passo a maior parte do tempo evitando pequenas feiuras (em vez de lutar por grandes belezas). Se você puder estabelecer uma superfície verbal livre de asperezas (fiapos e areia), já dará a seus leitores algum prazer subliminar modesto; vão se sentir bem-dispostos à coisa diante deles sem saber bem por quê.

* * *

À medida que você compõe e revisa uma frase, repita-a na cabeça (ou em voz alta) até que seus ouvidos não fiquem mais insatisfeitos, até que seu diapasão silencie. Às vezes, ao longo do caminho, você descobrirá que deseja um trissílabo em vez de um monossílabo, ou vice-versa, então procure um sinônimo mais adequado. É o ritmo, não o conteúdo, que você está refinando. E tais decisões serão peculiares a você e aos ritmos de sua voz interior. Quando escrever, não se esqueça de como você fala.

É aí que você vai precisar do dicionário de sinônimos, cuja função é muito mal compreendida, principalmente pelos jovens. Quando eu tinha cerca de dezoito anos, pensava que o dicionário de sinônimos estivesse lá para me equipar com um vocabulário repleto de sonoridades misteriosas: por que você escreveria "*centre of attraction*" [centro de atenção] ou "*arid*" [árido] quando tem à disposição "*cynosure*" e "*jejune*"?

Embora a paixão por palavras bonitas (e quanto mais polissilábicas melhor) seja uma fase perdoável ou mesmo um rito de passagem necessário, logo começa a parecer afetação. Assim, durante anos, meu dicionário de sinônimos não foi consultado, desprezado como uma espécie de berço. Mas agora chego a usá-lo até de hora em hora; só para variar os sons das vogais e evitar aliterações indesejadas. Ele fica em minha mesa ao lado do *Concise Oxford Dictionary*, e muitas vezes passo vinte minutos indo de um para o outro, conferindo se a palavra rastreada ainda passa no teste de precisão.

Marque bem isto: a elegância é necessária e, para tal, a variação é necessária. Nunca há necessidade do que se chama de *Elegant Variation* (EV) [Variação elegante]: em que o adjetivo é obviamente irônico e ácido.

Meu exemplo favorito de EV vem de uma biografia totalmente mediana de Abraham Lincoln: "Se o presidente parecia dar suporte [*seemed to support*] aos radicais em Nova York, em Washington ele aparentava apoiar [*appeared to back*] os conservadores", sem a menor variação de sentido. E, no entanto, você quase pode ouvir o pequeno cacarejar de contentamento do autor: ele evitou a repetição e o fez com estilo.

"A influência fatal", escreve o grande observador do uso das palavras

Henry Fowler, "é o conselho dado aos jovens escritores para nunca usar uma palavra (ou expressão) duas vezes na mesma frase"... Esses escritores ficam "inicialmente aterrorizados por um tabu mal compreendido, depois fascinados por uma engenhosidade recém-descoberta e, por fim, dependentes de um vício incurável...".

Christopher, excentricamente, foi por um tempo um obstinado expoente de EV. Atormentei-o por causa disso durante uma década e meia. Eu dizia:

"Aah, você não vai pegar o Hitch usando *use* duas vezes em uma frase; na segunda vez, ele emprega *employ*. Ele é elegante a esse ponto."

"Bom, é", falava ele sem muita irritação (eram os primeiros dias), "foi o que me ensinaram na escola."[1]

Alguns anos depois (e sem desistir nesse intervalo), declarei: "Você conseguiu de novo! Você empregou *used* e usou *employed*".

Ele suspirou. "Digo a mim mesmo para me limitar a *use* e não ser tentado por *employ*. Mas nunca consigo me obrigar a obedecer... Me faça um favor, Mart. Pare de falar comigo sobre a *Elegant Variation*."

Eu disse: "Tudo bem. Vou parar de te censurar pela *Elegant Variation*. De agora em diante, hã, vou te repreender pela *Gracious Dissimilitude* [Elegante dessemelhança]".

"Nossa... Acho que eu poderia simplesmente jurar não fazer mais." Coisa que cumpriu (praticamente). "E começar a me negar aquele... como é mesmo? Aquele pequeno cacarejar de contentamento."

... Eliot disse que a poesia "é um uso impessoal de palavras": não tem nenhuma intenção sobre o leitor, ou ouvinte, porque os poetas não são ouvidos [*heard*], mas sim ouvidos por acaso [*overheard*]. Em menor grau, isso se aplica ao romancista. Doentiamente abundante na prosa discursiva, EV é, em comparação, rara na ficção, embora vandalize regularmente as frases "lindas" de Henry James (em que "café da manhã" se torna "este repasto", "bule" se torna "este receptáculo" e "seus braços", lamentavelmente, se tornam "esses membros").

O pequeno cacarejar de contentamento: em geral, algo deu muito errado quando alguém se vê imaginando os trabalhadores confusos nas mesas; o leitor, com efeito, torna-se consciente da autoconsciência do escritor; enrubescido, o leitor se torna o leitor da mente do escritor.[2]

Seu caminho como escritor será amplamente determinado pelo temperamento. Você é cauteloso, alegre, transgressivo, metódico? É o temperamento que decide a distinção mais fundamental de todas: você é um escritor de prosa ou um escritor de versos?

Sobre esse assunto, o soneto de Auden, "The Novelist" [O romancista], exerce grande autoridade. "Envolto em talento como um uniforme", o poeta é pura realeza, nascido para isso, não tolera distrações ou vozes concorrentes; o poeta canta como o progenitor único. Por sua vez, o romancista é um golpista arrivista e não pode aspirar a tal pureza (ou a nenhuma pureza) e deve tornar-se "a totalidade do tédio", "entre os justos/seja justo, entre os sujos, sujo também". O romancista é em parte um homem comum; e em parte um inocente.

"Tudo deve ser visto como se fosse a primeira vez", aconselhou Saul Bellow (em um de seus ensaios); aceite a definição de Santayana desta palavra desacreditada *piedade* [*piety*]: "reverência pelas fontes do próprio ser"; recupere as percepções infantis de seus "olhos originais" e confie no "primeiro coração"; e nunca esqueça que a imaginação tem a própria "ingenuidade eterna".

Vou precisar falar mais sobre a inocência, bem no fim. Mas agora preciso *fazer as malas*. É uma daquelas partidas de madrugada. Elas pretendem ser boas, diz Elena, porque você só perde um dia e não uma noite; mas quando me levanto às cinco da manhã, parece que estou perdendo os dois...

Quando eu escrever o próximo capítulo (o que espero fazer enquanto estiver lá), poderei, em algum momento, vestir algo mais confortável, ou seja, a armadura leve da terceira pessoa. Antes de escrevê-lo, porém, primeiro terei que vivê-lo. E, quando eu chegar à sala de Phoebe, e quando a sala se abrir para me deixar entrar, não haverá uma terceira pessoa. Serei apenas eu. E ela.

5. Londres: Phoebe aos setenta e cinco anos

Em uma tarde no meio da semana, peguei o metrô de Marble Arch para Bayswater, desci a pequena cosmópolis de Queensway, virei à esquerda na Kensington Gardens Square e parei em frente ao número 14… Eu pensava, repensava os tempos em que (depois de certo tipo de telefonema) eu corria, disparava, pelo quase um quilômetro daqui até o apartamento de Phoebe e a sua forma humana à espera. Agora, em 2017, meus sentidos podem esperar por um tipo bem diferente de festa; e como seria bom, pensei, virar e disparar ou pelo menos correr na direção oposta. Mas não, é claro que segui em frente, para o norte, por um quarteirão, depois à esquerda em Westbourne Grove, onde logo apareceu o Hereford Mansions.

Ao me aproximar do prédio, vi duas figuras outrora familiares saindo de baixo da varanda para o sol de setembro, Lars e Raoul, de olhos semicerrados, a rir enquanto enrolavam os lenços de seda em tons de branco em volta do pescoço… Cheguei cedo e tive tempo para avaliá-los. Lars e Raoul pareciam os mesmos de muito tempo atrás da mesma forma que "Beijing" se assemelha a "Pequim", que "Mumbai" se assemelha a "Bombaim": cognatamente. O que também valia para Martin, é claro: eu era apenas *derivado* do Martin que era.

"Ah, sr. Amis! São todos os nossos ontens!"

"*Mar*tin. Então: uma explosão do passado!"

"Raoul, Lars", eu disse, ao acender o cigarro pré-provação e perguntar como estavam… De perto, tinha que admitir, pareciam escandalosamente inalterados, Lars ainda o esguio praieiro, Raoul ainda o amplo *maître d'hôtel*; inalterado também era o branco inexplicavelmente limpo de seus olhos ociosos. Depois de um tempo, eu disse:

"Então, cavalheiros. Que bom ver vocês. É melhor eu entrar. Como está o humor dela?"

"Aos altos e baixos, claro", declarou Lars. "Mas não *tão* ruim. Diante das circunstâncias."

"Grande golpe para o orgulho dela, claro", disse Raoul. "O pai."

Perguntei: "O que tem ele?".

"Ela nunca superou a morte dele, sabe. Sir Graeme esticou as canelas… aah, uns dez anos atrás. Aos cento e seis anos, benza Deus. E *era* um baronete, Martin", Raoul continuou com ar sacerdotal. "A conexão de séculos com a nobreza cortada, com Lady Dallen há muito tempo desaparecida e sem linhagem masculina. E acredito que esse tipo de coisa seja terrivelmente importante. Um grande golpe em sua autoestima social. Na *entrée* dela."

"Você acha mesmo? Foi quando ela parou de sair?… A Maud me contou. Quando vi a Phoebe pela última vez, eu acabara de fazer trinta e dois anos. E agora tenho mais do que o dobro disso."

"Nesse caso", disse Raoul, sorrindo para Lars, "você talvez ache que ela está ligeiramente *mudada*."

Phoebe estava no antigo condomínio, mas não no antigo apartamento. Tinha se mudado, do A (2) para o G (VII), do segundo andar para o oitavo: para "o sótão das vovós e viúvas", como ela dizia, "e solteironas". A placa não prometia mais "Kontakt", apenas "Miss P. Phelps". Pressionei o botão de aço e, em alguns segundos, a fechadura zumbiu e tremeu de leve.

No elevador, tentei ajeitar meu rosto de acordo com a polidez dos reencontros de última fase: suave, indulgente. Mas a porta para o G (VII) já estava aberta e a mulher que espiava pela abertura não podia ser Miss P. Phelps. O que desmentia isso não era o cabelo (tufos de loiro caramelo com uma mecha lilás esquecida), nem, ao menos em teoria, o macacão de náilon e grossas perneiras amarelas de academia; o que desmentia era sua idade (ela não tinha nem sessenta anos). Num rústico cantarolar, ela disse:

"Oi, Martin. Sou a *Meg*. Agora se sente aqui enquanto vou buscar um chá. Disseram que você gosta simples, sem leite e sem açúcar? Ela não vai demorar. O ajudante, Jonjon, está com ela no momento. Por que não se senta e lê algum livro desses?"

... Assim como a sua antecessora, seis andares abaixo, a sala de estar de Phoebe fazia pensar no vestíbulo de um médico; aqui, no entanto, a espera seria por um tipo diferente de médico, um médico mais velho, não um especialista da Harley Street, mas um clínico geral debilitado com um consultório em, digamos, Cold Blow Lane (orientado por sua longa lista de remédios patenteados). Janelas de sótão, carpete cinza, teto baixo... Por livros, Meg quis dizer as revistas de sala de espera: algumas delas desgrenhadas que havia muito tinham perdido o brilho, *House and Garden*, *Country Life*...

O dia pareceu escurecer. Eram quatro e dez. Meg entrou pela esquerda do ambiente, colocou a caneca sobre uma toalhinha e atravessou a sala; mergulhou numa alcova ou passagem no canto direito, e dava para ouvir o rangido de seu sapato ficar mais suave, depois parar, depois ficar mais alto de novo; ela voltou a entrar e anunciou com um olhar compungido:

"Ufa, ela ainda vai demorar um bom tempo, acho! Você está bem aí, Martin?" Ela se virou e olhou o vazio escuro da janela. "Graças a Deus Jonjon existe, é isso que digo. Fico impressionada com o que ele consegue fazer."

Tomei o chá, endossado com infusões quase contínuas de nicotina e vapor d'água de meu cigarro eletrônico (nome comercial: Logic).[1] Na rua, Lars dissera: *Faz o quê: quarenta anos?* E ele pareceu aflito e protetor quando lhe contei o ano. *Ah, Mart,* ele murmurou, *isso foi meia vida atrás...*

Sim, Lars. O verão de 1981. Já tínhamos terminado, e eu estava mais ou menos noivo de outra pessoa. Mas então ela me ligou do aeroporto e...

A OCASIÃO DO PECADO — 2

Ela ligou para ele do aeroporto e disse:

"Ah, aí está você. Sou eu. Ouça. Merry e eu acabamos de sair de um avião e estamos numa situação difícil. Em Gatwick, e nós..."

Ele ouviu. O telefone lhe contava apressado alguma história sobre chaves da porta, ou fechaduras de encaixe, e como Merry (você conhece Merry), mais esquecida que nunca, deixara o chaveiro sobressalente na bolsa de praia que elas usaram...

"*O que quer dizer*", ela resumiu, "posso passar aí uma horinha? Até resolver essa história?"

"Vou pensar", disse ele. "Hã, de onde você veio?"

"Da Córsega. Então estou linda e bronzeada... Vá, Mart. Não vou te incomodar, juro. Você pode continuar trabalhando. Faço um tour rápido por sua casa nova, depois me acomodo com meu *Daily Mail* e fico bem quietinha." Ao inspirar para responder, ele sentiu novamente o peso do conselho que lhe foi transmitido ainda na noite anterior por aquele *noivo* sincero, C. E. Hitchens: conselho sobre "situações de erro provável"... Mas Martin sentiu que não precisava se preocupar: ele estava bem, estava seguro. Solenemente comprometido e agraciado com Julia, estabelecido e firmado pela promessa de casamento e paternidade, ele superar a velha compulsividade (nada de bajuladoras de homens e provocadoras de homens, nada de afrodisíacos ambulantes, nada de *illuminati de boudoir* e cintas-ligas)... Também a se considerar era o fato de que Phoebe, uma velha amiga, estava em apuros (e ela estava adorável e bronzeada, e havia o — bastante inofensivo — elemento de voyeur, e uma tentação era melhor do que nada). Então ele deu de ombros e disse:

"Uma hora? Sim, claro." Estava tudo bem. Ele estava seguro.

Então você poderia perguntar: o que aquela protuberância tensa fazia em sua virilha? O que era aquela taciturna pulsação? O que era aquela transmissão de seu coração inferior?

Apenas um eco, uma reverberação. Ou assim ele disse a si mesmo noventa minutos depois, enquanto descia o único lance de escada para ela entrar.

Martin deslizou o ferrolho, abriu a porta e imediatamente teve que lidar com outro reflexo. Ele engasgou.[2]

Phoebe cor de cobre estava de branco: um vestido de verão transparente. Com a bolsa branca pendurada no ombro. E sandálias brancas de salto gatinho com faixas brancas finas que se enrolavam nas panturrilhas cor de cobre...

"Sem malas?", ele perguntou enquanto beijava sua bochecha.

"Estacionei na Merry. E também tomei um banho rápido primeiro." Ela passou por ele. "É aqui em cima?"

"Vou mostrar o caminho", respondeu ele, a relutar de repente em seguir seu rastro. Phoebe, vista por trás, sempre o lembrava de que mesmo as garotas mais esguias tinham um poder incalculável em suas selas traseiras, tiquetaqueando pacientemente; nem queria ver toda aquela luz do faroeste a inundar a parte interna de suas coxas, formando uma chama de vela no centro, como ele sabia que aconteceria, como um ponto de interrogação vacilante... Phoebe disse:

"É independente e tem um formato bonito." Ela se referia à casa. "O que era antes?"

"Um presbitério. Ainda tem uma espécie de tabernáculo no quintal."

"Quantos apartamentos?"

"Três. Sou o do meio, aqui."

Uma vez lá dentro, ela deslizou até a porta da sala de estar, depois até a do escritório (onde as janelas da sacada se abriam para a brisa), depois até a da cozinha subutilizada, que tinha outro cômodo ao lado, com sinais da vida cotidiana: uma mesa e algumas cadeiras de cozinha...

Ela disse: "E o banheiro. Que é de tamanho bem decente, pelo que vejo. Aah, e com nada menos que uma chaise longue. E o quarto é por aqui? Vou dar só uma olhada rápida". Coisa que fez, sem comentários. "Hum, se tivéssemos morado aqui, talvez a gente não tivesse terminado. Tão *arejado*... Certo. De volta à sua mesa! Vou me encolher com meu jornal ali dentro. Ah, por falar nisso, você ainda está solteiro?"

"Hã, estou, oficialmente. Por mais um pouco."

"Então ainda, hã, não fez seus votos? Ainda não renunciou a todas as outras?"

Ela afundou no sofá, deu uma risada silenciosa de condescendência tranquila, como se estivesse curtindo uma piada particular, como se dissesse, *De fato, a ideia que algumas pessoas fazem de si mesmas*, e arredondou tudo com uma careta decididamente antissocial. É, a brutal excentricidade teve tempo de reaparecer (e lamentamos dizer que ele também ficou emocionado ao vê-la). "Olha essa picada de mosquito em minha coxa. Coçou, então cocei. Vá em frente, de volta ao batente, você. Não feche a porta toda, Mart. Seria hostil. Mas prometo, você nem vai saber que estou aqui..."

Ah, ele sabia que ela estava ali, mesmo no silêncio nem um só batimento cardíaco ocorria sem que soubesse que ela estava ali. Então vieram os sons. A torneira da cozinha. O chiado da TV (rapidamente extinto). A confusão com o telefone, depois a voz dela. Então sua voz, mais próxima, dizendo: "Quarenta e cinco minutos… Posso tomar banho antes de ir?".

"Pensei que já tivesse tomado banho."

"Tomei, mas foi só um banho de puta. No bidê da Merry." A porta do escritório se abriu. "Estou bem dolorida por causa do voo." Os braços em forma de asas e as mãos ocupadas atrás das costas. "O que preciso é de um bom banho." Um ombro estava nu e uma parte da clavícula intrincada. "Um bom banho. Você não concorda?"

"… Bom, vá em frente."

"Obrigada." Quando ela se afastou, ele ouviu um suspiro e um leve chiado quando Phoebe desocupou o vestido. "… Mart", ela chamou, "a torneira. É para cima ou para baixo?"

Ele esperou um momento; agarrou a mesa e se pôs de pé.

"… Você não precisa ficar tão chocado", disse ela, a testa franzida, "só porque estou de sutiã. Não me diga que *já* esqueceu que avião faz meus seios incharem. Bom, faz. Ficam com a mesma forma, mas pesados, parece que vão explodir. Veja por si mesmo. Está vendo?" Ela deu um passo para trás e olhou para baixo. "… Ah, e aí está. A Magnata Tanya. Ela tem curvas em lugares onde outras garotas nem têm. E é sabido, não é, Mart, que a umidade é o tesão da mulher? Quer que eu tire?… Aqui. Me dê sua mão."

Ele abriu os olhos e sentou-se ereto. E diante dele estava um homem forte com camiseta arrastão que enxugava as axilas com um pano cor-de-rosa.

"Como vai?", disse ele. "Tudo bem?"

"Nada mal. E você, Jonjon?"

Ele bocejou, e um fugaz arco-íris de saliva flutuou de sua boca. "A senhorita Phelps está pronta para você agora. Ela vai ficar bem por uma meia hora, calculo. Por aqui."

… A etiqueta das reuniões: como foi? Sem palavras, apenas um sorriso afetuoso que dizia: eu mudei, e você mudou, este é nosso mundo e nossa condição, esta é a natureza do tempo, mas não se preocupe, minha querida, em seu caso não é nada, não é absolutamente nada...

Ele entrou na alcova e percorreu todo o corredor até uma porta que o esperava, passou por uma janela baixa (copas de árvores, telhados e a cidade ilimitada), passou por uma cadeira de rodas com um xale verde atravessado no encosto. E bateu.

"Ah, entre e se sente aqui, Martin, por favor. A cadeira da visita. Sente-se aqui e se oriente... Por acaso você leu sobre aquele idiota incrível de... Hounslow? Peckham? Um desses lugares. Ele conseguiu se embutir no próprio quarto. Ainda lá dentro, engordou demais para o espaço. Tiveram que demolir duas paredes e meio telhado para poder tirá-lo de lá. Dezenas de pessoas envolvidas, médicos, bombeiros, sapadores, marinheiros. A operação toda chegou a seis dígitos. Ele tinha dezessete anos e pesava trezentos e setenta quilos..."

Deitada em um ângulo raso com apenas a cabeça apoiada (emoldurada por uma cabeceira grossa de veludo verde-escuro, e ainda sustentada por um par de edredons amontoados e enfeitada com xales finos e lenços de pescoço), ela parecia uma prodigiosa flor equatorial, com talvez séculos de idade. E continuou, em seu falsete incorpóreo:

"Acho que posso dizer que tenho síndrome de Cushing ou hipercortisolismo ou algo assim. Mas comigo é muito mais simples. O ganho de peso, Martin, ocorre quando o consumo de energia na forma de alimentos excede a energia gasta. E a única hora que gasto energia é quando como. Um metabolismo lento não ajuda. E depressão, depressão não ajuda.

"Sabe, não tenho mais medo da morte... O outro ponto alto de meu regime de exercícios é ir ao banheiro. É aí que entra o irresistível Jonjon. Jonjon é enfermeiro na unidade de bariátrica em St. Swithin's, onde precisam pesar as pessoas em uma espécie de *elevador*. Como você sabe, sempre tive uma quedinha por banheiros, e é ainda mais divertido com Jonjon lá. E depois de uma sessão com ele, e outra para esperar o dia seguinte, quem se importa, quem se importa com a morte...

"Então, que tal, Mart? Devo vestir uma calça legal? Ou uma calcinha que comprei barato numa liquidação? Aí, reservo uma mesa em algum lugar para o quê, nove e meia? E aí vamos ter todo o tempo do mundo."

"Esses seus ajudantes, Phoebe. Jonjon e Meg, que me falaram da enfermeira da noite, Beth, não é? Como você consegue pagar por eles?... Hum, Maud me disse que você estava rica. O que você vendeu exatamente? Você tinha uma espécie de feudo no TFS?...Você sabe, o Transworld Financial Services. O arranha-céu em Berkeley Square."

"Ah, *isso*. Só colocava os pés no TFS quando encontrava com você no saguão. Ou Siobhan ou mamãe. Não me incomodava quando era só papai, porque ele..." Ela bocejou sem abrir a boca. "É um pouco trabalhoso, tudo isso, mas tem que ser feito.

"Certo. O que vendi foi a A-Ess. Vendi a Acompanhantes Essenciais, mais a casinha em Mayfair de onde fazia a administração, mais todos os arquivos. Foi um grande negócio quando saí, milhares de meninas e não só jovens, veja bem. Merry tinha sessenta e dois anos quando finalmente pendurou as chuteiras. Lars e Raoul eram meus cafetões principais, Lars para as acompanhantes, Raoul para os clientes, principalmente sauditas e chechenos. Agora lidam com tráfico, sabe, com gangues de letões lambendo porões em Notting Hill. A escória da terra, os dois, mas bem leais, do jeito deles. Ok. Imagino que queira me fazer uma ou duas perguntas. Começando por seu pai."

Seu rosto ainda estava ali, e ainda era bonito (os mesmos lábios finos e dentes fortes, os olhos um pouco mais redondos e fixos), mas era preciso procurar isso tudo dentro do rosto onde estava englobado e aprisionado (o queixo original parecia não maior que um dedal). E agora, quando ele se aproximou do pé da cama, ambos os rostos desapareceram, apagados pelo duro fato de sua massa (e *era* dura, a sua massa. Não havia como negar). Ele se sentou, e os dois sorriram. Sim, Phoebe era uma espécie de personagem novelesco; e ela sabia que pessoas assim têm suas devidas obrigações... Que ela não superaria, porque isso só acontece com a morte (e ninguém nunca supera nada). Ainda assim, ela faria o que pudesse com o que tinha e com o que era.

Ele disse: "Bom, minha querida velha amiga. Tem meu pai". E tem o seu, ele pensou.

"Ok. Você foi para Durham para me trair com aquela Lily. Pense em minha situação. Estava presa na casa de Kingsley e obviamente tive que dormir com *alguém*. E quem mais estava lá? Então o que poderia fazer senão me entregar ao Parfait Amour e rebolar até ele me passar uma cantada? No fim, ele fez um discurso bem floreado, essa parte foi verdade. E imediatamente obedeci. Pronto." Ela o encarou com crescente acusação. "Você não se importa?"

Ele disse: "Não, na verdade não. Quando se está em segurança no passado, quem se importa com a infidelidade?".

"As mulheres, sim."

"Assim me disseram. Vocês conseguem sentir o cheiro delas."

"É, sim, sentimos o cheiro delas. E nos lembramos desse cheiro pelo restante de nossa vida."

"Hum. Com os homens, ou pelo menos comigo, agora, só penso: quanto mais, melhor. Uma contribuição para a alegria das nações. *La ronde*, Phoebe. Aqui está outro exemplo: queria muito ter ido para a cama com você e seu bronzeado quando voltou da Córsega. Naquela época teria rendido uma boa lembrança. Para somar a todas as outras."

Ela recebeu suas palavras com prazer dissimulado, embora dissesse: "Ah, eu te *odiei* por isso".

"Também me odiei. Por que não? As chances são de que eu teria me dado bem."

"Pode ficar tranquilo quanto a isso, Martin. Não teria, *não*. Pode acreditar em mim."

"Ah bom. Mas você parecia tão... Eu devia ter feito papel de machão na verdade."

"E não fez! Absolutamente imperdoável. Além da Lily, foi a principal razão pela qual recitei aquele verso sobre Larkin. Ah, a propósito, funcionou?"

"Você quer saber se me incomodou? Ah, sim."

Ela disse com fervor: "*Meu Deus*, que alívio. Por quanto tempo funcionou?".

"Cinco anos. Ridículo. E funcionou de um jeito que você não esperava, tenho certeza. Durante cinco anos, o único efeito foi obscurecer meu... Veja, Phoebe, quando olho para trás em minha vida amorosa, me sinto em especial feliz, orgulhoso, grato e incrivelmente sortudo. Todos aqueles episódios de fascínio apaixonado. Todas aquelas mulheres maravilhosas, inclusive você. Ou principalmente você. Mas durante cinco anos me lembrava apenas de todos os meus pecados. Minha consciência se voltou contra mim, Phoebe. Cada pequeno exemplo de crueldade e grosseria, até mesmo apenas insensibilidade ou falta de educação. Eu..."

"Bem feito para você", disse ela. "Ah não, não acredito, não. Acho que você estava apenas revivendo tudo com a ideia de que era um inútil com mulheres. Desajeitado e errado em tudo... Don Juan em Hull. Cinco anos. Como parou?"

"Não parou, não totalmente. As coisas continuam surgindo. Como uma carta muito sedutora, até lasciva, carta de mamãe para Philip. Datada de 1950."

"Quando você já tinha nascido em segurança."

"Hum. E recentemente comecei a gostar da ideia de que tiveram um pequeno caso. Fez bem para eles. Então. Um dia, em 2006, vi uma foto de papai não muito depois da guerra e olhei para Nat, meu filho mais velho, do outro lado da sala e pensei: Nossa, eles são a mesma pessoa. A continuidade. Essência e aura, e não apenas aparência."

"*Você* também parece com Kingsley, seu idiota. E você *é* um maldito idiota. É o que te impede de ser um chato... Sabe, Martin, o negócio é que... você está no fluxo, está na onda. Amava seus pais e agora ama seus filhos. E te odeio por isso. Sou como um maluco na internet. Porque estou fora do fluxo. Estou do lado de fora. *Sou* aquela que é como Larkin. Pegue o livro, por favor. Está

em cima da geladeira. E, aproveitando, traga-me dois sorvetes de chocolate, os que estão nas embalagens escuras. Quero quatro, mas eles vão derreter."

"Vou trazer mais alguns antes de ir... Qual poema? É 'Love Again'?"

"Não. 'Faith Healing' [Cura pela fé]. Aqui. 'Em todos dormem/ Um sentido da vida vivida segundo o amor.' Que é tudo o que se pode dizer. 'Que nada cura. Uma imensa dor anuladora...' Ele era um homem muito determinado, o padre Gabriel."

"Hum. Acho que todos são, as pessoas como ele." Depois de um silêncio, ele disse: "Acho que as consequências disso devem ser infinitas. Acho que você teve um caminho muito difícil, Phoebe".

"Ah, então alguém, enfim, disse isso. Invulgarmente determinado e invulgarmente exigente também. *Não pare, garotinha, fique com as mãos ocupadas, continue trabalhando, pequena...* Ele até tentou outra vez mais tarde, depois daquela coisa com Timmy. Animou-se de novo, sabe, com a ideia de professores e estudantes. Foi quando tive minha primeira pista da outra metade."

"Da outra metade."

NEM MUDE MEU NOME

Bateram à porta. Meg, com uma bandeja: vinho branco, balde de aço para gelo, uma única taça. Eram seis horas.

"Jonjon vai ficar até as sete, Miss Phelps. Se quiser..."

"Obrigada, Meg. Ligo se for preciso."

Phoebe manteve o olhar fixo na porta que se fechava e disse: "Graeme. Ah, *por favor*. Lá estava minha mãe perfeitamente simpática, perfeitamente fraca e perfeitamente acamada. E lá estava Sir Grae, o dono da casa, que me deu banho e depois me enxotou para dentro do Jaguar. Ele não odiava dinheiro. Dinheiro era a paixão de sua vida. Ele apenas não conseguia ganhar nada. E sempre que punha as mãos em algumas libras ele ia e desperdiçava no Ritz. Graeme fazia acontecer por dinheiro. Tanto por semana. Quando surgiu o negócio do Timmy e o padre Gabriel ficou agitado, papai tentou me convencer a participar."

Outro silêncio. "Um crime composto", disse ele, "que te deu uma ferida composta: Graeme te deixou órfã, Phoebe."

"Claro. Jane estava certa. E não apenas isso. Ele também me deixou viúva. É a sensação que dá. E agora sou a Viúva Twankey, em seu apartamento de solteirona. Deus do céu." Outro silêncio. "Sir Grae, quando finalmente estava morrendo, agarrou meu braço e disse, *Sinto muito, sinto muito. Você pode me perdoar?* Não falei uma palavra. Então ele tossiu muito alto e partiu. Para o inferno... Então comecei a comer *pra valer*.

"Reparou em todos os livros, Mart? Passava o tempo todo lendo. Aí, parei. Não queria me interessar por nada. Sabe, foi o que pensei quando vi que Christopher tinha morrido. Pensei, Ah, e ele estava interessado em tantas coisas... Eu, eu poderia partir a qualquer momento. Guardei comprimidos para um *pacto* suicida. A qualquer hora.

"Havia uma coisa sobre você no *Mail*. Você e seu romance revelador. Quero que saiba que pode dizer o que quiser sobre mim. Qualquer coisa. Nem mude meu nome. E Martin. Você me amou? Acho que você deve ter amado, senão por que ficaria comigo? Senti o amor vindo para mim e gostei, e fingi um pouco, porém não consegui retribuir. É igual asma. Você consegue inspirar, mas não expirar. Lamento não ter conseguido."

"Não lamente. Nunca disse as palavras, mas havia amor. Com certeza havia amor."

"Ah não... Eu planejava ser má com você, mas descobri que parti e te deixei. Me dê sua mão. Só quero dar um beijo de despedida. E depois vá embora."

"Mais um beijo." Ele olhou para ela e imaginou a figura de uma proa inteira de um veleiro pagão, esculpida na mais pesada sequoia e toda inchada ao sol. O rosto dela... ele apertou nele os lábios. "Pronto."

"Obrigada. Agora me deixe dormir. Adeus. Me deixe dormir agora."

PARTE V

ULTIMATO: MORRER A MORTE

“Parecia que da batalha eu tinha escapado”

Aquelas moscas que pensei ter visto no quarto de Christopher. Seriam “receptoras da morte”?

Os receptores de morte realmente existem: ocupam as superfícies das células vivas. Acho a ciência disso impenetrável, mas fui imediatamente assombrado pelas imagens. Os receptores da morte são “vias de sinalização” de uma região citoplasmática conhecida como “o domínio da morte”, e podem ser imaginados como jardineiros e camareiras fantasmagóricos: sua missão é preparar o corpo para acomodar seu estranho novo hóspede.

O enxame de insetos no quarto do doente eram receptores da morte, que ganhavam carne e sangue e uma mecha de cabelo a meus olhos.

“Ela morreu de imediato.” Ah não, não morreu. Nunca acreditei nem de longe que alguém morra de imediato. Demora um pouco para morrer; até as sombras nas paredes de Hiroshima e Nagasaki demoraram a morrer. Tenho objeções semelhantes a “ele morreu durante o sono”. Ah não, não morreu. Precisa acordar primeiro, apenas tempo suficiente para morrer. Ou talvez tenha tido algum sonho ruim: do tipo que dizem que pacientes subanestesiados têm durante uma cirurgia...

O título do capítulo acima é o primeiro verso de "Strange Meeting" [Estranho encontro] (1918), de Wilfred Owen. Nosso narrador, nosso poeta guerreiro, *escapou* da batalha, mas apenas para morrer no campo. Ele passou da vida para a morte, e a imensa e solene labuta da travessia, com tudo o que ela exige de você, é linda e assustadoramente executada por meio de alta técnica. A combinação do pentâmetro majestoso e das meias rimas ásperas ou rimas oblíquas (ou, no uso virtuoso que Owen faz delas, assonâncias dissonantes):

Parecia que da batalha eu tinha escapado
Por algum túnel fundo e sombrio, há muito escavado,
Através de granitos que guerras titânicas constroem,
Mas também ali gemem os oprimidos que dormem...

Escapado, escavado, constroem, dormem: as rimas oblíquas, as assonâncias dissonantes que vão rolar através de você quando você morrer a morte.

O poeta

Dezembro de 1985

Nos últimos meses de 1984, um ano antes de seu corpo cair na cachoeira, Philip Larkin estava acima do peso (quase quarenta quilos), "terrivelmente surdo" e "bebendo como uma esponja". Começava o dia com um ou dois cálices de vinho do Porto, embora fosse disciplinado o suficiente para guardar a garrafa em outro lugar, "por isso tenho que me levantar da cama". Depois de alguns meses, sobrevivia com "vinho tinto barato" e achocolatado Complan (enquanto Monica, recuperada do herpes-zóster, mas recentemente diagnosticada com Parkinson, sobrevivia com sanduíches de tomate e gim). Ao telefone, minha mãe sugeriu: "Por que você não experimenta um bom vinho tinto?". Mas Philip persistiu com o barato.

E seu estado de espírito predestinado? A rua diante da casa (Newland Park, 194, Hull, Yorks) não era muito movimentada e, nas horas vagas, servia como ciclovia para as crianças locais; Larkin ficava profundamente irritado com elas, e se opunha não tanto a seus gritos e conversas quanto à sua "presença". Ele escreveu a um velho amigo sobre elas, o sempre rude Colin Gunner (agora um velho porco misantrópico e católico convertido que vivia num trailer). "Tive o prazer", ele regalou Gunner, "de ver um deles cair de seu novo triciclo e soltar um uivo." Acho que não estou disposto a imaginar esse prazer tomando forma facial; de qualquer forma, ele não ficou satisfeito por muito tempo. "Em vez de esbofeteá-lo nas orelhas, o pai o levou nos braços para cima e para baixo. Grrr." Animado ao ver uma criança em perigo, enfurecido ao ver um pai compreensivo: o humor destinado a Larkin era uma inversão cândida e (ligeiramente) divertida das normas humanas.

Em menos de uma semana seria o Ano-Novo. "Feliz 1985. Espero que continuemos vivos", disse ele em uma nota para Conquest. Bob (nascido em 1917) ainda tinha trinta anos pela frente; Philip, onze meses.

As doenças familiares e estacionárias do poeta — insônia, febre do feno, hemorroidas, prisão de ventre, perna pré-trombótica, pescoço pré-artrítico — eram acompanhadas por "cardioespasmos", confirmados por um dr. Aber, que também achou digno de nota que Larkin tinha "fobia de câncer e medo de morrer". Descobriu-se que o desenvolvimento mais ameaçador foi "uma sensação estranha" no fundo da garganta. Sydney Larkin, o da águia dourada e dos raios emparelhados, morreu aos sessenta e três anos (de câncer). Esse presságio tornou-se então uma ideia fixa. Philip tinha sessenta e dois anos.

Seu esôfago foi removido em 11 de junho de 1985; continha "uma grande quantidade de material estagnado desagradável", de acordo com um dr. Royston; era canceroso (e havia tumores secundários). A previsão pré-operatória de Monica ("seis meses") confirmou-se assim. Ela decidiu que Larkin não deveria ser informado; e ele nunca perguntou ("senti que já tinha o suficiente para me preocupar", humildemente revelou a um amigo por correspondência).

No pós-operatório, um visitante não identificado da UTI do Nuffield deu a Larkin uma garrafa de uísque. Em 19 de junho, ele bebeu "a maior parte" e inundou os pulmões; ficou inconsciente por cinco dias. Três semanas depois, um amigo o levou de volta a Newland Park. No fim de agosto, ele caiu de costas escada abaixo.

Em novembro, estava "mortalmente magro" e, claro, "intensamente deprimido". Disse a Monica, no que ela chamou de seu modo "lúgubre", que sentia que "caía em uma espiral em direção à extinção". "Ele disse isso com um horror fascinado" como se "prestes a cair no choro". Depois de completar o que chamou de "uma vida desperdiçada", ele não tinha "nada por que viver". Então carregava todo o peso da frase final de "The View" (1972), cuja terceira e última estrofe é:

Para onde foi, a vida que vivi?
Me reviste. O que resta é encoberto.
Sem filhos e sem esposa, senti
Que posso ver, decerto:
Tão final. E tão perto.

"Venho dizendo isso a ele há... há quarenta anos", disse Kingsley. "Ouça, seu idiota, *todos* temos medo da morte, seu idiota. Mas o que a gente teme é *morrer*. E você, seu maldito tolo, *você* tem medo de *estar morto*. Seu idiota."

Eu disse: "Aposto que ele também tem medo de morrer. Ele diz isso. '... ainda assim, o pavor/ De morrer e estar morto,/ Pisca de novo, prende, horroriza'".

"Certo, mas uma vez que você tenha eliminado a morte, qual o problema de estar morto?"

Jane, que saía da cozinha (para se deitar), parou na porta. "Ele ligava para isso... todos aqueles séculos antes de nascer?"

"Exatamente", eu disse. "É isso que está errado com o poema. Ele não consegue fazer o fato de não estar vivo parecer horrorizante. Ou mesmo aborrecido."

Era o meio da tarde da véspera do Natal de 1977, e em 23 de dezembro "Aubade" apareceu, com algum alarde, no TLS (tínhamos um exemplar aberto sobre a mesa, cercado por garrafas de vinho e potes de chutney). Eu tinha vinte e oito anos e Kingsley, como sempre, a mesma idade que Larkin.

"Ele está respondendo *a você* aqui, pai. 'E coisas equivocadas que dizem *Nenhum ser racional/ Pode temer uma coisa que não sentirá...*' Equivocadas. Atraente, mas suspeito."

"Sei o que significa isso."

"Então ele é... ele está achando a racionalidade suspeita. E confia em sua superstição."

"O que é desuniversalizante, você não acha? Quer dizer, quantos leitores são idiotas por estarem mortos... Olhe. Até a técnica dele se esvai. '... *Pode temer uma coisa que não sentirá*, sem perceber/ Que é isso que tememos: sem visão, sem som,/ sem tato, sabor ou cheiro, nada com que pensar,/ Nada com o que amar ou se conectar...' Meu velho, se não há nada no que pensar, você não saberá nem vai se importar se não houver nada com que se conectar, seu idiota. Rima lamentável, essa."

"Lamentável. E dois *temer* e dois *sem* num mesmo verso... Um belo poema, no entanto. *Você* era assim, pai, não era? Tremia as pernas e molhava as calças por causa da morte?"

"Droga", respondeu ele, sem levantar os olhos da página. "Só em relação ao morrer. Nunca dei a mínima para a ideia de estar morto."

Com trinta e poucos anos, Larkin tentou, a meu ver com considerável sucesso, imaginar "o momento da morte". E tenho em mente que ele já era um admirador de Wilfred Owen (e escreveria dois ensaios sobre ele, em 1963 e 1975). Esse momento final, imaginou, "deve ser um pouco instável, um balbucio [gagueira] quando as correntes da vida se chocam com as correntes da morte".

Mas também o momento da morte leva mais do que um momento; um ser humano adulto é, entre outras coisas, um grande *fait accompli* de agregação; e todas essas experiências e memórias precisam de um tempo para se dispersar.

Ainda assim, no caso de Larkin... "The Life with a Hole in It" [A vida com um buraco] é o título de um poema de 1972; o de Larkin era um buraco cheio de vida. Ele o manteve muito magro, quaresmal e esquelético, sem nada "que valesse a pena relembrar". Então talvez a dispersão, o desgaste das correntes, tenha acabado depressa.

20 de junho de 1985. Nessa época (após o episódio do uísque), o *Guardian* publicava boletins diários sobre a saúde de PL. Liguei para meu pai e perguntei: "Você vai até lá?".

"Eu me ofereci. Com Hilly. Mas ele... De qualquer forma, estão dizendo que ele está fora de perigo."

"Você se ofereceu. E ele o quê, ele não gostou?" Kingsley não estava realmente inclinado a falar, mas pressionei. "Você acha que é por quê?"

"... Porque ele pode perder a coragem e não quer que a gente o veja delirar."

5 de outubro. "E você ainda lê os poemas dele toda noite?", perguntei. "Toda noite mesmo?"

"Leio, sim, um ou dois. Última coisa. Como a outra metade de minha saideira."

"Alguma coisa boa?" Eu falava da carta sobre a mesa da cozinha. "Ele ainda não come sólidos?"

"Hã... *Não posso comer nada, porra. É realmente assustador... Três meses atrás, meus médicos disseram que eu ia melhorar aos poucos. Em minha opinião, estou piorando aos poucos.* Aqui tem uma parte bem engraçada. *O GP ouve tudo isso com simpatia, mas como se fosse o vizinho do lado, sem sugerir que isso tenha qualquer relevância especial a seus próprios conhecimentos ou responsabilidades.* Ele termina dizendo que 'não falta muito para este mundo'. Mas diz isso desde os vinte anos. Nada sobre Monica."

"Nossa", eu disse, preocupado. "Como *está* a Monica?... Quer dizer, na convivência."

"Caramba. O que você acha?"

3 de dezembro. "Quando você vai para lá?" Philip morrera. Agora estava morto (e aguardava o enterro). "Você vai ter que falar?"

"É dia nove. Vou, sim."

A morte aconteceu em 2 de dezembro, uma segunda-feira, de madrugada. Em 29 de novembro, em casa, ele desmaiou duas vezes, na sala de estar e depois no banheiro do térreo, e bloqueou a porta com os pés.

Isto é de Motion:

> Monica não conseguiu abrir a porta. Não conseguiu nem fazer com que a ouvisse: ele estava sem o aparelho auditivo, mas ela conseguia ouvi-lo. "Quente! Quente!", ele sussurrava, gemendo. Tinha caído com o rosto pressionado contra um dos canos de aquecimento central que contornavam a parede do banheiro.

Ela convocou um vizinho e conseguiu arrastar Philip para a cozinha. Ele pediu um pouco de Complan; enquanto ela preparava o chocolate, chamou uma ambulância. "Te vejo amanhã, Bun", disse ele enquanto era levado de maca de volta para o Nuffield... E Philip a viu no sábado, e novamente no domingo, mas estava muito dopado para falar algo com qualquer sentido. No domingo à noite, ela foi para casa aguardar o telefonema, que aconteceu à uma e meia.

Michael Bowen, um acréscimo recente ao círculo (também fã de jazz e uma das pessoas mais generosas desta vida), transportou Monica de um lado a outro naquele último fim de semana. "Se Philip não tivesse sido dopado, ele teria vociferado", disse Bowen a Motion (em 1991): "Ele estava tão assustado". Bem, talvez as medicações tenham neutralizado também o que lhe restava de coragem, assim como muito de seu medo; e o fato é que ele não estava delirando. "Por que não estou gritando?", perguntara numa carta, em janeiro, retomando um verso de "The Old Fools" [Os velhos bobos] (1973): "Por que eles não estão gritando?".

Sim, *por que* não estão gritando? Porque não se grita, porque as pessoas não gritam. Suas inibições de classe média o ajudaram, com a consciência de classe média. Como um bom menino, ele alterou o testamento e compareceu a todas as consultas (incluindo uma com o dentista); deixou instruções claras sobre o descarte, a trituração, de seus volumosos (e supostamente "desesperados") diários e cadernos; e escreveu, ou melhor, ditou uma longa, calma, generosa e visivelmente graciosa carta para Kingsley, o único amigo homem que despertou nele qualquer coisa que se assemelhasse a amor.

Sua última carta foi oportunamente seguida por suas últimas palavras. No fim, ele estava sereno o suficiente para proferi-las, debilmente, à enfermeira que segurava sua mão. Ele disse: "Estou indo para o inevitável".

9 de dezembro. "Como foi lá?"

"Foi *bem*, acho."

Kingsley serviu um copo enorme de Macallan's e o levou para a cama. Era uma parte de sua saideira cotidiana. Será que chegaria à outra metade?... Para ele, foi mais do que a perda de um poeta, como disse a Conquest em uma carta: foi a perda de uma presença.

Sentei-me com minha mãe.

"Como foi com Monica?"

"Ela não foi. Abalada demais, ao que parece. Coitada. O que ela vai fazer agora?... Seu pai não *suporta* a Monica, claro."

"Ah, as mulheres dele. Mãe, você dizia que ele tinha medo de garotas."

"Sempre respeitei muito o Philip. Ele era o melhor dos amigos do Kings. Mas pense bem. Ele ficou gago e, em seguida, veio a calvície precoce..."

"E a surdez precoce, e os óculos de dois centímetros de grossura desde a infância. Mas o que quero dizer é, se ele tinha medo de garotas, por que as garotas dele eram tão assustadoras?"

"Eram todas assustadoras, as que eu conheci. Até a pequena Ruth. Muito orgulhosa... Você sabe, não sabe?, que ele *detestava* a ideia de se impor aos outros. E provavelmente as garotas que se sentiram atraídas por ele pensaram: Bom, cabe a mim fazer a imposição."

Tentei ponderar isso. E disse: "Um longo dia em Hull. Mãe, você deve estar exausta. Lá cheirava a peixe?".

"Não muito. Estava muito frio para cheirar a qualquer coisa. Dizem que cheira a peixe pouco antes de chover... Seu pai ficou muito abatido com tudo isso."

"Bom, papai gostava muito dele."

"No trem, ficava dizendo: 'Por que nunca estive aqui antes? Por que nunca fui à casa dele?'. E no trem de volta ele disse, todo desapontado como uma criança: 'É muito estranho. Sinto que nunca conheci o Philip de verdade.'"

Talvez ninguém realmente o conhecesse. Exceto Margaret Monica Beale Jones. Ela o conhecia como homem (ela era forte o suficiente para apoiar isso) e como poeta.

A aversão de meu pai por Monica sobreviveu à morte de Larkin, principalmente porque ela se acostumou a ligar para ele, quase toda noite, para relembrar bêbada e sem fim o amor de sua vida. "Luto?", Kingsley perguntou depois de uma ligação de oitenta minutos. "Não. Ela está se glorificando com isso."

Mas, na verdade, Monica tinha pouco do que se glorificar, e cada vez menos com o passar dos anos. Em 1988, publicou *Collected Poems* e "Letter to a Friend About Girls" (na qual ela e as outras "têm seu mundo... onde trabalham, envelhecem e afastam os homens/ Por não serem atraentes"), e em 1992 editou as *Selected Letters*, onde viu o menosprezo mais elaborado de todos.[1] Monica viveu em Newland Park, sozinha e semiacabada, até 2001. "Ah, ele era um sacana", ela disse a Andrew Motion. "Mentiu para mim, o sacana, mas eu o amava."

Durante uma internação (uma das muitas no último ano dele), Monica o visitou, é claro, e também Maeve e também Betty (sua "secretária de cabelo comprido"). "Não queria ver Maeve", disse ele a Betty. "Queria ver a Monica para dizer que a amo"... Será apenas sentimental fantasiar sobre um casamento no leito de morte (talvez o único tipo de casamento que ele poderia honestamente respeitar)? Nesse caso, Monica teria passado os dezesseis anos restantes como viúva de Larkin, e não apenas como uma das solteironas que ele deixou para trás.

"Na juventude", disse ele numa entrevista, "pensei que odiasse todo mundo, mas quando cresci percebi que era só de crianças de que não gostava... As crianças são muito horríveis, não são? Brutas, egoístas, barulhentas, cruéis e vulgares."

À medida que envelhecia, Kingsley também dedicou algum tempo de lazer à difamação de crianças. "Essa sua rotina anticriança", eu lhe disse uma vez (como um pai recém-apaixonado). "Só muito de vez em quando tem graça. E sei que é intencionalmente maldosa. Mas é para levar a sério?" Seus lábios apertados pediam que eu me explicasse, e falei: "Bom, como o roto falando do rasgado. O que *você* acha que era até os doze anos?".

E isso pelo menos produziu uma pausa. Larkin, no entanto, teria a resposta pronta. "Você sabe que nunca fui criança", anunciou em uma carta de 1980. Isso foi um prelúdio para algum refinamento pedofóbico, talvez? Não. Continuou sobriamente: "Minha vida começou aos vinte e um, ou trinta e um mais provavelmente. Digamos com a publicação de *Os menos enganados*"... Isto é, novembro de 1955, quando ele tinha trinta e três anos. Mas, na verdade, em fevereiro de 1948, aos vinte e cinco anos, ele tem maior poder explicativo: "Estou de mau humor por causa de meu pai", que teria só mais algumas semanas de vida. "Sinto que preciso dar um grande salto mental: deixar de ser criança e me tornar adulto..."

Foi um reconhecimento sério e que pode ter levado a algum pensamento sério sobre aquele adulto conhecido como Sydney Larkin. Em vez disso, Philip respondeu à morte da seguinte forma: recebeu instrução religiosa; ficou noivo de Ruth (um noivado declaradamente "provisório", embora celebrado com um anel); e foi morar com sua mãe viúva por "assustadores" vinte e cinco meses.

Ele não saltou para a idade adulta. Durante esse tempo, a vida romântica declinou e a vida artística cessou.

E ainda: "A privação é para mim o que os narcisos eram para Wordsworth". Acho esse epigrama suspeito em mais de um nível. Aliterativo e "eminentemente citável", foi sem dúvida premeditado por muito tempo; mas, em retrospecto, soa como uma tentativa (fracassada) de se glorificar na escuridão. Essa veia de persistência teimosa foi logo identificada por Wystan Auden (se encontraram apenas uma vez, em um jantar oferecido por Stephen Spender, em 1972).

Auden: "Você gosta de morar em Hull?".

Larkin: "Não sou mais infeliz lá do que deveria ser em qualquer outro lugar".

Auden: "Malcriado, malcriado! Mamãe não ia gostar disso!".

Contando a história anos depois (no *Paris Review*), Larkin disse que achou o comentário "muito engraçado", que de fato é; assim como assustadoramente exposto. O que Auden viu foi uma fachada defensiva; e tão óbvia que só poderia saudá-la com uma sátira amigável.

A fachada defendia o trêmulo fracasso de Larkin em construir uma vida remota e no mínimo convincente. E ele sabia disso, "viu com clareza": essa verdade decisiva, como a própria morte, permanece "no limite da visão,/ Um pequeno borrão sem foco, um frio permanente", mas um borrão que regularmente "pisca de novo para prender e horrorizar". E, como sabemos, foi um destino que ele preparou (com alguma altivez de espírito) aos vinte e poucos anos; instigado por Yeats, se curvou a uma oposição de falsa transparência entre "a vida" e "o trabalho" (como se os dois fossem de alguma forma mutuamente excludentes). E quando a obra, os poemas, acabaram se afastando dele (a data que ele dá é 1974), se viu impotente e abandonado em "uma vida fodida". "Minha vida parece recheada de nada"; "Que vida absurda e vazia!"; "De repente, me vejo como uma aberração e um fracasso, & meu modo de vida uma farsa".

Juntamente com sua memória quase sinistra e sua combinação única de lapidário e coloquial, a principal distinção do corpus de Larkin é o humor: ele é de longe o poeta mais engraçado da língua inglesa (e incluo todos os expoentes do verso leve). Nem é desnecessário dizer que sua comédia é apenas um aditivo agradável; é fundamental... Ele foi ajudado nisso, foi de algum modo "influenciado", por viver uma vida oca, "uma farsa", "absurda" e "cheia de nada"? Bem, nada; sua vida estava repleta do tipo de indignidades repetitivas que nos fazem dizer: se eu não risse, choraria. Sim, e se você não chorasse, riria. Esse é o eixo sobre o qual giram os poemas. Suas indignidades eram seus narcisos.

Para nos despedirmos, relembremos um poema muito tardio (1979) que captura um pouco de seu páthos pessoal, sua benevolência silenciosa e sua ternura primorosamente hesitante. Um dia, ele cortava a grama e atropelou um ouriço na vegetação mais alta. "Quando isso aconteceu", disse Monica, "ele veio do jardim uivando. Estava muito chateado. Vinha alimentando o ouriço, sabe?, cuidou dele... E começou a escrever sobre isso logo depois." O resultado foi "The Mower" [A roçadeira] (intimamente relacionado, aqui, a *reaper* [ceifador]), que termina assim:

Na manhã seguinte, me levantei e ele não.
No primeiro dia após a morte, a nova ausência
É sempre a mesma; devemos cuidar

Uns dos outros, sejamos gentis
Enquanto ainda há tempo.

O romancista

Abril de 2005

Em 10 de junho de 1995, liguei para ele em Vermont e disse:

"Feliz aniversário. E parabéns."

"Obrigado", disse ele. "Mas para que exatamente são os parabéns?"

"Você fez oitenta anos, você envelheceu. Deve estar se sentindo muito orgulhoso, grandioso. Ossos velhos são algo grandioso. Algo muito bom."

Eu disse isso mais ou menos sem pensar, apenas para animá-lo e dar-lhe coragem, e fiquei satisfeito ao ouvi-lo rir ("Uh-uh-uh"); mas um pouco de reflexão me informa que ossos velhos são de fato algo grandioso.

"Strange Meeting" [Estranho encontro], o último poema escrito por Wilfred Owen (1893-1918), procede:

E também os adormecidos sobrecarregados gemiam,
Presos demais em pensamento ou morte para despertar.
Então, enquanto eu os sondava, um saltou e olhou
Com lamentável reconhecimento nos olhos fixos,
Ergueu mãos angustiadas, como se para abençoar.

"Estranho amigo", eu disse, "não há motivo para lamentar."
"Nenhum", disse aquele outro, "exceto os anos desfeitos..."

Naturalmente, ossos velhos lhe darão muitos motivos para lamentar, mas você não ia se deter muito nos anos desfeitos. Os ossos velhos têm o poder de enervar a morte, de privá-la de sua trágica complexidade. Morrer a dois meses do nonagésimo aniversário: isso pode pedir diversos adjetivos, mas não *trágico*.

Eu estava em minha escrivaninha na comunidade costeira de José Ignacio, na província de Maldonado, Uruguai: Uruguai: cívica, social e humanamente a princesa da América inferior.

Quando estávamos lá, e estivemos lá, com intervalos, de 2003 a 2006, trabalhava em um prédio separado, a cem metros da casa (tinha um quarto e um banheiro, e na verdade logo serviria como *cabana* independente para o Hitch, que iria ao sul para um longo fim de semana). Para chegar ao meu escritório, Elena descia os degraus externos da varanda e passava pela piscina, que em abril já estava, em minha opinião, inaproveitável. Porque na América Latina, abaixo da linha do equador, abril é o início do outono. Elena veio para me dizer algo.

A fachada desse meu escritório era de vidro e tinha uma vista panorâmica do mar, que avançava à nossa volta nos três lados da península, o Atlântico Sul, com suas baleias ocasionais e sombras de nuvens diárias (e as nuvens, as sombras sempre pareciam baleias ociosas ou se aquecendo logo abaixo da espuma); o céu de um azul especialmente pálido emitia previsões meteorológicas, mais vermelhas que o fogo quando o sol se punha, ou então atormentadas ao amanhecer por presságios de *tormentas* vindouras, tempestades de poder pré-histórico... Uma forma humana então invadiu a quietude, e eu sabia por seus passos e seu rosto inexpressivo exatamente o que ela vinha me dizer.[1] Elena estava ali, longe da janela, balançando a cabeça devagar.

"Como você soube?", perguntei ao sair para o ar livre.

"Estava no noticiário. O funeral é amanhã."

"Amanhã?", eu disse. "Então é isso. Não posso fazer nada." Acenei um braço não comunicativo e até acusatório para ela e voltei para dentro.

... Saul, então, havia desistido, desistido de viver, deixou de estar vivo. Voltei para dentro e provei os antigos sabores de desistência e derrota. E desamparo. Também uma espécie de desamor terrestre: o paraíso a meu redor não se tornou infernal ou purgatorial; tornou-se comum...

Uma hora depois, ainda pensava: *Não posso fazer nada* quando Elena reapareceu do outro lado do vidro. Veja bem, Elena, além de ser Elena, era americana e não resignada. Ela sorria agora e o bilhete vermelho que segurava flutuava e tremia ao vento.

... Logo, o Aeroporto de Carrasco, em Montevidéu, depois o Aeroporto Ministro Pistarini (conhecido como Ezeiza), em Buenos Aires, depois (onze horas e cinco minutos mais tarde) o Aeroporto John F. Kennedy, em Nova York, depois o Aeroporto Logan em Boston; e cheguei à Crowninshield Road no momento em que a primeira limusine partia para o cemitério em Brattleboro, Vermont, uma distância de cento e sessenta quilômetros, a somar aos meus quase nove mil; e enquanto isso, aqui, o inverno dava lugar à primavera.

Na pequena área de recepção da sinagoga local, havia uma caixa de papelão cheia de gorros, gorros pretos, quipás. Rosamund pegou um e, quando me viu hesitar, disse:

"*Você* não precisa se preocupar."

"Não me importo. E sou casado com uma judia."

Assim que nós dois nos acomodamos no nosso assento (enquanto o rabino ululava), uma senhora idosa se virou, com uma mão rígida, e apontou rapidamente para o topo da própria cabeça.

Rosamund sussurrou: "Ela quer que você coloque o quipá". Coloquei.

... Mais cedo naquele dia, na seção judaica do Cemitério de Morningside, um pano preto com uma estrela de davi branca foi retirado do caixão pouco antes de este ser baixado e, ao mesmo tempo, as fitas pretas que recebemos foram rasgadas (não era apenas um rito, isso, mas uma encenação, pois muitos o fizeram com a testa franzida, quase carrancuda, como se estivessem em grande amargura), simbolizando a dor e a perda...

Religião. Na infância (em uma casa onde esse tipo de coisa nunca acontecia), os pais de outras crianças às vezes me levavam junto à igreja nas manhãs de domingo; eu passava por tudo isso com perplexidade, estranhamento e, depois de cinco ou dez minutos, um tédio sincero e depois apaixonado. Mas agora eu estava meio século mais velho, e, sejamos justos, a fé judaica era duas vezes mais antiga que a cristã; então fiquei intrigado e talvez minimamente consolado pela força dessas continuidades e observâncias.

Por uma, em particular. À beira da sepultura, havia uma considerável pirâmide de terra misturada com areia alaranjada. Na tradição judaica, acredita-se que os mortos não devem ser sepultados por estranhos, que este trabalho pertence aos próximos e entes queridos, aos amados e amorosos, à família e aos amigos. Rosamund foi a primeira, de cócoras esvaziou a pá com cuidado e quase silenciosa; seguida pelos três filhos (os três meios-irmãos), Gregory, Adam e Daniel; seguidos, por sua vez, por todos os enlutados sãos... Quando chegou a Philip Roth, ele lançou um olhar de desdém para a pá e enfiou a mão direita na areia, ergueu o braço e espalmou os dedos sobre a cavidade retangular no solo.[2] A maior parte da escavação em si e o nivelamento consciencioso da superfície couberam ao sr. Frank Maltese, o homem que vivia ali e construiu a casa de Saul nas redondezas, em 1975.

E a morte ainda é a morte, quando chega: a morte é sempre a morte. De *The Knight's Tale* [A lenda do cavaleiro], de Chaucer:

O que é este mundo? o que pede que o homem possua?
Ora com seu amor, agora na fria sepultura sua,
Sozinho, sem companhia alguma.

Shivá, o período prescrito de luto, começa imediatamente após o enterro e dura sete dias. Fiquei em Boston por mais ou menos esse tempo, hospedando-me em um Marriott no centro da cidade, e comparecia à Crowninshield Road antes do almoço e saía depois do jantar. Estava presente e por perto, autônomo, mas disponível, com os pais de Rosamund, sua irmã, sua sobrinha, outros amigos e ajudantes, e, claro, Rosie: éramos os vagões do trem circular de Rosamund.

Naquela semana, houve mais comparecimentos à sinagoga e outros rituais. Na Crowninshield Road, a vida se solidificava em torno da mesa da cozinha, onde conversávamos, relembrávamos, e, embora comêssemos muito, quase não se cozinhava. Todos os dias, ao entardecer, um grupo familiar aparecia na porta da frente: vizinhos, neste enclave judaico-acadêmico, com aquelas tinas e terrinas pesadas de ensopados e caldos encorpados... Ouvia-se uma troca lacônica de palavras, mas não havia entrada, nenhuma intrusão. E parecia haver sempre, no caminho da frente, uma festinha amistosa, pessoas indo e vindo, a trazer refeições ou levando embora vários recipientes e utensílios lavados, e modestamente lembravam que comida é amor.

Em 2005, eu era filho de um escritor morto, Kingsley (1922-95). Deveria saber melhor do que ninguém que escritores sobrevivem à morte. Um cético poderia dizer que apenas seus livros sobrevivem; mas os livros eram e são sua vida, e isso era ainda mais incisivamente verdadeiro para Saul, o mestre da Autobiografia Superior, o Escritor da Vida.

A mesa daquela cozinha espaçosa tinha uma força e uma virtude adicionais: continha pilhas de Saul: os romances, os contos, os ensaios e as reportagens, com frequência consultados durante o velório de uma semana. Houve uma sessão especialmente intensa envolvendo Rosamund e eu, e o crítico-romancista James Wood com a esposa, a romancista-crítica Claire Messud, e quando acabou pensei: sim, o truque de fato funciona. Sentia-me tão estimulado, tão extenuado e tão satisfeito como me sentia depois de uma longa noite com Saul.[3] Esperava e confiava que Rosamund se sentisse como eu. Essa transfusão de palavras de vida após a morte certamente deve apressar outra função do luto: encontrar o espaço para recuar, recuar e ver o homem inteiro (e em todo o seu vigor), em vez de apenas a pobre criatura dividida e nua sob seu cuidado, confusa pela luta para completar sua permissão de realidade.

"Não sabia o que esperar", disse Zachary Leader (teórico literário e autor de *Confessions of a Secular Jew* [Confissões de um judeu secular]). "Saul estaria acordado? Ele ia me reconhecer? Então resolvi ser brusco. Marchei para dentro e... Saul estava totalmente consciente e parecia meditativo, naquela cama elevada.[4] Até senti que poderia estar atrapalhando sua linha de pensamento. De qualquer forma, mantive meu plano."

Eugene: "Então, Bellow, o que você tem a dizer para si mesmo?".

Saul: "... Bom, Gene, é assim. Estive pensando. Imaginando, não sei qual destas é melhor. Será que é: lá se vai um homem? Ou lá se vai um idiota?".

Eugene (com firmeza): "Lá se vai um homem".

"Que era a resposta certa", eu disse. "Se ele tivesse me perguntado isso..."

Se ele tivesse me perguntado isso, teria honestamente (e agora romantizo) acrescentado: *Saul, não se preocupe com nada. Você nunca erra.*

No entanto, também notei o seguinte. No fim das contas, não é no prêmio Nobel que você pensava nem nos três National Book Awards e tudo. Mas sim em seus pecados do coração (reais ou imaginários), nas esposas, nos filhos e em como as coisas aconteceram com eles.

O último dia de Saul na terra.

Ouvi o relato de cada uma das três testemunhas: Rosamund, Maria (a empregada latina de aparência doce, mas forte, que firmava a coluna, estendia os braços e *carregava* o Bellow curvado para a frente até o topo da escada), e também do dedicado e indispensável factótum, Will Lautzenheiser.

Naquela manhã, Saul acordou achando que estava em trânsito, num navio, talvez? "Ele realmente não sabia quem eu era", disse Will. Saul não queria comer nem beber (talvez estivesse observando o jejum tradicional dos moribundos: abstinência, com uma guarnição de penitência). Então voltou a dormir ou voltou ao coma leve que, nas últimas semanas, pacientemente o tinha acompanhado. Passou-se um tempo. Sua respiração ficou lenta e difícil. Rosamund teve uma hora a sós com ele e, quando os outros voltaram para a sala, ela acariciava sua cabeça e dizia a ele: "Está tudo bem, *my baby*, está tudo bem". Saul abriu os olhos e olhou para ela com admiração, um olhar do coração, um olhar ardente; e então morreu.

... Assim que o último dia começou, Saul pensou que estivesse no mar, em uma viagem transatlântica. Era uma aventura, era uma travessia, da dimensão correta: as águas poderosas, as grandes profundezas, as incognoscíveis calmarias e *tormentas.*

A primavera então virou outono, mas o Uruguai havia recuperado em grande parte sua confiança e cor. Jorge Luis Borges, em Buenos Aires, imaginava o Uruguai como um Campo Elísio onde os argentinos atribulados, em expiração, se transformavam em anjos; poderiam então confraternizar discretamente com os anjos que já estavam instalados... Ainda assim, a meus olhos, algo faltava, algo não estava presente.

Na novela intermediária, *Trocando os pés pelas mãos*, o narrador idoso (e sem nome) de Bellow está definhando na Colúmbia Britânica enquanto aguarda a extradição para Chicago, culpado por crimes financeiros cometidos por sua família. Nesse meio-tempo, não há ninguém com quem conversar, exceto a proprietária, sra. Gracewell, uma mística viúva que gosta de discorrer sobre a Divindade:

> O Espírito Divino, ela me diz, hoje se retirou do mundo externo e visível. Podemos ver o que ele criou um dia, estamos cercados por suas formas criadas. Mas, embora os processos naturais continuem, a Divindade está ausente. A obra forjada é brilhantemente divina, mas a Divindade não está mais ativa dentro dela. A grandeza do mundo está se apagando. E este é nosso cenário humano...

Bem, era assim que o mundo me parecia quando voltei a me instalar em José Ignacio. O mundo era apenas ele mesmo, por enquanto, e tinha que se virar sem Saul Bellow, que trabalhara tão fervorosamente "para trazer de volta a luz que se foi dessas similitudes moldadas".

O ensaísta

Dezembro de 2011

Naquele "salão taciturno" que Owen chama de "Inferno", o soldado morto da Inglaterra ouve como seu "estranho amigo", o soldado morto da Alemanha, explora certas memórias e arrependimentos ("Pois pela minha alegria muitos homens podem ter rido,/ E do meu choro algo tenha restado,/ Que deve morrer agora"), e fala de guerra e "a pena da guerra". Por fim, "aquele outro" confronta suavemente o poeta com uma revelação dolorosa:

> *"Sou o inimigo que você matou, meu amigo.*
> *Eu te conheci nesta escuridão: pois assim você se contraiu*
> *Ontem através de mim ao me esfaquear e matar.*
> *Eu me esquivei, mas minhas mãos relutaram, frias.*
> *Vamos dormir agora..."*[1]

Sono, irmão da morte... Wilfred Owen foi morto em combate logo após o amanhecer de 4 de novembro. Tinha vinte e cinco anos, como Keats, e já era, como Keats, um poeta de essência shakespeariana. Sua mãe, Susan, única pessoa próxima e essencial de Wilfred, recebeu o telegrama enquanto todos os sinos de Salisbury batiam em comemoração ao Dia do Armistício: 11 de novembro de 1918.

* * *

Ao meio-dia de 23 de dezembro de 2011, quando saí para o pátio fechado do Aeroporto Intercontinental George H. W. Bush (seu teto baixo pingando com o suor morno dos carros), Michael Z estava como sempre esperando por mim. Ele tinha um livro aberto contra o volante e se assustou como alguém culpado quando bati de leve no vidro.

Entrei no carro e, como sempre, nos abraçamos. Então ele se endireitou. "... É uma coisa horrível de dizer, Martin", falou. "Mas basicamente está tudo acabado."

Caiam sobre mim, meus mirmídones... Tive uma sensação de nudez misturada com uma sensação de frio. Isso durou três ou quatro segundos. Então consegui me perder em uma questão linguística final provocada pelo e-mail de Salman um ou dois dias antes, endereçado a Elena, no qual perguntava: "É verdade que Christopher morreu?". Não perguntava "está morto", notei, mas o ligeiramente mais suave "morreu". Um pouco mais suave? Na verdade, muito mais suave; parece haver uma ênfase métrica inerente na palavra *morto*, que transmite algo decisivo: não um processo, mas um fato... Elena escreveu de volta, dizendo que não era verdade, ele não tinha morrido. No entanto, isso foi um ou dois dias antes.

O carro rodou pelos subúrbios de Houston (Christopher, agora, dormia profundamente, e não se esperava que voltasse a acordar), e, enquanto dirigíamos, o iglu que eu habitava foi derretendo lentamente, aquele com o nome Esperança (ou Negação), em uma plaquinha logo acima do tubo de entrada, e virou lama. *Caiam sobre mim* era uma convocação: aos meus mirmídones, minha guarda pretoriana de hormônios e produtos químicos. Esta foi minha estratégia, descobri: negação cega, seguida de choque clínico.

"Estive lá esta manhã", disse Michael. Agora estávamos no pátio diferente, sob a sombra do arranha-céu. "Então eu não... Acho que apenas vou para casa."

Depois de um momento, eu disse: "Isso, vá para casa e fique com Nina. Como está a Nina?".

"A verdade é que nós dois estamos muito entorpecidos."

Entorpecido era algo que eu entendia. Parecia que eu estava quase sem pernas com sedativos e analgésicos, mas estava acordado, acima de tudo vivo, e saí do carro, entrei no MD Anderson.

* * *

Christopher estava deitado de costas com a cabeça inclinada, o rosto virado para o lado, os olhos fechados. Fui direto até ele, beijei-o no rosto e disse em seu ouvido: "Hitch, é o Mart, estou a seu lado". Seus cílios, suas pálpebras não piscaram... Quando, depois de um minuto me virei, vi que havia outras sete pessoas na sala. Registrei-as uma por uma: Blue; o pai de Blue, Edwin; o primo de Blue, Keith; a filha de Blue, Antonia; os outros filhos de Christopher, Alexander e Sophia; e o velho amigo de Blue, Steve Wasserman. Sem médicos, sem enfermeiras: a ajuda desse lado estava encerrada. As moscas adoradoras da morte também haviam chiado em outro lugar; terminado o trabalho, mudaram-se, foram para outra cama em outro quarto.

E Christopher também; porque esta não era a ala familiar no oitavo andar. Seus pertences estavam lá, meio arrumados ou meio embalados, mas não era o pouso de um ser ativo, sem livros e papéis, sem teclado na bandeja de refeição, sem trabalho em andamento. Um lugar de recuperação, uma sala de espera.

Logo percebi o que fazíamos ali. Então, cumprimentei a todos em silêncio, sentei-me em uma cadeira, cruzei os braços e juntei-me ao velório.

Como ele era jovem e bonito. Tão calmamente jovem e bonito. Parecia um pensador, um pensador rígido, fazendo um breve descanso, o pescoço inclinado para trás, para aliviar a tensão de meditações prolongadas e desafiadoras... Ora a razão dormia, ora o sono da razão; ele parecia Keats em sua cama branca em Roma; parecia ter vinte e cinco anos.

Pelo que Michael Z disse (e pelo que Blue deixou escapar), eu começava a entender. A doença que a morte de Christopher curaria não era a rainha de todas as doenças, o câncer; em vez disso, era "a amiga dos velhos", aquela velha errante, a pneumonia. Sim, mais uma infecção hospitalar (a quarta, a quinta?), e para essa luta em particular ele dispensara todos os remédios.

Totalmente típico, sempre foi a intenção de Christopher "'morrer' a morte no sentido ativo, não passivo, estar ali e olhá-la nos olhos" ("desejando não ser poupado de nada que pertença propriamente a um período de vida"). Será que funcionou? Ele, de alguma forma, já havia morrido? Bem, ele estava insensível agora, estava alheio agora. O que, suponho, era uma condição necessária

"[Ele] gradualmente afundou na morte", escreveu Severn, "tão quieto que ainda pensei que dormisse."

para qualquer velório. Como poderia ocorrer de outra forma? Você pode assistir à morte chegar, mas não pode assistir à própria morte. Nem mesmo Christopher contemplaria algo tão terrível...

Na verdade, seus olhos estavam fechados, o rosto voltado para o outro lado, como se para se certificar duplamente de que ele não veria todos nós reunidos ali, todos aqueles rostos que logo desapareceriam de forma conclusiva.

Ali estava ele...

Duas horas se passaram e ficamos sentados como estudantes de desenho em sala de aula, avaliando um modelo.

... Não muito antes de eu nascer, minha mãe adolescente "posava" no Ruskin, em Oxford. Disse-me que passava as horas "fingindo estar morta"; não que se sentisse envergonhada ou desconfortável (regularmente posava nua); não, ela transmitiu a informação apenas para me equipar com um truque, ou um feitiço, para fazer o tempo passar mais rápido.

Havia comentários mudos e apartes sussurrados, mas nada que se parecesse com uma conversa; de vez em quando, um ou outro de nós furtivamente escapava brevemente, para ir ao banheiro, para fazer uma ligação, para esticar as pernas, para provar alguma variação no ar...

Por volta das sete, fumei com Blue, no meio dos arbustos empoeirados. Ela me pareceu alguém bem diferente da mulher que eu conhecia, decididamente reservada ou até tímida, agora neutra e sem afetação, como se essa fosse sua verdadeira natureza, e toda a vivacidade direta a que eu estava acostumado pertencesse apenas a uma gêmea ausente.

Dias antes, ela me disse, Christopher estava, como de costume, sendo cutucado, testado, deslocado e içado, e disse (em um tom muito forte): "Já chega. Não há mais tratamento agora. Agora quero morrer". Ele tinha ficado sem chão e reconheceu que chegara a hora certa de fazer a travessia. Essas não foram suas últimas palavras, não em nenhum sentido formal; suas últimas palavras estavam a um ou dois dias de distância...

Em Houston, mesmo nos meses de inverno, a temperatura diurna raramente cai abaixo de vinte graus. Diante de nós, diante de Blue e de mim, estendia-se uma bela noite de dezembro, que parecia destinada a durar até a meia-noite... Subimos apressadamente e tomamos nossos lugares, como em uma galeria ou teatro, para contemplar um retrato ou uma mímica imóvel.

Blue falara sobre o fim de Christopher com serenidade, quase desdenhosa. Passava por aquilo fingindo estar com frio.

Havia outra presença no velório, inorgânica e a princípio ignorada, mas agora totalmente dominante: o ponto para o qual todos os nossos olhares convergiam.

Era o aparelho alto que brilhava no canto direito da cama e parecia as entranhas de um robô idoso, uma árvore-órgão de baquelite e metal (montada, ao que parecia, na loja de quinquilharias do Crazy Eddie): telas de computador acesas, celulares, rádios-relógios, calculadoras de bolso, walkie-talkies, uma coisa empilhada em cima da outra, e depois cuidadosamente ataviado, ali no MDA, com bolsas e frascos de nutrientes e medicamentos. Dígitos vermelho-sangue e dígitos de cantos pontiagudos exibiam leituras.

Às oito horas, a pressão arterial dizia 120/80. Às nove, dizia 105/65. E continuava caindo.

... Dezenove meses atrás, quando tudo isso começou, eu sempre pensava, com temerosa antecipação, no Ícaro, de Auden: "O respingo, o grito que se esvai... Algo incrível, um menino do céu cai". Mas agora havia chegado o momento em que pensei na imagem de Cristo, de Eliot (em "Prelúdios"): "Me comovo com fantasias que se enrolam/ Em torno dessas imagens a se impor:/ A ideia de algo infinitamente suave/ Infinitamente sofredor".

O peito continuou a subir e descer, mas de modo superficial agora.

A respiração enfraqueceu com suavidade, visivelmente, mas não audivelmente. Sem respiração ofegante, sem chiado, sem engasgo: sem esforço, sem tremor, nada repentino.

A linha continuamente ondulante na base do monitor cardíaco, como uma representação infantil de um mar agitado, agora se estendia em uma calmaria mortal.

A viúva, depois de um silêncio, começou rápido a juntar as coisas, levantou-se e disse:

"Vamos. Não tem mais nada aqui agora. Isso", ela sussurrou para mim, referindo-se ao corpo, "não tem mais nada dele. É só... resto." Enquanto íamos para o corredor, ela se virou e viu algo entre os pertences dele que por um momento fez seu passo vacilar. Com uma forte inspiração, ela engasgou:

"Os... *sapatos* dele!"

Mortalidade, que surgiu no início de 2012, está em minha mesa no Brooklyn, aqui em 2018, e posso dizer com certeza que é um valoroso e nobre acréscimo à literatura sobre morrer.

As últimas palavras de Christopher foram estereotipadas (embora também, em minha opinião, caracterologicamente soberbas). Mas por que as últimas palavras em geral são tão, em maior parte, de segunda categoria? E quero dizer as últimas palavras de nossos maiores poetas, pensadores, cientistas, líderes, visionários, nossos super-homens e nossas mulheres-maravilha: por que o nec plus ultra da humanidade articulada, diante desse momento decisivo, não pode fazer um pouco melhor?

Henry James (1843-1916) saiu-se com "Então finalmente chegou, a coisa eminente". Retoricamente isso é esplêndido: últimas palavras em alto estilo. Ele afirmou que seu floreio de despedida foi espontâneo (seu "primeiro pensamento" quando sua perna cedeu e ele caiu). Mas o alto estilo, por definição, nunca é espontâneo: e o que há de "eminente" em cair? Diria que James elaborava as últimas palavras desde cerca de 1870.

As melhores últimas palavras que conheço pertencem a Jane Austen (nascida em 1775), que morria (de linfoma) aos quarenta e um anos, com dores insuportáveis. Questionada sobre o que precisava, disse: "Nada além da morte". Soa impulsivo, espontâneo, talvez até fortuito; além de cansado e resoluto, impaciente e estoico. Não contente com isso, o poetismo cristalizado de Austen — até mesmo o "além" desempenha seu papel — dramatiza uma realidade caída, porque "nada" e "morte", aqui e em outros lugares, são sinônimos. "Nada além de nada" era o que ela queria dizer.

Caso contrário, as últimas palavras são escória, como o corpo humano defunto. E as palavras que precedem a morte dificilmente poderiam ser tão fracas quanto são, a menos que algo sobre a morte as tornasse assim. Sendo impenetrável, a morte derrota os poderes expressivos, e nossos melhores e mais brilhantes representantes nada podem fazer com ela. Bem, nec plus ultra: "o exemplo mais perfeito ou mais extremo", deriva da placa mitológica de *entrada proibida* inscrita nos Pilares de Hércules: "Nada mais além".

Voltamos do MDA cerca de meia-noite e nos sentamos sem falar nada na cozinha e no pátio da casa de hóspedes (com a companhia muda de Michael Z). Embora meu estado mental fosse obscuro para mim, meu corpo, depois da saturnália de produtos químicos (agora reforçados por Chardonnay), parecia familiar: a queda logo seria seguida pela ressaca, e uma ressaca de categoria espiritual, fortemente marcada por remorso e arrependimento. Christopher escreveu que arrependimento era por coisas que você fez e remorso, por coisas que você não fez: pecados cometidos contra pecados de omissão... Todos ficaram acordados, tentando descoagular. E, por volta do meio-dia do dia seguinte, a maioria de nós foi em grupos para o aeroporto e embarcamos em voos derrotados para San Francisco, Washington DC, Nova York e talvez outras cidades.

... As últimas palavras de Christopher, ao contrário das de James (e de Larkin), não foram ensaiadas. Também inadvertidamente, porque ele perdeu a consciência no meio do pensamento: suas últimas palavras, eram apenas duas, foram apenas as palavras que ele disse por último. Eram retoricamente primitivas, pouco mais que um slogan ou um cântico. No entanto, quem o conheceu com certeza as achará cheias de significado e força afetiva. Foi Alexander quem me descreveu a cena, com um copo de papel cheio de café algumas horas antes da morte; e nós dois sorrimos, fechamos os olhos e assentimos.

Ontem, Christopher estava deitado vivo, mas imóvel, com a mente naquela região entre o sono profundo e o coma leve, e articulou algo suavemente. Alexander (e Steve Wasserman, também presente) se aproximou e pediu que ele repetisse. Ele o fez: "Capitalismo". Quando Alexander perguntou se ele tinha algo a acrescentar, ele disse fracamente: "... Queda". Esse era o Hitch, totalmente não convertido, exceto quando se tratava de socialismo, utopia e paraíso terrestre. Atravessava o terreno para a morte: e ainda assim nunca mudou.

"Alexander, seu pai *não* está morrendo aos sessenta e dois anos. Ele tem cerca de setenta e cinco anos, eu diria, porque nunca, nunca foi dormir." Ficamos sentados lá com nossos copos de papel. "Nossa, é tão radical da parte dele morrer", eu disse. "É tão *esquerdista* da parte dele morrer."

... Paira diante de mim, debaixo do abajur de canto, *Mortalidade*, divertido, firme e desesperada e surpreendentemente curto. Costumo pegá-lo e colocá-lo no chão com o maior cuidado, para evitar ver a foto que ocupa a contracapa; mas às vezes, como agora, me obrigo a virá-lo e encará-lo. Nunca conversamos sobre a morte, ele e eu, nunca conversamos sobre a morte provavelmente iminente do Hitch. Mas uma olhada neste retrato me convence de que ele o discutiu de modo exaustivo consigo mesmo. São os olhos de um homem em comunhão horária com a coisa eminente; eles contêm uma grande concentração de dor e desperdício, mas são claros, as pupilas azuis, o branco branco. Christopher, muito antes do fato, montou o próprio velório. *Prepared for the Worst* [Preparado para o pior] foi o título de sua primeira coleção de ensaios (1988), e foi sua postura e slogan ao longo da vida. Sentiu a compulsão de procurar a posição mais difícil, e aqui está ele, na posição mais difícil de todas, a posição mais difícil para ele e para todos os outros na terra.

No dia em que D. H. Lawrence deixou de viver (aos quarenta e quatro anos), disse três coisas interessantes. Sua antepenúltima frase foi "Não chore" (dirigida a Frieda); a penúltima foi "Olhe para *ele* ali na cama!"; a final foi "Sinto-me melhor agora" (as últimas palavras que muitos agonizantes murmuram). Lawrence errou na ordem: deveria ter finalizado com *Não chore*...

Não chore. Não foram as últimas palavras de Christopher, mas sim seu legado — e da maneira mais estranha. Ele próprio era muito aberto à emoção, era rápido e fortemente comovido pela poesia (literária e política), não se alarmava com o sentimental e até com o espiritual; mas não teria nada a ver com o sobrenatural. E então eu agora digo a seu fantasma:

"Depois que você morreu, Hitch, algo muito surpreendente aconteceu... Não era sobrenatural, é claro. Nada nunca é. Só *parecia* sobrenatural."

"Sobrenatural até que ponto?"

"Levemente sobrenatural. Só um pouco sobrenatural."

"E você está sugerindo que provoquei isso do além-túmulo? Ou além do incinerador, porque, como você sabe, meu túmulo está no céu."

"Verdade. A vala comum de tantos de seus irmãos de sangue e suas irmãs de sangue. Não, não estou dizendo isso. Foi todo o seu próprio trabalho, mas o trabalho feito quando você estava vivo."

"Explique."

"Vou explicar e tentarei fazer você entender."

Poslúdio

Certa vez Christopher escreveu sobre "a leve e contínua chuva inglesa" que fazia parte de seu "direito de nascimento". Conheço essa chuva, conheço essa chuva de ilha, que mal tem peso para cair e vem na ponta dos pés, como se tentasse fazer-se passar pelo elemento silencioso; e não é o elemento silencioso.

A neve é o elemento silencioso. É também o elemento informativo: a neve diz em silêncio, longamente e com grande precisão, quantos anos você tem, quantos anos tem no corpo, quantos anos tem na mente. E como ela comunica isso?

Quando eu era menino, no inverno, dormia choroso, rezando por neve, a implorar choroso aos céus que me mandassem neve. E ainda posso sentir a pontada deliciosamente mentolada em minha garganta sempre que acordava do sono, abria com as duas mãos as cortinas ao lado da cama e via um mundo branco... A neve adora os jovens (dando-lhes bolas de neve e bonecos de neve além de muitas outras guloseimas); e os jovens retribuem o amor.

Mas, nos últimos anos, um mundo de branco não faz mais do que reabastecer minha aversão e pavor. Depois de uma noite de neve, quando nevou forte, mas silenciosamente, levanto as persianas pela manhã e enfrento um antagonista que eu meio que esperava ter esquecido... Neve odeia os velhos.

Existem gradações, é verdade. Até hoje, com relutância e total má vontade, ainda tenho que me curvar à neve. Não quero sair (quero ficar dentro de casa com um cobertor no colo) nem que me diga quantos anos tenho; porém ainda quero me maravilhar com isso, enquanto é branco e novo. O elemento silencioso, a neve cai em silêncio e tem o poder sobrenatural de silenciar uma cidade...

Mas tudo isso acabou por mais um ano, graças a Deus; e então veio a primavera, e aqui está o verão.

Olá outra vez, obrigado por ter vindo, e bem-vindo de volta... Tudo bem, não exatamente de *volta*. Depois de um ano como aproveitadores errantes, como passageiros, nos consultamos novamente, e este é nosso novo lugar, no vigésimo andar (meus filhos o chamam de *skypad*). E sim, obrigado, você me encontra com um espírito bastante resiliente. Por três razões.

Primeiro: meu Green Card finalmente chegou, depois de tantos anos. Portanto, chega de cambalear de escritório em escritório no odioso Departamento de Segurança Interna. Os cortes de impostos para os ricos não diminuem, mas a miséria moral nos altos escalões é o gêiser Steamboat; e a atmosfera dentro e ao redor do Tribunal de Imigração é agora de desprezo arrogante e insolente. No caminho para o Federal Plaza, você pode testemunhar porteiros adolescentes zombando de casais hispânicos perplexos porque eles *nem falam inglês*...

Segundo: Trump está com problemas à medida que as eleições de meio de mandato se aproximam. Claro, ele está sempre em apuros, e sempre estará, por um simples motivo: ele honestamente não sabe a diferença entre certo e errado... Não, mesmo que ele consiga um segundo mandato, não temos planos de nos mudar para o Canadá. Trump não é um motivo para sair; é um motivo para ficar. Mais tarde, esta noite, vou me juntar à minha família imediata e cerca de duas dúzias de nossos primos americanos. E é isso que os americanos são: meus primos.

Terceiro: a última página de *Os bastidores* agora é visível a olho nu. Terminar um romance costuma ser motivo de satisfação sombria com um traço de *tristesse*. Mas agora as emoções parecem configuradas de maneira bastante diferente...

De qualquer forma, suponho, meu amigo, que isto será um adeus. Passamos por muita coisa juntos e você demonstrou incrível paciência e constância. Por isso, vamos marcar a ocasião levando um balde de gelo e uma garrafa de vinho para a cobertura, onde podemos assistir ao pôr do sol.

... Temos tudo? Esta escada não tem corrimão, ainda não, e aprendi que aproximadamente cem por cento dos desastres com idosos acontecem em escadas. E até você deve ter cuidado, carregando tudo isso. Apenas dois meios lances curtos e estaremos lá.

Sabe, no Uruguai, bem perto de casa, havia uma boate em um gramado inclinado, e todos aqueles jovens se reuniam ao entardecer para ver o show. E, quando o sol finalmente desaparecia na borda distante do Atlântico Sul, *aplaudiam*, todas as noites, com sinceridade e gratidão. Muito uruguaio, isso, e muito doce, sempre achamos. E vagamente antigo, bem como vagamente pós-moderno. Espere. Cuidado com o...

Porto de Nova York.

Com a Liberty Island no meio dele. Contemple... Lady Liberty muitas vezes me faz pensar em Phoebe Phelps; fisicamente, aos setenta e cinco anos, enorme e pesada, e aparentemente sem um grama de tecido supérfluo, dura ao toque, como um rígido bote de borracha inflado ao máximo. Mas qual é o oposto de liberdade? Sujeição. Sobrecarga. Servidão. Vitalícia *liability* [responsabilidade] (do francês *lier*, "vincular"). Bem, então... Lady Responsabilidade...

Sempre que olho para o campo de visão inteiro, descubro que estou preso a uma metáfora, porque fico imaginando o espaço como uma espécie de Serengeti urbano. Olho todos os guindastes, os de perto e os de longe, em Nova Jersey, olho o ângulo exato de seus pescoços, e você não acha de repente que são rebanhos de girafas mecânicas? E aquelas várias feras dentro e ao redor da água, os hipopótamos dos rebocadores de armazenamento, os grandes crocodilos das barcaças, os obstinados jurássicos do... Et cetera, et cetera, com outras correspondências a se sugerir muito prontamente. Isso é conhecido como um "símile épico". Mas vamos nos livrar de seus grilhões...

Veja aquele avião se aproximando tão baixo sobre a água, em altura de helicóptero. É um *widebody*, o que a indústria chama de *pesado*. Agora, para mim ele se aproxima, com todos os sinais de cruel determinação, da Freedom Tower, lá, One World Trade Center, a estrutura mais alta à vista... Esse truque do olho é uma "ilusão de paralaxe", relacionada à percepção de profundidade. Tudo se endireitará no momento em que o avião passar com segurança além do alvo. Como faz agora... Um truque do olho e o reflexo de uma mente condicionada em 2001, quando você era criança. Eu realmente deveria ser capaz de perceber a diferença, porque os aviões do Onze de Setembro voavam cerca de três vezes mais rápido do que aquele 767 calmo e inocente...

Toda a nossa seção do centro do Brooklyn é mártir do sistema de justiça criminal dos Estados Unidos. Tribunais, prisões, fóruns de liberdade condicional, e todos os intermediários (agentes de condicional, advogados vigaristas, advogados corruptos) que trabalham na interface entre a liberdade e seu oposto. Além de ônibus cheios de policiais, que se espalham em motocicletas e carros-patrulha, e eles ainda têm um daqueles patéticos veículos de dois lugares, com NYPD [New York City Police Department: Departamento de Polícia de Nova York] estampado na porta...

Está vendo aquele telhado fortificado bem em nossa frente? Digo-lhe que é o pátio de exercícios do Complexo de Detenção do Brooklyn na Atlantic Avenue... É uma quadra de basquete enjaulada e, através da malha, você vislumbra essas figuras esguias se mexendo lá dentro. Não há muito para ver, mas muito para ouvir. Houve um sonoro *Vai se foder, negão!* na noite passada mesmo. O comentário foi de preto para preto e amigável, até mesmo com admiração no tom, como em reconhecimento de alguma façanha ou finta bem-sucedida sob a cesta...

São todos pretos. As filas diante dos assentos de julgamento e correção são todas pretas. No ano passado, Elena visitou uma prisão de segurança máxima no norte do estado: todos eram negros. E passamos meio dia juntos no vasto cercado de Rikers Island: e são todos negros. Parece uma resposta obstinada à "pergunta" afro-americana. Por volta de 1985, alguém disse de repente, já sei: Vamos trancar todos eles... Não, sério mesmo. Dê uma olhada em *The New Jim Crow* [O novo Jim Crow], de Michelle Alexander.

Está vendo aquele enorme tijolo laranja passando pela água? Poderia ser um barco de prisão a caminho de Alcatraz, não poderia?, mas é apenas a balsa de Staten Island, cheia de passageiros e alguns turistas com chapéus engraçados. Amo aquela balsa agora. Tão ingenuamente, tão lealmente arando seu sulco...

Sim, era estranho, estava mais que estranho com o Hitch. Não vivo com medo de ser considerado sentimental, como você sabe, mas até acho isso um tanto embaraçoso. De qualquer forma, vamos deixar isso para o fim.

... Olhe para Lady Liberty ali, com sua tocha dourada no alto. Ela realmente nos encara, embora não possamos ver com clareza aquele rosto dela, com o nariz romano e o desdém de comando frio: rosto de conquistador. E sem gênero também. Sempre se pensou que o modelo de seu escultor, Bartholdi, foi sua mãe, mas uma pesquisa recente diz que o modelo foi seu *irmão*...

Fui lá, fui dentro dela, lá em 1958, aos nove anos. Na mão esquerda, ela segura uma placa com uma data em algarismos romanos: 4 de julho de 1776. A seus pés há uma corrente quebrada...

De longe, a coisa mais odiosa sobre Trump é... bem, deixe eu colocar desta forma.

Imagine os quatro universitários negros que, no meio da tarde, pediram quatro xícaras de café no balcão da lanchonete Woolworth errada (só para brancos) na segunda-feira, 1º de fevereiro de 1960, em Greensboro, Carolina do Norte; negaram-lhes o serviço, e eles foram direcionados para a Seção das Pessoas de Cor, importunados por moradores locais incrédulos. Mas permaneceram em seus lugares, lendo, até a loja fechar. Esse tenso ritual foi repetido no dia seguinte, e no seguinte, e no seguinte, em números cada vez maiores de ambos os lados. No fim da semana, mais de mil manifestantes negros enfrentaram igual número de brancos...

Imagine Ruby Bridges, que no mesmo ano caminhou para a escola acompanhada por quatro agentes federais, em New Orleans, uma criança esguia de seis anos, com meias brancas, uma sacola e uma régua amarela nas mãos; de cabeça erguida e passos firmes ela cruzou o cordão de cidadãos que gritavam e gesticulavam e entrou na Escola Elementar William Frantz. Todas as outras crianças foram levadas pelos pais, e todos os professores deixaram seus cargos e entraram em greve, todos menos um...

Como sabemos e sempre soubemos, existe neste país uma vasta e inveterada minoria (cerca de trinta e cinco por cento) cuja simpatia não está com os manifestantes silenciosamente estudiosos, em Greensboro, mas com os rejeitadores que gritam em seus ouvidos, despejam refrigerante em suas cabeças e, em seguida, os espancam até caírem no chão; não com Ruby Bridges, de seis anos, em New Orleans, porém com o rosto deformado pelo ódio da dona de casa na manifestação a brandir uma boneca negra dentro de um pequeno caixão.

... Trump é um típico supremacista branco; ou ele pensou, desde o início, que a supremacia branca fosse seu único caminho para o poder? Ele é um bárbaro irrefletido ou um oportunista extraordinariamente desprezível? Com certeza, ele é ambas as coisas. De qualquer forma, Trump achou que fosse valer a pena pegar a grande mancha/mácula/ferida/bloqueio/praga/vergonha/crime americano, crime de ódio, e dar-lhe mais um lugar ao sol.

Nas manhãs claras, ela está na melhor forma, nos conformes, um farol icônico que ilumina o caminho para uma ideia gloriosa. Quando as nuvens estão baixas e a névoa se torna mais densa, ela parece o restante de uma civilização que veio e se foi: duas pernas de pedra vastas e sem tronco, nos restos sujos de um manto.

... A névoa, o outro elemento silencioso, junta tudo a tudo numa noite cinzenta. Embora não possa silenciar uma cidade, a névoa pode subjugá-la, a névoa pode acalmá-la e torná-la mais domesticada; mas a mera chuva, a mera escuridão é capaz disso...

Olhe! Nunca vi isso antes. No estuário, sim, porém não tão perto, não no trecho antes de Governors e Liberty. As balsas de Staten Island estão prestes a cruzar.

Uma entra, outra sai. É como um eclipse. Dois se tornam um, apenas por um momento; e então se tornam dois novamente.

Sim, agora que você pergunta, penso na morte, quase no sentido de que ela está sempre em meus pensamentos, como uma música indesejada. É por isso que muito gentilmente considero você tão jovem. Porque você vai me ler de vez em quando, pelo menos até cerca de 2080, se o tempo permitir. E, quando você se for, talvez minha vida após a morte também chegue ao fim, minha vida após a morte de palavras.

E vou me juntar ao desconhecido soldado alemão em 1918. *Pois pela minha alegria muitos homens podem ter rido/ E do meu choro algo tenha restado,/ Que deve morrer agora.* Essa será a terceira morte: primeiro meu desejo, depois minha vida, por fim minhas palavras escritas.

Justo é justo, e uma promessa é uma promessa. E chegaremos ao legado do Hitch muito em breve. Mas primeiro...

Conversamos sobre imortalidade. Você já ouviu falar de "transumanismo"? Trata-se de um movimento para pessoas que não se importariam de ter componentes mecânicos em seu ser (como aquela manada de girafas ali) — com "lâminas" de fibra de carbono em vez de pernas e assim por diante — nem de ter componentes eletrônicos, sendo equipadas, por exemplo, com um radar de *morcego*... Pergunto-me quantos desses interrogativos Prometeus recebem salário mínimo. Não, ao contrário da literatura, o transumanismo não está aberto a todos...

Quer dizer, quem se importa, mas o transumanismo me parece uma ramificação da criogenia: o golpe do viver para sempre. Se a presidência não tivesse intervindo, o projeto Imortalidade Trump poderia muito bem ter sido a próxima jogada de negócios de Donald J., depois da Escola de Fé Trump e o Bolo de carne Trump... Obediente à orientação criogênica, você coloca seu cadáver em uma caixa de gelo semelhante a um tonel e depois espera. Online, vi um dos anúncios: a foto de um homem que parecia... que parecia um lutador de sumô americano penteado, com jaqueta de tweed e um enorme nó de gravata equilátero, sorrindo na frente da geladeira: vazia, aposto, a não ser por um iogurte e algumas cervejas.

Sob os cuidados desse indivíduo, seus restos mortais aguardarão uma sociedade de um futuro distante que, por algum motivo, sentirá necessidade de descongelar e reviver um esquadrão de velhos idiotas apaixonados por si mesmos e com doenças fatais, doentios acumuladores que fizeram de tudo para permanecer na casa dos que contam...

O congelamento do cadáver custa cerca de duzentos mil dólares, mas a opção "neuro" custa apenas oitenta mil: o pacote que inclui somente a cabeça.

Assim como na questão da utopia terrena, ocorre o mesmo com a vida eterna: a literatura é unânime em considerar a perfeição humana ou a perpetuação indefinida essencialmente horrenda. Tente isto em seu lugar.

"A floresta decai, a floresta decai e tomba,/ Os vapores choram seu fardo no chão,/ O homem vem e cultiva o campo e se deita abaixo,/ E depois de muitos verões morre o cisne." De "Tithonus", de Tennyson. Tenho notado repetidas vezes que a poesia, e somente a poesia, é capaz de enfrentar a morte em pé de igualdade.

A prosa é muito rápida. Para enfrentar a morte, ela deve ser reduzida a um ritmo quase processional. Jorge Luis Borges (que escreveu um conto aterrorizante chamado "O imortal") em outro lugar supôs que "O tempo é a substância de que sou feito. O tempo é um rio que me arrasta, mas sou o rio; é um tigre que me destrói, mas sou o tigre; é um fogo que me consome, mas sou o fogo". Sugerindo que a morte não seja um intruso, porém um residente; o rio, o tigre, o fogo, já estão todos lá.

É certo, é apropriado, é como deve ser, que morramos. "A morte é o fundo escuro de que um espelho precisa antes que possamos ver qualquer coisa", escreveu Saul Bellow. E sem morte não há arte, porque sem morte não há interesse, ou para ser mais preciso não há *fascínio* (uma bela palavra, e, como disse Nabokov sobre um tipo diferente de bela palavra, "um hóspede bem-vindo à minha prosa"). *Fascínio* significa, um: a tendência de absorver irresistivelmente, e dois (semiarcaicamente): a ambição de "privar (a presa) da capacidade de resistir ou escapar do poder de um olhar"...

Por que morrer é tão difícil, fisicamente? Isso é o que quero saber. Ah, o esforço, o trabalho escravo de morrer. Ah, o grande suor da morte...

O tempo é inimigo do escritor como indivíduo, na medida em que a longevidade do talento não acompanhou outros avanços; mas a imortalidade, assim como a utopia, é inimiga da escrita *tout à fait*: raiz, tronco, galho e ramo. Os escritores morriam jovens, lembre-se (traço comum em absolutamente todos)... Christopher já havia sobrevivido a Shakespeare, o Imortal, por uma década inteira quando me juntei a seu velório em Houston, em 23 de dezembro de 2011. Meu melhor amigo tinha sessenta e dois anos. Isso não é certo, não é adequado, não é como deveria ser.

Em 24 de dezembro, voei de Houston de volta para Nova York. Curiosa e erroneamente, o tempo estava fresco e claro. No entanto, não me deixei enganar pelo céu azul, ou assim pensei. Isso é um desastre, dizia a mim mesmo várias vezes. Isto é claramente um desastre absoluto...

Acordei na manhã seguinte em um estado de autoexploração perplexa. Depois, vivi mais um dia, o dia de Natal, em casa com minha família. E então outro dia caminhei uma ou duas vezes no bairro e aproveitei as interações habituais nas lojas e outlets de Cobble Hill; e na manhã seguinte acordei mudado. A sensação não rondou apenas, ela se instalou. Mas não podia confiar nela; senti que simplesmente não podia confiar nela.

Então Blue, em uma de nossas conversas por escrito, revelou que ela *também* sentia o mesmo! Ora, perdi um amigo querido; mas Blue perdera um esposo amado... Quando nos encontramos para jantar em Manhattan, tivemos uma conversa emocionante e emocionada, como pacientes que comparam sintomas, ou mais como um par de caminhantes que compartilha anotações sobre a mesma jornada. Nós dois havíamos experimentado isso: uma infusão, uma invasão de felicidade avassaladora. Felicidade: o deleite da consciência. Perguntei a ela:

"Ele ia ficar magoado, não é? Magoado por não ficarmos devastados para sempre?"

"Não! Ele ficaria emocionado."

"... É verdade. Claro que sim. Ele ficaria emocionado."

Tudo bem, isso é o que parecia ter acontecido. O amor pela vida do Hitch, o amor existencial do Hitch, o *amour fou* [paixão incontrolável ou obsessiva], transferiu-se em parte para nós. E doravante, concordamos, seria nosso dever solene mantê-lo e honrá-lo.

Depois de sete anos e meio a felicidade ainda está lá, enfraquecida ou digamos qualificada pelo estreitamento do tempo antes de eu *me juntar a ele* como diziam. A felicidade também é, devo confessar, leve, mas persistentemente enrugada pela culpa. Do que sou culpado, além de sobreviver e viver mais? Vem de uma peculiaridade estrutural do velório.

Em um dos primeiros poemas, "Wants" [Quereres], Larkin fala sobre "a dispendiosa aversão dos olhos diante da morte". Mas o olhar fixo também é caro, proibitivo. No meio de um velório de oito horas, você para de querer que eles acordem e começa a querer que durmam para sempre: em outras palavras, deseja que eles desapareçam. O velório força essa traição a você, você simplesmente não consegue sair do caminho...

Assisti à morte de minha irmãzinha em 2000; e no caso dela não tive tempo de desejar que partisse. Myfanwy estava morta fazia meia hora, e eu nem sabia. Porque ela ainda respirava, respirava com vigor, até que a enfermeira voltou e apontou compassivamente para a linha plana. Vendo meu espanto, apontou para o respirador, a máquina que fazia a respiração de Myfanwy... Então lá estava minha irmã, um cadáver ofegante aos quarenta e seis anos. Claro, claro, eu poderia ter feito algo a respeito. Não poderia?

De qualquer forma, abaixo o velório, para o inferno com o velório, morte ao velório.

Revigorante, mas também exigente, constata-se que existe uma ordem moral e que somos seres morais. É claro que nossas grandes transgressões permanecem conosco, mas também todas as pequenas. Cada um de nossos pecados de comissão e omissão, cada instância de crueldade e negligência, cada desprezo, cada desdém: cada tijolo que já derrubamos acaba caindo em nosso próprio pé e continua doendo até morrermos.

Agora existe o sol, e podemos encará-lo... Nossa, parece uma estrela de verdade, você não acha? Não do tipo que cintila, mas uma estrela como realmente é: uma bomba de fusão estável de gás em ebulição, neste caso com um diâmetro de quase um milhão e quatrocentos mil quilômetros terráqueos. Tenho o maior respeito pelo príncipe de nosso sistema solar, porém nunca o vi assim, tão parecido com uma espinha cósmica furiosa prestes a estourar. E para nosso olhar é quase tão liso quanto o vidro... Lá vai ele, lá vai. E agora se foi.

Um último conselho vocacional.

Temperamento (como eu disse) é vital. Você precisa de um apetite incomum pela solidão e de um compromisso forte e duradouro com a forma criativa (precisa querer estar nela por toda a vida). São qualidades que o leitor dedicado já possui. Você também precisará dessa estranha afinidade com o leitor, infinitamente complexa, embora quase por completo inconsciente. Depois, há um quarto elemento...

Uma noite, quando eu tinha vinte anos, Kingsley Amis, Elizabeth Jane Howard e eu assistimos a uma peça de TV sobre um poeta. Não um poeta histórico. Não começava com "John Clare cresceu em um ambiente rural", e então lhe dava um take de uma ovelha fazendo *béé*. Não, o poeta era contemporâneo, e parecia conformado em ser menor, já envelhecendo agora, e a perambular dentro e em torno de sua casa geminada de subúrbio. A peça se chamava *He Used to Notice Such Things* [Ele notava essas coisas] e era narrada pela esposa do poeta.

"Cuthbert pegava uma laranja da fruteira, a pesava nas mãos e examinava as minúsculas marcas da superfície com um sorriso de admiração infantil." Esse tipo de coisa. O velho Cuthbert era o mesmo na rua, como um idiota de aldeia medieval lançado do ar para uma metrópole: bem confuso ao ver um ônibus, uma caixa de correio, um poste de telégrafo... Jane estava silenciosamente cética, mas Kingsley e eu nos contorcemos, xingamos e zombamos durante os noventa minutos.

Há muito tempo venho querendo entrar em contato com o espírito de Kingsley e dizer: *Pai, sinto muito, mas você se lembra da peça de TV sobre aquele velho poeta idiota? Cuthbert?* Ele notava essas coisas*? Bom, escute. Era banal, cafona e dava no saco completa e abrangentemente, mas não estava errada. Nada errada. Para ser poeta, para ser escritor, é preciso sempre surpreender. Você tem que ter* algo *da porra do velho tolo em você.*

Borges, em sua longa conversa com a *Paris Review*, a certa altura falou com perplexidade sobre todas as pessoas que simplesmente não percebem o mistério e o glamour do mundo observável. Em uma frase que se destaca pela simplicidade, ele disse: "Elas tomam tudo como certo". Aceitam o valor das coisas *ao pé da letra*...

Os escritores não tomam nada como garantido. Olhe o mundo com "seus olhos originais", com "seu primeiro coração", mas não *banque* a criança, não *banque* o inocente, não examine uma laranja como um homem das cavernas que brinca com um iPhone. Você sabe mais do que isso, você é melhor do que isso. O mundo que vê lá fora é ulterior: é diferente do que é óbvio ou aceito.

Portanto, nunca tome uma única partícula como garantida. Não confie em nada nem ouse se acostumar com nada. Surpreenda-se sempre. Aqueles que aceitam o valor nominal das coisas são os verdadeiros inocentes, cativantes e racionais de um jeito invejável: racionais demais para tentar um romance ou um poema. Não questionam, sim, é isso. São os desavisados.

Como contrapeso, lembre-se disso também. Você é um estranho em uma terra estranha, mas chega a ela com uma...

Tudo bem. O primeiro romance de Nabokov, *Mary*, foi escrito numa pensão em Berlim, quando tanto o autor quanto o século tinham mais ou menos vinte e cinco anos. A situação era a seguinte: tendo fugido dos bolcheviques, ele e sua noiva judia agora aguardavam os nazistas (o NSDAP foi formado em 1920); o pai foi morto a tiros por um fascista (russo) em 1922; a mãe e as irmãs estavam sem um tostão em Praga. Vladimir foi desenraizado, desclassificado e destituído. E, no entanto, *Mary* não tem o menor traço de melancolia, muito menos de alienação ou *nausée*. De fato, a única angústia de que Nabokov jamais sofreu tinha a ver com "a impossibilidade de assimilar, engolir, toda a beleza do mundo". E seu primeiro romance termina com a promessa de encontrar esse mundo com "um olhar novo e amoroso". Essa é sua situação. Você é um estrangeiro em uma terra estranha; mas você a aborda com um olhar novo e amoroso.

Saul Bellow foi um fenômeno de amor; amava o mundo de tal maneira que seus leitores retribuíam, e o amavam. O mesmo vale para Philip Larkin, mas de forma mais desequilibrada; o mundo o amava, e ele amava o mundo à sua maneira (ele certamente não queria deixá-lo), mas até onde posso dizer não amava nenhum de seus habitantes (exceto, sem discussão, minha nada assustadora mãe: "Sem ser nem um pouco bonita", ela era, escreveu ele em sua última carta, "a mulher mais bonita que já vi"). De qualquer forma, a transação amorosa sempre funcionou, em vários graus, com cada romancista e poeta repetidamente publicados. Com os ensaístas, a transação amorosa era mais ou menos desconhecida até que Christopher Hitchens apareceu, até que ele apareceu e depois partiu de novo.

Este é o segredinho orvalhado da literatura: sua energia é a energia do amor. Todas as evocações de pessoas, lugares, animais, objetos, sentimentos, conceitos, paisagens, marinhas e celestes: todas essas evocações são, em espírito, amorosas e comemorativas. O amor é colocado na escrita, e o amor é dela retirado...

Agora devo me preparar para ir, receio. Vamos, te acompanho até a porta. Pegue aquele copo ali, por favor, e me siga.

... Você chegou com algo, um casaco, uma bolsa, um chapéu? Agora, minhas palavras de despedida para você normalmente seriam: *A gente se vê — ou uma versão um tanto diferente de você, no devido tempo, em 2021, digamos, ou logo depois.* Mas em agosto próximo entro em meus setenta anos. Existem alguns contos que pretendo terminar (a maioria sobre o racismo nos Estados Unidos), e tenho em mente uma terceira ficção sobre o Terceiro Reich, um romance modesto. Veja bem, mais uma ficção completa, muito menos outra ficção longa, parece agora improvável. O tempo dirá. Talvez no fim eu simplesmente cale a boca e leia... Nesse caso, ah, vou sentir falta, vou lamentar muitíssimo, até mesmo as dores, insignificantes e fugazes em comparação com os prazeres, mas formidáveis à sua maneira. Com cada obra de ficção, com cada viagem de descoberta, você, em algum ponto, fica totalmente paralisado (como Conrad no *Otago*), e cai no mar, afunda braças e braças até chegar à seguinte certeza dupla: que não só o livro que você está escrevendo não é bom, nada bom, como também que cada linha já escrita também não é boa, nada boa. Então, quando está lá no fundo, entre as rochas, os naufrágios e os cegos e os descerebrados devoradores lá do fundo, você toca a areia e pode começar a se preparar para espernear de volta.

Vou sentir falta disso. E também sentirei falta de você, de seu calor, seu encorajamento, sua clemência. Cá estamos.

"Bom, adeus."

Adeus, meu leitor, eu disse. Adeus, meu querido, meu próximo, meu gentil.

Reflexão tardia

Massada e o mar Morto

Escalei o Massada em 1986 e novamente em 2010. Por alguma razão (e ninguém ainda me disse por quê), foi muito mais difícil da segunda vez. Parece que durante a passagem desse quarto de século certos processos estiveram em ação... No entanto, espero escalar o Massada pela terceira vez, um dia destes. Talvez (nunca se sabe) seja ainda mais difícil, digamos, em 2035.

... Neste ponto, gostaria de roubar uma frase de poucas linhas, fluente e segura de Trump. Questionado na rádio britânica sobre o fato de David Cameron dizer que seu banimento de muçulmanos era *divisivo, estúpido e errado*, Trump respondeu: *Número um, não sou burro, ok? Posso te dizer isso agora mesmo. Exatamente o oposto.* Bem, também não sou burro e sei que estou envelhecendo. Mas parece que estar em Israel pode tornar difícil encarar o óbvio.

Em 2010, passei férias lá com Elena e nossas filhas, Eliza e Inez, e ficamos em Tel Aviv-Yafo (Jaffa) com Michael C e sua esposa americana Erin e as filhas *deles*, Noa, Maia e Edie... Nessa altura, Larkin já estava morto havia vinte e cinco anos, e Saul havia cinco, e em quinze meses Christopher também estaria.

Michael Z emergiu do Iraque, mas Michael C (um próspero executivo radicado principalmente em Londres) é um sabra, ou seja, um israelense nato: a palavra vem do hebraico moderno, significa "fruto de cacto". E Michael C tem certas afinidades com a pera espinhosa.

Por exemplo, simpatiza desinibidamente com a maioria dos pontos de vista da extrema direita secular e, portanto, é um maximalista territorial total. Mas desconfio que haja nisso alguma brincadeira. Sempre que há o menor revés ou retardo político em seu esquema, Michael C apenas acena com a mão e diz, alegre: "Bom, construa mais assentamentos!". Essa frase rola sem atrito em Israel (onde a esquerda, todos dizem, encolheu para quase nada), porém com naturalidade causa perplexidade acalorada na Grã-Bretanha. Michael C obediente e ironicamente assume a má fama.

Conheço e gosto de Michael há muitos anos e sempre fui grato por sua generosidade como anfitrião e como correspondente (ele é meu homem em Tel Aviv). Mas ainda não consigo decidir o que penso dele e das posições que ocupa. Será que a casca abrasiva esconde algo mais macio e doce? Senti-me mais próximo de uma resposta quando levantei cuidadosamente a questão de seu serviço obrigatório de três anos nas Forças de Defesa de Israel, de 1980-3 (em que ele passou dos dezoito aos vinte e um anos).

Ele falou sobre esse período de forma sombria e respeitosa, o mesmo espírito que trouxe para o serviço militar, onde era principalmente uma espécie de carcereiro. Os olhos azuis — muito azuis — de Michael admitiam certo grau de humilhação, a humilhação que ele impunha e a humilhação que ele próprio sofria por ser seu instrumento. Oneroso, doloroso, até prejudicial, com certeza; mas tinha que ser feito. Um judeu em Israel não pode ser doce e suave.

Certa vez, em um jantar na Regent's Park Road, nos primeiros dias da Primavera Árabe, Michael fez nosso amigo Roger Cohen (do *New York Times* e um verdadeiro otimista por natureza) dizer, com digna indignação ("digno" é, como mais de um romancista descreveu, o reconhecido endurecimento): "Acho isso ofensivo". O que ele achou ofensivo foi a observação de Michael: "Não acho que os egípcios estejam prontos para a democracia". *Otimismo* denota em essência um traço de caráter (mais do humor que alguém pode ocasionalmente adotar); Roger é um *otimista*...

Outra vez, no verão de 2014, a filha mais velha de Michael saiu ruidosamente de um barulhento debate no armário da cozinha sobre a questão palestina com as palavras: "Você é um racista fodido!". Mas há um brilho de ironia estoica no meio-sorriso habitual de Michael C. E ele e eu continuamos com entusiasmo, naquela noite, a comparar anotações sobre *Minha terra prometida: O triunfo e a tragédia de Israel*, de Ari Shavit, um livro dilacerado pelo orgulho patriótico acoplado à angústia patriótica...

Michael está ciente de que a situação de Israel é quase certamente finita no tempo. Suspeita que o desfavor global vá assumir formas cada vez mais tangíveis; suspeita que os Estados Unidos, à medida que sua influência recua, um dia venham a se retirar de Israel (apesar do recente talão de cheques em branco de Trump); mas ele sabe com certeza que os projéteis do Hamas (e do Hezbollah) continuarão a evoluir em precisão e alcance.

"Estou esperando uma voz do outro lado", diz Michael. Uma voz que parece desejosa, ou mais francamente capaz, de negociação (os administradores árabes, diz ele, "não seriam capazes de administrar uma loja"). Por enquanto, a Autoridade Nacional Palestina está moribunda de corrupção; e o que se pode fazer com o rejeicionismo selvagem e infantil dos zelotes de Gaza ("Hamas", lembre-se, significa *zelo*)? Sua própria carta cita solene e ingenuamente *Os Protocolos dos Sábios de Sião*,[1] e, além disso, reivindica "cada centímetro" da Palestina histórica, a ser assegurado por meio do jihad.

Christopher disse: "Mart, tente ser simpático aos israelenses, porque estão cercados por cerca de dois bilhões de inimigos mortais. Uma homenagem à imparcialidade de Little Keith... Eu sei, eu sei, mas a localização deles dificilmente é ideal, não é? Muitas vezes imagino como seriam as coisas se tivessem se estabelecido em outro lugar".

"É, eu também. Mas onde?"

"Continuo pensando: e se os Aliados tivessem forçado uma pátria judaica espaçosa na Alemanha arrasada no fim dos anos 1940? Uma Alemanha desindustrializada e ruralizada e, ressalto, exaustivamente humilhada. Serviria bem pra caralho. Então. Qual o problema com a Baviera?"

Essa conversa ocorreu em bancos de bar de Greenwich Village no verão de 2010 (cerca de três meses após o diagnóstico). Nessa noite, Christopher (levando em conta todas as coisas) estava à vontade. Quando você está doente nos Estados Unidos está também, e automaticamente, doente de preocupação sobre como pagar o tratamento. Christopher estava em Nova York para fazer um discurso muito bem pago; então jantava com a esposa e comigo e minha esposa, sentados do lado de fora do restaurante Graydon Carter's em Bank Street, antes de ir para uma festa na casa de Anna Wintour, onde haveria muitos outros amigos e conhecidos... Estava feliz naquela noite, redescobrindo o quanto amava estar nos Estados Unidos, amava estar com pessoas próximas, amava ser o expositor e explicador, amava ser ele mesmo e amava estar vivo. Ele disse:

"Reclinado na pátria bávara, o que de pior poderia acontecer? Um coquetel molotov ocasional lançado por algum Xerxes de short de couro e chapéu de penas do BLO?"

"... Mas a Alemanha. A Alemanha poderia ter enlouquecido de novo."

"Foi invadida e ocupada. Não poderia ter enlouquecido de novo. E teme enlouquecer novamente. A Alemanha teme a si mesma. Poderia me dar uma xerox disto aqui?", disse ao barman e apontou para seu duplo Johnnie Black. "Vejo que a solução da Baviera, o Sião dentro do Reich, era obviamente impossível para os judeus. Tinha que ser a Terra Santa."

"Suponho que sim. E pelo menos é esteticamente correto, não acha? Se a coisa toda fosse apenas dramaturgia, sabe, um poema heroico ou uma ópera, o artista nem pensaria na Baviera. E a Baviera? E Madagascar? Tinha que ser a Terra Santa."

"Hum. Mas a Terra Santa os torna messiânicos."

"A Guerra dos Seis Dias os tornou incrivelmente messiânicos. Mas me disseram que a Guerra do Yom Kippur devolveu a eles o antigo medo."

"Por um tempo. Nós, judeus, fizemos nossa expiação em 1973. Então, o que ganhamos? Likud, em 1977. Essa é a data de significado duradouro. O messianismo está de volta e nunca irá embora. Precisarão de intervenção divina; porque os foguetes islâmicos logo vão se tornar mísseis de cruzeiro. E o Crescente Fértil não vai deixar de ser antissemita de repente, vai? Não neste milênio."

"... Que diabos é o antissemitismo?"

"Ora, Mart, você leu os livros. A última vez que te vi, você terminou *The Oldest Hatred* [O ódio mais antigo] e pegou *The Longest Hatred* [O ódio mais duradouro] na mesma tarde."

"Mas ainda não entendi. Você diz que é uma neurose, Saul disse que é uma psicose. O Tony Judt... você leu?" Não acrescentei que Tony Judt morrera apenas algumas semanas antes, ali em Manhattan, aos sessenta e dois anos. "Judt falava sobre antissemitismo na Rússia e na Europa Oriental, e falou que as causas não precisam de análise, porque naquela parte do mundo o antissemitismo é a própria recompensa. Talvez seja isso que não consigo entender."

"Esse antissemitismo é agradável?"

"É, sim. Como presunção. Olhe para as pessoas quando estão sendo hipócritas, olhe para os olhos delas. Elas adoram isso. É como cocaína. Antissemitismo... *Hummmm*."

"A mesma coisa com o messianismo. Para eles, é como uma punheta maravilhosa. Como você verá."

"... E há algo no ar da Terra Santa... que te deixa frágil contra a ilusão."

"Quando você vai para lá?"

"Fim de setembro. Apenas férias em família... Seus cílios, Hitch. Me lembram os de Jett Travolta. Têm quase três centímetros de comprimento."

"Eu sei. É apenas um efeito colateral idiota da quimioterapia... Bom, leve seu notebook. Vou querer um relatório completo."

Então, jantamos no Waverly Inn e fomos para a festa de Anna. Depois, em um grupo de oito ou nove pessoas, passeamos pelas festas espontâneas de bairro nas ruas e rinques do centro da cidade. Como Blue escreveria em seu posfácio de *Mortalidade* (2012), evocando o dia 8 de junho, dia do diagnóstico:

> Era o tipo de noite de início de verão em Nova York, quando tudo em que você consegue pensar é viver... Tudo estava como deveria estar, só que não estava. Vivíamos em dois mundos. O velho, que nunca pareceu tão belo, ainda não desaparecera; e o novo, sobre o qual sabíamos pouco, exceto para temê-lo, ainda não havia chegado.

O novo mundo durou dezenove meses.

Escalei o Massada em 1986 e o escalei novamente em 2010. A crista desse dramático pedaço de rocha está apenas algumas centenas de metros acima do nível do mar, mas o ambiente do deserto da Judeia é a maior depressão da Terra, o que acrescenta outros quatrocentos metros à escalada. Demora pelo menos uma hora, e naquela tarde a temperatura estava em torno de trinta e cinco graus.

Elena e Eliza avançaram com suas poderosas pernas marrons, enquanto eu ia na retaguarda com Inez (nascida em 1999). A cerca de um décimo do caminho para cima, como a encosta se tornou muito mais íngreme, ela ficou toda mole e chorosa e implorou para descer e pegar o teleférico. Eu disse:

"Coragem, Bubba. Em frente. Pense. O Hitch não pode escalar o Massada, mas você pode. E, quando estiver lá em cima, você vai lembrar deste dia pelo restante da vida."

Ela se recompôs. Os jovens desmoronam de repente e se recuperam de repente. A cerca de um décimo do caminho do cume, parei em um pedaço de sombra para respirar (e ofegar), e Inez disse, imperiosa:

"*Vamos*, papai! Não chegamos até aqui para desistir agora!"

"Não vou desistir."

"Então venha!"

Dez minutos depois, estávamos todos olhando para o belo e dolorosamente antigo deserto e o mar Morto. E também ali, no horizonte, podia-se vislumbrar no ar claro a distante miragem de Jerusalém e suas vagas silhuetas devocionais.

O movimento Massada começou em janeiro de 1942. Foi uma época em que os judeus estavam envolvidos em uma guerra civil espasmódica com os palestinos, que havia pouco tinham formado uma aliança oficial com o Terceiro Reich (seu Grande Mufti se encontrou com Hitler em Berlim em novembro de 1941). Nesse ponto, também, Erwin Rommel andava desenfreado pelo Norte da África (e o Holocausto estava em andamento, o mais secretamente possível, visto que os alemães usaram balas, não gás, durante cerca de seis meses). À medida que as crises se acumulavam, houve uma campanha concertada para mitificar e centralizar, na verdade para nacionalizar Massada, ou o espírito de Massada, ou "o caminho de Massada", nas palavras de Shavit.

Por quê? O que aconteceu lá? Esta é a história.

Em 73 d.C., após o saque de Jerusalém pelos romanos, a Grande Revolta dos Judeus estava perto de seu fim esmagador. Massada, que Herodes transformara em um bastião quase intransponível cem anos antes, foi o local da última resistência dos autodenominados zelotes, a mais radical das forças rebeldes. No rochedo, havia pouco menos de mil homens, mulheres e crianças quando a décima legião de Flavius Silva iniciou o ataque final. Com a derrota inevitável, os zelotes restantes se sacrificaram à espada. Os homens mataram as mulheres e as crianças, depois tiraram a sorte para ver quem começaria a matar os homens.

Então: um conto niilista de fanatismo sangrento e queda sangrenta foi reprojetado no símbolo reinante da nova identidade judaica. Isso teve apelo popular imediato; mas mesmo os sionistas, e o próprio David Ben-Gurion, acharam as associações do evento histórico repulsivamente sombrias. Em Massada os homens com idade de lutar enfrentaram a execução, mas as mulheres enfrentaram não a morte, mas o provável estupro e a escravização certa — e as crianças, apenas a escravização. Cinco deste último grupo sobreviveram escondidos num buraco e foram capturados. O que leva a perguntar quantas outras mulheres e crianças teriam se juntado a eles se pudessem escolher.

No entanto, a campanha, idealizada e liderada pelo estudioso, arqueólogo e caminhante Shmaryahu Gutman (que, afetuosamente, nascera em Glasgow), mudou a ênfase: "Massada não cairá novamente". E esse voto formador, a absoluta recusa em ceder, foi rapidamente imposto como a verdade judaica definidora... Sempre há muitas filas de escoteiros e escoteiras, e grupos escolares e pelotões de recrutas das Forças de Defesa de Israel a subir e descer pelo Massada.

"Somente os jovens hebreus dispostos a morrer poderão garantir para si uma vida segura e soberana", é como Shavit resume o significado e a moral de Massada. "Apenas a vontade de lutar até o fim impedirá seu fim."

Descemos da fortaleza sobre a *mesa* e fomos mergulhar em outro emblema de Israel e sua vida política.

Quase digitei: *Nadamos no mar Morto*. Mas não dá para nadar no mar Morto, nadar no sentido de se impulsionar através da água. Porque a água do mar Morto (o mar da Morte) é dez vezes mais salgada que a salmoura.

Você pode chafurdar nele, pode mais ou menos se sentar nele, ou mesmo sobre ele. Ao tentar qualquer outra coisa, você percebe que não tem peso nem lastro e logo é derrubado pela física caprichosa da gravidade zero, como no espaço. Então a cabeça afunda e você saboreia o líquido glutinoso, como as anchovas estragadas do mar de Azov que os órgãos de Stálin davam aos prisioneiros sedentos que se dirigiam aos campos. Mas olhe ao redor. Os festivos turistas de Israel (alguns se cobrindo com a areia preta tida como saudável), a lanchonete barata e alegre (onde Eliza e Inez devoraram hambúrgueres e batatas fritas), o fugidio refugo da Judeia, as eminências dramáticas de Massada, e Jerusalém, a trinta e dois quilômetros de distância, sob sua incrustação de maldições.

O historiador Tony Judt, falecido, lamentado e (para constar) judeu, encerrou sua monumental obra *Pós-guerra: História da Europa desde 1945* (2005) com um epílogo intitulado "From the House of the Dead: An Essay on Modern European Memory" [Da casa dos mortos: Um ensaio sobre a memória europeia moderna]... Com trinta e tantas páginas e escorado pelas oitocentas páginas que o precedem, o *tour d'horizon* de Judt castiga o leitor com sua força:

> Enquanto a Europa se prepara para deixar para trás a Segunda Guerra Mundial, enquanto os últimos memoriais são inaugurados, os últimos combatentes e vítimas sobreviventes são homenageados, a memória recuperada dos judeus mortos da Europa tornou-se a própria definição e garantia da humanidade recuperada do continente.

Embora ainda longe de ser concluído, o trabalho psíquico de avaliação, país por país, normalmente leva duas gerações, ou cerca de cinquenta anos. Não importam, por enquanto, os países com os fardos de culpa mais óbvios: Alemanha e depois (em nenhuma ordem específica) Romênia, Hungria, Áustria, Croácia, Eslováquia e França, todos inspecionados por Judt. A França desenvolveu a famosa "síndrome de Vichy" (amnésia e evasão), mas, como diz Judt, todo país ocupado pelos nazistas "desenvolveu a própria 'síndrome de Vichy'", inclusive a Holanda e, sim, a Suécia (apenas a Dinamarca escapou da mácula da colaboração). Todos os países ocupados e todos os países que permaneceram neutros, menos um; a Irlanda não participou do esforço de guerra alemão, mas os outros sim, Espanha (fornecendo manganês), Portugal (tungstênio), Suécia (minério de ferro); e quanto à Suíça...

Lembramos que, durante a ocupação da França, "o regime de Vichy do marechal Pétain fez o papel de Uriah Heep para o Bill Sikes alemão" (como

Judt observa severamente). No entanto, considere a pretensa Little Nell que foi a Suíça:

1) Somente em 1994 o governo suíço admitiu que fizera uma petição a Berlim (em 1938) "para que a letra 'J' fosse carimbada nos passaportes de todos os judeus alemães, para melhor mantê-los fora do país...".

2) "Entre 1941-2, sessenta por cento da indústria de munições da Suíça, cinquenta por cento de sua indústria ótica e quarenta por cento de sua produção de engenharia iam para a Alemanha, com remuneração em ouro." Além disso, a Suíça "vendia armas automáticas para a Wehrmacht ainda em abril de 1945".

3) Durante os anos de guerra, "o Reichsbank alemão depositou o equivalente em ouro a 1,638 trilhão de francos suíços na Suíça" para canalização e lavagem.

4) "Bancos suíços e seguradoras embolsaram conscientemente grandes somas de dinheiro pertencentes a correntistas judeus ou reclamantes de apólices de seguro de parentes assassinados."

5) "Em um acordo secreto do pós-guerra... Berna até se ofereceu para entregar as contas bancárias dos judeus poloneses mortos às novas autoridades em Varsóvia em troca de pagamentos de indenização aos bancos suíços e empresas expropriadas após a tomada do poder pelos comunistas." (E os poloneses "concordaram alegremente".)

Tudo isso veio à tona na década de 1990, e a "impoluta reputação" da Suíça, escreve Judt, "se desfez". As revelações fragmentadas atormentaram o país durante uma década.

No fim do século XX, é justo dizer, o assassinato dos judeus da Europa era uma *idée fixe* ocidental. Todas as populações afetadas pelos nazistas pensavam e falavam sobre o assassinato dos judeus. Toda população, exceto a de Israel.

"É como uma tragédia familiar que você não discute", disse Michael C. "É ensinado nas escolas e comemorado publicamente. Mas em particular você não fala sobre isso."

"A Shoá? Simplesmente nunca vem à tona", contam a você com bastante alegria muitas e muitas vezes. Esse fato, e é um fato, parece-me insondável, mas psicologicamente ameaçador. Se você não fala sobre isso, não pensa sobre isso.

Podemos deduzir disso que o subconsciente de Israel está em um estado de turbulência aguda e crônica.

"A negação do desastre palestino", escreve Shavit (e ele usa a palavra "negação" como um psiquiatra faria), "não é a única negação em que se baseia o milagre israelense da década de 1950. O jovem Israel também nega a grande catástrofe judaica do século XX."

Negação do Holocausto, aqui, significa inércia do Holocausto. Não por causa do amargo desgosto expresso por um personagem de Bellow: "Primeiro essas pessoas assassinaram você, depois o forçaram a meditar sobre seus crimes. Fazer isso me sufocou". Foi, antes, um esforço de vontade cultural. As duas calamidades, a palestina e a judaica, foram consignadas à unidade de armazenamento da vida interior desarticulada.

Em resposta ao desastre palestino, os israelenses se expressam da seguinte forma: O que são setecentos mil deslocados em comparação com seis milhões de deslocados para efeitos de execução? Em resposta ao desastre judaico, os israelenses dizem a si mesmos, nas palavras de Shavit: "O Holocausto é apenas o ponto mais baixo do qual surgiu o renascimento sionista. O continuum israelense rejeita o trauma, a derrota, a dor e as memórias angustiantes". Aqui, "espera-se que os sobreviventes *não* contem suas histórias".

"É altamente provável que essa negação multinível tenha sido essencial", continua Shavit. "Sem ela, teria sido impossível funcionar, construir, viver... A negação era um imperativo de vida ou morte para a nação de nove anos na qual nasci."

Em Washington, um mês depois, Christopher disse:

"Como estou? Bom, no momento estou sendo atacado por pessoas que oferecem conselhos. Voe hoje mesmo para Kyoto e consulte o doutor tal. Coma apenas merda seca silvestre e couve crua até você... Minha tia teve câncer no ponto G, mas assim que ela...

"Recebi uma nota bem engraçada de uma amiga nativa americana. Que porra de amiga nativa americana nada. Ela é cheyenne-arapaho e uma ótima camarada. E escreveu para dizer que todos que fizeram uma cura tribal morreram quase no mesmo instante.

"Ah, e fui à clínica palaciana de um célebre charlatão, que me contou o que eu já sabia e então, como era pago, me presenteou com uma picada de inseto que dobrou o tamanho de minha mão esquerda. Mas foda-se tudo isso. Como foi Tel Aviv-Jaffa?"

Isso aconteceu quando outubro se tornou novembro em 2010. O Wyoming, no Distrito de Columbia, no fim da tarde, sob uma capa de nuvens. Eu disse:

"Jaffa... Durante dias a fio é como qualquer cidade mediterrânea. Sabe, sol, mar, almoço com as crianças debaixo de um toldo na praia. Você tem a deliciosa salada de frutos do mar e a adorável taça de vinho branco. Então, no caminho de volta, Erin, que é a esposa muito legal do Michael, aponta para os escombros da, hã, discoteca Dolphinarium."

"Eu lembro. Um homem-bomba — quando?"

"Por volta de 2000. A Segunda Intifada. E ainda está lá, como uma caveira punk. Vinte e um mortos. A maioria deles adolescentes, a maioria meninas e a maioria russos. Essa é a outra coisa. Agora tem mais russo. Não é uma vantagem não qualificada. E o ministro das Relações Exteriores, como é mesmo o nome dele?"

"Avigdor Lieberman. A escolha perfeita para assumir o controle de um equilíbrio delicado. Ele vai trazer um pouco de requinte russo."

"As pessoas falam sobre dados demográficos, mas o pior empurrão é autoinfligido. Apenas aproximadamente um terço (um terço) das crianças judias em idade escolar recebe educação secular."

"... Sei como vai ser. Será como as estruturas etárias distorcidas no Ocidente. Uma classe média cada vez menor terá que pagar por todos os zangões que gastam seu tempo franzindo a testa para a Torá ou destruindo o Muro das Lamentações. Então. O Estado acabará deixando de ser de maioria judaica, deixará de ser democrático e deixará de ser secular. Uma teocracia racial. Apenas o que todos esperávamos. Como muitos peões do mar Vermelho, estou *decepcionado* com Israel."

"Judt é o mesmo. Assim como Hobsbawm... O que você imaginou?"

"Não sei, algum lugar cheio de interesse e sutileza e testando a inteligência. Um amigo de Victor Klemperer chamou os judeus de 'um povo sísmico'. Eles agitam as coisas, mas deveriam criar algo original. Um halterofilista do Queens comprando o segundo imóvel em Fort Condo creio que seja original. Mas queria algo, algo mais..."

A sala agora estava escura, mas pude ver que isso se tornava uma das grandes tristezas políticas de Christopher. Como sua perda de esperança no socialismo, como sua perda de esperança no resultado da guerra no Iraque...

Ele ficou em silêncio, então eu disse:

"O que eu não conseguia era me livrar da sensação de irrealidade. Michael diz que é como viver com uma leve gripe permanente. Manejável, mas com surtos e febres... Irreal. E a humanidade, Hitch, não consegue suportar muita irrealidade."

"Nunca escreveria isso, mas Israel deveria se chamar Unrael. É utópico no sentido literal. Um *Não lugar*."

O P maiúsculo não tem relação com o TEPT de Israel. O horror da extinção é o ruído branco que as pessoas sempre tentam ignorar; sempre porque o medo da extinção é atualizado pontualmente. Após o Holocausto, três anos após o Holocausto, o que começa a acontecer?

O Dia da Independência foi proclamado em 15 de maio de 1948 e em 16 de maio de 1948 cinco Exércitos árabes lançaram o que foi declaradamente uma *Vernichtungskrieg*, uma guerra de aniquilação (seu fracasso foi a *nakba* árabe original, a "catástrofe"). O mesmo ocorreu em junho de 1967 (a Guerra dos Seis Dias) e em outubro de 1973 (a Guerra do Yom Kippur)... Em janeiro de 1991, a ameaça existencial veio de Saddam Hussein; durante a primeira Guerra do Golfo, Tel Aviv foi bombardeada por mísseis iraquianos, e as famílias israelenses sentaram-se em quartos fechados com máscaras de gás feitas na Alemanha cobrindo o rosto. Em março de 2002, com a Segunda Intifada, a ameaça partiu dos palestinos. Agora a ameaça vem de Gaza e da perspectiva abrangente de armas nucleares no Irã...

Para subestimar o óbvio, essa não é uma fórmula de saúde mental radiante. E, se há uma centelha de verdade na noção de que os países são como pessoas, então é inútil esperar que Israel se comporte normativamente ou mesmo racionalmente. A questão não é: como você pode esperar por tal coisa, depois de tudo isso? A questão é: depois de tanto, *por que* esperar por isso?

Cinquenta e um anos depois, está claro pelo menos que a Ocupação, exatamente como previsto por Abba Eban, foi uma *nakba* social, moral e política para os judeus. Vamos encerrar com estes versos encantatórios de "Jerusalem", de James Fenton (dezembro de 1988):

III

Isto é culpa sua.
Este é um cruzador.
O riacho de Kidron flui de Mea She'arim.
Vou rezar por você.
Vou te dizer o que fazer.
Vou te apedrejar. Vou quebrar todos os seus membros.
Ah, não tenho medo de você
Mas talvez eu devesse temer as coisas que você me faz fazer.

VII

...Você já conheceu algum árabe?
Sim, sou um escaravelho.
Sou um verme. Sou um objeto de desprezo.
Brado Impuro de rua em rua
E vejo minha degradação nos olhos que encontro.

E por fim:

X

Pedra clama pedra,
Coração a coração, coração a pedra.
Estes são os arqueólogos guerreiros.
Isto somos nós e aquilo são eles.
Esta é Jerusalém.
Estes são os moribundos com pulsos tatuados.
Faça isso e destruirei sua casa.
Destruí sua casa. Você destruiu a minha.

Adendo

Elizabeth Jane Howard

"Você sabe que seu pai tem uma mulher chique em Londres", disse Eva García, com forte sotaque galês ("*Ewe gnaw ewe father*") e forte *schadenfreude* galês (o simples prazer de transmitir más notícias). "Homem chique", de acordo com o dicionário, é "amante de uma mulher"; "mulher chique", muito mais especificamente, é "amante de um homem casado". Não sabia disso então. Tinha treze anos. Mas entendi o que Eva quis dizer.

A celta-ibérica Eva García foi nossa babá-governanta durante os dez anos da família em Swansea, South Wales; e depois foi convocada para Cambridge para ajudar a manter as coisas estáveis durante uma crise doméstica indefinida (meu pai, Kingsley, estava em outro lugar e ninguém me disse por quê). Achei as palavras de Eva completamente impossíveis de absorver e as apaguei da mente. Ao mesmo tempo, intuí que sua intervenção foi espontânea e não autorizada, o que prejudicou minha confiança nela. Mas sua fala ainda me despertava medo.

Uma semana depois, quando minha mãe, Hilly, me deixou na escola, ela disse que ela e Kingsley estavam embarcando em "uma separação experimental" ("apenas não estamos nos dando mais"). O que me lembro de ter sentido na época foi um entorpecimento, atravessado apenas por uma fraca esperança. Ainda não sabia, é claro, que as separações experimentais eram quase sempre um sucesso retumbante. Mas nunca duvidei que meu pai amasse minha mãe. (E era verdade.) Ao mesmo tempo, o medo despertado por Eva agora enchia o céu como uma nuvem em forma de cogumelo: seria o fim de tudo? No entanto, parece que mesmo um pré-adolescente recebe suporte hormonal (adrenalina? testosterona?), permitindo-lhe contemplar o desastre com uma imitação de calma pragmática.

Naquela noite, fui para a cama no escuro, ansioso pela volta de meu irmão Nicolas do colégio interno, o que eu sabia que ia me fortalecer. Também fiz um ajuste em meu resumo interno da trama. A mulher chique foi removida do elenco.

Durante as férias de verão, Hilly levou seus três filhos, Nicolas, Martin e Myfanwy, então com quinze, catorze e dez anos, para uma casa alugada perto de Sóller, Mallorca, por tempo indeterminado. Meu irmão e eu estávamos matriculados na Escola Internacional de Palma; Myfanwy frequentou aulas de espanhol em um convento local (e logo se tornou fluente). Em novembro, os meninos sentiam a perda do pai com tanta intensidade que passavam pelo menos uma hora todas as manhãs à espera do carteiro passar de motocicleta; e, de vez em quando, havia uma carta paterna breve, alegre e pouco informativa, ou mais comumente um cartão-postal paterno.

Tão abruptamente (repito) que, quando chegou o meio do semestre, Hilly imediatamente colocou Nicolas e eu em um avião para Heathrow, equipado com o endereço do "apartamento de solteiro" de Kingsley em Knightsbridge. Acho que nesse ponto os dois irmãos acreditaram na primeira palavra da frase citada. Eu, pelo menos, com certeza sonhava acordado com papai tomando chá e torradas sozinho em uma cozinha modesta, e talvez arrumando a cama ou até mesmo tirando o pó...

O voo atrasou, e já passava da meia-noite quando tocamos a campainha no Basil Mansions, London sw3. Meu pai, de pijama listrado, abriu a porta e recuou espantado (o telegrama de Hilly não chegara). Estas foram suas primeiras palavras: "Vocês sabem que não estou sozinho aqui". Demos de ombros friamente, mas agora estávamos tão surpresos quanto ele. Em silêncio, nós três entramos na cozinha. Kingsley desapareceu e depois reapareceu. Então Jane surgiu...

Um jovem moderno teria pensado, simplesmente, *Uau*. Mas isso foi em

1963, e o que pensei estava mais para um *Puxa* (o piloto pode estar ligeiramente relutante, *Diga o que quiser sobre ele, mas papai não pode ser tão bom assim*). Alta, ereta, calma, de ossos finos e com o porte majestoso da modelo que tinha sido, de roupão branco imaculado e um metro de rico cabelo loiro que descia até a cintura, Jane se apresentou sem rodeios e começou a nos fazer bacon e ovos.

Nossa visita de cinco dias foi uma saturnália de guloseimas e farras: o bar de sucos de frutas da Harrods todas as manhãs, restaurantes, lojas de discos, cinemas do West End (*55 dias em Pequim*, com Kingsley no chão a nossos pés toda vez que Ava Gardner aparecia na tela), pontuado por várias conversas agonizantes e chorosas entre pai e filhos (durante uma das quais Nicolas, de um jeito que sempre achei muito impressionante, chamou Kingsley de babaca). Mas era aquilo: ele havia se decidido e não voltaria.

Na última noite, no meio de um pequeno jantar, o telefone tocou e meu pai atendeu; ouviu por um momento e gritou: "*Não!*". Então olhou para nós e disse quatro palavras. Jane em silêncio começou a chorar. E um dos convidados, George Gale (ou, como o *Private Eye* o chamava, George G. Ale), pegou o sobretudo e se dirigiu para a Fleet Street e para o *Daily Express*. Era 22 de novembro. Kennedy fora assassinado.

Nos três ou quatro anos seguintes, a propriedade de minha amada mãe em Fulham Road, tão boêmia que nunca ficava trancada, foi se desintegrando; e na época em que os dois meninos foram morar com Kingsley e Jane eu era um vadio semianalfabeto e perdulário cujo principal interesse era ficar por aí em casas de apostas (onde, reveladoramente, me especializei em previsões reversíveis sobre os cachorros). A mudança foi ideia de Jane.

Ela sempre teve uma inclinação filantrópica pronunciada e era fortemente atraída por batalhadores e almas perdidas, por aqueles que, como ela dizia, "tiveram vidas terríveis". Jane queria metas, tarefas, projetos; ao contrário de meus pais, era proativa e *organizada*. Nicolas, muito mais ousado e rebelde do que eu, não durou muito na casa elegante e educada de Maida Vale (e por esforço próprio foi para o Camberwell College of Arts). Mas gostei de lá. Então engoli a culpa da deslealdade (para com minha mãe) e respondi ao interesse e conselho de minha madrasta.

Quando Jane me acolheu, eu tinha notas medianas no básico secundário durante todo o ano e não lia nada além de quadrinhos, mais um Harold Robbins ocasional e, por exemplo, as partes sujas de *Lady Chatterley*; havia pouco fizera uma prova valendo nota A em inglês (a única matéria em que me mostrei promissor) e recebi um F: reprovei. Depois de pouco mais de um ano sob a direção de Jane (a maior parte do tempo gasta em um internato de última hora em Brighton), eu tinha mais meia dúzia de notas boas do nível básico (inclusive latim iniciante), três notas A e uma bolsa de estudos de segundo nível para Oxford. Nada disso teria acontecido sem a energia e a concentração de Jane.

O processo também teve suas intimidades. Um dia, logo no início, ela me apresentou uma lista de leitura: Austen, Dickens, Scott Fitzgerald, Waugh, Greene, Murdoch, Golding, Spark. Comecei, desconfiado, com *Orgulho e preconceito*. Depois de mais ou menos uma hora, bati à porta do escritório de Jane. "Ah, Mart", disse ela, tirou os óculos e recostou-se na mesa. Perguntei: "Jane, preciso saber. Elizabeth se casou com o sr. Darcy?". Jane hesitou, parecia severa, e eu esperava que ela dissesse, "Bom, você vai ter que terminar de ler e descobrir". Mas ela cedeu ternamente e respondeu: "Casou, *sim*" (e além disso sossegou minha mente perturbada sobre Jane Bennet e o sr. Bingley). Muito tempo depois, concordamos que esse era o simples segredo da força narrativa de Austen e do desejo anormalmente agudo do leitor por um final feliz: ela aos poucos une heróis e heroínas que são literalmente feitos um para o outro, e feitos com toda a sua inteligência, perspicácia e arte.

Pelo menos nos primeiros anos, Kingsley e Jane pareciam feitos um para o outro. Foi um ménage incomum e estimulante: dois romancistas apaixonadamente dedicados que também estavam apaixonados um pelo outro. A abordagem deles ao trabalho diário da escrita formava um contraste claro, do qual deduzi uma teoria experimental sobre a diferença entre a ficção masculina e a feminina. Kingsley era um moedor; não importava como se sentisse (doente, congestionado, indisposto ou apenas de ressaca, se você preferir), se arrastava para sua mesa depois do café da manhã; havia um intervalo de meia hora para o almoço, e continuava até a hora dos drinques noturnos. Jane era muito mais espasmódica e compulsiva. Andava de cômodo em cômodo, cozinhava ou cuidava do jardim e fumava bastante enquanto olhava pela janela da sala de estar com os braços cruzados e um ar de ansiosa preocupação. Então, de repente, corria para o escritório e ouvia-se o barulho das teclas da máquina de escrever.

Logo ela emergia timidamente, tendo escrito em uma hora mais do que meu pai escreveria em um dia.

O grande crítico Northrop Frye, em uma discussão sobre a elegia de Milton "Lycidas", fez a distinção entre sinceridade real e sinceridade literária. Quando informados da morte de um amigo, os poetas podem chorar; mas não podem explodir em música. Eu sugeriria com muita cautela que há mais "canção" na ficção feminina, mais sinceridade real e menos artifícios assombrados pela tradição. Isso sem dúvida é verdade para Elizabeth Jane Howard, que era uma instintivista, com olhar metafórico esquisito e um ouvido apurado para a prosa acelerada. Kingsley certa vez "corrigiu" um dos contos de Jane, regularizando sua gramática. Todas as mudanças foram tecnicamente sólidas; e todas, a meu ver, foram nitidamente falhas (e mais tarde eu disse isso em particular).

Mais tarde, porque a essa altura a hostilidade mútua claramente crescia; e um leitor atento do romance de Kingsley, *Girl, 20* (1971), pode ter certeza de que toda a esperança já estava perdida. No início, uma das qualidades de Jane que atraiu meu pai foi o mundanismo bem viajado (ela foi casada duas vezes), a presença social confiante e, em uma palavra, a classe. A Inglaterra nas décadas de 1960 e 1970 era estratificada a tal ponto que agora parece pouco crível; e é ingênuo esperar que artistas ou intelectuais sejam imunes, em sua vivência, às respostas padronizadas, aos clichês emocionais de seu tempo.

Filha de um próspero comerciante de madeira, Jane foi educada por governantas e cresceu em uma grande casa cheia de criados em Notting Hill. Filho do atendente de uma fábrica de mostarda, Kingsley era um bolsista do sul de Londres e o primeiro Amis a frequentar a universidade (também foi comunista de carteirinha até a idade ridiculamente avançada de trinta e cinco anos). Esse abismo de status era parte da atração, de ambos os lados; há animosidade e também emoção no fato de que, no fim, o abismo se mostrou intransponível.

Kingsley escreveria mais tarde que muitos casamentos seguem um padrão familiar: a esposa considera o marido um tanto grosseiro e mal-educado, e o marido considera a esposa um tanto refinada e presunçosa. E foi como se Kingsley se propusesse a ampliar essa divisão. Para dar um exemplo relativamente trivial (lembrando que os casamentos são medidos por trivialidades relativas), entre suas outras realizações, Jane era uma especialista em culinária que gastava muito tempo no trabalho na cozinha; Kingsley não chegava ao ponto de sufocar os suflês com molho inglês, mas cada vez com mais frequência pegava os picles, os chutneys e as geleias e resmungava que tinha de fazer esta ou aquela terrina de carne de veado ou mousse de peixe defumado "ficar com *gosto* de algo". Em um casamento bem-intencionado, as partes logo identificam as irritabilidades um do outro e procuram apaziguá-las. Jane e especialmente Kingsley fizeram o oposto. À medida que ele ficava mais grosseiro, ela não podia deixar de parecer mais esnobe. Os antagonismos proliferaram e se ramificaram; tornou-se uma fria guerra civil.

Jane foi uma "dissidente" confessa. Talvez, nos dois casamentos anteriores. Mas ninguém ficou nem um pouco surpreso quando, em 1980, ela deixou Kingsley comendo poeira. Nicolas me ligou e disse: "Mart. Aconteceu"; e entendi num piscar de olhos o que ele quis dizer. Seu desaparecimento parecia punitivo e certamente deu origem a uma grande complicação, devido à prodigiosa variedade de fobias de meu pai (ele não sabia dirigir, não viajava de avião nem conseguia ficar sozinho depois de escurecer). Isso exigiu um sistema de "papai-sitting" por seus três filhos, até chegarmos a um acordo improvável envolvendo minha mãe e seu terceiro marido, que para consternação de todos durou até a morte de Kingsley em 1995. Um homem que abandona a primeira esposa e então é ele mesmo abandonado por sua sucessora perde tudo: torna-se um zero amoroso. No entanto, assim que Kingsley se reuniu com Hilly (embora apenas de forma platônica e prudente), parou de "se sentir mal por causa de Jane". E depois disso, ainda me dói relatar, nunca teve uma boa palavra para dizer sobre ela.

Durante os primeiros anos juntos, Kingsley e Jane praticaram um curioso ritual. Antes do jantar, liam um para o outro a produção de seu dia de trabalho. Sempre achei isso incompreensível: afinal, a prosa não revisada é crua, contingente; ademais, a ficção existe para ser lida, não para ser ouvida. Certa vez, perguntei bem maliciosamente a meu pai se ele já havia presenteado Jane com o penúltimo parágrafo de *Jake's Thing* [O negócio de Jake] (1978). Ele pareceu furtivo, e por isto aqui:

> Jake fez uma rápida recapitulação das mulheres em sua mente, não tanto aquelas que havia conhecido ou tratado nos últimos meses ou anos, mas todas elas: a preocupação com a superfície das coisas, com objetos e aparências, com os arre-

dores, e como elas pareciam e soavam neles, parecendo ser melhores e estar certas ao entender tudo errado; a assunção automática do papel de parte lesada em qualquer conflito de vontades; a certeza de que uma postura é mais crível e útil pelo fato de ser sustentada; o uso de mal-entendidos e deturpações como armas de debate, a sensibilidade seletiva para tons de voz; a inconsciência da diferença em si mesma entre sinceridade e insinceridade; o interesse em importância (juntamente com uma notável incapacidade de discriminar nessa esfera); a predileção por conversas gerais e discussões sem direção; as pretensões de deter a maior parte do sentimento; a estimativa exagerada da própria plausibilidade; o não escutar nunca; e muitas outras coisas desse tipo, tudo de acordo com ele.

A condenação generalizada tornou-se misoginia absoluta em *Stanley and the Women* [Stanley e as mulheres] (1984). Nessa longa frase, posso ver vislumbres de Jane; mas não consigo ver nada de Hilly, cuja presença na casa curou Kingsley de sua aversão, e assim resgatou seu senso artístico, que no fim era formidável. Em 1986, ele ganhou o Booker Prize por seu romance mais longo e satisfatório, *Os velhos diabos*.

Depois que Jane se separou de Kingsley, nunca ocorreu a ninguém que eu devesse me separar de Jane. No entanto, naturalmente eu a via bem menos. Ela queria mais de mim, mais do que me sentia capaz de dar. Sempre foi assim. Desde o início, senti emanações do amor dela. Fiquei muito grato e muito apegado e muito admirado. Mas a "outra mulher" do próprio pai, receio, está condenada a amar o enteado sem retribuição total. O laço de sangue com a mãe é simplesmente bastante potente e profundo.

Com um olhar reservado, Jane me disse em 1965, logo depois que ela e Kingsley se casaram: "Sou sua madrasta perversa". E era verdade: ela era perversa no sentido de "excepcionalmente boa". Em minha última carta para ela, escrita em dezembro de 2013, saudei Jane por sua longevidade artística (ela acabara de publicar *Tudo muda*, volume cinco das *Crônicas de Cazalet*, aos noventa anos); e citei o exemplo do habilidoso narrador histórico Herman Wouk, que acabara de publicar *The Lawgiver* [O legislador] aos noventa e sete anos. Eu esperava — e mais que quase esperava — que Jane duplicasse a façanha de Wouk. No entanto, ela morreu em 2 de janeiro de 2014, apenas um mês depois de seu irmão caçula, Colin, um herói anônimo dessa saga (encantador, espirituoso, não muito alegremente gay, adorado por todos e uma das pessoas mais doces que já conheci), que viveu com Jane antes da união com Kingsley e continuou morando com ela durante a maior parte dos anos vividos com Kingsley.

Por motivos que sem dúvida remontam a uma infância sombria (com uma mãe fria e um pai intrusivamente íntimo), Jane sempre foi ansiosa por afeto; e ao mesmo tempo permaneceu uma calamitosa colecionadora de homens. Na verdade, meu pai, uma bênção dúbia sob qualquer padrão, foi provavelmente a estrela do grupo, destacando-se (havia outras exceções mais breves) de uma horrenda *galère* de fraudes, valentões e malandros. Um dos melhores livros de Jane era uma coleção de histórias chamada *Mr. Wrong* [Sr. Errado]. Então, talvez no fim seja Colin, conhecido por todos como Monkey, que terá que servir, e servir com honra, como o amor da vida de Elizabeth Jane Howard.

PÓS-ESCRITO

Passei aquele Natal e Ano-Novo com minha esposa e filhas mais novas na Flórida, onde soube da morte de Jane e escrevi a primeira versão deste obituário pessoal. No avião de volta para Nova York, disse a minha esposa: "Será que Jane respondeu a minha carta?". E ela respondeu; o envelope, estranhamente, com sua caligrafia um tanto encolhida, mas inconfundível, esperava no tapete do Brooklyn (carimbado em 16 de dezembro). Dentro, havia duas páginas datilografadas em espaço simples. Ela incluiu um relato resiliente do funeral de Colin, um catálogo estoico (e divertido) do tipo de deficiência que se espera enfrentar em sua décima década, alguns comentários gentis sobre meu último romance e notícias sobre um trabalho em andamento (ela estava a um terço do caminho). Não havia o menor indício de que ela se sentia debilitada ou doente. Na verdade, ela aprovou minha sugestão de retomarmos a correspondência bastante diligente que mantivemos durante meus anos de estudante, meio século antes.

O biógrafo autorizado de Jane, Artemis Cooper (e naquele estágio dela era outro trabalho em andamento), disse-me que Jane teve um Natal cheio e ativo (ela sempre foi uma generosa e engenhosa compradora de presentes) e respondeu a todas as cartas lamentando seu irmão mais novo. Feito isso, seu apetite começou a diminuir e seu corpo parecia estar "desligando". A ciência médica só recentemente reconheceu sua condição, mas todos a vimos em ação. O cônjuge, o companheiro, o parente próximo se vai, e muitas vezes, com uma velocidade assustadora, a alma gêmea o segue. Com razão, Saul Bellow intitulou um de seus últimos romances *Morrem mais de mágoa*. A última manhã de Jane ocorreu em 2 de janeiro; e ela "serenamente" deixou de existir no início da tarde.

PÓS-PÓS-ESCRITO

Contar um sonho, todos já sabemos, impede um romance ou uma história. Mas isto não é ficção. No início de fevereiro, sonhei que era muito jovem novamente e eu, meu irmão e minha irmã ouvimos que a cachorra de Jane, Rosie, estava em grande perigo (uma cavalier spaniel "rubi", Rosie, foi sacrificada com bastante tristeza em meados da década de 1970); e partimos para encontrá-la, como se estivéssemos em uma missão de um livro infantil idealista. Nicolas perguntou: "O que a gente vai fazer quando a encontrar?". "A gente abraça", respondeu Myfanwy com firmeza. Encontramos Rosie, que tinha a cor errada, porém com certeza estava sofrendo, e começamos a consolá-la. Então acordei. Mais tarde naquele dia, percebi por que, na lógica do sonho, Rosie chorava. Chorava porque sua dona estava morta.

Notas

PRELÚDIO [pp. 9-20]

1. Joe the Plumber, apelido de Samuel Joseph Wurzelbacher, ativista e influencer conservador que se destacou na ocupação do Capitólio dos Estados Unidos. (N. T.)

1. ÉTICA E MORAL [pp. 23-39]

1. Por "geração de merda" quis dizer aquela que veio depois dos baby boomers, aqueles nascidos por volta de 1970 (a geração X). Eu não podia ter certeza, é claro, mas a geração que veio depois da geração de merda (aqueles nascidos por volta de 1990, os *millennials*) parecia mais ou menos normal... Quem acabou com a agonia do projeto da obra *A geração de merda* foi Elena. "Você não está falando sério", disse ela. "Quem você acha que vai resenhar isso, bobo? Sociólogos de merda, historiadores de merda e críticos de merda." Isso mexeu com meu espírito de luta, e eu disse: "É, pois bem, eles vão ter que levar uma porrada e seguir em frente". Elena falou: "Todo mundo vai pensar que você é tão ruim quanto Kingsley. E estarão certos. Você está tendo uma de suas crises de tontura. Esqueça. *A geração de merda* é uma ideia de merda."

2. Os óbvios superiores vivos de Updike não chegavam a ser um grupo numeroso e na época consistia em Bellow e Nabokov. Nas resenhas na *New Yorker*, Updike foi sempre impertinente nas avaliações de Bellow e, em minha opinião, vagamente rebelde e fora de foco nas avaliações de Nabokov (embora maravilhosamente expressivo sobre a prosa). Depois de saudar a exuberância e a melodia de Bellow, Updike acrescenta, mais ou menos no mesmo fôlego: "Neste

ponto da carreira, Bellow está no topo da montanha literária americana por mais tempo do que qualquer outro desde William Dean Howells". William Dean Howells? Isso é, e deveria ser, insultante de um modo malicioso. Desmascarado pela passagem do tempo como uma mediocridade inflacionada, Howells viveu de 1837 a 1920. Em qualquer sentido crítico sério, o homem que ocupou o topo da montanha literária americana durante esse período foi Henry James (1843-1916)... Haverá mais a dizer sobre Updike e mais a dizer sobre James.

3. Ah, e meu quinto romance estava a apenas alguns meses de ser concluído. Os quatro primeiros, como todos os romances britânicos publicados nos anos 1970 e início dos anos 1980, consistiam em 225 páginas (e levaram dezoito meses para serem escritos); o quinto demorou o dobro e tinha quase o dobro do tamanho (parece que eu pegara uma folha do livro de Bellow e confiado à *voz*)... Mas, de qualquer maneira, a chegada de meu quinto romance foi mais ou menos um quinto da minha lista de iminentes amplificações.

4. Não vou me citar, mas vou me repetir (em paráfrase). Este longo romance é quase certamente meu último romance longo, e parte dele, cerca de 1%, tem caráter de antologia. Autoplágio não é crime. Concordaria, porém, que estou aberto à acusação de má conduta autoral. Na maior parte do tempo, estou apenas transmitindo as informações necessárias. Quanto ao restante, costumo voltar a uma pergunta sem resposta, que se recusa a me deixar em paz.

5. Eu e outros também. Depois de passar algum tempo com os Bellow em Vermont, acho, Philip Roth (até então um estagiário próximo) escreveu: "Querido Saul: finalmente você se casou com uma mulher que me entende. Com amor, Philip".

6. Cuja sombra, aliás, aguarda cautelosamente o destino de William Dean Howells. Desenvolvi-me tarde, e Greene foi o primeiro escritor sério que li; e creio que o reverenciava em grande parte por esse motivo. Quarenta anos depois, revisitei incrédulo *O condenado* e *Fim de caso*, e ficou bastante claro para mim que Greene mal conseguia segurar uma caneta. A superfície verbal é surda (uma touceira de rimas e sonoridades); e os enredos, os arranjos narrativos, tendem a se dissipar em algo grosseiramente tendencioso (porque são determinados pela religião. Veja a seguir). O Stockholm Prize é julgado por um comitê permanente, por isso é menos disperso do que alguns outros; mesmo assim, houve muitos absurdos famosos (e o grande Borges disse que não lhe dar o Nobel era "uma velha tradição escandinava"). Um laureado Graham Greene teria sido tão historicamente embaraçoso quanto o laureado Eyvind Johnson... Entrevistei Greene, em Paris, por ocasião de seu aniversário de oitenta anos (1984), e fiz a pergunta mais grosseira que já fiz a alguém. Foi uma espécie de acidente: minha pergunta era, na verdade, bem-intencionada (e naquela altura eu ainda achava que ele fosse bom). Como veremos cerca de vinte páginas adiante, ele reagiu muito bem.

7. Naturalmente eu tinha um conhecimento enciclopédico sobre bêbados e embriaguez. "De vez em quando", escreveu meu pai em *Memoirs*, "tomo consciência da reputação de ser um dos grandes bebedores, senão um dos grandes bêbados de nosso tempo." Além disso, Myfanwy, minha irmã caçula, beberia até morrer (2000); e também Robinson, meu amigo mais antigo (2002). A essa altura, senti que poderia acrescentar um corolário modesto à Lei de Saul. A consciência é terrível; e o amanhã, aliás, não está nem aqui nem lá, porque o amanhã, para os bêbados, não existe. Aí está: a consciência é terrível e o amanhã, uma merda. Suicídios, em geral, concordam climaticamente com ambas as proposições. John Berryman, um suicida, escreveu sobre a luta para perdoar o pai, outro suicida, e relembrou a "frenética passagem" de Berryman pai,

"quando ele não conseguiu viver/ Nem mais um instante" (*The Dream Songs*)... Meu irmão Nicolas e eu éramos abstêmios até nossos vinte e poucos anos, porque associávamos o álcool a valentões, desordeiros e vagabundos. Isso era inexplicável. Crescemos na boemia literária. Por que não associamos o álcool a todos os poetas, romancistas, dramaturgos e críticos que víamos quase todo dia, a resmungar, chorar, cantar, declarar guerra e declarar amor (caindo ruidosamente escada abaixo)?

8. Mais tarde, brindei a Julia a seguinte citação. O país "tem imensa satisfação no testemunho dos poetas" de que os Estados Unidos são muito duros, muito ásperos, que a realidade americana é avassaladora. E ser poeta é coisa de escola, coisa de mulher, coisa de igreja. A fraqueza dos poderes espirituais é comprovada pela infantilidade, pela loucura, pela embriaguez e pelo desespero desses mártires... Portanto, os poetas são amados, mas amados porque simplesmente não conseguem sobreviver aqui. Existem para iluminar a enormidade desse emaranhado terrível e justificar o cinismo daqueles que dizem: "Se eu não fosse um filho da puta corrupto, insensível, pulha, ladrão e abutre, também não conseguiria passar por isso". E Julia entendeu.

9. Para Roth, em seus romances cômicos, a embriaguez é algo gói, algo irlandês (o proprietário, Peter Langan, estaria bem no local, estaria fatalmente in situ, quando incendiou sua casa em 1988), algo polonês — aquelas pessoas, como diz Alexander Portnoy, com nomes "cheios de X e Y".

10. O prêmio Nobel, atribuído pela primeira vez em 1901, nos fornece um índice útil. Vinte e dois por cento dos premiados são judeus; e os judeus compreendem apenas 2% da população mundial.

11. "Um livro analfabeto e grosseiro... o livro de um trabalhador autodidata, & todos sabemos como são cansativos, egoístas, insistentes, rústicos, agressivos &, em última análise, nauseantes." Trata-se de uma anotação de diário e não uma declaração pública, mas mesmo assim. "Um universitário enjoativo a coçar as espinhas", ela diz em outro lugar: e isso é pelo menos fugazmente sensato. Quando volta ao tema das espinhas, porém, ela escreve: "O coçar espinhas no corpo do engraxate da Claridges". Pergunto-me se Woolf ficou ligeiramente surpresa com o fato de *Ulisses* ser, entre outros pontos fortes, uma obra-prima do antiantissemitismo.

12. "Richmond", agora sei, era uma anglicização de "Ryczke" (pronuncia-se Ritch-ke). Trinta e quatro anos depois, Theo publicaria *Konin: A Quest*, sua reconstrução (através de testemunho oral) do *shtetl* polonês de mesmo nome. Konin, a cidade natal dos Ryczke, foi varrida do mapa pelos alemães em 1939.

13. O antissemitismo de meu pai era, evidentemente, reflexivo e não visceral, e muito menos insistente do que o antissemitismo de Virginia Woolf. Pertencia, não ao salão, mas à sala de estar: era de origem suburbana e de classe média baixa. O fato de ter sido herdado, e em grande parte irrefletido, era bastante vergonhoso, acho; mas Kingsley parecia aceitá-lo como se fosse uma marca de nascença. Era leve e ocioso, e não tinha aspecto público. Quando publicou algo sobre o assunto, ele sabia a diferença entre o certo e o errado. "Qualquer forma de antissemitismo", escreveu em carta ao *Spectator* no ano seguinte (1962), "deve ser combatida", "incluindo a moda do antiantiantissemitismo". Nietzsche cunhou "antiantissemitismo", que era sua própria posição, assim como o comunismo de Hitchens (aparentemente) se transformou em "antianticomunismo".

DIRETRIZ: COISAS QUE A FICÇÃO NÃO PODE FAZER [pp. 40-8]

1. O primeiro romance mainstream surgiu mais de um século antes e não era em inglês... Procurando incansavelmente por protótipos, os historiadores literários tentaram recrutar Petrônio, Apuleio, Santo Agostinho e Rabelais (ou alguma sátira antiga ou uma saga nórdica gelada), mas não vejo razão para recuar além de *Dom Quixote*. Mesmo agora, o leitor sente o espanto e a apreensão de estar presente em um nascimento: o nascimento de um novo gênero. *Dom Quixote*, Parte 1 (1605) é no mesmo instante reconhecível como um romance moderno. E, não contente com isso, Cervantes nos dá a Parte 2 (1615), instantaneamente reconhecível como um romance pós-moderno (esse pode ser o maior golpe duplo de toda a literatura)... É claro que não há sexo em *Dom Quixote*, e isso apenas porque o objeto de amor de nosso herói, a glamorosa Dulcineia del Toboso, é apenas mais uma ilusão.

2. As coisas correm bem mais tranquilas quando o romance em questão é todo sobre sexo (como em *Lolita*, digamos, ou *O complexo de Portnoy*). Neles a cena de sexo não é mais uma divagação: tematicamente ela ganha sustentação e não se limita a drenar os participantes. (Observe como, no fim de uma cena de sexo intercalada, o escritor de repente tem que sair dela e perguntar: *Hã, onde eu estava mesmo?... Ah, sim.*) Além disso, quaisquer sinais de interesses específicos, preferências marcantes (e quaisquer sinais de excitação do autor) trazem à lembrança a paródia de uma frase de Kurt Vonnegut: "Ela soltou um grito, meio de dor, meio de prazer (como entender uma mulher?), enquanto eu insistia com o velho Avenger". *Fracasso* sexual (o temido fiasco) pode ser escrito, mas nesses casos não há muito o que descrever. Em seu brando livro de ensaios, *Do amor*, Stendhal trata o fiasco como "tragédia" (que é certamente como se sentia na época), no entanto todos os instintos de escritor o atribuem à comédia. O próprio sexo é atribuído à comédia. Como reagimos ao sexo escrito para valer? Com risos.

2. PHOEBE: O NEGÓCIO [pp. 49-76]

1. Daí toda a ansiedade sobre classe social. O que não passa de verossimilhança para a época, como o tanto que se fumava.

2. Alguns anos depois, li (ou ouvi) em algum lugar que havia essencialmente dois tipos de ser humano, o organizado e o desorganizado, e você poderia dizer qual era qual por suas "baias de trabalho". Então, fiz um tour de apuração de fatos no *New Statesman*. A escrivaninha de Julian Barnes (auxiliar literário e romancista) estava vazia, exceto por uma caneta-tinteiro; a mesa de James Fenton (correspondente parlamentar e poeta) estava vazia, exceto por um único clipe de papel. A escrivaninha de Christopher, assim como a minha, era uma escultura em movimento intitulada "Palheiro". O que, de alguma forma, nos aproximou muito.

3. Não há como evitar: descubro que não posso, afinal, deixar de explicar sobre o Little Keith. O Little Keith, Keith Whitehead, é um ator de elenco de meu segundo romance (1975) e o personagem mais programaticamente repelente que já tentei criar. Ele tem um metro e oitenta e um, é gordo e muito desagradável (carrancudo debaixo de sua pizza de acne)... O Little Keith Whitehead me fez perceber quanta simpatia humana os leitores levam para a ficção, porque

muitos deles ficaram tristes com o destino desagradável dele. Tristes pelo *Keith?*, eu pensava. Quem se importa com Keith? Mas os leitores se importam... Muitas pessoas me chamavam de Little Keith, inclusive garotas. Até hoje Eleni Meleagrou, a primeira sra. Hitchens, me chama de *Lidell* Keith.

4. A Rosa Vermelha (1871-1919), presa muitas vezes pelo kaiser Guilherme II, acabou sendo espancada, torturada e morta a tiros por uma gangue de *Freikorps* (monarquistas odiosos e protocamisas-pardas). Christopher às vezes se definia como um luxemburguês, querendo dizer com isso, penso eu agora, um revolucionário que rejeita a violência (em geral) e abraça a liberdade de expressão. Nunca renunciou a Luxemburgo (de maneira semelhante e muito mais controversa de nunca ter renunciado a Trótski). "Para mim, a mais brilhante e a mais envolvente dessas intelectuais marxistas foi Rosa Luxemburgo", escreveu Christopher em junho de 2011, seis meses antes de morrer.

5. Na segunda metade de 1972, fiz visitas regulares a uma gentil e agradecida senhora de cinquenta anos chamada Marybeth, que por acaso era uma proletária *demi-mondaine* ("meio mundana"). Indivíduos vividamente escalenos passavam ou se escondiam no apartamento tipo loft de Marybeth em Earls Court: ladrões, bandidos, madames, prostitutas. Certa noite, passei várias horas sendo o mais aceitável possível para dois jovens escoceses violentos e rancorosos que fugiam de um célebre reformatório em Newcastle. O meio mundo, eu já sabia, era apenas meio são. A questão, suponho, é que nada disso jamais chegou perto de me desanimar.

6. De *Hitch-22: A Memoir* [Hitch 22: Uma memória] (2010): "'Gostaria de conhecer a nova líder?' Quem poderia recusar? Instantes depois, Margaret Thatcher e eu estávamos cara a cara". Christopher continua: "Senti-me obrigado a buscar controvérsias e comecei uma briga com ela sobre um detalhe da política de Zimbábue-Rodésia. Ela topou. Na realidade, eu estava certo (por acaso), e ela estava errada. Mas ela defendia seu erro com força tão adamantina que acabei concordando com o ponto e até me curvei ligeiramente... 'Não', ela disse. 'Curve-se *mais baixo*.' Com um sorriso agradável, me inclinei um pouco mais. 'Não, não', ela trinou. 'Muito mais baixo!'... Deu a volta em mim, e... me bateu no traseiro com o papel de ordem parlamentar que ela enrolara num cilindro atrás das costas... Enquanto se afastava, olhou por cima do ombro e fez um movimento quase imperceptível do quadril enquanto murmurava as palavras: 'Menino travesso!'". Com Thatcher, como disse um comentarista, a Grã-Bretanha sentiu "a bofetada de um governo firme". E é no *le vice anglais* (e no delicioso movimento do bumbum) que reside inteiramente seu fascínio erótico. Christopher era suscetível a isso, assim como Kingsley e Philip Larkin.

7. Eu estava escrevendo para uma revista de variedades uma reportagem sobre o Festival de Cinema de Cannes. Todos os participantes e todos os nativos pareciam ricos (mesmo os inúmeros mendigos); e além de La Croisette, onde o céu encontra o mar, todas as mulheres (criança, adolescente, estrela, jovem mãe, *grand-maman, arrière-grand-mère*) nadavam e tomavam banho de sol de topless, exceto Phoebe, que manteve com altivez seu maiô inteiro de competição.

8. Apostava nos cavalos, no atletismo, no críquete e no futebol, mas principalmente nos cachorros (acumuladas e previsões reversíveis). Phoebe disse que agora que estava na administração (pessoal), e não mais "no pregão" (na verdade, negociando), sentia falta da sensação física de risco ("É por isso que chamam aposta de *palpite, palpitar*, Mart"). Suas apostas eram substanciais, vinte, trinta, às vezes quarenta libras, que era meu salário líquido semanal. As casas de

apostas em que ela se enfiava durante nossos passeios de sábado me lembravam das delegacias e salas comuns das prisões de Londres (frescas em minha mente devido às visitas recentes a meu velho e atormentado amigo Robinson: em Pentonville, Brixton, Wormwood Scrubs): homens carrancudos, homens taciturnos, obstinados que, de certo modo não muito diferentes de Phoebe, moviam-se teimosamente contra o fluxo social, como o leito irregular de um rio... Nesse cenário, Phoebe se misturava com formas masculinas corpulentas, preenchia formulários nas prateleiras laterais da parede ou na fila sombria em frente à caixa registradora; o objetivo comum de todos era prever o futuro. Phoebe também tinha uma conta em algum lugar e negociava por telefone com certo agenciador de apostas (Noel).

9. O que despertou o interesse de Phoebe por Larkin, principalmente o interesse humano, foi a reprise na TV de uma entrevista, em preto e branco, com John Betjeman. Assisti na Hereford Road, com Phoebe olhando duvidosa por cima de meu ombro.

10. E Phoebe, filosoficamente, concordou com esse poema. "Os casamentos de Pentecostes" descreve uma "frágil coincidência de viagem". O poeta embarca de trem do norte da Inglaterra para a capital no Domingo de Pentecostes, festa cristã do início do verão, tradicionalmente uma época propícia ao casamento. E "ao longo de toda a linha/ Novos casais subiam a bordo". A oitava e última estrofe termina quando o trem se aproxima de uma Londres "espalhada ao sol,/ Seus distritos postais empilhados como canteiros de trigo". E aqui vem: "Vamos devagar de novo,/ E, quando os freios acionados funcionaram, aumentou/ Uma sensação de queda, como uma chuva de flechas/ Lançada de fora de vista, que virava chuva em algum lugar". Esse ceticismo isolador sobre o amor e o casamento, diante do tempo, fazia parte de um argumento interno que Larkin sempre expressava, mas nunca tão revelador quanto aqui: as flechas do desejo, como o poeta as vê, estão fadadas a deliquescer na impotência e no tédio, ficam opacas como a chuva. Phoebe simpatizava profundamente com essa visão. Portanto, não foi o conteúdo citável de "Os casamentos de Pentecostes" que provocou o *humpf* de Phoebe; deve ter sido a própria forma, pensou ele, a forma poética... Os verdadeiros praticantes que sempre encontravam socialmente (James Fenton, Craig Raine, Peter Porter, Ian Hamilton) eram observados por uma Phoebe intrigada, desconfiada; e sempre que eu falava de poesia ela me olhava como se eu fosse maluco. Isso seria explicado, ou mais ou menos contabilizado, em 1978.

11. Bob era Robert Conquest (1917-2015), poeta, crítico e historiador; especificamente um sovietologista, mais conhecido pelos livros *O Grande Terror* (sobre os expurgos de 1937-8) e *Colheita amarga* (sobre coletivização e o terror de fome de 1932-3).

DIRETRIZ: O ROMANCE SEGUE EM FRENTE [pp. 77-83]

1. E deixa para trás, tanto quanto posso apurar, apenas um sobrevivente de longo prazo (além de *Ulisses*): *A Laranja Mecânica*, de Burgess. Esse é um romance de linguagem, escrito em uma mistura futurizada de romani, gíria rimada e russo; que ainda consegue ser lido com constante envolvimento e admiração. Além disso, é apropriadamente curto... O romance "B" mais icônico é, de longe, *Finnegans Wake* (1939). Nabokov saudou *Ulisses* como o romance do século, mas chamou o *Wake* de "um trágico fracasso", "monótono e informe"... "um ronco na sala ao lado" (essa última frase capta não apenas seu tédio, mas também sua extraordinária indiferença

a qualquer provável preocupação do leitor). *Finnegans Wake*, que ficou famoso por levar dezessete anos para ser escrito, lembra uma pista enigmática de palavras cruzadas que se estende por mais de seiscentas páginas. E a coisa mais incisiva já dita sobre isso, satisfatoriamente, apareceu em uma pista enigmática de palavras cruzadas: "*Something wrong with* Finnegan's Wake*? Perhaps too complicated* (10) [Algo errado com *Finnegan's Wake*? Talvez demais complicado]". A solução é um anagrama (assinalado por "complicated") de "perhaps too" [talvez demais]: *apostrophe* [apóstrofo]. Essa pista envolve conhecimento geral (o que a diminui um pouco), mas permanece quase tão perfeita quanto "*Meaningful power of attorney* (11)" [Procuração significativa], cuja solução é *significant*: *sign-if-i-cant* [assine se eu não puder].

2. Corrigi isso na edição em brochura, onde escrevi com todas as letras (quase em itálico e maiúsculas) na página três. E o fiz de forma um tanto ressentida e um tanto furtiva, admito. A etnia de Vênus era estruturalmente crucial. Eu tinha agido errado (como pude estar tão fora do ar?), e agora encobria meus passos desajeitadamente.

3. "Os engenheiros da Intel fizeram um cálculo aproximado do que aconteceria se um Fusca 1971 tivesse melhorado na mesma proporção que os microchips... Hoje, aquele fusca seria capaz de rodar a cerca de 480 mil quilômetros por hora. Faria 3,2 milhões quilômetros com 4,5 litros de gasolina; e custaria quatro centavos...", de *Obrigado pelo atraso*, de Thomas L. Friedman (2016).

3. JERUSALÉM [pp. 84-107]

1. Havíamos trocado algumas cartas até então, mas eu estava apenas vagamente ciente de que Saul tinha tido um *annus horribilis* em 1985: as mortes, uma após a outra, de seus dois irmãos mais velhos (Maury e Samuel), seguidas semanas depois pelo súbito afastamento de sua quarta esposa, Alexandra.

2. Não foi pecado de omissão, em meu caso. Foi um erro de inclusão. Não os omiti; os incluí (com todos os outros que vi), porque não conseguia diferenciá-los. São todos semitas, não são? Árabes e judeus? Semita: "Membros de um povo que fala língua semítica, em particular judeus e árabes".

3. Para entrar nos Estados Unidos (naquela época), tudo o que você precisava fazer era preencher o formulário e dizer "não" para as perguntas que apenas o estranho lunático algum dia disse "sim". Não, não sou um terrorista com doença fatal e contagiosa que passou os últimos seis meses imerso em cochos de porcos e de ovelhas. Isso pode mudar: no momento em que escrevo, as eleições de 2016 dos Estados Unidos se aproximam... A El Al ainda estipula três horas, portanto não se tornou mais rigorosa desde o Onze de Setembro; o que aconteceu é que o mundo alcançou Israel. Talvez, um dia, uma viagem de ônibus pelo bairro seja igual a voar pela El Al.

4. De *Jerusalém, ida e volta*, assim como todas as outras citações não indicadas neste capítulo. Eu estava em Haifa para o que se autodenominava a Primeira Conferência Internacional Saul Bellow; criada pela Sociedade Saul Bellow e coordenada pelo genial romancista israelense A. B. Yehoshua.

5. Embora existam muitas páginas hiperinteligentes em *Eichmann em Jerusalém* (1962), de Hannah Arendt, seu conceito central, "a banalidade do mal", tem sido constantemente des-

mascarado ao longo dos anos. Artur Sammler, o herói do romance de Bellow de 1970, *O planeta do sr. Sammler*, desempenhou seu papel: "A ideia de fazer o grande crime do século parecer monótono não é banal", diz Sammler na página vinte. "Politicamente, psicologicamente, os alemães tinham uma ideia de gênio. A banalidade era apenas camuflagem. Que melhor maneira de tirar a maldição do assassinato do que fazê-lo parecer comum, enfadonho ou banal?... [Você] acha que os nazistas não sabiam o que era assassinato? Todo mundo (exceto alguns intelectuais) sabe o que é assassinato. É um conhecimento humano muito antigo"... E considere a declaração de Eichmann em 1945 (citada no julgamento): "Vou pular em meu túmulo rindo porque a sensação de que tenho cinco milhões de seres humanos em minha consciência é para mim uma fonte de extraordinária satisfação". O que existe de banal, o que existe de tedioso lugar-comum, nisso? Acho que Robert Jay Lifton, em *The Nazi Doctors* (1986), chega muito perto da verdade (e lembre-se de que, no curso de sua pesquisa, Lifton, ele próprio um médico judeu, passou muitas horas frente a frente com vinte e oito desses nazistas): "Neste estudo, descrevo repetidamente homens banais realizando atos demoníacos. Ao fazer isso, ou para fazer isso, os próprios homens mudaram; e ao realizar suas ações, eles próprios deixaram de ser banais".

6. O historiador Martin Gilbert, não contente com ser extraordinariamente prolífico, chega a montar e assinar os próprios índices remissivos. O *Israel* (1998), de Gilbert, tem setecentas páginas; e no índice, no verbete "Haifa", o que se lê, mesmo em minha versão abreviada, tem certo toque gótico (a página de referências foi omitida). Haifa: "e 'gangues de criminosos'; judeus assassinados em (1938); campo de internamento próximo de; uma morte em; sabotagem em; um judeu assassinado na volta de; ataques terroristas judeus próximos de; um ato de terror árabe em; e a Guerra da Independência; bombardeada (1956); e a Guerra de Outubro; mísseis Scud, atingida por". E essa era a Haifa, que, do cume do monte Carmelo, parecia tão ingênua quanto o orvalho. Agora me pego imaginando se existe um único acre da Terra Santa que esteja livre de memórias recentes de sangue e dor. E o que isso faz com o homem chamado Israel?

7. O que eu quis dizer foi: os escritores não podem "ler" os próprios livros (em qualquer sentido normal da palavra) até um ou dois anos após a publicação. Ainda estão corrigindo, ainda são assombrados por alternativas e possibilidades perdidas. Para eles, a prosa precisa de tempo para se estabelecer como algo fixo e inviolável.

8. Já havíamos falado sobre o hábito generalizado de culpar os pais, que Saul claramente identificou como um "vício" (e se ele quisesse cultivá-lo, tinha mais material do que a maioria: quando irritado, seu pai batia nos filhos com um punho fechado; e a mãe morreu quando ele tinha quinze anos)... De minha parte, eu disse que quase não tinha nada para censurar a meus pais, e o pouco que havia desapareceu com um guincho quando troquei pela primeira vez a fralda de meu primeiro filho.

9. "Os filhos da raça [os 'garotos do contrabandista que recitam orações antigas'], por um milagre infalível, abriram os olhos em um mundo estranho após o outro, era após era, e proferiram a mesma oração em cada um, amando com empenho o que encontraram." O cenário é a Napoleon Street, Montreal — "podre, lúdica, louca e imunda, saturada, açoitada pelo mau tempo" —, no início da década de 1920. De *Herzog* (1964).

10. Acho que James Wood chegou perto do cerne da questão quando escreveu que é preciso aplicar "um utilitarismo desajeitado, mas inegável": "O número de pessoas feridas por Bellow provavelmente não é maior do que se pode contar em duas mãos, mas ele encantou, con-

solou e alterou a vida de milhares de leitores". Em outras palavras, o certo e o errado devem se curvar a um autor de qualidade e alcance suficientes... Clio, a musa da história, e Erato, a musa da poesia lírica e dos hinos, podem expressar desconforto com tal presunção. Mas a ficção é uma forma jovem (nascida no século XVI), e a escrita da vida é ainda mais jovem (nascida no século XIX), e não há, de qualquer maneira, musa para defender a ficção; ou para inspirar seus praticantes com a pureza de seu exemplo. Talvez seja por isso que a ficção sempre foi o bairro mais violento do que qualquer outro.

11. Ele também não era assim. Durante um conflito conjugal em uma festa tumultuada (novembro de 1960), Mailer esfaqueou a segunda esposa, Adele Morales, no peito e nas costas. Enquanto ela estava caída com hemorragia no chão, dizem que Mailer murmurou: "Deixe a cadela morrer". E ela quase morreu: a lâmina perfurou a membrana que envolve o coração. Mailer foi indiciado por tentativa de homicídio culposo (no fim, seu advogado negociou como simples "agressão"). O que levou Norman ao limite quando Adele gritou com ele? Não as dúvidas grosseiras que ela lançava sobre sua masculinidade e orientação sexual. Não, o marido explodiu quando a esposa questionou seu talento, com a sugestão intolerável de que Norman era inferior a Dostoiévski... A iconoclastia de Mailer tinha muitos alvos, inclusive, provavelmente, a imagem de bom filho judeu. Mas devemos agradecer pela noção da boa mãe judia ter sido totalmente adotada por Fanny Mailer: "Meus filhos são o máximo", ela resumiu. E sobre seu filho controverso, Fanny se contentou em dizer: "Se Norman parasse de se casar com essas mulheres que o obrigam a fazer essas coisas terríveis...". Em termos matrimoniais, Norman e Saul tinham uma coisa em comum: o melhor vinha por último.

12. A irmã de Afrodite, Ágape simboliza muitos tipos de amor, "amor divino", "amor sacrificial", porém seu significado parece ter se firmado em "amor social", ou cortesia. O romance realista-social precisa de Eros, é claro; mas também precisa de Ágape.

13. "A bomba vai explodir no bar às treze e vinte./ Agora são só treze e dezesseis./ Alguns ainda terão tempo de entrar;/ Alguns, de sair" [tradução de Regina Przybycien]. Essa é a abertura de "O terrorista, ele observa", de Wisława Szymborska. Ocorre-me que o segundo dístico seria ainda mais sombrio se os versos fossem transpostos, dizendo: "A bomba vai explodir no bar às treze e vinte./ Agora são só treze e dezesseis./ Alguns ainda terão tempo de sair;/ Alguns, de entrar".

14. O comentário é feito pelo descrente Jorge Luis Borges em um de seus ensaios mais encantadores e informativos, "A história dos anjos". Os anjos superam em número os mortais, e por uma ampla margem: todo bom muçulmano "recebe dois anjos da guarda, ou cinco, ou sessenta, ou cento [e] sessenta". Borges (assim como Bellow) fez uma aliança espiritual com os anjos: "Sempre os imagino ao anoitecer", escreve ele, "no crepúsculo de uma favela ou de um terreno baldio, naquele longo e silencioso momento em que as coisas aos poucos são deixadas em paz, de costas para o pôr do sol, e quando as cores são como lembranças ou premonições de outras cores".

15. Em *Jerusalém, ida e volta*, Bellow cita a fala de um esquerdista: "Viemos aqui para construir uma sociedade justa. E o que aconteceu no instante seguinte?". A postura de Bellow, aqui, era de centro-esquerda: com Oz, Yehoshua e Grossman, apoiava a *solução de dois Estados*. A esquerda tinha uma pluralidade em 1987; em 2013, pertencia à margem, ou ao passado, com 7% nas pesquisas. E a solução de dois Estados estava morta.

DIRETRIZ: LITERATURA E VIOLÊNCIA [pp. 108-15]

1. "O deleite é a principal, senão a única, finalidade da poesia. A instrução pode ser admitida, mas, em segundo lugar, pois a poesia só instrui quando deleita" (*Ensaio sobre poesia dramática*). Assim, o princípio do prazer teve um eloquente defensor já então, em 1668.

2. Os Estados Unidos revelam-se exceção ao negligenciar o desarmamento de seus cidadãos; nas palavras de Pinker, o país "nunca assinou totalmente essa cláusula do contrato social moderno".

3. A história da literatura terminou por humilhar *Clarissa* quando, um ano depois, surgiu *Tom Jones*, de Henry Fielding (e como esse nome deve ter soado fortemente democrático, cf. Charles Primrose, Tristram Shandy, Peregrine Pickle, Sir Launcelot Greaves)... Fielding já era um decidido atormentador de Richardson, cujo primeiro romance best-seller, o burguês e sensacionalista *Pamela, ou a virtude recompensada* (1741), recebeu uma resposta instantânea com o *Shamela*, de Fielding (uma paródia desdenhosa). Mas é o exemplo de *Tom Jones*, com leveza, humor e franqueza sexual, que constitui a verdadeira refutação. Com o tempo, o romance do tipo Richardson (depois de uma permanência nervosamente prolongada no gênero imitado por Jane Austen e outros, o gótico) morreu, enquanto o romance do tipo Fielding, apoiado por *Dom Quixote* (na emocionante tradução de Tobias Smollett em 1750), passou a constituir a ficção em inglês.

4. A NOITE DA VERGONHA [pp. 116-40]

1. Agora, com um dicionário comum e um dicionário de sinônimos no colo, percorro os sinônimos indulgentes ("cativar", "atormentar") e não vejo nenhuma conexão com as práticas de Phoebe Phelps, até chegar ao seguinte: *flirt* [flertar] "(de um pássaro) bater ou balançar (as asas ou cauda) com um movimento rápido e oscilante". E novamente com *coquette* (um "dimin. feminilizado de *coq* [*cock*, galo e também pinto, pau]): "1. uma mulher sedutora 2. um beija-flor com crista da América Central e do Sul". E assim era Phoebe: um beija-flor que tremeluzia rapidamente, irradiando uma agitação que parecia obscuramente proposital, enquanto polinizava o jardim ao ir de caule em caule...

2. Uma longa nota, mas que servirá como um breve guia para o estado mental de Phoebe... Em um programa de rádio de seu partido em 15 de abril de 1978, a sra. Thatcher se referiu a Soljenítsin como "Soljenitskin". *Eu ouvi! Disseram que ela confundiu com Rumpelstiltskin!*, Phoebe exclamou naquela noite (ela estava com o rádio no banheiro); e na manhã seguinte estava ao telefone com Noel: sua previsão era que Thatcher seria deposta como líder (em 30 de abril), e Noel tinha boas chances... Claro, o erro de Thatcher não causou a menor impressão, e a própria Phoebe só sabia que era "Soljenítsin", e não Soljenitskin ou Rumpelstiltskin, porque todos os três volumes de *Arquipélago Gulag* estavam expostos em meu apartamento (e eu falava às vezes sobre seu exílio rural em Vermont)... *Quanto você apostou?*, perguntei em 1º de maio. Ela desviou o olhar: *Bom, é... Hum. Mais ou menos igual a seu último adiantamento.* O adiantamento para meu terceiro romance tinha subido, raspando quatro dígitos. *Mais quase o dobro de seu*

salário. Na época, eu era editor literário titular do *New Statesman*. Então Phoebe perdeu 11 mil libras. Resumindo, *Martin*, ela disse, *estou arruinada*.

3. Em tempos mais calmos e felizes, ataques de *carícias pesadas* eram uma característica ocasional de nossos fins de semana. Prolongadas e extenuantes (tudo — mas não para os fracos) essas sessões terminavam com Phoebe segurando um buquê de lenços de papel na mão livre, concedendo-lhe um alívio rápido, à maneira de uma terapeuta ou, mais exatamente, de uma ordenhadeira. Hoje era diferente: ela simplesmente esperava a fase de ingurgitamento máximo, depois parava, desistia, sem uma palavra ou um olhar. Quando finalmente eu saía da cama, ainda tinha um pequeno trampolim (recentemente saltado e desocupado) preso à minha sela pélvica. Não se poderia chamar isso de preliminares; porque não vinha nada em seguida... Noto que neste capítulo muito do que é pertinente, mas constrangedor, ficou confinado às notas: uma espécie de exílio interno ou prisão domiciliar.

4. Aquelas notas de dez poupadas. Afinal, a vida continua; e ficou claro, uma ou duas semanas depois do início da coabitação, que minha renda mensal aumentaria doze vezes. E "escrever", por enquanto, significava humor para Kirk Douglas e Harvey Keitel (que estavam sempre em tóxica oposição). Mas essa é outra história, parte da qual se encontra em meu quinto romance (1984)... O filme era presidido por Stanley Donen, que na casa dos vinte anos codirigiu *Um dia em Nova York* e *Cantando na chuva* com Gene Kelly... Uma noite, depois do trabalho, Stanley me convidou para jantar em seu "cantinho local"; Phoebe estava em Belgrado, então, sem hesitar, fui até seu santuário de veludo e painéis de madeira em St. James's... Naquela época, Stanley era casado com Yvette Mimieux, a esposa número quatro (e suas amantes anteriores incluíam Judy Holliday e Elizabeth Taylor). Depois de explorar o cérebro de Christopher sobre garotas e loucura, aproveitei a chance para explorar o cérebro de Stanley sobre garotas e coqueteria, um assunto que estava a caminho de se tornar minha principal preocupação. Stanley falava com discrição, sem citar nomes, mas com franqueza total, e durante quase duas horas meus ouvidos zuniram com as histórias das vampes mais famosas de Hollywood (algumas atrizes famosas, outras apenas vampes e famosas por nada além disso: coristas, dublês). E mesmo nessa companhia, pensei, Phoebe conseguiria manter a cabeça erguida... A propósito (de uma nota a outra nota), quase quarenta anos depois, encontrei Harvey Keitel em uma festa de Natal em Manhattan (9 de dezembro de 2016). Concordamos que aquela era uma das pequenas epifanias da vida: o centésimo aniversário de Kirk Douglas.

5. O evidente favorito de Phoebe, "Seja este o poema" [tradução de Nelson Ascher] ("Teu pai e tua mãe fodem contigo"), tem um poema irmão tecnicamente quase idêntico, "As árvores", que termina assim: "E cada castelo móvel, no mês/ De maio, em fronde espessa, parece/ Dizer: esse ano morreu./ Comece outra vez, outra vez, outra vez" [tradução de Alípio Correia de Franca Neto]. Ao pé do manuscrito, Larkin escreveu: "Droga de bobagem horrenda". Mas deixou os versos ficarem; e com razão. "As árvores" representava um tipo de humor muito diferente; mas em ambos os casos o poeta tem que explorá-lo e chegar ao fim. Como Auden escreve em outro contexto (com adequação acidental, mas completa): "Segue, poeta, segue, bem/ Até o fundo da noite...". *Larkin vem a Londres uma vez por ano*, eu disse naquela mesma tarde. *Geralmente há uma festa. Vou te apresentar.* A reunião de fato aconteceu; e foi bem agitada.

6. A provocação de Phoebe estava apenas um pouco à frente de seu tempo. No Reino Unido, no comecinho da década de 1980, os jornais ficavam cada vez mais volumosos. Primei-

ro aos domingos, depois aos sábados, depois todos os dias; e o que preenchia essas páginas extras não eram mais notícias, e sim mais entrevistas. Logo os entrevistadores ficariam sem gente sobre quem escrever, sem atores alcoólatras, comediantes depressivos, membros da realeza mal-intencionados, astros do rock presos, bailarinos desertores, modelos de moda propensas a ataques de raiva, diretores de cinema reclusos, jogadores de golfe adúlteros, jogadores de futebol que batem na esposa e boxeadores estupradores. A rede foi se expandindo até que os jornalistas, muitas vezes para sua palpável irritação e consternação, foram reduzidos a escrever sobre escritores: escritores literários.

7. A pornografia tornou-se um negócio lamentável para todos (embora eu peça aos leitores que reflitam sobre uma observação que ouvi do amável Art Spiegelman, cartunista e romancista gráfico: "Proibir a pornografia seria como matar o mensageiro")... Na época em análise, a pornografia ainda não havia se revelado uma forma intensamente misógina, e revistas de nudez eram admiradas, colecionadas e trocadas por, entre inúmeros outros, Philip Larkin, Kingsley Amis e também por Robert Conquest, que foi tão longe a ponto de publicar um poema em louvor a elas.

8. Então, quando caracterizei a sessão de fotos de Phoebe como "elegante", bem, eu sabia do que estava falando... De *sombrero* e calcinha de biquíni com babados, brincando numa caixa de areia de estúdio, Doris enfeitara uma pequena e alegre revistinha chamada *Parade* (fim dos anos 1960, que custava um xelim e três pence velhos e encardidos); Aramintha, por sua vez, totalmente pálida, nua e pouco à vontade, vagava entre as prateleiras de uma adega sombria, nas páginas de uma revista em papel cuchê de curta duração chamada algo como *Atelier* (meados dos anos 1970. Ao preço escandaloso de três libras e cinquenta pence)... Pelo menos entre os jovens era aceito silenciosamente que posar em revistas de nudez era apenas mais uma coisa que as garotas podiam fazer. Doris e Aramintha me fizeram pensar sobre suas razões pessoais para dar esse passo, mas não por muito tempo: Aramintha fez isso para provocar e magoar o pai (um proeminente parlamentar conservador), e Doris, Doris McGowan, fez isso porque era mais ou menos seu trabalho (também apareceu regularmente em *Fiesta* e *Razzle*)... A *Oui* era a prima britânica da *Playboy* e custava pouco mais de uma libra.

9. Nunca pensei que fosse me esquecer das fomes de terror sexual impostas por Phoebe Phelps, e nunca me esqueci. Bem, a fome provou ser indelével. O elemento *terror* (o beija-flor excêntrico) acabou sendo mais evanescente. O único momento em que não consigo deixar de revivê-lo, curiosamente, é quando estou com um jet-lag agudo. Com jet-lag agudo, olho o relógio e os ponteiros parecem cruéis e malucos: não são duas e quarenta e cinco, mas quinze para as nove, não são seis e meia, mas meia-noite e meia. Phoebe era assim. As mãos, os braços, as pernas: na posição errada. E havia esse elemento também. Todo o seu erotismo soçobrou: de amante a odiadora. Porque eu sabia, em detalhes, a qualidade do que parecia estar em oferta, em oferta para todos os homens, menos para mim.

TRANSIÇÃO: AS FONTES DO SER [pp. 141-52]

1. Sim, tudo isso aconteceu há muito tempo. Quarenta e poucos anos depois, os táxis de Londres persistem em não custar cinco libras: agora custam oitenta e oito libras e oitenta pence.

Mas naquela época a quantia de cinco libras só era vista no taxímetro de um táxi com destino ao aeroporto. (E cinco libras, como Phoebe nos lembrou, era o que a agência teria pagado a Ariadne.)

2. Gêngis Khan é reverenciado hoje apenas na Mongólia (cujo principal aeroporto leva seu nome). Em todos os lugares e sempre, mesmo na Alemanha nazista, ele é lembrado como um genocida manchado de sangue. Matou cerca de 40 milhões: quase 10% da população global em 1300. Também nos lembramos dele, agora, como um sátiro e estuprador hiperativo: 16 milhões de pessoas vivas hoje não estão iludidas quando afirmam sentir o sangue de Gêngis correndo em suas veias... A declaração de Hitler, parte de uma palestra para fortalecer o moral de seus militares, foi feita em 22 de agosto de 1939, quando a perspectiva imediata era o "despovoamento" da Polônia; e Gêngis, disse Hitler (um pouco empolgado), "caçou milhões de mulheres e crianças até a morte, de modo consciente e com um coração alegre". Podemos, incidentalmente, observar que o pensador liberal Alexander Herzen, em uma de suas extraordinárias premonições, disse, na década de 1860, que uma potência pós-revolucionária russa poderia se assemelhar a "Gêngis Khan com telégrafo". Khan é a palavra turca para "governante, senhor, príncipe" (e, quando Churchill ouviu a notícia em 11 de março de 1953, disse: "O grande khan está morto"). Nesse momento, Stálin era reverenciado como "o pai dos povos" por cerca de um terço da humanidade (China et al.). Então você poderia dizer que Stálin escapou impune (ou seja, seu pedágio pessoal de vinte e poucos milhões), pelo menos no Ocidente, até a publicação de *O grande terror* (1968), de Conquest e, de forma mais abrangente, de *Arquipélago Gulag*, de Soljenítsin, no início 1970. Hoje, em 2018, o índice de aprovação de Stálin na Rússia é superior a 50%.

3. Especificamente "uma verdadeira delícia de doença venérea", nas palavras de William Burroughs. Um dos livros que lia na época era *O almoço nu*. "A doença de braços curtos tem um truque para ir a lugares... E depois de uma lesão inicial no ponto de infecção [ela] passa para os gânglios linfáticos da virilha, que incham e estouram em fissuras supuradas, drenam por dias, meses, anos..." A elefantíase dos órgãos genitais é "uma complicação frequente", assim como a gangrena, até chegar ao ponto de "indicar-se amputação *in medio* da cintura para baixo".

4. Germaine era inabalavelmente gentil e delicada, e em todos os sentidos: mas o comportamento amoroso da feminista mais glamorosa do mundo é com certeza de pouco interesse nos dias de hoje... Acho que ela e eu nunca conversamos, exceto superficialmente, sobre a situação das mulheres. A força de Germaine era o brilho selvagem, não a instrução sóbria; ela de fato exerceu sua influência, mas a missão de me transformar em um verdadeiro crente recaiu sobre a segunda feminista mais glamorosa do mundo, Gloria Steinem, com quem passei um dia não especialmente relaxante, mas bastante educativo, como entrevistador, no estado de Nova York, em 1984... Dizia-se de Florence Nightingale que ela era "muito violenta" tacitamente. Todas as grandes feministas de minha época tinham em si uma ameaça moral. E quase sempre não tinham filhos. Precisaram endurecer o coração: tal era a exigência histórica.

5. "Ele podia sentir de forma bastante tangível a diferença de peso entre o frágil corpo humano e o colosso do Estado. Podia sentir os olhos brilhantes do Estado olhando em seu rosto; a qualquer momento o Estado cairia sobre ele..." A extrema assimetria em massa define o "medo que milhões de pessoas acham insuperável... esse medo escrito em letras vermelhas sobre o céu de chumbo de Moscou — esse medo terrível do Estado". *Vida e destino*, de Vassili Grossman.

6. E sente-se que a terceira via atraiu mais poetas do que romancistas. Obviamente, sim. A poesia por definição: a) tende a ser oblíqua; b) resiste à paráfrase; e c) pode encontrar refúgio na

brevidade extrema. É trabalho de um momento imaginar um haicai opaco sobre (digamos) a coletivização da agricultura (1929-33); é muito difícil imaginar uma extensa narrativa realista-social sobre o mesmo assunto sem pensar na aniquilação de vários milhões de famílias camponesas.

1. A FRANÇA NO TEMPO DO IRAQUE — 1: TIO SAM VERSUS JEAN-JACQUES [pp. 155-74]

1. Embora a etimologia seja um guia notoriamente pobre para significados, ela contribui para o peso, sensação e sabor de uma palavra. "*Cute*" é uma abreviação de "*acute*" (astuto). E quanto a "*pretty*" (bonito): "ORIGEM: *praettig* (em inglês antigo, no sentido de 'astuto, esperto', mais tarde 'inteligente, habilidoso'), de uma base germânico-ocidental que significa 'truque'". Por sua vez, "beleza" procede regiamente do latim *bellus* "belo, fino", via "*beauté*" do francês antigo... Há algo notavelmente indizível na beleza. Embora ninguém realmente a entenda (inclusive cientistas que só estudam isso), todos a identificam quando veem. A beleza não é astuta ou habilidosa e não é um truque. A beleza talvez seja mais como uma força da natureza.

2. A Liga Antidifamação produziu um mapa mundial convincente do antissemitismo. Algumas pontuações para a Europa: 4% dos suecos são antissemitas; na Grã-Bretanha, a cifra é de 8% (embora na Irlanda seja de 20%), na Alemanha a cifra é de 27%, na Áustria de 28% e na França de 37% (e na Grécia chega perto dos 69% do Oriente Médio). As descobertas da Liga são datadas de 2015; naquele ano, mais de 8 mil judeus deixaram a França (principalmente para Israel), em comparação com 774 da Grã-Bretanha e apenas duzentos da Alemanha.

3. Ou seja, a criação de H. G. Wells serializada de forma tão emocionante na TV quando eu era menino. E agora aquele mesmo garoto parecia o Homem Invisível; não como você o via em companhia ou em público (uma múmia de paletó de tweed e gola alta usando óculos escuros), mas como ele era quando partia em suas missões, nu e invisível, exceto por uma (ou assim pensara Martin, automaticamente aos onze anos em South Wales) cueca invisível. Na boate, foi como se eu não estivesse ali. Foi um momento que quebrou a ilusão descrita por Tolstói: nossa sensação de que o tempo é algo que apenas passa por nós enquanto permanecemos os mesmos...

4. Em 2060 (tínhamos lido), a maioria dos italianos não terá irmãs, irmãos, tias, tios nem primos. Sim, a Itália.

5. Para uma evocação de coidentidade, volto-me novamente para Tolstói. Em *Felicidade conjugal* (às vezes chamada de "Felizes para sempre"), Tolstói nos dá as imaginações noturnas da órfã Mária, de dezessete anos, enquanto ela revê as atenções prestadas a ela por seu guardião, Serguei: "Senti que meus sonhos, pensamentos e orações eram coisas vivas, vivos ali na escuridão comigo, pairavam sobre minha cama e pairavam sobre mim. E todo pensamento que eu tinha era sobre ele, e todo sentimento era dele. Eu não sabia então que isso era amor, pensei que fosse algo que acontecia com frequência...". Tolstói é o espírito que preside este capítulo. Quem mais já fez a felicidade dançar na página?

6. Na noite após Pearl Harbor, Churchill disse que pela primeira vez em anos sua insônia desapareceu e ele dormiu o sono dos "gratos e salvos"; disse que esperava que o sono da eternidade fosse assim tão suave e puro.

7. Os Estados Unidos passaram exatamente pela mesma rotina após a Primeira Guerra, visando os alemães, e tivemos "repolho liberdade" e até "sarampo liberdade". Só que a Alemanha

era inimiga, enquanto a França, agora, apenas uma aliada carrancuda. Esse negócio de liberdade-liberdade, descobri mais tarde, é anterior ao nascimento dos Estados Unidos. A alternativa doméstica ao chá fortemente tributado do Boston Tea Party era uma "poção nada apetitosa chamada Liberty Tea [chá liberdade]", escreve Barbara Tuchman em *The March of Folly* [A marcha da loucura].

8. Em um ponto do clássico de *Para entender Hitler*, de Ron Rosenbaum, Yehuda Bauer, decano dos estudos do Holocausto, conta ao autor que o antissemitismo francês era "muito pior, muito mais virulento, profundamente enraizado e amargo do que o da Alemanha no período anterior à Primeira Guerra Mundial". Bauer cita o conceituado historiador George Mosse, que disse que "se alguém tivesse me procurado em 1914 e me dito que um país na Europa tentaria exterminar os judeus, eu teria dito então: 'Ninguém vai se surpreender com as profundezas a que a França pode afundar'". Bauer e Mosse são homens sérios, mas me pego começando a recuar e balançar a cabeça. Em contrapartida, não consigo imaginar o Holocausto traduzido para o francês, uma língua sem ênfases tônicas. "*Sortez! En dehors! Vite! Plus vite!*"; são palavras que não têm nada da plausibilidade e ameaça de "*Raus! Raus! Schnell! Schneller!*".

9. O número foi de 642. Os alemães metralharam 190 homens em galpões e celeiros; 247 mulheres e 205 crianças foram confinadas à igreja, que foi incendiada. A comunidade foi saqueada e arrasada; houve seis sobreviventes. Isso aconteceu em Oradour-sur-Glane, e era a comunidade errada, sem nenhuma ligação com a Resistência. Aparentemente, a SS queria Oradour-sur-Vayres — a pouco menos de trinta quilômetros de distância.

10. O encurralamento, a sua maneira, a sua crueldade de "pontos nos is", também seguiu o exemplo nazista. Antes de serem conduzidos a vagões de gado com destino a Auschwitz, 13 152 pessoas, incluindo 4051 crianças, foram detidas por vários dias no Vélodrome d'Hiver (uma ciclovia no meio de Paris, sem ventilação para a ocasião) em julho de 1942; segundo alguns relatos, todos os banheiros estavam lacrados e havia apenas uma torneira.

11. Levaria alguns anos até que Christopher escrevesse: "Quem nega o Holocausto afirma o Holocausto". Embora não tão retoricamente satisfatório, como "endossa o Holocausto", eu disse a Christopher, o que tornaria a afirmação menos ambígua.

12. Um dia, por volta de 1997, fui confrontado em uma cozinha por duas tigelas de vidro com cristais brancos, açúcar e sal, e levei um longo tempo para definir qual era qual. Uma outra vez, por volta de 2000, notei que minha língua estava preta. Acabou sendo nada que meia hora com uma escova de dentes e uma barra de sabão não pudesse resolver. Mas me ocorreu que em breve eu provavelmente tivesse que começar a pensar em reduzir.

2. ONZE DE SETEMBRO — 1: O DIA SEGUINTE [pp. 175-91]

1. Um ponto técnico. Poesia e ficção são silenciosas. Como disse J. S. Mill, a voz literária não é "ouvida"; é "entreouvida"; é um solilóquio dirigido a plateia nenhuma; não tem desígnios para ninguém... Todo jornalismo de opinião, incluindo o jornalismo literário (e a maior parte da crítica literária), é um argumento que busca persuadir; vindo ex cathedra (do púlpito), é pedagógico, é "interessado" e exige a atenção de seus ouvidos... Essa distinção bastante exaltada

não é tanto purista quanto idealista em sua tendência; não se aplica a quem se senta com a intenção expressa de produzir um best-seller ou uma obra-prima.

2. Mais tarde naquela semana, comparei anotações com uma romancista muito mais jovem e perguntei a ela, perguntei a Zadie: "Você sente a inutilidade de tudo o que já escreveu e tudo o que ainda escreverá?". E ela respondeu: "Sim. Senti, sim. No começo senti. Mas então o espírito de luta entra em ação...". Era verdade, e havia muito contra o que lutar: a oposição de forças e objetivos dificilmente poderia ser mais clara, seria: uma questão de "tudo que amo" versus "tudo que odeio" (como Salman escreveu no *New York Times*). Eu poderia lutar nas páginas do *Guardian*; mas pelo que se poderia lutar na (ou com a) ficção?... Christopher, aliás, escreveu sobre o Onze de Setembro em 11 de setembro, 12 de setembro, 13 de setembro, 20 de setembro, 8 de outubro, 15 de outubro, 22 de outubro e 29 de novembro, e continuou escrevendo sobre isso em *Hitch-22* (2008), em *Indiscutivelmente* (2010) e em outros lugares.

3. Eu poderia ter respondido a ele: "Eu sei o que é fascismo, mas o que é o islã?". Todo mundo tinha ao menos ouvido falar do islã, é claro, mas nenhum não especialista tinha ouvido falar do islamismo. E nas semanas seguintes as listas de best-sellers do Primeiro Mundo se encheram apressadamente de livros sobre o islã (mais de um deles de Bernard Lewis), enquanto logicamente buscávamos esclarecimentos sobre nosso novo inimigo. Longe de querer "destruir" o islã (como afirmavam suas principais vozes), o Ocidente precisava descobrir o que era o islã... No uso da mídia, "fascismo com uma face islâmica" virou "o termo insatisfatório 'islamofascismo'" (*Hitch-22*).

4. "9-11-01. AGORA VAI SER ISSO", começava a nota junto à primeira das cartas do antraz, seis dias depois (18 de setembro): "TOMA PENACILINA AGORA/ MORTE À AMÉRICA/ MORTE A ISRAEL./ ALÁ É GRANDE"... As cartas com antraz mataram cinco pessoas e infectaram quinze (e custaram ao governo 1 bilhão de dólares em limpeza e descontaminação). Além disso, inundaram o coração de cada primeiro-mundista com outra sepse de impotência e pavor... Acabaram descobrindo que o perpetrador era um homem chamado Bruce Ivins, que trabalhava nos laboratórios nacionais de biodefesa em Maryland. Ivins teve uma longa história de "episódios" mentais, sofria de uma paranoia de orgulho tanto quanto de perseguição (um convicto ameaçador e agressor); ele estava completamente confuso, sim, mas não era nem estrangeiro nem religioso ("penacilina" e "Alá é grande" eram mera provocação) em especial. Como não foi apreendido pela lei, Ivins partiu em uma missão suicida individual em julho de 2008.

5. Além de estabelecer os contornos básicos, eu também nunca havia falado disso com Phoebe e não o faria com franqueza até 2017 (quando ela tinha 75 anos); como eu sempre supus subliminarmente que deveria, a história do caso envolvia um elemento adicional e ulterior de horror moral.

6. Kingsley, cujo terceiro romance se chama *Gosto disto aqui* (1958), nunca foi muito viajante. Além disso, não conseguia voar, não sabia dirigir, não conseguia pegar um trem ou metrô desacompanhado e não podia ser deixado sozinho em uma casa à noite sem a companhia de familiares próximos ou amigos muito antigos. Daí o "papai-sitting": seus três filhos se alternavam na função. O sistema foi institucionalizado depois que Jane o deixou em dezembro de 1980.

7. Na Espanha, pelo menos, Parfait Amour goza de uma reputação folclórica como afrodisíaco. Sempre que Hilly pedia, seu marido era cutucado e acotovelado jovialmente pelos garçons... Aquele terceiro marido dela, meu amado padrasto de longa data, chamava-se Ali e mais

tarde trabalharia como carteiro. O que soa promissoramente igualitário. Ali não tinha dinheiro nem terras nem nada do tipo, mas seu nome completo era Alistair Ivor Gilbert Boyd e ele era o sétimo barão de Kilmarnock... Alguns meses depois que Jane fugiu, Hilly e Ali foram morar com Kingsley como caseiros, e esse arranjo improvável continuou firme até sua morte em 1995.

3. ONZE DE SETEMBRO — 2: O DIA ANTES DO DIA SEGUINTE [pp. 192-9]

1. Isso foi em 2001, e claro que tudo visto de longe no tempo parece inocente, e é inocente, comparativamente (porque o contrário de inocência, quando não é culpa, é experiência, e experiência só se acumula, como a idade). Aquele céu era insuspeito nas horas após o amanhecer de 11 de setembro.

2. As missões suicidas são, sem dúvida, tão antigas quanto o conflito humano, e você e eu podemos ter vislumbrado a filmagem cinza e granulada dos camicases (a palavra é traduzida como *vento divino*) fazendo seu trabalho no Pacífico, em 1944-5. Mas o Japão, naquele estágio, lutava pela sobrevivência nacional, e a tática era, em parte, um efeito do que Churchill chamou de "a podridão moral da guerra": à medida que uma guerra envelhece, ela também se torna mais cruel. O Onze de Setembro não foi o último ato de um drama, mas seu prólogo; a missão suicida é o que *começou*... Alguns pontos de comparação geral. A "taxa de sucesso" dos camicases (acertar um navio) era de 19%; mataram 4900 marinheiros ao custo de 3860 pilotos. A taxa de sucesso da Al-Qaeda (destruir um prédio) foi de 75%; mataram pouco menos de 3 mil pela perda de dezenove pessoas. A operação camicase durou dez meses, a da Al-Qaeda, apenas 91 minutos. E, enquanto os suicidas de 1944-5 mataram combatentes inimigos uniformizados, os de 2001 mataram crianças, homens e mulheres vestidos para o escritório ou para o aeroporto.

3. O ângulo era de fato doze graus, confirmando a distorção marcante dos sentidos de alguém naquele dia (com a falácia patética a mostrar também sua presença). Mas a mente se enganava com a velocidade da aeronave. No ar mais espesso da troposfera, os aviões respeitam limites estabelecidos e não devem exceder 360 quilômetros por hora abaixo de 2500 pés (acima de um aeroporto, você desliza a cerca de 240 quilômetros por hora). Mohamed Atta atingiu a Torre Norte a 795 quilômetros por hora (andares 93º a 99º); Marwan al-Shehhi atingiu a Torre Sul a mais de 940 quilômetros por hora (andares 75º a 85º) e seu 767 estava a ponto de se partir no ar. Em parte por esse motivo, a Torre Norte permaneceu em pé por pouco mais de cem minutos, a Torre Sul, por pouco menos de uma hora.

4. Muito mais tarde, eu descobriria que os islâmicos britânicos, residentes de longa data em (digamos) Bradford ou Luton, habitualmente desobedeciam aos semáforos, por princípio, como forma de desdenhar das normas de uma terra estrangeira e ímpia. O desejo mais profundo, talvez, seja libertar-se da razão. Este é realmente um sine qua non para o ideólogo jihadista: liberte-se da razão e tudo parece possível (pelo menos por um tempo), incluindo a dominação mundial e um califado global... Não posso deixar de citar *Lolita*: a três páginas do fim. Humbert está no carro, tendo acabado de assassinar seu rival Clare Quilty: "... já que eu havia desrespeitado todas as leis da moralidade, poderia também desrespeitar as leis de trânsito... Foi uma agradável fusão diafragmática, com elementos de tato difuso, tudo isso reforçado pelo pensa-

mento de que nada poderia estar mais próximo da eliminação das leis físicas básicas do que dirigir deliberadamente no lado errado da rua. De certa forma, foi um estímulo muito espiritual".

5. A expressão "vai explodir" deriva, acho, da esfera de brigas espontâneas, tumultos e confusão. Significa algo como "agora vale tudo" ou "agora o inferno pode explodir" ou "agora não se obedece a mais nada". No livro de Bill Buford sobre hooliganismo no futebol, *Entre os vândalos*, um chefão de agasalho de ginástica reúne suas tropas, serpenteia entre elas e repete com veemência as palavras *Vai explodir*. Nesse contexto, a violência "explode" como uma bomba explode. Mike e Steve aplicavam "vai explodir" às relações internacionais, e prefiguravam informalmente as guerras no Afeganistão e no Iraque.

4. ONZE DE SETEMBRO — 3: OS DIAS APÓS O DIA SEGUINTE [pp. 200-21]

1. Christopher me disse que em Washington havia um temor de armas de destruição em massa: espalhou-se que uma arma nuclear inesperada estava prestes a vaporizar a capital. Alguns amigos exortavam os Hitchens a deixarem a cidade, em vão.

2. Por exemplo, eu secretamente passava muito tempo com Philip Larkin: os *Collected Poems*, as *Selected Letters* e a biografia autorizada de Andrew Motion, *Life*. Embora eu conhecesse bem esses livros (escrevi longamente sobre eles em 1993), dois temas principais vieram à minha mente com toda a força da descoberta... Primeiro, o pai de Philip. Não muitas páginas atrás, chamei Sydney Larkin de fascista. Essa palavra era usada livremente em minha época (os guardas de estacionamento eram chamados de fascistas), então pode ser útil ser mais específico. Sydney não era fascista, ou era apenas em segundo plano. Era algo muito mais avançado. O que ele era é um nazista. Isso continua sendo uma verdade surpreendente (e subinvestigada, o que causa surpresa): Philip foi criado e orientado por um seguidor de Adolf Hitler... Mas o que eu não parava de pensar, algo a que eu sempre voltava, era na miséria, a irredutível penúria de rato de igreja, da vida amorosa de Philip.

3. Inez tinha dois anos; assim, em seu infinito livro de segredos, eu só conseguia ler pouco. Talvez ela parecesse vaga na distinção entre as torres caindo e os US Open (ou talvez ela pensasse que "tênis" significava "televisão"), mas certamente registrou a nova atmosfera, o súbito congelamento do humor em todos à sua volta... Eliza, com quase cinco anos, era mais transparente: o avião assustador parece mais um bombardeiro Stealth (ou um disco voador) do que um 767; e note como a fumaça preta é atribuída indulgentemente às chaminés do WTC. Essa flor é toda dela (talvez com um traço de "João e o pé de feijão")... Quando falaram sobre o evento, Bobbie, Nat e Gus, todos os três respeitosos estudantes de história, baixaram a voz e o olhar, sem dúvida já cientes de que as consequências políticas dominariam grande parte de sua vida. Todos os Amis faziam o que podiam com o Onze de Setembro. Elena, protetora e também combativa no nome e no espírito da cidade de Nova York, onde nasceu e cresceu, queria "ir para casa logo" (e logo o fez).

4. O anjo rebelde Belial, consignado ao Pandemonium ("lugar de todos os demônios"), coloca isso de forma bastante simples (*Paraíso perdido*, Livro II): "Para quem perderia,/ Embora cheio de dor, este ser intelectual,/ Esses pensamentos que vagam pela eternidade...". O Alzheimer, assim como o populismo, é decididamente chucro; odeia o ser intelectual.

5. Bin Laden teria pontos de concordância com Noam Chomsky e Gore Vidal. Sua verdadeira alma gêmea, porém, seria Jerry Falwell: "Os pagãos, os abortistas, os gays e as lésbicas... todos eles tentaram secularizar os Estados Unidos. Aponto o dedo na cara deles e digo: 'Você ajudou isso a acontecer'"... Essa linha de raciocínio sempre me faz pensar em duas falas de "Leda e o Cisne". O soneto de Yeats começa com um ato de bestialismo e estupro: Zeus, disfarçado de animal, violenta e engravida a ninfa Leda; e essa filha será Helena de Troia. "Um espasmo e eis que se gera um novo ser,/ O muro rompido, a torre incendiada..." [tradução de Paulo Henriques Britto].

6. Isso está no sétimo capítulo, aquele que começa com: "Agora estou diante da desagradável tarefa de registrar uma baixa definitiva na moral de Lolita". Humbert institui um regime de subornos sexuais. Nabokov continua: "Ó Leitor! Não ria, ao me imaginar, no próprio tormento da alegria, emitindo ruidosamente moedas miúdas e de dez centavos e grandes dólares de prata como uma máquina sonora, tilintante e muito demente". Lolita é descrita como "uma negociadora cruel". Phoebe não espremia nem esfolava; mais parecia um alegre leiloeiro. E havia outras diferenças. Não fui padrasto, não estava *in loco parentis*. E Phoebe tinha 36 anos, não treze.

7. Que saiu no *Guardian* em 11 de outubro. Uma versão expandida apareceu logo depois na *American Scholar*.

8. As flores, de alguma forma, são consideradas universalmente propiciadoras da morte. Até a Eliza, com menos de cinco anos, entendeu isso... Em outra tarde de outono, em 2015, eu estava do lado de fora do Bataclan em Paris: velas, cartas ("Cher Hugo"), garrafas de vinho fechadas, garrafas de cerveja vazias e alqueires de flores, embainhadas em celofane suado.

9. Eles eram pessoas do tipo que gosta de ficar doente e gosta de envelhecer. Preferiam o inverno ao verão e o outono à primavera (ansiando, como escreveu John, por "dias cinzentos sem sol"). Em companhia, os Bayley eram animados e sonhadores; seu amor pelos dias cinzentos era estético, não neurótico... Por sua vez, Iris e John também eram bagunceiros realmente incríveis. "Sapatos sem par [e meias sem par] se espalham pela casa como se depositados por uma inundação repentina... Canetas secas e destampadas crepitam sob os pés." Quanto ao trabalho doméstico: no passado "parecia que nada precisava ser feito", e agora "nada podia ser feito". Na casa dos Bayley, a banheira, tão pouco usada, tornou-se "inutilizável" e até o sabonete está sujo... Saul era judeu e não totalmente não seguidor (havia orações e rituais ocasionais, e eu tinha que usar um quipá); e rigoroso com a limpeza... Não, pensei, Saul não será como Iris. Ele não estaria procurando pedras e moedas na sarjeta; não estaria assistindo a *Teletubbies*; não estaria dizendo à esposa: "Não me bata".

10. A resposta certa para a pergunta "Quantos judeus estavam no WTC no Onze de Setembro?" é "Por que você quer saber?". Entre as respostas erradas está "Nenhum". Isso foi amplamente acreditado ou pelo menos elogiado por judeófobos, conspiradores e grandes pluralidades no Oriente Médio. Havia muitos judeus no WTC e muitos morreram lá. Os números dados me parecem surpreendentemente variados (talvez refletindo uma inquietação decente ao pensar em qualquer "contagem judaica"), mas o número médio é 325.

11. Nos quinze anos seguintes a 2001, por volta de 750 americanos foram mortos por raios; no mesmo período, 123 americanos foram mortos por islâmicos (representando um terço de 1% dos assassinatos nacionais: 240 mil). Outro banco de dados revela que "mais de 80% de todos os ataques suicidas da história" aconteceram desde o Onze de Setembro; e as vítimas são

predominantemente muçulmanas (as estimativas variam "entre 82% e 97%"). Em 2015 ocorreram 11774 ataques terroristas em todo o mundo, com 28328 vítimas; nesse ano, nos Estados Unidos, o terrorismo islâmico matou dezenove pessoas, duas a menos do que aquelas mortas por crianças que tiveram acesso a armas domésticas... Parece que qualquer medo generalizado dos muçulmanos, e toda conversa sobre uma Terceira Guerra Mundial ou mesmo "um choque de civilizações", é causado por ilusão ou por oportunismo político. Uma arma de destruição em massa terrorista continuará sendo uma possibilidade, mas o Onze de Setembro já é irrepetível (em outras palavras, o ponto culminante veio primeiro e de um céu azul límpido). O islamismo realmente mudou o curso da história, marcando-a com guerras adicionais. Para o Ocidente, a lição é esta: o verdadeiro perigo do terrorismo não está no que ele inflige, mas no que ele provoca.

5. A FRANÇA NO TEMPO DO IRAQUE — 2: CHOQUE E ASSOMBRO [pp. 222-44]

1. Não, nem mesmo os melhores jogadores da Ivy League ficavam mais altos; e ninguém sabia por quê. Em um longo e fascinante ensaio da *New Yorker*, o cientista-escritor, depois de esgotar todas as explicações possíveis, terminou com o que equivalia a um poetismo. Seu palpite era que a causa poderia ser a desigualdade extrema. A desigualdade extrema, sabemos agora, tem um efeito adverso em todos os índices de saúde social, inclusive a saúde econômica... Aliás, minha altura teria me mantido fora da Primeira Guerra Mundial; mas não por muito tempo. Em agosto de 1914, você tinha que ter pelo menos um metro e oitenta. Em outubro, bastava um metro e 75 (e logo depois disso, um metro e 65). Da mesma forma, o requisito de 100% de visão logo degenerou; mesmo o bifocalismo básico era aceito e você poderia se alistar até caolho.

2. Esse tipo de obsessão pode ser realizada de forma engraçada (como nos primeiros Nicholson Baker), mas Le Clézio faz isso com uma solenidade que achei tão pesada quanto a fala inicial de sua heroína (oh, a falsidade e o tédio deste "talvez", daquele "simplesmente" e deste "de repente"): "Esta menina deixou escapar, talvez brincando, ou simplesmente porque de repente se tornou a verdade: 'Não sou nada'". Bem, não é a verdade; e quem poderia levar isso "na brincadeira"?

3. *Enterrem-me em pé: A longa viagem dos ciganos*. Essa migração foi da Índia para a Eurásia, principalmente para os países da Europa Oriental. O próprio título deriva de um ditado popular repetido à autora por um ativista búlgaro, Mustapha (em uma conferência na Eslováquia): "Enterre-me em pé. Estive de joelhos toda a minha vida".

4. Minha infância em South Wales foi dominada pelo mar. Hilly não precisava de incentivos de Nicolas e de mim e depois Myfanwy para ir à praia (havia várias praias) em qualquer tempo. Duzentas vezes por ano eu corria na areia com nossos cachorros grandes. Os cães, proeminentes entre eles Bessie, depois Flossie, depois Nancy, também cumpriram seu dever para com as crianças Amis ao nos dar nosso primeiro gosto de morte e dor. É assim que se começa.

5. Não foi por compartilhar da visão de Bellow sobre Paris que Hitler, em 1944, deu ordem para destruí-la (a ordem foi desobedecida, assim como outras Ordens do Führer ou "Ordens Nero" de seu último ano)... Saul esteve em Paris, com a primeira esposa e o primeiro filho, de 1948 a 1950 no GI Bill (e odiou os franceses quase tanto quanto Dostoiévski os odiou em 1862). "Americanos de minha geração cruzaram o Atlântico... olhar para este cenário humano, caloro-

so, nobre, belo e também orgulhoso, mórbido, cínico e traiçoeiro." "Minha Paris", parte de *It All Adds Up*.

6. O último trem para Auschwitz deixou a França em 22 de agosto de 1944 (elevando o total de deportados condenados para cerca de 76 mil). Vinte e dois de agosto foi uma terça-feira. No sábado seguinte, De Gaulle inaugurou oficialmente a Libertação de Paris. Naquele mesmo fim de semana, Philippe Pétain e sua equipe eram transferidos à força de uma cidade termal para outra: de Vichy, no centro da França, para Sigmaringen, no sul da Alemanha (em cujo castelo tagarelavam para seus advogados de defesa enquanto rezavam por uma vitória nazista)... Agora existe na literatura mundial uma venerável continuidade do humanismo de duas camadas na forma de médicos-escritores: Rabelais, Henry Vaughan, Smollett, Goldsmith, Schiller, Tchékhov, Bulgákov e William Carlos Williams. Em Schloss Sigmaringen, a deusa da história encenou uma epifania negativa. O médico-escritor presente era o niilista em enésimo grau e judeófobo, Louis-Ferdinand Céline. Foi destino de Céline ouvir as intermináveis autojustificações de Pierre Laval enquanto tratava a úlcera do velho traidor.

7. Em 2003, eu tinha escrito um romance sobre o Terceiro Reich, dez anos antes; e dez anos depois escreveria outro... "Quando estou em minha mesa, mãe", eu disse a ela uma ou duas vezes, "recebo de você pelo menos tanto quanto recebo de papai."

8. Nessa área, eu sabia que era bastante frágil. Quando me tornei editor adjunto do *New Statesman*, me deram uma secretária própria. Depois de uma semana, notei um tipo de expressão semelhante em todos os rostos que eu conhecia melhor: uma relutância contida em me olhar nos olhos. Assim que os questionei, ouvi frases como *insuportavelmente grandioso* e *irreconhecível*. Resumindo, eu enlouquecera. Porque tinha uma secretária.

9. Como um homem letrado não recluso das ilhas Britânicas, eu não poderia deixar de ter uma experiência enciclopédica dos efeitos do álcool. O álcool geralmente tornava as pessoas *mais* isso ou *mais* aquilo: mais animadas, mais falantes, mais voláteis e assim por diante. Mas o que se deve observar, como sempre, é a mudança de personalidade. Quem a sofre são os dipsomaníacos, atuais ou potenciais. Todo o restante é apenas alcoolismo pesado.

"OKTOBER" [pp. 247-68]

1. A *Historikerstreit* ("disputa dos historiadores" de 1986-9) viu as últimas tentativas de "historicizar" ou "relativizar" (ou de alguma forma normalizar) o Terceiro Reich. A partir de então, o nazismo foi firmemente identificado como uma "singularidade" geopolítica; fica isolado.

1. A LINHA DE SOMBRA [pp. 271-96]

1. Encontrei Joan Juliet (em uma das conferências de Tina Brown no Lincoln Center, Women in the World [Mulheres no mundo]); eu não a via fazia pelo menos trinta anos, mas a reconheci de cara. Este é outro atributo da beleza: a memorabilidade. Para adaptar uma cunhagem de Nabokov, a beleza é mnemogênica... Joan Juliet gozava de perfeita saúde.

2. A generosidade era sincera e vitalícia. Nas *Cartas* póstumas de Bellow (2010) o vemos muitas vezes se oferecendo para subsidiar velhos amigos, e com o mais delicado tato: se você precisasse, ele normalmente escreveria: "Tenho disponível"... Gore Vidal era rico ("Sou o mais rico", disse ele diante de seus colegas americanos). Philip Roth, é seguro dizer, teve umas boas libras (*O complexo de Portnoy* superou *O poderoso chefão*)... A propósito, Vidal e Roth não tinham ninguém óbvio para quem deixar o dinheiro (morreram sem descendentes). O extremado Norman Mailer foi, a esse respeito, um escritor americano mais típico: seis esposas e nove filhos. Os números para Saul Bellow são cinco e quatro.

3. Eu nunca poderia fazer esta viagem sem uma visita da seguinte memória. No fim da década de 1970, quando trabalhávamos no *New Statesman*, Julian e eu organizamos uma competição de fim de semana na qual se solicitava que os participantes imaginassem organizações cujas iniciais, em forma de acrônimo, fossem autodestrutivas: como em Barnaby Rudge and Oliver Twist Hostel for Elderly Women: BROTHEL [Bordel]. Essa foi a vencedora de Robert Conquest, que empenhava imensa energia nessas coisas, assim como o Sailors', Yachtsmen's and Pilots' Health Institute for Long Island Sound [Syphilis: sífilis].

4. Assim como Desirée Squadrino, Sorella Fonstein, a heroína de um romance tardio de Bellow, é uma garota de Nova Jersey; e é fabulosamente gorda: "Ela te leva a olhar duas vezes para uma porta. Quando chega ali, preenche o espaço como um cargueiro em uma eclusa de canal"... Durante a guerra, Sorella ficou nos Estados Unidos, mas o marido, Harry Fonstein, de pés tortos, escapou apenas por um milagre de seu compromisso com Auschwitz e cruzou o Atlântico completamente desolado. O narrador respeita e responde à inteligência e integridade de Sorella. "Nunca perdi de vista a história de Fonstein, ou o que significava ser sobrevivente de tamanha destruição. Talvez Sorella tentasse incorporar no tecido adiposo alguma parte do que havia perdido." De *A conexão Bellarosa* (1989).

5. Ela ainda não remoía aquele jantar desastroso em 1989 (levei Christopher para Vermont e passamos a noite. Ele apareceu no café da manhã fumando um cigarro, mas isso foi o de menos). O que Rosamund ainda estava pensando era na crítica de Christopher a *Ravelstein* (2000). E eu também. Ele ridicularizaria os romances tardios de Philip Roth e John Updike, só que no caso de Saul ele atribuiu o déficit à idade e à falta de força ("cansado", "magro", "trêmulo")... "Você não pode fazer isso, cara", eu disse a ele. "É pior do que insolente. É ingrato. Eu te perdoei por 1989. Você estava se divorciando, e os divorciados podem enlouquecer por um ano ou dois. Mas ainda não te perdoei por esse motivo." Isso veio à tona novamente em 2007, quando ele escreveu um artigo longo, respeitoso, e muito interessante sobre *Augie March*. "Bom artigo", eu disse. "Mas Saul agora já morreu, e você nunca agradeceu a ele por todo o prazer que lhe deu." Christopher permaneceu em silêncio por um longo tempo, coisa que foi o mais próximo que chegou de admitir a possibilidade de culpa. Em minha opinião, ele não era um crítico literário tanto quanto era um crítico político da literatura. O ataque a *Ravelstein* foi, em essência, um ataque à curva de Saul para a direita e a algumas das posições do melhor amigo de Saul, Allan Bloom (o modelo de Abe Ravelstein). Foi um ataque ao neoconservadorismo. Ironicamente, é uma palavra muitas vezes mal utilizada para significar não mais do que "estranhamente" ou mesmo "por contraste"; mas haveria ironia nisso para o Hitch, algo a ser revelado como contraditório.

6. *Herzog* (1964)... O que, ou quando, é o modernismo? Auden: "No início, os críticos clas-

sificavam os autores como antigos, ou seja, autores gregos ou latinos, e modernos, ou seja, todo autor pós-clássico. Então os classificaram por épocas: os augustanos, os vitorianos etc., e agora os classificam por décadas: os anos 1930, os anos 1940 etc. Muito em breve, ao que parece, estarão classificando-os, como automóveis, por ano". Acho que é muito fácil dar uma data para a chegada do "alto" ou modernismo desenvolvido. Mil novecentos e vinte e dois: *Ulisses* e *A terra devastada*.

7. Pesquisas estimam que o inglês esteja em primeiro lugar com 750 mil palavras; o francês em segundo, com 500 mil; e o espanhol em terceiro, com 380 mil. "Você usa tantas palavras para o verbo 'andar'", reclamou certa vez um tradutor de espanhol. "*To stroll, to saunter, to shuffle*... Por que não pode dizer simplesmente *andar*?"

8. *O fim da história e o último homem* (1992). Sua tese: a história acabou no sentido de que a "evolução ideológica da humanidade" acabou. Os conflitos continuariam, é claro, e continuaria a haver eventos, possivelmente eventos titânicos; mas o único modelo de estado viável era a democracia capitalista... Acontece que um evento titânico estava a apenas sete semanas de distância, supostamente anunciando um modelo de Estado diferente: o de um califado (mundial) que aplicaria a lei islâmica.

9. Inez ficou horrorizada com Hitch em junho, e ainda era capaz de ficar horrorizada comigo e com seus irmãos... Saul era discretamente sensível às crianças e exercia sobre elas um efeito relaxante. Sempre me emocionei com esse talento dele e com a importância que dava a isso. De uma carta de junho de 1990: "Adoramos ver você e Julia. Ela nos serviu um jantar que fez todos os outros jantares na Europa parecerem doentios. Além disso, Gus imediatamente me reconheceu como um amigo, o que ajudou muito a restaurar minha autoconfiança, não muito firme hoje". Com os adultos do sexo masculino preferidos, Gus corria até eles, lhes agarrava as mãos e *subia* nas pernas deles; aí executava uma cambalhota razoavelmente perfeita para trás e caía de pé. "Só tome cuidado com meu cotoco", alertou Saul.

10. A vida do escritor é tripartida, dividida entre escrever, ler e... ah, sim, viver. Não se esqueça de viver. Isso tem que ser feito também. Se você não sabe ler, então claramente não sabe escrever; assim, tudo o que pode fazer é viver. E então para de viver. Não há como evitar isso também. Como James Last, o herói doente de *O negro do Narciso*, de Conrad, coloca: "Tenho que viver até morrer, não tenho?".

11. "Só ficava me repetindo", eu disse a Rosamund, "sobre Nat e Gus." Estávamos na cozinha, onde ela preparava o almoço. O rádio estava ligado, alto, e ela fazia tanto barulho quanto podia com liquidificadores e torneiras esguichando. "Só ficava me repetindo. Estava tão mal quanto *ele*! Toda invenção, toda imaginação parecia me abandonar." "Você devia estar em choque", disse ela. "Talvez seja verdade. Eu deveria ter falado sobre *qualquer coisa*: Uruguai, Elena, Londres, as garotas. Conrad." "Não se sinta mal por isso. Talvez ele não quisesse que fosse assim. Porque é você." Eu disse: "Rosamund, essa é a consolação mais gentil que você poderia me dar. Mas não. Eu deveria ter apenas preenchido os silêncios. Nossa!". Mesmo assim, eu *estava* estupefato. Como estar sob o cume de uma montanha vazia, uma montanha toda escavada. Então: preencha o vazio, preencha o silêncio. Era a única coisa possível.

12. Keith era um veterano literário independente e não convencional; e seu ar de irresponsabilidade libertina sempre fascinou Saul. Por exemplo, Keith "aparece" em *O legado de Humboldt* (sob o nome de Pierre Thaxter), como um extravagante fantasista (com dívidas, esposas e inúmeros filhos) e algo como "um nobre gênio do tipo Baron Corvo". A inclusão de contempo-

râneos reais na literatura tem consequências que alguns (inclusive eu) consideram incomodamente mundanas. Ouvi dizer que Keith foi convidado a assinar um termo de liberação semanas antes da aparição de *Humboldt*; obedeceu, alegre.

13. A vida real é quase sempre complicada, mas quase nunca é complexa. Quando Freud chamou a morte de "o símbolo complexo", quis dizer que continha muitos níveis e muitos temas, todos muito difíceis de conciliar e combinar. Agora tenho quase certeza de que meu estado mental singular naquele dia na Universidade de Boston foi resultado de um *memento mori*; ficou claro para mim que minha mente também era mortal e aberta ao apagamento... A família Freud (me comove dizer) nos deixou com um complexo símbolo do Holocausto. Sigmund morreu em Londres em 1939, aos 83 anos. Suas quatro irmãs mais novas morreram de maneira diferente: Pauline (oitenta anos) e Marie (82) foram assassinadas em Treblinka. Adolfine (81), em Theresienstadt, e Rosa (84), em Auschwitz.

14. Parece curioso, pelo menos para mim, que todas as citações neste capítulo venham de *Herzog*, um livro que está bem baixo na escala de meu amor acadêmico, atrás de *Augie March*, *Collected Stories* (com cinco novelas), *O planeta do sr. Sammler*, *O legado de Humboldt* e *Ravelstein*. A única explicação que posso apresentar é que deve haver muita consciência da morte em sua roupagem psicológica; e um medo da insanidade também, um medo muito mais profundo do que permite a primeira frase bem alegre: "Se estou louco, tudo bem para mim, pensou Moses Herzog". Não estava tudo bem com Saul Bellow em 2001, quando ele sentiu seu advento (os olhos rápidos, bruxuleantes). Ele teria ecoado o rei Lear: "Oh! Não me deixe enlouquecer, doce céu!/ Mantenha-me de bom humor: não quero ficar louco".

15. Descobri que parecia me sair um pouco melhor se me concentrasse em memórias específicas (em vez de apenas me agitar na angústia). E foi essa memória que deu o alívio mais confiável... Tenho sete anos, o que dá a Hilly vinte e oito, e estamos caminhando à beira-mar de uma pequena cidade no sul do País de Gales. Um homem passa de carro e, no mesmo instante, mãe e filho caem na gargalhada... O carro era uma coisa (três rodas e sem teto, e de alguma forma totalmente sem graça, como uma primeira tentativa e não aerodinâmica de um carro de corrida); e o homem ao volante, o único ocupante, de tweed verde, cachecol bege e chapéu *porkpie*, muito redondo e o rosto vermelho com a boca aberta, o homem ao volante parecia *igualzinho* a um próspero porco automobilista a rodar pelas páginas de um livro infantil... Depois de alguns minutos, quando nos endireitamos e nos acalmamos, minha mãe e eu nos viramos um para o outro, ofegantes, e enxugamos os olhos em gratidão e leve descrença, como se disséssemos: Bem, uma coisa dessas pode ficar melhor? Então olhei ao redor; e todas as pessoas que vi, moradores da cidade, construtores, uma policial, um dono da mercearia, usavam seus rostos cotidianos... Ah, pensei, então somos só nós dois, somos só ela e eu.

16. Nesse comunicado à imprensa, Christopher estava oficialmente encerrando uma turnê do livro (para seu livro de memórias *Hitch-22*). "Fui avisado por meu médico que devo passar por um ciclo de quimioterapia no esôfago. Esse conselho parece persuasivo para mim. Lamento ter precisado cancelar tantos compromissos em cima da hora."

17. Os críticos literários chamam isso de "decoro". Em inglês coloquial, *decorum* significa "de acordo com o bom gosto e a propriedade". O decoro literário significa "a coincidência de estilo e conteúdo" e, é claro, é totalmente alheio à correção e ao gosto.

18. Todas as citações relevantes (ou seja, "médicas") neste capítulo e no próximo vêm da

série de colunas que Christopher escreveu na *Vanity Fair* entre setembro de 2010 e outubro de 2011; elas foram reunidas em um pequeno volume chamado *Mortalidade* (2012).

2. HITCHENS VAI PARA HOUSTON [pp. 297-316]

1. A notícia da morte de Hilly veio numa quinta-feira (24 de junho de 2010), a notícia do câncer de Christopher veio na terça-feira seguinte, e na segunda-feira da outra semana Elena e eu tivemos nossa própria notícia (menor): estávamos nos mudando de Londres para o Brooklyn. Isso levaria um ano para acontecer, mas enquanto isso ficaríamos indo e voltando... Era simples: Elena queria ficar perto da mãe, Betty (que tinha 82 anos, como Hilly), e eu queria ficar perto de Hitch (que tinha 61 anos, como eu).

2. Eu tinha uma ideia da sensação que isso devia provocar. Em dezembro de 1974, minha prima Lucy Partington não voltou para a casa da mãe no vilarejo de Gretton, em Gloucestershire (onde passei muitos verões na infância). Desaparecera e logo haveria pôsteres dela por toda parte. Em privado, ao longo do tempo, consegui me convencer do seguinte: Lucy, de 21 anos, altamente inteligente, artística e religiosa, havia desaparecido de propósito (por razões particulares inescrutáveis). Duas décadas depois, em março de 1994, seu corpo foi exumado, com vários outros corpos, debaixo da "casa do horror", Cromwell Street, número 25, Gloucester; ela foi uma das vítimas de Fred West, o assassino em série (e o completo, perfeito e acabado troglodita moderno). Quando abri o tabloide e vi a fotografia dela, senti como se uma fera peluda roçasse meu rosto com seu hálito. Eu era primo-irmão de Lucy; Christopher foi o primeiro filho de Yvonne.

3. Você pode achar que é uma expectativa razoável. Acontece que não houve mortes em aeronaves comerciais dos Estados Unidos por quase dez anos, começando em 2009; mas então, em abril de 2018, em um voo de Nova York para Dallas, um motor explodiu e uma janela se soltou. Apesar do cinto de segurança apertado, a sra. Jennifer Riordan (uma jovem mãe de dois filhos) foi sugada da cintura para cima e atingida por escombros antes que dois homens, um bombeiro e "um cara com um chapéu de caubói", conseguissem puxá-la de volta para dentro... Uma morte horrível e bizarra, abrupta e arbitrária: um caso radical do instantâneo imerecido... "Este é um dia triste", entoou o CEO da Southwest Airlines, "e nosso coração está com a família e os entes queridos de nossa cliente falecida."

4. Pela primeira vez eu levara um caderno comigo; foi a única vez que fiz um registro escrito in situ, e foi bastante útil para a reconstrução desse encontro em particular; mas estou feliz por não ter feito disso um hábito. Muitas vezes eu o tinha visto e ouvido, em público e no palco, "se abrindo" para revelar poderes incomuns de retentividade e orquestração mental. Ouvi-lo se apresentar in extremis, para uma plateia parece agora um privilégio peculiarmente doloroso.

5. A resposta de Norman foi que sua heterossexualidade era tão intensa e inexpugnável que ele estava em uma posição ideal para interpretar seu reverso. A história não termina aí, é claro, e Norman contra-atacaria, dizendo em uma entrevista que a Inglaterra literária era controlada por uma cabala gay encabeçada por Christopher Hitchens, Martin Amis e Ian Hamilton. Christopher disse: "Acho isso muito injusto com Ian Hamilton".

6. Ditado naval inglês do século XIX: *Ashore, it's wine, women and song; aboard it's rum, bum and bacca* [Em terra é vinho, mulheres e música; a bordo, rum, sodomia e tabaco]. (N. T.)

7. De *Mortalidade*: "Recentemente, tive que aceitar que não poderia comparecer ao casamento de minha sobrinha em Oxford, minha antiga cidade natal e sede de minha ex-universidade. Isso me deprimiu por mais de um motivo, e um amigo bem próximo perguntou: 'É porque você tem medo de nunca mais voltar à Inglaterra?'. Acontece que ele estava certo em perguntar, e era exatamente isso que me incomodava, mas fiquei bastante chocado com sua franqueza". Não era um amigo bem próximo (acho que era Ian McEwan). Veja bem, não me ocorreu que ele nunca mais voltaria à Inglaterra. Claro que voltaria, quando estivesse melhor.

3. A POLÍTICA E O QUARTO [pp. 317-25]

1. "Você é da elite e tem uma voz muito alta. É congênito?", comentei certa vez com um amigo da elite. "É sim", ele bradou, "vem de séculos de conversas em salas muito grandes." Se garotas da elite fossem a vanguarda da revolução sexual, e foram, a característica de pedir coisas em voz alta vinha de séculos atrás, e elas esperavam receber o solicitado.

2. Então nunca senti nenhuma correlação entre a política e o quarto. Pensando bem, no entanto, meu currículo romântico era muito mais esquerdista do que o de Christopher. Quase todas as namoradas do fim da adolescência e início dos vinte anos eram operárias, e eu também era um internacionalista: cortejei uma ceilonesa, uma iraniana, uma paquistanesa, três caribenhas e uma mestiça sul-africana *passável* em Joanesburgo, mas não na Cidade do Cabo (o nome dela era Jasmine Fortune, e ela ficou comigo por seis meses; seu apelido afetivo para mim, muito carinhoso, não era "*honey*"[mel] nem "*sugar*"[doce], mas "*cookie*"[biscoito])... Apenas cerca de metade desses envolvimentos multiculturais foi consumada. Perrin, originalmente de Karachi, era uma alma gêmea e éramos próximos, mas nunca foi além de um único beijo, o primeiro dela. Melody, originalmente de Antígua, era a telefonista do *Statesman*. Tivemos três encontros. Uma noite, quando namorávamos no sofá de meu apartamento, ela pareceu sair de si e então disse sobriamente (sobre seu namorado antiguano de longa data, por vezes mencionado, que era religioso, assim como Melody): "Joey nunca acreditaria nisto aqui. Não mesmo, nem que eu contasse para ele... Ele teria que *ver* com os próprios olhos".

3. "Eu estava louca por ele", Anna me disse, quando nós dois tivemos um jantar com o tema Christopher em 2018. "E ele estava louco por você", eu disse a ela, "e nunca ouvi ele dizer uma palavra menos que reverente sobre você, sempre"... Anna tendia a desprezar a ideia de que o esfriamento tinha uma causa política. Ela pensou que tinha mais a ver com a frenética ocupação geral dele (o fato de que ele era tão requisitado), e talvez suas indeterminações sexuais (que aliás ele nunca tentou esconder; e, tanto quanto eu poderia dizer, eram coisa do passado em 1980). Anna não estava nem um pouco ressentida. Parecia feliz por ter tido seu tempo com o Hitch, e chegou ao ponto de passar mais tempo com ele em Houston, pouco antes de ele morrer.

4. E gostava tanto que "negligenciou os estudos", como diz o ditado. Na verdade, ele não trabalhava nada. Depois de blefar e fazer barulho para chegar ao exame final (nove provas de três horas na mesma semana), Christopher foi convocado para um *viva* [exame oral], uma entrevista suplementar. Isso significava que ele estava no limiar entre uma série e outra. "Achei que o brilhantismo inato do Hitch tinha de alguma forma se acendido", ele me disse mais tarde, "e

que me entrevistavam para um primeiro ano. Depois de alguns minutos: 'Sr. Hitchens, o ano de 1066 lhe diz algo?'. Percebi que estavam me entrevistando para um *diploma*." Ele não estava no limiar entre um primeiro e um segundo nível, mas sim entre um terceiro e um fracasso. Assim como Fenton (e Auden), conseguiu um terceiro.

5. All Souls: rica, venerável, sem estudantes. Comi lá uma vez, como convidado de Philip Larkin, que durante dois semestres foi pesquisador visitante em 1970, quando editava *The Oxford Book of Twentieth-Century English Verse* [O livro Oxford da poesia inglesa do século XX]. "Hoje li *tudo* de Alan Bold", disse ele ao me cumprimentar, referindo-se a um dos muitos poetas que omitiu. "E *tudo* de Alan Bold é ruim." No ano seguinte, completaria um de seus maiores poemas, "Livings: I, II, III", que inclui esta evocação do All Souls (onde a alta conversa à mesa é parodiada com a técnica de um mestre de versos leves): "Esta noite jantamos sem o Mestre/ (Os vapores noturnos não agradam);/ O porto gira tanto mais rápido,/ Os tópicos são levantados com não menos facilidade./ Qual indicado parece o mais belo,/ O que a madeira de Snape trará,/ Nomes para *pudendum mulieris,*/ Por que Judas é como Jack Ketch?" ("Livings: III").

6. Abrindo-se assim para ser chamado, entre muitas variantes aliterativas (isto é, "a limusine esquerdista"), "um Bollinger bolchevique". Tais eram as frases que os direitistas abastados, entre goles de Bollinger, achavam suficiente para resolver o problema dos esquerdistas que hipocritamente falhavam em se limitar a bebidas baratas da adega nacional (Bristol Cream, cerveja de cevada e cerveja amarga em temperatura ambiente). Por essa lógica, seu estilo gustativo tinha que se adequar à sua política, tarefa notavelmente pouco exigente para um plutocrata.

7. Era uma opinião que o incomodava, e dava para entender, porque questionava tudo o que ele escrevera antes de 1989. Ele admitiu isso: "É um alívio não ter que continuar levantando meus punhos cheios de cicatrizes para defender Trótski" (embora continuasse defendendo, advogando, Trótski, em privado e em público, por mais vinte anos). O que não aceitou foi minha convicção de que a escrita exige liberdade, liberdade absoluta, inclusive liberdade de toda ideologia.

4. HITCHENS PERMANECE EM HOUSTON [pp. 326-36]

1. Descrito por ele, sem muito exagero, como "o brinde de dois continentes", este era conhecido familiarmente como "o pelame do Hitch". Que o abrigava a tal ponto que ele raramente usava suéter, muito menos sobretudo, mesmo nos invernos mais cruéis.

2. Antes, durante e depois de minha estada no Texas, o número 5 da Regent's Park Road continuou a se despir de móveis. A casa parecia bem ciente de que a estávamos abandonando; os aposentos, as estantes de livros, as escadas, os corredores (até o jardim) pareciam cada vez mais feridos e tensos...

3. Você se sente um professor maluco por dizer isso, mas os Estados Unidos gastam cerca de um quinto de seu PIB em saúde, enquanto a Suécia gasta cerca de um doze avos; e em expectativa de vida, os Estados Unidos ficam logo atrás da Costa Rica. Aqui, saúde gratuita nunca é chamada de "saúde gratuita"; é supersticiosamente conhecida como "o sistema de pagador único", onde o pagador único acaba sendo o governo. "Saúde gratuita" não fica bem na língua nativa. Isso perturbaria o sono de uma sociedade por completo monetizada; todo americano aceita de modo subliminar que, na terra dos livres, absolutamente nada deve ser livre de custo.

4. No decorrer da entrevista (sobretudo literária) que se seguiu, elogiei efusivamente "A cidade", o longo conto de Updike sobre um homem que adoeceu gravemente em uma viagem de negócios. Anos depois, ocorreu-me que Updike, ao falar sobre a saúde americana, tinha afinidades com Gógol sobre os servos russos: como cidadãos, eles pareciam aceitá-lo, mas como artistas o rejeitavam *tout à fait*. Veja *Almas mortas*; veja "A cidade" e muito mais, incluindo as longas hospitalizações do Coelho... O tema da autocontradição literária (com o sentido de diferenças entre a mente consciente e subconsciente) clama por uma monografia. Dickens, em sua voz "editorial", defendia o encarceramento por palavrões e açoitamento por bigamia, e aprovava a prática de amarrar soldados indianos amotinados à boca de peças de artilharia e disparar balas de canhão através deles. Todas essas posições são minadas por sua ficção, e não apenas por sua ficção: em *Notas americanas*, Dickens (que em outro lugar denunciou o sufrágio negro como "um absurdo melancólico") escreve de forma assustadora sobre a passagem de um território livre para estados escravistas e declara que a deformação ambiental é palpável na própria fisionomia dos brancos... Updike também era capaz de dar a seu caipira interior acesso à máquina de escrever. Em seu livro de memórias *Consciência à flor da pele*, o capítulo chamado "On Not Being a Dove" [Sobre não ser um pombo] (ou seja, sobre ser um falcão no Vietnã) é o Coelho não reconstruído e com pena de si mesmo: "Foi tudo muito bem para pequenos países civilizados, como a Suécia e o Canadá, fazerem tsc-tsc à sombra de nosso guarda-chuva nuclear e darem boas-vindas a nossos desertores e fugitivos, mas os Estados Unidos não tinham ninguém atrás de quem se esconder". Updike continua essa estrofe com a repetição, palavra por palavra, da justificativa número um do pensamento de rebanho para prolongar a guerra: "É preciso manter a credibilidade". O que é um clichê sombrio mesmo entre os burocratas.

5. Quando fiz algumas pesquisas sobre HIV/aids, no início dos anos 1990, um advogado ativista me disse que muitos doentes eram aconselhados a se tornar suficientemente indigentes para se qualificarem para a assistência federal (Medicaid), um processo conhecido como *spend down* [gastar tudo].

5. E DIGA POR QUE NUNCA FUNCIONOU PARA MIM [pp. 337-57]

1. D. H. Lawrence. O que PL quer dizer com essa frase? Ele quer dizer, suponho, que se Lawrence ("tão bom que não ouso realmente lê-lo") pode ser chamado de fascista, então o fascismo deve ter seus pontos válidos. Lawrence era fascista? Veja a seguir.

2. Há uma única menção ao stalinismo. Arrancada dele quando aquele "velho chato", Robert Conquest, lhe enviou seu "grande livro sobre os expurgos de Stálin" ("grande" é uma alusão a seu tamanho). O livro de Conquest foi o estudo seminal sobre mudança de consciência, *O grande terror* (1968). Em sua carta de agradecimento pelo exemplar gratuito, PL conseguiu chegar ao seguinte (numa alusão à liderança do Kremlin): "Soam como soturna multidão...". E isso foi tudo. Sempre.

3. Ou não até recentemente, com a publicação em 2018 das *Letters Home* [Cartas para casa], de Larkin, editadas e apresentadas de forma esclarecedora por James Booth. Nelas ficamos sabendo que Sydney era de fato "grosseiramente antissemita". Durante as revelações do pós-

-guerra, ele nunca "reconheceu a barbárie nazista" e, em vez disso, voltou suas armas para os Julgamentos de Nuremberg.

4. Seu local de trabalho na prefeitura era adornado com insígnias nazistas, até que o secretário municipal ordenou que se livrasse delas. Podemos apenas imaginar a cena: Sydney beliscando bumbuns e torcendo mamilos contra um pano de fundo de suásticas e raios.

5. O ensaio de Christopher sobre *Letters to Monica* tinha aparecido no *Atlantic* naquele mês de maio... Seria minha última viagem aos Estados Unidos como visitante; daí em diante seria residente. Meu amigo se restabeleceu no Wyoming e se preparava para enfrentar os efeitos posteriores do mês de síncrotron.

6. Ou seis, se quiser, como eu quis por um tempo, acreditar em Phoebe Phelps (cuja concorrente, minha mãe, teria ficado entre Ruth e Monica). Pode-se questionar Phoebe por motivos óticos: se o que ela disse fosse verdade, seria como se Diana Dors tivesse entrado em um grupo de tricô de solteiros em algum lugar como Nailsea. De qualquer forma, a possibilidade de Hilly é descartada.

1. CHRISTOPHER: DIA DE TODOS REZAREM PELO HITCHENS [pp. 365-78]

1. A divindade da infância não dura muito: eles superam isso aos três anos. O rei Lear, cuja ilusão infantil foi prolongada pelo acidente da realeza, é convidado a superá-la aos oitenta anos. E ele o faz. "Me adularam como um cão... Quando a chuva veio me molhar e o vento para me fazer bater os dentes, quando o trovão não parou à minha ordem, foi que as encontrei, aí senti seu cheiro. Vá, eles não são homens de palavra: me disseram que eu era tudo; é mentira..."

2. As datas lamentáveis de Blaise Pascal vão de 1623 a 1662 (distantes o suficiente para que sua Aposta pareça desafiadora). Ele era um prevaricador espiritual e doentio; e não sei como se sentia quando elaborou sua famosa proposta. Nela, ele argumenta que um incrédulo racional (e presumivelmente cínico), confrontado com a escolha entre Deus e a descrença, no fim optaria por Deus: se ganhasse a aposta, ganharia a eternidade no céu em oposição à eternidade no inferno; se perdesse, o custo não seria nada além de um pequeno sacrifício de algum hedonismo de última hora (e, podemos acrescentar, um grande sacrifício de dignidade de última hora)... Em um boletim recente da terra dos doentes, Christopher havia justaposto a Aposta de Pascal com a Provocação de Bohr, Niels Bohr, o nobelista pioneiro do mundo subatômico. Bohr tinha uma ferradura suspensa sobre a porta; e, quando um colega cientista perguntou incrédulo se ele acreditava que isso lhe traria boa sorte, Bohr respondeu: *Não, claro que não. Mas parece que funciona, quer você acredite ou não.*

3. De fato, depois do Domingo de Páscoa, a crise continuou piorando. Nesse ponto, apenas cerca de 16% do Texas fora afetado; o número continuaria subindo para cerca de 70% em meados de agosto. A essa altura, nossa simpatia pelo Sul não seria mais hipócrita... Os céus finalmente se abriram em 9 de outubro, quase seis meses depois dos Dias de Oração pela Chuva.

4. Nessa fase das primárias havia apenas cinco participantes (e os dois últimos estavam prestes a voltar à obscuridade): Ron Paul, Herman Cain, Rick Santorum, Tom Pawlenty e Gary Johnson. Portanto, nada de Mitt Romney, nada de Newt Gingrich, nada de Michele Bachmann e nada de Rick Perry, não ainda; mas foi um começo encorajador.

5. Os Zilkha eram originalmente uma família de banqueiros baseada em Bagdá, algo como os Rothschild da Mesopotâmia. Sempre presumi que Selim Zilkha, o pai de Michael, havia emigrado devido ao antissemitismo iraquiano; mas Michael me informou, em seu suave tom oxfordiano, que Selim foi para o exílio (sua primeira parada foi o Líbano) quando tinha quarenta dias, em 1927, durante o mandato britânico (ele veio para o Reino Unido em 1960 e fundou a Mothercare). A judeofobia iraquiana tornou-se proativa na década de 1940, com a ascensão do sionismo; e depois do estabelecimento de Israel assumiu o caráter de um pogrom semipermanente. Nativa desde o século VI a.C., a comunidade judaica contava com 130 mil pessoas em 1948; hoje não existem em Bagdá judeus suficientes para formar um *minyan*, cujo quórum é de dez homens com mais de treze anos para entoar certas obrigações religiosas.

6. "O mais desanimador e alarmante de tudo [desdobramentos negativos ou surpresas desagradáveis], até agora, foi o momento em que minha voz de repente se elevou para um guincho infantil (ou talvez de leitão). Em seguida, começou a ter todo tipo de registro, de um sussurro rouco e rasqueado a um balido melancólico e fino. Eu costumava parar um táxi de Nova York a trinta passos." Mas um dia, em Washington, "tentei chamar um táxi na frente de minha casa e nada aconteceu. Fiquei paralisado, como um gato bobo que perdeu o miado de repente". Em poucas linhas, Christopher se compara a uma criança, um leitão, uma cabra e um gato, todos seres indefesos.

7. As citações são de "People Like That Are the Only People Here: Canonical Babbling in Peed Onk" [Pessoas assim são as únicas pessoas aqui: Blá-blá-blá canônico em Peed Onk], de Lorrie Moore, assim como todas as citações não identificadas no restante dessa seção. A história de Moore pode ser encontrada em *Pássaros da América* (1998). É (ou parece) um exemplo de escrita da vida que eleva com firmeza esse gênero bastante duvidoso.

COMO ESCREVER: O OUVIDO DA MENTE [pp. 379-84]

1. Em janeiro de 2000, como mencionei, Vonnegut, sonolento, virou um cinzeiro cheio de bitucas dos Pall Malls sem filtro que sempre fumava e provocou um incêndio em sua casa em Manhattan. Foi levado às pressas para o hospital (inalação de fumaça) e brevemente listado como "em estado crítico". Sua recuperação corporal foi rápida, enfim; mas perdera as roupas, a cama e todos os livros e papéis. Quatro anos depois, escreveu a Robert Weide (que fez a adaptação cinematográfica de *O espião americano*) e a carta terminava com: "Mal tive um dia que valesse a pena viver desde o incêndio, estou absolutamente entediado comigo mesmo. Saudações, Kurt".

2. E a última vez que vi Elmore foi em outra gala literária em Nova York (novembro de 2012), onde ele, por sua vez, ganhou um prêmio pelo conjunto da obra. Naquela noite, fiz um discurso introdutório, elogiando inter alia a maneira totalmente original e eficaz de Leonard com o tempo. Ele não usa o pretérito ("ele viveu em"), nem o imperfeito ("ele vivia em"), nem o presente histórico ("ele vive em": o tempo presente usado para vivificar ações concluídas, como nos livros do Coelho, de Updike), e não exatamente no tempo presente; ele usa, ou inventa, um tempo presente indefinidamente suspenso ("Warren Ganz III, morando em Manalapan", "Bobby dizendo", "Dawn dizendo"). Em *Cárcere privado*, diz-se que um personagem indecente em uma festa indecente está "queimando erva" e (com prudência) "se mantendo no baseado". E é uma es-

pécie de maconha tensa, vaga e cremosa, que abre um vazio no tempo... Depois das apresentações, Elmore e eu saímos (duas vezes) para fumar e discutir sobre outro escritor de crimes seminal, George V. Higgins. Mais tarde nos despedimos com abraços e palavras calorosas. Seu humor parecia ser do tipo um pouco agitado. Ele tinha 87 anos. E nunca o vi com 88.

2. SAUL: IDLEWILD [pp. 385-97]

1. Uma tarde em Londres, em 1999, eu cuidava de Eliza em seu quarto. Ela usava um vestido marrom-escuro; ainda não tinha três anos. Nós dois tínhamos livros no colo (*Mrs. Dalloway* para mim, *Mr. Silly* para ela). Um barulho repentino e muito alto me fez olhar para cima. "... Ah", eu disse com resignação. "Bom, acho que temos que entrar em ação. Fica mais simples se eu só preparar um banho?" Com uma voz digna e sem levantar os olhos da página, Eliza disse: "Isso foi apenas um peido enorme, papai". Ela tinha 34 meses... Uma pequena porcentagem de bebês ("prodígios do penico") está totalmente treinada aos dois anos; a média de idade é três anos e meio (embora ainda haja "eepa" até os cinco anos). Três anos e meio é quando a memória começa. As meninas são treinadas para usar o penico mais cedo do que os meninos; e sua memória também começa antes; em ambos os casos, a diferença é de cerca de três meses; não é tempo suficiente, suponho, para explicar por que as meninas são mensuravelmente mais inteligentes do que os meninos.

2. "Um guerreiro para a humanidade, um pregador do evangelho da justiça para todas as nações": do "tributo" de Hamsun publicado depois que Hitler se matou em Walpurgisnacht (30 de abril), nas ruínas de Berlim. Por sua vez, o velho Knut estava em seus oitenta anos na época, e provavelmente a demência contribuiu com a decisiva traição. O longo lobby para uma audiência com o Führer, que se concretizou em junho de 1943, é, em retrospecto, bastante satisfatório. Confrontado por uma crítica tagarela de suas políticas norueguesas (durante a qual Hamsun elogiou os méritos de Vidkun Quisling), Hitler tentou gritar com Hamsun, mas descobriu pela primeira vez que não podia confiar apenas em um monólogo gritado, não podia simplesmente ativar "o disco de gramofone usual" (Mussolini) porque Hamsun era surdo. Estudos recentes, de Oslo, nos dizem que Hamsun, ao fim desse grande encontro de mentes, estava em lágrimas, e a birra pós-entrevista de Hitler, como conta seu assessor de imprensa, levou três dias para diminuir.

3. Ele colocara o romance judaico-americano em ação, a começar por *Na corda bamba*, em 1944: 1944, uma época em que o antissemitismo nos Estados Unidos estava em seu apogeu histórico, com profanações, espancamentos, suásticas pintadas. No entanto, o romance judaico-americano sobreviveu e perdurou; dominou a literatura nacional por mais de meio século. Durante esse surgimento, muitas feridas foram feitas e recebidas. E como é irônico e trágico que a fulminação judeofóbica coincida com o Holocausto; e o peso da opinião pública inevitavelmente tenha levado Roosevelt a restringir a imigração judaica. Em 1941-5, nenhum judeu foi assassinado nos Estados Unidos; a conta do açougueiro foi paga na Europa. Um exemplo: em 1939, negaram permissão para o navio a vapor *St. Louis*, de Hamburgo, desembarcar na Flórida; dos 980 passageiros, sabe-se que 254 morreram no Holocausto.

4. Iris colecionava coisas. "Embalagens velhas de doces, palitos de fósforo, bitucas de ci-

garro", uma lata de coca-cola, uma chave-inglesa enferrujada, um sapato sem par. Bayley a retrata "a mexer incessantemente nos pequenos objetos *trouvés*: galhos e seixos, torrões de terra, pedaços de folha de prata, até vermes mortos". Bayley (em comum com a maioria dos leitores), em silêncio, aceita isso como uma continuação do devaneio necessário de Iris. John e Iris eram boêmios autênticos e desinibidos, da baixa boemia da vida, como hippies ou vagabundos, e da alta boemia da mente, até que, no caso dela, não havia mais mente.

5. E eu o veria novamente em Boston, onde permaneceu a bordo até o fim. A história posterior de Will Lautzenheiser pode ser encontrada online; fala de uma calamidade fenomenal; e de uma resiliência fenomenal. Ele tem agora quarenta e poucos anos.

6. Já naquela época, nos primeiros anos do século, eu me maravilhava com o futuro ilustre que se reunia aos pés desta palavra. Até então "inapropriado", "ofensivo" e "potencialmente ofensivo" resistiram em desespero; mas então os americanos (e alguns outros) tinham enfim um eufemismo multissilábico: "coisa de que um ou outro indivíduo pode não gostar". De um jeito menos confuso, também pode significar "coisa de que certas pessoas, por definição, deveriam ser poupadas". Em 2010, mais ou menos, Inez (aos onze anos) ao lado de dois amigos da família de sete e cinco anos, assistia a um programa sobre romance adolescente e, depois de alguns minutos, pegou protetoramente o controle remoto e balbuciou para mim: "Inadequado". Em 2017, durante a defesa do juiz Roy Moore, do Alabama, o presidente Trump admitiu que a acusação (molestar meninas menores de idade), "se verdadeira", seria "incrivelmente inadequada".

7. Certa vez, tive uma longa conversa a respeito com um amigo escritor que fez esforços notáveis na esfera da loucura, Patrick McGrath (*The Grotesque* [O grotesco], *Spider* [Aranha], *Manicômio*), numa época em que eu me perguntava o quão louco eu deveria tornar o anti-herói de meu décimo terceiro romance. A dificuldade essencial, concordamos, era esta: uma obra de arte precisa ser coerente ("co" [junto] + "erente" [de aderente]). E a loucura orgânica é inimiga jurada da coerência. Assim, o autor enfrenta um perigo incomum, ou seja, um excesso de liberdade: como nos sonhos, tudo pode acontecer... Personagens loucos, portanto, precisam estar cercados e ser constantemente desafiados por personagens sãos; a loucura nunca deve ocupar o centro do palco. Portanto, nada de heróis loucos ou heroínas loucas, e nada de narradores loucos (do tipo que você encontra nos primeiros trabalhos de Elena Ferrante). É como um verso sem sentido: um pouquinho vai muito longe.

8. Quem fala é o dr. Alfred Nash, personagem do romance de Kingsley de 1984, *Stanley and the Women* [Stanley e as mulheres]. O monólogo de Nash foi baseado ou possibilitado por Jim Durham, um psicólogo literário erudito e amigo próximo da família... Quando eu tinha vinte e poucos anos, Jim me curou sem esforço do que parecia ser uma condição mental séria: ataques de pânico incapacitantes no metrô de Londres ("Apenas lembre-se", disse ele, "de que nada de mal pode te acontecer"). E eu teria ido até ele com as confusões induzidas por Phoebe Phelps em 2001; mas a essa altura ele havia se repatriado para a Austrália, onde dirige um hospital psiquiátrico em Sydney.

9. Kingsley teve um encontro obviamente muito memorável com alguém que era apenas louca: uma mulher de meia-idade em um ônibus. Ela estava louca, ele escreveu, *louca até o último fio de cabelo.*

COMO ESCREVER: DECORO [pp. 398-405]

1. Conheço uma adolescente americana que levanta os polegares e os indicadores de ambas as mãos para formar um W e poupar o esforço de dizer *whatever* [sei lá]. Isso, a seu modo, é uma autoparódia de considerável sagacidade.

2. A carga sonora é estranhamente desigual quando se trata de preposições comuns e outras porcas e parafusos. "Com", "para" e "de" são quase no mesmo instante esquecidas pelo ouvido interior. Mas "*up*" (talvez flexionando seu status como advérbio) tem poder de permanência real. São necessárias duzentas ou trezentas palavras antes que a mente esqueça um "up".

3. PHILIP: O AMOR DE SUA VIDA [pp. 406-25]

1. Esse mal-estar obscuro parecia um pecado de omissão, ainda não revelado, mas sempre a ponto de se revelar. E havia uma vantagem espiritual nisso. Imaginei que os que têm pendores religiosos fossem saber como é: um medo de ficar aquém, de ficar de fora de algo transformador: a Ressurreição, o Arrebatamento...

2. "A vida é primeiro tédio, depois medo./ Quer a usemos ou não, ela se vai,/ E deixa o que algo escondido de nós escolheu,/ E a idade, e então o simples fim da idade."

3. Originários da época de problemas da Rússia no século XVI, os urkas ou urki constituíam uma subcultura dinâmica de criminosos hereditários. No Gulag bolchevique, foram classificados como elementos socialmente amigáveis e receberam o status de conselheiros; os urkas foram assim fortalecidos e encorajados a atormentar os contadores e os fascistas; ou seja, os intelectuais, inclusive os poetas.

4. Eles passaram o dia no Lord's Cricket Ground em St John's Wood, assistindo a uma partida entre Inglaterra e Paquistão. Monica imediatamente começou a corrigir todo mundo sobre os arremessadores do time visitante. "NÃO FOI ABDUL QADIR! FOI IQBAL QASIM!"

COMO ESCREVER: FORÇAS IMPESSOAIS [pp. 426-32]

1. É claro que foi a ruptura, e não a dor, que (debilmente) agitou Philip Larkin. "Sinto muito por ouvir sobre seus infortúnios. Para mim, a perda de um ente querido (nesse sentido) não seria nada em comparação com as dores consequentes de MUDANÇA. Acho que odeio mudanças quase mais do que tudo. Você realmente vai ter que fazer tudo isso?" Então Phoebe estava certa. "Ele nunca vai se mudar para Londres, nunca vai sair do Inferno. Não conseguia. Não conseguia se mudar para a casa ao lado."

2. E esse debater-se retaliatório semiconsciente me custou muito mais do que custou a Jane Howard. Isso adiou meu grande encontro com sua *magnum opus* em cinco volumes, as *Cazalet Chronicles* [Crônicas dos Cazalet]. E privou Jane das muitas horas de elogios detalhados que eu teria feito, cara a cara (e ela precisava de elogios detalhados, na vida e na arte). Ouvir is-

so teria agradado a ela, e verbalizá-lo teria agradado a mim. Claro, agora é tarde demais. Ela não precisa mais desse elogio. No entanto, a omissão, e todo o arrependimento que a acompanha, é permanentemente minha.

4. BELZEBU [pp. 433-50]

1. No contexto da mortalidade prematura, toda conversa sobre *ganhar* isso *ou merecer* aquilo, toda conversa sobre justiça e injustiça é compreensível, mas é ilusória autopiedade, o que Christopher logo identificou: esse mesmo parágrafo termina com "Para a pergunta idiota, 'Por que eu?', o cosmos mal se dá ao trabalho de responder: Por que não?"... Larkin nunca entendeu nem nunca foi além disso. "Realmente sinto", afirmou, no último parágrafo da última carta que escreveu, "[que] este ano foi mais do que mereço."

2. "Dizer que a erupção cutânea era dolorida seria inútil. A luta é transmitir a forma como dói por dentro. Fiquei deitado dias a fio, tentando em vão adiar o momento em que teria que engolir. Toda vez que eu engolia, uma onda infernal de dor subia por minha garganta, culminando no que parecia um chute de mula na parte inferior das minhas costas."

3. Eu lera recentemente o famoso livro de memórias do Vietnã, *A Rumor of War* [Um rumor de guerra], de Philip Caputo, publicado em 1977 (quando o TEPT foi identificado e descrito pela primeira vez). Depois de quase um ano de combate na linha de frente, Caputo levanta-se da cama em "um dia tranquilo, um daqueles dias em que era difícil acreditar que havia guerra. No entanto, minhas sensações eram as de um homem realmente sob fogo... Psicologicamente, nunca me senti pior... uma sensação de estar com medo quando não havia razão para estar"; e de dissociação (às vezes conhecida como "duplicação"), um sentimento de estar em algum lugar e ao mesmo tempo não estar.

4. Não havia nada alegre ou negligente nisso. "Ah cara. Estou vivendo em um mundo de dor", disse ele quando falamos por telefone, no fim dos anos 1990, durante um furor intenso, porém passageiro. Embora nunca admitisse que estava errado, Christopher sofria em silêncio, mas com intensidade, por seus erros. Acima de tudo, naturalmente, se atormentou pelo desastre proliferante do Iraque, um experimento neoconservador que ele apoiou (não, defendeu) do ponto de vista da extrema esquerda...

COMO ESCREVER: OS USOS DA VARIEDADE [pp. 451-5]

1. Os primeiros conselhos, ou os primeiros mandamentos, podem ser perniciosos. Adoro os contos de Alice Munro; mas alguém deve ter dito a ela, na infância, para evitar contrações cotidianas como *couldn't* e *wouldn't* e *hadn't* [contrações negativas com os verbos *can*, *will* e *have*] (por exemplo, "[Enid teve que dizer a Rupert] que ela não podia [*could not*] nadar. E isso não seria [*would not*] mentira... ela não tinha [*had not*] aprendido a nadar"). Isso cria um fluxo de encaminhamento instável e contraconversacional. Porém, no fim, todos esses *not* equivalem apenas a uma ferida superficial: pedaços de chumbinho no corpo da prosa de Munro... Quem

apresentou Henry James às alegrias do EV (veja p. 454) precisa responder por males sistêmicos, entre eles afetação e evasivas.

2. Ao nos despedirmos desse tópico vergonhoso, vamos pensar no que talvez seja o mais patético substantivo na língua inglesa: "*missive*" [missiva] (e seu plural). Sem vida própria, vagueia pelas esquinas, esperando que alguma lâmpada fraca, em seu refrão sobre "cartas", esgote os EVs habituais ("comunicações", "despachos", "itens de correspondência" e, claro, "epístolas") e finalmente estenda a mão para "missivas". Então, durante algum tempo, o miserável trêmulo se esgueira para o texto por causa do frio.

5. LONDRES: PHOEBE AOS SETENTA E CINCO ANOS [pp. 456-67]

1. A vida pode ser muito simples. Quando fiz sessenta anos, cortei minha ingestão de carcinógenos em cerca de 80%. Sem dúvida, foi muito pouco e muito tarde, mas me curou de imediato das ideias de suicídio. Provavelmente porque minha morte não seja mais algo que estou tão ativamente empenhado em provocar. Como disse, a vida pode ser muito simples.

2. Não é exatamente ânsia de vômito, mas algo entre um gole abrupto e um soluço contido... Gostaria de dar uma olhada na literatura técnica sobre sexualidade e reflexo de vômito. Em meu próprio círculo masculino, isso era às vezes discutido, mas apenas no contexto de ir para a cama com duas garotas ao mesmo tempo (o que chamávamos de "lava-rápido"), algo nunca alcançado por nenhum de nós; tinha a ver, então, com a visão da gula carnal... O reflexo não é exclusivamente masculino; Janet Malcolm, a biógrafa de Sylvia Plath, reconheceu isso quando pôs os olhos pela primeira vez no robusto Ted Hughes.

O POETA: DEZEMBRO DE 1985 [pp. 473-82]

1. Sobre seu terceiro romance (nunca terminado), Larkin escreveu para Patsy em 1953: "Sabe, *não posso* escrever este livro: se for para ser escrito, deve ser em grande parte um ataque a Monica, & *não posso* fazer isso, não enquanto ainda estivermos em termos amigáveis, e não tenho certeza se isso me interessa o suficiente para continuar".

O ROMANCISTA: ABRIL DE 2005 [pp. 483-9]

1. Não, não foi inesperado. O declínio de Saul foi duplo, primeiro a mente, depois o corpo. No ano anterior, ele estivera cada vez mais à deriva no tempo. E numa estranha consequência disso, ficara devastado nos últimos tempos, enlutado repetidamente, pelas mortes de contemporâneos que faleceram antes dele, por exemplo, sua alma gêmea Allan Bloom (falecido em 1992) e sua irmã Jane (falecida em 2003). Todos os mortos estavam sob sua custódia, e ele não podia deixá-los ir... Também não estava ancorado no espaço, não sabia onde estava (em um trem, em

um barco?), e confundia o próprio quarto com um hotel ("Quero fazer o check-out. Me dê dez dólares e me tire daqui")... A trajetória somática foi mais convencional, marcada por pneumonias, quedas, uma série de pequenos derrames, e seguida de dificuldade para engolir e depois para respirar. Ele dormia a maior parte do tempo, mas seus receptores de morte estavam apenas acordando.

2. Achei esse gesto, o punhado de areia, digno e íntimo. Quase imediatamente, vários enlutados diferentes tentaram me divertir com uma explicação desanimadora: Roth fez dessa maneira para aliviar o problema nas costas. Bem, se ele quer assim. Também foi dito que Roth viveu a ocasião boquiaberto (e tropeçando) de tristeza. Para mim, ele parecia sombrio, mas também bem-humorado, sua disposição usual... Depois de uma morte, como observa Zachary Leader no segundo volume de sua definitiva *Life of Saul Bellow* [A vida de Saul Bellow], há uma breve pausa, e então o mundo volta a se inundar "com animosidades, ansiedades, importunações" e ressentimentos há muito acalentados. Leader nos leva através deles, com estranhos exemplos de maldade e ceticismo. Não percebidas por mim na época, muitas queixas (amorosas e literárias) foram reabertas à beira do túmulo (os funerais sem dúvida tendem a encorajar recrudescimentos); mas aposto que todo rancor indigno e de segunda mão estava confinado a seu lar natural: a periferia.

3. Talvez ao lembrar de Adam Bellow ao lado do túmulo (e sua ária involuntária de angústia chorosa), li o último parágrafo de "A Silver Dish" [Um prato de prata], uma história que descreve uma separação muito singular de pai e filho. O pai, Pop, é um vigarista antigo de Chicago (e "em essência um homenzinho terrível"); Woody, "prático, físico, de mente saudável e experiente", é seu filho extraordinária e até perversamente amoroso... Acho que pode ser a melhor coisa de toda a obra de Bellow: "Depois de um tempo, acabou a resistência de Pop. Ele se acalmou e diminuiu. Descansou contra seu filho, seu pequeno corpo enrolado ali. As enfermeiras vieram e olharam. Desaprovaram, mas Woody, que não pôde poupar uma mão para acenar para elas saírem, fez um gesto com a cabeça em direção à porta. Pop, que Woody pensou ter paralisado, apenas encontrou uma maneira melhor de contorná-lo. Perda de calor era a maneira como fazia isso. Seu calor o estava deixando. Como pode acontecer com pequenos animais enquanto você os segura na mão. Woody logo sentiu que ele esfriava. Então, como Woody fez o possível para contê-lo e pensou que estivesse conseguindo, Pop se dividiu. E, quando ele foi separado de seu calor, caiu na morte. E lá estava seu filho idoso, grande e musculoso, ainda segurando e pressionando-o quando não havia mais nada para pressionar. Você nunca poderia definir aquele homem obstinado. Quando estava pronto para agir, ele o fazia, sempre nos próprios termos. E sempre, sempre, havia uma carta na manga. Era assim que ele era".

4. Tive uma reunião com Saul no mesmo cenário em 2003, onde li para ele um artigo que eu escrevera para a *Atlantic*. O argumento defendia que Saul era o maior romancista americano. "O que ele deve temer?", citei. "As fórmulas melodramáticas de Hawthorne? A jocosidade multitudinária de Melville? A obscura ameaça repetitiva de Faulkner? Não. O único americano que pode causar qualquer problema sério a Bellow é Henry James." Até esse ponto, eu ainda não tinha certeza de que Saul ouvia (ou dormia). Mas agora ele sacudiu a cabeça no travesseiro e disse: "Minha nossa!".

O ENSAÍSTA: DEZEMBRO DE 2011 [pp. 490-8]

1. "Sou o inimigo que você matou, meu amigo" tem fortes reivindicações de ser o melhor verso de poesia de guerra já escrito. E, aliás, poderia ter sido "Sou o inimigo que você matou, meu amor". Veja "Shadwell Stair", que começa assim: "Sou o fantasma de Shadwell Stair", e se encerra com: "Caminho até as estrelas de Londres se apagarem/ E o amanhecer rastejar até a Shadwell Stair./ Mas quando as sirenes tocam/ Com outro fantasma fico prostrado".

REFLEXÃO TARDIA: MASSADA E O MAR MORTO [pp. 512-24]

1. Esse "documento" foi desmascarado como uma invenção há quase um século, em 1921. É curioso que a palavra "falsificação" tenha se associado aos protocolos (uma palavra usada quase sempre até mesmo pelos historiadores mais sérios e bem-intencionados). Como Hitchens apontava com frequência, dotado de um cansaço cada vez maior, "uma falsificação é, no mínimo, uma cópia falsa de uma nota verdadeira". Do que os protocolos eram cópia? O rótulo implica caluniosamente que já houve um original, enquanto é claro que toda a fantasia foi conjurada do nada, no início do século XIX, pela Okhrana, a polícia secreta tsarista, para difamar os judeus russos e assim justificar os pogroms seguintes... O estatuto do Hamas. Embora intransigentemente não revisado por trinta anos, o Pacto do Hamas (1988) é agora considerado uma espécie de relíquia. No entanto, a versão atualizada (2017) ainda exige todo o território "do rio ao mar" e ainda insiste que o "estabelecimento de 'Israel' é totalmente ilegal". "Não haverá reconhecimento da legitimidade da entidade sionista", ou seja, de seu direito de existir.

Créditos das imagens

p. 26: Neal Boenzi/ *The New York Times*/ Fotoarena.

p. 96: Max Jacoby, Special Collections Research Center, University of Chicago Library.

p. 207: Acervo do autor.

p. 319: Imagem utilizada com permissão de Gully Wells.

pp. 342, 349 e 465: Imagens utilizadas com permissão de The Society of Authors representantes literários do acervo Philip Larkin.

p. 390: Imagem utilizada com permissão de The Saul Bellow Estate.

p. 493: *John Keats in His Last Illness*, de "The Century Illustrated Monthly Magazine", maio a outubro, 1883.

Índice remissivo

Os números de páginas em *itálico* indicam imagens.

ESTA OBRA FOI COMPOSTA PELO ESTÚDIO O.L.M./ FLAVIO PERALTA EM MINION
E IMPRESSA EM OFSETE PELA GRÁFICA PAYM SOBRE PAPEL PÓLEN NATURAL
DA SUZANO S.A. PARA A EDITORA SCHWARCZ EM JULHO DE 2024

A marca FSC® é a garantia de que a madeira utilizada na fabricação do papel deste livro provém de florestas que foram gerenciadas de maneira ambientalmente correta, socialmente justa e economicamente viável, além de outras fontes de origem controlada.